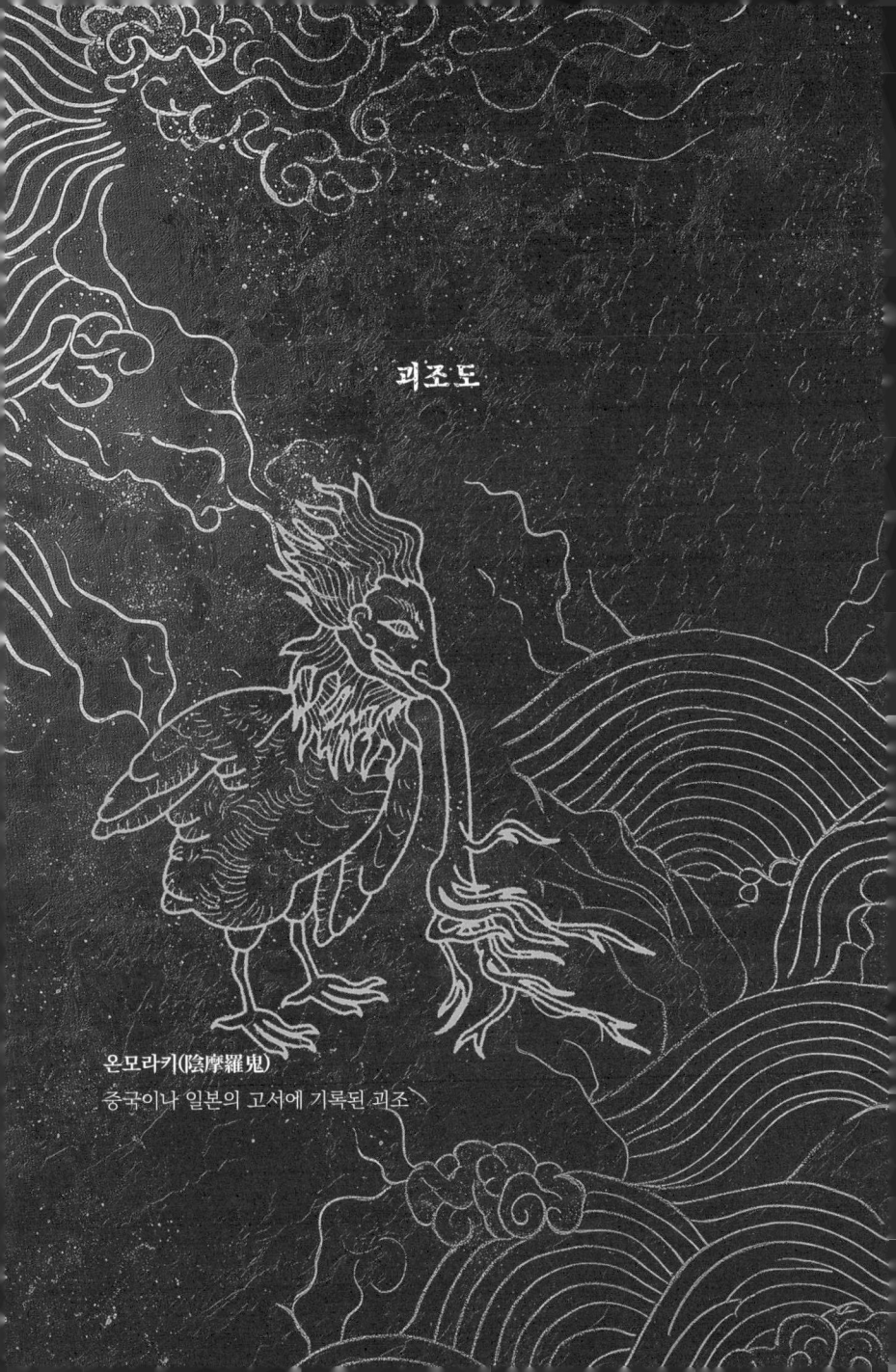

괴조도

온모라키(陰摩羅鬼)
중국이나 일본의 고서에 기록된 괴조

괴조도

이다모 서

외전 이형의 둥지

아프로스
ⓒ미디어

일러두기

※ 본 작품에 나오는 일부 지명, 단체, 개인의 설정은 작가에 의해 가공된 것임을 밝힙니다.

목차

프롤로그 …… 9p

제1장 전조 …… 13p

제2장 15년 전(1) …… 73p

제3장 초현사 …… 133p

제4장 15년 전(2) …… 203p

제5장 멜트다운 …… 251p

제6장 15년 전(3) …… 331p

제7장 원념 …… 401p

제8장 15년 전(4) …… 471p

제9장 핏빛 학교 …… 489p

제10장 15년 전(5) …… 529p

제11장 고백 …… 571p

제12장 종막 …… 581p

에필로그 …… 605p

등장인물

2022년

초자연 현상 출판사
아사히로 고헤이(33) : 양친이 물려준 출판사를 운영하는 사장이자 탐정. 초자연 현상에 관심이 많음.
키리야마 린카(29) : 출판사 편집장. 일머리가 좋으나 소셜 미디어 중독자.
류자키 하야토(28) : 출판사 직원. 붙임성과 사교성이 좋아 여러 사람과 두루두루 친함.
호시에 사토미(26) : 출판사 직원. 언변이 좋고 똑똑한 미인.
호시에 미사키(17) : 출판사 직원. 사토미의 여동생으로 영능력자. 시라카미 고교 2학년 B반. 검도부 소속.

뉴에라 프로덕션
하야세 시게루(40) : 뉴에라 프로덕션의 감독 및 사장으로 영화광.
마나베 카이토(32) : 직원. 오컬트 마니아.
요리카와 켄(40) : 프리랜서 시나리오 작가.

오컬트 수집가
하기와라 센조(32) : 마나베와 친분이 있는 오컬트 수집가로 오컬트에 관한 지식이 뛰어남.

시라카미 고등학교
와타나베 미노루(17) : 2학년 C반. 불량 서클 일원.
야시로 마이(17) : 2학년 B반 학생으로 미사키와 가장 친한 친구. 미술부 소속.
쿠도 히로토(17) : 2학년 A반 학급위원장.
아라이 아야네(18) : 3학년 A반. 강단 있는 성격으로 교내에서 인기가 많음. 미술부 소속.

2007년

나라현 경찰본부
카가야마 히로시 : 수사1과장.
고무라 세이치 : 수사1과 경위. 수사1과의 에이스 형사.
노이치 소스케 : 수사1과 경사. 고무라 세이치가 아끼는 후배 형사.
미시마 유지로 : 수사1과 경사.

쓰타바라 중앙 경찰서
시게 다이고 : 경사.

이와사카 고등학교
타카초 유리에 : 2학년 1반. 조용하고 비밀이 많은 여학생.
아키타 카즈미 : 2학년 1반. 항상 살갑게 웃고 있지만, 내면에 난폭한 성격을 숨기고 있음.
고시로 타키 : 2학년 1반. 얇은 선의 미남.
이시다 사나에 : 2학년 1반. 이와사카 고등학교 제일의 미녀로 인기가 많음. 그러나 타카초 유리에를 제외한 학생들과는 말을 섞지 않으려 함.
마츠오 유타 : 2학년 1반. 농구를 좋아해 키가 크지만, 빼빼 말랐음.
타치바나 히마리 : 2학년 2반. 갸루와 고양이를 좋아하는 여학생.
젠모토 다이치 : 2학년 2반. 음침한 분위기를 몰고 다님.
모리구치 준지 : 2학년 3반. 아키타 카즈미의 남자친구.
이즈미 히토시 : 2학년 4반. 모리구치 준지의 소꿉친구.
소노다 고토 : 2학년 4반. 왜소한 체격의 소유자. 이시다 사나에를 짝사랑하고 있음.

타카초 가
타카초 신야 : 타카초 가의 가장.
타카토리 하나코 : 신야의 전처.
타카초 스바루 : 타카초 가의 장남.
타카초 유리에 : 타카초 가의 차녀로 오빠인 스바루와는 띠동갑.

그 밖에
하쿠바 긴조 : 이시다 사나에의 중학교 친구.

언젠가 그 그림을 본 적이 있다.

단말마의 고통이 깃들어 있는 염열지옥처럼 맹렬히 불타오르는 괴조도.

그림의 윗부분인 하늘은 저녁놀보다 몇 곱절은 붉게 부풀어 올라 있다. 신선놀음을 집어삼킨 적란운으로부터 핏빛 불덩이들이 빠져나와 지면으로 곤두박질친다. 가연물이란 존재하지 않음에도 여우 불처럼 머리칼이 흔들리는 듯 역동적인 불꽃은 괴조를 감싸는 둥그런 모양으로 하강한다.

한가운데에 자리한 괴조의 얄따랗게 뜬 눈은 청명한 하늘을 바라보는 것이 아닌, 죽음을 상징하는 나트론 호수를 바라보는 것처럼 새빨갛게 달아올라 있다. 그러나 눈동자는 없어서 오롯이 흰자위만이 불그스름하게 빛나고 있을 뿐이다. 더군다나 온몸에 두른 백색 깃털은 새빨간 배경과 무섭도록 어울리지 않기에 바라보는 것만으로도 오싹한 기분이 든다.

그림의 하단은 백파가 만연한 바다가 그려져 있다. 괴조의 날갯짓에 의해 출렁거리는 바다는 모든 것을 집어삼킬 운명이었다.

그 그림을 떠올리니 별안간 좋지 않은 기분이 들었다. 어쩐지 집 울림이 느껴진다. 예측할 수 없는 무언의 존재가 집 안을 돌아다니고 있는 것 같다. 방 안에 숨어 있는 나를 찾기라도 하는 것처럼.

그리 생각하자 금세 등줄기에 소름이 돋았다. 서둘러 눈을 감았다. 지금이라도 잠을 자야 한다.

갑작스레 온몸에서 땀이 솟구쳐 나왔다. 이불도 덮지 않았는데 말이다.

모든 건, **그것** 때문이다.

그 그림을 본 뒤부터 소름 끼칠 정도로 덥다.

아니, 뜨겁다고 해야 할까.

꼭 몸이 불타오르는 것 같다.

왜일까······.

제1장 전조

1

2022년 11월 7일

발차 신호음이 노란 문 뒤로 사라지고 찾아온 정적에 별안간 편안한 기분이 들었다. 시간에 쫓겨 열차를 급하게 탔어도 열차 안에 있는 시간만큼은 꽤 한가롭다. 아무래도 열차가 달리는 속도를 마음대로 조절할 수는 없으니 가만히 서서 목적지에 도달하기까지 그저 기다릴 뿐이다.

요리카와 켄은 몸을 비스듬히 기울여 출입문 옆에 기대고는 스마트폰을 바라보았다. 이윽고 화면 상단에 랭크된 톱기사를 읽기 시작했다. 잠에서 깬 지 얼마 되지 않은 탓에 속속들이 내용을 파악할 정도로 글이 잘 읽히진 않았다. 그럼에도 꾸역꾸역 머릿속으로 글자를 집어넣었다. 시나리오 작가라는 특성에 비추어 언젠가는 좋은 소재거리로 사용할 수 있다고 습관처럼 생각했기 때문이었다.

요즈음 원조 교제가 또다시 말썽인가 보다. 젊은이들 사이에서 파파카츠[1]가 다시 유행이란 이야기를 들었다. 본 기사 또한 해당 내용을 다루고 있었다. 초기 파파카츠에 참여했던 여성 대부분은 여대생이었지만, 현재는 그 연령대가 10대 중반까지 낮아졌다고 한다.

그러니까 이 파파카츠라는 것은 원조 교제와 명칭이 달라 어딘가 상이한 부분이 있는 듯하지만, 이미 원조 교제와 다를 바가 없어져 버린 것이다. 게다가 일종의 사기 수법인 츠츠모모타세[2] 협박까지 존재한다고 한다. 요리카와는 썩 좋지 않은 기분을 끌어안고 기사를 완독했다.

이외의 흥미로운 타이틀을 찾기 위해 화면을 내리고 있는데 별안간 신경에 거슬리는 소음이 들렸다. 베레모를 쓰고 있는 노인의 반대편, 남중생 두 명이 스마트폰을 번갈아 확인하며 깔깔

---

1) 파파카츠란 10~20대의 젊은 여성이 경제적으로 여유가 있는 아버지의 나이, 즉 40대에서 시작해 많게는 50대를 넘어가는 아버지뻘 남성과 금전적 지원을 명목으로 앱을 통해 만나 데이트하는 활동을 의미.
2) 미인이나 어린 여성을 미끼로 삼아 남성을 유인한 뒤, 공범이 등장해 협박하거나 금품을 갈취하는 사기 수법.

대고 있었다. 그런 모습을 바라보며 왜인지 요리카와는 기분이 나빠졌다. 누구나 쉽게 이해할 수 있는 불쾌함이나 사사로운 일상에서 발생하는 가벼운 언짢음이 아니다. 그것을 아득히 상회하는 그런 병적인 기분 나쁨이 가슴 깊은 곳에서 검은 앙금처럼 피어올랐다.

그렇게 소란스럽게 떠들어 대는 남학생들에게 다가가려 벽에서 등을 뗀 순간, 열차가 다음 목적지에 도착한다는 안내 방송이 흘러나왔다. 그리고 그 남학생들은 이번 역에서 내리려는 듯 자리에서 벌떡 일어났다. 요리카와는 그 모습을 가만히 바라보다가 다시 출입문 쪽의 벽에 등을 기대었다. 그러곤 휴대폰 속으로 시선을 파묻었다.

잠시 뒤 출입문이 열렸다. 아직 목적지가 아니었으므로 요리카와는 꿈쩍도 하지 않았다. 그러다 문득 기묘한 감각을 느꼈다. 열차 속이 쥐 죽은 듯 조용했다. 아닌 게 아니라, 이 칸엔 요리카와뿐이었다. 조금 전에 보았던 학생들도, 베레모를 쓰고 있던 노인도, 이외의 사람들도 전부 사라진 상태였다. 그 짧은 시간에 그토록 많은 사람이 증발했다. 꿈결의 풍경도 아니었다. 사위스러운 분위기가 주위를 배회했다. 묘한 분위기에 못 이겨 출입문 밖으로 고개를 빼꼼 내밀었다. 꽤 많은 사람이 역두를 향해 걷고 있었다.

"기분 나쁘네."

요리카와는 혼잣말을 내뱉었다. 다음 역을 향하는 사람이 이 칸에 단 한 명도 없을 수 있단 말인가? 꼭 그렇게 생각할 수만은 없다. 설령 그게 아니라면…… 무언가 때문에 이번 역에서 내려야만 했던 걸까.

검은 캐리어를 세워 둔 여학생이 역사 계단 앞에 선 채로 요리카와를 뚫어지게 쳐다보고 있었다.

왜 보고 있는 걸까?

찰나의 순간, 여학생의 동공이 적과 황이 뒤틀린 황혼을 바라보는 것처럼 주홍빛으로 빛났다. 그 시인성이 높은 빛깔은 따뜻하기도 했지만, 어딘가 살아 있는 인간의 몸과는 어울리지 않았다. 그래서 위화감이 느껴졌고, 그 위화감 속에서 스멀스멀 흘러나오는 섬뜩함 또한 느껴졌다. 그 희한한 광경을 목격하고 생각의 뿌리를 넓혀 가는 것을 멈추었을 때쯤, 요리카와는 여학생이 자신에게로 점점 가까워지고 있다는 사실을 알아차렸다.

학생의 걸음걸이는 서서히 빨라졌다. 어쩌면 그녀가 다른 역에 잘못 내렸는지도 모른다. 그래서 이 열차를 다시 타려는 건가 싶었다. 그러나 요리카와가 관여할 바는 아니었기에 주머니에서 이어폰을 주섬주섬 꺼냈다. 제멋대로 꼬여 있는 이어폰을 휴대폰에 연결하며 흰색 캐리어를 맞은편 구석으로 밀어 넣었다.

이어폰의 꼬인 줄을 다 풀었을 무렵, 출입문이 닫혔다. 그 학생은 결국 열차를 타지 못한 듯하다. 이어폰을 귀에 꽂았지만,

어렴풋이 바깥 소리가 들려왔다. 어쩐지 진동도 울려 퍼지는 듯했다. 요리카와는 다시 오른편으로 고개를 돌렸다.

출입문의 창으로 그 여학생이 보였다. 칼단발에 앞머리를 의도적으로 정돈해 내린 듯하지만, 달려온 탓에 헝클어져 있었다. 진한 쌍꺼풀에 사슴처럼 큰 눈망울이 돋보였고, 설경처럼 하얀 피부 때문인지 볼이 발갛게 상기된 것이 눈에 선명했다. 무언가를 말하고 있는 것 같은데 열차 안에서는 그저 입을 뻐끔거리는 금붕어처럼 보일 뿐이었다. 조금 전에 보았던 노을빛 눈은 잘못 보았던 것일까. 여학생의 눈은 갈색 눈으로 아시아인 대부분이 가지고 있는 평범함을 공유하고 있었다.

이윽고 여학생이 문을 두드리기 시작했다. 그렇게 두드려도 열리지 않을 텐데. 요리카와는 여학생을 바라보며 고개를 절레절레 내젓고는 뒤로 가라 손짓했다.

아니나 다를까, 곧 여학생은 고개를 돌려 누군가와 대화하기 시작했다. 틀림없이 역무원과 대화하고 있는 것이리라. 발차하는 열차 가까이에 서 있는 건 위험하니 선 뒤로 물러나라는 주의를 받고 있을 테다.

여학생은 바라보고 있는 방향을 향해 고개를 몇 번이고 조아렸다. 그리고 몇 걸음 뒤로 물러났다. 이윽고 여학생은 다시 요리카와를 쳐다본다. 불과 몇 초 전과는 달리 슬픔에 겨운 듯한 눈망울로.

결국 그 학생은 등을 보였다. 다음 열차를 기다리지 않고 역사를 떠나는 것을 보아하니 내게 무슨 용건이 있었던 걸까, 싶은 의구심이 목구멍까지 솟구쳤다. 그러나 그 의구심을 묵살하려는 듯 열차는 쩽한 굉음을 내지르면서 움직이기 시작했다. 냉랭한 그 역의 회백색 풍경은 주황빛 머리칼을 떨어뜨리고 있는 자연의 풍경 뒤로 밀려났다.

요리카와는 좌석 끝에 앉은 다음 캐리어를 다리 사이에 두었다. 계속해서 스마트폰을 보고는 있지만, 주변의 시야도 막힘없이 눈에 들어왔다. 고요하고 또 휑뎅그렁했다. 시골도, 새로이 개발되기 직전의 마을도 아니다. 출근 시간이 아닌 것도 아니다. 그런데 도대체 왜 사람이 없을까. 그뿐 아니라 그가 타고 있는 8호 칸과 접해 있는 7호와 9호 칸에도 한 손으로 그 수를 나타낼 수 있을 정도로 사람이 적었다. 더군다나 각 칸 사이는 뚫려 있지 않고 미닫이문으로 닫혀 있어서 더욱 사람의 온기를 느낄 수 없었다. 곧 요리카와는 자신이 쓸데없는 걱정을 하고 있다는 생각에 사로잡혀 자조적인 미소를 지었다.

이어폰을 꽂자 피아노 선율의 흐름 너머로 열차의 소음이 흩어졌다. 팽창해 있던 현실감이 옅어지는 순간이었다. 습관처럼 메일을 체크하고 휴대폰을 내려놓았다. 한 손으로 목덜미를 주무르며 맞은편 차창의 풍경을 바라본다.

음악 소리가 점점 줄어들면서 거슬리는 잡음이 들리기 시작했다. 이어폰 단자를 돌려 가며 지지직거리는 소음을 없애 보려 하지만 요리카와의 행동에 분개하듯 괴상한 소음은 이제 피아노의 선율을 집어삼킬 정도로 강하게 빗발친다. 소음이 상상 이상으로 커지자 요리카와는 저도 모르게 인상을 찡그리며 귀에서 이어폰을 뺐다. 점진적으로 커진 게 아니라 단숨에 커졌다면 휴대폰을 바닥에 내동댕이쳤을지도 몰랐다.

숨을 깊게 내쉬며 이어폰을 주머니에 집어넣고 맞은편 차창을 바라본 순간이었다. 굉음이 들렸다. 그와 동시에 엉덩이에서 차체의 진동이 느껴졌다. 요리카와는 캐리어에 이마를 맞대고 눈을 감았다.

잠시 뒤, 녹슨 레일을 갈아 버리는 듯한 열차 소리가 잦아들기 시작했다. 물 위에 떠 있는 듯 편안한 감각이 요리카와의 몸 구석구석으로 전염되듯 퍼져 나간다. 열차 속, 수많은 직장인, 학생, 아이의 냄새가 뒤섞인 채로 배어 탄생한 새로운 향기도 사라져 간다.

머릿속에선 가족과의 행복했던 시간이 주마등처럼 스쳐 지나간다. 주위로 내려앉은 적요와 어울리는 행복한 추억들이, 그를 안식의 길로 이끈다.

그때, 불현듯 괴상한 악취가 났다.

썩어 버린 고기.

흑백 화면 속에서 그런 게 떠올랐다.

요리카와는 검게 변색된 고깃덩어리 속을 자세히 바라본다.

구더기가 들끓고 있다.

수십 마리.

가까이 다가간다.

수백 마리.

더 가까이, 구더기 무리에 코끝이 닿을 정도로 가까이 다가간다.

수천 마리가 들끓고 있다.

징그럽게 먹잇감을 갉아 먹는 구더기의 움직임과 기묘한 소리가 구토감을 불러일으킨다.

화면이 전환되고.

상처투성이인 누군가의 몸.

거멓게 탄화된 피부 사이사이는 벌어져 있었다. 그 안에서 징그럽게 꿈틀거리는 적색 근육 덩어리가 보인다. 그 사이에서 소량의 연기와 진물 같은 것이 흘러나온다.

그때, 기묘한 악취가 호흡에 딸려 들어왔다. 캐리어의 내부로부터 흘러나오는 걸까.

그리 생각하자마자 요리카와의 손끝에서 작열감이 나타난다.

"뜨거워."

몸의 말단에서 시작된 통증이 빠른 속도로 모든 부위를 장악한다.

"뜨거워."

온몸이 불탄다.

"뜨거워……."

곧 요리카와는 당혹스러운 기분에 사로잡힌다.

"뜨거워……."

이건.

"뜨거워. ……몸이 터져 버릴 것 같아."

이건…….

"뜨거워……."

내 목소리가 아니야.

"뜨거워어어어어!"

고막이 터질 듯한 여성의 비명에 화들짝 놀란 요리카와는 두 눈을 번쩍 떴다.

결국 그는 농후한 칠흑 속에서 새빨갛게 떠오른 두 눈을 마주치고 말았다.

2

2022년 11월 12일

영화감독 하야세 시게루의 아침은 자택의 작업실에서 여러 인터넷 기사를 읽는 것으로 시작된다.

……지난 5일 오후 9시경 도부선 스미다 도보교에서 40대 남성 시신 발견, 사인은 심근 경색으로……

상쾌한 아침과는 상반된 분위기의 작업실은 업무 효용이나 집중력을 높이려고 일부러 세상과 담을 쌓아 놓은 것 같았다. 베이지색 블라인드를 걷지 않는 것은 그가 어두운 환경에서 진행하는 작업을 좋아하기 때문이기도 했지만, 이따금 누군가가 쳐다보는 듯한 기분이 들기도 했기 때문이었다. 따라서 그의 작업실은 오전에도 항상 땅거미가 가라앉아 있었다.

꺼림칙한 기사를 시작으로 날씨에 관한 기사까지 읽었을 즈음, 아침 식사를 준비하는 일상적인 소음이 귓전으로 달려들었다. 시계루는 1층 거실로 내려와 익숙하게 고목 탁자 앞에 앉았다. 부엌과 식사 전용 테이블은 가까웠지만, 허리까지 오는 벽 하나로 공간이 분리되어 있었다.

"슬슬 추워질 것 같아."

매서운 북풍이 찾아오리란 기사를 읽은 참이어서 무심결에 내뱉은 말이었다.

"작년 이맘때쯤엔 따뜻했었는데, 날씨가 제멋대로네."

분주하게 음식을 조리하는 아내, 나오미가 답했다. 둘은 눈을 마주치지 않았다. 다툰 것은 아니었지만, 저번 작품을 향한 시게루의 제작비가 매해 천정부지로 오르는 물가에 따라 비례적으로 올랐는데, 흥행 성적은 저조하니 은근한 실망감이 있었던 탓이었다.

"참, 요리카와 씨랑 연락은 돼?"

나오미가 예쁘게 정돈한 음식을 탁자 위로 옮기면서 말했다. 그녀가 언급하고 있는 사람은 남편 시게루와 협업 관계인 시나리오 작가 요리카와 켄이었다. 그와 새로운 작품을 계약하기로 약속했는데 며칠째 연락이 닿지 않고 있었다.

"아직. 꽤 바쁜 모양이야."

시게루가 고개를 내저었다.

"아무리 바쁘다고 해도 그렇지, 연락 하나 안 남기는 게 말이 돼? 계약하고 싶지 않아진 거 아니야?"

나오미는 남편의 맞은편에 앉으면서도 개운치 못한 어조로 맞받아쳤다.

"일단 오늘 가까운 사람들에게 연락 좀 돌려 볼 생각이야. 그런데 그 사람들도 연락이 닿지 않는다고 하면 무슨 일이 생긴 거겠지. 그때 가서 생각해도 되는 문제야."

젓가락을 손에 끼고 식전 인사를 한 뒤에, 그가 뱉은 말이었다. 그 어조엔 그만 신경 끄라는 의미가 내포되어 있는 것같이 느껴져서 나오미는 조금 당황했다. 아내의 은근한 핀잔에 넌더리가 났던 걸까?

어색한 분위기가 감도는 아침 식사를 끝마친 뒤에 시게루는 자신이 설립한 영화 제작 회사 뉴에라 프로덕션으로 향했다. 신설 회사라 시가 총액이 그리 높은 편은 아니었지만, 지난달 권위 있는 시상식의 신예상 부문에서 촉망받는 신진 영화 제작사 중 하나로 노미네이트되는 쾌거를 거두기도 했다. 아쉽게 수상은 불발되었지만.

오늘은 출근하는 날이 아니었다. 그럼에도 그가 회사 부근으로 향하는 이유는 근처에 자리한 신주쿠 교엔 때문이었다. 11월의 신주쿠 교엔은 형형색색의 초목들이 일제히 그들이 함양한 미적 가치를 한껏 뿜어내고 있어서 한번 보면 잊을 수 없는 장관이 펼쳐져 있다. 시게루는 그 풍경을 눈에 담고 싶었던 것이다.

도자이선을 타고 구단시타역에서 내려 신주쿠선으로 갈아탄 뒤, 신주쿠산초메역 승강장에서 내린다. 1번 출구를 통해 지상으로 올라오자 여기저기서 으스스한 바람이 날려 왔다. 그럼에도 수염으로 덮인 인중에선 땀이 흐르고 있었다. 깔끔하게 정돈된 수염은 그의 진한 인상을 몇 곱절은 더 진해 보이도록 만들었다.

반대편에 뉴에라 프로덕션의 작은 간판이 보였다. 그는 발걸음을 재촉했다. 교엔에 들어가 마땅히 앉을 자리를 찾아 착석했다. 은근히 오지 않길 기대했던 시간이 찾아왔다. 요리카와에게 온 연락이 없는지 꼼꼼히 확인한 뒤에 시게루는 그의 소식을 알

만한 지인들에게 차근차근 전화를 걸기 시작했다.

사실 그는 누군가와 통화를 할 때 상대방이 편하다고 느껴지지 않는 사람이라면 정처 없이 걸으며 통화를 해야만 하는 습관이 있었다. 버릇대로 그는 벤치에 앉아 있다가, 얼마 지나지 않아 어색한 분위기에 못 이겨 자리에서 일어나 앞으로 나아가고 있었다.

어느 순간, 시야의 끝에 높게 솟은 도코모 타워가 나타났다. 물론 이때도 그는 통화를 하고 있었으므로 타워의 모습이 눈에 들어와도 별다른 생각을 하지 않고 있었다.

마케팅을 담당하는 직원인 마나베와의 통화를 마지막으로 시게루는 더 이상 연락을 취할 사람이 없다고 판단했다. 휴대폰을 주머니에 넣고 그는 잠시 생각에 잠겼다. 그제야 자신의 눈앞에 도코모 타워가 있다는 것을 깨달았다.

'언제 여기까지 온 걸까.'

결국 요리카와의 행방을 아는 사람은 없었다. 누구였더라. 직원 중 한 명이 연락을 해 보겠다고 했다. 아마 닿지 않을 것이리라. 머릿속에서 썩 좋지 않은 생각이 떠올랐다. 나와 이야기를 나눈 모두가 비슷한 생각을 했을 것이지만, 겉으로는 표현하지 않았음이 틀림없다고, 그는 그렇게 생각하며 호주머니에서 메비우스 오리지널 담배와 지포 라이터를 꺼냈다.

벤치에 앉아 타워를 바라보았다. 입에 문 담배 끝머리에 불을 붙였다. 그러곤 깊게 빨아들였다. 올해 칠석 축제 때, 우스갯소리로 탄자쿠[3]에 담배에 관련해 적어 버리겠다고 한 아내가 떠올랐다. 그 일을 계기로 무언가를 느낀 시게루는 담배를 끊기로 아내와 약속했었다.

하지만 시게루에게 담배는 일종의 여유였다. 담배를 피울 때만큼은 혼잡한 일상 가운데 주인 없는 여유를 마음껏 취할 수 있었고, 그러한 보상은 진취의 일환으로 작용했기 때문에 약속의 실은 얼마 안 가 끊기고 말았다.

그는 연기를 세차게 또 부드럽게 불규칙적으로 뱉어 댔다. 그 연기는 그가 거친 생각을 할 때 세차게 뿜어져 나왔고, 걱정을 누그러뜨리며 일종의 합리화를 하고 있을 땐 부드럽게 현현했다.

휴대용 재떨이에 재를 털고 다시 담배를 입에 가져다 댄다. 담배의 궐련지 부분이 거의 사라졌을 즈음, 시게루는 어쩔 수 없이 생각을 멈추었다. 시간이 지나면 알게 되겠지. 조금만 더 기다려 보자. 그런 판단이 있었기 때문이었다.

오후 6시쯤, 닭꼬치집으로 향하는 그의 발걸음 소리엔 한 개의 화음이 들어가 있었다.

"얼마 만인가요, 단둘이 식사하는 거."

괴짜라면 괴짜라고 불릴 남성인 마나베가 시게루에게 말했다.

---
[3] 소원을 쓰는 데 사용하는 종이.

시게루는 처음에 마나베가 무슨 말을 하는지 알아듣지 못했다. 몇 초 뒤에 현 상황에서 나올 만한 단어와 그나마 들을 수 있었던 발음을 자신의 식대로 조합해서 마나베가 던진 말이 이런 말이 아니었을까, 하고 유추했을 뿐이었다.

그도 그럴 것이 마나베는 말을 뱉어 대는 속도가 너무 빨랐다. 자기 말로는 습관이라고 하던데, 고치려는 노력도 하지 않는 것을 보면 시게루는 무척이나 답답했다.

"꽤 오래됐지. 두 명입니다."

가게 안에서 시게루는 마나베와 점원에게 번갈아 말했다. 잠시 뒤, 점원의 안내에 따라 식당 가장자리에 놓인 테이블에 착석했다.

"맥주 드실 거죠?"

마나베의 물음에 시게루가 고개를 끄덕이고 키오스크 화면을 바라보았다. 요즈음 테이블 키오스크를 사용하는 가게가 부쩍 는 것 같다는 생각이 들었다. 이 꼬치집도 입춘 무렵까진 이런 기기가 없었다.

마나베와 시게루가 단둘이 술을 마시는 것이 꽤 오랜만이었던 이유는 조금 특이했다. 둘은 문학 애호가로서 술만 마시면 이야기를 동이 틀 때까지 할 수 있었다. 그러니 다음 날의 스케줄에 무리가 갔고, 그로 인해 서로의 집안에서 각자에 대한 안 좋은 이야기가 연쇄적으로 나타날 수밖에 없었다. 그래서 두 사람은 합의하에 잠시 만남을 접어 두었던 것이었다. 따라서 귀찮은 표정을 띤 시게루도 지금 이 상황이 은근히 기쁘게 다가왔으리라.

술기운이 조금 올랐을 무렵, 그들의 대화를 태운 열차에 시동이 걸리기 시작했다. 굳어 있던 시게루의 표정에도 활기가 찾아왔고 이따금 박장대소를 하며 웃기도 했다. 아직 괴담에 관해 이야기하지 않았는데도 둘은 시끄럽게 생각을 나누었다.

"참, 요즘도 소설 원고 쓰고 계신가요?"

그렇게 말하며 마나베는 땅콩을 입에 집어넣었다. 그의 목소리가 공중에서 산산이 분해된 뒤 잠깐의 정적이 찾아왔다.

"응? 잠깐…… 뭐라고? 너무 빠르잖아, 너."

시게루는 마나베가 내뱉은 말을 또 알아듣지 못했다. 이번에도 그가 너무 빠르게 말을 뱉어 댄 탓이었다.

"아아, 죄송합니다, 술기운에 흥분해서 그만. 요즘도 소설 원고 쓰고 계신가요?"

이번엔 천천히 또박또박 한 음절 한 음절을 집중해 가며 말한 마나베는 말이 끝난 시점에 미간을 찌푸렸다.

"그거였군. 뭐, 딱히 마땅한 소재를 못 찾고 있어서 말이지. 나는 소설가보단 감독이 더 잘 맞나 봐."

"소재라면 저희가 나눈 이야기만 해도 수천 가지가 될 텐데요."

마나베가 능글맞게 말하면서도 말끝을 흐렸다.

"하긴 그렇지. 그래도 모티브보단 무언갈 새로이 창작하고 싶은 욕구가 있거든. 아무튼 그것보단 영화가 먼저니까."

"그렇죠. 요리카와 씨와 빨리 연락이 돼야 할 텐데. 아직 별다른 소식은 없는 건가요?"

"아직은 없어. 마지막으로 연락했을 때가 언제야?"

시게루가 고개를 짧게 저은 후에 물었다. 그 물음에 마나베는 눈알을 이리저리 굴리며 약한 신음 소리를 내었다.

"음……, 이번 스포츠의 날에 관한 당일 기사를 본 뒤에 전화했었습니다만, 그러니까…… 통화 내역이……."

마나베가 휴대폰을 뒤적거렸다. 잠시 뒤, 마나베의 외마디가 주변의 공기를 울렸다.

"아! 여깄다. 11월 7일이네요."

"아침이었어?"

"네, 오전 8시 48분이네요."

"특이한 점은 없었나?"

"글쎄요. 출근길에 지하철을 놓칠세라 달린 건진 몰라도 꽤 힘든 듯한 목소리긴 했습니다. 숨을 헐떡거렸어요. 그것 말고는 평범했지요."

"그런가……."

시게루는 곤혹스러운 표정을 지었다.

"곧 있으면 알게 되겠죠. 정 궁금하시다면 직접 찾아가 보시는 편이……. 아무튼 너무 걱정하지 마세요. 그나저나 요즘 치치부

저수조 괴담이 다시 붐인 것 같더군요."

"치치부라면 사이타마현에 있는 치치부시를 말하는 건가?"

"네, 검은 스웨터를 입은 임산부 시신이 저수조 안에서 발견된 그 사건이요."

"사건?"

"아, 사건이라 하니 조금 애매모호해지는군요. 괴담과 사건은 엄연히 그 성격이 다르니까요. 괴담은 영어로 고스트 스토리라고 한다죠? 시체 유기 사건이니 사건이라 말하는 것도 맞겠지만, 제가 말하고자 하는 건 저수조 사건이 아닌 저수조 괴담이니까요. 아무튼 시신이 발견된 저수조 근처에서 검은 스웨터의 귀신이 나온다지요. 시신이 발견된 곳 근처에서 피해자의 원령이 나타난다…… 이런 건 어디에나 있을 법한 아류 괴담이지만요."

그렇게 말하며 실실 웃는 마나베. 그의 웃음소리가 저편으로 밀려 나가고 시게루의 머릿속에선 한 가지 영상이 떠오른다. 형체를 알아볼 수 없도록 부패한 시신이 저수조에서 기어 올라오는 꺼림칙한 영상. 동시에 인터넷으로 보았던 낡은 신문의 모습이 빠르게 스쳐 지나간다.

"기억나는 것 같아. 신문에도 나오지 않았었나? 타이틀이 〈유령 소문〉이었지?"

"역시 알고 계시는군요. 40년도 넘은 사건이고 괴담 또한 옛날에 만들어졌으니 요즘은 모르는 사람이 많을 텐데 여러 커뮤니티에서 재점화되고 있어요. 범인이 아직도 잡히지 않았는데 다시금 다수가 정보를 얻어 감으로써 범인을 잡을 만한 단서가 또 나올지도 모르겠네요. 어찌 보면 커뮤니티의 순기능이랄까요."

"그래도 난 그런 걸 별로 좋아하지 않거든. 익명 뒤에 숨으면 자신이 무심코 던지는 글이 날카로운 흉기가 되는지도 모르는 사람들이 너무 많아서 말이야. 그 사람들, 자기 객관화를 좀 해야 할 필요가 있어. 물론 정상인들은 논외겠지만."

갑작스럽게 나타난 시게루의 어조는 마나베에게 꽤 공격적으로 다가왔다. 그래서 당황스러웠다. 아무래도 시게루는 저번 영화의 흥행 성적을 막론하고 영화의 가치를 헐뜯는 이들에게 상당한 적대심을 품고 있는 것 같았다. 마나베는 그런 의념이 있어도 겉으로는 티를 내지 않았다. 실은 시게루의 저번 작품이 좋긴 했어도, 지금 그걸 말하는 것은 마나베 자신이 '당신이 무엇 때문에 화가 났는지를 꿰뚫었다!'와 같은 의미가 내포된 비신사적인 면모를 방증하게 될 뿐이고, 또한 어린아이를 달래듯이 하는 마음에도 없는 말쯤으로 다가가리라. 마나베는 해당 사실을 충분히 인지하고 있었다.

얼마 안 가, 시게루는 맥주잔을 날렵하게 집어 들어 단숨에 비워 버리고는 서양과 동양의 추리 문학에 관해 이야기하기 시작했다. 설마 푸념을 늘어놓을까, 겁에 질려 있던 마나베도 시게루가 '일본의 클로즈드 서클'이라는 단어로 첫 운을 떼자 안심했다. 이윽고 마나베는 자신의 생각을 말할 순간을 놓칠세라 서둘러 시게루의 이야기에 집중했다.

오후 9시.
요리카와 켄의 집은 그리 근사하지는 않아도 어딘가 현대적인 구석이 있었다. 술기운이 아직 가시지 않은 터라 마나베와 시게루의 얼굴은 붉게 달아올라 있었다. 한적한 주택가, 더 미시적으로 보았을 때 조용한 주택 앞에 서 있는 자신들이 강도로 오해받는 건 아닐까, 하는 생각을 하면서도 금세 머리를 쥐어짜 내는 후끈거림에 두뇌의 회전이 점진적으로 느려지고 있었다.

시게루는 즉흥적으로 요리카와의 집을 찾아왔지만, 막상 문 앞에 서니 폐를 끼치고 있다는 생각이 들어 초인종이 자리한 곳까지 손이 올라가지 않았다. 그 미묘한 감정 변화를 알아차린 마나베가 시게루의 기회를 낚아챘다. 곧 조용한 주변의 공기 속으로 초인종 벨 소리가 스며들었다.

적요에 휩싸인 두 남자는 왜인지 몸속의 세포가 부글부글 들끓고 있는 듯한 기분이 들었다. 그건 요리카와의 응답을 기대함에 따라 자연스레 발생하는 감정적인 현상이었지만, 두 사람은 단순히 음주로 인한 체온 상승 때문이라고 착각했다. 그러나 긴장되는 분위기 속에선 아무런 낌새도 나타나지 않았다. 마나베가 그 상황에 변화를 주려는 듯 다시 한번 초인종을 눌렀고, 이번엔 기기를 향해 말소리를 보태었다.

"저기, 요리카와 씨. 계신가요?"

"하야세 시게루입니다만, 잠시 시간 괜찮으십니까?"

잠시 정신을 차린 시게루도 한마디 거들었다. 그러나 되돌아오는 대답은 없었다.

"너무하네."

마나베는 부아가 치밀어 오른 듯한 말투로 나지막이 말했다. 그는 술에 취해 구부정한 자세로 외벽에 기대어 있었고, 시게루는 그런 마나베의 등을 조심스레 쓸어내렸다. 그러곤 담배를 찾기 시작했다.

"슬슬 돌아가자."

시게루가 계단 위에 서서 담배를 입에 물고는 말했다. 그러나 마나베는 듣지 못한 건지, 땅을 바라보며 불어오는 시린 바람에 맞춰 몸을 부르르 떨 뿐이었다.

"너무한 거 아니에요? 요리카와 씨, 계약은……!"

갑자기 마나베가 짐승 같은 소리를 내기 시작했다.

"그만해."

어느새 현관문에 도롱이 벌레처럼 딱 달라붙어 집 안을 향해 소리치는 듯 흉내 내는 마나베를 시게루가 몸을 날려 말렸다. 그 순간, 마나베의 안면으로 담배 연기가 날아왔고 이를 한껏 들이마신 그는 연신 기침을 해 댔다. 그러면서 현관문을 발로 찼다.

그리고 놀랍게도 그 반동에 문이 덜컥 열렸다.

반쯤 주저앉아 있는 마나베와 그를 일으켜 세우려던 시게루는 깜짝 놀라고 말았다. 열쇠로 잠겨 있는 문이 이렇게 쉽게 열릴 리가 없다. 애당초 마나베는 그리 큰 힘을 싣고 찬 것도 아니었다. 그 말인즉슨, 이 현관문은 처음부터 잠겨 있지 않고 열려 있었다는 것으로 귀결된다.

두 사람은 그 광경에 정신이 번쩍 들었다. 말단까지 퍼져 나가 끊임없이 순환하는 혈액이 끓고 있다는 느낌은 여전했지만, 뇌가 각성한 것처럼 정신은 멀쩡해졌다. 마나베가 시게루의 팔을 뿌리치고 문을 활짝 열어젖혔다. 시게루가 말릴 틈도 없이 터널처럼 뻗은 복도가 나타났다. 온통 칠흑인 그곳으로 마나베는 홀린 듯이 발걸음을 옮겼다.

"마나베!"

시게루는 최대한 조용히 외쳤지만 마나베는 아랑곳하지 않고 신발을 벗기 시작했다.

"이건 범죄라고."

"알고 있어요. 그래도 요리카와 씨한테 무슨 일이 생겼을지도 모르잖아요. 문도 잠겨 있지 않은데. 잠깐만 보고 나오는 거예요. 잠깐이요."

마나베의 말에 시게루는 묘한 기분을 느꼈다. 주거 침입에 해당한다는 사실쯤은 두 사람 다 알고 있었다. 그런데도 시게루는 마나베의 말이 마음에 걸렸다. 무슨 일이 생겼을지도 모른다는 말이.

이에 시게루는 주위를 두리번거리다가 집 안으로 발을 들였다. 시게루가 문을 닫자 집 안은 까마득한 심해로 보였다. 마나베와 시게루는 약속이라도 한 듯 거의 비슷한 순간에 스마트폰 손전등을 켰다. 빛 속에서 집 먼지가 떠다녔다.

"불을 켤까요?"

마나베가 눈앞에 있는 화장실 문을 밀면서 말했다. 문은 애초에 반쯤 열려 있었다.

"혹시 모르니까 켜지 않는 편이 낫겠어."

얼핏 보았지만, 집 안의 모든 문은 반 이상이 열려 있었다. 그렇기에 지문을 남기지 않고 쉽게 문을 열 수 있었다. 그들이 둘러본 1층의 화장실, 욕실, 거실, 부엌, 다다미방은 모두 깨끗했다. 그러나 기이할 정도로 깨끗한 나머지 요리카와의 흔적마저도 사라져 버린 듯한 느낌이었다. 꽤 오래전부터 집을 비워 둔 듯한 느낌이랄까. 아닌 게 아니라 부엌, 화장실, 욕실을 제외한 곳은 발을 내디딜 때마다 먼지가 흩날릴 정도였다. 그러니 엄연히 말하자면 깨끗하다고 말하는 것에도 어폐가 있다.

의구심을 억누르며 두 사람은 2층으로 향했다. 2층엔 총 두 개의 방과 화장실, 베란다가 있었다. 계단을 오르면 바로 나타나는 방은 게스트 룸으로 보였다. 두 사람은 순서대로 2층의 화장실과 베란다, 게스트 룸에 아무도 없는 것을 확인했다. 게스트 룸에서 나오자 2층의 복도 끝에 숨어 있는 듯한 문이 보였다. 이 집에 남은 방은 그곳뿐이었다.

두 사람은 그 문 앞에 서서 망설였다. 이 문을 열었다가 끔찍한 광경을 마주할지도 모른다. 이를테면 스스로 목숨을 끊은 요리카와를 마주할지도 모르고, 돌연사한 요리카와를 마주할지도 모른다. 이 정도로 연락이 되지 않았다면 두 사람이 그런 의심을 하는 건 당연한 일이었다.

조금 전의 상황과 마찬가지로 이번에도 먼저 행동에 나선 사람은 마나베였다. 그는 겉옷을 벗어 손에 감싼 다음, 문고리를 천천히 돌렸다. 그리고 더 천천히 문을 열었다. 이 방은 다른 방보다 더 까마득했다. 그리고 그러한 광경에서 시게루는 묘한 기시감을 느꼈다.

그는 단박에 알아차릴 수 있었다. 이 방이 이렇게 어두운 건 커튼을 쳐 놓았기 때문이다. 자신의 작업실 또한 이렇게 빛 하나 없이 까마득하니까. 마나베가 먼저 들어가 스마트폰 손전등 빛을 비추었다. 그의 뒤를 보좌하듯 시게루가 방 전체를 비췄다.

이내 그들은 형언할 수 없이 기이한 광경을 목도했다. 그들이 비춘 벽엔 수많은 종이가 덕지덕지 붙어 있었다. 방 전체에 여러 종이가 널브러져 있었고, 이곳에서 잠을 청한 듯 이불과 베개가 한쪽 구석에 놓여 있었다. 요리카와가 사용했을 책상 위엔 스탠

드와 여러 서적, 필기구가 있었고 가장자리엔 종이 더미가 쌓여 있었다.

"이게 다 뭘까요?"

마나베가 경악한 표정으로 방 이곳저곳을 비추기 시작했다.

"글쎄…… 뭔가를 조사한 것 같은데."

"다음 작품 준비를 위해서 사전 조사를 한 걸까요?"

"그런 걸 수도 있고."

"깃털 연쇄 살인 사건……."

벽에 붙어 있는 한 종이를 떼서 적혀 있는 글을 마나베가 어색한 목소리로 읊조렸다.

"이런 사건이 있었나요?"

시게루는 마나베가 건넨 종이를 보곤 미간을 찌푸렸다.

"깃털 살인? 쓰타바라시 연쇄 살인 사건인가? 그 사건의 이명이 깃털 연쇄 살인 사건이었던 것 같은데."

"아, 설마 그 사이코패스가 벌인 사건인가요? 사건 현장에 항상 깃털을 두고 갔다던……."

마나베는 시게루에게 묻는 듯한 어조로 말했다.

"그런 것 같군……. 근데 이거 아는 전화번호야?"

별안간 시게루가 물었다. 그는 플래시로 종이 한 장을 비추고 있었고, 그곳엔 휘갈겨 쓴 전화번호가 적혀 있었다. 그리고 그 전화번호 위에 '鄕村 聖一'란 한자가 적혀 있었다.

"아뇨, 모르는 번호입니다. 위에 이건 이름일까요?"

"성이 사토무라? 쿄무라나 고무라인가? 이름은 세이치 같군."

"그러고 보니 고무라는 이시카와현에 존재했던 마을 이름이네요. 지금은 합병이 되긴 했지만요. 그래도 이렇게 네 개 한자가 연속해 있는 걸 보면 확실히 성과 이름에 가깝긴 해 보입니다."

마나베의 말이 끝나기 무섭게 시게루는 이 전화번호를 포함해 방 전체를 사진 찍기 시작했다.

"괜한 걱정일지도 모르지만, 혹여 안 좋은 소식이 들린다면 이런 게 중요한 단서가 될지도 몰라."

시게루는 그렇게 말하면서 계속해서 사진을 찍었다.

"안 좋은 소식?"

"그냥 예감이 안 좋달까. 이것들 전부 단순히 작품 준비 같진 않아 보여. 봐, 이건 신문 축쇄판을 본뜬 복사본이야."

시게루가 종이 한 장을 지목했다.

"2007년에 발생한 사건이네. 요리카와 씨는 이 사건을 조사하고 있었던 것 같은데."

"그렇다면 요리카와 씨가 쓰타바라시 연쇄 살인 사건을 모티브로 새로운 작품을 재창조하려 했던 걸까요?"

"거기까진 모르겠는데. 그보다도 이 사진 어딘가 좀 꺼림칙하지 않아?"

"어떤 거 말입니까?"

마나베의 물음에 시게루는 "이거."라고 답하면서 벽에 붙어 있는 사진을 떼어 냈다.

"그림 액자인가요?"

"그런 것 같은데. 이런 그림 본 적 있어?"

상단은 불그스름한 구름, 그 구름 속에서 내리는 새빨간 불덩이, 중간에 자리해 있는 커다란 몸집의 새, 하단의 파도가 만연한 바다. 그야말로 가만히 보고만 있어도 기분이 언짢아지는 지옥을 그린 듯한 기괴도였다. 사진의 뒷면엔 수성펜으로 '괴조도'라 적혀 있었다.

"아니요."

마나베는 그렇게 말하면서도 어딘가 역겹다는 표정으로 미간을 찡그리며 눈알을 이리저리 굴렸다.

"그런데 이게 단순히 작품 준비가 아니라면 뭐죠? 광기가 느껴질 정도인데."

"요리카와 씨는 자필로 시나리오를 작성한 다음 노트북에 옮기는 방식으로 작업하는데, 아무리 찾아봐도 육필 원고가 없어. 그 말은 즉, 시나리오 작성 자체를 아직 시작하지 않은 게 아닐까?"

"에이, 말도 안 돼요. 아무리 요리카와 씨의 실력이 대단하다고는 해도 그런 일은 있을 수 없어요. 그래도 시나리오의 50퍼센트 이상은 완성되어 있어야 계약을 하죠. 그게 저희 쪽에서 들 수 있는 최소한의 보험이잖아요. 어차피 요리카와 씨라면 무조건 계약이 성립될 테지만요. 설령 요리카와 씨가 그 사실을 알고 있다고 하더라도 배짱 두둑하게 단 한 자도 쓰지 않았다는 건, 믿을 수 없어요."

"하긴, 일단 노트북도 휴대폰도 없는 걸로 봐선 이 집에서 무슨 일을 당한 건 아닐 것 같고. 참, 8일에 네 연락 받았잖아?"

"아뇨, 7일이에요. 아!"

갑작스레 마나베가 외마디 감탄사를 내뱉었다.

"그때 요리카와 씨가 분명 '작품이 거의 완성되어 간다'라고 말했었어요. 확실히 기억납니다."

"정말이야?"

"네."

"그럼, 계약하지 않으려던 것은 아니란 말이겠군. 그게 아니라면 역시 '누군가에게 좋지 못한 일을 당했다'라는 말로 귀결되는 건가? 7일에 분명 무슨 일이 일어난 거야. 우리 회사에 들어오라고 조금 더 설득했어야 했는데……."

"어쩔 수 없죠. 이미 많이 설득하셨잖아요. 요리카와 씨가 프리랜서 작가로 남고 싶어 하는데 뭐……. 다양한 작품을 만들고 싶어서 회사에 들어오지 않겠다고 하신 거죠? 베테랑은 베테랑이라니까요."

시게루가 힘없이 고개를 끄덕거릴 때였다. 저 멀리서 어렴풋이 진동이 느껴졌다. 누군가가 집 안으로 들어오는 기척이었다.

시게루와 마나베가 동시에 숨을 죽였다. 그러곤 2층 복도로 나가 동태를 살폈다.

"문을 왜 안 잠가 놔?"

1층에서 목소리가 들렸다. 요리카와의 목소리는 아니었다. 두 사람이 계단 쪽으로 가자 1층의 불이 탁하고 켜졌다.

"엄마가 연락이 안 된다고 해서 말이지. 연락 좀 하고 살아."

목소리가 점점 가까워졌다. 이내 누군가가 계단을 쿵쿵 올라온다. 시게루는 곧바로 뒤로 물러났지만, 마나베는 덩굴에 발이 묶이기라도 한 듯 전혀 움직이지 않았다. 일촉즉발의 상황이었다.

"야! 뭐 해?"

시게루가 조용히 외쳤다.

큰일이다.

시게루가 눈을 질끈 감은 순간, 우왁! 하는 목소리와 함께 계단이 쿵쿵 울렸다. 결국 들켜 버리고 만 것이었다.

"누구세요?"

시게루의 시야에서 보이지 않는 누군가가 놀란 목소리로 물었다. 이에 마나베는 어리바리하게 "저…… 그게…….".라고 뜸을 들일 뿐이었다. 하는 수 없이 시게루가 어둠 속에서 모습을 드러냈다. 계단 위에서 벙쩌 있는 남성이 보였다. 남성은 통통한 체격이었지만, 얼굴에서 요리카와 켄이 잠깐 보였다. 요리카와 켄을 닮은 남성은 시게루의 등장에 한 번 더 어깨를 들썩였다. 그의 동공이 동요했다.

"저흰…… 요리카와 씨와 함께 일하는 동료입니다. 하도 연락이 안 되셔서 찾아왔는데 집 문이 열려 있더군요……."

"아, 그런가요? 전 요리카와 씨의 남동생 호타루라고 합니다."

"역시……."

마나베가 중얼거렸다.

"혹시 형은 방에 있나요?"

호타루가 머리를 갸웃했다. 그러자 두 사람은 당황하며 계단 아래로 내려갔다.

"형분은 여기 없는 것 같습니다만, 잠시 이야기 좀 나눌 수 있을까요? 잠깐이면 됩니다."

시게루가 1층에 도착하자 말했다. 그의 안면에 진지한 기운과 함께 어스름이 들어서자 호타루는 불길한 기운을 감지했다.

이후, 요리카와 켄의 최초 실종 신고가 접수된 건, 11월 12일 오후 10시 47분이었다.

'도대체 뭘 조사한 거야…….'

시게루는 생각했다.

3

2022년 11월 17일

잠깐의 여행에서 돌아온 호시에 미사키는 마을의 분위기가 사뭇 달라졌음을 직감했다. 그 발화점은 역사에서의 일부터였다.

개교기념일이었던 저번 주 월요일. 당시 그녀는 짐을 담은 캐리어를 끌고 집으로 돌아가던 참이었다. 역에서 내린 뒤 바깥으로 빠져나가려는 찰나, 별안간 해괴한 광경이 시야에 들어왔다. 자신이 타 있던 열차의 8호 칸. 그곳에 서 있던 정장 차림의 남성과 흰색 캐리어. 처음은 단지 그 광경뿐이었다. 억제하기 힘든 영감이 불현듯 돋아나기 전까지는.
갑작스럽게 눈이 따갑고 시렸다. 동시에 열차 안 흰색 캐리어는 온데간데없이 사라지고 한 여성이 우두커니 서 있는 게 보였다. 정장 차림의 남성은 미사키를 뚫어져라 쳐다보고 있었고 캐리어가 있던 자리에 나타난 여성은 꼭 남성을 노려보고 있는 것 같았다. 다만, 남성은 그 사실을 인지하지 못한 듯했다.
거리가 꽤 있는 편이라 미사키는 조금 더 집중해서 두 사람을 쳐다보기 시작했다. 그 순간, 몸의 말단까지 소름이 퍼져 나갔다.
'저건……'
남성을 바라보고 있는 여성의 몸이 새까맣게 그을려 있다. 꼭 산 채로 불타 버린 것처럼.

사람이 아니다.

미사키의 머릿속에서 그러한 답이 쇄도했다. 괴이, 요령, 요괴, 악령, 혼령, 원령. 그 무엇이 되었든 살아 있는 사람과는 거리가 먼 존재였다. 그녀는 확신할 수 있었다. 유년 시절부터 줄곧 그녀의 눈은 이형의 존재들을 포착해 왔으니까.

좋지 않은 일이 일어날 기색이었다. 따라서 서둘러 남성을 하차시켜야 했다. 적어도 다음 열차를 타게 하자고. 그 결론을 내리기도 전에 미사키의 발은 제멋대로 움직였다. 결론을 내렸을 때부턴 걸음이 무시무시하게 빨라졌다.

그러나 열차 앞에 도착하기 직전, 불행히도 출입문이 닫혔다. 하는 수 없이 미사키는 열차 속 남성에게 캐리어로부터 떨어지라고 외쳤다. 혹여 소리가 들리지 않더라도 입 모양으로 알 수 있지 않을까. 다른 칸으로, 서둘러 다른 칸으로 가라고. 그러나 남성은 출입문 뒤의 미사키를 두 눈으로 똑똑히 바라보고 있으면서도 고개를 절레절레 내젓더니 물러서라 손짓할 뿐이었다.

그 순간, 미사키의 귓전으로 누군가의 날카로운 외침이 달려들었다. 역무원이었다. 역무원은 발차해야 하니 뒤로 물러서 있으라는 말을 큰 목소리로 내던지고 있었다. 그때 미사키의 얼굴이 화끈 달아올랐다. 부끄러운 짓을 했다는 생각에 연신 고개를 조아렸다.

미사키가 몇 발짝 뒤로 물러선 때, 열차 속에 서 있는 그것이 고개를 확 돌렸다. 그 고개가 향한 곳은 미사키 쪽이었다. 머리칼을 어깨까지 늘어뜨린 그것의 얼굴은 숯검정처럼 시꺼멨다. 그러나 어쩐지 안면이 형체를 알아볼 수 없을 정도로 심히 뒤틀려 있는 듯한 느낌이 들었다. 얼굴 가죽 자체가 찢어지면서 소용돌이치고 있는 느낌이랄까. 어쩌면 미사키의 눈엔 실제로 그렇게 보였는지도 모른다. 이내 뒤틀린 얼굴 속에 잠들어 있던 새빨간 두 눈이 미사키를 향해 번쩍 뜨였다. 이윽고 하안부가 반달 모양으로 쩌억 갈라졌다.

출입문의 미세한 틈에서 엄청난 양의 살의가 흘러나왔다. 그뿐만이 아니었다. 수많은 혼성이 열차 너머로 빠져나오고 있었다. 곧 그 목소리들은 비명으로 둔갑했다.

분명 8호 칸 안에 있는 사람은 저 남성뿐이다. 미사키는 주위를 두리번거렸다. 다들 평화로운 얼굴이다. 아무도 이 끔찍한 괴성을 듣지 못하고 있다.

나한테만 들리는 것이다.

그녀의 곁에서 괴성이 메아리치기 시작했다. 눈을 감자 소리가 더욱 커졌다. 마치 자신의 귀에 대고 소리치고 있는 것처럼. 청각에 온 신경을 쏟았다. 그리고 비명 속에 어울리지 못하고 빗발치는 한 목소리를 들었다.

뭐라고 하는 걸까?

'더워?'

'뜨거워?'

알 수 없다.[4] 들리는 말소리를 헤아리려 하고 있는데 기묘한 냄새가 코 주변으로 올라왔다. 이 냄새는…… 틀림없이 탄내다. 그렇게 생각하자 이번엔 악취가 나타났다. 썩었다. 뭔가가 썩은 냄새다.

미사키는 눈을 번쩍 떴다. 모든 게, 원래대로 되돌아가 있었다. 탄내와 악취도, 비명과 괴성도, 전철 안 괴이도 전부 사라졌다. 흰 캐리어는? 이쪽에선 보이지 않아서 알 수 없다. 미사키의 눈에 보이는 건, 전철 속에서 자신을 바라보는 정장 차림의 남성뿐이었다.

그녀는 초조했지만, 어쩔 수 없이 뒤로 돌아섰다. 자신의 캐리어 손잡이를 꽉 쥐고 앞으로 걸어갔다. 열차의 바퀴와 선로가 서로 마찰하며 발생하는 굉음이, 역사를 막 빠져나온 그녀의 귓가에 어렴풋이 들렸다.

나흘 전인 13일, 그녀는 해당 남성이 결국 행방불명되었다는 뉴스를 보았다. 이름은 요리카와 켄. 멀끔하고 자상해 보이는 인상에 진한 아치형 눈썹이 특징인 중년 미남. 그녀가 역에서 보았던 얼굴과 똑같다. 몇몇 언론에선 그를 유명 시나리오 작가라고 불렀다. 그가 작가로 참여한 영화는 영화를 별로 좋아하지 않는

---
[4] 일본어로 '덥다'와 '뜨겁다'는 발음이 같다.

미사키도 본 적이 있을 정도였다. 다만, 얼굴을 공개하는 것은 이번이 처음인 듯했다. 그도 그럴 것이 SNS의 절반 가까이가 그의 얼굴에 관한 이야기로 도배가 되어 있었다.

대개 어른의 행방불명은 단순 가출로 치부되는 경우가 많고, 전국적으로 약 8만 명 이상 분포되어 있으므로 뉴스에까지 등장하는 경우는 극히 일부다. 그러나 행방불명자가 유명한 사람이거나 사건에 연루되었을 가능성이 농후한 경우에 언론 노출도가 비약적으로 상승한다. 요리카와 켄의 경우는 전자와 후자 모두 해당했다.

14일 오후 4시, 요리카와의 혈흔이 묻은 블레이저가 나카노구의 공터 공중화장실에서 발견되었다. 아무리 요리카와가 공사다망하다지만, 범죄 혐의점이 발견된 순간부터 수사 착수는 당연한 이치가 되어 버린다. 그 말대로 역시 경시청이 본격적으로 수사에 착수하기 시작했고, 이에 따라 언론에 확산 보도까지 된 것이었다.

미사키는 열차 속 요리카와의 옆에 서 있던 그것이 자꾸만 떠올라 도무지 수업에 집중할 수가 없었다. 발이 덜덜 떨렸고 마음 한편에서 불안이 용오름 치고 있었다. 창문으로 흐린 바깥 풍경을 바라보면서 끝나지 않는 상념과 한바탕 씨름을 벌였다.

보통 그녀의 눈에 보이는 혼은 죽었을 당시의 모습으로 나타난다. 그러한 특성으로 미루어 볼 때 온몸이 불탄 그것은 방화를 당했거나 분신자살을 택한 게 아닐까……. 그리고 그것이 요리카와의 옆에 선 채 그를 뚫어져라 쳐다보았던 건, 요리카와가 방화와 어떠한 연관이 있었던 걸까…….

바람 소리가 시끄러운 곡소리처럼 들려오는 바람에 잠시 생각을 중단할 수밖에 없었다. 창문 밖, 학교 앞의 거대한 녹나무가 심하게 흔들거렸다. 녹나무의 살점이 눈앞에서 휘날렸다. 그 광경만으로도 하교할 때 머리칼이 얼굴을 덮치고, 치맛자락이 흔들리는 모습이 자동으로 머릿속에 그려졌다.

오후 시간이 되자 하늘은 삽시간에 어둠으로 물들었다. 울퉁불퉁한 먹구름이 천공을 뒤덮었고 약했던 빗줄기가 점점 굵어지기 시작했다.

(사라졌다고?) (응, 감쪽같이 사라졌나 봐.) (다 같이 나라현에 갔다지?) (오토바이로?) (응응.) (꼴 좋아.)

반 아이들의 수군거림이 공기의 흐름을 타고 미사키의 귓가에서 술렁였다. 처음 그녀는 단지 "사라졌다"라는 말만 듣고 요리카와의 이야기인 줄 알았으나 자세히 들으니 다른 반의 남학생 한 명이 사라졌다는 이야기였다. 불량 서클의 일원으로 잘 알려진 와타나베 미노루였다. 여행 마니아인 다른 아이들과 함께 나라현에 갔다 온 뒤부터 학교에 나오지 않고 있었다.

와타나베의 담임 카가와를 제외한 선생들은 오히려 기뻐하는 눈치였다. 요컨대 와타나베는 요주의 인물이었으니까. 동료 선생들은 카가와에게 책임을 전가할 때 빼고는 약속이라도 한 듯이 그의 결석에 대해 모르쇠로 일관했다.

와타나베가 학교에 나오지 않는다는 이야기는 1주 전부터 나오기 시작했다. 그러나 미사키는 여행 계획을 세우는 데 열중했기 때문에 이야기를 비교적 늦게 접한 학생에 속했다.

와타나베가 꼭 무언가에 홀린 것처럼 정신줄을 놓아 버렸다. 그리고 그 이야기가 조금 부풀려진 건지 얼마 전 와타나베가 사라졌다는 소문이 전염병처럼 퍼져 나가고 있었다. 아마도 같은 서클의 학생이 그의 집을 찾아간 뒤 시작된 소문 같았다.

(폐가에서 그림을 훔쳤다던데.) (그림?) (응, 주인 모를 물건을 훔치니 그렇지.) (비싼 값에 팔려고 그런 거 아니야?) (맞네.) (아니면 그림 주인에게 잡혀 있는 걸지도 모르지. 쿡쿡.) (그럼 납치당한 거야?)

와타나베를 향한 비웃음이 여기저기서 날려 왔다. 그나저나 그림이라는 게 뭘까? 미사키는 애써 돋아나는 상념을 억제하면서 다음 수업을 준비했다.

하교 시간, 미사키는 유일하게 친한 동급생 야시로 마이와 교실에 남아 잠깐 이야기를 나누었다.

"비밀이야."

마이는 입가에 미소를 띠었다.

"선생님들끼리 하는 이야기를 엿들은 거라 꼭 비밀 지켜야 해."

마이가 신신당부하자 미사키는 눈을 게슴츠레 뜨면서 고개를 대충 끄덕였다.

"카가와 선생님이 저번 주 월요일, 와타나베의 집에 찾아갔었대. 부모는 반기지 않는 눈치긴 했지만, 어쨌건 집 안으로 들어오라고 했대. 근데 좀 이상했어. 일단 양친 모두 겉옷을 몇 겹이나 걸치고 있더라는 거야. 아무튼 카가와 선생님이 집 안으로 들어갔을 때, 왜 그 사람들이 옷을 겹겹이 껴입고 있는지 알게 됐지. 집 안이 상상 이상으로 추웠대."

"추웠다니?"

미사키의 물음에 마이는 흡족한 듯 활짝 웃으며 말을 이어 나갔다.

"응, 에어컨 설정 온도가 18도에 최대치로 켜져 있더래. 여름은 이미 끝났는데 말이야. 만약 더위를 많이 탄다고 해도 이상하지. 두 사람 모두 겉옷을 입은 채 벌벌 떨고 있었으니까."

"그렇다면 두 사람 모두 에어컨을 일부러 켜 놓고 있었다는 거네?"

"맞아. 아들 때문이래. 와타나베 미노루가 에어컨을 켜 놓고 있어야 한다고 고집을 부렸나 봐. 근데 단순히 그런 이유 때문이라면 이해하기 힘들지. 아니나 다를까, 와타나베 미노루가 갑자기 더위를 심하게 타게 돼서 에어컨을 켜 놓지 않으면 미쳐서 날뛰었대. 근데 그 정도가 꽤 심했나 봐. 그래서 에어컨을 계속 켜 두지 않았을까 싶은데……."

"그럼, 와타나베 미노루는 어디에 있었는데? 자기 방?"

미사키는 샤프펜슬을 돌리면서 계속 질문했다.

"아니, 그게 중요한데…… 욕실에 있었대. 욕조에 차가운 물을 넘칠 정도로 받아 놓고 하루 종일 들어가 있었나 봐."

"하루 종일?"

"응. 카가와 선생님이 방문한 그날 처음으로 그런 거였다고는 하던데. 이전까지는 에어컨 앞에 멍하니 서 있을 뿐이었는데 '이젠 참을 수 없어.'였던가 그렇게 말하면서 욕조에 얼음을 들이붓고 차가운 물을 가득 채워서 들어갔더라는 거야."

"아무도 안 말렸어?"

미사키가 의심하는 눈초리로 마이를 쏘아보았다.

"말렸겠지. 카가와 선생님 말씀으로는 양친 모두 그를 말리려고 노력했다고는 하는데, 욕실 안에 들어오려고 하면 고래고래 소리를 질렀대."

"그렇다고 진짜 안 들어간 거야?"

"그게 뭐랄까…… 카가와 선생님이 보시기에 그 두 사람, 어쩐지 와타나베 미노루를 진심으로 두려워하는 것 같았나 봐. 참, 그리고 카가와 선생님이 그 집에서 나오기 전에 잠시 욕실로 향해서 불투명한 유리 너머를 조심히 살폈는데 이상한 소리가 들렸다고 했어."

"이상한 소리?"

"응. 미노루가 누군가와 이야기한다고 해야 하나. 계속 중얼거렸다는 거야. 그리고 선생님이 유리문을 두드렸을 때, 중얼거리는 소리가 뚝 끊겼다고 하더라고. 선생님은 그 기괴한 분위기에 못 이겨서 한달음에 밖으로 나왔다고 했어."

"무슨 말을 하고 있는진 듣지 못한 거야?"

"글쎄, 뭐라고 하셨는데. 기억이 잘……. 아!"

마이가 생각해 냈다는 듯이 짧게 외마디를 내뱉었다.

"'더워'라고."

그 말에 미사키가 화들짝 놀라며 펜 돌리기에 실패했다. 샤프펜슬이 바닥으로 힘없이 떨어졌다.

"더워?"

미사키가 되물었다.

"응, 들리는 단어는 '더워'뿐이었다고 말씀하셨어."

마이는 몸짓으로 설명하려는 듯 손부채질했다. 그러는 사이 미사키의 머릿속에서는 열차 속 괴이와 요리카와 켄의 얼굴이 순차적으로 떠올랐다.

"얼음물 속에 있는데도 덥다고 하다니. 단단히 미친 것 같아."

생각에 잠긴 미사키에게 마이가 샤프펜슬을 주워서 건넸다.

"아, 고마워. 오늘은 먼저 갈래? 가 봐야 할 곳이 있는데 잊고 있었어. 미안해."

미사키가 살갑게 웃었다.

"그래? 괜찮아."

마이는 아쉬움이 역력한 기색을 내비치면서도 서둘러 가방을 챙겼다. 그들이 하교하기 위해 복도로 나올 때까지도 폭우는 계속되었다.

"이야기해 줘서 고마워."

미사키가 말했다. 마이는 고개를 절레절레 저으면서 "더 재밌는 이야기 들으면 미사키에게 알려 줄게."라고 말했다.

"그럼, 내일 봐!"

저 멀리, 마이의 외침이 복도를 울렸다. 미사키는 멀어져 가는 그녀에게 말없이 손을 흔들어 보였다. 마이가 시야에서 사라지고 불과 몇 초 후에 발소리도 사라졌다. 복도 한가운데에 홀로 서 있는 미사키의 주변에 적막이 배회하기 시작했다.

길게 늘어선 복도의 양 끝에 칠흑이 끈적하게 달라붙어 있었다. 그리고 그 복도 끝에서 왜인지 괴기스러운 기운이 날려 온 것 같았다. 기분 탓이 아니었다. 미사키는 왼쪽 복도의 어둠 속을 자세히 들여다보았다.

기척이 느껴진다.

누군가가 서 있나?

누군가가 서 있다.

그녀는 얼마 지나지 않아 복도 끝에 서 있는 누군가가 자신을 바라보고 있다는 사실을 깨달았다. 잠시 뒤, 그림자가 오른쪽으로 스윽 사라졌다. 그녀는 스쿨 백을 어깨에 제대로 메고 침을 꼴깍 삼키면서 그곳으로 나아갔다. 복도 끝에 도달한 다음, 그림자를 따라 똑같이 오른쪽으로 굽어 들어갔다.

얼마 걷지 않아 계단이 나타났다. 층계참의 구석에 누군가가 서 있었다. 조금 전과 똑같은 사람일 것이다. 미사키가 멈칫하자 그 사람은 미사키가 따라오는 것을 확인했다는 듯이 아래로 내려가기 시작했다. 그를 따라 1층까지 내려왔다. 그러나 미사키는 결국 그 사람을 시야에서 놓치고 말았다. 그 시점은 건물 바깥, 즉, 학교의 운동장으로 완전히 빠져나왔을 때였다.

비닐우산을 펼친 뒤 주변을 두리번거렸다. 그러던 중 문득 저 앞에 자리한 체육 창고가 보였다. 눈에 띌 만한 족적이나 기척은 없었다. 아마 비가 내리기 때문일 것이다. 창고 주위를 둘러보다가 그녀는 문득 창고의 출입문이 살짝 열려 있다는 사실을 깨달았다.

그녀는 벌어진 틈을 들여다보았다. 창고 안에 철창으로 막힌 창문이 있지만, 이 큰 창고 전체를 비출 만한 빛이 들어올 정도는 아니었다. 애초에 지금 하늘은 먹구름으로 뒤덮여 있어서 온통 어둠뿐이다. 아무것도 보이지 않았다. 창고의 차가운 공기가 안면으로 달려들었다. 곧 그녀의 안구가 어둠에 적응해 암순응되었고 어렴풋이 무언가가 보이기 시작했다.

누군가가 저 멀리에 가만히 웅크리고 앉아 있는 것 같다. 그러나 창고 내부로 들어가지 않고선 제대로 파악할 수 없었다. 미사키는 허리를 곧게 펴고 몇 발짝 뒤로 물러나 세로로 길쭉한 어둠을 지그시 바라보았다. 창고 전체가 **윙윙** 울리고 있는 것 같았다. 바로 앞의 어둠에 누군가가 우두커니 서 있는 것처럼 느껴졌다.

'좋지 않은 예감이다…….'

미지의 공포가 징그러운 모양으로 부풀어 올랐다. 온몸을 급습하는 한기에 별안간 좋지 않은 기분이 들었다. 게다가 몇 분 전, 자신을 이곳으로 인도했던 누군가의 발소리가 전혀 들리지 않았다는 사실을 미사키는 깨달았다. 그런 즉시 머릿속에서 알 수 없는 경고음이 울렸다.

혼령이었던 걸까.

그동안 무수한 괴이를 마주했던 그녀가 이러한 공포를 느낀다는 것 자체가 불가사의한 일이었다. 지금까지 느껴 왔던 혼과는 사뭇 다른 느낌. 그 무엇과도 견줄 수 없이 뼈에 사무치는 원한이 이상한 생김새로 뭉쳐 있다. 이윽고 이곳저곳에 넓게 퍼져서는 각지에 자리를 잡고 한껏 깊게 서려 있는 것 같았다. 그 원한은 비문증처럼 미사키의 눈앞에 떠다녔다. 하지만 그녀는 별로 추측하고 싶지 않았다. 슬픔은 언제나 사람을 소용돌이 속으로 휘말리게 만드니까.

창고의 출입문을 조심히 닫아 두고 발걸음을 옮겼다. 교문을 지날 때쯤 칼바람이 온몸을 덮쳤다. 예상대로 단발인 머리칼이 흔들렸고 예쁘게 정돈해 둔 앞머리가 한쪽으로 쏠렸다. 손잡이를 힘껏 쥐고 있음에도 우산이 이리저리 흔들렸다.

마을 부지에 들어선 뒤, 길섶에 즐비한 전신주의 행렬을 지나친다. 길을 걷고 있는 사람은 아무도 없었다. 양옆에 자리한 주택의 마당이나 땅거미가 가라앉은 골목의 어귀와 끝에도.

이상한 기운이다. 이 마을에 거주하면서 단 한 번도 느껴 본 적 없는 기운이 먹구름처럼 몰려오고 있었다. 이를 방증하듯이 고약한 악취가 비 내음 속에서 만개하듯 피어올랐다. 악취의 진원지는 그녀가 지나치고 있는 전신주의 하단부였다. 미사키는 문제의 전신주 앞에서 멈춰 섰다.

콘크리트 바닥에서 의문의 덩어리가 꿈틀꿈틀 움직이고 있었다. 갈색과 황토색이 이리저리 뒤엉켜 있는 참새였다. 참새는 어딘가가 고통스러운지 머리를 바닥에 처박고 기괴하게 움직이고 있었다. 부리를 뻐끔거리면서 괴로워하고 있다. 목뼈가 부러진 걸까?

웅크려 앉자 참새가 움직임을 멈추었다. 참새의 공허한 눈이 하늘을 향하고 있었다. 검은 눈 속으로 빗물이 세차게 떨어졌다. 그 가여운 광경에 우산의 팽팽한 천을 조금 더 기울였다. 우산의 그림자가 참새를 뒤덮었다. 잠시 뒤, 참새의 얇은 다리가 부들부들 떨렸고 그 떨림은 참새의 복부까지 스멀스멀 기어 올라왔.

"앗!"

그때 미사키의 얼굴로 뭔가가 튀어 올랐다. 참새의 복부가 꺼림칙한 소리를 내면서 터진 것이었다. 그곳에서 몇십 마리의 구더기가 내장 대신 왈칵 쏟아져 나왔다. 눈 밑을 훑은 손가락을 보았다. 얼굴에 튄 건, 참새의 피였다. 그녀의 동공은 당혹스러움에 물들었다.

'당황하지 마.' 머릿속이 울렸다. 소매로 빠르게 피를 닦으면서 생각했다. 소형 폭탄 같은 것이 터진 게 아니라면 참새의 복부가 어떤 이유에서 터진 걸까? 뇌리에서 한 가지 일례가 떠올랐다. 해안가로 떠밀려 온 고래의 사체. 내장과 위 속의 내용물 등이 부패하면 가연성 가스인 메탄이 발생한다. 고래는 피하 지방이 두꺼워 가스가 몸속에 쌓이고, 가스가 쌓일수록 내부 압력이 커지게 되며 자연스레 신체가 부풀어 오른다. 그때 외부에서 자극을 주게 되면 고래의 사체가 굉음을 내지르며 폭발하게 된다.

그런데 피하 지방이 두꺼운 고래처럼 특수한 경우가 아닌 보통의 경우, 몸속에서 발생한 부패 가스는 자연스레 바깥으로 분출된다. 사람의 시체 같은 경우도 대개 그러하다. 혹여 이 참새의 내부에 차오른 부패 가스가 외부로 분출되지 못했다고 하더라도 참새의 복부를 자극할 만한 외부 압력은 없었을 텐데.

도무지 논리적으로 생각할 수가 없었다. 세상엔 그런 일이 분명 존재한다는 걸 알고 있었다. 논리적으로 설명할 수 없는 일. 이형의 존재를 보는 그녀의 눈이 그 어구에 힘을 싣는 증거이다.

아직 살아 있던 참새의 내장에 구더기가 기생하고 있었던 것도, 참새의 복부가 폭발하듯 터진 것도 이상했다. 무슨 이유에서 구더기가 복부 속에서 연속적으로 생겨났다면……. 아니, 빠른 속도로 부화하는 구더기를 피부가 감당할 수 없어 폭발한 걸까…….

어느새 흠뻑 젖은 길 위를 기어 다니는 구더기들이 신발 앞까지 다가왔다. 불쾌한 생각을 너무 오래 했다. 그녀는 넌더리를 내면서 자리에서 일어났다. 어쩌면 참새는 훨씬 이전에 죽어 있었을지도 모른다. 그랬기 때문에 악취가 올라왔다. 사체가 움직였던 건, 들끓는 구더기의 움직임 때문일 수도 있다.

참새의 부리와 눈에서도 구더기가 삐죽 튀어나왔다. 구불구불 온몸을 비트는 구더기들이 미사키를 향해 머리를 쳐들었다. 우산을 거두자 구더기들과 참새의 사체는 순식간에 빗물에 잠식당했다.

미사키는 빠르게 자리를 떴다. 주변을 맴도는 음습한 분위기를 끌어안고 길을 걷다가 시선을 위로 올렸을 때, 화들짝 놀랐다. 전신주의 꼭대기와 각 기둥을 잇는 전선에 셀 수 없을 정도로 많은 새가 앉아 있었다. 그뿐만 아니라 하나같이 전부 그녀를 바라보고 있었다.

미동도 없는 따가운 시선에 우산으로 시야를 가렸다. 고개를 숙이고 바닥을 보며 걸었다. 한 발 한 발 내디딜 때마다 새들이 날개를 푸드덕대는 소리가 들렸다. 그 소리는 한참을 걸어도 사라지지 않았다.

푸드덕, 푸드덕.

푸드덕, 푸드덕, 푸드덕.

미사키는 문득 괴이한 감각을 느꼈다. 어떠한 사실이 그녀의 뇌세포를 각성시켰다. 저렇게 작은 새들이 이 정도의 소리를 내는 것은 불가능하다. 그 몸집보다 적어도 열 배 이상은 커야 발생 가능한 현상이리라.

뭔가가…… **마을에 들어왔다.**

마음속에서 알 수 없는 역한 울림이 일었다. 그 울림은 목구멍을 꽉 메웠고, 연신 헛기침을 내뱉도록 만들었다.

뇌 깊숙한 곳에서 어떠한 경고음이 지레 울려 퍼지고 있었다.

그녀는 서둘러 발걸음을 재촉했다.

오후 9시.

"그래서?"

호시에 사토미가 호시에 미사키의 두 눈을 똑바로 쳐다본 채 물었다. 미사키는 아스팔트처럼 딱딱한 언니의 되물음이 그리 달갑지 않았지만, 왜인지 대꾸할 수가 없었다.

두 사람의 양친은 언니인 사토미가 중학교에 입학할 무렵 교통사고로 생을 달리했다. 그렇기에 도쿄에서 호시에 자매가 함께 살 맨션을 구할 땐 친척들의 많은 도움이 있었다. 하지만 현재 세간살이에 관한 것과 집안일, 돈에 관한 것 등은 성인인 사토미가 책임감 있게 해결한다. 그녀는 요행을 바라지 않고 맡은 바에 성실히 임하여 열심히 살아왔다고 당당히 말할 수 있었다. 하나뿐인 동생을 위해서.

자매지간인 두 사람은 그렇게 닮진 않았지만, 미남이었던 아버지 덕에 외모가 뛰어났다. 사토미가 정석적이고 고급스러운 아름다움, 특유의 따뜻한 분위기만으로 주변을 압도하는 불꽃이라면 미사키는 조금 청초하고 단아한 아름다움, 들판 위로 지나는 풋풋하고 순수한 바람 같았다. 바람은 불꽃이 활활 타오를 수 있도록 도왔고, 불꽃은 불꽃 자체로 바람의 움직임을 결정했듯이 두 사람은 공생적인 관계기도 했지만, 서로가 서로의 진로를 방해하듯 대립적인 관계로 둔갑하기도 했다.

"그래서가 아니라……."

미사키가 소파에 앉아 있는 언니를 올려다보며 퉁명스럽게 말하다가 이내 들릴락 말락 말끝을 흐렸다. 그 말에 사토미가 머리카락을 묶으며 입을 열었다.

"미사도 알잖아? 난 영감이 그렇게 뛰어나지 못해. 대충 말하면 이해가 힘들어."

따뜻한 조명색에 사토미의 구불구불한 갈색 머리가 반짝였다. 사토미는 동생인 미사키를 줄곧 '미사'라고 불러 왔다. 어렸을 때부터 습관적으로.

사토미가 미사키에 비해 영력(靈力)이 좋지 못하다는 건 사실이었다. 아니, 실제로 사토미의 영적 능력은 거의 없다고 봐도 무방했다. 그녀는 미사키가 느끼는 것의 대부분, 예컨대 영기 같은 것을 느낄 수 없었고, 미사키가 보는 무언의 존재를 볼 수도 없었다. 그렇다고 미사키가 그러한 부분에 있어서 고양감을 느끼는 것은 아니었다. 미사키도 자신의 영감을 일종의 저주라고 생각하고 있었으니까.

영적 능력이 전무했어도 사토미는 총명했다. 아홉 살 터울인 언니답게 매사를 현실적으로 바라보았고, 어느 분야에 있어서든 강단 있는 사람이었다. 문학부를 졸업한 그녀는 아는 것이 많았다. 미사키가 느끼기에 언니라는 존재는 흡사 지식의 폭포수 같달까. 놀라울 정도로 잡다한 지식을 많이 알고 있었다. 거기엔 매니악한 일본의 민속과 토속학적인 부분부터 시작해 철학적인 이야기까지도 넓은 소견으로 하루 종일 실컷 떠들어 댈 수 있었다.

그도 그럴 것이 사토미는 어렸을 때부터 귀기가 넘쳐 보일 정도로 독서를 좋아하는 독서광이었고 글을 쓰는 것을 취미로 삼고 있었다. 그것의 연장선으로 현재 사토미는 출판사에서 원고의 교정·교열을 담당하는 직원으로 일하고 있다.

어린 시절부터 출판사 직원을 희망했던 건 아니었다. 애당초 글을 썼으면 썼지 누군가의 글을 첨삭하는 일은 별로 내키지 않앉다. 그럼에도 그녀가 출판사 직원이 되기로 한 건, 당장 할 수 있는 일이 그것밖에 없다고 판단했기 때문이었다. 그리고 사토미는 지금까지 그 선택을 단 한 번도 후회하지 않았다.

"확실한 거야? **뭔가가 마을에 들어왔다는 게?**"

사토미가 허리를 곧게 펴면서 묻자, 원형 카페트 위에 앉아 있는 미사키의 눈이 번뜩였다. 그러나 이내 섬뜩한 기운이 등줄기를 훑는 것 같은 기분에 사로잡혀 미사키는 소심하게 고개를 끄덕일 뿐이었다. 거의 비슷한 순간에 마음 한편에서 걱정이 솟아났다. 자신의 예감이 틀렸다면 언니에게 괜한 걱정을 심어 주는 것밖에 되지 않을 테니까.

그러나 미사키는 곧 생각을 고쳐먹기로 했다. 역에서 본 그것과 학교, 하굣길에서의 일, 와타나베의 이야기는 충분히 의심스러운 정황이다. 그리고 무엇보다도 자신의 눈에 꺼림칙한 게 보였다. 그 사실만큼은 변함이 없다.

미사키가 무언가를 말하려고 하는데, 뒤쪽에 자리한 텔레비전에서 익숙한 소리가 새어 나왔다. 그녀는 뒤돌아서 텔레비전을 가만히 응시했다.

"아, 저 사람이야."

이윽고 미사키가 텔레비전을 가리켰다. 때마침 뉴스에선 행방불명 상태인 요리카와 켄에 대해 보도하고 있었다.

"요리카와 켄?"

"응, 저 사람 옆에 있었어."

미사키의 목소리에 작은 떨림이 있었다.

"그래도 아직 확실한 피해자가 없잖아. 속단할 수 없어. 적어도 지금은⋯⋯ 잠자코 지켜보는 수밖엔⋯⋯."

언니의 말에 미사키는 동의한다는 듯이 천천히 고개를 끄덕였다.

"내일 아사히로 씨랑 이야기해 볼게. 뭔가를 알아내면 저녁에 부를 테니까 그때까진 집에서 기다리고 있어."

"알았어. 고마워."

그 말을 끝으로 미사키는 자리에서 일어나 방으로 향했다. 방문을 열고 잠시 가만히 서 있다 뒤돌았다.

"왜?"

사토미가 고개를 갸웃했다.

"⋯⋯아니야. 잘 자."

미사키는 고개를 내저었다. 그러곤 살가운 미소를 지었다.

동생이 시야에서 사라지자 사토미는 스마트폰을 들고 뉴스를 탐독하기 시작했다. 평소라면 침대에 누워 있을 시간이지만 동생의 말이 마음에 걸렸던 탓일까, 수마가 찾아올 기색은 전혀 없었다.

그날, 밤의 줄기는 유독 길었다.

4

2022년 11월 17일~18일

"다녀왔어."

시게루의 목소리가 어두운 현관에서 공명했다. 그러나 안쪽에서 돌아오는 목소리는 없었다. 오롯이 식기들이 마구 부딪치는 소리만 들려올 뿐. 그마저도 난폭하게 들려서 별안간 오싹함이 엄습했다. 왜 물소리는 나지 않는 걸까.

거실로 발걸음을 옮기자 온화한 조명 아래 테이블이 보였다. 테이블 위엔 우편 소포가 놓여 있었다. 평소라면 음식을 담은 접시가 놓여 있을 텐데. 반면 탁자 뒤의 부엌은 어둠에 잠겨 있었다. 부엌 창으로 미세하게 달빛이 들어왔다. 나오미가 얌전히 서 있는 것 같은 윤곽이 드러났다. 그녀는 시게루 쪽을 바라보고 있었다. 주황빛 조명이 반사된 안광이 어둠 속에서 빛나고 있었기 때문에 알아차릴 수 있었다.

"뭐 해? 불도 안 켜 놓고 말이야······."

테이블 가까이 가 소포를 만지작거릴 때도 나오미는 꼼짝하지 않았다.

"무슨 소포야?"

시게루가 아내의 검은 윤곽을 향해 말을 던졌다. 그러나 그 말은 어쩐지 검은 윤곽 속으로 순식간에 빨려 들어간 것 같았다. 아내는 미동도 없었다.

"나오미?"

그때, 알 수 없는 위화감이 그를 덮쳤다. 나오미? 정말 나오미가 맞나? 10년 이상을 함께해 온…… 직감이 말하고 있었다. 뭔가가 다르다고. 그는 곧 온몸의 털이 뒤집히는 소름 끼치는 기분에 휩싸였다.

발걸음을 옮겨 부엌의 입구로 향했다. 문 따위는 없었지만, 거실 테이블 위에 달린 조명의 빛과 부엌의 어둠이 만나 바닥에 경계를 형성하고 있었다. 여전히 나오미의 안광은 시게루 쪽을 향하고 있었다. 즉, 나오미의 눈은 시게루의 동선을 따라 움직인 것이다.

시게루는 빛과 어둠의 경계 앞에 서서 아내를 바라보았다. 부엌의 칠흑 속에서 두 눈만 붉게 떠올라 있는 광경은 실로 기괴했다. 어쩐지 마음이 급해진 시게루가 스위치를 연신 누른다. 그러나 부엌 전등엔 불이 들어오지 않았다.

"나오미?"

굳이 전등을 켜지 않더라도 바닥에 그려진 경계를 한 발짝 넘기만 하면 아내의 얼굴이 제대로 보일 것 같았다. 하지만 다리가 돌처럼 굳어 버렸다. 경계 너머의 나오미와 시게루 사이에서 묘한 긴장감이 흘렀다. 알 수 없는 위화감은 여전히 그의 눈에 아른거렸고, 그것의 실체화는 고작 한 걸음이면 충분하다는 사실을 인지하고 있었음에도 발이 떨어지질 않았다. 결국 몇 초 뒤, 그는 경계 너머로 발을 집어넣었다. 그 순간, 머리 뒤에서 파동이 일었다.

"언제 왔어?"

무척이나 빠른 속도로 시게루는 고개를 돌렸다. 그 자리엔 보란 듯이 나오미가 서 있었다.

"당신이 왜……."

"왜냐니?"

나오미가 이상하다는 눈초리로 그를 흘겨보며 살갑게 웃었다.

"부엌 불을 켜 뒀을 텐데…… 잠깐만……."

그녀가 중얼거리면서 그의 옆을 빠르게 지나갔다.

"빨리하려고 했는데 긴지 씨랑 대화가 길어져서 말이지……. 요리 늦어져서 미안해요!"

아내의 쾌활한 목소리는 시게루에게 들리지 않았다. 공중에 떠다니는 물거품 속에 흡수된 것처럼. 꼭 바깥의 소리가 잘 들리지 않는 물속에 잠겨 있는 것 같달까. 이윽고 부엌 전등 스위치가 켜지는 소리가 어렴풋이 들려왔다.

'그럼 내가 본 건…….'

분주히 요리를 준비하는 아내의 주변을 보아도 **그것**은 없었다. 그는 한동안 자리에서 움직일 수 없었다. 분명히 이상한 감각을 느꼈다. 무언가가 아내를 흉내 냈다.

"참, 소포 왔더라? 우편함 안에 들어 있더라고. 발송자가 누군지 알아? 아니…… 문자가 갔으려나? 안 온 거야? ……요리카와 씨야. 확인해 봤어?"

'요리카와'라는 단어를 들은 순간, 뭍으로 막 빠져나온 것 같은 느낌이 들었다. 아닌 게 아니라 정상적인 호흡을 할 수 있어 꼭 죽음으로부터 되살아난 것만 같았다.

"요리카와 켄?"

시게루의 물음에 아내가 뒤를 돌며 고개를 끄덕였다.

"확인해 봐."

아내의 말이 끝나기도 전에 시게루는 소포를 허겁지겁 뜯기 시작했다. 그럴 리가 없다고 생각하면서. 분명 요리카와는 실종됐다. 아니, 어쩌면 실종되기 전에 발송해 두었던 소포가 지금 배달된 걸까? 아니면 정말 요리카와는 안전한 걸까?

확인 결과, 발신자와 주소 모두 요리카와 켄이 맞았다. 봉투 안엔 원고지가 들어 있었다. 시나리오 같았다.

"뭐야? 뭐가 들어 있어? 꺼내 봐."

나오미가 손에 묻은 물기를 닦으며 다가왔다. 그러곤 호기심 가득한 눈빛으로 시게루를 바라보았다.

"뭐야, 이게……."

시게루가 조심스럽게 말했다.

"여보?"

나오미는 내용물을 꺼내지 않고 멈춰 있는 남편의 팔을 꾹꾹 눌렀다. 시게루는 그 자리에서 얼어붙은 것처럼 움직이지 않았다.

곧 그는 홀린 듯이 봉투 안으로 손을 집어넣고 원고지를 빼내기 시작했다. 원고지가 거의 빠져나왔을 무렵 두 사람은 경악하고 말았다. 원고지 끝에서 정체 모를 머리카락 뭉치가 주욱 딸려 나오고 있었기 때문이었다. 게다가 원고지의 끝부분은 눈살을 찌푸리게 할 정도의 악취를 뿜어내는 점성 액체에 절여져 있었다.

나오미가 숨을 흡 하고 참더니 이내 역겹다는 듯 미간을 찌푸렸다. 그녀의 표정이 나라면 그걸 도로 집어넣었을 거라고 말하는 것 같아 시게루의 마음이 급해졌다.

빨리 이것을 숨겨야만 한다. 누군가가 볼 수 없게 해야 한다.

그런 생각이 시게루의 뇌를 꽉 채워 버려서 원고지를 재빠르게 봉투에 집어넣지 않을 수 없었다. 그는 곧장 요리카와에게 전화를 걸었다. 그러나 단조로운 수신음만이 길게 들려올 뿐, 요리카와는 여전히 묵묵부답이었다.

찐득한 악취는 두 사람의 주위를 한참이나 떠다녔다. 아니, 따라다닌다고 해야 할까. 따라서 식사 시간을 짧게 가질 수밖에 없었고, 식후 나오미는 기분 나쁘다며 소포를 쓰레기통에 넣어 버렸다. 상식이 있는 사람이라면 이런 짓을 하지 않을 것이라고 덧붙이면서.

식사가 끝난 뒤, 시게루는 나오미에게 요리카와의 집에서 찍은 사진을 보여 주었다. 물론 요리카와의 집에 몰래 들어갔다는 사실은 말하지 않았다. 애초에 그가 아내에게 보여 주고자 하는 건, 괴물 같은 새가 그려진 그림 액자였다.

 시게루의 예상대로 나오미는 본 적이 없는 그림이라고 했다. 허탈감이 마음속에서 피어올랐다. 잠자리에 들기 전, 나오미는 소포가 마음에 걸렸는지 "요리카와 씨 어딘가 이상해진 거 아니야? 실종됐다고 하는 것도 실은 어디 숨어 있는 걸지도 몰라."라고 말했다.

 새벽녘, 시게루는 아내가 잠든 것을 확인한 뒤에 거실로 나와 쓰레기통에서 소포를 도로 꺼냈다. 불현듯 이 소포가 실종 수사에 도움이 될지도 모른다는 생각이 들었기 때문이었다. 그뿐만 아니라 오랜만인 요리카와의 시나리오가 무척이나 궁금하기도 했고.

 작업실에 들어와 소포를 열었다. 악취가 뿜어져 나왔기 때문에 오랜만에 커튼을 걷고 창문을 열었다. 새벽의 시린 공기가 코끝을 자극했다. 다행히 누군가가 쳐다보는 듯한 느낌은 들지 않았다. 그는 자리로 돌아와 핀셋으로 의문의 머리카락을 떼어냈다. 물티슈로 조심히 찐득한 액체를 제거하고 원고지를 읽기 시작했을 때가 새벽 3시였다.

 아무것도 적혀 있지 않은 원고지는 맨 앞장뿐이었다. 원고지 다음 장부턴 일반 용지로, 대강 살펴보니 일종의 보고서 같았다. 시나리오를 작성하기 위해 조사한 내용을 꾹꾹 눌러 담은 듯 보였다. 요리카와가 조사한 건, 역시 그의 집에서 보았던 것처럼 쓰타바라시 연쇄 살인 사건이었다.

'시나리오도 아니고, 조사 내용을 왜 보낸 걸까.'

왜일까. 시게루는 깊은 고민에 빠졌다. 시나리오와 보고서를 헷갈린 걸까? 그렇다면 시나리오는 아직 요리카와의 집에 있다는 이야기가 된다. 하지만 몇 번이고 확인했을 텐데. 시게루는 연락 하나 없이 보고서만을 발송한 요리카와의 의도를 도무지 이해할 수가 없었다.

요리카와가 보낸 것이 아니라면 이러한 고민은 하지 않아도 될 텐데……. 그 순간, 머리에서 무언가가 번뜩였다. 누군가가 요리카와인 척을 한다……. 예를 들자면 요리카와를 위험에 빠뜨린 범인이 범행 사실의 발각을 막기 위해 최대한 빠르게 내게 소포를 보냈다. 그런데 그 과정에서 범인이 모르는 오류가 생긴 것이다. 어느 순간에 오차가 발생하여 시나리오를 보내야 하는 것을 보고서로 보내 버리는, 그런 어처구니없는 일이 발생한 건 아닐까.

하지만 요리카와가 실종되었다는 사실은 이미 공공연했다. 범인이 이런 행동을 했다가는 역추적을 통해 금방 들통나 버릴지도 모른다. 소포 곁에 조심스레 올려 둔 머리카락을 빤히 보고 있던 시게루는 돌연히 이상한 게 떠올랐다. 사이타마 연쇄 유아 납치 사건의 가해자처럼 피해자의 시체를 배달하는 사이코라면. 그러니까 평범한 인간의 머리로는 이해할 수 없는 짓을 벌이는 사이코 범죄자라면 충분히 가능할지도 모르겠다는 생각이 들었다.

지금 그가 할 수 있는 건, 이 머리카락과 소포를 경찰에게 맡겨 조사를 의뢰하는 것뿐이었다. 그는 서둘러 보고서를 복사하고 소포와 증거물을 챙겨 아침 일찍 거리로 나섰다. 머리카락의 주인이 요리카와가 아니길 바라면서.

1

2007년 9월 27일

적요를 붉게 비추는 저녁놀이 나라현의 천공을 뒤덮었다. 평일 오후임에도 한없이 한적한 거리 위엔 오롯이 사양으로 인해 숨 쉬는 그림자만이 잔재했다. 그러나 곧, 그것을 부정하기라도 하듯 토요타 크라운 컴포트를 포함한 자동차 네 대가 연달아 아스팔트 위를 지난다.

소름 돋을 정도로 고즈넉한 이곳은 쓰타바라시의 남부 외곽이다. 그리고 그 외곽의 한가운뎰 지나고 있는 건, 고등학교 2학년인 아키타 카즈미뿐이었다. 별다른 생각은 없었다. 평소와는 달리 지나칠 정도로 고요한 이 거리가 낯설게 느껴질 뿐이었다. 시선을 어느 곳에 두어도 어쩐지 비일상적인 느낌으로 가득하다. 신축 건물이 들어서고 있는 주택가에 달하면 다르겠지. 그런 막연한 기대를 품으며 카즈미는 뱀처럼 굽이치는 아스카강의 작은 교량을 건넜다.

카즈미의 가족이 세 들어 있는 맨션은 평지 위에 자리한 주택지를 지난 다음 홀로 솟아 있는 융기를 우회해서 가야 하는 불편한 경로를 지니고 있었으므로 평소에는 자전거를 이용한다. 그러나 불과 하루 전에 자전거를 도둑맞고 말았다. 범인은 아직 잡지 못했다.

어느덧 독립 주택이 무성한 주택지에 다다랐다. 그런데도 인기척은 나타날 기미가 없다. 그나마 그녀에게 안정감을 덧대어 주던 자동차마저 이젠 보이지 않게 되었다. 하나같이 약속이라도 한 것처럼.

그 괴기스러운 광경은 맨션에 다다를 때까지도 지속되었다. 아직 하늘은 적빛과 황빛이 서로 뒤엉켜 있었다. 볕을 등진 맨션의 뒤편은 땅거미가 짙게 내려앉아 있었다. 그 어스름은 빛이 전혀 들어오지 않는 계단에서 더욱 진해졌다. 평소와는 달리 눈살이 찌푸려질 정도로 음습한 기운 또한 감돌았다.

카즈미는 금세 오줌이 마려워져서 서둘러 걸었다. 간단히 우편함을 확인하고 계단을 빠르게 올랐다. 열쇠로 문을 열고 집 안으로 들어갔다. 집 안 또한 저녁놀에 젖어 있었고 고요했다. 카즈미의 부모님은 맞벌이라 저녁 늦게 돌아온다. 외동인 데다 반려동물도 없으니 하교 이후 그녀의 곁은 언제나 조용했다.

정신없이 현관 구석에 가방을 던져 놓고 잰걸음으로 걸어갔다. 이후, 오줌을 누고 있는데 화장실 불이 두어 번 정도 깜빡였다.

"망할 놈, 좀 고치라니깐."

허공을 향해 내뱉었다. 그녀는 혼자 있을 때나 어머니가 보지 않을 때면 줄곧 아버지를 그렇게 불렀다. 어디까지나 그녀의 잘못이었어도, 카즈미는 아버지 요시오의 훈계가 역겹고 싫었다. 중학생 시절 받은 강압적인 훈계에 지쳐 버려서 몇 번이고 요시오를 죽이려 달려들었다. 그리하여 지금은 오히려 아버지가 딸을 무시워하게 되는 지경에 이르렀다.

그녀가 중학교 3학년 때부터 갑작스럽게 몸이 야윈 요시오가 직장 상사에게 이끌려 된통 술에 취해 돌아오면 항상 기회를 엿보았다. 그러다 어머니가 안방에서 잠들고 요시오가 거실에서 잠들면 조용히 다가가 몇 번이고 옆구리를 힘껏 밟았다. 그가 쿨럭거리며 자리에서 일어나려 하면 후두부를 발로 갈겼다.

망할 놈, 뒈져! 뒈져!

마음속에서 몇 번이고 그 장면과 욕이 휘몰아쳤다. 그런 딸의 악행 때문일까, 요시오는 집에 잘 들어오지 않게 되었다. 카즈미는 모르지만, 어머니는 딸의 행동을 모른 척했다. 사랑스러운 딸이 그런 행동을 하는 걸 절대 믿고 싶지 않았으니까. 만에 하나 딸아이가 잘못을 저지른다고 해도 그녀에겐 모르는 일이었다.

카즈미는 세면대에서 입을 헹구고 나온 뒤, 현관으로 향해 가방을 챙겼다. 그 순간이었다. 현관 앞에 가만히 선 그녀는 문득 묘한 감각에 사로잡혔다. 그러나 이 일상적인 풍경에서 무엇이 이상한지 전혀 알아차릴 수 없었다. 잊어버린 무언가를 떠올리려 안간힘을 쓰는 것처럼 미간을 찌푸려 보지만 소용없었다.

별수 없이 그녀는 방에 들어와 가방을 의자에 걸어 놓고 침대에 벌러덩 누웠다. 방충망 사이사이로 공터의 소음이 헤집고 들어왔다. 불과 몇 분 만에 어린아이들의 소음이 사라졌다. 아마도 해가 지기 시작하니 서로 작별을 고했으리라. 어린아이들이 자전거를 타고 집으로 돌아가는 모습이 떠올랐다.

그러다 자신도 모르는 사이에 잠에 빠져들려는 찰나, 정신이 번쩍 들었다. 무언가가 지나갔다. 열린 방문 바깥으로 검은 형체가 지나간 것이 어렴풋이 보였다. 잠결에 헛것을 보기라도 한 걸까.

그녀는 자리에서 일어나 방문이 자리한 쪽까지 한달음에 걸어갔다. 잠시 바깥을 두리번거렸다. 아무도 없는 것을 확인하고는 방문을 닫았다. 문고리에 손을 올리고 잠시 고민하다가 침대로 돌아갔다. 발치에 자리한 선풍기 스위치를 꾹 눌렀다.

여름이 끝났는데도 이상하게 덥다. 바깥보다 집 안이 더욱 덥다. 탁하고 뜨뜻한 공기가 집 안을 가득 채우고 있다. 더위를 잘 타지 않는 체질인데도 이마에서 땀이 삐질 흘러나와서 재빨리 선풍기를 틀 수밖에 없었다.

선풍기의 팬이 돌아가는 안락한 소음과 안면에 들어선 주홍빛 노을에 다시금 정신이 몽롱해지기 시작했다. 그때, 선풍기 소음 사이로 불쾌한 소리가 등장했다. 거실에서 뭔가가 떨어진 것 같았다. 거의 비슷한 순간에 발소리가 들렸다.

"엄마! 언제 왔어?"

그녀는 침대에서 일어나며 외쳤다. 되돌아오는 소리가 없자 방바닥에 앉아서 침대 밑으로 팔을 밀어 넣었다. 그 순간, 다시 한번 뭔가가 떨어지는 소리가 들렸다. 식기가 싱크대로 떨어진 것처럼 듣기 싫은 쨍한 소리였다.

"뭘 자꾸 그렇게 떨어뜨려?"

자신만의 시간을 방해받은 것만 같아서 기분이 나빠졌다. 무거운 발걸음으로 성큼성큼 걸어가 방문을 확 열었다.

"엄마!"

빼꼼 내민 고개를 왼쪽으로 돌렸다. 시야의 저편에 거실이 보인다. 익숙한 풍경인데도 왜인지 가슴이 두근거렸다. 엄마가 아닌 누군가가 숨어 있으면 어쩌지.

그럴 리가 없어.

저도 모르게 머릿속에서 출력된 값이 카즈미의 심신을 안정시키기 시작한다. 거실로 가기 전에 맞은편 방으로 발걸음을 옮겼다. 이 방은 부모님의 방으로 언제나 엄마의 향수 냄새가 가득했다. 이 방엔 아무도 없다. 현관에도 누군가가 들어온 흔적은 없다. 남은 곳은 부엌과 아빠의 작업실이다. 그때 카즈미는 현관에 대충 벗어 둔 자기 신발이 정돈된 것을 발견했다.

"역시 엄마구나! 일찍 왔네? 코요이 씨가 그래도 된대?"

그녀는 고개를 돌리고는 저 멀리 거실을 향해 외쳤다. 코요이 씨는 카즈미의 모친이 일하는 열대어 가게의 사장이다.

거실 창 속에선 번들거리는 노을이 산기슭에 걸쳐 있었다. 엄마는 부엌에서 요리를 준비하고 있을 것이다. 최근엔 무선 이어폰을 끼고 요리하는지라 가족의 말소리를 못 듣는 경우가 다반사였다. 물론 이 시간에 요리는 드문 일이긴 하지만. 카즈미는 그리 생각하며 양말을 방 안으로 벗어 던지고 거실로 천천히 걸어갔다.

부엌은 복도를 빠져나온 다음, 오른쪽으로 돌아야 완전히 보일 정도로 구석에 있었다. 그러므로 복도에 선 상태로는 부엌에서 무슨 일이 일어나고 있는지 조금도 볼 수 없었다. 복도가 거의 끝나는 지점에 가만히 선 카즈미는 문득 떠올렸다.

'왜 신발을 신발장에 안 넣었지?'

요시오 놈은 나의 하교 시간을 알기 때문에 이 시간엔 절대 집에 들어오지 않는다. 그렇다면 집에 올 사람은 엄마밖에 없는데. 만약 엄마라면 신발을 정리하는 것에 그치지 않고, 신발장에 넣어 두었을 텐데.

그렇게 생각하며 거실과 복도의 경계를 넘었다. 그때 갑자기 카즈미가 뒤돌았다.

현관문. 현관문이 이상하다. 특히 손잡이 부분이.

카즈미는 그제야 조금 전 들었던 묘한 감각의 출처를 깨닫고 말았다.

'왜 잠겨 있지?'

그렇다. 그녀는 **현관문을 잠근 적이 없었다.** 화장실이 급해 정신없이 집으로 들어오면서 미처 문을 잠그지 못했다. 순서가 일그러졌다. 평소에 행하던 규칙이 일그러졌다. 문을 잠그는 감각을 이 손으로 느끼지 못했다. 그 한 가지 과정의 부재가 묘한 감각을 불러일으킨 것이 틀림없었다.

그 사실을 깨달은 순간, 시공간이 분리되고 땅 밑으로 푹 꺼지는 듯한 감각이 느껴졌다. 눈앞이 새까매지는 듯했다. 숨이 거칠어지고, 머릿속에선 괴팍한 종소리가 연신 요동친다.

인간의 시야각은 평균 195도이다. 그 말인즉슨 수직으로 정면을 바라보고 있어도 옆에서 무언가가 꿈틀거리는 것쯤은 어렴풋이 볼 수 있다는 말이다. 아닌 게 아니라 검은 덩어리가 왼쪽에서 꿈틀거리는 게 살짝 보였다.

고개를 돌리기 바로 직전이었다. 목에서 작열감이 나타났다. 숨이 턱 막히고 고개가 자동으로 오른쪽으로 기울었다. 목은 전혀 움직이지 않는다. 대신 다리가 저도 모르게 오른쪽으로 밀려난다. 곧 힘이 풀려 몸이 오른쪽으로 완전히 넘어갔다. 바닥에 머리를 쿵 부딪히자 등줄기에서 소름이 해일처럼 밀려왔다.

벌벌 떨리는 손을 목 부분에 가져다 댔다.

목에 이상한 게 꽂혀 있다.

이런 게 꽂혀 있으면 안 되는데…….

부드럽고 따뜻한 액체가 울대뼈를 타고 흘러내린다. 그에 따라 간지러운 감각이 생겨나서 목을 조심히 긁는다. 따뜻한 액체에 젖은 손을 코앞으로 가져다 댄다. 그것이 혈액임을 확인한 순간부터 시야의 가장자리가 어둠으로 가라앉는다.

"아……빠야?"

숨소리가 이상하다. 풍선 바람이 빠지는 소리처럼 제멋대로 쌕쌕거린다.

"망……할 놈! 뒈져…… 버려! 죽으라고!"

열심히 뱉어 보지만, 성대에 힘이 들어가지 않았다. 단전에서 끌어올린 힘을 목 어딘가에서 단번에 빼앗겼다. 벌어진 상처로 소리가 새어 나가는 것 같다.

"죽어! 엄마……, 살려…… 줘…….."

눈물과 콧물을 쏟아 내며 오열하기 시작하자 목 부근의 상처가 더 벌어졌다. 카즈미는 저항할 수 없었다. 검은 덩어리가 강한 힘으로 그녀의 몸을 짓누르고 있었기 때문이었다. 검은 덩어리는 날카로운 흉기를 더 깊숙이 찔러 넣었다. 깊이가 깊어질수록 그녀의 몸이 바들바들 떨렸다.

다음 순간, 검은 덩어리가 흉기를 뽑아내더니 그녀의 몸을, 천장을 향하도록 뒤집었다. 천장을 바라보는 카즈미의 목에서 오른쪽 대각선으로 핏물이 세차게 튀어나왔다. 바닥에 피가 튄 모습이 꼭 목에서 날개가 솟아난 것처럼 보였다.

목이 절반 가까이 잘려 나가 버려서 그녀의 시야가 까마득해진다. 검은 덩어리가 그녀의 몸에 올라타 있다. 이윽고 검은 덩어리가 세로로 길쭉해지기 시작했다. 목소리를 내고 싶지만, 입만 뻐끔뻐끔 움직일 뿐이다. 검은 덩어리가 살짝 벌어진 그녀의 입속에 손을 집어넣고 아래턱을 확 잡아당겼다. 힘이 어찌나 센지 조금만 더 당기면 턱이 탈구되어 버릴 것만 같았다. 피부가 찢어질 것만 같은 고통에 몸부림쳤다.

푹!

이번엔 구강 이곳저곳에서 작열감이 나타난다. 떫은맛이 입안을 가득 채운다. 핏물이 기도와 식도 양쪽으로 세차게 넘어간다. 극심한 통증에 눈이 뒤집힌다. 그녀의 입에서 거품이 생겨나고 터지는 소리가 몇 번이고 거실에 울려 퍼졌다. 그것이 마치 개구리의 울음소리처럼 들렸다.

잠시 뒤, 밤을 데려오는 석양의 꼬리가 거실을 조용히 비추었다.

2

2007년 9월 27일

켜 놓은 예능 프로그램이 눈에 전혀 들어오지 않았다. 고무라 세이치는 멀찍이 떨어진 TV 스크린을 바라본 상태로 깊은 고민에 빠졌다. 이번 여름, 급박한 상황에 살인자를 향해 총을 발포하여 사살했던 건으로 하마터면 좌천될 뻔했다. 만약 현장에 혈흔이 묻은 칼과 증인이 없어 정당성이 입증되지 않았더라면 형사직에서 파면됐을지도 몰랐다. 1개월 정직 처분이 내려진 것만으로도 기적이라 여기고 있었다. 정직은 2일 전, 해제되었다.

꾸밈새 있는 음식을 좌식 탁자 위에 올려 두었지만, 아지랑이처럼 피어오르는 김을 저도 모르게 코로 빨아들이면서도 음식으로는 눈길을 전혀 주지 않았다. 그러던 중 문득 무언가가 떠올랐다.

그는 자리에서 일어나 한달음에 현관으로 향했다. 언젠가 그는 현관문 아래에 놓인 휴대폰을 우연히 발견했다. 새 모형 고리가 달린 분홍색 휴대폰이었다.

7월 말.

평소처럼 집에서 쉬고 있는데 웬일로 초인종이 울렸다. 택배라는 소리도 없고, 아무런 말소리가 들려오지 않길래 자리에서 움직이지도 않았다. 좌식 탁자 위엔 아사히 맥주와 김이 피어오르는 연어구이가 놓여 있었다.

연어의 두툼한 살을 분리하려는데 이번엔 노크 소리가 들렸다. 엉덩이를 떼기가 싫었다. 귀찮아도 어쩔 수 없다. 두 번 이상부턴 누군가의 장난으로 치부할 수 없다. 용건이 있는 것이 확실하다. TV 소리를 줄여 놓고 한숨을 토해 내면서 현관으로 향했다.

"누구세요?"

묵묵부답이었다. 미세하게 들려오는 건, 아스팔트 도로를 축축이 적시는 빗소리뿐이었다. 오직 그 소리만이 이 네모난 공간에서 공명하고 있을 뿐이다.

"누구신데요?"

고무라의 물음에 대답하기라도 하듯 노크 소리가 들렸다. 우리 집이 맞는데……. 조금 더 앞으로 다가가서 콩알만 한 외시경을 들여다보았다. 누군가가 서 있는 게 보였다. 비에 젖어 있었다. 교복을 입고 있는 것으로 미루어 보아 여학생 같은데 왜 우리 집을 찾아온 걸까? 얼굴은 보이지 않았다. 고개를 숙이고 있어서 빗물이 뚝뚝 떨어지는 머리카락이 길게 늘어져 있는 것만 보였다.

본부에서 돌아왔을 때 현관문 아래에서 휴대폰을 발견했다. 작은 새 모형 고리가 달린 분홍색 휴대폰이었다. 어쩌면 주인일지도 모른다는 생각이 들었다.

"아, 휴대폰 찾으러 왔어요? 잠시만 기다리세요."

고무라는 큰 소리로 말하고는 서재로 들어가 겹겹이 쌓여 거대해진 사건 기록부 더미 위에 놓인 휴대폰을 집어 들었다. 전원이 나갔는지 켜지진 않았다. 현관문을 열고 멋쩍은 웃음을 지으면서 말했다.

"전화기가 주인을 찾아서 다행……. 뭐야?"

그곳엔 아무도 없었다. 어둑한 배경만이 끝없이 펼쳐져 있었다. 벙찐 상태로 서 있다가 기이한 방향으로 내리는 빗물이 안면까지 튀어서 재빨리 문을 닫았다.

"장난인가?"

하는 수 없이 휴대폰을 서재 책상 위에 올려놓고 거실로 나왔다. 그때, 커튼이 팔락거렸다. 그 광경이 마치 누군가가 숨어 들어간 것처럼 보였다. 애초에 커튼 뒤로 사람으로 생각되는 인영이 비치고 있다. 누군가 우두커니 서 있다. 그런데 커튼 밑단 아래에는 이상하게도 발이 보이지 않았다.

실눈을 뜬 상태로 그쪽으로 천천히 발걸음을 옮기고 있는데, 그것은 미동도 없이 가만히 서 있었다. 커튼을 강하게 젖혔다. 사람은 없고 평소와 다를 바 없는 창밖 풍경이 펼쳐졌다. 아니,

딱 하나 다른 점이 있었다. 창문이 열려 있었다. 비바람 때문에 커튼이 움직인 것이었다.

그렇다면 커튼에 비친 그림자는 뭐였지? 헛것을 보았나 보다. 일이 바빠서 잘 챙겨 먹지 않은 탓인가. 동료 형사들의 말로는 독신이라면 그럴 수밖에 없다고 한다. 물론 농담 삼아 한 말이겠지만, 30대 후반에 접어들도록 장가도 못 간 고무라에게는 폐부를 찌르는 소리였다.

창문 앞에 서서 바깥 풍경을 바라보았다. 저 멀리 누군가가 걸어가는 모습이 시야에 들어왔다. 비가 이렇게 오는데 우비도 우산도 없다니. 흰 가로등이 환하게 비추는 아래를 지나가자 조금 더 또렷하게 보였다.

교복이다.

집 문을 두드린 그 소녀가 확실하다고 고무라는 생각했다. 이내 궁금증이 폭발해서 메이와쿠[1]는 머릿속에서 지워 버린 채 외쳤다.

"어이! 학생! 휴대폰!"

고무라는 베란다로 나가 비를 맞으면서 손을 흔들었다. 여학생의 교복 셔츠가 가로등 아래에서 은은하게 빛나고 있었다. 학생은 고무라의 음성을 듣자마자 멈춰 서더니 뒤돌았다. 이후, 음성의 흔적을 쫓아 고개를 들어 올린다.

---
[1] 타인에게 폐가 되는 것을 뜻하는 일본어.

고무라는 여학생이 본인을 발견했다고 생각하여 다시 손을 흔들었다. 그러나 학생은 고무라를 무시하고 다시 걸어가는 것이 아닌가?

저 애가 아니었나?

학생이 모퉁이를 굽어 들어가 시야에서 사라지고 나서야 고무라는 거실 안으로 들어왔다. 창문을 제대로 닫고 커튼을 쳤다. 갑작스럽게 후회가 밀려왔다. 야심한 밤에 너무 큰 소리를 낸 것 같다는 생각이 들었기 때문이었다. 아무리 옆집에 사는 사람이 귀가 어두울 가능성이 농후한 노인이라고 해도 말이다.

미지근해진 연어구이를 반쯤 먹어 치웠을 무렵, 괜한 걱정이 들었다. 아마도 그건 비바람이 거칠어졌기 때문이리라. 우산도 없이 정말 괜찮았으려나. 남을 한번 걱정하기 시작하면 정말 끝도 없다. 곧 고무라는 생각을 그만두기 위해 TV 음량을 조금 더 키우고 맥주를 들이켰다.

다시 현재.

고무라는 그 당시 벌어지고 있던 사건에 신경 쓰느라 휴대폰을 열어 보지도 않고 분실 담당 부서로 넘겼다. 분실 담당 부서 또한 휴대폰의 외견을 찍어 분실물 습득 게시판에 공지했다. 고무라는 얼마 뒤, 주인이 나타나 가져갔다는 이야기만 들었을 뿐이었다.

오후 9시가 다 된 시각, 작업실에서 멍때리고 있던 고무라에게 전화가 걸려 왔다. 발신자는 후배 형사 노이치 소스케였다.

"여보세요."

고무라가 의연하게 답했다.

[골치 아파지게 생겼네요. 살인 사건입니다.]

'살인'이란 단어를 듣자 심장이 덜컥 내려앉았다. 평소라면 그리 놀라지 않을 테지만, '살인 사건' 때문에 하마터면 형사직에서 물러날 뻔했기 때문에 은근한 두려움이 엄습해 왔다.

"살인……? 주소는?"

[안 그래도 메시지 보내 두었습니다. 쓰타바라시에 있는 맨션입니다. 이제 막 다 도착하고 있는 참인가 봐요.]

쓰타바라시라면 고무라와 노이치가 살고 있는 작은 도시다. 각각의 사는 곳은 꽤 동떨어져 있지만.

"아, 금방 갈게."

고무라는 그렇게 대답하고 전화를 끊었다. 서둘러 겉옷을 입고 있는데 알 수 없는 선율이 고막을 강타했다. 그 소리가 들린 순간, 고무라의 몸은 돌처럼 굳었다. 한 번도 들어 본 적 없는 낯선 소리였다. 그러나 그 소리는 금세 사라지고 말았다. 분명 피아노 소리를 들었지만, 그런 소리를 낼 만한 악기나 물건은 이 방에 없다.

늦장 부릴 시간이 없다. 고무라는 밥을 먹지도 않은 채 차 키를 챙기고, 빠른 걸음으로 이동했다.

3

2007년 9월 29일

 헤이세이 19년[2] 9월 27일, 오후 8시 50분경 최초로 발견된 시체의 신원은 인근 고등학교에 재학 중인 여학생 아키타 카즈미로 확인되었다. 사건 현장 최초 발견자는 모친인 아키타 시즈카로 시체는 목이 3분의 2가량 잘린 채로 거실에서 발견됐다. 이 외에도 날카로운 범행 도구를 막는 과정에서 발생한 듯 보이는 방어흔이 손과 팔에서 발견되었다. 거의 잘려 나간 오른쪽 손의 중지, 약지, 소지와 왼손바닥 한가운데에 일자로 생긴 관통상은 흉기를 맨손으로 막았음을 암시했다.

 사망 추정 시각은 오후 6시 정각. 외부인의 지문은 발견할 수 없었고, 유류품인 손목시계는 오후 5시 50분에 멈춰 있었다. 시계가 멈춘 건 외부 충격으로 인해 파손되었기 때문으로 파악되었다.

 그리고 현장엔 한 가지 특이한 점이 있었는데, 그건 바로 시체

---
[2] 헤이세이는 일본의 연호로 헤이세이 19년은 2007년을 의미.

옆에 깃털 한 가닥이 놓여 있었다는 것이었다. 확인 결과, 빗창앵무의 깃털이었다.

형사부장 세구치 츠부사에게 초동 수사 보고를 끝마친 뒤, 고무라와 노이치는 곧장 탐문 수사에 착수하기로 했다.

"사건의 연속이네요. 그렇게 잔인하게 살해한 거면 역시 원한일까요?"

별안간 노이치가 핸들을 돌리며 물었다.

"그건 모르는 일이지. 원한일 수도 있지만, 그냥 정신이 나간 사람일 수도 있지."

"일종의 사이코패스 같은 건가요?"

"콕 집어서 말하면 그런 정신이상자겠지."

노이치는 고개를 끄덕거렸다. 차 내부는 꽤 빠른 속도로 미지의 적요에 휩싸였다. 그 적요를 깨부순 건, 역시나 오랜 후배 형사 노이치였다.

"갑작스러운 이야기일지도 모르지만, 일주일 전에 발생한 화재 사건 기억나세요?"

"화재? 아, 그 여고생이 분사한 거? 그것도 쓰타바라시였지?"

"네. 유리에, 무슨 유리에였더라. 아무튼 그 학생 이름이었어요. 그러고 보니 그 학생도 아키타 카즈미랑 같은 학교에 다녔다고 들었습니다."

"그럼 둘 다 이와사카 고교생?"

"네, 맞아요."

"그렇군. 어쩐지 구린 냄새가 나는데."

고무라가 생각에 잠겨 있는 사이, 어느덧 사건이 발생한 맨션에 다다랐다.

"이 맨션, 모르는 사람이 보면 아무 생각도 들지 않을 텐데 저희는 현장을 봐서 그런지 꽤 섬뜩하게 느껴지네요."

"그렇지? 때론 모르는 게 약이야."

공용 주차장에 차를 세우고 두 사람이 내린 시간이 오후 1시였다. 햇볕이 강하게 내리쬐고 있었다.

"감식 때문에 장례도 못 치르고 안타까워 죽겠군."

고무라가 기지개를 켜면서 말했다.

"그러게요. 저희도 이렇게 기분이 좋지 않은데 유족들은 오죽하겠어요."

노이치가 어딘가로 전화를 걸었다. 몇 분 뒤, 두 사람 앞으로 한 여성이 나타났다. 정돈된 옷차림의 그녀는 애써 웃는 듯하지만, 슬픔에 겨운 기색이 역력했다. 죽은 카즈미의 모친 시즈카였다. 두 사람은 시즈카와 간단히 인사를 주고받고 그녀의 안내를 따라 집으로 향했다. 두 사람 다 이미 와 본 적이 있었지만, 낮 시간대의 맨션은 조금 생소한 느낌이 있었다.

세 사람이 집에 들어왔을 때, 복도엔 깡마른 남성이 서 있었다. 더벅머리에 뿔테 안경을 끼고 있었다. 며칠 면도를 하지 않은 건지 입 주위가 새파랬다. 남성은 작은 목소리로 자신을 아키타 요시오라 소개했다. 축 늘어진 요시오는 훤칠한 노이치를 한참이나 올려다봐야 할 정도로 체구가 작았다.

고무라와 노이치는 본격적으로 양친의 알리바이를 조사하기 시작했다. 처음 운을 뗀 건 고무라 형사였다.

"이미 아시겠지만, 따님의 죽음은 정황상 타살을 가리키고 있기에 질문들이 조금 불편하시더라도 이해 부탁드립니다. 범인을 잡아야 하지 않겠습니까? 그러니 27일 일과를 전부 말씀해 주실 수 있을까요? 정확하지 않아도 되니 떠오르는 대로 말씀해 주시면 됩니다. 아픈 기억을 떠올리는 게 아주 힘드시겠지만……."

"저 먼저 하면 될까요?"

의외로 먼저 입을 연 건, 두 형사를 바라보고 있는 시즈카가 아니라 멍하니 허공을 주시하는 요시오 쪽이었다. 다만 그 모습이 꼭 허공에 떠 있는 누군가와 눈을 맞추고 있는 것같이 보여서 섬뜩했다.

"아실 수도 있을는지 모르겠지만, 일단 전 HM 건설, 도급 업체에서 일하고 있습니다. 뭐, 저는 직원일 뿐이니 크게 하는 일은 없습니다. 그날도 아침 9시까지 출근해서 오전 일을 마치고 점심을 먹었습니다. 그리고 오후에 다시 일을 시작했죠. 하청 업체의 메일을 확인하고, 계약 관련 금액을 산정하고 조달하는 등의 일을 합니다. 그리고 5시에 퇴근해서……."

요시오가 무덤덤하게 말하다가 잠깐 말끝을 흐렸다. 의심스러운 정황이라고 생각한 고무라가 재빠르게 질문했다.

"퇴근한 다음은요?"

그 물음에 요시오는 기억을 더듬는 표정으로 침묵하다가 입을 열었다.

"……산노미야에 자리한 클래식 호텔이라고 아시나요?"

"들어 본 적은 있습니다."

고무라가 답했다.

"그 호텔 옆에 도로교가 있습니다. 그 아래로 사호강(江)의 제방이 늘어서 있고…… 인근에선 고층 맨션 건설 공사가 한창이죠. 저는 대략 5시 40분부터 그 제방 계단에 앉아 있었습니다."

"제방 계단에 앉아 있었다고요? 왜죠?"

이번에도 고무라가 물었다. 노이치는 경찰수첩에 대화 내용을 적어 나갔다.

"그 애가 집에 있을 시간이거든요."

"그 애라면……."

"딸아이를 말하는 겁니다."

시즈카가 갑자기 끼어들었다.

"남편은 딸아이를 무서워했거든요."

요시오가 길쭉하고 빼빼 마른 손을 뻗었다. 아내의 입을 필사적으로 막으려 했다.

"그런 말은 안 해도 되잖아."

그러거나 말거나 시즈카는 요시오의 손을 뿌리치고 말을 이어 나갔다.

"저도…… 자세한 건, 몰라요. 남편이 왜 딸아이를 무서워했는지. 그냥 그렇대요. 딸아이가 무서워서 아주 늦게 집에 들어왔어요. 항상…… 아주 늦게……."

시즈카는 형사들에게 딸아이의 폭력성을 말하지 않았다. 애당초 그녀는 딸아이의 폭력적인 모습을 딸의 본모습이라 믿지 않았기 때문이었다.

"따님이 무서워서 제방 계단에 앉아 있는다고요? 그것도 매일?"

노이치가 펜을 내려놓으면서 물었다.

"아뇨. 날마다 바뀝니다. 대부분 야외죠. 흡연실이나 공원의 벤치라든지…… 앉을 수 있는 곳이면 아무렴 상관없습니다. 가끔은 아주 오래 버스를 타기도 합니다."

"그럼, 오후 5시부터 5시 40분 사이의 공백은요?"

"아무래도 회사가 긴테츠나라역 근처에 있으니, 버스를 이용하면 대개 그 정도 시간이 걸립니다."

"알리바이 증명을 위해 찾을 만한 곳이 있을까요?"

고무라가 물었다.

"아, 그건 제가 편의점에 들렀으니, CCTV나 점원한테 확인할 수 있을 겁니다. 혹시라도 식별이 잘되지 않거나 확인이 어렵다면…… 아, 6시쯤에 클래식 호텔 로비에 있는 화장실을 사용했었습니다."

"그렇군요. 편의점에 들른 시각은요?"

"버스에서 내린 직후니까 5시 30분에서 40분 사이가 되지 않을까 싶습니다. 집으로 돌아온 시간은 오후 9시 50분쯤입니다. 아내의 전화를 받고 서둘렀습니다."

"알겠습니다. 감사합니다. 그럼, 이제……."

고무라의 시선이 시즈카에게로 향했다. 이에 시즈카는 제 할 일을 알고 있다는 듯 고개를 끄덕이며 입을 열었다.

"……저는 다카다역 근처 사거리에 있는 열대어 가게에서 일합니다. 그날도 9시까지 출근했지요. 출퇴근엔 자전거를 이용해요. 그리고 퇴근한 시간은 8시였습니다. 그날따라 손님이 많아서 사장님이 가게를 닫지 않으려고 하는 바람에 퇴근 시간이 늦어졌지요……."

시즈카의 눈에서 눈물이 흘러나왔다. 그런데 입은 미세한 반달 모양으로 살짝 벌어져 있었다. 곧 그 표정을 숨기려는 듯 고개를 숙이고, 눈물을 더 왈칵 쏟아 냈다.

"그리고 집에 왔습니다. 가게에 CCTV가 있으니까 확인할 수 있을 거예요."

시즈카의 작은 목소리가 떨렸다.

"그렇군요. 잘 확인해 보겠습니다. 아마 마지막 질문이 될 것 같은데…… 만약 카즈미에게 원한을 가질 만한 인물이 있다면 누가 있을까요?"

고무라의 물음에 시즈카가 고개를 들었다. 그녀의 눈동자가 흔들렸다. 꼭 무언가를 알고 있다는 것처럼. 그녀의 입은 움직이지 않았다. 고무라는 요시오를 흘깃 쳐다보았다. 요시오는 형사와 눈이 마주치자마자 시선을 하늘로 올렸다. 그러곤 눈을 감고 약한 신음을 보냈다.

"글쎄요……. 지금 생각나는 건……."

시즈카가 말끝을 흐리면서 남편을 흘깃 보았다.

"딱히 없네요."

요시오가 발언권을 낚아챘다.

"그치?"

요시오가 아내를 향해 고개를 휙 돌리자, 그녀는 화들짝 놀라며 들고 있던 컵을 엎어 버렸다. 다행히 컵에 담겨 있던 녹차는 소량이었다. 정신 없는 분위기 속, 시즈카는 휴지로 책상을 닦았다. 그 이후, 두 형사는 자리에서 일어났다. 네 사람은 천천히 현관으로 걸어갔다. 그러다가 고무라가 한 방문 앞에서 멈췄다.

"이곳이 딸아이의 방이었어요."

시즈카가 현관 바로 오른편에 자리한 문을 열면서 말했다. 고무라가 멈춰 선 곳이었다. 영락없는 10대 소녀의 방이다. 침대가 가장 안쪽에 있었고 바로 옆에 책상이 놓여 있었다. 침대의 맞은편 벽면에 옷장이 붙어 있었다. 특이한 건 없어 보였다.

"잠시 들어가 봐도 되겠습니까?"

고무라의 물음에 시즈카는 고개를 끄덕였다. 요시오는 두 형사를 향해 작게 고개를 숙이곤 재빨리 현관 반대편 끝방으로 사라졌다.

"천천히 둘러보셔도 돼요."

고무라에 이어 노이치까지 방 안에 들어오자, 시즈카가 다급히 말했다. 이윽고 그녀는 미소를 지으며 방문을 닫았다. 시즈카의 발소리가 점점 멀어졌다가 다시 가까워졌다. 방문 밖에서 "필요하면 불러 주세요."라는 목소리가 넘어왔다. 그리고 몇 초 뒤 발소리가 다시 멀어졌다.

"분위기가 무겁네요."

노이치가 그동안 참았던 숨을 단숨에 내뱉으며 말했다.

"우리 경찰들도 마찬가지야. 이 정도의 강력 범죄는 드무니까."

고무라는 시선을 약간 위로 올렸다. 가까이 서 있는 노이치와 시선이 맞닿자마자, 그는 흰 장갑을 꼈다. 그러고는 책상 서랍을 뒤지기 시작했다. 사전에 계획이라도 한 듯 노이치 또한 아무 말 없이 장갑을 끼고 자연스레 옷장을 열어 살피기 시작했다.

"인근에 CCTV가 드물어서 충분한 자료도 없고…… 인적이 드문 외곽인 데다 하필 그날, 맨션 거주민 다수가 집을 비웠다죠. 지문도 없고, 족적도 없고, 범행 도구도 미발견에…… 그냥 귀신이 그랬다고 해도 믿겠네요. 으, 소름 돋아."

노이치는 그렇게 말하면서 몸을 부르르 떨었다. 그도 그럴 것이 카즈미 사건은 증거가 부족해도 너무 부족했다. 그럼에도 두 사람은 그 어느 증거도 나오지 않아서 완전무결한 이 범죄가 단지 운이 좋아 성립되었을 것이라곤 생각하지 않았다.

"그래서 여길 뒤지는 거죠?"

노이치가 고무라의 옆모습을 바라보면서 물었다. 그러곤 다시 뒤돌아 옷가지를 뒤지면서 말을 이어 나갔다.

"이럴 때는 가까운 사람을 먼저 의심한 다음, 파문처럼 수사망을 넓혀 가는 방법을 사용하는 거죠? 이를테면 지금처럼 가족을 시작으로요. 근데 딸아이가 무서워서 제방 계단에 앉아 있었다는 게 말이 된다고 생각하세요?"

"자네, 그렇게 추리하는 건 좋은데 유족 생각해서 조용히 이야기해."

고무라가 핀잔을 주었다. 이에 노이치는 아차 하며 조용히 고개를 끄덕거렸다.

잠시 뒤, 고무라가 한 소설책을 펼치자, 아크릴 명찰이 툭 떨어졌다. 명찰의 상단과 중앙, 하단부엔 각각 '이와사카 고등학교', '2학년 1반', '타카초 유리에'라 적혀 있었다.

"타카초 유리에?"

노이치가 화들짝 놀라며 외쳤다.

"성이 타카초야?"

"예. 이제야 유리에의 성이 기억나네요. 이건 타카초라 읽습니다. 그런데 왜 이게 여기 있을까요?"

노이치가 명찰을 가리켰다.

"그거야 나도 모르지."

"서로 명찰을 교환하기라도 한 걸까요? 요즘은 인기 있는 학생들이면 너도나도 명찰을 가져가려고 한다던데. 물론 그것도 어디까지나 졸업할 때의 이야기니까 조금 이상하긴 하네요."

"뭐 서로 간의 증표였을 수도 있지."

"우정의 증표 같은 거요?"

노이치는 어이없다는 표정을 지으며 피식 웃었다.

"만약 그렇다면 둘은 보통 사이가 아니었을 것 같은데……. 딱히 두 사건에 관한 시나리오는 떠오르지 않네요. 이래서는 사건에 훼방만 되고……."

노이치가 옆에서 떠들든 말든 고무라는 생각에 잠겼다. 자연스럽게 시선을 돌리자, 침대가 눈에 들어왔다. 본능적으로 고무라는 몸을 낮춰 침대 아래를 살피기 시작했다. 주머니에서 작은 손전등을 꺼내고 라이트를 비췄다.

"뭐가 보여요?"

노이치가 아크릴 명찰을 비닐 팩에 넣었다. 고무라는 후배의 말은 들은 체도 하지 않고, 팔을 쭉 뻗어 무언가를 잡고 꺼내기 시작했다. 노이치는 "먼지가 묻을 텐데."라고 중얼거리면서 인상을 찌푸릴 뿐이었다. 침대 밑에서 막 빠져나온 고무라의 손엔 담배 한 갑과 **앵무 열쇠고리**가 올려져 있었다.

"어? 담배? 아니, 앵무 열쇠고리네요."

노이치는 담배에 놀라기보다 유리에의 휴대폰에 달려 있다던 앵무 열쇠고리를 발견한 것에 대해 훨씬 놀란 것 같았다.

"이건……?"

고무라가 열쇠고리를 뚫어지게 쳐다보면서 진지한 어조로 중얼거렸다.

"에?"

"아무래도 둘 사이에 뭔가가 있었던 것 같아."

고무라가 말하다 말고 담뱃갑을 열었다. 담배는 한 개비도 비어 있지 않고 가득 차 있었다. 담배를 전부 꺼냈다. 그런데 통상적으론 비어 있어야 할 갑 안에 이상한 게 들어 있었다. 고무라는 담배 속에 감춰져 있던 그것을 꺼내 들었다.

"설마 이거……."

노이치와 고무라의 눈이 동시에 휘둥그레졌다. 담뱃갑 속에 숨어 있던 소형 비닐 팩. 고무라가 그 팩을 열고 손 위에 내용물을 쏟아부었다. 그러곤 반대 손으로 그 물질을 만지작거리며 말했다.

"메스암페타민인 것 같은데. **각성제** 말이야."

4

2007년 10월 2일

형사부실 안, 9월 셋째 주 화재 사건 기록부를 읽는 중인 고무라. 그는 그 사건이 일어났을 당시 정직 처분에 놓여 있었으므로 사건 기록부를 열람할 기회가 없었다. 얼마 뒤, 그의 곁으로 노이치가 급하게 달려왔다.

"선배님!"

그러곤 숨을 헐떡이며 서류 더미를 고무라의 책상에 올려놓고 말을 토해 내기 시작했다.

"맞대요. 비닐 팩 안에 들어 있던 거 메스암페타민이래요. 감식과에서 말하길, 아키타 카즈미의 머리카락과 혈액에서도 메스암페타민과 암페타민 성분이 검출됐다고 합니다. 감식과 소견으로는 모발 축적량으로 보건대 장기적인 복용이라고 추측하고 있습니다. 다만 혈액에선 암페타민이 더 높은 비율로 검출되어서 마지막 복용을 사망 30시간 전후 정도로 예상한답니다. 더군다나 코점막도 손상되어 있었어요. 분말을 비강으로 흡입한 흔적이랍니다. 주삿바늘 자국은 없었습니다. 아마도 복용 경로는 비강 흡입, 파이프를 이용한 흡연, 경구 복용 정도가 있겠네요."

고무라는 감식 결과가 담긴 종이를 넘기면서 흥미롭다는 표정을 지었다. 메스암페타민은 불법 마약류의 일종으로 필로폰이라 불리기도 하며 '한 번 손을 대면 그만두지 못하고 뼈까지 빨린다.'라는 말에서 유래된 '샤부[3]'라는 은어로 불리기도 한다. 그뿐만 아니라 복용자나 거래자들 사이에선 얼음 모양처럼 생긴 탓에 '아이스', '차가운 것'이라 비밀스럽게 통용[4]되기도 한다.

"정맥 주사는 육안으로 확인 가능한 흔적이 남으니 하지 않은 건가……. 반감기가 12시간 정도일 텐데 그 정도면 용케 오래 참았군."

"네. 근데 조금 이상한 이야기가 있었습니다."

노이치는 미간을 구겼다.

"뭔데?"

불안한 기운을 감지한 고무라가 물었다.

"그게 말이죠, 그 메스암페타민 성분 말인데요. 타카초 유리에의 몸에서도 검출됐다고 합니다."

"암페타민만 나온 게 아니라 메스암페타민도?"

고무라가 진지한 표정으로 되물었다. 그도 그럴 것이 메스암페타민과 암페타민은 하늘과 땅 차이이다. 메스암페타민을 투약

---

[3] 일본어로 '빨다'는 '샤부루'이다.
[4] 일본의 언론에 등장하는 각성제 대부분이 이 메스암페타민에 해당한다.

하거나 복용한 사람의 경우 메스암페타민과 암페타민이 전부 검출될 수 있다. 그러나 메스암페타민이 엄연한 불법 마약류인 데에 반해 암페타민은 의료용으로 사용할 수 있다는 차이점이 있다. 여기서 문제점은 의료용 암페타민을 복용했다고 하더라도 마약 양성 검사에선 양성 반응이 나타난다는 것인데, 이때는 무조건 정밀 검사를 실시해야 한다. 따라서 메스암페타민 성분이 검출되었다는 말은 즉, 타카초 유리에 또한 불법 각성제를 복용했다는 사실을 명백히 증명하는 것이었다.

"네. 아마 암페타민만 나왔어도 충분히 의심했을 겁니다."

"언제 검출했는데?"

"글쎄요. 아무래도 탄화 정도가 심한 사체였다 보니 감식이 오래 걸렸지 않았나 싶은데…… 그 기록부엔 안 나와 있어요?"

노이치가 키보드 밑에 놓여 있는 사건 기록부를 눈짓했다.

"아직 다 못 봤어, 좀 전에 받아 온 참이라. 그보다도 이 사건들 예삿일이 아니야. 잘만 하면 일본 전역을 뒤흔들지도 모르겠는데. 흠…… 각성제가 그 둘한테만 작용했을 것 같지는 않은데 말이지."

"이를테면 조직이나 서클 같은 건가요?"

"평범한 여고생 둘이 함께 호기심에 각성제를 얻어 복용했다는 건 좀 이상하지 않나? 혹시 그 각성제의 가치가 어느 정도 되지?"

"최상급은 아니어도 상급 정도입니다."

"상급 정도만 되어도 상당한 고가일 텐데. 아무리 각성제가 만들기 쉽다고는 해도 상급 정도라면 전문적인 여과 기술이 들어갔겠네."

"아무래도 여학생들이 직접 만들었다기보단 제조자한테 구한 거겠죠."

노이치가 칸막이 벽에 팔꿈치를 올렸다.

"그런 것 같군. 그리고 그 두 학생 말이지. 호기심에 각성제를 시작했다가 못 끊었을 수도 있긴 하지만, 집단으로 사고파는 조직에 속해 있었을 가능성도 배제할 수는 없어. 집단 속 개개인의 소속감이 높아질수록 범죄를 저지르기도 쉬워지잖아. 책임이 분산된다고 생각하니까 말이야. 때론 비판적 사고가 불가해서 저도 모르게 범죄를 정당화해 버릴 수도 있고."

"그렇다면 어떤 연결고리가 있을 수도 있겠네요."

"그렇지. 적어도 각성제를 복용하는 학생이 몇 사람은 더 있으리란 게 내 추측이야. 두 사람이 속해 있던 무리라든가, 그 구성원을 먼저 조사해 볼 필요가 있어."

형사부실은 여전히 소란스러웠지만, 두 사람 사이에선 잠깐의 침묵이 이어졌다. 그 침묵을 깬 건 감식 결과지를 확인하고 있던 고무라였다.

"타카초 유리에가 몸에 등유를 끼얹고 분신자살했다고 했지?"

"예. 아니, 자살인지는 아직 확실하지 않습니다만, 그 등유 때문에 전소가 빠르게 진행됐죠. 몸에만 뿌린 게 아니라, 집 내부 대부분에 등유를 부었어요."

"그러니까. 그게 이상하단 말이지."

"아니요, 그것보다 더 이상한 게 있어요."

"응?"

"그림이요."

"그림?"

"네. 2층으로 올라가는 층계참 벽에 액자가 걸려 있었어요."

"그게 왜?"

"그것만 안 탔어요."

"그것만 안 탔다고? 여기에 있어?"

고무라가 타카초 유리에 사건 기록부를 들었다.

"네. 그 안에 있을 거예요, 아마도."

노이치는 고무라가 들고 있는 기록부를 빼앗아서 빠르게 페이지를 넘기기 시작했다. 그러곤 수십 초 뒤에 짧은 감탄사를 내뱉었다.

"아, 여기 있네요."

종이 상단에 그림 액자를 찍은 사진이 인쇄되어 있었다. 고무라는 그 그림을 지그시 바라보며 인상을 구겼다. 요괴처럼 생긴 조류가 그려져 있는 그림이었다. 전체적인 색감은 붉었지만, 가운데에 자리한 조류만큼은 어울리지 않게 하얗다.

"처음 보는 그림인데, 이게 무슨 그림이야?"

"저도 모릅니다만, 전담 조에선 괴조도라 부른다더군요. 괴조는 괴물의 괴(怪)랑 조류의 조(鳥)인가 봐요."

"이름 한번 거추장스럽네. 아무튼 이 그림만 안 탔다고? 말이 돼?"

"말이 안 되죠. 화재를 진압하고 바로 현장에 진입한 건 관할서 경찰들인데 그림이 떡하니 걸려 있더래요."

갑자기 고무라 형사의 곁으로 수사과 소속 미시마 유지로가 다가오면서 대화에 끼어들었다. 고무라와 노이치는 소리도 내지 않고 나타난 미시마가 그저 신기할 따름이었다. 언제부터 이야기를 엿들은 건지 미시마는 기다렸다는 듯이 말을 내뱉기 시작했다.

"그래서 사건이 미궁으로 빠졌어요. 일단 외부인이 침입했다는 증거가 없어요. 물론 그것도 족적이고 뭐고 찾을 수 없이 불타 버렸기 때문이긴 합니다만. 주민들도 그 집 안에 들어갔다 나온 사람이라곤 유리에의 부친인 신야 씨밖에 보지 못했다고 합니다."

고무라가 미시마의 얼굴을 조용히 응시했다.

"신야 씨를 의심해 보진 않았냐고 묻고 싶으신 거죠? 당연히 의심했죠. 그런데 신야 씨는 불이 최초로 점화됐을 것으로 예상되는 시간에 30분가량 떨어진 전처 타카토리 하나코 씨의 집에 있었어요. 범행이 불가한 위치였지요. 물론 하나코 씨의 집도 쓰타바라시 안에 있기 때문에 차를 타고 이동한다면 금세 도착하겠지만요."

"전처?"

"네. 타카초 신야 씨와 타카토리 하나코 씨는 이혼했습니다. 그래서 성씨가 다른 거겠죠. 신야 씨는 딸 유리에와 같이 살았고, 하나코 씨는 첫째 아들분과 같이 살고 있었습니다. 분리 양육이죠. 애초에 거리도 거리이니 전화 시간과 이동 시간 등을 고려하면 신야 씨는 절대로 방화를 저지를 수가 없어요. 더군다나 근처 주민이 하나코 씨 집 앞에 서 있는 신야 씨를 보았다는 증언도 했었고요."

"그렇다면 역시 자살일까요. 정말 오리무중이네요."

노이치가 턱을 어루만지며 중얼거렸다.

"일단 저희는 타살로 보고 있습니다."

"타살이요?"

노이치의 눈이 동요했다. 반면 고무라는 강한 인상에 걸맞게 미간을 찌푸리고 있을 뿐이었다.

"네. 좀 더 일찍 말씀드리려고 했는데, 아무튼 후두부에 금이 가 있는 걸 발견했어요. 그래서 범인이 뒤통수를 가격해 기절시킨 뒤, 사건 현장을 은폐하기 위해 불을 지른 것이 아니겠냐는 추측을 하고 있긴 한데…… 문제는 그 이외의 흔적이겠죠. 외부인 침입 흔적이라든가, 이외의 혐의점을 찾고 있지만, 증거가 부족해도 너무 부족해요. 그래서 저희 조에서도 진전이 없는 거고요. 오죽하면 시간 끌어서 자살로 덮으려 한다는 이야기가 나오겠어요? 참, 그리고 아키타 카즈미한테서 메스암페타민 성분이 검출되었다는 게 사실입니까?"

"네."

미시마의 물음에 노이치는 재빨리 대답했고, 고무라는 고개를 끄덕였다.

"한 줄기 빛입니다. 그 두 사람 어쩐지 연관이 있을 것 같네요. 묘하게 느껴진달까요. 일단 두 사람의 관계를 파악해 보시는 게 어떨지 싶습니다. 또 모르죠. 저희가 서로 힘을 합치게 될지도요. 이런 말 하긴 조금 그렇지만, 두 사건의 범인이 동일 인물이라면 또 다른 사건이 일어나는 게 더 도움이 될 수도 있겠단 생각이 듭니다."

"네? 그게 무슨 말입니까."

의도를 파악할 수 없는 말에 노이치가 인상을 찌푸렸다.

"예, 압니다. 사건이 일어나길 바라는 건 무책임한 짓이지만, 이렇게 진전이 없어서는 무능하니 죽어 버리란 말밖에 듣지 못할지도 모르니까요. 아무쪼록 수고들 하세요."

미시마가 머리를 매만지면서 미소 지었다. 동시에 얇은 눈썹이 꿈틀거렸다. 그는 형사부실 바깥으로 나가려다가 무언가가 생각난 듯 짧게 외마디를 내뱉으며 뒤돌았다.

"참, 그리고 타카초 유리에의 사체에서 메스암페타민이 검출된 것, 숨기려고 한 거 아닙니다. 타이밍을 못 잡았을 뿐이에요."

미시마는 그렇게 말하고 금세 사라졌다. 잠시 뒤 형사부실에 내려앉은 고요를 전화벨 소리가 힘껏 부쉈다.

"네, 수사과입니다."

고무라가 전화를 받았다. 수화기 너머로 상대방의 음성이 넘어올 때마다 그의 안색이 점점 어두워져 갔다.

"그쪽 공터인가요? 네, 금방 가겠습니다."

5

2007년 10월 5일

쓰타바라 중앙 경찰서 2층 끄트머리에 있는 대형 창고에 합동수사본부 설치 허가가 떨어진 건 10월 4일의 일이었다. 총인원은 현경 수사과장 카가야마 히로시를 포함하여 총 60명. 여기엔 쓰타바라 경찰서장인 타카하시 코우지와 시게 다이고 경사 등 여러 경찰과 경시청에서 급파된 지원 인력이 소속되었다.

고무라가 수사본부에 들어갔을 때 이미 본부엔 여러 통신 장비가 배치되어 있었고, 똑같은 책상 여러 개가 나란히 줄지어져 있었다. 그리고 본부 설치 단계에서부터 수사팀, 감식팀, 정보 분석팀으로 역할이 나뉘어 있었다. 합동 수사본부가 담당하게 될 사건은 타카초 유리에 분사 사건과 아키타 카즈미, 고시로 타키 살인 사건이었다.

10월 2일, 오후 8시 33분. 남고생 고시로 타키의 시체가 쓰타바라역 인근 공터에서 발견되었다. 교살로 예상되는 시체였다. 목을 조른 도구가 있었던 모양인데 내출혈의 흔적으로 보아 두께가 꽤 두꺼운 끈인 듯했다. 중요한 건, 이번 피해자 또한 타카초 유리에, 아키타 카즈미와 마찬가지로 이와사카 고등학교에 재학 중이던 학생이라는 점이었다. 그뿐만이 아니었다. 세 사람은 모두 같은 반이었다. 역시나 이번 사건 현장에도 카즈미 살인 사건처럼 빗창 앵무 깃털이 놓여 있었다. 따라서 동일범의 소행일 가능성이 커졌다.

합동 수사본부가 설치된 결정적인 이유 중 하나는 바로 메스암페타민이었다. 고무라 형사의 예측대로 고시로 타키에게서도 메스암페타민이 검출되었다. 메스암페타민을 복용한 인물들이 살해당하고 있는 것이다. 이로써 집단 범죄의 가능성이 한없이 넓은 모양으로 열렸다. 배후에 폭력단 세력이 있을지도 모른다. 이를테면 마약을 유통하는 조직이 그에 걸맞은 대가를 요구하였으나 피해자들이 합당한 대가를 지불하지 않아 은밀히 보복당했다는 시나리오가 우선으로 대두되리라.

만약 배후에 폭력단 세력이 관련되어 있다면 깃털은 일종의 의식일지도 몰랐다. 같은 조직을 배신하면 손가락까지 자르는 녀석들인데 다른 특이한 의식이 있다고 해도 믿지 못할 이야기는 아니었다.

10월 5일, 점심시간이 지나고 나서야 본격적인 회의가 시작되었다. 회의에선 카가야마의 지휘 아래, 앞으로의 수사 방향과 방침이 결정되었고, 각 경찰이 지금까지의 정황을 공식적으로 보고했다.

오후 5시 30분, 참고인 조사를 위해 고무라와 시게는 한 조가 되었고, 그로부터 30분쯤이 지나 두 사람은 이와사카 고교에 도착했다.

학생 상담실 안.

"각성제와 관련해서 떠돌던 소문이나 스즈무라 씨가 들은 이야기는 없나요?"

고무라의 물음에 2학년 1반의 담임 스즈무라는 말없이 고개를 내저었다.

"그럼, 세 사람은 어떤 관계였습니까? 꼭 직접 보지 못했더라도 들은 내용이라도 괜찮습니다."

"저기…… 고무라 씨라고 하셨나요?"

스즈무라가 조심스러운 어투로 물었다.

"네."

"아무래도 조금 잘못 짚고 계신 것 같은데요."

"네? 그게 무슨 말씀……."

고무라는 당황스러운 표정을 지었다. 억측이라는 걸까? 아직 이렇다 할 정보를 이야기하지도 않았는데 말이다. 그의 입안이 바싹 말랐다.

"세 사람은 그냥 반 친구였습니다. 이렇다 할 정도로 친하지도 않고, 트러블 같은 것도 없었어요. 특히 타카초는 반에서도 가장 조용한 아이였습니다. 각성제는 틀림없이 외부인에게 협박받았을 겁니다. 그게 아니라면 범인이 일부러 약을 먹여 수사에 혼선을 준 게 아닐까요? 참, 왜 이렇게 끔찍한 일에 우리 학생들이 연루된 건지 모르겠네요."

"죄송합니다……."

고무라의 잘못은 아니지만, 그는 나지막이 말했다. 대개 그런 식이다. 참고인을 진정시키지 못하면 탐문은 물거품으로 돌아갈 수 있기에 꼬리를 내리는 편이 안전하다. 기싸움은 더더욱 할 필요가 없다.

"저기…… 그럼, 타카초와 특별히 친한 친구는 없었나요?"

고무라가 상체를 내밀었다. 이에 스즈무라는 입을 꾹 다물고 고민했다. 고무라와 시게는 상담실에 내려앉은 적막이 그녀에 의해 깨지길 기다렸다.

"있어요."

스즈무라의 입에서 의외의 답이 흘러나왔다.

"이름이……?"

"이시다 사나에라고 같은 반 친구였습니다만, 꽤 친해 보였어요."

"그럼, 이시다라는 학생은 어떤 학생입니까?"

스즈무라는 고무라의 질문이 불편했다. 누군가의 정보를 동의 없이 멋대로 말해도 되는 걸까. 그녀는 고민을 거듭하다가 입을 열었다. 상대가 일반인도 아니고 경찰이니 조금의 정보는 말해도 괜찮으리라.

"좋은 학생은 아닙니다만, 불량한 학생도 아닙니다. 그 아이는 타카초가 없으면 대개 혼자 다니는 것 같더군요. ……의외였달까요."

스즈무라가 말끝을 흐렸다. 의외라니? 그게 무슨 의미일까? 고무라는 생각했다.

"의외……?"

고무라가 이해할 수 없다는 표정으로 물었다.

"네. 인기가 많을 것 같았거든요. 이시다 양은 얼굴도 예쁘고, 성적도 상위권에 운동 신경도 좋습니다. 운동부 에이스라는 소문도 있더군요."

"종목은……?"

잠자코 듣고 있던 시계가 물었다. 그런 게 왜 궁금한지. 고무라는 시계의 질문이 탐탁지 않았다.

"테니스요."

스즈무라가 짧게 내뱉었다. 곧 시게의 머릿속에서 학교 부지 끝에 있던 테니스장이 떠올랐다. 나름 근사한 테니스장이었다.

"그뿐만이 아니에요. 그림은 또 얼마나 잘 그리는지 몰라요. 어느 정도냐면 미술부 학생들이 놀랄 정도입니다."

잠시 침묵이 이어졌다. 이렇게만 들었을 때, 이시다 사나에는 선생들의 기대를 한 몸에 받아야 마땅한 학생이리라.

"그런데도 좋은 학생이 아니란 의미는 일종의 성격 문제인 건가요?"

침묵을 깬 사람은 고무라였다.

"뭐, 물론 제 개인적인 생각입니다만, 인간관계 자체에 관심이 없는 듯한 느낌이랄까요? 상담해도 듣는 둥 마는 둥 하고, 꼭 정신이 다른 세계에 가 있는 느낌입니다. 그렇게 사회에 무관심한 아이가 오직 타카초에게만 미소를 보였습니다. 제 발로 찾아오는 인기를 계속해서 걷어찼어요. 다른 아이들은 안중에도 없었던 거죠."

"기묘하네요."

고무라가 고개를 끄덕였다. 그는 수첩을 흘깃 보고 입술을 핥았다. 불량 패거리의 존재 여부에 대해 아직 묻지 않았다.

"교내에 불량 패거리라든가 그런 건?"

"없어요."

스즈무라는 고무라의 물음을 단칼에 끊어 냈다. 그녀의 눈 속에 노여움이 모여들었다. 스즈무라는 아무리 경찰일지라도 자신의 학생들에게서 문제점을 파악하려는 듯한 그의 태도가 마음에 들지 않았다. 특히 고무라의 진하게 생긴 인상이 평범한 말도 강압적으로 느껴지게 하는 신묘함이 있어서 꽤 불쾌했다.

그 질문 이후 그들의 대화는 좀처럼 진전이 없었다. 면담을 흔쾌히 응했던 사람이 어느 지점에서 갑작스레 태도가 돌변했다. 꼭 누군가에게 협박이라도 받은 것같이 느껴진다. 고무라에겐 이 상황이 그저 답답했다.

갑작스레 고무라의 휴대폰으로 전화가 걸려 왔다. 그는 스즈무라에게 잠시 양해를 구하고 교내 주차장으로 빠져나왔다.

"아, 여보세요?"

상대는 노이치였다.

[잘되어 가나 싶어서 전화드렸습니다. 혹시…… 방해했나요?]

노이치의 힘겨운 목소리가 넘어왔다. 그는 지난 3일 낙상 사고를 당했다. 그로 인해 발목이 골절되었다. 다행히 가벼운 골절이라 수술까진 가지 않았지만, 의사의 소견으로 회복 기간이 약 3주 정도로 예상되어 병가 처리가 되었다.

"아냐, 아냐. 전혀. 오히려 다행이지. 숨이 막혀서 뭔 말을 못하겠더라고. 몸은 좀 어때?"

고무라가 미간을 주무르면서 말했다.

[이제 막 진통제를 먹고 누운 참이에요.]

"여긴 잘하고 있으니까 걱정 마. 필요한 거 있으면 연락해."

고무라는 한숨을 내쉬었다. 노이치가 재잘재잘 떠드는 건 탐탁지 않았지만, 5년이 넘는 시간 동안 함께 일했던 후배의 빈 자리는 예상외로 크게 느껴졌다.

통화를 끝마치고 고무라가 학생 상담실로 돌아왔을 때 그를 반기는 건 시게 형사뿐이었다.

"스즈무라 씨는?"

고무라가 다급하게 물었지만, 시게는 고개를 절레절레 내저을 뿐이었다.

"더 이상 할 말이 없다면서 가셨습니다. 조금이라도 더 빨리 오시지 그랬어요."

시게는 무례하게도 선배를 나무라는 듯한 어조로 말했다. 고무라는 하는 수 없다고 생각하고 발걸음을 옮겼다. 시세도 그를 따라 움직였다.

계단을 내려가는 두 사람. 시게가 먼저 입을 연다.

"아무래도 힘들겠네요."

"응. 그런데 그 선생 말이지, 조금 묘해."

고무라가 시게를 쳐다보았다.

"예?"

"학생들을 아끼는 척하면서도 그렇지 않아."

"그게 무슨 말씀입니까?"

시게는 아리송한 표정을 지었다.

"학생들을 아끼는 선생이라면 저 정도로 적대적으로 나올 필요가 없어. 오히려 수사 협조에 적극적으로 임하지. 또 다른 학급 피해자가 생기지 않도록 말이야. 내 생각에 그 선생한텐 학생이 아니라 학교의 체면이 더 중요해 보여. 그래서 학교 내에서 용의 인물을 찾는 듯한 경찰의 태도가 마음에 들지 않는 거겠지. 만약 경찰이 학교 내의 인물을 범죄자로 꼽으면 이 학교의 이미지가 어떻게 될지는 뻔하잖아?"

고무라의 추측을 듣고 시게는 고개를 끄덕거렸다.

"그렇다는 건, 학교 소속 인물이 범인으로 밝혀질 바엔 아예 잡지 않는 편이 낫다고 생각하는 걸까요?"

"그럴 수도 있겠지. 그런데 그것도 살인이 여기서 멈췄을 때의 이야기야. 동일범의 소행으로 유추되는 사건이 더 일어난다면 그땐 꼬리를 내리겠지."

"고로…… '시간이 해결해 줄 문제다'군요?"

그들이 주차장에 들어설 때였다.

"저기."

바로 옆에서 누군가의 목소리가 들렸다. 두 사람이 동시에 고개를 돌렸다. 한 여학생이 벽에 기대어 서 있었다. 큰 키에 차가운 인상의 미인이었다. 이 학생이 우릴 부른 걸까?

"형사예요?"

여학생이 딱딱하게 묻자, 고무라가 고개를 끄덕였다. 시게는 선배에게 먼저 차에 탑승해 있겠다고 말한 뒤 쏜살같이 자리를 떴다.

"무슨 일이니?"

고무라의 물음에 여학생은 대답하지 않으면서 바짝 다가왔다. 그러곤 한 쪽지를 그에게 건넸다.

"타카초 유리에에 관해서요."

"타카초 유리에?"

고무라는 여학생의 손에 있던 쪽지를 잡아 들었다. 여학생의 표정에 비범함이 깃들어 있었다.

"그럼, 조심히 가세요."

여학생은 그렇게 말하고 빠른 속도로 주차장을 벗어났다. 고무라는 어안이 벙벙했다.

"저기…… 잠깐!"

고무라가 여학생을 향해 외쳐 보았지만 여학생은 돌아서지 않았다. 하는 수 없이 그는 주차장 가장자리에 선 채 쪽지를 펼쳐 보았다.

내일. 오후 2시. 히라츠지 카페 레스토랑.

이건 아무래도 만남 장소를 적어 둔 것 같았다. 고무라는 눈알을 이리저리 굴리다가 차로 돌아갔다.

"뭐래요?"

"아무래도 타카초 유리에와 아는 사이인가 봐."

고무라가 시게에게 쪽지를 건넸다.

"에……, 이때 잠시 만나자는 것 같네요. 참……, 형사가 그렇게 한가한 줄 아나. 사건 한번 터지면 집도 못 가는데. 안 그래요?"

시게는 깐족거리면서 콧방귀를 뀌었다.

"이름이라도 물어볼 걸 그랬나."

"이시다 사나에예요."

시게가 액셀을 꾹 밟으며 말했다.

"뭐라고?"

"이름이요, 방금 그 학생."

고무라는 믿을 수 없다는 표정을 지었다.

"그걸 자네가 어떻게 알아?"

"사진을 봤거든요."

"언제?"

"선배님이 전화 받으러 나가실 때, 스즈무라 씨께 학급 관리 파일을 보여 달라고 부탁했습니다. 타카초 유리에랑 친하다면 뭔가를 알고 있지 않을까 해서요. 얼굴 정도는 익히려고 봤습니다. 게다가 팔방미인이라니 도무지 참을 수가 없어서……."

"그렇군."

"그나저나 정말 예쁘네요."

시계의 머릿속에서 조금 전 마주했던 이시다 사나에의 모습이 스쳐 지나갔다. 풀뱅 스타일의 머리칼, 작은 얼굴 속에서도 화려함을 감출 수 없는 이목구비와 165cm 이상으로 예상되는 큰 키. 특히 약간 올라간 눈꼬리와 진한 쌍꺼풀은 큰 눈을 더 고혹적인 풍경으로 거듭나게 하고 있었다. 약간의 예리한 인상이 섞여 전형적인 미인상은 아니지만, 그 누가 보아도 아름답다고 말할 외모였다.

"변태 같네."

고무라는 진심을 담아서 말했다. 이에 시계는 실실 웃으면서 "좋아하는 배우를 닮았어요."라고 말했다.

"그 아이가……."

고무라가 시계의 추태를 비웃다가 중얼거렸다.

'이시다 사나에였나…….'

6

2007년 10월 6일

천공의 푸르름은 아득히 먼 곳까지 펼쳐져 있었다. 과연 좋은 날씨의 정석이었다. 고무라 형사는 히라츠지 카페 레스토랑에서 이시다 사나에를 기다렸다. 약속 시간인 오후 2시가 되기까진 아직 5분 정도가 남아 있다.

별안간 비현실적인 감각이 돋아났다. 복직한 이래 벌어진 살인 사건만 벌써 두 건이다. 게다가 그가 정직에 놓여 있던 시기에 벌어진 화재 사건 또한 살인 사건일 가능성이 커졌다. 중요한 건, 살인 사건의 이면에 숨겨진 조직 범죄의 흔적. 고교생들이 각성제를 손에 넣었다라. 틀림없이 교내에 공급책이 있을 것이다. 고무라는 꼭 꿈을 꾸고 있는 것 같았다. 아무리 각성제가 판을 친다지만, 이렇게 낮은 연령까지 사건에 연루되다니.

잠시 뒤, 유리창 너머에 익숙한 얼굴이 나타났다. 틀림없이 이시다 사나에였다. 주말임에도 교복을 입은 채 가게 안으로 들어온다. 고무라는 자리에서 벌떡 일어났다. 곧 사나에가 그를 발견했고, 빠르게 다가온다.

"안녕하세요."

사나에가 고무라의 맞은편에 앉았다. 그러곤 스쿨 백을 벗어서 옆에 둔다.

"뭐라도 마시겠습니까?"

고무라가 사무적인 어투로 물었다.

"말씀 놓으셔도 돼요."

사나에가 친절한 미소를 띠었다. 어제 보았던 차가운 느낌은 온데간데없이 사라졌다. 고무라는 잠시 고심하는가 싶더니 조심히 말을 건넸다.

"그럼……, 뭐 마실래? 아저씨가 살게."

고무라는 어색하게 웃었다. 사나에는 "괜찮습니다만……."이라고 말끝을 늘이면서도 메뉴판을 뚫어져라 쳐다보았다.

"푸딩 멜론 소다로 해도 될까요?"

그 뻔뻔함에 고무라는 헛웃음이 새어 나왔다. 이에 사나에는 멋쩍은 미소를 짓는가 싶더니 곧바로 안면에서 감정을 지워 버렸다.

그들의 본격적인 대화는 사나에가 멜론 소다를 한 입 마신 뒤에 시작되었다.

"듣자 하니 타카초 유리에와 친했다고 하던데."

고무라가 양손을 깍지 끼고 상체를 내밀었다. 그러나 사나에는 그 말을 들은 체도 하지 않고 빨대를 쪽쪽 빨았다. 고무라는 사나에가 질문을 듣지 못했다고 생각하고 재차 물었다.

"친하지 않았……."

"아."

사나에가 고무라의 질문을 끊으려는 듯 탄식했다. 그녀의 표정에 어째서인지 짜증이 섞여 있었다.

"이거 너무 달잖아."

그녀가 고무라를 바라보며 아쉬운 표정을 지었다. 그녀의 돌발 행동에 고무라는 어이가 없었다. 문득 그는 사나에가 눈치를 준 것이 아니겠냐는 생각이 들었다. 말할 수 없는 뭔가가 있는 걸까. 하지만 타카초 유리에에 관해 이야기하겠다 한 것은 오히려 사나에 쪽이다. 그는 사나에의 행동을 이해할 수 없었지만, 일단 다른 질문으로 넘어가기로 했다.

"오늘 나를 여기로 부른 이유……."

"친했어요."

사나에가 고무라의 말을 끊었다. 처음 했던 질문에 대해 답한 것 같다.

"응?"

"유리에랑 친했어요."

"그렇군. 타카초 유리에 양은 어떤 학생이었어?"

고무라가 고개를 끄덕인 뒤에 물었다. 사나에는 "음……." 하고 소리 내며 빨대로 소다를 휘휘 저었다.

"다정했어요."

잠깐의 침묵 뒤에 사나에가 말했다. 고무라는 그 대답 뒤에 "강아지."라는 말이 그녀의 입에서 살며시 새어 나온 것을 어렴풋이 들었다.

"강아지……?"

"아니, 아무것도 아녜요."

사나에는 고개를 저으며 활짝 웃었다. 다음 순간, 그녀의 눈시울이 붉어졌다. 유리에와의 추억이 머릿속에서 떠오른 걸까. 하지만 고무라는 가방을 뒤적거리느라 그 광경을 보지 못했다. 고무라가 수첩을 꺼내며 고개를 돌렸을 때, 사나에는 고개를 숙인 채 안면에 양손을 얹고 있었다.

"잠깐, 우는 거야?"

고무라가 당황해서 어쩔 줄 몰라 했다. 큰일이다. 다른 손님들이 이 광경을 본다면 양아치 놈으로 오해받을지도 모른다. 그는 의자에서 엉덩이를 살짝 떼고 상체를 앞으로 숙였다. 그리고 사나에의 어깨를 톡톡 두드렸다.

"괜찮니?"

사나에는 훌쩍거렸다. 여전히 얼굴을 가린 채로. 어렴풋이 보이는 목과 귀가 발갛게 상기한 것을 보면 확실히 울고 있는 것이었다. 고무라는 주위를 두리번거렸다. 사나에가 금방이라도 소리를 내지르며 뛰쳐나갈 것만 같다. 그렇게 생각하고 있는데 작은 목소리가 들렸다. 사나에의 목소리였다. 고무라는 잘 들리지 않아서 "뭐라고?"라고 물었다.

"범인……."

가냘픈 손 뒤에 숨어 있는 얼굴에서 그런 말이 새어 나왔다. 고무라는 긴장했다. 심장 박동이 빨라졌다. 혹시 이 소녀가 범인을 알고 있기라도 한 걸까?

"범인?"

고무라가 되물었다. 긴장이 흐르는 분위기 속에서 사나에의 다음 말이 흩날렸다.

"잡고 싶어요……."

그 말을 들은 순간, 고무라의 다리에서 힘이 풀렸다. 그는 의자에 주저앉고는 아쉬움에 탄식했다. 중요한 단서를 얻을 줄로만 알았는데 김이 샜다.

"우리 경찰이 범인, 잡을 거야. 그러니까 이시다는 조심만 하면 돼."

고무라는 어린아이를 달래듯이 말했다. 그때 사나에가 드디어 얼굴을 드러냈다. 예쁜 눈과 코가 빨개져 있었다. 이윽고 그녀가 고개를 세차게 내저으며 말한다.

"같이요."

"'같이'라니?"

고무라는 잘못 들은 건가 싶어서 되물었다. 설마 수사 동참을 이야기하는 걸까 싶어 조마조마했다. 골치 아픈 짓은 벌이기 싫다. 정직에서 풀려난 지 얼마나 되었다고.

"말 그대로예요. 범인…… 저랑 같이 잡아요."

사나에의 터무니없는 제안에 고무라는 눈썹을 찡그릴 뿐이었다.

"아니, 아니. 그런 게 될 리가 없잖아……."

그녀는 가방에서 뭔가를 꺼냈다. 그건 노트북이었다. 사나에는 노트북을 켜고, 터치패드를 이용해 파일을 열었다.

"잠깐 기다려 보세요."

잠시 뒤 그녀는 "여깄다!"라고 작게 외치며 노트북을 돌려 고무라에게 화면을 보여 주었다. 그리고 고무라의 옆에 앉았다. 고무라는 고개를 비스듬히 하고, 노트북 화면 속을 자세히 들여다보았다.

화면 속, 약간의 푸른빛이 도는 영상. 배경은 공중화장실인 것 같다. 누군가가 화장실 벽에 딱 붙어 웅크리고 있다. 머리카락이 길고 작은 체구인 것으로 보아 여성으로 추정된다. 화면이 조금씩 흔들린다. 누군가가 해당 여성을 촬영하고 있는 듯하다. 다음 순간, 촬영자의 발이 나타난다. 촬영자는 발을 든다. 촬영자의 발 밑이 정확히 여성의 어깨에 닿기 직전, 사나에는 영상을 멈췄다.

"이게 뭐야……?"

고무라는 당황스러운 표정으로 사나에를 쳐다보았다.

"뭐긴 뭐예요. 이지메[5]죠."

"이지메?"

그렇다면 조금 전, 화면에 나왔던 여성은 촬영자에게 밟히기 직전이었던 것이리라.

"이 사람."

사나에가 화면 가운데를 가리키며 나지막이 말한다. 사나에의

---
5) 집단 괴롭힘을 의미하는 일본어.

긴 검지 손톱 밑에 한 여성이 웅크리고 있다.

"유리에예요."

그 말을 들은 순간, 고무라의 사고 회로가 멈췄다.

"이 다리, 그러니까, 이 발은, 고시로 타키."

이어서 사나에는 뚝뚝 끊어 강조하듯이 말했다. 다음 순간, 사나에가 노트북에 이어폰을 연결했다. 그러고는 고무라에게 건넨다. 고무라가 오른쪽 귀에 이어폰을 착용하자 사나에는 왼쪽 귀에 이어폰을 꽂고 멈춘 영상을 재생했다.

고시로의 발이 타카초 유리에의 교복 위에 족적을 남기기 시작한다. 고시로가 유리에를 짓밟을 때마다 화면이 심하게 흔들린다. 고시로는 이에 그치지 않고 벽에 맞대어 있는 유리에의 머리를 지그시 밟았다. 고시로가 유리에의 얼굴 가까이 카메라를 가져다 댄다. 헝클어진 머리칼 사이로 공포에 물든 유리에의 눈이 비친다. 약한 신음 소리가 어렴풋이 들린다. 다시 카메라를 뒤로. 고시로가 카메라 각도를 비스듬히 조절한다. 그러자 화장실 가장자리에서 깔깔 웃고 있는 사람들이 보이기 시작한다.

고무라의 숨이 턱 막혔다. 그들 중 익숙한 사람이 화면 안에서 있다. 아키타 카즈미다. 고시로가 뒤로 물러서자 이번엔 아키타 카즈미가 유리에의 곁으로 다가간다. 촬영자 고시로 또한 가까이 다가간다. 화면이 아키타의 손을 포착한다. 그녀의 손에 들린 물병. 라벨은 없고 노란 내용물만이 담겨 있다.

화면이 위로 올라간다. 아키타의 얼굴. 그녀가 렌즈를 향해 활짝 웃으며 물병을 흔들어 보인다. 화면이 다시 내려가고, 웅크린 유리에 옆에 아키타도 웅크려 앉는다. 화면은 두 사람을 전부 담는다. 아키타가 유리에의 헝클어진 머리칼을 정리한다. 땀에 젖은 탓인지 볼에 덕지덕지 붙어 있는 유리에의 머리칼을 떼어 귀 뒤로 넘겨 준다. 아키타가 웃는다. 이윽고 그녀가 말한다. "마셔."라고.

유리에는 저항하지 않는다. 허겁지겁 물병을 두 손으로 잡고 내용물을 꿀꺽꿀꺽 삼킨다. 유리에의 목이 파도가 일렁이듯 꿈틀꿈틀 움직인다. 아키타는 역겹다는 표정을 짓더니 입을 움직인다. "으아, 더러워."라고. 그러곤 비웃기 시작한다.

어느샌가 고무라는 저도 모르게 손을 떨고 있었다. 그는 다음 장면이 이어지기 전에 황급히 노트북을 닫았다. 그의 눈이 동요했다. 내가 방금까지 뭘 보고 있던 거지? 이내 이어폰을 귀에서 뺐다.

"분해요."

사나에가 원래 자리로 돌아가며 말하자, 고무라는 그제야 현실로 돌아온 듯 그녀를 쳐다보았다. 실은 사나에가 그렇게 말했어도 알아듣지 못했다. 어쩐지 진동만이 귀에서 울린 듯한 느낌이었다.

"아, 그랬나. 역시 이지메가 있었군."

고무라는 손수건을 주머니에서 꺼내 이마를 톡톡 두드렸다.

"근데 이 영상은 어떻게 가지고 있는 거야?"

고무라가 물었다.

"샀어요."

"사다니?"

"우연히 고시로가 카메라로 이 영상을 돌려 보고 있는 걸 목격했어요. 그래서 저는 다른 친구에게 부탁했죠. 그 영상을 돈 주고 살 테니 보내 달라고 말해 달라고요. 그랬더니 고시로가 순순히 보내 주더라고요. 물론 의심할 수도 있다는 상황을 대비해서 조금 사디스트 같은 변명을 늘어놓도록 시켰지만……."

"도대체 두 사람한테 얼마를 줬길래?"

고무라는 의구심이 들었다. 그 영상을 이용해 자신을 신고할지도 모르는 상황일 텐데 순순히 보내 주었다고?

"얼마 안 줬어요. 각각 5만 엔 정도?"

"5만 엔?"

고무라의 눈이 휘둥그레졌다. 학생에게 5만 엔이라면 충분히 충동적으로 혹하고도 남을 금액이다. 도합 10만 엔을 그렇게 쉽게 줄 정도면 사나에의 집안은 꽤 부유하리란 생각이 들었다. 그러거나 말거나 사나에는 노트북 측면에 꽂혀 있는 USB를 뽑았다.

"가져가세요."

사나에가 USB를 고무라에게 건넸다.

"아, 고마워."

고무라의 말에 사나에는 고개를 끄덕거렸다. 고무라는 USB를 건네받고 주머니에 넣었다.

"그런데 나한테 이 영상을 보여 주는 목적이 뭔지 궁금한데."

"여기까지예요."

갑자기 낯선 남성이 사나에 옆에 서더니 고무라를 쳐다보며 말했다.

"응?"

"저희가 알려 드릴 수 있는 건 여기까지란 말입니다."

불량배처럼 은색으로 염색한 머리, 뿔테 안경을 쓴 젊은 남성은 사나에를 구석 좌석으로 밀어내고 자리에 앉았다. 고무라가 황당해하고 있자, 남성은 아차 하며 자기소개를 시작했다.

"고무라 씨라 하셨던가요? 저는 하쿠바 긴조입니다. 이시다의 친구입니다만, 함께 시간을 조사하고 있습니다."

고무라는 잠시 얼떨떨한 표정을 짓다가 고개를 끄덕거렸다.

"저희와 협업하지 않겠습니까?"

"협업?"

"같이 다니자고 말하는 게 아니에요. 정보입니다. 저희가 원하는 건, 살인범을 유추할 수 있는 정보예요. 고무라 씨가 경찰 측의 정보를 넘기면 저희도 알고 있는, 알게 될 모든 걸 알려 드리겠습니다."

하쿠바가 자신감에 찬 표정으로 말했다.

"그건 무리야."

고무라는 그 제안을 단칼에 거절했다. 아무리 신용할 수 있다고 해도 일반인에게 정보를 넘기는 건 미친 짓이나 다름없다.

"분명 이 사건들 항간을 떠들썩하게 할 텐데요. 만약 저희 쪽이 범인을 먼저 잡게 되더라도 공로는 고무라 씨께 넘겨 드리겠습니다."

하쿠바가 그렇게 말하자 고무라의 눈빛이 흔들렸다. 그러나 고무라는 이내 마음을 다잡고 완강하게 나아갔다.

"방해하지 않는 게 좋을 텐데. 허튼짓하면 공무 집행 방해라는 건 알고 있나?"

"물론입니다만, 분명 도움이 될 겁니다. 이 영상의 의미가 뭔지 궁금하지 않으세요?"

하쿠바가 미소 지었다. 그러곤 자리에서 일어났다.

"쫓아다니진 않겠습니다. 다만, 저희가 필요할 거라는 사실도 잊지 마세요. 이 영상의 의미도 궁금하잖아요? 그렇다면 정보 제공을 약속해 주시기만 하면 됩니다. 저희 쪽이 생각보다 많은 걸 알고 있습니다."

하쿠바는 그렇게 말하면서 책상 위에 무언가를 올려 둔다. 사나에는 지금껏 아껴 두었던 체리 토핑을 입안에 집어넣었다. 잠시 뒤, 두 사람은 고무라에게 꾸벅 인사하고 카페를 순식간에 빠져나갔다.

혼자 남은 고무라는 책상 위에 놓인 의문의 물체를 집어 들었다. 그건 흰 봉투였다. 봉투엔 한 장의 사진과 이시다 사나에의 전화번호가 적힌 쪽지가 들어 있었다. 고무라는 사진을 집어 들었다. 사진 속에서 소녀가 웃고 있었다. 누구일까. 고무라에겐 일면식이 없는 소녀였다. 사진 속에 있는 인물은 소녀뿐만이 아니었다. 어쩐지 익숙한 실루엣의 남성이 소녀의 허리를 감싸고 있었다.

사나에와 하쿠바가 이 사진을 주고 간 목적이 뭘까……?

그때였다. 고무라는 어떠한 사실을 깨닫고 말았다. 사진 속에 있는 남성이 동료 형사 사이토 노부오라는 것을. 사이토 노부오는 현재 휴직 상태이지만, 고무라와 굉장히 가까운 사이였고, 서로 많은 도움을 주고받았었다. 그런데 사이토는 분명 기혼자다. 서른 후반의 나이인 그는 고등학생쯤 되어 보이는 소녀와 데이트하고 있었던 것이다. 고무라는 사진을 뒤집었다. 예상대로 뒷면엔 '원조 교제'라는 단어가 쓰여 있었다.

고무라는 재빨리 사나에에게 전화를 걸었다. 그 무렵, 그는 깨달았다. 자신이 사나에와 하쿠바를 도울 수밖에 없는 함정에 걸려들고 말았다는 것을.

제3장 초현자

1

2022년 11월 18일(1)

 가을바람의 부드러운 선율이 도쿄의 아침에 담긴 단색 절경을 더욱 매혹적으로 만들었다. 새파랗게 질린 하늘엔 층을 이룬 거대한 구름이 수놓아져 있었고, 그 구름 속엔 꼭 무언가가 잠들어 있을 것만 같았다.
 아사히로 고헤이는 언제나처럼 빠른 발걸음으로 육교 계단을 올랐다. 신주쿠역 근처의 육교이기 때문에 역시 이용객이 많은 편이지만, 아무렇지 않게 그 인파 사이를 비집고 들어가는 그의 몸놀림은 어딘가 요령이 있는 듯 보였다.

계단을 지나고 본격적으로 육교 위에 올랐을 때부턴 자연스레 여유가 돋아났다. 그리 가깝진 않지만, 육교 위에서는 다양한 색으로 빛나는 초목의 군집인 신주쿠 교엔의 윗머리를 잠깐 들여다볼 수 있었다. 그는 육교 위를 여전히 빠른 걸음으로 걸어 나가며 변동의 발을 굴리는 세상의 풍경을 두 눈에 담았다. 늘 그래 왔듯이 말이다.

이색적인 풍경을 뒤로하고 본래 정원의 일부였던 하나조노 신사를 지난 다음, 3분 정도를 걷는다. 공영 주차장이 자리한 부지를 지나치면 초현사('초자연현상출판사'의 약칭)가 자리한 건물이 나타난다. 아사히로는 초현사 맞은편, 횡단보도 앞에 잠시 멈춰 서서 손목시계를 보았다. 아침 8시 30분. 평소보다 꽤 이른 시간에 도착했다. 그리 생각하자마자 보행자 신호가 바뀌었다. 그는 빠른 걸음으로 도로를 건넜다.

아사히로는 부모로부터 초현사를 물려받아 사장의 위치에 있지만, 개인 사무실을 제작해 초자연 현상을 연구함과 동시에 기자 출신이었던 경험을 살려 탐정으로도 일하고 있다.

평소처럼 개인 사무실 문을 열고 들어와 가장 먼저 하는 일은 루틴처럼 정해져 있었다. 커피를 내릴 동안 서류 더미를 섹션별로 묶어 정리한다. 그 일이 끝나면 의뢰 연락망을 확인하고 최신

의뢰 정보를 워드 프로세서에 기재하고 프린트한다.

 더미 정리를 끝낸 뒤 의뢰 확인을 시작했다. 실종인을 찾아 달라는 의뢰 연락이 세 건 정도 와 있었다. 첫 건의 의뢰자는 뉴에라 프로덕션의 하야세 시게루라는 사람이었다. 보통이라면 바로 시큰둥했을 테지만, 어딘가 익숙한 발신자의 이름에 저도 모르게 마우스를 클릭하고 말았다.

 '요리카와 켄…….'

 실종자의 인적 사항을 천천히 훑어보았다. 실종인의 이름은 요리카와 켄. 직업은 프리랜서 시나리오 작가. 아사히로는 메일을 읽다 말고 검색 사이트를 띄웠다. 그리고 화면을 두 개로 분할한 다음 자판을 두드리기 시작했다. 먼저 뉴에라 프로덕션을 검색해 보고 하야세 시게루와 요리카와 켄을 차례대로 검색해 보았다.

 검색 결과, 하야세 시게루는 어느 정도 인지도가 있는 영화감독이었다. 게다가 아사히로는 그가 촬영한 작품을 본 적도 있었다. 솔직히 조금 놀랐다. 시게루의 영화 중 재밌게 보았던 작품의 각본을 담당한 인물에 실종자인 요리카와 켄의 이름이 쓰여 있었기 때문이었다.

 그렇게 시게루의 작품 내용을 전반적으로 훑어보다가 불현듯 깨달았다. 요리카와 켄이라는 사람이 뉴에라 프로덕션의 영화의 흥행을 좌지우지한다는 것을 말이다. 그러니까 어떻게 보면 하야세 시게루에게 요리카와 켄은 회사의 성공을 위해 꼭 필요한 사람인 셈이었다. 무능한 경찰에 진절머리가 나기라도 한 걸까. 아니면 경찰 측의 느릿한 답변을 기다릴 수 없었던 걸까. 뭐가 됐든 요리카와 켄을 한시라도 빨리 찾기 위해 대체 수단으로 아사히로에게 연락을 취한 것이 틀림없었다.

이런 사람을 찾는 것이야말로 흥미가 생긴다. 평소에도 수많은 연락이 그의 눈을 휘갈겨서 웬만큼 흥미롭지 않은 의뢰는 잘 수락하지 않는다. 단지 흥미로울 것. 그것이 아사히로의 마음을 움직이는 제1요소였다. 의뢰가가 어느 정도냐는 상관없다. 애당초 돈이 궁했다면 이런 실험적인 회사를 설립하지도 않았으리라.

아사히로는 초현사 사무실로 이동해 캘린더를 살펴보았다. 세 명의 직원은 아직 오지 않은 모양이다. 초현사는 오컬트 붐이 일던 90년대 아사히로의 부친이 설립한 회사로 초자연 현상을 다룬 잡지를 출간하는 게 주요 업무이다. 때때로 잡지에 실을 기성 작가의 원고를 투고받기도 한다. 다만, 출판사의 운영 자체는 편집장인 키리야마 린카의 지휘 아래에 이루어지고, 아사히로는 탐정을 본업으로 삼고 있었다.

초현사는 대개 이런 식으로 운영된다. 출판업을 진행하다가도 아사히로가 맡고 있는 사건에 일손이 필요하다고 생각되면 직원들을 조사원으로 활용한다. 물론 출판사 직원들도 본업은 해야 하니 아사히로는 그에 걸맞은 상여금을 지급한다.

그러고 있는데 갑작스레 현관문 위에 달린 엔틱한 종이 울렸다. 그는 왼쪽으로 고개를 빼꼼 내밀어 모니터 뒤의 풍경을 살폈다. 분홍 긴팔 니트, 베이지색 치마를 입은 여성이 보였다. 한쪽 팔엔 겉옷을 들고 있었다. 그가 시선을 조금 올렸다. 벚꽃처럼 하얀 얼굴, 드러난 이마와 고운 피부, 어두운 갈색을 띠고 있는 긴 머리칼이 눈에 띄었다. 머리칼엔 전체적으로 약한 컬이 들어가 있었다.

처음에 아사히로는 상대방이 누군지 알아보지 못했다. 청초한 목소리로 내뱉는 "실례합니다."라는 말을 들은 순간, 그녀가 직원 호시에 사토미라는 사실을 깨달았다.

"사토미 씨? 일찍 왔네요?"

아사히로가 웃음꽃을 피웠다.

"좋은 아침이에요."

사토미도 그에 상응하는 웃음으로 보답했다. 그녀의 미소엔 신비로운 분위기가 깃들어 있었다. 아사히로는 곧바로 자리에서 일어나 사토미에게 다가갔다.

"차 마실래요? 잠깐 이야기할 것도 있고 해서."

그의 권유에 사토미가 고개를 끄덕거렸다. 사무실 구석에 마주 앉은 그들은 차를 한 모금 마시고 대화를 이어 나가기 시작했다.

"요즘 미사키, 눈은 어떱니까?"

아사히로가 물었다. 아닌 게 아니라 그는 사토미의 동생, 미사키와도 잘 아는 사이였다. 그가 미사키를 처음 만난 건 약 7년 전으로 사토미가 대학교 2학년생이었을 때였다. 사토미는 정직원으로 채용되기 전, 초현사에서 번역 아르바이트를 했었다. 당시 미사키는 초등학생이었는데 하교하고 나면 초현사에 자주 찾아왔다.

물론 사토미도 동생을 데려오는 게 민폐인 것을 잘 알고 있었지만, 동생을 사무실로 데려오라 말한 것은 오히려 아사히로 쪽이었다. 아사히로가 동생을 혼자 두기 곤란한 사토미의 입장을 배려해 준 것이었다. 아사히로의 개인 사무실이 아닌 초현사 사무실은 생각보다 넓어서 미사키가 조용히만 있는다면 업무엔 아무런 지장이 없었다. 다들 신경 쓰지 않고 일에 열중하는 분위기이기도 했고, 옆에서 일을 돕던 사토미도 시간이 흐르면서 마음의 짐을 내려놓을 수 있게 되었다. 이후엔 오히려 미사키가 있어야 모두가 편한 기분을 느끼는 지경에 이르렀다.

그리하여 원래도 수평적 조직이었던 초현사는 호시에 자매 덕에 더욱 가족 같은 분위기의 회사가 되었다. 그런데 여기서 갑작스럽게 문제가 생겨났다. 그건 바로 미사키의 눈이었다. 어느 날부터 수시로 찾아오는 통증에 밤낮 가리지 않고 미사키는 울기 바빴다. 병원에 갔지만, 의사의 소견으로는 아무 이상이 없다고 했다.

그런데 통증에 힘겨워하던 미사키는 어느 시점부터 통증 이외의 것에 더욱 힘겨워하게 되었다. 양쪽 눈에 보이면 안 될 존재들이 보이기 시작했고, 미사키는 매일매일 두려움에 떨었다. 거기서부턴 초현사 직원들이 원인을 규명해 나가기 시작했다.

아사히로와 직원들이 갖가지 실험과 연구를 통해 내린 결론은 미사키가 영시를 가졌다는 것이었다. 섣불리 판단할 순 없었지만, 그들은 사토미에게 미사키가 영시에 적응할 수 있도록 돕는 수밖엔 없다고 말했다.

아사히로는 미사키가 보는 세계를 이형계(異形界)라 규명했고, 그곳에 사는 이형의 존재들을 괴이(怪異)라 칭했다. 이후, 이형계와 괴이에 대해 그가 밝혀낸 갖가지 사실들이 온라인상에서 폭발적인 인기를 끌었고, 지금의 초자연 탐정 아사히로를 만들었다고 해도 과언이 아니었다.

만약 그가 맹목적으로 돈만을 좇는 인간이었다면 정말 미사키를 기계처럼 다뤘을지도 모를 일이었다. 그는 '적당히'라는 개념이 잘 장착되어 있었으므로 호시에 자매에게 피해가 가지 않는 선에서 여러 실험을 진행했다.

"아프다기보단 시린 느낌이래요. 교토에서처럼요."

사토미가 차를 홀짝였다. 아사히로는 저도 모르게 교토에서의 일을 떠올렸다. 올여름, 5성급 호텔에서 주기적으로 사람이 사라지는 괴현상, 그 현상을 초현사 직원들이 해결했었다.

그리 크지 않은 초현사 내에서도 사건을 맡을 땐 팀이 나뉜다.

현장에 나가는 탐사팀엔 아사히로 고헤이, 호시에 사토미, 호시에 미사키가 있고, 정보를 알선하고 사건의 거시적인 흐름을 읽어 내는 지원팀엔 류자키 하야토와 키리야마 린카가 있다.

이들 중 미사키는 고등학생이므로 정식으로 회사에 다니는 것은 아니었지만, 아사히로는 그녀를 초현사의 정직원으로 대해 주고 있었다. 초자연 현상을 해결하는 데 중요하게 작용하는 건, 자신의 추리력보다도 미사키의 영력이라는 아사히로의 판단이 있었기 때문이었다.

"그래도 통증은 덜해져서 다행이네요."

아사히로는 과거를 떠올리기라도 하듯이 천장을 응시했다.

"참, 그보다도 말인데요. 요리카와 켄……이라는 사람 알아요?"

별안간 사토미가 물었다.

"요리카와 켄?"

"네."

그는 그녀에게 대답을 받고자 물은 것이 아니었다. 이건 폐부 깊은 곳에서 우러나온 놀라움의 현신이었다. 조금 전에 확인했던 의뢰 연락 속 인물을 말하는 걸까? 활화산의 연기처럼 솟구쳐 나오는 의구심을 억누르며 아사히로가 입을 열었다.

"시나리오 작가죠? 행방불명되었다는……."

"네, 역시 알고 계시는군요."

사토미가 차를 홀짝였다.

"그런데 그 사람은 왜요?"

"미사가 보았다고 하더라구요. 요리카와 켄이 실종된 날에."

"정말입니까? 그렇다면 수사에 도움이 될지도 모르겠네요. 어디서 본 거죠?"

"시마마츠역입니다만, 그보다도……."

사토미가 말끝을 흐리자마자 기묘한 분위기가 공중에 떠올랐다. 아사히로는 그녀가 무슨 말을 꺼낼지 대강 예상할 수 있었다.

"그보다도……?"

아사히로가 조용히 되물었다.

"괴이를 보았다고 했어요. 요리카와 씨 옆에 있었다고……."

미사키가 괴이를 목격하는 건 흔한 일이다. 그러나 사토미가 뜸을 들여 말한 만큼 미사키는 해당 괴이에게서 무언가를 느꼈고, 언니에게 심각한 말을 했으리라고 생각할 수밖에 없다.

"그렇다면 그 괴이가 요리카와 씨와 연관이 있을 것으로 예상된다는 건가요?"

"뭐, 미사는 그렇게 이야기했습니다만, 아직 아무런 사건도 일어나지 않았으니까요. 확신할 수는 없어서……."

"특징 같은 건, 없었나요?"

아사히로가 자리로 돌아가면서 물었다.

"특징이라……. 아, 탄내가 났다고 했어요."

"탄내요?"

그는 그렇게 되물으면서 어느 서류 위에 '탄내'를 휘갈겨 적었다.

"네, 온몸이 까맣게 타 있었다고 했습니다. 체형으로 볼 때 여성으로 생각됐고, 머리칼은 중단발이었다고 해요. 그리고 목소리가 들렸다고 했어요. '더워'라던가 '뜨거워'라던가 확실히 듣지는 못했지만, 자기는 그렇게 들었다고 했어요."

사토미도 자신의 책상 앞으로 다가갔다. 겉옷을 의자에 걸쳐 놓고 컴퓨터의 전원을 켰다.

아사히로는 햇빛이 들어앉은 책상을 바라보았다. 멍하니 볼펜을 돌린다. 볼펜의 그림자가 빙그르르 도는 광경을 바라본다. 자리에서 일어나 커튼을 내린다.

"'더워'도 맞고, '뜨거워'도 맞을지도 모르겠네요."

아사히로가 사무실 불을 켜며 말했다.

"네?"

사토미가 컴퓨터 패스워드를 입력하다 말고 그를 쳐다보았다. 아사히로는 그런 그녀에게 천천히 다가갔다.

"서서히 불에 타서 죽었다면요."

"아, 점진적인 건가요? 몸에 불이 바로 붙은 게 아니라 근처에서 시작됐다면……."

"덥다가 뜨거워지는 거죠. 근데 중요한 건, 그 괴이가 '어떤 이유로 나타났냐?'겠지요. 일단 기다려 보는 게 나을 것 같네요. 참, 요리카와 켄 씨를 찾아 달라고 의뢰를 보낸 사람이 있어요."

"정말요? 가족인가요?"

사토미는 깜짝 놀랐다.

"글쎄요. 가족은 아닌 듯합니다만, 의뢰자 이름이 하야세 시게루였습니다. 꽤 유명한 영화감독이에요. 들어 본 적 있어요?"

아사히로는 그의 이름을 검색한 뒤에 휴대폰을 사토미에게 건넸다.

"아니요. 영화는 자주 보지 않아서요."

그녀는 고개를 절레절레 저었다. 그러곤 휴대폰을 그에게 돌려주었다.

"그럼, 그 의뢰는 수락하실 건가요?"

그녀의 말을 들은 순간, 아사히로는 어쩐지 폭풍에 휘말리는 것 같다는 예감이 단전에서부터 들끓어 올랐다. 사토미는 그의 동공이 잠시 흔들리는 것을 보았다.

"우선 하야세 씨를 만나 본 다음에 결정하려고요. 어차피 친족의 동의도 있어야 하니까요."

아사히로는 그렇게 말하면서 살며시 웃었다. 그러나 사토미의 시야에서 그 표정은 복잡미묘한 감정이 떠오른 듯이 비쳤다.

2

2022년 11월 18일(2)

고교생들의 정신을 마비시킬 정도로 시끄러운 비명이 들리기 시작한 건, 점심시간이 시작되고 불과 10분도 채 지나지 않았을 때였다.

하루 종일 속이 더부룩했던 미사키는 화장실에서 물밀듯 밀려오는 구토감과 치열한 공방을 벌이고 있었다. 몇 번의 구역질 끝에 목을 쏘아 대는 시큼한 위액이 흘러나왔다. 코끝이 시렸고 자신도 모르는 사이에 눈물이 흘러나올 정도로 고통스러웠다. 엊저녁부터 아무것도 먹지 않았는데도 더부룩한 감각이 복부 내부에 남아 있는 것이 기묘할 따름이었다.

휴지로 입과 눈물을 닦아 내고 변기 칸에서 나왔다. 코를 훌쩍이며 거울 앞에 서서 흐트러진 머리카락을 정리하기 시작했다. 그런 다음 입을 헹군다. 거울 속, 눈시울이 붉어진 자신이 보인다.

다시 교실로 돌아온 미사키. 교실의 맨 뒤, 창가 쪽에 자리한 책상에 앉았다. 꺼내 둔 도시락통을 다시 가방에 집어넣었다. 속이 아직 메슥거렸다. 밥을 먹을 수 없을 것 같았다.

"미사키! 어디 있었어?"

누군가의 목소리가 귓전으로 달려들었다. 고개를 돌리자 보이는 야시로 마이의 얼굴. 이내 그녀는 미사키의 앞자리 의자를 반대로 돌리고는 앓는 소리를 내면서 앉았다.

"속이 안 좋아서…… 잠깐 바깥바람 좀 쐬고 왔어."

미사키가 억지로 웃었다.

"안 먹어도 괜찮겠어?"

마이는 도시락통을 미사키의 책상이 아닌 자신의 책상에 놓았다. 보아 하니 미사키가 먹지 않는다는 사실에 자기도 먹지 않으려는 것 같았다.

"나도 안 먹을래."

마이가 말했다.

"아냐. 나 진짜 괜찮으니까 먹어. 부모님께서 해 주신 거 아니야?"

미사키가 물었다. 이에 마이는 고개를 절레절레 저으면서 "내가 만들었어. 가끔은 그러는 게 좋을 것 같다는 생각이 들어서 말이지."라고 답했다.

"그래?"

"참, 이거 뭔지 알아?"

마이가 뭔가가 생각났다는 표정을 짓고는 교복 블레이저 주머니에서 어떤 물체를 꺼냈다. 마이의 손바닥 위에 올라가 있는 물체는 기묘한 모양이었다. 한 손에 다 들어올 정도로 작은 고동색의 물체는 오래된 나뭇가지 같기도 했고, 썩은 목재 조각물인 것 같기도 했다. 미사키가 그 물체를 집어 들었다.

"본 적 있어?"

마이가 상체를 부담스러울 정도로 가깝게 내밀면서 물었다.

그 순간, 미사키는 몸 전체 근육이 화들짝 놀라는 듯한 감각을 맛보았다.

"없어. 아무래도 무슨 동물의 손부터 손목까지인 것 같은데."

물체가 약간 굽어 있는 것과 끝에 다섯 개의 굽은 가닥이 있는 걸로 보아 어떠한 동물의 손 같았다.

"그치? 도마뱀의 손이나 다람쥐의 손일까? 그래도 손바닥만 한 크기니까 더 큰 동물이려나."

"그런 것 같아. 근데 이런 걸 왜 가지고 있는 거야?"

미사키의 몸속에서 아직도 기묘한 감각이 떠돌고 있었다. 그 감각은 미라화가 진행된 것 같은 동물의 손과 접촉해 있는 부분부터 강하게 퍼져 나가고 있었다. 이런 걸 계속 만지고 있다가는 모든 기운이 빨려 버리고 말 것 같았다. 별안간 좋지 못한 기분이 들어서 미사키는 마이에게 물체를 도로 건넸다.

"어제 할머니께서 집에 잠깐 방문하셨거든. 돌아가실 때 이걸 주고 가셨어. 꼭 지키……."

마이가 물체를 물끄러미 바라보고 있는데 갑자기 창문 바깥에서 찢어지는 비명이 날아왔다. 그 소리에 두 사람 다 화들짝 놀랐다. 열린 창밖으로 머리를 빼꼼 내밀어 바깥을 보았다. 운동장이 보였다. 저 멀리, 학생들이 어딘가로 달려가고 있다. 철새처럼 일정한 이동 방향은 운동장 구석으로 향했다.

서둘러 복도로 나가자, 몇몇 아이들이 일제히 어디론가 향하고 있었다. 곧 두 사람은 한 남학생 무리가 하는 이야기를 어렴풋이 들을 수 있었다.

(정말 와타나베라고?) (죽은 것 같대.) (서둘러.)

미사키와 마이는 종종걸음으로 빠르게 그 무리의 뒤에 따라붙었다. 남학생 무리가 멈춰 선 곳은 운동장의 가운데였다. 본래 목적지는 여기가 아닌 듯한데, 알고 보니 더 갈 수가 없는 것이었다. 이미 많은 학생이 앞자리를 차지하고 있었기 때문이었다. 미사키가 머리를 바깥으로 내밀고 시야의 저편을 살폈다. 사람이 줄지어 서 있는 곳의 끝은 체육 창고였다.

그 순간, 그녀는 괴상한 감각을 느꼈다. 기시감이었다. 어디선가 느껴 본 적 있는 기운이 그녀의 육체 속으로 파고들었다. 그 기운은 전철 안에 있던…… 괴이의 것과 비슷했다. 그런 감각을 느낀 즉시, 그녀는 북적이는 인파 사이를 비집고 들어갔다.

"미사키!"

마이가 미사키를 멈춰 세우려는 듯 외쳤다. 그럼에도 미사키는 멈추지 않고 앞으로 나아갔다. 또다시 속이 울렁거린다. 머릿속에서 괴이가 떠올랐다. 심장이 맹렬히 요동쳤다.

간신히 창고 앞에 도착했지만, 그곳은 선배 두 명이 지키고 있었다. 여자 선배가 선생들이 오고 있으니 어서 돌아가라며 목청껏 소리치고 있었다. 그중 통통한 체격의 남자 선배는 지르퉁해 있다가 선생들은 언제 오는 거냐며 투덜거렸다.

이내 미사키는 이상한 것을 발견했다. 창고 문이 살짝 열려 있었다. 그리고 그 틈의 하단에 뭔가가 길쭉이 뻗어 나와 있었다. 그녀는 그게 무엇인지 단번에 알아차렸다.

그건 사람의 팔이었다. 혈관이 전부 터져 버리기라도 한 듯 군데군데 피멍이 들어 있어 흉측한 모습을 하고 있었다. 자세히 보니 손에 무언가를 움켜쥐고 있었다. 흰 깃털이었다. 그때 미사키 쪽으로 바람이 불어왔다. 기분 나쁜 냄새가 날려 왔다.

탄내다.

건어물을 태운 듯한 냄새도 풍긴다.

미사키는 고민하지 않고 재빨리 창고 앞으로 달려갔다. 그리고 힘없이 엎어져 있는 팔을 잡았다.

그러자 순식간에 눈앞이 새까맣게 변했다. 아니, 새까맣게 변한 게 아니었다.

새벽. 새벽의 칠흑이 눈앞에 펼쳐진 것이었다.

숨을 몰아쉬면서 어딘가로 달려 나간다.

누군가에게 따라잡힐까, 수시로 뒤를 확인한다.

'이건…… 와타나베의 기억인가……?'

가로등 불빛이 닿지 않자 강렬한 기척이 더 집요히 뒤를 쫓는 느낌이 들었다.

주택가를 신속히 빠져나온 와타나베는 어느덧 학교 앞까지 다다랐다.

    교문이 닫혀 있는 걸 확인한 순간, 서둘러 다른 곳으로 가기 위해 뒤돈다. 그러나 시야의 끝에 무언가가 우두커니 서 길을 가로막고 있었다.

    돌아갈 수 없다. 돌아가서는 안 된다. 절대 안 된다.

    와타나베는 하는 수 없이 죽기 살기로 교문을 넘었다.

    또다시 무언가가 쫓아온다. 발소리는 들리지 않았다. 그럼에도 와타나베는 그것이 필사적으로 자신을 쫓아온다는 사실쯤은 알 수 있었다. 금방이라도 어깨를 잡힐 것만 같다.

    발밑이 뜨거웠다.

    맨발로 운동장을 밟고 있는 탓이었다.

    숨을 곳, 숨을 곳을 찾아야 한다.

    그때, 체육 창고가 눈에 들어왔다.

    저쪽으로 가자.

    창고의 문 빈틈에서 차가운 공기가 새어 나오고 있다.

    살았다. 그는 생각했다.

    서둘러 창고 안으로 들어가 문을 닫고, 자세를 낮췄다.

    와타나베는 혼자였다.

    시간이 얼마나 지났을까.

    와타나베는 문 앞으로 조심히 다가갔다.

    문에 귀를 바짝 붙이고 바깥 소리에 귀 기울인다.

…….

아무런 소리도 없다.

기척은……?

…….

역시나 없다.

와타나베는 조심히 문을 열었다.

저 멀리 작은 달빛이 보인다. 그러나 여기까지는 힘을 쓰지 못하는 듯하다.

머리를 빼꼼 내밀어 주위를 살핀다.

운동장은 고요했다. 그 누구도 없었다.

모든 게 그대로다.

문을 더 활짝 열었다.

와타나베는 이제 안전하다.

칠흑을 등진 채로 몇 번이고 숨을 가쁘게 몰아쉰다.

뜨거워.

순식간에 와타나베의 몸이 돌처럼 굳었다. 소름 돋는 기척이 등 뒤를 훑었다. 방금, 머리 뒤에서 누군가가 속삭였다.

분명히 들었다.

갑작스레 눈앞으로 흰 깃털들이 떨어진다.

계속해서 떨어진다.

다리는 움직일 생각이 없다.

와타나베는 고개를 숙였다.

발목에 뭔가가 있다. 자세히 들여다본다.

이건…… 손이다.

누군가가 양쪽 발목을 잡고 있다. 와타나베는 고개를 들어 다시 전방을 주시했다.

뜨거워.

붉은 팔이 양쪽 시야 가장자리에 나타나기 시작한다. 머리 뒤에서 뻗어져 나오고 있는 것이다.

칠흑 속에서 빠져나온 수많은 팔이 와타나베의 얼굴과 몸을 감싼다.

뜨거워.

섬뜩한 목소리가 귀 옆에서 울린다. 차갑고 뜨거운 숨결이 느껴진다.

등 뒤의 존재는 순식간에 와타나베를 창고 안쪽으로 끌어당겼다.

와타나베는 필사적으로 문을 쳐다보았다.

그때, 창고의 문이 저절로 닫히기 시작했다.

이윽고 와타나베의 시야가 암전되었다.

곧 와타나베의 비명 소리와 함께 미사키의 시야가 밝아졌다.

"너 뭐 해? 빨리 안 꺼져?"

남자 선배가 미사키를 발견했다. 멋대로 시체에 손대고 있는 그녀를 보자마자 기겁했다. 그는 잽싸게 그녀의 손을 낚아채고 끌어당겼다.

"오호라, 네가 범인이로구나!"

그 순간, 선생들이 나타났다. 몇몇 선생이 학생들에게 뒤로 물러나라며 외쳤다. 선생들은 혼란스러워하는 학생들을 진정시키면서 그들을 교실로 돌려보냈다.

두 명의 선배는 미사키를 뒷전으로 미루고 선생들에게 다가갔다. 잠시 뒤, 선배들과 선생들이 대화에 정신이 팔려 있는 틈을 타 미사키는 조심히 현장을 빠져나왔다.

어제 하교 시간에 보았던 무언가는 와타나베의 죽음을 암시했던 것이었을까? 아니, 꼭 그렇게 생각할 수만은 없었다. 누군가의 죽음을 예측하는 건, 불가능하다. 미사키는 자신은 그저 괴이의 기운을 느꼈을 뿐이라고 생각했다.

하교 후, 미사키는 손톱을 물어뜯으며 스마트폰을 하염없이 바라보았다.

으득. 으득. 으득.

잠시 뒤, 방에서 나와 거실 소파에 앉았다. 쿠션을 끌어안고 TV를 켰다. 뉴스 채널로 돌리자 그녀가 예상한 것처럼 와타나베 미노루의 사망 소식이 보도되고 있었다.

사인은 쇼크사였다. 쇼크 발생 원인은 내장 손상 때문이라고 하는데 조금 기이한 점이 있다. 무슨 이유에서인지 내장에 4도 화상을 입었다고 한다. 여기서 주목해야 할 점은 장기만 4도 화상을 입었다는 것이다. 표피는 타지 않았다. 오직 내부의 주요 장기만이 새까맣게 타 버렸다. 이외에도 몸 여러 군데에서 타박상이 발견되었다. 또한 창고 내부 벽 여러 곳에 그의 혈흔이 묻어 있었다.

미사키의 머릿속에선 괴이가 와타나베를 창고 벽에 힘껏 던져 대는 광경이 재생되었다. 정황상 절대 자살로 판단하진 않을 듯하다. 경찰 측은 고압 감전사나 체내에서 일어난 화학 반응의 가능성에 대해 먼저 조사할 것이다. 타박상이 발견되었기 때문에 타살 또한 의심할 것이다.

그렇지만 범인이 무언의 존재라는 점은 끝끝내 발견하지 못하리라. 과연 날고 긴다는 경시청의 강력계 형사들도 범인을 잡을 수 있을는지는 미지수였다. 아니, 확률은 정확히 0에 수렴하리라. 아마도 경찰 측은 시간이 흐를수록 곤혹스러움을 감추지 못할 것이다.

이렇게까지 휘몰아치는 일은 처음이었다. 시도 때도 없이 마음속에서 불안감이 피어올랐다. 그녀가 사람의 몸에 손을 대면 당사자의 괴이와 관련된 특정한 기억이 눈앞에 아스라이 펼쳐지지만, 죽음 직전의 시야가 보인 것은 이번이 처음이었다. 게다가 범인은 와타나베의 눈에 보이지 않았다. 그를 죽음에 이르게 한 것은 이형의 존재이니 범인이라 부를 수도 없는 노릇이지만.

애당초 그녀가 보아 왔던 두 세계는 이렇게까지 서로에게 영향을 주고받을 수 없었다. 보통의 괴이가 할 수 있는 일은 빙의까지가 마지노선이었다. 그러나 그 괴이에게만큼은 꼭 두 세계의 어느 부분이 **정확히 맞닿아** 있는 것 같았다. 그러니 직접 사람을 죽일 수 있는 것이다.

도대체 뭘까.

그 기묘한 탄내와 괴이는 어떠한 유기적 관계가 있는 걸까.

자기도 모르게 수십 번 한숨을 내뱉으면서도 미사키는 자리에서 꿈쩍하지 않았다. 그저 TV와 핸드폰을 번갈아 볼 뿐이었다. 틀림없이 초현사가 움직여야 한다는 생각이 들었다. 또 다른 피해자가 생기기 전에 말이다. 그 시작은 언니의 연락이 되리라. 하지만 미사키의 스마트폰 화면은 여전히 검은빛을 띠고 있었다. 뚫어져라 스마트폰을 쳐다보고 있는 자신의 얼굴만이 비칠 뿐이었다.

시각은 오후 7시, 슬슬 배가 고파질 시간이었다. 미사키는 그제야 자리에서 일어났다. 냉장고에서 물을 꺼내 컵에 따랐다. 마음을 추스르면서 물을 마셨다. 그때였다. 라인 메시지의 알림음이 거실 전체를 울렸다. 그녀는 컵을 싱크대에 두고 재빨리 책상 위의 휴대폰을 집어 들었다. 심장 박동이 점점 빨라졌다.

발신자는 언니 사토미였다.

지금 올래? 늦게 연락해서 미안해.

메시지 창 한편에 그렇게 적혀 있었다. 미사키는 곧바로 방에 들어가 교복 치마 안에 회색 체육복을 입고 셔츠 위에 검은 패딩을 걸쳤다. 그런 다음 빠르게 거실 TV의 전원을 끄고 집 안 불을 전부 껐다. 열쇠로 현관문을 잠그고 그 앞에 가만히 서서 사토미에게 답장을 보낸다.

괜찮아. 금방 갈게.

어렸을 때부터 지금까지 초현사로 향하는 미사키의 발걸음은 언제나 가벼웠다. 하지만 오늘은 발목에 모래주머니를 단 것만 같이 유독 걸음이 무겁다. 가을의 존재가 옅어지기 시작했다. 해가 져서 그런지 더 추웠다. 지하철역 안에 들어선 순간, 추위는 흩어졌다.

난관은 언제나 존재한다. 다음 난관은 정신이 아득해지는 역 속의 인파다. 오히려 지하철에 타 있는 순간만큼은 지독할 정도로 더워서 패딩을 벗을 수밖에 없었다. 열심히 살아가는 직장인들 사이에 정신없이 끼어 있다 보니 어느덧 신주쿠역에 도착했다.

역 바깥으로 나와서 신주쿠 교엔이 보이는 육교 위를 걸었다. 형형색색의 불빛들이 막힘없이 눈에 들어왔다. 그 광경은 꼭 신주쿠의 밤이 살아 움직이는 것처럼 보였다. 꽤 이른 시간에 하나조노 신사에 다다랐다. 거의 도착했다. 공영 주차장이 자리한 부지만 지나면 정말 끝이다.

미사키가 초현사에 도착했을 때는 일면식이 없는 남성 두 명이 아사히로, 사토미, 키리야마 린카와 대화를 나누고 있었다. 미사키는 자연스럽게 가장 가까운 자리에 앉아 있는 노란 머리 류자키 하야토에게 다가갔다. 어째서인지 그는 대화에 참여하지 않고 업무에 열중하고 있었다.

"그럼, 이만."

건장한 체격에 극도로 예민해 보일 정도로 날렵하게 생긴 남성은 미사키가 사무실에 들어온 지 불과 30초도 채 되지 않아서 바깥으로 나가 버렸다.

류자키가 "어서 와."라고 소곤거리면서 미사키에게 손을 흔들었다. 미사키는 그 인사에 보답하듯 고개를 살짝 숙였다. 다른 직원은 아직 미사키의 방문을 알아채지 못한 듯했다. 류자키를 제외한 모두가 열띤 분위기 속에서 대화하고 있었다.

"저기…… 누구예요?"

미사키가 나지막이 물었다.

"방금 나간 사람은 경시청 형사."

형사들이 초현사 사무실로 찾아오는 것은 그다지 드문 일이 아니었다. 오래전부터 신임을 받아 왔던 만큼 경찰과 초현사의 관계는 우호적이라고 말할 수 있다. 아사히로가 오컬트 쪽과 관련되어 독단적으로 해결한 사건의 공로를 경찰 측으로 넘기거나 분할한 적도 있으니 경찰 측에선 초현사와 아사히로에게 우호적일 수밖에 없었다.

물론 아사히로에게 있어서 그런 행동들은 전부 초현사를 위한 것이었다. 경찰과 두터운 신뢰를 쌓아 두면 자동으로 정보가 떨어진다. 그렇게 되면 수사 방향을 조금 더 쉬운 쪽으로 이끌어 갈 수 있다. 한마디로 말하자면 경찰 측과 초현사는 비공식적이지만, 상호 이익 관계를 이루고 있는 것이다. 물론 주거 침입과 같은 범법 행위를 감싸 주진 않는다. 그가 할 수 있는 건, 경찰과 정보를 주고받거나 탐문 수사 및 현장 방문 등이다.

"그리고…… 저 사람은……."

류자키가 말끝을 흐리면서 저 멀리 사무실 끝에 앉아 있는 남성을 칸막이 너머로 쳐다보았다.

"본 적 없어?"

류자키가 다시 미사키를 쳐다보았다.

"본 적 있는 것 같기도 한데…… 잘 모르겠어요."

미사키는 고개를 갸웃하면서 이국적인 외모의 남성을 쳐다보았다. 친커튼 스타일의 수염, 진한 눈썹과 오똑한 코.

"하야세 시게루."

류자키가 말했다.

"아! 저 사람이?"

미사키는 화들짝 놀라 자기도 모르게 큰 목소리를 내고 말았다. 그녀의 목소리가 사무실 전체를 울렸다. 모두가 동시에 미사키를 쳐다보았다.

"엇, 미사키. 왔었구나? 잠깐 기다려 줄래?"

아사히로가 벌겋게 상기된 미사키의 얼굴을 바라보았다. 미사키는 몸 둘 바를 몰라 재빨리 쭈그려 앉았다.

아사히로, 사토미, 키리야마의 시야에서 미사키가 쑥 사라지자, 그들은 쓴웃음을 지었다.

"사실대로 말하자면요, 조금…… 믿기가 힘드네요. 그나마 형사분께서 거들어 주셔서 조금의 가능성은 있다고 생각합니다만……."

시게루가 초현사 직원 세 명의 눈을 피하며 말했다. 귀신? 괴이? 이형계는 또 무슨 이야기란 말인가? 그런 게 존재할 리가 없다. 새로운 사기 수법인 걸까?

시게루는 아사히로가 초자연 탐정이라는 것쯤은 알고 있었다. 기본적인 정보도 모르고 의뢰를 맡길 정도로 멍청하지 않다. 다만, 시게루의 머릿속에 그려 두었던 아사히로는 그저 유능한 탐정일 뿐 초자연이라는 단어를 앞에 붙인 것은 단지 명성을 얻기 위함인 것이었다. 시게루는 설마 초자연 탐정이라는 칭호가 진짜 초자연 현상과 관련이 있으리라고는 상상도 하지 못했었다.

사건에 관해 이야기할 때는 유능한 탐정에게 의뢰한 만큼 순조롭게 일이 진행되리라 생각했지만, 초장부터 말도 안 되는 이야기를 늘어놓고 있는 직원들을 보고 있으니 머리가 지끈거렸다.

"요리카와 씨를 찾고 계신 거죠?"

시게루의 옆에서 새로운 목소리가 들렸다. 그는 고개를 돌렸다. 바로 옆에 교복 차림의 여학생이 서 있었다. 명찰에 적힌 이름을 보았다. 호시에 미사키. 고등학교 2학년이다. 그러고 보니 앞에 앉아 있는 미인의 성도 호시에가 아니었던가? 혹시 두 사람은 자매인 걸까? 그리 닮진 않은 것 같은데.

"네, 뭐……."

시게루는 골칫거리가 늘었다고 생각했다. 서둘러 이곳을 빠져나가지 않으면 틀림없이 막대한 양의 돈을 뜯기고 말 것이다. 하다 하다 이젠 고등학생까지 이용하다니. 불법 회사가 틀림없었다.

"그럼, 전 이만 가 보겠습니다."

시게루가 가방을 들고 자리에서 벌떡 일어났다. 그런데 아무도 그를 말리지 않는 것이 아닌가? 그의 예상과는 정반대였다. 이 사람들 이대로 내가 나가 버려도 괜찮은 건가? 하긴 아사히로는 유명한 탐정이니 나 말고도 많은 사람이 수시로 찾아올 것이다. 그렇게 생각하고 있는데 미사키가 멋대로 시게루의 손목을 잡았다.

"뭐 하시는 겁니까?"

찰나의 순간에 시게루의 눈은 기묘한 장면을 포착했다. 단발머리 소녀의 안구가 노을빛으로 빛났다. 잘못 본 것이리라. 틀림없이 잘못 본 것이다. 분명 어딘가에서 비슷한 색을 가진 물체가 저 눈에 반사되었던 것이리라고 시게루는 생각했다.

"부엌에서……."

수십 초 뒤에 미사키가 손을 떼면서 조심히 말했다.

"에? 부엌이요?"

"부엌에서 봤군요?"

"무슨 말씀을 하시는 겁니까?"

의자에 앉아 있는 아사히로는 슬며시 미소를 지으며 두 사람의 대화를 흥미진진한 눈빛으로 바라보았다.

"하야세 씨가 본 거, 잘못 본 게 아니에요. 부엌 안에 서 있던 **그것** 말이에요."

미사키의 묘한 어조에 시게루의 뇌리에서 꺼림칙한 장면이 스쳐 지나갔다. 늦은 저녁, 부엌에 아내가 아닌 누군가가 우두커니 서 있었다. 칠흑 속에서 떠오른 두 눈. 그곳에 틀림없이 뭔가가 서 있었다.

"어, 어떻게 아셨습니까?"

"요리카와 씨의 집에서 뭘 발견했죠?"

미사키는 날아오는 질문을 가볍게 쳐 내고는 오히려 시게루에게 질문을 던졌다.

이 학생은 마나베와 내가 요리카와 켄의 집에 무단 침입한 사실을 알고 있다. 어째서? 시게루는 생각했다.

"요리카와 씨의 집이라니…… 무슨 말씀을 하는 건지 당최 이해할 수가 없네요."

하지만 시게루는 그 사실을 필사적으로 숨겼다. 거짓말을 한 영향인지 그의 숨소리가 살짝 떨렸다.

"다른 남성분과 함께 집에 들어갔잖아요? 그 이후는 저도 몰라서 묻는 겁니다."

미사키는 눈을 크게 뜨며 진지한 어조로 말했다.

어떻게 그걸 알고 있는 걸까? 도대체 뭘까, 이 학생의 정체는……?

"뉴스 보셨어요?"

갑작스레 미사키가 고개를 돌리며 물었다. 시선이 향한 쪽은 아사히로였다.

"와타나베 사건 말이지?"

아사히로가 당연하다는 것처럼 허벅지를 찰싹 때리며 자리에서 일어났다. 미사키는 고개를 끄덕였다. 잠시 뒤 그녀는 고심하는 듯한 목소리로 "똑같아요."라고 말했다.

"요리카와 씨, 와타나베, 그리고 이분까지요. 전부 ……가 나요."

미사키가 중간에 몇 어절을 아래로 떨어뜨렸다. 그리고 자신이 없는 것처럼 시야를 바닥에 내리꽂았다.

"응?"

이번엔 사토미가 물었다. 이에 미사키는 잠시 고민하는가 싶더니 고개를 살짝 들고 말을 이었다.

"탄내요."

그 말에 소셜 미디어 중독자 키리야마 린카가 휴대폰을 두드리다 멈칫했다.

"탄내?"

키리야마가 고개를 들어 올리며 물었다. 그녀의 레드 와인색 머리칼이 깊게 찰랑였다.

"뭐, 자세한 건, 들어 봐야 알겠지만요. 그렇죠?"

미사키가 시게루를 쳐다보았다. 시게루는 재빨리 그녀의 눈을 피해 고개를 돌렸다. 사무실 창문 밖의 풍경을 바라본 채, 그는 골똘히 생각했다.

까마득한 상공 속에서 비행기의 등불이 홀로 반짝였다.

3

2022년 11월 19일

하야세 시게루는 아침 일찍 경찰을 찾았다. 그러나 달가운 소식은 없었다. 경찰 측에서 말하길, 소포 속 머리카락은 모근이 전부 손상되어 DNA 검사가 불가능하다고 했다. 게다가 해당 우편물엔 우표가 붙어 있지 않았다. 처음엔 우표를 모으는 취미가 있는 아내가 습관처럼 소포의 우표를 미리 떼어 버렸다고 생각했는데, 해당 소포를 집화한 곳이 조회되지 않는다고 했다. 그 말인즉슨, 요리카와가 우체국을 이용한 것이 아니라 직접 소포를 우편함에 넣었거나 다른 누군가를 시켜 배송했다는 이야기가 된다.

애석하게도 회사에선 슬슬 다음 작품에 대한 소식을 기다리는 분위기가 형성되고 있었다. 원래의 계획대로라면 요리카와와 함께 시나리오 첨삭을 하고 있었을 시기이니 당연한 결과였다. 그래서 더더욱 머리가 지끈거렸다. 세간의 주목을 모으고 있는 신설 회사인 만큼 기대에 부응하는 작품을 만들어야 할 텐데. 마음이 다급해졌다.

요리카와를 찾지 못하면 시나리오를 직접 쓸 수밖에 없다. 하지만 그랬다가 저번처럼 망쳐 버리면? 온갖 상념이 그의 머릿속에서 단풍처럼 흩날리고 있었다. 그러니 한시라도 빨리 요리카와 켄을 찾을 수밖에 없다.

시게루는 집 근처의 공터 벤치에 앉아 흡연을 시작했다. 희뿌연 연기를 뿜어내며 고민했다. 두 개비 이상 피울 계획은 없었으나 정신을 차리고 보니 벌써 네 번째 담배였다. 그는 관자놀이를 꾹꾹 눌렀다. 이윽고 무언가를 결심한 표정을 짓더니 자리에서 벌떡 일어났다. 휴대용 재떨이에 담배를 비벼 끄고, 발걸음을 옮겼다. 결단을 내린 것이다.

'역시 탐정에게 맡기는 편이 낫겠지.'

4

2022년 11월 20일

병원에서 암 투병 중인 요리카와 켄의 모친이 탐정 조사에 응당 동의했다. 하야세 시게루가 그녀를 어떻게 찾았는지는 알 수 없었지만, 아사히로는 친족의 동의서를 받아 냄에 따라 곧바로 의뢰를 수락하고, 10만 엔을 착수금으로, 15만 엔을 보수로 책정했다. 보수금은 시게루가 내기로 했다.

탐정이 의뢰를 수락했다고 해서 마음대로 움직일 수 있는 건 아니다. 사설 탐정 자격증이 있다고 해도 어디까지나 한계는 존재한다. 경찰 측에서 실종자가 납치와 같은 어떠한 사건에 연루되었을 가능성을 높게 보고 있다면 그만큼 위험 부담도 높아진다.

게다가 형사가 관여하고 있는 사건에 탐정이 개입하는 것은 공무 집행 방해로 간주될 수 있다. 아무리 법적으로 탐정이라는 직업이 존재한다고는 하지만, 경찰과 달리 공권력이 없으므로 형사 사건 같은 경우 거의 개입이 불가하다. 가족의 동의를 얻었다면 어느 정도 독립적인 수사가 가능하다고 해도 마냥 쉽지만은 않다. 그러나 아사히로 고헤이는 달랐다. 그는 이미 경찰 측과 특별한 협력 관계를 맺고 있었으니까.

일요일의 아침 10시. 탐사팀인 아사히로, 사토미, 미사키는 시마마츠역 승강장에 나란히 서 있었다.

"미사, 아직 뭔가 보이진 않지?"

사토미가 미사키에게 물었다. 이에 미사키는 고개를 절레절레 저었다. 잠시 뒤, 미사키의 머릿속에서 아침에 잠깐 보았던 뉴스가 떠올랐다.

[……이틀 전, 오후 8시경 발견되었던 두 구의 시신이 와타나베 미노루 군의 양친이었던 것으로 확인되었습니다. 시신이 처음 발견된 장소는 B시의 근교 국도 부근입니다. 블랙박스 확인 결과, 사고 발생 당시 두 사람이 탑승해 있던 차량은 갑작스레 속도를 올리더니 가드레일을 뚫고 뒤편의 절벽 아래로 추락했습니다. 사고 차량은 형체를 알아볼 수 없을 정도로 찌그러져 있었고, 두 구의 시신은 모두 불에 타 있었습니다. 그런데 여기엔 조금 이상한 점이 있었습니다. 그건 바로 시신만 불에 탄 채 발견되었다는 것입니다. 사고 차량에서도, 그 주변 어디에서도 발화

흔적을 발견할 수 없었습니다. 현장에선 오로지 시신만 타 버린 채 발견된 것입니다. 현재 경찰에선 정확한 사망 원인과 범죄의 가능성, 혐의점 등을 파악하는 중에 있습니다……]

"현세의 사람을 직접 죽일 수 있는 정도의 괴이라……. 역시 이상하네요. 그래도 사건들은 이미 벌어지고 있고, 경찰 측에서도 전혀 진전이 없다고 하니 역시 그 괴이를 의심할 수밖에 없네요."
아사히로가 턱을 매만지며 중얼거렸다.
"'제로'는 어때요?"
별안간 미사키가 말했다.
"제로?"
사토미가 되물었다. 미사키가 내뱉은 말은 일종의 분류 넘버였다. 괴이는 이형계의 모든 초자연적 존재를 일컫는 포괄적인 단어이므로 특정한 존재를 지칭할 땐 나름의 구분이 필요할 것 같다는 아사히로의 생각에 미사키가 고안해 낸 것이었다.
"'0'은 양수도 아니고 음수도 아닌 숫자잖아요. 게다가 '비어 있다'라는 뜻도 있으니 아직 정체를 알 수 없는 존재들은 제로라 부르는 게 어떨까, 싶어요."
"정체를 알 수 없는 특정한 괴이에게 예명을 붙이자는 거야?"
아사히로가 입안에 들어 있는 사탕을 씹어 먹으며 물었다. 대개 0은 한자로 떨어질 영(零)자 혹은 영 영(○)자로 표기한다. 또한 0은 빌 공(空)자로 표기하기도 하는데, 여기서 알 수 있듯이 0이란 숫자는 '비어 있다'라는 의미를 지니고 있다는 것으로도 해석할 수 있다.

미사키가 고개를 끄덕인 뒤, 갑작스레 정적이 흘렀다. 그러나 이는 두 사람이 암묵적으로 미사키의 아이디어에 동의했음을 의미했다. 미사키 또한 그 사실을 인지하고 있었다.

"참, 야마조스이역 CCTV에 마지막으로 찍힌 요리카와 씨는 무언가로부터 도망치는 듯 보였다던데, 그러다 결국 제로에게 붙잡혀 해코지당한 걸까요……."

사토미가 말하는 순간, 저 멀리서 열차의 굉음이 나타났다. 하지만 세 사람은 열차가 눈앞에 도착했다 다시 떠날 때까지도 가만히 서서 지켜볼 뿐이었다.

"아무래도 블레이저가 발견된 공터 근방엔 CCTV가 없으니 확신할 순 없지만, 제로를 피해 달아났다는 건, 얼추 맞는 이야기인 것 같네요. CCTV를 보면 도망가는 사람만 있고 쫓아오는 사람의 모습은 전혀 없으니까요.

조금 정리해 볼까요? 먼저 이상한 동선을 짚어 보겠습니다. 요리카와 씨의 집은 미나토구에, 개인 사무실은 세타가야구의 서쪽 끄트머리에 자리 잡고 있죠. 당시 치바현 여행에서 돌아온 미사키의 동선은 이랬어요. 소부선 쾌속을 타고 시나가와역에서 내린 뒤, 야마노테선 전철을 이용해 시부야역에 내렸죠. 이후 미사키는 세타가야구에 있는 집으로 향하기 위해 A선을 탑니다. 공교롭게도 요리카와 씨의 집은 시부야역과 가까웠죠. 게다가 개인 사무실은 세타가야구에 위치해 있었으니 두 사람의 동선은 얼추 비슷해져 A선을 함께 타게 된 거죠. 물론 타고 있던 호차와 하차하는 역은 서로 달랐지만요. 여기까진 이상한 게 없습니다."

아사히로의 흔들림 없는 목소리에 사토미와 미사키는 홀린 듯이 고개를 끄덕거렸다.

"정말 이상한 건, 두 사람도 알다시피 A선이 시마마츠역을 떠난 뒤부터의 요리카와 씨의 행로입니다. 요리카와 씨는 미사키가 하차했던 시마마츠역의 다음 역, 야마조스이역에서 곧바로 하차했고, 흰색 캐리어를 끌며 필사적으로 출구를 향해 내달렸습니다. 역사 CCTV에 그 모습을 남겨 두곤 홀연히 세상에서 사라져 버렸고요. 그리고 그의 혈흔이 묻은 블레이저가 야마조스이역에서 대략 7.5km나 떨어진 나카노구의 한 공터 화장실에서 발견되었습니다. 그렇다는 건, 역시 그가 나카노구에 발을 들일 때만큼은 멀쩡히 살아 있었다고 추측해 볼 수 있습니다. 조금 다르게 말하자면 그곳까지 도망친 거겠죠. 문제는 그가 도망갈 방향을 왜 나카노구로 정했냐는 겁니다. 야마조스이에서 나카노구까지 이동하는 그의 모습이 찍히지 않은 것은 역시 택시를 이용했거나 누군가의 차를 탔기 때문일 겁니다. 그렇지 않고선 모습을 숨길 수 없어요."

"하지만 택시 기사분이 그를 보았다면 틀림없이 실종 보도를 보고 신고하지 않았을까요?"

사토미가 물었다.

"그랬다면 좋겠죠. 그런데 모든 사람이 언론에 집중하는 삶을 보내는 것도 아니고, 하루에 몇십 명의 고객을 응대해야 하는 택시 기사님이 그를 기억할 것이라고 장담하기는 힘들지 않겠습니까?"

"하긴…… 그렇네요."

사토미는 어리석었다는 표정으로 고개를 떨궜다.

"사실 혈흔이 묻은 블레이저가 공터에서 발견되었다는 것 자체가 매우 수상합니다. 납치나 살인의 범인이라면 증거를 남기지 않는 것이 1순위일 테죠. 반지와 같은 액세서리, 휴대폰도 아니고, 그렇게 커다란 겉옷을 남기고 갔다는 것은 믿기지 않습니다. 애초에 저희가 의심하고 있는 대상은 인간의 범주에 속해 있는 존재가 아니니 이런 추측도 의미 없지 않나 싶은 생각이 들긴 하지만요."

"혹시…… 아사히로 씨는 요리카와 씨가 죽거나 사라진 게 아니라, 일부러 숨었다고 생각하고 계신 건가요?"

사토미가 다시 고개를 돌리며 물었다. 그녀의 물음에 조심스러움이 묻어 있었다.

"네, 어쩐지 그가 죽었다는 생각은 들지 않습니다. 아직 그것을 입증할 만한 증거는 없지만요. 다음은 그가 제로를 마주한 곳입니다. 시부야역 CCTV에 찍힌 그의 모습은 한가로웠고, 야마조스이역 CCTV에 찍힌 그는 무언가로부터 도망치고 있는 듯 보였으니 전철 안이나 승강장 부근에서 제로를 만났을 테죠."

"그렇군요. 그런데 출근길에 캐리어를 들고 가는 이유가 무엇이었을까요? 보니까 서류 가방도 들고 있던데."

"아무래도 각종 전자 기기나 의류, 속옷 등의 생활용품을 개인 사무실에 둘 생각이 아니었을까요? 듣자 하니 시나리오의 계약 기한이 얼마 남지 않았다고 했었고, 요리카와 씨는 완벽한 시나리오를 완성하기 전까진 아예 사무실에서 나오지 않을 생각이었는지도 모릅니다. 또한 육필 원고를 발견할 수 없었던 것 역시 캐리어나 서류 가방 속에 해당 원고가 들어 있었기 때문이 아니었을까요?"

"아! 그럴 수도 있겠네요."

사토미는 미간을 찌푸리며 고개를 끄덕였다.

"그래도 한 가지, 확실히 깨달은 건 있습니다."

아사히로가 손가락을 까딱거렸다.

"어떤……?"

"그 제로는 무턱대고 사람을 해치는 게 아닙니다."

진지한 얼굴로 말하는 아사히로.

"그게 무슨 의미인가요?"

사토미는 의아한 마음에 사로잡혔다.

제3장 초현사

"요리카와 씨가 제로에게서 달아나고 있었다고 칩시다. CCTV에 찍혔듯이 당시 야마조스이역엔 사람이 꽤 많았습니다."

그 말에 동의하듯 사토미는 고개를 끄덕였다.

"제로는 그곳에 있는 사람들을 전부 무시했습니다."

"그 말인즉……."

"길이 정해져 있는 거예요. 바꿔 말하면 표적이요. 아무리 원한이 깊거나 누군가가 불러냈다고 한들 닥치는 대로 사람을 죽이지 않는 걸 보면 특별한 조건이 있는 것 같습니다. 이를테면 매개 같은 게 아닐까요? 쉽게 말해 저주라든가."

아사히로가 고개를 돌려 사토미를 바라본다. 사토미는 아사히로의 눈을 피해 휑한 철도를 바라보며 고개를 끄덕거렸다.

"저주……. 그러고 보니 요리카와 씨, 뭔가를 조사하고 있었죠?"

그녀는 뭔가 생각이 났다는 듯 다시 아사히로를 쳐다보았다.

"쓰타바라시 연쇄 살인 사건."

미사키가 대화에 끼어들었다. 사토미와 아사히로가 동시에 미사키를 쳐다보았다.

"연쇄 살인 사건의 피해자 중에 불에 타 죽은 사람은 없었어. 그런데 이상하게도 그 사건이 한 사건과 자꾸 엮였던 모양이야."

아사히로가 입을 열었다.

"그 사건이라면 어떤……?"

사토미가 아사히로를 쳐다보며 물었다.

"2007년 타카초 유리에 분사 사건이요. 처음 경찰 측은 분사 사건을 연쇄 살인 사건의 한 축으로 보고, 두 사건을 연관 지어 조사했습니다. 물론 끝내 분사 사건은 자살로 판명 나 연쇄 살인 사건과는 분리되게 되었지만. 그럼에도 저는 '분사 사건'이라는 단어가 마음에 걸려서 류자키 씨에게 조사를 부탁해 두긴 했습니다. 그러나 아직도 해당 분사 사건은 타살일 것이라는 의견이 많더군요. 그 범인으로 지목되는 사람 역시 쓰타바라 연쇄 살인 사건의 범인과 동일 인물이구요."

아사히로가 사토미에게 말했다. 미사키는 댓바람부터 지금까지 계속 스마트폰을 쳐다보고 있었다. 키리야마 린카처럼 소셜 미디어 중독자는 아니었지만.

"그보다 더 중요한 게 있어요."

미사키가 스마트폰 갤러리를 누른다. 사진을 뒤적거리다가 한 사진을 누르고 아사히로와 사토미에게 보여 주었다. 그 사진은 두 사람 모두 본 적이 있는 사진이었다. 요리카와의 방에서 발견된 괴조도 사진이다.

뉴에라 프로덕션의 하야세 시게루가 요리카와의 집에 몰래 들어가 찍은 사진을 초현사 직원들에게 일괄 전송해 준 것이었다. 물론 아사히로에겐 경찰 측으로부터 전달받은 더 높은 해상도와 좋은 화질의 괴조도 사진이 있었지만.

"이게 왜?"

사토미가 의아한 표정으로 물었다.

"요전에 같은 반 친구들에게서 이야기를 들었어요. 와타나베와 서클 불량배들이 함께 쓰타바라시에 갔다가 폐가에서 어떤 그림을 훔쳤대요. 그러고 나서 와타나베가 이상해졌다는데, 이 그림과 뭔가 연관이 있지 않을까, 싶어서요."

"그렇군. 요리카와 씨와 와타나베, 두 사람에게서 탄내가 났고, 똑같은 제로가 보였으니. 와타나베가 훔쳤다는 그림이 괴조도라 유추해 볼 수도 있겠군. 게다가 요리카와 씨는 쓰타바라시에서 발생한 사건을 조사하고 있었고, 와타나베는 쓰타바라시에 직접 갔다 왔으니 충분히 의심해 볼 만하겠네."

아사히로는 그렇게 말하면서 발걸음을 옮겼다.

"제 생각엔 아사히로 씨가 말한 그 매개라는 거, 아무래도 이 괴조도가 아닐까 하는 생각이 들어요."

미사키가 빠르게 아사히로의 옆에 따라붙었다. 아사히로는 "확실히……."라고 말하며 계단을 내려가기 시작했다.

"애초에 요리카와 씨도 쓰타바라시에 다녀온 게 아닐까요? 조사 차원에서라면요."

맨 꽁무니로 계단을 내려가는 사토미가 아사히로에게 말했다.

"그럴 가능성도 있죠."

아사히로가 원격으로 자동차 잠금을 해제했다. 세 사람이 차에 탑승하자마자 아사히로에게 전화가 걸려 왔다. 스마트폰과 차량을 블루투스로 연결해 두었기 때문에 통화 화면이 내비게이션 화면에 떴다. 발신자는 류자키였다.

"여보세요."

[접니다. 다름이 아니라 뭔갈 발견했습니다. L 사이트 맵 스트리트 뷰로 쓰타바라시를 전부 뒤져 봤는데 유일하게 한 주택이 모자이크 처리가 되어 있더군요. 모자이크 상태에서도 실루엣이 일그러져 있는 데다가 거멓게 그을려 있는 게 보여서 해당 주택이 화재가 발생한 폐가라는 것쯤은 쉽게 알 수 있을 정도예요. 혹시 이 주택이 2007년 화재가 일어난 그 집…… 그러니까 타카초 가가 아닐까, 싶습니다. 철거하지 않고 장기간 방치된 게 놀라울 따름이네요.]

류자키의 목소리가 떨렸다. L 사이트에선 개인 정보 노출을 막기 위해 별도로 모자이크 처리 기능을 제공하지만, 회사에서 자체적으로 모자이크 처리를 하는 경우도 있다. 과거, 미국의 한 주택에서 끔찍한 사건이 벌어졌는데 현재 그 주택은 L 사이트 지도상에서 모자이크 처리가 된 것으로 유명하다.

"아직 업데이트되지 않았을 수도 있으니 직접 봐야 알 것 같네요. 실제론 철거되어 있을 수도 있으니까. 아무튼 정보 감사합니다."

아사히로는 곧 통화 종료 버튼을 눌렀다. 통화 내용을 잠자코 듣고 있던 뒷좌석의 미사키가 상체를 내밀었다.

"저기, 저희 쓰타바라시로 가요?"

아사히로는 그녀의 물음에 대답하지 않고, 고민하는 것처럼 약한 신음을 내뱉었다.

그때였다. 갑자기 하늘에서 뭔가가 우수수 쏟아졌다. 구멍이 뚫린 것처럼 하늘 속에서 검은 덩어리들이 빗발쳤다. 그 덩어리들이 자동차 앞 유리에 닿자마자 유리가 쩌어억 소리를 내며 갈라졌다. 멈추지 않는다. 검은 덩어리들은 끝없이 차창을 강타했다. 세 사람은 화들짝 놀라 재빨리 차에서 내렸다. 사토미가 그 광경을 맨눈으로 확인하고는 입을 틀어막았다.

대략 열 마리 정도의 까마귀 떼가 차량을 덮친 것이었다. 그것도 앞좌석에 앉아 있던 사토미와 아사히로를 향해서만 달려든 것처럼 모두 앞 유리에 머리를 처박고는 기묘한 날갯짓으로 푸드덕거리고 있었다. 이미 두개골과 목뼈가 부러진 듯 앙상한 다리가 필사적으로 몸을 일으켜 세우려는 움직임을 보이고 있었다. 몇몇 까마귀는 보닛에 쓰러져 있었다. 곧 차량의 앞 유리와 보닛이 까마귀의 피로 물들었고, 이리저리 검은 깃털이 흩날렸다.

"이게 무슨……"

중얼거리는 아사히로. 미사키는 집단 자살의 현장으로 가까이 다가갔다.

"미사!"

이미 차량으로부터 멀찍이 떨어져 있는 사토미가 외쳤다.

미사키는 죽음으로 물든 까마귀 떼를 쳐다보았다. 그중 한 까마귀의 검은 눈이 미사키의 동공과 수평을 이루었다. 까마귀의 복부가 팽창과 수축을 반복한다. 아직 이 까마귀는 살아 있지만, 곧 죽음을 면치 못할 것으로 보인다. 미사키가 그 까마귀의 몸 위에 손을 얹었다. 그러나 그녀는 곧바로 어깨를 들썩이며 손을 뗐다.

'뜨겁잖아.'

까마귀의 몸이 활활 타오르는 불덩이였기 때문이었다. 더군다나 이 떼죽음 속에서 형언할 수 없이 거대한 탄내가 피어오르고 있었다. 꼭 까마귀들이 일제히 연기를 토해 내는 것 같았다.

"괜찮아?"

사토미가 미사키의 어깨에 손을 올렸다. 미사키는 그 물음에 답하듯 고개를 끄덕였다.

두 사람이 몇 보 뒤로 물러섰을 때였다. 펑 하는 굉음과 함께 까마귀가 폭발했다. 사토미와 미사키, 아사히로의 어깨가 동시에 들썩였다. 폭발음이 어찌나 큰지 주변 사람들이 놀라 비명을 지를 정도였다. 연속적으로 터지는 까마귀들은 일개 풍선이 아니었기 때문에 허울만을 남기는 것이 아니라 온몸이 분리되며 오장육부와 위장 속에 담긴 과거를 사방에 흩뿌렸다.

하늘에서 까마귀의 파편이 비처럼 떨어졌다. 그것들은 찹! 하고 꺼림칙한 소리를 내며 땅바닥에 달라붙었다. 사토미와 미사키의 발치에 까마귀 머리가 데굴데굴 굴러왔다. 조금만 더 앞에 있었더라면 두 사람의 옷이 깃털과 핏빛 내장으로 뒤덮여 버렸을 것이다.

아사히로는 서둘러 누군가에게 전화를 걸었다. 그의 마음속에서 불길한 예감이 피어올랐다. 지금, 이 상황은 무언가가 초현사의 앞길을 방해하려는 듯한…… 아니, 그것보다도 일종의 경고처럼 느껴졌기 때문이었다.

5

2022년 11월 21일

새벽 2시, 시계루는 거실에서 어렴풋이 들리는 소리에 잠에서 깼다. 보통 그의 취침 시간은 새벽 3시이다. 그러나 고민이 많은 날엔 일찍 잠자리에 들어야만 하는 강박이 있었으므로 그가 잠자리에 든 시각은 어제 오후 11시였다. 고민거리를 떠올리는 시간 자체가 고통의 연속이라 생각했기 때문이었다.

옆자리를 더듬거렸다. 만져지는 것이 없었다. 손을 조금 더 길게 뻗어 봐도 아내가 없다는 사실만큼은 확실히 알아차릴 수 있었다. 곧 몸을 일으켜 세웠다. 칠흑에 둘러싸인 방 안을 둘러보다가 복도로 나갔다. 집 안은 온통 까마득했다. 분명 거실에서 소리가 들린 것 같았는데 이번엔 2층에서 기척이 느껴졌다. 시게루는 계단을 올랐다.

"나오미? 이 시간까지 안 자는 거야?"

2층에 다다르자 작은 불빛이 보였다. 저 멀리 불빛이 새어 나오고 있는 방은 나오미의 작업실이었다. 나오미는 그래픽 디자이너로 남편처럼 대부분의 시간을 작업실에서 보낸다. 그러나 작업실에서 그래픽 디자인 업무를 보는 건 아니었다. 회사에서 작업을 전부 끝내고 집에 돌아오기 때문에 집에 있는 작업실에선 대개 취미인 유화 그리기가 한창이다. 그러니 나오미에게 작업실은 취미 공간에 가까웠다. 하지만 새벽에 그림을 그린 적은 없었다. 아니, 어쩌면 그동안 내가 미처 몰랐던 것은 아닐까, 시게루는 생각했다.

어느덧 방문 앞에 다다랐다. 벌어진 문틈으로 방 안을 들여다본다.

슥, 슥, 슥.

원목 거치대 앞에 앉아 있는 나오미의 뒷모습이 보인다. 나오미는 빠른 속도로 팔을 움직이고 있었다. 그림이 거의 완성된 것 같다. 무슨 그림인지는 아직 보이지 않는다. 팔이 움직이는 속도가 점진적으로 느려진다. 곧 완전히 움직임이 멈췄다. 그림이 완성되었나 보다. 그것을 방증하듯 나오미가 자리에서 일어났다. 그녀가 왼쪽으로 살짝 비키자 완성된 그림이 시게루의 시야에

막힘없이 들어왔다.

그 순간, 그는 얼어붙고 말았다. 캔버스에 그려져 있는 건, 단지 붉은색과 검은색을 마구 칠해 놓은, 의미를 전혀 알 수 없는 그림이었다. 그러나 시계루는 그 그림 때문에 얼어붙은 게 아니었다. 촉매는 나오미의 손이었다. 나오미의 손바닥이 어딘가 이상했다. 지나치게 붉었다. 유화 물감이 묻은 것이라기엔 손바닥의 모양이 없다. 아니, 손바닥 자체가 사라졌다. 비정상적으로 새빨간 피부가 원래 피부를 뚫고 새로이 솟아난 것처럼 보였다. 피부가 갈려 버린 것 같았다.

이윽고 그 손바닥을 시작으로 손가락을 거쳐 손끝에서 붉은 액체가 뚝뚝 떨어졌다. 액체가 미끄러지는 속도와 흐름을 보았을 때, 저건 틀림없이 유화 물감보다 점성이 낮은 혈액이었다. 살갗이 바깥을 향해 지네의 다리처럼 쫙 벌어져 있었다.

시계루의 심장 박동이 점점 빨라진다. 그 박동에 맞추어 나오미의 손에서 붉은 액체가 떨어지는 속도도 빨라진다. 나오미는 미동도 없이 가만히 서서 그림을 바라보고 있었다. 손바닥을 미친 듯이 캔버스 위에 비벼서 그림을 그렸음에도 아파하는 기색 하나 없다.

그때, 방 안에 광명을 선사하던 전등이 퍽 소리를 내며 주위는 칠흑에 파묻혔다. 아무것도 보이지 않았다. 시계루는 서둘러 아내를 포착하기 위해 눈알을 이리저리 굴렸다.

보이지 않는다. 보이지 않는다.

하는 수 없이 방문을 더 활짝 열었다.

"나오미?"

아내의 이름을 부르며 방 안으로 걸어 들어갔다. 전등 스위치가 말을 듣질 않는다. 스파크가 튄 것으로 보아 전등 자체가 고장 났으리라. 나오미의 작업실은 창문이 없는 방이기 때문에 불이 꺼지면 암전된 극장인 양 지독하게 까마득했다.

대략 몇 보를 걸었을까.

찰박.

발밑에서 기묘한 감각이 파동처럼 퍼져 나갔다. 따뜻하고 물컹물컹했다.

바닥을 내려본 순간, 무언가가 옆을 지나갔다. 분명히 느꼈다. 미세한 바람 같은 게 옆으로 지나갔다. 뭔가가 시계루의 몸통을 뚫고 지나가 방 바깥으로 빠져나갔다. 만약 그게 아니라면 바로 앞에서 누군가가 입김을 분 것 같기도 하다.

갑작스레 전등이 다시 켜졌다. 시계루의 시야가 환해졌다. 그의 발 아래에 있는 건, 음식물이었다. 기다란 면과 흰색 국물, 으깬 감자, 형체를 알아볼 수 없지만 주황색인 걸로 미루어 보아 유추할 수 있는 당근 등이 보였다. 이건 저녁에 먹었던 파스타와 니쿠쟈가[1]가 틀림없었다.

---

[1] 고기 감자 조림.

그걸 다시 만들어 낸 건 나오미였다. 바닥에 쓰러져 있는 나오미의 입에 토사물이 담겨 있었다. 시게루는 놀랄 틈도 없이 나오미를 옆으로 눕히고 손가락을 입속으로 집어넣었다. 서둘러 토사물을 빼낸다. 그와 동시에 그녀의 이름을 애타게 불러 보지만, 대답하지 않는다. 눈이 뒤집어져 있었다. 오롯이 흰자위만이 시게루를 응시하고 있었다. 의식이 없다. 가슴에 귀를 가져다 댄다. 울림이 전혀 없다. 역시 심장 마비다.

시게루는 서둘러 1층으로 내려가 휴대폰을 들고 올라왔다. 그리고 119에 구조 요청을 하면서 심폐 소생술을 실시했다. 전화가 끊긴 직후, 심폐 소생술을 하는 그가 나오미의 손바닥을 보았다.

표피가 일정 부분 이상 벗겨져 있어 진피가 드러났다. 얼마나 세게 문질렀으면 저렇게까지 박피된 걸까. 얼핏 보면 짐승이 물어뜯어 버린 것처럼 보이기도 했다. 아니, 애초에 아내가 왜 이런 짓을 한 걸까. 시게루는 도무지 이해할 수 없었다.

혼비백산하고 있던 때, 머리 뒤에서 묘한 기척이 느껴졌다. 온 신경을 집중시켜 심폐 소생술을 실시하고 있는데도 느껴질 정도의 기척이었다. 뭔가 상상할 수도 없이 거대한 무언가가 자신을 굽어보는 듯한 느낌이었다.

위치상 그의 머리 뒤는 새장이 자리하고 있다. 나오미가 키우는 오목눈이의 집. 눈덩이처럼 하얀 오목눈이를 떠올리자마자 귀를 찌르는 오목눈이의 울음소리가 들렸다. 자동으로 인상이 찌푸려질 정도의 높은 주파수였다. 꽤 가까이 자리해 있기에 이리 시끄럽게 들리는 것이리라. 시계루는 고개를 돌렸다.

다음 순간, 자기도 모르게 외마디 비명이 튀어나왔다. 새장 속, 오목눈이가 쓰러진 채 시계루를 응시하고 있다. 그런데 뭔가 이상하다. 오목눈이가 두 마리다. 분명 나오미가 키우는 오목눈이는 한 마리일 텐데. 아니, 저건 한 마리의 오목눈이가 둘로 갈라진 것이었다. 오목눈이의 몸통이 정확히 반 잘려 있었다. 흘러나온 대장이 절단면 사이를 아슬아슬하게 잇고 있었다. 무언가가 오목눈이의 몸을 양쪽으로 힘껏 잡아당긴 것처럼 보였다.

오후 3시. 병원에서 아내를 지키고 있는 시계루에게 누군가가 찾아왔다. 그를 찾은 사람은 초현사의 아사히로와 사토미였다.

시계루는 아내가 죽을 뻔했다는 사실을 알릴 마음이 전혀 없었지만, 아사히로가 급히 전할 말이 있대서 어쩔 수 없이 자신과 아내가 처한 상황을 설명해 버리고 말았다. 다행히도 아내의 생명에 지장은 없었지만, 보물과도 같은 손을 꿰맨 탓에 당분간 직장 복귀가 힘들어졌다. 게다가 나오미는 근 일주일간의 일을 전부 기억하지 못한다.

담당 의사로부터 그 소식을 전해 들은 시계루의 상실감이 냄새처럼 아사히로와 사토미에게 달려들었다. 사토미가 잠시 커피를 사러 간 사이, 시계루와 아사히로는 대화하기 시작했다.

"그때…… 뭔가가 있었습니다."

시게루가 두 손을 벌벌 떨었다. 밤새 잠을 이루지 못한 탓에 눈은 새빨갛게 충혈되어 있었다.

"뭐가…… 있었습니까?"

아사히로가 물었다. 시게루의 턱이 비정상적으로 떨린다. 떠올리고 싶지 않았다. 마음속에 자리 잡은 두려움이 날개를 활짝 펼치듯 시게루의 좁은 가슴을 장악했다.

"모르겠습니다."

시게루가 고개를 푹 숙였다. 시게루를 좀먹은 상실감이 아사히로에게도 달려들었다. 그러나 그 상실감은 다음 순간, 아사히로의 입에서 튀어나온 말의 벽을 넘지 못했다.

"괴이입니다."

냉담한 어조였다. 아사히로는 최대한 빠른 이해를 도모하려면 이렇게 직설적으로 말을 던지는 것밖엔 방법이 없다고 생각했다. 이미 공식적으로 결정했던 '제로'라는 세부 명칭은 아직 말하지 않기로 했다. 그런 것을 말해 봤자 상대방을 더 혼란스럽게 만들 뿐이니까.

역시 시게루는 여전히 믿지 못한다는 눈빛으로 아사히로를 쳐다보았다. 하지만 시게루는 화를 내려는 듯 숨을 강하게 들이마시다가도 금세 몸에 힘이 빠져 버려 다시 고개를 푹 숙이고 말았다. 흡사 그 모습은 줄이 전부 끊어진 마리오네트 인형 같았다.

분명 이번 일은 다른 사람의 범죄 행위가 아니었다. 애당초 시게루는 아내의 기행을 두 눈으로 똑똑히 목격했다. 그렇다고 아내가 정신병자가 되었다는 소견은 듣고 싶지도 않았고, 믿고 싶지도 않았다. 그렇다면 믿을 것은 오직 하나뿐이었다.

"요리카와 씨의 집이요."

시게루는 마른세수를 하며 나지막이 말했다.

"네?"

아직 의도를 파악할 수 없는 말에 아사히로가 물었다.

"그때부터 뭔가가 뒤틀렸어요."

"그렇다면 하야세 씨는 요리카와 씨의 집을 의심하고 있는 건가요?"

"뭐, 꼭 그렇다기보단……."

시게루가 말끝을 흐렸다. 그의 동공이 요동쳤다.

"마음에 걸리는 게 있나요?"

사토미가 아사히로에게 커피를 건네면서 물었다.

"아, 감사합니다."

아사히로가 방긋 웃으며 커피를 받았다. 시게루는 대충 고개를 까딱거리고 말을 이어 나갔다.

"'괴조도'라는 거, 찝찝한 기분이 들어서 말이죠. 계속 생각납니다. 쓰타바라시 연쇄 살인도 그렇고, 요리카와 씨가 도대체 뭘 조사하고 있었는지 감조차 안 잡힙니다."

그 말에 아사히로는 고개를 끄덕였다. 대충 예상은 하고 있어서 그리 놀랍진 않았다. 사토미는 커피 두 잔을 옆에 두고 착석했다.

"그렇지 않아도 그 그림에 대해 말씀드리러 온 겁니다."

사토미가 말했다.

"그림을 찾기라도 한 건가요? 아니면 찾을 건가요?"

시게루의 안광이 사라졌다.

"아뇨. 그림을 찾는다기보단 괴이를 찾는 것에 가깝죠."

아사히로가 그렇게 말하자 시게루가 기겁했다.

"정확히 말하자면 괴이의 흔적을 되짚을 겁니다."

아사히로가 덧붙였다.

"그런 존재의 흔적을 어떻게 되짚습니까?"

시게루가 짜증을 드러냈다.

"그러니 괴이가 되기 이전의 흔적을 찾는 거죠."

아사히로는 진지한 표정을 지으면서도 양 입꼬리를 살짝 올렸다.

"이전이라면……."

"**인간**이었을 때요."

사토미가 시게루에게 커피를 건네면서 말했다.

6

2022년 11월 22일~23일

미사키의 반 친구 야시로 마이는 대략 닷새 전부터 수시로 이상한 기운을 느꼈다. 원인을 알 수 없이 피어오르는 불안감은 걷잡을 수 없는 속도로 팽창하고 있었다. 마이는 방에서 나와 짧은 복도 벽에 붙어 있는 액자 앞에 멈춰 섰다. 그러고는 한참 동안 그 액자를 쳐다보았다. 어느 순간, 정신이 들었는지 그녀는 그 액자를 떼어 낸 다음 그림이 보이지 않도록 뒤집었다. 그러곤 벽 하단부에 비스듬히 세워 두었다.

"누나!"

갑작스레 다섯 살짜리 남동생 슈토가 달려 나와 마이의 골반을 끌어안았다.

"무슨 일이야?"

슈토는 누나의 배에 얼굴을 파묻고 사시나무처럼 벌벌 떨었다. 마이는 동생의 머리칼을 어루만지며 살며시 웃었다. 슈토는 언제나 응석이 심하구나. 그녀는 그렇게 생각했다.

"왜?"

마이가 다시 물었지만 슈토는 대답하지 않았다. 마이는 얘가 왜 이러나 싶어 강제로 동생을 떼어 내고, 쪼그려 앉아 눈높이를 맞추었다.

"왜 그래?"

슈토는 마이의 물음에 답하지 않고, 장난감 자동차의 바퀴를 돌리면서 우물쭈물했다. 마이는 답답한 마음에 순간 역정을 내고 말았다.

"왜 그러느냐고!"

갑작스러운 누나의 고함에 슈토는 깜짝 놀랐다. 그럼에도 그의 입술은 풀칠이라도 한 것처럼 벌어지지 않았다.

"왜 그러냐니까!"

더 이상 참을 수 없어서 마이는 동생의 어깨를 잡고 크게 두 번 흔들었다.

"창문……."

그제야 슈토는 조심히 입을 열었다.

"창문? 창문이 왜? 떨어지기라도 했어?"

어느 창문을 말하는 건지 모르겠다. 그도 그럴 것이 30평짜리 고급 맨션에 월세는 자그마치 60만 엔 이상인 이 집엔 창문이 많아도 너무 많았다.

"누가 있어……."

"장난치지 마."

마이는 순간 식겁했지만, 금세 마음을 고쳐먹었다. 도둑이 벽을 타고 올라올 수 있을 만한 높이가 아니다. 애초에 마이의 가족은 맨션 세대 중 가장 위층인 14층에 세 들어 살고 있었다.

동생에게 다시 방으로 돌아가라고 했지만, 마음에 걸렸다. 어차피 동생은 복도에 서서 꿈쩍도 안 하고 있었기 때문에 동생을 데려다주는 겸 창문을 확인해야겠다는 생각이 들었다. 확인해 봐서 나쁠 건 없었으니까.

"가자. 네 방 창문이라고? 아무것도 없으면 정말 혼날 줄 알아."

마이가 성큼성큼 발걸음을 옮긴다. 슈토는 그런 누나의 뒤를 졸졸 따라간다. 슈토의 방문은 살짝 열려 있었다. 마이는 문 앞에 도착하자마자 문을 활짝 열어젖히고 방 안으로 들어갔다. 곧바로 창문을 열어 밖을 확인한다.

"아무도 없잖아."

마이가 창문을 닫으며 말했다. 슈토는 억울한 표정으로 누나를 쳐다보았다.

"새처럼 날개라도 달려 있지 않은 이상은 아무도 여기까지 못 올라와. 부모님 금방 오실 시간이니까 잠자코 있어."

마이는 한숨을 내쉬며 슈토를 방 안에 두고 자신의 방으로 발걸음을 옮긴다. 방까지의 거리가 무척이나 가까워졌을 때 마이는 무심코 고개를 돌렸다. 그리고 그녀는 현실이 붕괴하는 듯한 감각에 휩싸였다. 액자가 다시 복도 벽에 걸려 있었다. 마이는 눈을 휘둥그레 뜨면서도 액자가 걸려 있는 쪽으로 홀린 듯이 걸어갔다.

분명 내가 떼어 놨을 텐데. 마이는 돋아나는 의념을 억눌렀다.

그림은 그대로다. 그러고 보니 이 그림이 집에 들어온 뒤부터 영 좋지 못한 기운이 떠다니는 것 같다. 나흘 전, 마이의 부친이 이 액자 그림을 가져왔다. 어디서 산 건지는 자기도 모른다는데, 과연 그게 가능할까? 마이는 아빠가 또 거짓말을 한다고 생각했다. 아무리 돈이 많다 할지라도 이상한 걸 비싼 돈 주고 사 온 걸 엄마에게 숨기고 싶어 모르쇠로 일관하고 있는 게 틀림없다고 생각했다.

전체적으로 붉은 배경, 그림 상단을 메운 검은 구름, 구름으로부터 쏟아지는 불덩이들, 가운데에 서 있는 거대한 괴조, 그림 하단부는 백파가 만연한 바다.

몇 번을 보아도 기운이 좋지 못한 그림이었다. 이 괴조 그림은 그 그림을 닮았다. 소셜 미디어에서 본 적이 있는 그림인데 이름이 뭐였더라. 마이는 곰곰이 생각했다.

'아!'

이 그림은 프란시스코 고야의 《자식을 잡아먹는 사투르누스》를 닮았다. 그림의 구성이나 색감, 표현이 닮았다는 게 아니다. 이 괴조 그림은 《자식을 잡아먹는 사투르누스》의 불쾌함을 똑 닮았다. 바라보는 것만으로도 굉장히 불쾌해서 이 그림이 설령 가치가 높다 할지라도 정신 건강에는 확실히 좋지 않다는 걸 몸소 깨닫고 있었다.

그때였다. 몸이 후끈 달아올랐다. 왜인지는 몰랐다. 그냥 갑작스럽게 몸이 뜨거워졌다. 감기에 걸리기라도 한 걸까.

마이는 발걸음을 옮겼다. 그런데 무슨 이유에서인지 그녀가 향하는 곳은 자신의 방이 아니었다. 마이는 동생의 방으로 향하고 있었다. 배를 살살 만지면서 동생의 방에 도착하자 고민하지 않고 문을 열었다. 슈토는 침대에 앉아 휴대폰 게임을 하고 있었다. 들리는 소리로 보건대 슈팅 게임이 틀림없었다.

"왜?"

슈토가 물었다. 그때, 마이는 몸이 차갑게 얼어붙는 감각에 휩싸였다. 조금의 떨림도 없이 몸이 굳어 버렸다.

오른쪽 팔을 **누군가**가 잡았기 때문이었다.

"누나?"

마이는 고개를 돌릴 수 없었다. 팔을 잡고 있는 사람이 누구인지 확인할 수 없었다. 아니, 확인할 필요조차 없었다.

마이의 오른쪽은 막다른 벽이었고, 그 벽과 마이의 거리는 불과 30cm도 채 되지 않았다. 그 말인즉슨 마이와 벽 사이에 사람이 서 있을 수는 없다. 이건 마치…… 꼭 벽에서 누군가의 팔만 쑤욱 튀어나와 자신을 잡는 듯한 감각이었다. 시선은 동생을 향하고 있지만, 어렴풋이 시야의 가장자리에 일직선 물체가 보였다. 그리고 그것이 누군가의 팔임을 인지하는 데까지는 불과 10초면 충분했다.

"누나?"

슈토는 입술을 덜덜 떠는 누나의 모습에 더럭 겁이 났다. 공기 중에 침묵만이 흘렀다. 두 사람은 서로를 마주 보는 상태로 움직이지 않았다. 슈토는 의문의 팔을 볼 수 없었다. 사각지대였기 때문에 보일 리가 없었다.

"다녀왔어!"

그때, 후방에서 목소리가 들렸다. 엄마의 목소리였다. 마이는 그 목소리에 저도 모르게 고개가 돌아갔다. 아까까지 움직이지 않던 몸이 엄마의 목소리에 이렇게 쉽게 움직이다니 이해할 수 없었다.

"마이! 슈토!"

팔을 꽉 잡고 있던 그것은 온데간데없이 사라졌다. 헛것을 본 걸까. 마이는 엄마와 아빠를 모두 무시하고 자신의 방으로 돌아갔다.

새벽 3시가 다가온 시각. 유난히 고요한 새벽이었다.

온몸이 불타기라도 하는 것처럼 뜨거워서 마이는 좀처럼 잠에 들 수 없었다. 자기도 모르게 신음이 새어 나올 만큼 고통이 커지자, 정신이 아득해졌다. 그래서인지 천장이 빙빙 돌고 있는 것처럼 보였다.

작열감은 여러 부위에서 연달아 나타났다. 처음엔 복부에서 시작됐던 통증이 어룽지듯 주변을 물들여 갔다. 작열감이 잠깐 사라진다고 한들 그 부위는 누군가에게 두들겨 맞은 근육통으로 대체되었다. 이윽고 혈액이 들끓어 몸 어느 곳에서도 강렬한 맥박을 느낄 수 있게 되었다.

도저히 참을 수 없다. 마이는 침대에서 일어났다. 차가운 방바닥에 발을 디디자 다시 침대 쪽으로 몸이 기울었다. 그만큼 어지러웠다.

마이는 이 느낌을 정말 싫어했다. 어렸을 때부터 고열에 자주 시달렸다. 특히 외가댁에 가 있을 때 증상이 심했다. 머리가 부서질 것만 같고, 몽둥이에 얻어맞은 듯 몸이 아프다. 침이 바싹바싹 마르고, 목소리가 여러 갈래로 갈라진다. 잠깐 일어서는 시간조차도 머리가 핑 돌고, 기분 나쁠 만큼 뜨거운 입김이 흘러나온다. 겨우 잠이 들어도 악몽을 꾸고 만다. 요컨대 그 악몽은 항상 같은 내용으로 마이가 아플 때만 찾아왔다.

악몽의 내용은 과연 이랬다. 산의 계곡에 잠들어 있던 뱀이 머리를 내민다. 다만, 그 크기로 보건대 사람 열댓 명은 족히 삼킬 수 있을 만한 뱀이었다. 요괴라 해도 믿을 그 거대한 뱀이 산줄기를 타고, 어느 집락으로 내려와 그곳을 쑥대밭으로 만든다.

유혈이 낭자하는 세기말의 집락. 에도 시대쯤으로 예상되는 복식의 사람들과 주거 형태가 보인다. 밤이 되자 뱀을 잡기 위해 지펴 둔 불이 오히려 마을을 집어삼키기 시작한다. 뱀에게 물려 죽은 주민들의 사체가 이곳저곳에 널브러져 있다. 그 뱀은 굶주

림에 겨워 있던 게 아닌 건지 그 누구도 먹어 치우지 않았다. 오롯이 주민의 숨을 끊어 놓을 뿐이었다. 곧 집락은 완전한 고요에 물들었다. 동이 틀 때쯤, 뱀은 천천히 산에 오른다. 그러곤 다시 계곡 아래로 몸을 숨긴다.

마이는 해당 꿈을 꾸고 나면 굉장히 불쾌한 기분에 사로잡혔다. 그 사건이 실제로 있었던 사건처럼 생생했기 때문이었다. 가끔 꿈의 내용이 전혀 생각나지 않을 때가 있는데도 특유의 불쾌한 기운만으로도 해당 뱀 꿈을 꿨다는 사실을 알아차릴 수 있었다.

하지만 오늘은 잠들지 못했기에 뱀과 마주치는 일은 없다. 아니, 지금은 느낌이 조금 다르다. 단지 고열에 시달리는 게 아니다. 이 기묘한 작열감은 살면서 한 번도 겪어 보지 못한 통증이었다. 그러니 잠든다고 할지라도 뱀 꿈은 꾸지 않을지도 모른다.

그녀는 조용히 욕실로 향했다. 이미 받아져 있는 따뜻한 욕조 물을 흘려보내고, 욕조에 찬물을 받았다. 찬물이 다 받아졌을 때쯤, 옷을 벗고 탕에 들어갔다. 무슨 병에 걸리기라도 한 걸까. 마이는 찬물에 들어가 있는데도 몸을 전혀 떨지 않았다. 오히려 살 것 같다는 표정을 지을 뿐이었다. 그때, 마이의 입에서 이상한 말이 흘러나왔다.

"뜨거워."

돌연 그녀의 눈이 휘둥그레졌다. 불현듯 어느 기억이 떠오른 탓이었다. 지금, 이 모습…… 그때의 와타나베 미노루와 다를 바가 없지 않은가?

왜일까. 이건…… 전염병? 바이러스? 머릿속이 복잡해졌다. 새로운 질병에 노출됐다. 마이는 그렇게 생각하면서 거울이 있는 방향으로 고개를 돌렸다.

"어?"

저도 모르게 새어 나온 감탄사였다. 오른 팔뚝에 웬 자국이 남아 있다. 팔뚝을 꽉 잡아 발생한 듯한 노란 멍 자국이. 그 멍 자국은 몇 시간 전에 벌어졌던 일이 그저 환상이 아니라는 것을 의미했다. 그 사실을 깨닫자마자 오싹 소름이 등줄기를 타고 올라왔다.

그녀는 아직 몸속 깊숙한 곳에서부터 열감이 돋아나는데도 불구하고 욕조를 서둘러 빠져나왔다. 재빨리 물기를 닦았다. 수건이 피부를 스칠 때마다 뜨거워서 미칠 것 같았다. 작열감은 켜켜이 쌓여 가고 있었다. 그렇기에 대충 수건으로 몸을 두드리고는 얇은 티셔츠와 돌핀 팬츠를 입었다.

온몸에서 땀이 솟구쳐 나왔다. 여전히 타오른다. 마이는 서둘러 세면대 거울을 보았다. 눈이 새빨갛다. 광견병에 걸린 강아지처럼 충혈이 심했다. 자세히 보기 위해 얼굴을 가까이 들이밀었다. 양손으로 한쪽 눈을 크게 벌린다. 안구가 점점 붉게 변하는 게 확연히 보일 정도였다.

그 순간, 작열감이 안구를 덮쳤다. 마이는 신음을 내뱉으면서 고개를 숙이고, 오른쪽 눈을 비볐다. 멈추지 않고, 계속 비볐다. 계속.

"아파."

꽤 오랫동안 눈을 문질렀다. 이쯤이면 됐다. 손을 뗐다. 눈물이 볼을 타고 흘러내리는 간지러운 감각이 나타난다. 손바닥으로 눈물을 닦아 냈다. 그때 숨이 헉하고 멈췄다. 손바닥이 당황스러울 정도로 붉게 물들어 있는 광경을 보고 말았기 때문이었다. 서둘러 거울을 본다. 눈 밑 피부가 찢어져 피가 흐르고 있었다.

'빨리, 빨리.'

휴지를 뽑아 상처를 지혈한다. 고개를 들어 거울을 본다. 휴지는 금세 피안화처럼 붉게 물든다. 휴지를 떼자, 오른쪽 뺨이 완전히 붉게 물들어 있었다. 더군다나 오른쪽 시야만 어두운 방에 갇혀 있는 듯 까마득했다.

'당황하지 마.'

마이는 속으로 되뇌었다.

'괜찮을 거야.'

다시 휴지를 뽑는다. 상처를 지혈한다. 휴지를 뽑는다. 상처를 지혈한다. 휴지를 뽑는다. 상처를 지혈한다.

새벽 4시 30분. 잠에서 깬 슈토는 바깥에서 들리는 부산스런 소리에 방문을 조심히 열었다. 곰 인형을 끌어안고 소리가 나는 쪽으로 향했다. 소리가 들리는 쪽은 욕실 바로 앞, 세면대 쪽이었다.

슈토가 소음의 진원지에 가까이 도착했다. 누나가 세면대 거울을 보고 있었다. 그런데 뭔가가 좀 이상했다. 누나는 몸을 벌벌 떨면서 숨을 헐떡거리고 있었다. 뭔가를 엄청나게 두려워하기라도 하듯이.

세면대엔 붉은 색종이가 탑처럼 쌓여 있었다. 이미 중간에 한 번 무너지기라도 한 듯 바닥에도 붉은 색종이가 구겨진 채 나뒹굴고 있었다.

갑작스레 구역감이 느껴졌다. 이상한 냄새가 났다. 쇳내라 해야 할지. 슈토는 뒤로 물러섰다. 얼마나 물러섰는지 복도 벽에 등을 부딪쳤다. 고개를 돌렸다. 저 멀리 현관문이 우두커니 서 있었다.

현관으로 향하는 이 복도의 벽엔, 얼마 전부터 괴물이 살고 있다고 슈토는 생각했다. 아빠가 가져온 액자, 슈토는 그 액자에 담긴 그림이 왜인지 꺼림칙했다. 엄마와 아빠는 학이나 백로의 일종이 아니겠냐고 하는데 어린 슈토에겐 그저 괴물로 보일 뿐이었다.

슈토는 세면대 쪽에서 새어 나오는 작은 불빛에 의지해 복도를 걸었다. 어느덧 약간의 어스름에 뒤덮인 그 액자가 나타났다. 불빛이 약해 그림이 잘 보이지 않았다. 그럼에도 그림 한가운데에 있는 괴물의 흰 깃털만큼은 빛 반사량이 많아 잘 보였다.

슈토가 그림을 멍하니 바라보고 있는 때였다. 돌연히 숨이 잘 쉬어지지 않았다. 흡사 온탕에 몸을 담그기라도 한 것처럼. 아닌 게 아니라 집 전체에 뜨거운 공기가 부유하고 있었다. 당혹스러운 감각에 사로잡힌 슈토는 생각했다. 서둘러 방으로 도망가야 한다고. 그런데 슈토가 발을 한 발짝 내딛자마자 바닥에서 의문의 연기가 스멀스멀 올라왔다.

살려 줘.

뜨거워.

잘못했어.

누군가의 목소리가 슈토의 귓바퀴를 불쾌하게 문질렀다. 살면서 단 한 번도 들어 본 적 없는 목소리 여럿이 동시다발적으로 바닥에서 기어 올라왔다. 여러 사람의 목소리는 아니었다. 분명한 여성의 목소리지만, 한 몸에 입이 여러 개라도 달린 것처럼 같은 순간에 복수(複數)의 말소리가 복도의 어둠을 울렸다.

아빠.

용서해 줘.

뜨거워.

뜨겁단 말이야.

뜨거워. 그만해.

슈토가 메케한 연기를 들이마신 탓에 기침을 한 번 내뱉었을 때, 주변은 이미 회색 안개로 뒤덮여 있었다. 냇내가 코를 마구 찔러 대고, 사방에서 몹시 불쾌한 목소리가 윙윙 울리고 있었다.

싫어.

아파.

아프단 말이야. 제발.

부탁이야.

뜨거워.

슈토는 고개를 돌렸다. 저 멀리 연기 속에 그림자가 서 있었다. 누나인 것 같았다.

"누나! 불나나 봐! 어떡해?"

슈토는 망설이지 않고 그림자를 향해 달려들었다. 그 순간, 안개가 걷히듯 연기가 사라졌다. 눈앞에 서 있는 사람은 예상대로 누나 마이였다.

"뭐지."

순식간에 사라진 연기와 더위에 슈토는 당황했다. 그는 고개를 올려 미동도 없이 가만히 서 있는 누나를 바라봤다. 그런데 누나의 얼굴이 이상했다. 뭐라 설명해야 할까, 꼭 얼굴 부분만 깨진 유리처럼 일그러져 있는 것 같았다.

기묘한 감각에 사로잡힌 슈토는 꼼짝 않는 누나를 지나쳐 부모님의 방으로 달려갔다. 빠르게 문을 열고, 어두컴컴한 방 안으로 들어가 엄마와 아빠를 애타게 불렀다. 돌아오는 대답이 없자

전등 스위치에 손을 올렸다.

"어라?"

전등이 주홍빛으로 뒤틀리다가 이내 힘을 잃었다. 여러 번 눌러 봐도 눈앞이 밝아지지 않았다. 그때 슈토의 몸속이 불타올랐다. 난생처음 느껴 보는 고통에 숨이 턱 막혔다. 놀랄 틈도 없이 그는 바닥에 고꾸라졌다.

머리를 처박고, 신음을 흘리다가도 필사적으로 몸을 일으켜 세웠다. 하지만 곧바로 발라당 넘어져서는 절대 신음이라 생각할 수 없는 이상한 소리를 내면서 몸통이 뒤집힌 벌레처럼 몸부림쳤다.

꾸엑. 장기가 뒤틀린다. 위 점막이 사정없이 뚫리고, 오장육부가 서서히 익어 간다. 슈토는 캑캑거렸다. 까마득한 시야에 연기가 나타났다. 슈토의 입에서 뿜어져 나온 연기였다.

공기를 빨아들여야 한다. 그래야만 살 수 있다. 슈토가 최대한 크게 숨을 들이쉬자 자기가 뿜어낸 매캐한 연기가 다시 기도로 넘어갔다. 기도를 통과한 연기는 순식간에 폐를 장악한다. 누군가가 날붙이로 폐를 도려내는 것 같은 고통이 밀려들었다.

으엑. 슈토의 눈이 뒤집어졌다. 뱀처럼 혓바닥을 길게 내밀고, 짐승처럼 울었다. 눈물과 콧물이 쏟아져 나온다. 고통에 몸부림치던 슈토의 손끝에 무언가가 닿았다. 촉감은 사람의 피부였다. 슈토는 어둠 속에서 한 곳을 필사적으로 더듬거렸다.

부드러운 맨살, 딱딱한 뼈.

조금 더 올라가자, 머리카락 뭉치가 만져졌다.

'엄마도 아빠도 바닥에 쓰러져 있는 거야.'

슈토의 본능은 멈추지 않았다. 부모의 품에 안기고 싶은 꼬마아이의 본능. 그는 침을 질질 흘리면서 더 까마득한 곳으로 기어갔다.

얼만큼 기어 왔을까. 다시 손을 뻗어 어둠 속을 더듬었다. 이번에는 거친 피부가 만져졌다. 예상되는 모양은 사람의 발이었다. 그런데…… 사람의 피부가 이렇게 거칠 수가 있을까? 모양이 무척 울퉁불퉁했다. 중간중간 뭔가가 뾰족하게 솟아 있고, 끈적한 물질이 더럽게 발려져 있다.

찰나의 순간, 슈토는 직감했다.

이건…… 사람의 발이 아니다.

앞의 존재는 슈토의 생각을 읽은 것처럼 발을 움직였다. 그러곤 슈토의 주위를 빠른 속도로 돌았다. 미지의 존재가 움직임을 거듭하는 순간순간 방 전체가 사정없이 진동했다. 마치 규모가 큰 지진처럼 한번 넘어지면 다시는 일어설 수 없을 것만 같은 흔들림이었다. 그 진동이 궤멸한 다음, 슈토의 심장이 완전히 익어서는 움직임을 멈추었다.

마지막 순간, 슈토가 보았던 건, 타 버린 나무 같은 모습의 두 발이었다. 뽑혀 버린 발톱. 군데군데 움푹 파여 있는 구멍. 슈토가 죽기 직전이 되어서야 마침내 정체를 드러내기로 마음먹은 듯 기괴한 두 발에선 환하고도 뜨거운 불꽃이 맹렬한 기세로 솟구치고 있었다.

1

2007년 10월 3일

고시로 타키가 죽었다. 그 소식을 전해 들은 이시다 사나에는 집으로 돌아오자마자 분주하게 움직였다. 교복을 갈아입지도 않은 채 무언가를 황급히 찾기 시작한다.

옷장 안의 모든 옷을 꺼낸다. 옷의 주머니에서 각성제가 들어 있는 비닐 팩을 꺼냈다. 옷장에서만 총 다섯 봉지가 나왔다. 그것을 책상 위에 올려놓고, 무거운 침대의 매트리스를 들었다. 눈

대충으로 대략 스무 봉지가 더 보였다. 서둘러 집어 들려고 하는데 뻗어 나가는 손이 조금 떨리는 게 보였다.

그건 금단 증상이 아니었다. 이시다 사나에는 여태껏 단 한 번도 약을 복용한 적이 없었다. 그저 무리의 리더로서 약을 공급해 돈을 벌었을 뿐이었다. 손이 떨리는 건, 범죄 사실을 들킬지도 모른다는 약간의 두려움에서 비롯된 것이었다.

아무래도 경찰 측에선 아키타와 고시로의 시신에서 틀림없이 메스암페타민 성분을 발견했을 것이다. 그렇다면 수사망을 넓혀 학생 전체를 의심하겠지. 그렇게 되면 양성 검사를 받아야 하는 상황을 맞닥뜨릴 수도 있으리라. 현실적으로 모든 학생을 검사하는 건 불가능에 가깝지만, 그리 많지 않은 패거리의 일원 정도라면 어떻게 될지 모른다.

그러나 다행인 점도 있었다. 각성제를 복용한 학생은 세 명뿐인데 이들 중 두 명(아키타 카즈미, 고시로 타키)은 이미 사망했고 한 명은 등교를 거부하고 있으니 사나에는 자신이 공급책이라는 사실을 숨기기만 하면 된다고 생각했다.

이윽고 그녀는 모든 각성제를 스쿨 백 안에 집어넣었다. 그리고 상의와 하의를 모두 검은 옷으로 갈아입고 검은 캡모자를 푹 눌러썼다. 가방을 들고 바깥으로 나온 시각은 오후 7시. 비가 내리기 시작해서 밖은 어두컴컴했다. 그녀는 비닐우산을 펼치고 빠르게 발걸음을 옮겼다.

대략 20분 뒤, 허름한 철계단을 오른다. 어느 집 문 앞에 서서 문을 세게 두드렸다. 기척이 없자 문을 부술 듯이 강하게 두드린다. 그러자 안쪽에서 우당탕하며 여러 물품이 쏟아지는 듯한 소리가 들렸다. 잠시 뒤, 열린 문틈 사이로 빼빼 마른 소년의 얼굴이 튀어나왔다.

"누구세······."

사나에는 문을 활짝 열어젖히고 멋대로 안으로 들어갔다. 모자를 현관 벽에 툭 던져 놓고 익숙한 듯이 부엌 찬장을 뒤진다.

"뭐야, 사나에? 여긴 무슨 일······."

소년이 눈을 비비며 중얼거렸다. 그러자 사나에는 신발 밑창으로 소년의 복부를 힘껏 찼다.

"닥쳐! 시끄러워 죽겠네."

사나에가 흉포한 목소리로 말했다.

복부를 맞은 소년이 벽에 딱 붙어 쿨럭거렸다. 괴로운지 몸을 배배 꼬면서 침을 질질 흘렸다. 사나에에게 소년의 상태는 안중에도 없었다. 그녀는 집 안 곳곳을 뒤지며 무언가를 계속 찾는다. 몇 분 뒤 여러 개의 주사기를 가방에 밀어 넣고도 찾을 게 더 남았는지 집 안을 샅샅이 뒤진다.

"어딨어."

"뭐······?"

소년이 힘겹게 호흡하며 물었다. 소년은 등을 벽에 기댄 채로 축 늘어져 있었다.

"카메라 어딨냐고, 쓰레기야."

불량배들이 쓰는 말투가 사나에의 입에서 스스럼없이 터져 나온다. 그녀는 안쪽 방에 널브러진 쓰레기를 걷어찼다. 맥주캔과 과자 봉지, 담뱃재가 여기저기로 흩어졌다.

"가방 안에……. 무슨 일인데?"

사나에는 '가방'이라는 말을 듣자마자 방구석에 놓여 있는 소년의 가방을 찾았다. 잠시 뒤, 가방 안을 몇 번 뒤적거리더니 고성능 디지털카메라를 꺼냈다. 그러곤 복부를 주무르고 있는 소년 앞으로 다가갔다. 사나에가 소년 바로 앞에 쭈그려 앉았다. 소년과 사나에의 눈높이가 똑같아졌다.

소년의 심장 박동이 거세지기 시작했다. 은하수의 파편처럼 아름다운 눈이 나를 응시하고 있다. 지금, 이 순간, 이시다 사나에의 눈은 오롯이 나만을 바라보기 위해 존재한다. 소년은 그렇게 생각하며 침을 꼴깍 삼켰다. 불과 몇 분 전에 그녀에게 복부를 얻어맞은 것도 이미 잊어버렸다.

"꿈에 타카초 유리에가 나왔어."

타카초 유리에라는 이름을 듣자, 소년의 눈이 동요했다. 그제야 소년은 사나에의 아름다운 눈을 피했다.

"다음은 너래."

사나에의 섬뜩한 목소리를 들은 소년이 공포에 몸을 부르르 떨었다. 그러곤 그럴 리가 없다고 부정하는 표정을 지으면서 고개를 내저었다. 소년은 친구들이 죽어 나가는 게 일종의 저주라고 생각하고 있었다. 타카초 유리에가 죽은 뒤, 그녀를 괴롭혔던 인물이 벌써 두 명이나 죽었다. 소년은 그 점에서 착안해 타카초 유리에가 저주를 내린 것이라고 이시다 사나에에게 말했다. 소년은 타카초의 타깃이 되는 것을 진심으로 두려워하고 있었다. 지금, 사나에는 그런 소년의 공포를 역이용하고 있는 것이었다.

"쓰타바라교로 가자. 일단 타카초의 흔적을 지워야지."

사나에가 카메라를 소년의 눈앞에서 흔들었다. 이윽고 소년의 모습을 찍기 위해 뷰파인더를 눈앞에 가져다 댔다. 그 순간, 소년의 시야는 카메라 아래, 예쁘게 미소 짓는 사나에의 입을 포착했다. 그 기묘한 웃음에 홀린 듯이 소년도 활짝 웃었다.

창문을 두드리는 빗소리가 작은 집 내부를 울린다. 이윽고 카메라의 플래시가 소년의 눈앞에서 번쩍였다.

두 사람은 자정이 거의 다가온 시간, 쓰타바라교에 도착했다. 단 한 대의 차량도 교량 위를 지나고 있지 않아서 세상에 둘만 남겨진 듯하다. 교량 아래엔 아스카강의 큰 몸통이 굽이치며 흘러가고 있었다.

여전히 폭우는 계속됐다. 사나에는 캡모자를 소년에게 건넸다. 소년이 얼떨떨한 표정으로 모자를 받자, 사나에는 난간에 걸터앉았다. 그런 그녀를 가만히 바라보고 있는 소년. 사나에는 너도 앉으라는 듯 난간을 툭툭 두드렸다. 소년은 홀린 듯이 난간에 걸터앉았다.

"카메라, 여기에 던질 거야?"

소년이 물었다.

사나에는 말없이 소년을 응시했다.

갑작스럽게 묘한 분위기가 내려앉았다. 소년은 지금이 타이밍이라고 생각했다. 영화에서나 볼 법한 분위기가 형성되었다. 지금이 기회다. 아니나 다를까, 사나에의 얼굴이 점점 가까워지고 있었다. 소년은 황급히 눈을 감았다. 사나에는 그런 소년을 바라보며 살며시 웃었다.

저 멀리서부터 비를 뚫고 검은 승합차가 다가온다. 승합차는 두 사람에게서 조금 떨어진 거리에 멈춰 섰다. 사나에의 눈엔 차가 보였다. 하지만 소년은 얼굴을 사나에 쪽으로 향하고 있는 데다가 눈 또한 감고 있었으므로 승합차를 볼 수 없었다.

이윽고 승합차에서 여러 사람이 내렸다. 사나에는 소년의 손을 살며시 잡았다. 소년은 눈을 더 세게 감았다. 소년의 심장 박동이 점진적으로 빨라진다. 피가 거꾸로 솟구치는 기분이었다. 의문의 사람들은 더욱 가까이 다가온다. 이젠 금방이다.

그때 번개가 쳤다. 소년은 눈을 감고 있었지만, 잠시 눈앞이 번쩍였다는 사실쯤은 깨달을 수 있었다. 소년은 나쁜 타이밍이라고 생각했다. 이대로 천둥이 주위를 울리면 로맨틱한 분위기가 쉽사리 바스러질 게 분명했다. 사나에는 천둥소리를 두려워할까? 만약 그렇다 하더라도 괜찮다. 내가 지켜 줄 테니까.

소년은 얼굴을 조금 더 가까이 들이밀었다. 사나에의 입술은 언제 오는 걸까. 초조해졌지만, 눈을 뜨진 않는다. 이 분위기를 깨고 싶진 않았으니까.

갑작스럽게 사나에가 소년의 어깨에 손을 올렸다. 왜인지 소년은 점점 인상을 찡그린다. 너무 아프다. 사나에의 악력이 너무 세다. 꼭 어깨가 부서질 것만 같다. 정말 천둥을 두려워하기라도 하는 걸까?

그때 사나에가 멱살을 잡고 소년을 난간 아래로 끌어 내렸다. 소년은 저도 모르게 눈을 떴다. 그런데 눈앞에 서 있는 사람은 사나에가 아니라 검은 양복을 입고 있는 생면부지의 남성이 아니겠는가? 명치 부근의 옷을 잡아당기고 있는 손 또한 사나에가 아니라 이 남성의 것이었다.

곧 다리에서 묘한 감각이 느껴졌다. 고개를 숙이니 선글라스를 쓰고 있는 다른 남성이 소년의 다리에 빠르게 무언가를 묶고 있었다.

소년은 당황했다. 고개를 들자, 눈앞에 자리한 남성이 소년의 입을 강제로 벌렸다. 이윽고 차가운 무언가를 입안으로 힘껏 밀어 넣었다. 너무 깊숙이 집어넣은 탓에 구역질하고 말았다. 소년은 이 상황이 이해가 가지 않았다.

시선을 내리자, 검은색 고체가 자신의 입안에 들어와 있는 게 어렴풋이 보였다. 그러나 그것이 정확히 무엇인지는 알 수 없었다. 감조차 잡히지 않았다.

구역질을 두 번 정도 더 하자 자연스레 손에 힘이 빠졌다. 사나에의 모자를 바닥에 떨어뜨리고 말았다.

눈앞의 남자는 다시 멱살을 잡았다. 그 힘이 어찌나 센지 쇄골 아래 가슴이 뜯어져 나가는 듯한 기분이 들었다. 남자는 앙상한 소년의 몸을 허공에 띄우고, 난간에 앉혔다. 남자가 멱살을 잡고 있지만, 금방이라도 뒤로 넘어가 버릴 것처럼 위태로웠다.

갑자기 천둥소리가 뇌에서 울렸다. 순식간에 천둥이 뇌를 뚫고 지나간 것만 같았다.

소년은 고개를 돌려 사나에를 보았다. 사나에의 얼굴이 빨갛게 물들어 있다. 저건 틀림없이 피다. 사나에가 아픈가? 어째서 피를 흘리고 있는 걸까?

소년은 사나에의 입을 보았다.

"더러워."

그녀가 그렇게 말한 것 같았다. 무슨 이유에서인지 그녀의 목소리가 들리지 않았지만, 분명히 그렇게 말했다.

어? 사나에가 멀어진다.

언제부턴가 소년의 몸이 자연스럽게 뒤로 넘어가고 있었다. 소년은 드디어 자신이 무슨 짓을 당했는지 깨달았다.

배신.

소년은 총알에 머리가 관통당했다는 것 또한 깨달았다. 그러나 그에겐 사나에의 비웃음이 더욱더 충격적이었다. 고통 따윈 느껴지지 않는다. 그저 가슴속에 누군가가 공기 펌프를 꽂아 놓고 맹목적으로 펌프질하고 있는 듯 점차 먹먹해질 뿐이었다.

비애의 공기로 가득 메워진 가슴이 터져 버릴 때쯤, 소년은 완전히 난간 뒤로 넘어갔다. 소년의 발에 묶인 커다란 돌덩이가 난간을 무섭게 휩쓸며 사라졌다.

비바람 소리 때문에 소년, 소노다 고토가 낼 수 있는 마지막 소리마저 들리지 않았다.

2

2007년 10월 4일

오후 5시 50분, 저녁놀이 들어앉은 교실 안. 혼자 남은 이시다 사나에는 범인이 누굴까 곰곰이 생각해 보았다.

타카초 유리에, 아키타 카즈미, 고시로 타키를 죽인 사람은…….

 야쿠자의 배신? 이와사카 고교에 원한이 있는 사람? 고등학생만을 노리는 미치광이?

 그 이전에 그녀는 하나는 확실히 정해 놓고 추리를 시작해야 한다고 생각했다. 자신은 타카초 유리에를 괴롭힌 사람이지 죽인 사람이 아니었다. 그렇다고 유리에가 스스로 목숨을 끊을 만한 용기는 없었으리라. 사나에는 그 사실을 잘 알고 있었다.

 사나에는 이런 자신이 뻔뻔하다고 생각하지 않았다. 사실은 사실이다. 자신은 유리에를 죽이지 않았다. 그러니 두려워할 필요가 없었다.

 사나에가 한 것은 오직 명령뿐이었다. 무리 구성원에게 유리에를 괴롭히도록 명령한다. 그리고 자신은 괴롭힘에 허덕이는 유리에를 돕는다. 사나에의 목표는 단 하나였다. 유리에를 좋아하는 게임에 등장하는 펫처럼 만들고 싶었다. 주인을 졸졸 따라다니는 강아지 같은 펫.

 괴롭힘이 심해지면 나를 더더욱 의지하고 따르겠지. 사나에는 그런 짓을 저지르며 희열을 느꼈다. 그 계획이 먹혀들었는지 어느 순간부터 유리에는 사나에를 많이 의지하게 되었다. 그래서 사나에가 은근슬쩍 유리에의 몸을 꼬집거나 발로 짓밟아도 그것이 폭력인지 인지하지 못하는 수준까지 다다랐다. 그러나 딱 거기까지였다. 유리에가 누군가에게 죽임을 당했으니까.

먼저 아키타와 고시로는 사나에 무리에 속해 있던 인물들이었다. 학교의 옥상과 체육관 창고, 인근 공터와 공중 화장실, 주인 없는 집, 폐업한 펜션 등에서 모임이 이루어졌고, 괴롭힘이 발생했다.

어쩔 수 없는 상황을 제외하고, 선생 앞에서 친한 척을 해서는 안 된다. 그것이 첫 번째 원칙이자 규율이었다. 그것이 잘 지켜졌으리라 사나에는 생각했다. 당연했다. 혹시라도 각성제 복용 사실이 적발되는 순간, 그 사람은 무리를 벼랑으로 몰리게 한 배신자가 될 테니까. 강하게 말하면 들키는 순간, 구성원 일부의 인생이 무너진다. 만약 자신이 각성제를 복용하지 않았더라도 실수 한 번에 친구의 인생을 송두리째 앗아 버릴 수 있다는 것이다.

그 연대적 책임감의 무게는 막중했을 것이다. 더군다나 그렇게 되면 복용자들은 더 이상 약에 손을 댈 수 없게 된다. 그러한 현실을 생각하기도 싫었을 패거리 구성원은 더더욱 신중히 행동할 수밖에 없었을 것이다.

하지만 이젠 소용없어졌다. 경찰은 바보가 아니다. 아키타는 죽기 이틀 전, 고시로는 죽기 사흘 전, 공급책인 내게 약을 받아 갔다. 그 녀석들은 약을 받아 가자마자 실컷 빨아들였을 것이다. 그렇담 역시나 감식반은 시체에서 메스암페타민 성분을 확인했겠지.

사나에의 의식이 이상한 곳으로 흘렀다. 세 사람을 죽인 범인에 대해 추리해야 하지만, 왜인지 생각이 이상한 방향으로 나아갔다.

그 세 사람이 죽지만 않았어도 일이 이렇게 흘러가지 않았을 텐데.

내 완벽한 왕국이 그 살인범에 의해 무너졌다. 꼭 자신이 세운 완벽한 울타리에 외부인이 침입한 것같이 느껴졌다. 길들이던 강아지도, 울타리 안에서 키우던 양들도 늑대에게 잡아먹혀 버렸다.

그리 생각하자 사나에는 분노가 치밀어 올라서 참을 수가 없었다. 곧 그녀는 생각을 고쳐먹었다. 뒤를 봐주는 야쿠자 세력과 부패 경찰들이 있기 때문에 사나에 자신은 도망가면 그만이다. 야쿠자 패거리를 소탕하는 데 고역을 면치 못하는 경찰만 보아도 다른 삶을 살아가는 건 식은 죽 먹기다.

그러나 그런 인생은 분해서 못 견딜 것만 같았다. 이대로 끝낼 순 없었다. 도저히 범인의 얼굴을 보지 않고 가만히 있을 수는 없다. 사나에는 결국 범인을 직접 찾아내 제거하기로 마음먹었다. 그러나 아무래도 혼자서는 무리겠지.

그녀는 복도로 나와 창가 앞에 섰다. 저 아래 주차장에 검은 차량 한 대가 들어온다. 곧 차량에서 두 남성이 내린다. 사나에는 곧바로 1층으로 내려갔다. 타이밍이 좋았다. 두 남성은 복도에 서 있었다. 사나에는 사각지대인 벽 뒤에 숨어 그들을 지켜보

앉다.

 잠시 뒤 스즈무라 선생이 나타났다. 스즈무라 선생과 두 남성은 인사를 주고받는다. 그 후 어딘가로 함께 이동한다. 사나에는 겨우 화를 누그러뜨리고, 잰걸음으로 세 사람을 미행했다. 세 사람은 학생 상담실로 들어갔다. 사나에는 곧바로 학생 상담실 문 앞에 섰다. 그리고 문에 귀를 가져다 댔다. 또렷하게 담임 스즈무라의 말소리가 들린다.

 "형사분들이 찾아오신 게, 이걸로 벌써 세 번째네요."

 그 문장 하나가 고막을 간지럽히자마자 사나에의 입가에 웃음이 번졌다.

3

2007년 10월 5일

 시각은 오후 2시 58분. 히라츠지 카페에서 막 빠져나온 사나에와 하쿠바, 두 사람은 타카초 유리에의 집으로 향한다.

 "다른 사진이랑 영상은 전부 지웠지?"

 하쿠바가 물었다. 그는 도쿄에서 살 때 이시다 사나에의 중학교 친구였으며, 쓰타바라시로 이사한 후 고등학교를 자퇴하고 각성제를 불법 제조하는 것으로 돈을 벌어들이고 있었다.

"응. 근데 그 경찰 말이야, 거짓말을 그리 쉽게 믿을 줄이야."

사나에가 피식 웃었다. 아닌 게 아니라 사나에가 고무라에게 늘어놓은 말의 절반 이상은 새빨간 거짓말이었다. 게다가 고무라가 사나에 자신의 엉터리 추리를 믿는 것 같은 기색을 보일 줄은 꿈에도 몰랐다.

"뭐, 오히려 다행인 거지. 분위기는 잡아 놨으니 곧 넘어올 것 같던데. 하긴 동료 경찰의 비리를 폭로하겠다는데 안 넘어오는 게 이상하긴 하지만……. 참, 소노다는?"

하쿠바는 길거리 자판기 앞에 멈춰 섰다. 그러곤 투입구에 500엔짜리 동전을 넣었다. 소노다는 사나에 무리 중 유일하게 타카초를 괴롭히지 않은 학생이며 등교를 거부하고 있었다. 다만 그 또한 각성제 복용자로서 사나에에게 약을 공급받았던 세 명의 인물 중 하나였다.

"죽었을걸."

사나에는 아무렇지 않게 답했다. 그러면서 불빛이 들어온 음료 선택 버튼을 지그시 눌렀다. 그녀가 선택한 음료는 멜론 소다였다.

"언제?"

하쿠바는 안경을 벗고 렌즈에 기스가 나든 말든 주머니에 아무렇게나 쑤셔 넣었다. 좋은 시력에 안경을 쓰는 것은 역시 불편했다. 혹여 알아보는 사람이 있을까, 쓰기라도 하라는 사나에의 말을 듣고 썼지만, 그는 그저 앞으로도 쓰기 싫다는 생각이 들 뿐이었다.

"3일, 오후 11시 54분. 쓰타바라교 아래로 떨어졌어. 비스듬히 쏴서 뇌간이 직격으로 뚫렸을 거야."

사나에가 멜론 소다를 한 입 마셨다.

"오호, 뇌간이라면 몇 초 만에 죽어 버렸겠네."

하쿠바는 억지로 맞장구를 치면서 음료를 꺼내기 위해 몸을 숙였다. 그가 선택한 음료는 코카콜라였다.

하쿠바는 자판기 아래에서 음료를 꺼낼 때마다 항상 파라콰트[1] 연쇄 독살 사건을 떠올린다. 해당 사건은 1985년, 여러 지역에 걸쳐 발생했는데 사망자 모두 자판기 안에 들어 있거나 근처에 놓인 음료를 마신 뒤 독극물 중독으로 사망한 사건이다. 이렇게만 얘기하면 이해가 어려울 테니 조금 자세히 설명하자면 이러하다.

사망자는 모두 자판기 근처에 놓여 있거나 자판기 속에 남아 있는 음료, 즉, 누군가가 뽑아 놓고 가져가지 않은 음료를 마셨다. 12명의 피해자는 주인이 없는 듯한 이 공짜 음료를 마셨다가 모두 사망했고, 공통적으로 드링크 병 속이나 몸속에서 파라콰트[2]가 검출되었다. 범인은 지금까지 잡히지 않아 유명한 미제

---

1) 농약.
2) 1건은 디콰트다.

사건으로 남아 있다.

하쿠바의 확인 결과, 알 수 없는 음료는 없었다. 애초에 사나에가 먼저 배출구에 손을 넣었으니 미상의 음료를 발견했다고 해도 발견자는 사나에였겠지만. 하쿠바가 콜라 뚜껑을 열자, 분화구에서 용암이 흘러나오듯 콜라가 넘쳐흘렀다. 그는 재빨리 병 입구에 입을 가져다 댔다.

"들킬 염려는?"

하쿠바는 손에 묻은 콜라를 털어 내면서 물었다.

"얏쨩들이 발에 돌을 묶고 교각 아래로 던져 버렸어."

사나에는 야쿠자를 자주 '얏쨩'이라고 불렀다. 이에 반해 하쿠바는 야쿠자와 거래할 때면 '협객[3]'이라 불렀다. 물론 하쿠바에게 그 명칭은 일종의 립 서비스였다. 그렇게 불러 주면 좋아하는 폭력배들이 더러 있어서 거래하는 데 도움이 되거나 때때로 돈을 조금 더 쳐 주기도 하기 때문이었다. 평소엔 하쿠바도 야쿠자를 약을 미친 듯이 사들이는 데에서 착안해 그냥 '야쿠[4]'라 줄여 불렀다.

하쿠바는 고개를 돌렸다. 사나에는 살며시 미소 짓고 있었다. 하쿠바는 틀림없이 그녀가 소시오패스일 것이라고 생각했다. 이익을 위해서라면 물불 가리지 않고 계산적인 행동으로 위험한

---
3) 일본에서 야쿠자를 높여 부를 때 사용하는 미칭.
4) 일본어로 약은 야쿠라 발음한다.

상황을 빠져나간다. 이 외에도 그녀가 소시오패스라는 사실을 증명할 만한 다수의 장면을 하쿠바는 보았지만, 자신이 관여할 바는 아니라고 생각했다. 만약 그녀가 소시오패스가 아니었다면 금방이라도 범죄가 들통나고 말았으리라. 겁쟁이 소노다를 죽인 이유도 마약에 관한 사실을 불어 버릴까 봐 미리 손써 둔 것일 테다.

"과연 타치바나가 살해당할까?"

버스에 탑승하자마자 하쿠바가 입을 열었다. 그가 언급한 타치바나는 2학년 2반의 여학생 타치바나 히마리로 사나에 무리에 소속되어 있다.

"만약 범인이 겐모토 다이치라면."

사나에가 나지막이 대답했다. 겐모토 다이치는 2학년 1반의 남학생이다. 그는 사나에 무리의 첫 번째 표적이었다. 1학년이 끝날 때까지 지독한 괴롭힘에 시달리다가 2학년이 되었을 때 무리의 과녁에서 약간 벗어났다. 타카초 유리에라는 새로운 표적이 생겼기 때문이었다. 물론 겐모토를 괴롭힐 때도 사나에는 뒤에서 명령만 내렸다. 하지만 유리에를 펫으로 만들어 버리겠다는 일념과는 달리 겐모토를 괴롭힐 때 그녀가 직접 참여하지 않은 이유는 단지 그가 음흉한 눈빛으로 사나에 자신을 바라보는 게 역겨워서였다.

사나에는 겐모토를 용의자로 의심하기엔 충분하다고 생각했다. 그동안 사나에 무리가 한 짓을 생각하면 이제 와서 범행을 벌여도 그다지 이상하지 않다. 아닌 게 아니라, 사나에의 명령이 없어도 겐모토는 자주 괴롭힘을 당했다. 단, 폭력 수위가 1학년 때에 비하면 현저히 약해진 게 사실이기에 어느 정도 족쇄에서 풀려났다고 해도 과언이 아니었다. 아마도 대략 반년의 공백 동안 그는 치밀하게 계획을 세우고 있었겠지.

사나에가 타치바나 히마리를 다음 희생자로 지목한 데엔 나름의 이유가 있었다. 그녀의 추측에 의하면 겐모토는 자신을 향한 괴롭힘의 강도가 약했던 순대로 살인을 저질러 나가고 있다.

타카초 유리에 → 아키타 카즈미 → 고시로 타키

하지만 타카초 유리에가 희생자 목록에 끼어 있는 것엔 나름의 의구심이 돋아날 수밖에 없는데, 실은 유리에 또한 겐모토를 괴롭혔다. 이게 무슨 말인가 싶을 테니 더욱 자세히 설명하자면 이러하다.

물론 이것 또한 최초엔 사나에의 지시였다. 사나에의 명령이 무리에 입력되면 명령을 재출력하는 것은 아키타와 고시로 담당이다. 유리에는 사나에가 패거리의 우두머리라는 사실을 절대 알아서는 안 되니 당연히 고시로가 유리에에게 명령했다. 겐모토를 괴롭히라고.

역시나 유리에는 임무를 잘 수행하지 못했다. 그렇게 여리고 착한 아이가 누군가를 괴롭힌다는 것은 엄연히 어불성설이었다. 다만, 임무를 잘 수행하지 못하면 그에 합당한 벌이 내려졌기 때문에 유리에는 젠모토를 더욱 악랄하게 괴롭혀야만 했다. 어쩌면 그 과정에서 유리에는 누군가를 괴롭히는 행위를 통해 분을 풀었는지도 모르지만, 유리에의 폭력이 자의적이었건 타의로 인한 것이었건 젠모토에겐 유리에조차 패거리와 똑같은 악마로 보였으리라.

그럼에도 젠모토를 가장 적게 괴롭힌 사람은 유리에이니 첫 번째 희생자가 되어 버린 것이다. 두 번째는 아키타, 세 번째는 고시로. 네 번째는 안 봐도 뻔했다. 본격적으로 괴롭힘을 즐겼던 타치바나 히마리다.

"그래도 타치바나에게 알려 주는 편이 낫지 않을까?"

하차한 직후 하쿠바가 말했다. 쓸데없는 소리란 걸 알고 있었지만, 사람이 죽는다는 게 꽤 마음에 걸렸던 탓이었다.

"뭣하러? 타치바나가 죽어야 나한텐 이득이야."

하쿠바의 예상대로 사나에는 생선처럼 차가운 눈빛을 보냈다. 사나에는 독초다. 하쿠바는 생각했다. 화려한 겉모습 속에 생명체를 죽음으로 물들이는 독을 숨기고 있다. 그렇기에 그녀에게 가까이 다가가는 사람일수록 쉽게 쉽게 죽어 가는 것이다.

물론 하쿠바 본인은 중학교 시절부터 사나에와 친한 친구 사이였기 때문에 예외라고 생각하고 있었다. 수시로 그녀에게 이용당하고 있을지도 모른다고 생각하기도 했지만, 사나에의 인맥과 비상한 머리가 없었다면 여기까지 오지 못했을 수도 있으니 아무렴 상관없었다.

대략 10분 정도를 걸으니, 눈앞에 검게 타 버린 2층 주택이 나타났다. 아직 대문엔 폴리스 라인이 걸쳐져 있었다.

"Keep out."

하쿠바가 폴리스 라인 마스킹 테이프에 적힌 영어를 찰지게 소리 내어 읽었다. 타카초 가는 간신히 형체만을 유지한 채 위태위태하게 서 있었다.

"뉴스에서 발화제 대부분으로 등유가 발견되었다고 했지? 전소 속도가 무지 빨랐다던데."

하쿠바가 사나에를 바라보며 말했다. 이에 반해 사나에는 오로지 타카초 가만을 바라보며 목소리를 냈다.

"등유는 인화점이 꽤 낮은 물질인 데다 연소 속도가 빨라서 불이 번지기가 쉬워. 물을 뿌려 대면 오히려 화재가 확산되기도 하고."

"소방관이 사용한 소화기 외에 집 안에 별도로 구비된 소화기를 사용한 흔적이 없으니 타살을 의심하는 거겠지? 아니면 또 다른 이유가 있어서일까?"

"그보다도 외상의 흔적이나 내상 같은 게 발견되었을 가능성이 커. 범인이 집에 침입한 흔적이나 증거, 증언이 있었다면 지금쯤 범인은 잡혔을지도 몰라. 그런데 갑자기 타살 가능성이 있다고 말을 바꾼 건, 아무래도 유리에의 몸에서 범인의 흔적이 발견되었기 때문이겠지. 현장 감식과 시체 감식 중 비교적 결과가 늦게 나오는 건 보통 부검 쪽이니까. 그러니 타살 의심이 늦게 제기된 것 같은데."

"오호, 이를테면 폭행의 흔적 같은 건가?"

하쿠바는 흥미로운 듯한 표정으로 물었다.

"물론 시체가 얼마나 탄화되었냐에 따라 다르지만, 뼈의 균열 같은 경우 비교적 빨리 발견할 수 있어도 원인이 화재 손상인지 외상인지를 정확히 구분하는 데엔 시간이 꽤 오래 걸릴 거야. 화재가 발생한 시간, 무리 아이들은 모두 소노다의 집에 있었다고 했으니 이 중에서 유리에를 죽인 범인은 아마 없을 테고."

사나에는 또박또박한 발음으로 이야기했다. 그녀의 말이 끝난 직후, 정적이 감돌았다. 잠시 뒤, 하쿠바는 문득 뭔가가 떠오른 것처럼 눈을 번뜩이며 입을 열었다.

"······잠깐, 그러면 타카초 유리에의 몸에서 발견된 그 흔적을 이지메로 인한 것이라 예상할 수 있지 않을까?"

"그럴 일은 없어. 유리에가 죽기 한 달 전부터 때리지 말라고 일러 두었거든. 그 전에 발생했던 외상 상처는 치유되고도 남을 시간이야."

"그럼, 안 때리고 어떻게 괴롭혔는데?"

하쿠바가 의아하다는 표정으로 사나에를 보았다. 여전히 타카초 가를 바라보고 있는 사나에의 머릿속에서 어떠한 장면이 천천히 떠오른다.

사나에가 타카초 유리에에게 개 사료를 던진다. 먹어 보라고 하자 유리에는 고개를 내젓는다. 이에 사나에는 실망한 목소리로 "유리에는 친구의 장난을 받아 주지 않는구나?"라고 말한다. 유리에는 놀란다. 유리에는 그럴 리가 없다고 말하는 표정을 짓더니 개 사료를 허겁지겁 먹어 치우기 시작한다. 구역질을 몇 번이고 해 대면서 끝내 사료를 다 먹어 치운 유리에가 자랑스러운 표정으로 사나에를 쳐다본다. 그러나 사나에는 유리에의 뺨을 세게 후려친다. 유리에의 눈이 당혹감에 물든다. 벙찐 표정으로 사나에를 바라본다. "멍멍이라 말하지 않았잖아. 이러면 정말 울어 버릴지도 몰라."라고 말하며 사나에가 눈시울을 붉힌다. 이윽고 사나에가 고개를 숙이며 흐느끼자, 유리에는 사나에를 끌어안는다. 그리고 유리에는 "미안해. 정말 미안해. 내가 더 잘할게."라고 말하며 눈물을 흘린다.

"뭔 생각을 그렇게 해?"
하쿠바는 사나에를 툭툭 건드렸다. 사나에는 회상에서 막 빠져나온 자신이 활짝 웃고 있다는 사실을 부끄러워하기라도 하는 것처럼 표정을 숨겼다.

"그 정도 가지곤 흔적도 안 남아……."

사나에가 중얼거렸다.

"뭐라고?"

"아냐, 아무것도."

사나에가 고개를 내젓다가 발걸음을 옮겼다. 하쿠바도 뒤따라 움직였다.

"근데 그 형사 정말 믿어도 될까?"

하쿠바가 빈 콜라병을 길바닥에 내던졌다.

"나야 모르지."

"혹시 이상한 낌새 보이면 야쿠한테 일러 버려. 아이스 몇 조각이면 눈 돌아서 형체도 못 알아볼 정도로 패 버릴 텐데."

하쿠바는 그렇게 말한 직후, 놀랐다. 아무렇지 않게 끔찍한 말을 내뱉는 자신이 사나에와 닮아 가고 있는 것 같다는 생각이 들었기 때문이었다.

"아냐. 이건 어때?"

사나에가 획기적인 생각이 난 듯 갑자기 멈춰 섰다. 그러곤 예쁜 미소를 지으며 말을 이었다.

"그 형사도 중독자로 만들어 버릴까?"

4

2007년 10월 9일

최근 가입한 문예부 활동이 끝난 후, 하굣길. 타치바나 히마리는 자전거 페달에서 발을 떼고 뺨을 훑는 선선한 바람을 느꼈다. 켜켜이 쌓여 가는 주홍빛의 파장을 바라보며 귀가하는 시간이 그녀에겐 최애였다. 마을이 저녁놀에 잠긴 풍경을 바라보고 있으면 꼭 다른 세상에 살고 있는 것 같았으니까.

그녀는 하굣길에 항상 편의점에 들렀다. 이와사카 고교의 교칙에 따르면 하굣길에 교복을 입은 채 주변 편의점에 들르는 것은 엄격히 금지되어 있었다. 그러나 타치바나가 가는 A 편의점은 학교 주변이 아니라 그로부터 멀리 떨어진 곳에 있었다. 그렇기에 아무렴 괜찮으리라 생각했다. 물론 지금껏 그녀가 교칙을 어긴 적은 한두 번이 아니었기 때문에 별로 두렵지도 않았다.

그러나 불행히도 편의점 문이 잠겨 있었다. 불도 켜져 있지 않다. 개인적으로 친분이 두터운 사장이 운영하는 점포라 자주 들렀었는데, 무슨 일이 있는 걸까?

아쉬운 마음을 뒤로하고 다시 페달을 밟았다. 근처에 편의점이 한 개 더 있다는 사실이 떠올랐기 때문이었다. 일직선으로 쭉 나아가다가 샛길로 빠져서 조금 들어가면 B 편의점이 나온다.

집을 향하는 곳과 같은 방향이 아니기도 하고, 옆길로 빠져야 한다는 번거로움이 있어서 자주 이용하지는 않는 점포였다.

편의점에서 사는 것은 매번 바뀌지만, 오늘은 어제와 같다. 소금 맛 감자칩과 소다 음료, 가리가리쿤 콜라 맛 아이스크림을 계산대에 올려놓는다. 다만, 어제와 차이점도 있었는데 그건 바로 점포가 다르다는 것이었다.

매장 내 손님은 타치바나뿐이었다. 젊은 남자 점원이 잔돈을 꺼내면서 타치바나를 흘깃 쳐다보았다. 타치바나의 아게죠 스타일의 짙은 화장과 구불거리는 금발 머리가 점원의 눈에 띄었다. 전체적으로 귀여운 외모라 생각했다. '귀엽군.' 점원의 머릿속이 부풀어 올랐다. 타치바나의 진한 눈화장이 마음에 들었다.

타치바나는 그런 점원의 시선을 알아차리곤 불쾌해졌다. 잠깐 흘겨보는가 싶더니 이젠 대놓고 얼굴을 쳐다보고 있다. 남자 점원은 조금 어벙해 보였다. 더벅머리는 며칠 감지 않은 듯 떡 져 있는 데다 가게의 조명을 받아 번들거리고 있었고, 정돈되지 않은 수염은 상대방의 인상을 찌푸리게 만들 정도로 지저분해 보였다.

"뭘 봐?"

그녀가 점원을 노려보며 간사이 사투리로 말했다. 이에 점원이 깜짝 놀라면서 "죄송합니다."라고 말했다. 그러곤 편의점 봉지를 건넸다. 그 순간, 타치바나의 시야에 점원의 긴 손톱이 보였다. 그녀는 왜인지 기분이 나빠져서 손이 맞닿지 않도록 비닐봉지의 중간 부분을 잡은 다음 잽싸게 낚아채고 밖으로 향했다.

출입문 쪽으로 걸어가는 타치바나. 점원이 카운터에서 상반신을 쭉 빼고 고개를 돌렸다. 이내 시선을 아래로 옮기자, 타치바나의 긴 루즈 삭스가 보였다. 오른쪽 루즈 삭스의 측면이 약간 부풀어 있었다. 점원은 그녀가 마음에 들었다. 머리라도 감고 올 걸 그랬나. 언젠간 다시 마주치지 않을까? 심장 고동이 빨라졌다.

바깥으로 나온 타치바나는 비닐봉지와 스쿨 백을 자전거 바구니에 던지듯 넣었다. 안장 위에 올라타고 출발하려고 하는데 갑자기 누군가가 다가왔다.

"저기……."

익숙한 목소리에 타치바나는 고개를 돌렸다. 아까 보았던 기분 나쁜 점원이 어정쩡한 자세로 서 있었다. 그녀는 눈을 동그랗게 뜨고, 점원의 다음 말을 기다렸다. 그런데 점원은 아무 말도 하지 않고, 동태처럼 쎄한 눈빛으로 그녀를 쳐다보다가 팔을 쭉 뻗었다. 점원의 손이 향한 곳은 타치바나의 긴 머리칼이었다.

"히익!"

눈앞으로 못생긴 손톱이 다가오는 게 보이자, 타치바나는 기겁했다. 재빨리 바구니에서 스쿨 백을 꺼내 점원의 머리를 후려갈겼다. 점원이 충격을 받아 내지 못하고 바닥에 엉덩방아를 찧자 타치바나는 재빨리 페달을 밟았다.

얼마나 움직였을까. 뒤를 계속 돌아보지만, 점원은 보이지 않았다. 속으로 '변태 자식'이라고 말하면서 계속 페달을 밟았다. 어느덧 눈앞에 낮은 동산이 나타났다.

집으로 가는 길은 두 가지 방법이 있었다. 첫 번째는 시간을 단축할 수 있는 대신 으스스한 동산을 넘어야 한다. 두 번째는 시간이 꽤 걸리지만 인적이 아예 없지는 않은 인근 주택가와 골목을 여러 번 지나치는 것이다.

동산을 자전거로 넘는 시간은 대략 4분이다. 경사 자체는 매우 낮지만 길이가 긴 탓이었다. 타치바나는 동산의 입구 앞에 멈춰 서서 고민했다. 동산길엔 아스팔트가 깔려 있지만 CCTV는 커녕 가로등도 설치되어 있지 않았다. 주변에 늘어서 있는 건, 타치바나의 키를 훌쩍 뛰어넘는 초목들과 전신주뿐이다.

게다가 중간에 한 대의 검은 승합차가 덤불 속에 처박혀 있는 모습이 영 보기 좋지 못하다. 주인이 없는 차량인 건지 번호판도 없다. 1년도 넘게 방치되어 있는 차였다. 이러한 점들 때문에 어린아이들은 대부분 이 동산을 넘지 않았다. 물론 두려울 게 없는 네다섯 명의 군단과도 같은 느낌이라면 예외겠지만.

태양은 지평선 아래로 모습을 감췄다. 이젠 완전한 황혼의 시간이다. 그러나 아직 밤의 향기는 옅었다. 태양이 흩뿌리는 향기의 밀도가 공기를 더 많이 채우고 있었다. 아마도 대략 40분 정도 뒤면 반대로 태양 빛이 어슴푸레한 잔상으로 남겠지. 그래도 이 동산을 넘는 4분, 아니 더 길게 어림잡아 10분 안에 주변이 깜깜해질 가능성은 희박했다.

어떻게 할까.

문득 봉지 안에 가리가리쿤 아이스크림이 있다는 사실이 떠올랐다. 빨리 가지 않으면 녹는다. 타치바나는 충동적으로 페달을 밟았다. 낮은 경사로를 천천히 오를 때 타치바나는 생각에 잠겼다.

근래 무서운 일이 벌어지고 있다. 같은 패거리였던 아키타와 고시로가 살해당하고 나서 나를 포함한 나머지 아이들은 쥐 죽은 듯 조용히 살고 있다. 학교 바깥에서 모이지도 않고, 교내에서 몰래 쪽지를 교환하지도 않는다. 특히 리더인 사나에가 무슨 생각이 있는 모양인데 나로선 알 수가 없다.

타치바나의 머릿속에서 좋지 못한 기억이 어룽지듯 주변을 물들이며 서서히 떠올랐다.

체육관 창고 안.

"뒈져!"

사나에가 타치바나를 넘어뜨리고는 허벅지를 연신 밟아 댄다. 사나에는 극도로 분노해서 발길질을 멈추지 않았다. 타치바나는 숨을 제대로 쉴 수가 없었다. 테니스부인 사나에의 다리 힘이 상상을 초월했기 때문이었다. 겉으로 보았을 때, 사나에는 근육이 그리 많아 보이지 않는 마른 체형이기에 타치바나는 더욱 놀랐다. 사나에는 분이 안 풀렸는지 지포 라이터를 켜서 타치바나의 머리칼에 가져다 댄다. 사나에가 이토록 화난 이유는 타카초를 건드리지 말라고 일러 둔 지 이틀밖에 지나지 않았는데 타치바나가 타카초를 건드려 버린 탓이었다.

"미안해."

끔찍이 아끼는 금발 머리칼이 망가져서는 안 된다는 생각에 타치바나는 필사적으로 빌었다. 그제야 사나에는 라이터를 닫고 타치바나의 안면에 툭 던져 버리고는 바깥으로 나갔다. 밖을 지키고 있던 모리구치 준지가 창고로 들어와서 넋이 나가 있는 타치바나를 일으켜 세웠다.

"괜찮아?"

모리구치가 물었다.

"응, 괜찮아."

타치바나의 목소리가 갈라졌다. 그때 그녀의 코에서 피가 수룩 흘렀다.

"야, 너 코피."

모리구치가 놀란 기색이 역력한 어조로 말했다.

"응?"

그녀는 손으로 인중을 한 번 닦았다. 손에 묻은 피를 확인하고는 서둘러 발걸음을 옮겼다.

"같이 가."

모리구치가 천천히 움직였다.

"따라오지 마!"

창고 안에서 타치바나는 그에게 소리쳤다. 불호령 같은 목소리에 모리구치의 몸이 굳었다.

"들키면 안 되잖아."

타치바나는 그럴 의도가 아니었다는 표정으로 뒤돌아서 조심스럽게 말했다. 그녀의 눈과 목소리에 사나에에 대한 공포가 서려 있었다. 사나에를 중심으로 패거리가 있다는 사실이 소문나기라도 한다면 그땐 정말 죽을지도 몰랐다. 타치바나는 그게 무척이나 두려웠다. 게다가 이시다 가의 재력과 높은 지위, 부패 경찰과 폭력단 세력까지 연줄이 닿아 있다는 사실 등을 깨달은 이후부턴 사나에의 말을 따를 수밖에 없었다. 어차피 사나에의 만행이 알려진다고 하더라도 어딘가에서 입막음 당할 것이 뻔했다.

그러나 타치바나는 무척이나 억울했다. 타카초를 건드렸다고 한 것도 고작 실수로 물통을 쏟은 것뿐이었다. 그 광경을 사나에가 목격하고, 타치바나를 개 패듯 패 버린 것이었다.

타치바나는 이제 무리에서 나가고 싶었다. 하지만 그건 불가능하다. 이시다 사나에의 패거리에 한번 속하면 빠져나갈 수 없다. 타치바나는 그 선례를 알고 있었다. 고시로 타키와 아키타 카즈미, 그리고 소노다까지 그 세 사람은 사나에로부터 벗어나려고 했던 인물들이다. 그런데 어느 순간 그 세 사람, 완전히 맞이 가 버렸다. 나중에 알게 된 사실은 세 명 다 각성제에 중독이 되었다는 것이었다. 타치바나는 그 세 사람이 그럴 사람이 아니라고 생각했다.

타치바나는 그때 알아차렸다. 이시다 사나에가 미리 손써 둔 것이란 걸 말이다. 술이나 음료 안에 각성제를 녹인 다음 먹였을 게 틀림없었다. 그리고 상대방이 중독 상태에 이르면 패거리를 빠져나가지 못하게 만든다.

어떻게?

각성제 복용 사실을 이용한 협박으로.

타치바나는 만약 자신이 무리를 이탈하려는 모습을 보이기라도 한다면 자신도 언젠가 중독자가 되어 버릴지 모른다고 생각했다. 매일매일 모든 음식을 의심하며 사는 일상, 사나에의 복수를 두려워하는 일상은 끔찍했다. 이 때문에 타치바나는 쓰타바라로부터 가장 멀리 떨어진 대학에 진학하리라고 마음먹었다.

그건 그렇고, 과연 타카초, 아키타, 고시로를 죽인 범인은 누구일까? 범인이 잡히지 않을수록 패거리 아이들의 두려움은 점점 커지리라. CCTV가 거의 없다시피 한 이 마을은 너무 위험하다. 그렇지만 이게 타카초의 영혼이 저지르는 복수나 저주가 아니라면 난 죽지 않는다. 줄곧 의심하고 있는 겐모토가 사건의 범인일까? 아니, 만약 겐모토가 눈앞에 나타난다고 해도 오른쪽 루즈 삭스 안에 들어 있는 커터 칼로 찌르면 된다.

어쩌면 사이코패스 같은 사나에가 범인인 게 아닐까. 하지만 타치바나는 곧 생각을 멈췄다. 우리 속의 양들이 빠져나가지 않도록 가장 힘쓰고 있던 주인은 이시다 사나에다. 주인이 뭣 하러 키우던 양들을 도축해 버리겠는가? 우리 바깥에 늑대가 서성인다고 할지라도 주인은 위험 요소인 늑대를 제거하려 하지 위험 요소를 불러내는 양 자체를 없애 버리려 하진 않으리라.

타치바나는 온 신경을 집중하면서 동산을 올랐다. 과연 정상이라 하기도 부끄러울 정도로 야트막한 동산의 중간 지점에 도달할 때까지도 다행히 인기척은 없었다. 그때 어디선가 고양이의 울음소리가 들렸다. 그녀의 입에서 미소가 새어 나왔다. 언제나 그녀의 가방 속엔 고양이 간식이 들어 있다. 길고양이를 만나면 항상 멈춰 선다. 간식을 주지 않고는 못 배기는 성격이라 손이 제멋대로 움직였다.

'고양이가 산속에도 있나.'

그녀는 그렇게 생각하면서 자전거를 세워 두고 수풀로 다가갔다. 고양이의 울음소리가 점점 가까워진다.

"야옹아."

타치바나가 수풀을 열면서 말했다. 그러나 수풀 속에 있는 건 작은 녹음 기기였다. 저도 모르게 입에서 외마디가 흘러나왔다.

"에?"

그 순간이었다. 불현듯 숨이 잘 쉬어지지 않았다. 누군가가 뒤에서 손수건 같은 것으로 입과 코를 꽉 틀어막았다. 싸한 냄새가 코를 찌른다.

타치바나는 필사적으로 저항했다. 하지만 움직일 수 없다. 이내 숨이 막혀 와서 시야가 핑 돌았다. 눈앞이 빠른 속도로 암전되기 시작한다. 커터 칼을 꺼내고 싶지만 몸을 숙일 수 없다. 팔이 닿지도 않는다. 그녀는 허공에 팔다리를 휘휘 저으며 발버둥 칠 뿐이었다.

누구일까. 겐모토 다이치?

그 변태 점원?

큰일이다.

이대로면 틀림없이 죽는다. 타치바나는 아등바등하면서 있는 힘껏 비명을 내질렀다. 그러나 그 비명은 타치바나의 몸속만을 휘젓고 다닐 뿐이었다.

눈앞이 더 빠른 속도로 어두워진다. 폐가 저리다. 곧 세상의 조명이 꺼졌다.

타치바나가 눈을 떴을 때, 하늘은 어둑했다.

죽은 걸까? 손을 쥐었다가 펴며 감각의 존재 여부를 파악한다. 자리에서 일어나자 눈앞에 쓰러져 있는 자전거가 보였다.

살았다.

그녀는 서둘러 휴대폰으로 시간을 확인했다. 오후 6시가 다 되어 있었지만 동산을 오르고는 30분도 채 지나지 않은 시간이었다. 부재중 전화 1통과 메시지 1건이 와 있었다. 발신인은 모두 엄마였다.

오늘 늦을 것 같아. 미안해. 밥해 두었으니 집 도착하면 먹으렴. 과자는 나중에 먹고! 그리고 메시지 확인하면 전화 좀 줘.

메시지를 확인한 다음, 자리에서 일어나 엉덩이를 털었다. 그때 녹음 기기가 생각나서 뒤로 돌아 수풀을 열었다. 녹음 기기는 온데간데없이 사라졌다. 아니, 애초에 내가 본 게 현실이긴 한 걸까? 내 몸 어디에도 흔적 같은 건 남아 있지 않잖아. 타치바나는 그렇게 생각하면서 자전거를 일으켜 세웠다. 그리고 땅에 엎어진 감자칩과 소다, 다 녹아 물컹물컹해진 가리가리쿤을 봉투 안에 주워 담았다.

무서운 감각을 느낄 새도 없이 동산을 빠져나왔다. 비몽사몽인 감각이 현실감을 무너지게 만든 탓이었다. 그래서인지 두려운 감정이 전혀 느껴지지 않았다. 주변에 몇 사람이 지나간다. 움직이는 차량도 있다. 역시 현실이다.

집에 도착한 시각은 오후 6시 9분이었다. 타치바나는 화장실에서 입을 헹군 다음, 부엌 식탁에 올려진 밥과 반찬을 무시하고 방으로 들어갔다. 그러곤 과자 봉지를 열었다. 참, 가리가리쿤. 문득 생각이 나 다 녹은 아이스크림을 냉동고에 넣었다. 부엌의 수저통에서 젓가락 한 쌍을 꺼냈다.

다시 방으로 돌아와 만화책을 골랐다. 얼마 전 대여한 토보소 야나의 『흑집사』가 유독 눈에 들어온다. 그것을 꺼낸 다음 책상 앞에 앉았다. 바닥에 떨어진 쿠션을 무릎에 얹었다. 과자 봉지를 열고 젓가락을 사용해 과자를 입에 넣었다. 아무 생각 없이 과자를 씹자 돌연 입 안에서 위화감이 활개 쳤다. 소금 맛 감자칩에서 어째서인지 아몬드 맛이 난다. 정확히 말하자면 아몬드 향이랄까? 더군다나 너무 눅눅했다. 마치 감자칩을 물에 담갔다 뺀 것만 같았다. 그녀는 곧장 감자칩의 유통 기한을 확인했다. 다행히 유통 기한은 지나지 않았다.

타치바나는 자신의 혀가 이상한 걸까 싶어 소다로 입을 헹구었다. 그러곤 다시 과자를 입에 넣으면서 만화책을 펼쳤다. 아니, 역시나 이상하다. 대략 세 개 정도를 더 먹어 본다. 기묘하게도 모두 아몬드 특유의 맛이 난다.

갑자기 타치바나가 만화책을 덮는다. 그리고 고개를 갸웃한다. 숨을 쉬기가 힘들어진다. 흡사 누군가가 명치 위를 강하게 압박하고 있는 것 같다. 숨이 가빠 온다. 속이 메스꺼워진다.

자리에서 일어나 비틀거리는 걸음으로 부엌으로 향했다. 타치바나의 얼굴은 이미 새파랗게 질려 있었다. 물을 마시기 위해 입을 벌린 순간, 뒤로 쓰러지고 만다. 타치바나의 입에서 거품이 흘러나온다. 발작을 일으킨다. 곧 그녀의 심장 박동이 멈추었다.

오후 8시. 이시다 사나에와 하쿠바 긴조는 고무라 형사와 비밀스러운 만남을 가졌다. 그들이 만난 장소는 고무라 형사의 차 안이었다.

"일단 우리가 아는 건 이 정도야."

고무라가 뒷좌석으로 서류봉투를 건넸다. 그 속엔 사건 기록부의 복사본이 담겨 있었다.

"와, 역시 형사님이네요."

하쿠바가 봉투에서 종이 다발을 꺼내 훑어보았다. 안경이 불편한지 눈을 게슴츠레 뜬다.

"이걸로 사이토 형사 건은 없던 걸로 해 줘. 나도 내키지는 않지만……."

고무라가 뒷좌석을 향해 내뱉었다. 사나에는 대답하지 않고 소리 없이 웃었다.

"근데 말이야, 나한테 영상을 보여 준 이유 말이지. 타카초를 죽인 범인이 그 불량 학생들일 가능성이 있다고 생각해서 보여 준 건가?"

고무라가 물었다.

"그럴 수도 있죠."

사나에는 모르겠다는 표정을 지었다.

"아! 여기 있네."

몰래 안경을 벗고 서류를 뒤지던 하쿠바가 기쁘게 웃었다. 고무라와 사나에가 그를 동시에 쳐다보자 하쿠바는 "외상 자국 진짜 있네."라고 감탄하며 사나에에게 서류를 건넸다.

사나에는 서류를 보고 미소 지었다. 다음 장으로 넘기니 타카초 유리에의 시신 사진이 나타났다. 거멓게 변해 버린 시신은 투사형 자세를 취한 채 흰 천 위에 놓여 있었다. 대개 불탄 시신이 투사형 자세를 취하고 있는 것은 열 강직 현상 때문이다. 사나에는 인간이 아니게 되어 버린 유리에를 바라보며 뭐라 형언할 수 없는 감정에 사로잡혔다. 왜인지 가슴 깊은 곳이 아려 왔다. 그곳에 상상할 수 없을 만큼 거대한 구멍이 생긴 것 같았다. 낯선 감정의 등장에 이인감이 일었다.

"범인은 둔기로 타카초의 후두부를 가격해 기절시킨 다음, 등유를 집 안 전체에 두르고 방화한 모양이야. 폐에서 그을음이 검출되었으니 점화 이후에도 살아 있었다고 봐야지. 죽은 사람은 호흡이 불가하니 폐에서 그을음이 검출될 일이 없으니까. 사망 원인의 경우엔 역시 질식사인 것 같고. 일단 둔기에 대해서로 넘어가지. 후두부의 선상 골절, 그러니까 옅고 긴 금의 형태로 보았을 때 평평한 것에 의해 금이 간 것 같아. 이를테면 방망이의 평평한 부분을 떠올리기 쉽지. 하지만 함몰된 것은 아니니 뭐가 되었든 강한 힘으로 얻어맞은 건 아닐 거야."

고무라가 다시 팔짱을 꼈다.

"그렇군요."

하쿠바는 고개를 끄덕거린다.

"사체 자체가 워낙 심하게 탄화돼서 말이지. 만약 사체가 이상한 곳에서 발견되었더라면 신원을 확인하는 데 꽤 애먹었을 거야. 탄화 정도가 심해서 아마도 범인이 가장 먼저 불을 붙인 곳은 타카초의 몸이 아니었을까 유추하고 있지. 그리고 연소 패턴을 분석했을 때, 가장 많이 탄 부분은 역시 타카초 유리에의 방이 자리한 2층이더라고. 그러니 화재가 시작된 지점은 역시 타카초의 몸이나 그녀의 방일 거야."

"그밖에 다른 흔적은 없었나요?"

하쿠바가 안경을 다시 착용한다.

"등유가 타카초의 체내에 흡수되었던 흔적이 발견된 것 말고는 없어. 그런데 우리 경찰 측에선 조금 다른 여론이 형성되고 있더군."

"어떤?"

하쿠바가 상체를 내밀었다.

"이 정도로 흔적이 없다면 정말 자살이 아니었을까 하는 여론이 있어. 아키타와 고시로 같은 경우엔 타살의 흔적이 확실히 남아 있는 데에 반해 타카초의 경우엔 그렇지 않으니까."

"그게 무슨 말이에요?"

이해되지 않는다는 표정으로 묻는 하쿠바. 이어서 그는 "후두부에 금이 간 걸 발견했잖아요?"라고 덧붙였다.

"금 자국을 보고 우리 쪽이 떠올린 둔기는 방망이나 각목이었어. 그런 평평한 걸로 가격당해 길고 얕은 금이 생긴 것 같다고 생각했지. 하지만 다른 가능성은 분명 열려 있어. 일테면 책상 상판의 긴 모서리나 목조 책상의 다리의 경우, 각목과 엇비슷한 모양일 수 있지. 그러한 곳에 강하게 부딪혀도 선상 골절은 충분히 발생할 수 있어. 불가능한 이야기는 아니야.

만약 그녀가 스스로 목숨을 끊었다면 말이지. 이 선상 골절은 이렇게도 설명할 수 있어. 큰맘 먹고 직접 몸에 불을 붙였다고 해도 몸이 불타는 고통을 견딘다는 건 불가능에 가까울 테지. 인간이 느끼는 고통 중 가장 큰 고통이 작열통이란 말, 들어 본 적 있지? ······아무튼 여기서 타카초는 통증을 조절하기 위해 필사적으로 머리를 부딪혔을 수도 있어. 만약 그녀가 바닥에 누워 있었다면, 아마도 고통을 견디지 못하고 책상 다리 쪽을 향해 뒤통수를 들이받았을 가능성도 있어. 강한 충격으로 몸을 뒤덮은 작열감을 없애려는 본능적인 행위였겠지. 이게 아니더라도 다른 요인은 충분히 있을 수 있어. 작열통처럼 극심한 통증은 신경계를 끝없이 자극하고, 과잉 흥분 상태로 전환되도록 돋구지. 문제는 이때 뇌에서 이상한 일이 발생할 수도 있다는 거야. 통증을 조절하는 영역과 감각을 인식하는 영역이 오류를 일으킬 수 있고, 이런 오류는 머리를 부딪치는 충격적인 행동을 통해 통증 신호를 억제하려는 반응으로 이어질 수 있어. 또한 강한 물리적 자극을 통해 분비되는 엔돌핀……."

고무라는 잠시 말을 멈췄다. 뭐라는지 모르겠다는 표정인 하쿠바가 고개를 갸웃거렸다. 이에 고무라는 일순 생각을 정리한 다음, 말을 이어 나갔다.

"엔돌핀은 쉽게 말해 뇌와 뇌하수체에서 분비되어 고통을 완화하는 물질이야. 천연 마약이라고도 불리지. 타카초의 뇌는 본능적으로 이 엔돌핀을 이용해 고통을 멈추려 했을 수도 있어. 물론 머리를 부딪치는 것 가지고는 엔돌핀이 극소량 분비되거나 거의 분비되지 않을 테지만. 극심한 통증 속에서는 자기 보호 본능이 억제되기 때문에 고통을 멈추기 위해서라면 무슨 짓이든 해 버리기 마련이지. 그러니 머리를 일부러 들이받았다고 해도 이상하진 않아. 아니면 정말 단순히…… 간절히 정신을 잃고 싶어서 일부러 머리를 부딪쳤을 수도 있고. 끔찍한 이야기지만, 만약 그렇게라도 해서 타카초 유리에가 기절할 수 있었다면 불행 중 행운인 거지. 그런 행위를 하지 않아도 어차피 많은 양의 연기를 들이마셔서 금세 의식을 잃었을 테지만. 물론 정확한 건 아직 몰라. 단순한 선상 골절만 남았으니, 우리도 제대로 파악할 수가 없다는 거야. 가능성은 열려 있어. 화재로 인해 물건들이 파괴되면서 시체에 손상을 줬을 수도 있지."

"아뇨, 타카초는 절대 자살했을 리 없어요."

사나에가 발끈했다.

"왜 그렇게 생각하는 거지?"

고무라가 사나에를 바라봤다.

"약속했어요. 나쁜 선택은 절대 하지 않기로요."

그 말에 고무라가 비웃었다.

"그래? 타카초 유리에는 각성제에도 손댄 불량 학생인데도 믿는 거야?"

고무라가 그렇게 말하자 하쿠바는 당황했다. 사나에 또한 화들짝 놀란다. 타카초 유리에의 각성제 복용 사실은 실로 처음 듣는 이야기였다. 아마 사나에 자신이 들고 있는 사건 기록부 안에도 적혀 있으리라. 경찰 측은 매스컴을 잘 피해 각성제 복용 사실을 숨기고 있던 것이다.

물론 사나에도 하쿠바처럼 당황스럽긴 마찬가지였다. 자신은 유리에에게 각성제를 준 적도, 판 적도 없었으니까.

"각성제? 그럴 리가……."

사나에는 눈을 휘둥그레 뜨며 말했다. 굉장한 포커페이스다. 그렇게 생각한 하쿠바는 사나에를 쳐다보며 할 말을 잃었다.

"안타깝지만, 이게 현실이야. ……약속이라니, 웃기지도 않는군. 이봐, 약속은 지키지 못할 때도 있는 거야. 상황을 봐 가면서 생각해. 타카초는 너의 말만 맹신하고 믿는 개가 아니잖아. 애초에 그렇게 말해 놓고 지켜 주지도 못했으면서."

무심코 내뱉은 말에 고무라 자신도 놀랐다. 이미 늦었지만, 뱉은 말을 도로 주워 담고 싶었다. 사나에는 그 말을 듣고는 고개를 푹 숙였다. 하쿠바도 놀랐는지 입을 떡 벌리고 있었다.

"저기, 방금 한 말은……."

고무라는 상황을 수습하려는 듯 안절부절못하면서 말을 걸었다.

"그건 경찰인 너도 마찬가지잖아!"

사나에가 노여움을 얹어 소리 질렀다. 사나에의 눈시울이 붉어져 있었다. 이내 그녀는 고무라가 앉아 있는 운전석을 발로 세게 찬 뒤 밖으로 나갔다.

"고무라 씨, 너무하시네요. 그래도 이건 감사합니다. 다음 것도 잘 부탁해요."

하쿠바가 서류 봉투를 흔들면서 고무라의 어깨를 툭툭 두드렸다. 그 순간, 고무라의 휴대폰이 울렸다.

하쿠바는 차에서 내리자마자 사나에가 서 있는 쪽으로 걸어갔다. 주변은 이미 어두웠지만 사나에가 울지 않고 있다는 사실쯤은 금방 알아차릴 수 있었다.

"무섭네, 너."

하쿠바가 나지막이 말했다. 사나에는 아무렇지 않다는 표정으로 그를 쳐다보았다.

"타카초한테 각성제 팔았어?"

사나에를 나무랄 듯한 표정으로 묻는 하쿠바. 이에 사나에는 고개를 내젓는다.

"전혀. 근데 생각났어. 그 애, 내 각성제를 훔쳤나 봐."

"훔치다니?"

"최근은 아닐 텐데. 언젠가 각성제를 담아 놓은 비닐 팩 한 개가 사라진 적이 있었어. 역시 그거인 것 같네."

"그래? 참, 타카초가 정말 자살한 거면 어떡해?"

하쿠바가 물었다.

"그럴 수도 있지. 그런데 내 생각은 조금 달라."

하쿠바는 그리 말하는 사나에를 이해할 수 없었다.

"왜지?"

"그새 까먹은 거야? 내가 전에도 말했잖아. 타카초가 죽기 한 달 전부터 폭력은 없었다고."

"아."

하쿠바는 이제야 깨달았다는 듯이 입을 동그랗게 벌리고 고개를 끄덕거렸다.

"폭력에 시달리던 때 죽었다면 모를까, 학교 폭력이 멈추고 자살했다는 건 이상하지 않아?"

"그렇군."

일리 있는 말이었다. 폭력으로 인한 후유증이 아니라면 폭력에서 벗어난 후 스스로 목숨을 끊는 건, 조금 이상한 부분이 있다.

"그것뿐만이 아니야. 불이 최초로 점화된 곳이 유리에의 몸이나 그녀의 방인 건, 범인의 장치라는 생각이 들어."

"어째서?"

"등유는 휘발유보다 연소 속도가 느려. 그러니 훨씬 늦게 불이 이동하지. 그렇지만 연소력이 심히 떨어지는 건 아니야. 타카초가 같은 목조 주택에 등유와 불이 합쳐지면 전소는 보장된 엔딩이지. 범인은 타카초 유리에의 죽음을 자살로 위장하기 위해 그녀의 몸에 성냥을 던졌고, 재빨리 바깥으로 빠져나온 게 아닐까? 휘발유의 경우엔 증기만으로도 점화가 되니 자살 행위나 다름없을 테지만, 불과 직접 맞닿아야 점화가 시작되는 등유라면 아주 이해할 수 없는 행위는 아니야. 그렇다고 불이 거북이처럼 이동하는 건 아니지만. 내 말은 '휘발유에 비해'라는 거지. 그러고는 타카초 가 옆에 있는 산속으로 도망쳤을 수도 있고."

"시바마타 여대생 살인 사건이 생각나네."

"맹신하지는 마, 나도 사람이니까. 실수는 해."

두 사람이 동시에 고개를 돌리자, 저 멀리 통화 중인 고무라가 보였다.

"네? 또? 금방 가겠습니다."

고무라가 황급히 전화를 끊었다. 언제부터일까. 바로 옆에서 사나에와 하쿠바가 대화 내용을 엿듣고 있었다.

"살인 사건?"

하쿠바가 그에게 얼굴을 가까이 들이밀면서 물었다. 이에 고무라는 대답하지 않고 차에 탑승하려 했다. 그러자 하쿠바가 그를 막아서며 비웃었다. 그러곤 어깨를 잡았다.

"사이토 씨요, 사이토 씨. 원조 교제 알죠? 방금 그거 살인 사건 전화 맞아요?"

하쿠바는 고무라를 협박하고 있다. 고무라는 동료 경찰의 인생을 지키기 위해 정보를 넘겼다. 그럼에도 이는 중대한 범죄에 해당하므로 그냥 이 자리를 떠나 버린다면 사이토와 함께 매스컴에 부패 경찰로 소개될지도 몰랐다.

하는 수 없이 고무라는 고개를 끄덕거리고 차에 탑승했다. 그런데 하쿠바와 사나에도 따라 타는 것이 아니겠는가?

"뭐 하는 거야? 빨리 내려."

고무라는 벨트를 매다 말고 뒷좌석으로 몸을 돌렸다. 하지만 하쿠바와 사나에는 전혀 내릴 생각이 없어 보였다. 사나에는 창밖을 바라보고 있을 뿐이었고, 하쿠바는 배시시 웃고 있었다. 서둘러 현장으로 가야 하는 마당에 두 사람이 무슨 짓을 벌일지 모른다는 불안감까지 겹쳤다. 이에 고무라는 머리가 복잡해져서 될 대로 되라는 식으로 액셀을 밟았다.

"제발 부탁하겠는데, 도착해서도 차 안에 얌전히 있어라."

고무라가 사거리를 지나친 다음, 1차선 도로에 들어섰을 무렵 말했다. 뒷좌석에서 돌아오는 대답은 없었다.

　"참, 너희가 준 사진 말인데. 그 여자, 이지메 영상 속에 있던 학생이던데? 금발 머리 말이야. 도대체 영상이랑 사진의 의미가 뭐지? 원조 교제 말고는 무슨 의미가 더 있다는 거야?"

　"조금만 기다려 봐요. 금방 알게 될 수도 있으니까요."

　하쿠바의 장난기 가득한 목소리가 앞좌석으로 넘어왔다. 고무라는 그가 하는 말의 의미를 전혀 파악할 수 없었다. 그래서인지 한숨만 새어 나왔다.

　세 사람이 사건 현장에 도착한 시간은 오후 8시 48분. 고무라는 시신을 확인하고는 화들짝 놀랐다. 왜냐하면 그 시신은 하쿠바와 사나에가 건넨 사진 속 소녀이자 영상 속 가해 학생, 타치바나 히마리였기 때문이었다.

1

2022년 11월 26일 (1)

요요기역 근처, 종합 병원의 한 병실 안.
"괜찮아?"
미사키가 걱정스러운 표정으로 누군가에게 물었다. 그러나 그 물음은 눈앞에 자리한 여성의 등에 닿지도 못하고, 소멸했다. 여성은 미사키의 목소리가 들리지 않는지 창밖에 펼쳐져 있는 광활한 하늘을 하염없이 바라보고 있을 뿐이었다.

잠시 뒤, 여성이 뒤돌았다. 여성은 오른쪽 눈에 의료용 안대를 착용하고 있었다. 딱 어깨까지 닿는 중단발의 금발 머리카락. 전체적으로 성숙한 외모인 그녀는 동급생 야시로 마이였다.

마이는 대답 대신 짧게 미소를 지었다. 그 미소 속에 수많은 감정이 담겨 있었다. 일가족 참극에서 혼자 살아남은 마이는 도대체 뭐가 어떻게 된 건지, 무슨 일이 벌어진 건지 짐작도 할 수 없었고, 마냥 혼란스럽기만 했다. 꼭 꿈을 꾸고 있는 것만 같았다. 오른쪽 눈이 완전히 안 보이는 건 아니지만 실명과 다를 바가 없다는 의사의 말을 들었을 때도, 엄마와 아빠, 슈토가 전부 기괴한 몰골로 사망했다고 들었을 때도 그저 꿈결의 환청처럼 들렸을 뿐이었다.

애초에…… 나만 살아남은 이유가 뭘까. 그녀는 궁금했다. 최후의 의식은 액자를 창밖으로 내던진 뒤 바닥에 주저앉아 긴급 전화를 건 순간, 툭 끊겼다. 마이는 계속해서 숨어 있는 기억을 찾아내려 노력했다.

"궁금해?"

마이의 입에서 나지막이 흘러나온 말이었다. 미사키는 마이의 알 수 없는 물음에 당황했다.

"응?"

"너, 뭔가 알고 있지?"

마이가 미사키를 노려본다. 그 눈빛 속에 형언할 수 없이 강렬한 분노가 깃들어 있었다.

"무슨 말 하는 건지 잘 모르겠어."

미사키는 어색하게 웃으면서 고개를 갸웃했다.

"나 말야. 그때, 봤어."

"그때?"

마이가 무슨 얘기를 하려는 걸까.

"네가 창고 쪽으로 간 날. 그다음 날, 와타나베가 그곳에서 죽은 채로 발견됐잖아."

미사키는 더럭 겁이 났다. 마이가 뭔갈 단단히 오해하고 있는 것 같았다. 한편 마이 쪽은 미사키가 뭔갈 알고 있으면서 짐짓 모른 척하고 있다는 생각에 사로잡혀 있었다. 어쩌면 미사키가 범행과 연관이 있을지도 모른다고.

"아니…… 그건……."

미사키가 말끝을 흐리자 의심의 골은 더 깊어져만 갔다.

"몰래 미행해서 미안해. 보지 말 걸 그랬나 봐."

마이가 고개를 돌리곤 다시 창밖을 바라본다. 그런 그녀의 모습은 미사키에 대해 모든 신뢰를 잃어버린 것처럼 보였다. 어쩐지 관계를 잇는 사슬을 힘껏 부숴 버린 것만 같았다.

미사키는 마이와의 관계에 불신이라는 불청객이 찾아오지 않도록 사실을 말하고 싶어 미칠 지경이었다. 하지만 비과학적인 이야기를 해서 믿을 것 같지도 않고, 자신의 비밀을 초현사 직원이 아닌 다른 누군가에게 말하는 것 역시 위험하고 무책임한 짓이라는 생각이 들었다.

"저기…… 뭔가가…… 있었지, 마이의 집에?"

미사키는 조심히 물었다. 잠자코 있어 봤자 아무런 도움이 되지 않는다. 일단 또 다른 피해자가 나오지 않게 마이에게서 정보를 얻어내야 한다. 그녀의 물음에 등을 보이고 있는 마이가 멈칫했다. 어렴풋이 손이 떨리는 게 보였다.

"그보다…… 혹시 그림을 봤어?"

미사키가 덧붙였다. 마이의 눈이 휘둥그레졌다. 마이는 다시 뒤돌았다. 그리고 혼란 속에서 물음을 내던졌다.

"그걸 어떻게……?"

마이의 목소리가 떨린다. 호러 소설에 나올 법한 이야기가 펼쳐지고 있다고 마이는 생각했다.

반면 미사키는 마이가 그 참극 속에서 어떻게 살아남을 수 있었는지 알아내야만 했다. 분명 그 집에 같이 있었을 텐데 제로가 마이를 제외한 나머지 가족만을 살해한 이유는 뭘까.

"이야기해 줘, 마이한테 무슨 일이 있었는지."

미사키가 진지한 표정으로 말했다. 마이가 살아남은 방법을 알아낸다면 돌파구를 찾아낼 수 있을지도 모른다.

마이가 겪은 일에 대해 전부 듣고, 미사키는 병원을 빠져나왔

제5장 멜트다운 255

다. 뙤약볕을 받자 또다시 속이 울렁거렸다. 어디선가 기분 나쁜 악취가 말려들었다. 미사키 본인의 몸에서 나는 체취가 아님을 확인하곤 의아한 기분에 사로잡혔다. 고약한 악취는 바로 옆에서 자신을 지켜보는 무언가로부터 공연히 흘러나오고 있는 것 같았다.

미사키는 어느 프랜차이즈 카페에 들러 아메리카노를 주문한 다음, 2층의 창가 쪽에 자리를 잡고 앉았다. 한숨을 내쉬며 이마에 손을 얹었다. 아직 열이 나고 있었다. 본래 오늘은 초현사 사람들과 함께 쓰타바라시로 향할 계획이었다. 그러나 갑작스레 움직일 수 없을 정도로 몸 상태가 나빠지는 바람에 집에 있을 수밖에 없었다. 그런데 조금 놀랍게도 낮이 되자마자 몸은 가벼워졌다. 괴괴한 통증도 사라졌다. 그랬기에 마이의 병문안을 다녀올 수 있었던 것이다.

미사키는 스마트폰을 켜고 인터넷 기사를 읽기 시작했다.

지난 23일, 메구로구 B동의 C맨션에서 야시로 일가족 중 가장인 야시로 쇼고 씨를 포함 일부인 3명이 숨진 채 발견되었다. 이번 사건도 와타나베 가 사건처럼 시신 모두 내부 장기에 4도의 화상을 입은 것으로 확인되었다. 사망 원인은 3명 모두 심인성 쇼크이며, 외부인의 침입 흔적은 여전히 발견되지 않고 있다. 경찰은 두 일가의 연관성을 먼저 파악하고 있으나, 기상천외한 죽음에 곤혹을 면치 못하고 있는 것으로 예상된다.

경찰 측에 따르면 고전압 감전의 흔적은 무(無), 장기를 부식시키거나 열을 발생시키는 화학 물질도 무(無). 예측할 수 없는 기술의 나노 장치도 무(無). 피해자 모두 지금으로선 불가사의한 죽음에 해당.

독자 여러분은 아시겠는가? 논리적으로 불가능해 보이는 이 죽음이 과연 인간의 소행일까? 역시 이 사건들은 도시 전설인 자연 발화의 일환이리라. 열역학적으로 보았을 때, 자발적인 인체 연소는 불가능하다. 지금껏 여러 선례가 기록으로 남아 있지만, 인체 발화가 실존하는 현상이라는 걸 정확히 입증할 만한 증거는 여태껏 없었다.

그러나 일본에서 일어나고 있는 이 기묘한 사건들이야말로 불가사의한 발화 현상의 존재를 입증할 수 있는 확실한 증거가 되리라. 따라서 경찰이 범인을 잡는 것은 불가능에 가깝다. 이 인체 발화 현상은 인간이 헤아릴 수 없는 신의 지벌이자 무능한 인류에 대한 일종의 경고이기 때문이다.

기사 내용이 어딘가 이상하게 흘러가고 있음에도 몇 초 동안 미사키는 눈치채지 못했다.

'뭐야, 이거⋯⋯.'

아메리카노를 들고 다시 2층으로 올라올 때도 그녀의 시선은 오롯이 스마트폰 화면 속에 박혀 있었다. 이 때문에 중간에 한 발이 계단 턱에 걸려 넘어질 뻔했다.

그녀가 다시 창가 좌석으로 돌아와 착석했을 때였다. 전방에서 기묘한 파동이 일었다.

툭, 툭, 툭.

꼭 눈앞의 유리창을 누군가가 노크하는 것처럼 들렸다. 여긴 2층이니 그럴 일은 없겠지만. 미사키는 고개를 들었다. 하늘은 벌써 화산재에 뒤덮인 것처럼 어두워졌다.

'비가 온다고 했었나?'

날씨 기사를 찾아본다. 약 한 시간 전에 도쿄의 신주쿠를 중심으로 비가 내릴 것이라는 기사가 업로드되어 있었다. 곧바로 쓰타바라시의 날씨를 검색했다. 쓰타바라시 역시 집중 호우가 예상되어 있었다.

'괜찮을까……'

내심 언니가 걱정스러웠다. 스마트폰을 테이블에 뒤집어 놓고 창밖 풍경을 바라보았다. 신주쿠는 폭우의 그늘에 뒤덮여 가고 있었다. 그러거나 말거나 미사키는 잠시 생각을 정리하기로 했다.

가장 먼저 해야 했던 건, 괴조도의 위치를 파악하는 것이었다. 이것은 역시 아사히로 씨 쪽이 한발 빨랐다. 그가 이미 경찰 측에 부탁해 두었는데, 아직 그림을 찾았다는 연락은 오지 않았다고 한다. 그렇다는 건, 분명히 누군가가 가져갔다는 이야기일 텐데. 액자가 스스로 움직이는 게 아니라면 말이다. 그 상황은 결국 또 다른 피해자의 발생으로 귀결된다.

다음은 마이가 살아남은 방법이다. 이야기를 들어 보니 특별히 마이가 한 일이라곤 그저 액자를 바깥으로 내던진 것뿐이었다. 마이는 괴조도 속에서 제로가 기어 나오는 것을 목격했다고 했다. 그 말인즉 나처럼 영시를 가진 사람이 아니어도 괴조도를 목격한 사람이라면 제로를 볼 수 있다는 것이다. 만약 그게 아니라면 마이 또한 영적 능력을 지녔음을 유추해 볼 수 있다. 그래서 제로가 그녀를 피해 갔는지도 모른다.

시간 순서대로 벌어진 일을 정리하면 한 가지 질문을 떠올릴 수 있다.

'괴조도의 위치에 따라 제로의 행동반경이 제한되는 걸까?'

제로가 마이를 지나친 다음 향한 곳은 부모님의 방. 그다음, 동생인 슈토가 부모님의 방에 들어갔다. 아무래도 그 세 사람은 이때 제로에게 당했을 가능성이 높다. 그런 다음, 정신을 차린 마이가 액자를 벽에서 떼어내어 바깥으로 내던졌다. 그리하여 마이만 생존했다……일까? 아니면 액자가 낙하 충격으로 부서졌기 때문일까? 그렇다기엔 작은 잔해조차 발견되지 않았다. 아마 경찰 측은 쓰레기장도 뒤져 봤겠지.

아니, 애당초 액자와의 거리로 제로의 행동반경이 제한된다는 것은 말이 되지 않는다. 와타나베와 요리카와의 경우를 생각해 보면 '거리'라는 키워드는 문제 삼을 건더기가 되지 못한다.

미사키의 머리가 아려 왔다.

'도대체 뭘까⋯⋯.'

그녀는 자기도 모르게 턱을 괴고 있었다. 그러다 정신을 차렸을 때, 창밖엔 묘한 풍경이 펼쳐져 있었다. 시야의 저편, 상공에서 알 수 없는 회색 덩어리가 둥둥 떠다니고 있었다. 쏟아지는 비 때문에 그것이 뭔지 제대로 파악할 수 없어서 미사키는 눈을 게슴츠레 떴다. 기묘한 움직임이다. 그녀는 본능적으로 의자를 뒤로 뺐다. 왜인지는 모른다. 그래야만 할 것 같았다. 잠시 후, 회색 덩어리가 여러 갈래로 갈라졌다. 그러곤 더 넓게 퍼졌다.

'가까워진다.'

회색 덩어리의 군집이 순식간에 시야를 가로막았다. 뭔가가 2층 유리창으로 날아들고 있는 게 틀림없었다. 그것이 코앞까지 다가온 순간, 미사키는 곧바로 테이블 밑으로 들어가 몸을 숨겼다.

유리창이 충격을 버티지 못하고 박살 나는 소리가 매장 내에 울려 퍼졌다. 회색 덩어리가 매장 안까지 들어와서는 하나둘씩 바닥에 처박힌다. 유리 파편 속에서 회색 덩어리들이 뒹굴었다.

여기저기서 손님의 비명이 들렸다. 곧바로 1층에 있던 직원들이 2층으로 올라온다. 한 여자 직원이 입을 틀어막는다. 다른 남자 직원은 테이블 아래 쭈그려 앉아 있는 미사키와 눈이 마주쳤다.

남자 직원의 눈이 요동치며 위로 향한다. 그의 눈이 향한 곳은 유리창이었다. 없다. 유리창이 없다. 완전히 뚫려 있었다. 그것도 미사키의 머리 위에 있는 유리창만이 산산조각 나 있었다.

회색 덩어리들은 여전히 바닥에서 꿈틀거리고 있었다. 놀랍게도 그 회색 덩어리들은 비둘기 떼였다. 미사키의 심장 박동이 놀라울 정도로 빨라졌다. 동시에 머릿속에선 경고음이 울려 퍼지고 있었다. 설마 저것들 폭발할까? 아사히로의 차량을 덮친 까마귀 떼처럼 폭발한다면 가까이 있는 누군가가 다칠지도 모른다.

곧 비둘기들은 완전히 정신을 잃었고, 움직임을 멈추었다. 적요의 공기 속에 엄청난 빗소리가 스며들었다. 그녀는 아무런 일도 일어나지 않길 염원했다.

그때였다. 갑작스레 1층에서 비명이 울려 퍼졌다. 미사키는 테이블 밑에서 빠져나온 다음, 계단이 있는 쪽으로 달려갔다. 어렴풋이 아래층 직원들의 목소리가 들렸다. 다음 순간, 번개의 섬광이 신주쿠를 뒤덮었다.

"화재입니다!"

그 말을 증명하기라도 하듯 소량의 연기가 계단을 타고 스멀스멀 올라왔다. 하지만 미사키는 계단 앞에 선 상태로 좀처럼 움직일 수 없었다.

화재 사실을 알아차린 손님들이 하나둘씩 매장을 빠져나가기 시작했다. 천둥소리와 함께 화재 사실을 깨달은 2층의 손님들도 혼비백산하여 계단 앞에 서 있는 미사키의 몸을 마구 밀치면서

1층으로 내려간다.

"빨리요."

보다 못한 한 남성이 미사키의 팔을 잡고 강제로 끌어 내렸다. 그녀는 그제야 정신을 차렸다는 듯이 "죄송합니다."라고 말하면서 서둘러 매장을 빠져나왔다.

건물이 무너질 우려가 있었기에 손님 대부분은 매장이 보이지 않는 곳으로 완전히 도망쳤지만, 몇몇은 매장으로부터 최대한 멀리 떨어진 곳에서 상황을 지켜보았다. 비둘기 떼에 의해 부서진 창가 뒤에서 불꽃이 흔들렸다. 1층에서 시작된 불길이 2층까지 도달한 것이었다.

"어디서 시작된 건가요?"

미사키를 위험 속에서 구한 남성이 넋을 놓고 있는 남자 직원에게 물었다.

"어, 얼음 분쇄기에서 갑작스레 불이 났어요."

남자 직원이 그렇게 말하고 있는 사이 소방대원들이 도착했다. 건물은 엄청난 양의 연기를 내뿜고 있었다. 미사키는 인도에 우두커니 서서 진화 작업을 지켜보았다. 우산이 없어서 기분 나쁜 빗물이 머리칼과 몸에 연신 달라붙었다. 곧 온몸이 흠뻑 젖고 말았다. 빗물이 콧등과 뺨을 타고 흘러내렸다. 그녀는 머리를 한 번 쓸어 넘기고 기억을 되짚었다.

내가 계단을 내려갈 수 없었던 이유는…… 몸이 굳어 버린 이유는 무엇이었을까……?

다행히 금세 기억을 되찾을 수 있었다. 섬광이 가게 내부를 비췄을 때, 그녀는 틀림없이 뭔가를 보았다. 눈앞의 벽이 번쩍 빛나면서 그곳에 인영이 그려졌다. 위치로 보건대 조금 전 비둘기 떼에 의해 부서진 창가에 인영의 주인이 서 있던 게 분명하다. 박살 난 창가 가운데에 뭔가가 우두커니 서 있었다. 물론 그림자였으므로 그것이 미사키의 뒤통수를 쳐다보고 있었는지 바깥을 내다보고 있었는지는 모르지만. 다만, 그것이 빛을 통해 존재를 드러낸 순간, 미사키의 몸은 엄청난 무게의 살의에 뒤덮여 움직일 수 없었다는 사실만큼은 확실했다.

아직도 숯검정이 드리운 연기는 상공을 향해 머리를 치켜들고 상승하고 있었다. 그 모습은 꼭 연기가 살아 움직이는 것 같았다. 소름 끼치는 속도로 용오름 치는 저 연기 속에 제로가 숨어 있다. 미사키는 감각적으로 그러한 사실을 느꼈다.

연기가 점점 더 옆으로 퍼진다. 그런데 어딘가 이상했다. 연기의 윗머리가 돌연 왼쪽으로 꺾인다. 그러곤 목적지가 정해져 있는 것처럼 머리가 향한 방향으로 연기가 쭉 나아가기 시작했다.

미사키는 당혹스러웠다. 주위의 사람들은 이상함을 느끼지 못했다. 저렇게 기괴하게 뱀처럼 움직이는 연기를 보고도 의문을 품지 않는다. 즉, 저 연기의 움직임은 오로지 **미사키의 눈**에만 보이는 것이다.

잠시 뒤, 그녀는 또 다른 사실을 깨닫고, 소스라치게 놀랐다. 곧장 안면에 흐르는 빗물을 소매로 닦아 내고 어딘가로 미친 듯이 내달렸다.

저 연기…….

저 연기가…….

……을 향해 나아가고 있다.

마이가 있는 병원을 향해.

2

2022년 11월 26일 (2)

쓰타바라시로 향하는 국도에 들어서자마자 하늘은 잿빛으로 둔갑했다. 경차에 탑승해 있는 사람은 총 세 명으로 구성원은 아사히로 고헤이, 호시에 사토미, 하야세 시계루였다.

뒤틀린 잿빛 상공은 사토미의 걱정을 북돋웠다. 걱정하지 않기로, 일에 집중하기로 했지만, 뇌리엔 온통 미사키 걱정뿐이었다. 아사히로가 이를 눈치채기라도 한 듯 룸미러로 사토미를 바라보며 "괜찮을 거예요."라고 말했다.

"그렇겠죠?"

사토미는 창밖을 바라본다. 그때 눈앞에 물방울이 나타났다.

툭, 툭, 툭.

곧 창문 전면이 물방울에 뒤덮이기 시작했다. 아침에 확인했을 때는 분명 비가 온다는 예보가 없었는데. 빗줄기는 금세 장대가 되어 빗발쳤다. 하늘에 거대한 구멍이라도 뚫린 것처럼 비는 살인적으로 쏟아졌다. 잠시 뒤, 시야의 저편에 자리한 구름 속에서 섬광이 뒤틀렸다.

"분명 화창할 거라 했는데. 이래서 예보는 믿는 게 아니라니까요."

아사히로는 왜인지 축 처진 분위기를 띄워 보려 애써 웃었다. 저번처럼 까마귀 떼가 들이닥친다면 민간인이 피해를 보는 상황이 벌어질지 몰라 신칸센이 아닌 승용차를 타긴 했다만, 다섯 시간 이상을 운전하고 있는지라 그의 몸엔 피로가 축적되고 있었다.

"하필 오늘이네요."

시게루가 창밖을 바라보며 말했다. 등줄기가 오싹했다. 끔찍한 사건이 일어났던 현장에 가고 있는데 거짓말처럼 기상 상태가 악화되고 있기 때문이었다.

터널을 빠져나오자, 순식간에 주위로 안개가 가라앉고 빗줄기가 약해졌다. 시야 확보가 더 어려워졌다. 아사히로는 전조등을 켰다. 눈앞에 펼쳐진 안개는 마치 진실을 감추기 위해 지면에서 솟아난 연기의 군집 같았다. 과거로부터 피어오른 연기가 미래 속 아사히로 일행의 앞길을 막고 있다.

제5장 멜트다운

더는 가면 안 된다고.

이 이상 가면 무슨 일이 벌어질지 모른다고.

본능이 부르짖음에도 그들은 이대로 사건을 놓아 버릴 수 없었다. 이내 한기가 차 내부로 스며들었다.

아사히로는 침을 꼴깍 삼켰다. 탐정 일을 시작한 이래 가장 예측할 수 없는 사건들이 벌어지고 있다. 차라리 제로에 의해 빙의된 사람이 지금껏 범죄를 저지른 것이라면 어떻게든 해결할 수 있을 것 같았다.

제로는 어떻게 두 세계를 넘나드는 걸까.

도대체 그 괴조도에 무슨 사연이 있는 걸까.

"만약 괴조도가 정말 사라졌다면 누군가가 계속 옮기고 있다는 걸까요?"

사토미가 물었다.

"그럴지도 모르죠. 단순히 주민이 가져갔을 수도 있고, 외부인이 훔쳐 갔을 수도 있지만요. 딱 봐도 불쾌하지만, 가치가 높아 보이는 그림이잖아요. 프란시스코 고야의 그림처럼요."

"《자식을 잡아먹는 사투르누스》였던가요?"

시게루가 그렇게 물으면서 스마트폰 자판을 두드렸다.

"알고 계시는군요."

"네. 그러고 보니 느낌이 비슷하네요. 사투르누스 그림은 전체적으로 어두운 색감이고 괴조도는 붉은 색감이긴 하지만, 느낌

자체는 꽤 비슷한 것 같아요."

시게루가 스마트폰 속에 떠오른 사투르누스 그림을 보면서 말했다. 그러고는 뒷좌석에 홀로 앉아 있는 사토미에게 스마트폰을 건넨다.

"아, 이 그림! 본 적 있어요. 기분 나쁘네요."

사토미는 분할 화면을 통해 괴조도와 사투르누스 그림을 함께 보았다. 잠시 뒤, 넌더리를 내면서 시게루에게 스마트폰을 돌려주었다.

"스스로 목숨을 끊은 여학생의 이름이 타카초 유리에였죠?"

시게루가 물었다.

"언론 보도는 그랬던 모양이에요. 항간엔 타살이라는 소문도 떠돌던데."

사토미가 답했다.

"타카초 유리에가 제로일 가능성은 얼마나 될까요?"

시게루가 사토미를 바라보았다.

"글쎄요. 확실한 증거가 나오기 전까진 단언할 수 없어서요. 그런데 타카초 유리에 분사 사건 기록부에 괴조도 사진이 있었다잖아요. 그러니 의심을 피해 갈 순 없겠죠."

이틀 전, 아사히로와 초현사 직원들은 경시청 형사를 통해 타카초 유리에 분사 사건 기록부에 관한 이야기를 전해 들을 수 있었다. 놀랍게도 경시청의 형사는 사건 기록부 내에 괴조도 사진이 있었다고 전했다. 그런데 여기서 문제는 본부의 사건 기록부를 열람했던 나라현 경찰과 더 이상 연락이 되지 않는다는 것이었다.

아사히로와 직원들은 직감했다. 괴조도 사진을 봐 버린 해당 경찰에게 무슨 일이 벌어졌으리라고. 물론 직접 괴조도를 두 눈으로 확인한 것이 아니라 사진을 통해 보았기 때문에 죽음까지 도달하진 않으리라. 더욱 자세한 증거가 필요했던 초현사는 쓰타바라시로 향할 수밖에 없었다.

"고무라 씨는 그 이후로 연락이 없었죠?"

아사히로가 시게루에게 묻는다.

"네."

시게루는 기어들어 가는 목소리로 답한다. 강렬한 인상에 걸맞지 않은 어조다.

하루 전.

마침내 하야세 시게루의 염원이 고무라 세이치에게 닿았다. 고무라는 집요히 전화해 대는 시게루의 광기 서린 집착에 넌더리가 났던 건지도 모르지만, 확실한 건 두 사람은 이야기를 주고받을 수 있었다는 것이었다.

[사정은 알겠지만 도울 수 없습니다.]

시게루의 이야기를 듣고 나서 고무라는 냉담한 어조로 말했다. 휴대폰 너머의 시게루란 사람이 믿을 만한지는 모른다. 그러나 고무라는 일이 좋지 못하게 흘러가고 있다는 것을 일찌감치 눈치채고 있었다.

건강상의 문제로 지금은 은퇴했지만, 과거 형사로 일하던 때 마주했던 일 중 최악은 역시 쓰타바라시 연쇄 살인 사건이다. 하지만 해당 사건이 마냥 최악이기 때문에 동참 요청을 완강히 거절했던 것은 아니었다.

요리카와 켄처럼 단지 사건을 조사하는 것에 그친다면 흔쾌히 답을 늘어놓아 줄 수 있다. 끔찍한 사건을 조사했던 형사로서 그때의 기억을 되살려 내는 것에는 확실한 고역이 도사리지만, 사명감은 아직 마음속에 작게나마 남아 있었기 때문이었다.

그러나 고무라에게 있어서 걸림돌은 역시 '괴이'라는 존재였다. 그는 추리·호러 소설가인 미쓰다 신조의 광적인 팬이었지만, 소설은 소설일 뿐 귀신의 실존에 대해서는 믿지 않았다. 그나마 두려워했던 소설 속, 쿠비나시[1]라는 존재에 대한 공포감도 완전히 늙어 버린 뒤엔 무뎌져 버렸다. 몇 해 전, 사와무라 이치의 소설 『보기왕이 온다』를 영화화한 나카시마 테츠야의 〈온다〉를 감상했을 때도 영적 존재에 대해 생각해 대기보다는 '악의 근원은 인간'이라는 주관적인 결론에 도달했을 뿐이었다.

---

[1] 목, 머리 등이 없는 존재를 일컫는 일본어이자, 미쓰다 신조의 소설 『잘린 머리처럼 불길한 것』에 등장하는 영적 존재.

그렇다면 고무라 세이치는 호러를 왜 좋아하는 걸까? 이 질문엔 나름의 합당한 이유가 존재했다. 그에게 있어 '호러'는 '비현실적 감각을 집대성한 장르'였다. 이는 곧 호러를 판타지로 받아들인다는 의미였고, 이따금 치열한 현실에서 벗어나고 싶을 때마다 틈틈이 소비하는 것이었다.

"믿을 수 없으시단 거 잘 알고 있습니다. 하지만…… 혹시라도 마음이 바뀌게 되면 다시 연락 부탁드리겠습니다."

시게루는 그렇게 말하고 전화를 끊었다.

어느새 안개 속에서 몇몇 주택들이 나타나기 시작했다.

"고산 지대도 아니고 평지 마을인데 이렇게나 안개가 많이 끼다니 기이하네요."

아사히로가 핸들을 돌리며 말했다. 스마트폰 앱 지도에 뜨는 남은 거리는 고작 1km도 채 되지 않았다. 남은 거리가 줄어들수록 차 내부의 분위기는 신속히 무거워진다. 안개 속에 갇힌 쓰타바라시는 사람이 살지 않는 곳처럼 보였다.

타카초의 집까지 300m가량이 남았을 무렵, 갑작스럽게 앱이 종료되었다.

"응? 왜 이래?"

아사히로가 전방에 주의를 기울이면서 천천히 앱을 다시 켰다. 반대 차선에서 차량 여러 대가 지나갔다. 이는 이 마을에 사람이 살고 있다는 것을 표명하는 듯했다. 안개는 여전히 걷힐 기미가 보이지 않았다. 지도 앱은 정상적으로 작동했다. 남은 거리가 더 줄어 간다.

200m.

170m.

130m.

80m.

40m.

10m.

아사히로가 안개 속에서 차를 멈춰 세웠다. 위치상으론 바로 옆이 타카초의 집이었다. 안개 속에 주택의 형체가 어슴푸레 떠올라 있었다. 비는 더 이상 내리지 않았다.

"도착했어요. 이 집 주변은 아무도 살지 않나 보군요."

아사히로가 말했다.

"죄송합니다만, 잠시 화장실 좀 다녀오겠습니다. 근처 공터에 공중 화장실이 있더군요. 금방 다녀오겠습니다."

아사히로가 덧붙였다. 시게루는 고개를 끄덕였다. 사토미는 "네, 기다리고 있을게요."라고 말하면서 차에서 내렸다. 아사히로는 시동을 껐다. 시게루가 차에서 내린 다음, 아사히로가 마지막으로 차에서 내리고 희뿌연 안개 속으로 금세 사라졌다.

사토미와 시게루의 눈앞에 타카초 가의 커다란 그림자가 우두커니 서 있었다. 그렇지만 안개에 가려 잘 보이지 않았다. 가까운 거리인데도 이렇게나 안 보인다니. 정말 땅속에서 연기가 피어오르고 있는 건 아닐까 하고 사토미는 생각했다.

정적 속에서 시게루는 담배를 피우기 시작했다. 푸르스름한 안개 덕에 시게루의 입에서 뿜어져 나오는 연기가 잘 보이지 않았다. 사토미의 눈엔 어쩐지 담배 연기가 눈앞에 자리한 타카초 가로 빨려 들어가는 것처럼 보였다.

"나오미 씨는…… 괜찮나요?"

조심스러운 어조로 묻는 사토미. 시게루는 말없이 담배 연기를 뿜어 대며 연신 고개를 끄덕거릴 뿐이었다.

"괜찮습니다. 걱정하지 마세요."

인상을 찌푸린 시게루가 딱딱한 어투로 말했다. 두 사람 사이에서 어색한 기운이 계속해서 생겨나고 있었다. 그러나 그 어색한 공기마저도 전방의 타카초 가의 음습한 분위기에 못 이겨 금세 분해되고 만다.

"그나저나 분위기가 정말 안 좋네요, 이 마을."

시게루는 휴대용 재떨이에 재를 털었다.

"확실히…… 그런 느낌이 있죠. 연쇄 살인도 일어난 데다가 저희 바로 앞에 사고 물건[2]이 있기도 하니까요."

사토미는 억지 미소를 띠었다.

---
[2] 범죄 혹은 사망 사고가 일어났던 집.

"사고 물건이라……."

시게루는 무언가를 골똘히 생각하는 것처럼 말끝을 흐렸다.

"무슨 이야기 하고 계세요?"

갑자기 튀어나온 아사히로의 음성에 두 사람은 소스라치게 놀랐다.

"깜짝이야……."

사토미의 입에서 흘러나온 말이었다. 아사히로는 활짝 웃으면서 두 사람에게 손전등을 건넸다.

"죄송합니다. 너무 빨리 와 버린 모양이네요. 공중 화장실이 공사 중이더군요."

아사히로의 어조에 가벼움이 묻어 있었다. 잠시 뒤, 세 사람은 본격적으로 탐사를 시작했다. 대문을 넘자 타카초 가를 자세히 볼 수 있었다.

"완전히 그을려 있네요."

사토미의 말대로였다. 창문이 있어야 할 곳은 요괴의 눈처럼 뻥 뚫려 있었고, 이곳저곳 숯검정의 색을 뒤집어쓰고 있었다. 전체적으로 너덜너덜했지만, 고유의 형태 자체는 알아볼 수 있을 정도였다. 뼈대 자체는 꽤 튼튼한 구조물인 모양이었다.

"위험하지 않을까요?"

사토미가 주위를 둘러보며 물었다.

"위험하죠. 사토미 씨는 여기 계셔도 됩니다. 어차피 2층은 못

올라가요. 지붕이랑 2층 바닥 대부분이 1층으로 가라앉아 버린 모양이에요."

아사히로가 손전등으로 타카초 가를 비췄다. 그러고는 현관이 아니라 원래는 거실이었을 공간으로 들어갔다. 마당으로 이어지는 창문은 파손되어 있었기에 손쉽게 거실 안쪽으로 들어갈 수 있었다. 사토미와 시게루가 뒤따라 집 안으로 들어왔다.

"보세요, 완전히 뚫려 있어요."

아사히로가 위를 올려다본다. 시게루와 사토미도 아사히로의 행동을 따라 했다. 지붕과 2층 바닥이 무너졌다. 그래서 잿빛 하늘이 한눈에 들어왔다. 바닥에 이렇게 높게 쌓여 있는 잔해물이 아마도 지붕과 2층의 일부이리라.

세 사람은 조심히 1층을 둘러보았다. 그러다 사토미는 뭔가를 발견했다. 2층으로 향하는 계단의 층계참 벽면이 조금 이상했다. 사토미는 위태로운 모양의 계단을 올랐다. 층계참 다음 계단은 완전히 박살 나 있었다. 사토미는 먼지를 털어 내듯이 벽면을 살살 쓸어내렸다.

"왜요? 뭐가 있습니까?"

시게루가 그녀의 곁으로 다가갔다. 그는 계단을 오르자마자 소스라치게 놀랐다.

"이건……."

오싹한 감각이 두 사람의 주위를 감쌌다. 이 집 안의 모든 것은 그을리거나 타 버려 거멓게 변색되어 있었다. 그러나 이 벽의 특정 부분만큼은 전혀 타지 않은 모습이었다. 게다가 그 모양은 사람의 상체보다 약간 큰 **정사각형**이었다.

곧 아사히로가 병쩌 있는 그들의 곁으로 다가왔다. 어찌 된 영문인지 아사히로는 계단을 오르지 않는다.

"그거 혹시 **액자 자국**인가요?"

아사히로는 잔해물 위에 가만히 서서 그렇게 물었다. 다음 순간, 그가 손전등 빛을 비추었다. 그곳에 서 있던 사토미와 시게루가 손전등 빛 때문에 동시에 눈을 찌푸렸다.

"그런 것 같아요. 올라와서 보실래요?"

사토미가 손짓했다.

"아뇨. 세 명이 올라가면 무너질지도 몰라요."

아사히로가 그리 말하자 사토미는 재빨리 1층 바닥으로 내려갔다. 아사히로는 그제야 계단을 올랐다. 그런 다음, 가까이서 불에 타지 않은 부분을 살폈다. 마치 칼로 자른 듯 인위적인 모양 때문인지 그의 마음에 어느 정도 확신이 들어섰다. 게다가 상단에 액자를 걸 때 사용하는 못이 박혀 있었다.

"이곳이 괴조도가 있던 자리겠군요. 미사키가 있었으면 좋았을 텐데 아쉽군요. 일단 괴조도가 있던 자리엔 먼지가 극소량밖에 쌓여 있지 않고, 경계 너머로부터는 먼지가 심하다 할 정도로 많이 쌓여 있네요. 그 말인즉슨, 최근까지 괴조도가 여기에 걸려 있었다는 걸로 귀결됩니다."

아사히로는 벽면을 톡톡 두드렸다. 그러고는 뒤로 돌아 손전등으로 주변을 차례차례 비춘다.

"그렇군요. 그럼, 과거엔 괴조도가 있던 자리에만 불이 붙지 않은 거겠군요. 괴조도를 본 사람들이 불이나 온도에 관련된 피해를 본다는 특성을 미루어 보면……."

시게루의 시선은 아사히로가 손전등으로 비추는 곳을 따라간다.

"네, 화재 진압 이후 괴조도를 걸어 둔 것이라면 이런 묘한 자국이 남을 수 없을 테니까요. 크기를 맞대 볼 수 있다면 확신할 수 있겠지만, 그래도 대충은 알겠네요."

아사히로가 다시 액자 흔적을 살핀다.

"타카초 유리에가 죽고 나서 그 혼이 괴조도에 깃든 걸까요?"

울퉁불퉁 솟아오른 잔해물 위에 서 있는 사토미. 각종 물질이 낮은 경사면을 타고 미끄러진다.

"아무래도 그럴 가능성이 높죠. 불에 타 죽은 유리에의 영혼이 괴조도에 깃들었기 때문에 괴조도만 불에 타지 않은 것일 수도 있습니다."

"'불에 타 죽기 싫다는 유리에의 염원이 그림에 깃들었기 때문에 불타지 않았다'인가요?"

사토미가 나지막이 말했다.

"그렇죠. 그런데 조금 이상한 점이 있습니다."

아사히로가 천천히 계단을 내려왔다.

"어떤?"

사토미는 약간 뒤로 물러서며 물었다.

"시기요."

"시기?"

시게루가 뒤따라 내려왔다.

"네. 만약 괴조도가 타지 않고 남아 있었더라면 경찰 측은 분명 이상한 점을 눈치챘을 겁니다. 그리고 두 눈으로 직접 그림을 봤을 테니 지금쯤 이미 목숨을 잃었겠죠. 꽤 많은 사람이 봤을 텐데 말이죠……. 아, 그러니까 제 말은 과거엔 일어나지 않던 저주가 왜 지금에서야 일어나냐는 겁니다. 괴조도로 인해 발생한 사건을 국가에서 필사적으로 묻은 게 아니라면…… 시간이 꽤 흐른 다음, 누군가가 무슨 수를 쓴 게 아닌가 싶네요."

"즉, 기폭제가 있었다는 말인가요?"

시게루가 미간을 구기며 묻는다.

"유리에의 혼은 15년 전부터 괴조도에 깃들어 있었지만, 일테면 '주술 같은 걸로 저주를 건 것은 그 이후의 일이다'인가요?"

사토미가 시게루의 질문을 길게 풀어냈다.

"그럴 수도 있죠. 아마도 저주를 걸어 놓고 누군가 그림을 손에 넣길 기다린 모양이에요. 불행히도 그 그림이 도쿄로 들어오게 된 거고요. 아무나 걸리라는 식인 거죠, 무책임하게."

"그런……."

사토미가 언짢은 표정을 지었다.

"그런데 왜 서클 일원들은 피해를 보지 않은 걸까요? 와타나베가 그림을 가져갈 때 무조건 함께 봤을 텐데. 게다가 나라현에서 도쿄라면 오토바이를 탔다고 해도 시간도 무지 오래 걸릴 테고……."

시게루가 계단을 내려오며 말했다.

"피해 자체는 이미 입고 있을 수도 있어요. 단지 우리가 모를 뿐인 거죠. 아직 일어나지 않았을 수도 있고요. 지금까지 일어난 일을 통해서는 아직 죽는 날짜를 특정할 수 없어요."

아사히로는 손전등을 껐다.

"일단 확실한 건, 그 그림을 간접적으로라도 본 사람은 피해를 본다는 건데…… 혹여 그림이 인터넷에 퍼지기라도 한다면……."

아사히로가 말끝을 흐렸다. 동시에 사토미의 머릿속에서 끔찍한 일들이 펼쳐졌다. 그 순간, 세 사람은 동시에 의문의 기척을 느꼈다. 기척이 나타난 곳은 머리 위였다. 뻥 뚫려 있는.

제일 먼저 하늘을 올려다본 건 사토미였다. 이어서 시게루, 아사히로 순으로 고개를 들어 올렸다. 일순 세 사람의 몸은 딱딱히 굳고 말았다.

"저게 도대체……."

시게루가 나지막이 중얼거렸다.

타카초 가의 1층에서 바라본 하늘은 직사각형 모양이었다. 그리고 그 잿빛 하늘의 가장자리, 그러니까 이 목조 주택의 꼭대기에 검은 덩어리들이 빼곡히 줄지어 있었다. 직사각형 하늘의 가장자리는 전부 검은 빛깔의 물체로 뒤덮여 있었다. 1층에 서 있는 일행을 내려보고 있는 건 놀랍게도 까마귀 떼였다. 날개를 전혀 푸드덕거리지도 않고, 그저 가만히 서서 일행이 움직일 때마다 고개만 작게 움직일 뿐이었다.

오한이 사토미의 등줄기를 타고 올라왔다. 까마귀의 울음소리조차 들리지 않는 고요한 공기에 묘한 이질감이 느껴졌다. 우린 끔찍한 일이 벌어졌던 공간에 들어왔다. 이 공간만큼은 비극과 공포로 뒤덮여 있고, 매분 매초 타카초 유리에가 불길 속에서 타오르는 광경이 반복되고 있다.

녹아내리는 피부. 도저히 사람의 것이라곤 생각할 수 없는 비명을 내지르면서 방문을 두드리지만, 어째서인지 열리지 않는다. 유리에는 울부짖는다.

뜨거워.

뜨거워.

뜨거워.

지옥 구덩이에서 연기와 함께 흘러나오는 괴괴한 목소리. 죽음을 받아들이지 못한 타카초 유리에가 현세의 문을 미친 듯이 두드린다.

머릿속에 자리한 영사기에서 재생되는 끔찍한 영상 때문에 사토미는 숨이 잘 쉬어지지 않았다. 뼈에 사무치는 비참함과 쓸쓸함이 사토미의 폐부 속까지 스며들었다.

어떻게 해야 할까.

머릿속에서 나타난 그 물음은 사토미의 것이 아니었다. 타카초 유리에다. 이 목조 주택과 함께 타오르는 그녀. 도대체 어떻게 하면 살 수 있을까. 불은 꺼지지 않는다. 여기저기 옮겨붙은 불이 타카초 유리에의 몸을 몇 번이고 집어삼킨다. 그렇게 타카초 유리에의 피는 방바닥으로, 계단으로, 벽으로, 괴조도 속으로, 쓰타바라시의 땅속으로 스며든다.

사토미의 가슴이 찢어질 듯 아려 왔다. 도대체 왜 이런 광경이 생생하게 떠오르는지는 알 턱이 없었다. 멈출 수도 없었다. 그것은 마치 사토미의 실제 기억인 양 생생해서 이내 숨이 턱 막히고 만다. 유리에의 피와 살점이 사토미의 신발에 기어 올라온다. 이윽고 기괴한 모양으로 뭉쳐진 살덩어리는 그녀의 종아리를 타고, 허벅지를 타고, 허리를 타고, 가슴을 타고, 목을 타고, 입안으로 들어와 목구멍을 가득 메운다.

알 수 없는 구역감을 느낀 사토미는 황급히 마당으로 나가 위에 들어 있는 모든 걸 쏟아 냈다. 잠시 뒤 상체를 들어 올리고 입을 닦아 낸 순간, 정신이 아득해졌다. 미쳐 버릴 것 같았다. 바깥은 불과 몇 초 전, 집 안에서 보았던 하늘과는 딴판이었다. 잿빛 하늘은 종적을 감추었고, 푸르름이 머리 위에서 보란 듯 활개 치고 있었다. 게다가 반듯하게 내리쬐는 태양 빛은 여름의 것처럼 뜨거웠다.

"괜찮습니까?"

시게루가 재빨리 다가왔다. 그러거나 말거나 사토미는 넋이 나가 버렸다. 알 수 없는 기상의 변화를 두 눈으로 담고 있을 뿐이었다.

놀란 건 사토미뿐만이 아니었다. 뒤따라 나온 시게루와 아사히로도 쾌청하게 변한 하늘을 올려다보았다. 아사히로는 곧장 뒤로 돌아 집의 꼭대기를 올려다보았다. 그 많던 까마귀들도 전부 사라진 상태였다. 자기도 모르게 온몸의 털이 곤두섰다.

비슷하게 시게루 또한 소름 돋는 감각을 느꼈다. 그러나 아사히로처럼 단박에 소름을 떨쳐 낼 수 없어서 재빨리 차량으로 돌아갔다.

"홀렸다는 게 이런 걸까요?"

아사히로가 사토미를 쳐다보았다. 기묘한 기운이 주변을 둘러쌌다. 쓸데없이 아름다운 광경이다. 그 광경에 모순되게도 무척이나 불쾌한 감각이 일렁였다.

왜일까…….

타카초 유리에는 도대체 우리에게 무슨 말을 전하고 싶은 걸까.

"여러분, 잠깐 여기 좀요!"

그때 주택의 앞편에서 시게루의 목소리가 날아들었다. 다급한 목소리였다. 이에 아사히로와 사토미는 곧바로 달렸다. 두 사람이 차량 부근에 다다랐을 때, 시게루는 보닛 앞에 가만히 서 있었다.

"무슨 일입니까?"

아사히로가 보닛 쪽으로 천천히 걸어갔다. 뒤따라 사토미도 움직인다.

"왜 그래요?"

대답하지 않는 시게루에게 다시 묻는 아사히로.

"무슨 일 있어요?"

사토미가 걱정스러운 눈빛으로 시게루를 바라보았다. 그때였다. 시게루는 아사히로에게 의문의 비닐 팩을 건넨다.

"카세트테이프?"

아사히로와 사토미가 비닐 팩 속의 내용물을 확인한 다음, 동시에 내뱉은 말이었다. 비닐 팩 안엔 한 개의 카세트테이프가 들어 있었다.

"앞 유리에 올려져 있었어요."

시게루가 마침내 입을 열었다.

"앞 유리요?"

사토미가 되물었다. 시게루는 한 손으로 수염을 매만지며 고개를 끄덕였다.

　반면, 아사히로는 재빨리 주변을 둘러보았다. 아사히로 자신을 포함, 세 사람 이외의 기척은 느낄 수 없었다. 분명 누군가가 두고 간 것일 텐데. 불행히도 블랙박스는 얼마 전, 까마귀 떼 충돌로 인해 고장이 나 버려 처분한 상황이다. 미리 새 블랙박스를 사 뒀어야 했나 심히 후회스러웠다.

　아사히로는 충동적으로 가장 가까운 주택을 향해 걸었다. 그러나 가까운 주택이라고 해도 실제로는 거리가 꽤 멀었다. 왜냐하면 타카초 가는 주택지에서도 가장자리에 외로이 놓여 있었고, 바로 옆엔 출입구가 막힌 산이 있었기 때문이다. 분명히 붕괴 위험이 있을 텐데도 철거하지 않은 것을 보면 어떠한 사정이 있는 것 같았다. 어쩌면 붕괴한다고 할지라도 다른 주택들로부터 떨어져 있고 인적이 드무니 괜찮으리라고 생각하는 걸까? 그게 아니라면 틀림없이 묘한 사정이 있으리라.

　"어디 가세요!"

　사토미의 외침이 고요한 주택가로 스며들었다. 그녀는 종종걸음으로 아사히로의 꽁무니를 쫓았다. 어느덧 작은 오르막을 다 오른 아사히로는 어느 2층 주택의 초인종을 꾹 눌렀다. 그 무렵, 시게루 또한 두 사람의 곁에 도착했다.

　"저기, 죄송합니다만······."

　아사히로가 초인종 가까이에 입을 가져다 대고 말을 보냈다.

그 순간이었다.

"지금은 아무도 없어."

오른쪽에서 갈라지는 목소리가 날아들었다. 세 사람은 동시에 고개를 훅 돌렸다. 그들의 시선이 멈춘 곳에 한 노파가 서 있었다. 노파는 상체를 약간 숙인 채 뒷짐을 지고 있었다.

"네?"

사토미의 입에서 새어 나온 물음이었다.

"지금은 아무도 없다니까. 그 집 사람들 여행 갔어."

나이가 지긋해 보이는 노파의 말 속엔 간사이 사투리가 전혀 섞여 있지 않았다. 노파는 일행의 곁으로 천천히 다가왔다.

"그런가요? 알려 주셔서 감사합니다. 혹시 이 마을에 사시나요?"

아사히로는 넌지시 질문을 던졌다. 어느덧 노파는 일행의 얼굴을 자세히 들여다볼 수 있을 정도로 가까워졌다. 노파의 눈에 시게루는 수염 때문일까, 그리 좋지 못한 인상이었고, 아사히로는 흠잡을 데 없이 멀끔한 청년, 사토미는 미목수려의 아가씨였다.

"그렇고말고. 이런 몸으로 다른 마을까지 한가하게 산책 오겠어?"

노파의 목소리는 다시 한번 갈라졌다. 꼭 중년 남성의 굵은 목소리가 섞여 있는 것 같은 목소리였다. 용모를 보지 않고 목소리만 들었더라면 남성인지 여성인지 정확히 인식할 수 없었으리라.

"그렇군요. 혹시 시간 괜찮으시다면 잠깐 이야기 좀 나눌 수 있을까요?"

아사히로는 또렷한 목소리를 내며 노파에게 정중히 부탁했다.

"타카초 가에 대해서……."

아사히로가 그 말을 덧붙이자, 노파의 동공이 잠깐 흔들렸다.

"그거라면……."

노파는 말끝을 흐리다가 힘겹게 고개를 끄덕거렸다. 그러곤 "일단 우리 집으로……."라고 덧붙였다. 일행의 차량 탑승 권유에도 노파는 멀미가 심해 차는 타지 않는다고 말하며 거절했다.

"저기……, 이거 아세요?"

아사히로가 노파에게 카세트테이프가 담긴 비닐 팩을 보여 주었다.

"카세트테이프잖아. 요즘도 쓰나?"

노파의 시큰둥한 반응이 날아들자, 아사히로는 무척이나 아쉬웠다. 그렇지만 이 노파가 해당 카세트테이프에 대해서 정말 알지 못한다고 확신할 수는 없었다. 아니, 애당초 차량에 두고 사라진 것이라면 정체가 밝혀지길 원하지 않는다는 의미이지 않겠나? 그런 의미에서 세 사람의 앞에 버젓이 나타난 노파는 의심선상에서 제외해야 하는 건 아닐까…….

이미 꽤 멀리 떨어져 시야에 보이지 않는 아사히로의 자동차는 다른 차량의 진로를 그리 방해하지 않는 위치에 주차되어 있었다. 그게 무슨 말인가 하면 아사히로는 차량을 타카초 가의 대문 가까이 주차해 두었다는 것이다. 어차피 그 막다른 길을 향해 달려올 차량은 없으리라. 혹여 차량이 나타난다면 그 차량 역시 목적지가 타카초 가임을 방증하는 것이었다. 그러니 신경 쓰지 말자. 아사히로는 차량에 대한 걱정을 누그러뜨리기로 했다.

"따라오게."

일행은 노파를 따라 앞으로 천천히 걸어 나갔다.

3

2022년 11월 26일(3)

미사키가 병실에서 나가자마자 마이는 꽉 쥐고 있던 손을 펼쳤다. 손아귀 안엔 할머니가 준 의문의 물체가 얌전히 누워 있었다. 참극이 벌어진 날, 그녀는 의식을 잃기 직전, 주머니에 들어 있던 이 물체를 꽉 쥐었다. 어쩌면 이 물체가 날 살린 건 아닐까. 어떤 효험이 깃들어 있는 물체가 아닐까. 마이는 물체를 유심히 살펴보며 생각했다.

그럼에도 의문은 여전히 존재했다. 만약 이게 효험이 깃든 물건이라면 왜 손녀에게만 주었을까? 그러한 의문도 잠시, 걱정스러운 마음이 들어 한숨을 내쉴 수밖에 없었다. 왜냐하면 들려오는 할머니의 소식이 없었기 때문이었다. 분명 어제 병문안을 올 예정이라 했는데 지금까지 연락이 닿지 않고 있다.

잠시 뒤, 마이는 침상에서 일어났다. 그러곤 링거 폴대와 함께 거북이처럼 느린 발걸음으로 병실 밖으로 나갔다. 특별한 이유는 없었다. 그냥 정처 없이 걷고 싶을 뿐이었다.

양쪽으로 늘어선 복도는 온통 순백이었다. 이 넓은 곳에 사람 하나 없다. 마이는 복도 창문에 가까이 다가갔다. 바깥엔 새벽녘의 벽색 풍경이 아스라이 펼쳐져 있었다. 아직은 오후 2시인데.

곧 그 벽색 풍경을 이해시키려는 듯 창문에 물방울이 나타났다. 부드럽게 창문에 달라붙던 물방울은 삽시간에 창문을 부술 기세로 날아들었다. 더군다나 바람이 고오오오 질러 대는 비명이 창문 사이사이를 비집고 들어온다. 곧장 창문을 부숴 버리고 마이에게 달려들 기세다. 마이는 폴대를 잡고 왼쪽 복도를 걸었다.

'빈 병실이 많구나.'

길게 늘어선 병실의 문에 달린 창문을 바라보기도 하고, 병실 반대쪽에 놓인 복도 창문을 바라보기도 하며 걷는다.

아직 실감 나지 않는다. 혼자가 되었다는 게 믿기지 않는다. 집에 돌아가면 가족이 자길 반길 것만 같은 예감이다. 갑작스러운 변화에 슬픔조차 타이밍을 맞추지 못하고 있는 것 같다. 과연 그 슬픔은 언제 찾아올까. 그 슬픔이 나를 휘감으면 과연 버틸 수는 있을까. 앞으로 어떻게 살아가야 할까. 이제 그녀가 기댈 곳은 외가댁밖에 없었다.

얼마나 걸었을까, 문득 휴대폰을 병실에 두고 왔다는 사실이 떠올랐다. 혹여 할머니한테 연락이 올지도 모른다는 생각에 급히 뒤돌았다. 그런데 어쩐지 위화감이 느껴졌다. 반대편 복도의 끝이 상상 이상으로 가까웠다. 그녀가 바라보고 있는 벽은 오른쪽 복도의 끝이었다. 방금까지 마이는 왼쪽 복도로 걷고 있었는데 말이다. 마이의 병실은 복도의 중간 부근에 자리해 있었다. 그런 병실에서 나와 왼쪽 복도를 쭉 걸었건만 어떻게 오른쪽 복도 끝이 더 가까울 수 있을까?

이게 가능한 일인가?

지금, 이 상황은 마이가 걸었던 시간을 누군가가 멋대로 되돌려 버린 듯한 느낌이었다. 아닌 게 아니라 그녀가 고개를 돌리자, 이번에 나타난 것은 자기 병실의 굳게 닫힌 문이었다.

내가 걷지 않은 건가?

과거가 부정당했다. 나는 분명 걸었다. 틀림없이 걸었다. 근데 왜 다시 여기에……? 마이는 주변을 두리번거렸다. 소름 끼치는 상황이 들이닥친다. 마이는 저도 모르게 또다시 할머니가 준 물체를 손에 꽉 쥐었다.

무언가가 찾아올 기색이다.

그때였다. 돌연 마이의 병실 안에서 괴상한 소리가 들렸다. 1인

병실이라 병원 관계자가 아닌 이상은 들어갈 사람이 없을 텐데.

그녀는 문에 나 있는 작은 창을 통해 병실 내부를 들여다보았다. 침상 옆에 누군가가 우두커니 서 있었다. 가만히 서서 침상을 바라보는 듯한 뒷모습이 보인다. 마이는 멀쩡한 왼쪽 눈에 힘을 꽉 주고 더욱 자세히 들여다보았다.

히익. 자기도 모르게 입에서 숨소리가 새어 나갔다. 뒷모습이 아니었다. 침상 옆에 서 있는 **그것**은 처음부터 마이 쪽을 응시하고 있었다. 검은 몸뚱이 속에 사람이 들어가 발버둥 치기라도 하듯이 울긋불긋한 뭔가가 꿈틀꿈틀, 쑤욱 튀어나왔다 들어가기를 반복했다. 피부의 움직임은 격렬해져 갔다. 숨을 들이쉴 때마다 **그것**의 피부가 쩌어억 하고 갈라졌다. 거멓게 변색된 피부 속에 어떻게 저리 새빨간 근육이 숨어 있을까 하는 생각이 들 정도로 괴기스러운 풍경이 작은 창 사이로 쏟아지고 있었다.

새빨갛게 달아오른 눈이 점점 커진다. 안구 가운데에 자리한 검은 동공. 그곳은 마치 뻥 뚫려 있기라도 하듯 공허처럼 어두웠다. 녀석의 눈알이 빠지기 직전이다. 그런 생각이 들었을 때, 그것의 입이 생겨났다. 칼을 이용해 반원 모양으로 가른 듯 입이 쩍 갈라졌다.

형언할 수 없을 정도로 그로테스크한 풍경이 계속되는 와중에도 마이는 도망칠 수 없었다. 망연히 서서 바라볼 뿐이다. 포식자를 마주한 피식자처럼 동결 반응에 몸의 소유권을 빼앗기고 만다.

금세 저것이 눈앞으로 달려올 것만 같았다.

그때였다.

움직인다.

그것의 팔이 양쪽으로 벌어졌다. 동시에 온몸에 전율을 일으키는 소리가 들렸다.

우두둑. 우두득. 으득.

마이는 순간, 자기 목뼈가 부러진 건 아닐까, 의심했다. 으득거리는 소리가 어쩐지 머릿속에서 울려 퍼지는 것처럼 느껴졌기 때문이었다. **그것**을 바라보는 시간이 길어질수록 마이의 손이 부들부들 떨렸다. 특히 의문의 물체를 쥐고 있는 왼손이 엄청나게 떨렸다.

다음 순간, 그녀는 자기도 모르게 문에 등을 맞대고는 바닥에 웅크렸다. 팔에 너무 힘을 준 나머지 수액 라인으로 피가 역류해 버렸다. 마이는 저도 모르게 링거 주사를 뽑았다. 그런 탓에 팔 안쪽에서 피가 흘러나왔지만, 해당 부위를 지혈할 생각조차 할 수 없었다. 문 뒤에서 엄청난 소음이 그녀를 집어삼키려는 기세로 달려들고 있었기 때문이었다. 마이는 폴대에서 손을 떼고 입을 틀어막았다.

우드득. 우득.

우둑. 콰득. 우두득.

도망쳐야 한다. 본능이 울부짖었다.

'알고 있어.'

'알고 있다고.'

속으로 외치지만 몸이 말을 듣질 않는다. 마이는 더 이상 몸의 주인이 아니었다.

우득. 우둑. 뿌득.

으드드드드득.

뼈가 갈려 나가는 소리는 점점 가까워지고 있었다. 더군다나 오른쪽 시야의 가장자리에서 스멀스멀 연기가 덮쳐 오는 게 보였다. 고개를 돌리니 왼쪽 복도에서도 누군가가 토해 내는 것처럼 연기가 뿜어져 나오고 있었다. 숯검정이 드리운 케케묵은 연기는 양쪽 복도 끝에서 빠른 속도로 주변을 집어삼키며 달려오고 있다.

흘러나온 눈물이 안대 아래로, 광대를 타고, 왼손 엄지기부에 닿았다. 이윽고 경사면을 타고 흘러내리다가 손목 아래로 뚝 떨어졌다.

찾아왔다.

기어코.

살아남은 나를.

죽이러.

머리 바로 위에서 그것이 내려보고 있는 듯한 기척이 느껴진다.

마이는 천천히 눈을 감았다. 잠시 뒤, 검은 연기가 맹렬한 속도로 그녀의 전신을 덮쳤다.

4

2022년 11월 26일(4)

낮 12시.

뉴에라 프로덕션의 마케팅부 직원, 마나베 카이토는 잠에서 깼다. 눈앞에 괴조도가 서 있었다.

"아, 마나베. 일어난 거야? 잠깐 이쪽으로 와 봐."

고개를 돌리자 익숙한 얼굴이 나타났다. 뿔테 안경과 장발 머리, 전체적으로 나쁘지 않은 외모의 남성이 의자에 앉아 있었다. 그는 오컬트 수집가 하기와라 센조로 오컬트 물건을 거래하면서 마나베와 인연을 맺게 되었다.

마나베는 다다미 바닥에서 벌떡 일어나 하기와라의 책상으로 다가갔다. 바닥이 딱딱해서일까, 너무 오래 잠들어서일까, 머리와 허리가 깨질 것처럼 아려 왔다.

컴퓨터와 셀 수 없이 많은 서적이 하기와라의 책상을 차지하고 있었다. 마우스 패드는 이미 더러워진 지 오래였고, 구식 키보드는 죽어 가고 있었다. 하지만 컴퓨터는 나름 고사양이었다. 투명 본체에서 LED 불빛이 규칙적으로 빛나고 있었다.

"밤샌 거야?"

마나베는 쌓여 있는 책 위에 손바닥을 올렸다. 그리고 하기와라가 바라보고 있는 모니터에 시선을 파묻었다.

"아, 응. 역시 백괴금이 아닐까, 싶은데 말이지."

하기와라는 마나베의 물음에 대충 답했다. 그리고 마우스 스크롤을 몇 번 내리다가 고개를 돌렸다. 담배 연기가 마나베의 안면으로 달려들었다.

"고개 돌리지 마."

마나베가 인상을 찌푸렸다.

"아, 미안."

하기와라는 웃으면서 담배를 재떨이에 비벼 껐다.

"백괴금? 그게 뭔데……?"

마나베가 호기심 가득한 얼굴로 물었다.

"저 그림 말이야."

하기와라가 방 가장자리에 비스듬히 세워져 있는 괴조도 액자를 눈짓했다.

하기와라의 집으로 괴조도를 가져온 사람은 마나베였다. 다만, 그는 어떻게 저 그림을 손에 넣게 되었는지 전혀 기억할 수 없었다. 잠에서 깨어 보니 괴조도가 집 안에 놓여 있었다. 그뿐이었다. 그런즉, 괴조도를 찾았다는 이야기를 사장인 시게루에게 전하려 했으나 어쩐지 그럴 수가 없었다. 아니, 실은 그림의 정체를 시게루보다 먼저 파악하고 싶은 마음이 컸기 때문이었다. 애초에 이 그림 따위로 요리카와의 위치를 추적하는 데 도움이 될 거라는 생각은 없었다. 그러니 당분간 가지고 있는 것은 괜찮으리라.

그림의 괴기스러운 분위기는 오컬트 마니아인 마나베의 마음을 훔쳤다. 틀림없이 어떤 사연이 깃들어 있는 주물이리라고 생각했다. 그 생각은 오컬트 수집가 하기와라의 집에 방문하게 되는 계기로 작용했다.

"두런두런 이야기를 나눴던 오컬트 지인의 말을 빌리자면 그렇다는 거지, 확실하다고 할 순 없어. 모든 괴담이 그렇듯 믿거나 말거나지. 오카모토 씨가 그림은 에도 초엽, 액자 틀은 쇼와 중엽 때 제작되었을 거라 했었지?"

하기와라가 물었다.

"응."

"여러 사람에게 사진을 보냈는데 대부분 그림에 대해 모르더라고. 그런데 그림에 대해서 알 것 같다는 사람이 한 명 나왔어. 이름은 말 안 해 줘도 상관없지?"

하기와라는 새로운 담배를 입에 물었다. 마나베는 어이없다는 듯 코웃음을 치면서 마지못해 고개를 끄덕였다.

"농담이야, 농담. 일단 말이지, 이야기의 축이 되는 건, 백괴금이란 신이더라고."

하기와라는 키보드를 두드렸다. 인터넷 사이트의 검색창에 '百怪禽(백괴금)'이라는 한자가 입력되었다.

"확실히 들어 본 적 없어, 본 적도."

검색란을 자세히 들여다본 마나베가 고개를 내저었다.

"그건 나도 마찬가지였어. 다행이었던 건, 정보를 알고 있는 분이 민속학 교수직에 있던 분이었어. 물론 지금은 퇴직하셨지만. 아무튼, 백괴금이란 신적 존재가 기술되어 있는 서적은 딱 한 권이 있다고 해. 『○○○국풍토여행서(国風土旅行書)』라는 이름의 여행서. 작자는 미상인데 누군가가 여러 마을을 여행하면서 적은 기록 같더라고. 보면 여행 날짜가 묘하게 규칙적이지 않고, 비교적 가까운 거리도 오래 걸렸다는 이야기가 있어서 작가가 길치가 아니었을까, 예상한다나 뭐라나."

"뭐, 이즈미 로안[3]이라도 되는 거냐?"

언짢은 표정을 짓고 있던 마나베가 한쪽 입꼬리를 살며시 올리며 웃었다. 이에 하기와라도 소리 내어 웃었다.

"일단 읽어 봐. 내가 말해 주는 것보다 직접 읽는 게 나을 것 같다는 생각이 드네. 귀찮기도 하고."

---

3) 야마시로 아사코의 소설 『엠브리오 기담』, 『나의 사이클롭스』에 등장하는 주인공으로 여행 안내서 작가이지만, 길치다.

하기와라가 익살스럽게 웃으면서 메일 창을 켰다. 그러곤 자리에서 벌떡 일어났다. 마나베에게 자리를 양보한 것이었다. 마나베는 의자에 앉았다. 의자 방석에서 따뜻한 열감이 느껴졌다. 이 녀석, 과연 몇 시간을 앉아 있었던 걸까.

"그래도 이틀 만에 정보를 알아내다니 굉장하네."

RE: 「문의」 기묘한 물건의 발견에 대하여
nakaseii2 2022/11/26
받는 사람: 나

안녕하세요, 하기와라 씨.
나카자토 세이료입니다.

보내 주신 내용은 잘 읽어 보았습니다. 나름의 주관적 해석과 정보를 보내 드립니다.

서두를 더 작성하면 메일 내용이 너무 길어질 것 같아 중요한 내용만 엄선해서 말씀드리겠습니다.

먼저 그 그림 속에 그려진 새에 관해 유추해 보았을 때, 가장 먼저 떠오른 것은 다양한 요괴였습니다. 대개 새의 형상을 한 요괴나 새와 관련된 요괴라

하면 중국의 온모라키(陰摩羅鬼), 야행유녀(夜行遊女), 일본의 우부메(姑獲鳥), 밤참새(夜雀), 이츠마데(以津真天) 등이 유명합니다. 그러나 하기와라 씨가 보여 준 그림 속의 새는 나름 유명하다고 하는 요괴들과는 생김새가 조금 달랐습니다.

흰 깃털과 붉은 눈, 큰 몸집, 불꽃 등을 보고, 에도 말기 때 편찬된 서적인 『OOO국풍토여행서』에 적힌 글이 떠올랐습니다. 물론 현재 그 서적이 어디 있는지는 저도 알지 못합니다만, 예전에 요약 필기해 둔 공책에서 내용을 찾아냈기에 급히 아래에 적습니다.

OOO국, 남동쪽에 소재. 오야시오 해류가 훑는 해안선 위, 태평양이 보이는 절벽 마을이 있다. 마을의 이름은 타카토리(高鳥)이며 번성한 마을은 아니었다. 마을을 주름잡는 타카토리 가를 중심으로 백괴금이라는 신을 추앙하고 모신다. 백괴금은 하얀 새의 모습으로 키는 약 10.5척(3.5m)에 해당하며 날개를 폈을 때의 몸길이는 15척(5m)에 달한다. 주민의 말에 따르면 백괴금은 절벽 밑에 나 있는 동굴 속에 살고 있다고 한다. 이러한 백괴금과 관련하여 연례행사도 있는데 마을의 풍요와 안녕을 기원하기 위해 매년 초여름 두 명의 인간을 제물로 바친다.

기본적인 정보는 이 정도가 된다고 생각합니다. 하기와라 씨가 괴조도라 일컫는 그림 속의 괴조가 백괴금이라고 확신할 수는 없습니다만, 과거 서적에서 묘사한 백괴금의 특징, 일테면 외견이나 불과 관련된 현상 등으로 미루어 보아 괴조도는 백괴금이라는 신과 절벽 마을 아래의 바다를 그려 놓은 것이 아닐까, 싶습니다.

부디 이 내용들이 하기와라 씨께 도움이 되었으면 좋겠습니다. 같은 오컬트 마니아로서 앞으로도 무탈하시길 기원합니다. 읽어 주셔서 감사합니다.

나카자토 세이료 드림

메일의 전문을 읽은 마나베가 짧게 신음했다.
"그런가……."
하기와라는 "다 봤어?"라고 물으며 마나베의 곁으로 다가왔다.
"응, 역시 의심스럽긴 하네."
"뭔가 강렬한 주물 같은 느낌은 안 들지?"
하기와라가 괴조도를 쳐다보았다.
"우리 같은 사람들이야 뭐, 기분 나쁜 것만 보니까."
마나베는 의자에서 일어났다. 여전히 허리가 뻐근했다. 그는 기지개를 켜면서 크게 하품했다.
"슬슬 가야겠네."
"그래?"

마나베가 야상 재킷을 입는다. 주머니에 지갑과 캔디가 들어 있는 걸 확인한 뒤에 지퍼를 목까지 끌어 올렸다. 하기와라는 그를 배웅하려는 듯 남방 위에 밤색 패딩을 입었다.

"좋아, 가자."

마나베가 먼저 현관문 앞으로 걸어가자 하기와라가 "잠깐, 저거 안 가져가?"라고 물었다. 마나베는 멈칫했다. 그리고 하기와라의 시선을 따라 고개를 움직였다. 목적지엔 괴조도가 있었다.

마나베는 고심하는 표정을 짓다가 마지못해 입을 열었다.

"잠시 네가 맡아 주면 안 될까?"

민폐일 수도 있겠단 생각이 들었지만, 상대방이 거절하기 미안할 만큼 자상하게 웃었다.

"뭐……, 안 될 건 없지만……."

하기와라가 마나베의 자상한 얼굴과 벽 하단에 비스듬히 세워져 있는 괴조도를 번갈아 봤다.

"부탁할게."

그렇게 말하며 하기와라를 뚫어져라 쳐다보는 마나베. 하기와라는 마지못해 고개를 끄덕거렸다.

"고마워. 금방 다시 찾으러 올게."

옅은 미소를 짓고 먼저 바깥으로 나가는 마나베. 마나베가 사라지자, 원룸 안엔 괴조도와 하기와라만이 남게 되었다. 집 안 곳곳에 부적이 붙어 있었으므로 불길한 기운을 두려워할 만한 공포감은 조성되지 않았다. 애초에 저 그림이 주물이라는 증거도 없다. 그런 의미에서 하기와라는 내일, 저 그림을 가지고 아는 영능력자를 찾아가기로 다짐했다. 만약 주물임이 확인된다면 소장 가치가 높게 책정될지도 모르니까.

하기와라는 생각을 멈추고 바깥으로 나갔다.

"하야세 씨라고 했었나?"

하기와라가 입에 담배를 물었다. 밖은 시린 바람이 지배하고 있었다. 하기와라의 물음에 마나베는 대답 대신 조심스레 고개를 끄덕였다.

"괴조도를 찾고 있다며? 정말 내가 맡아도 되는 거야?"

하기와라의 입에서 쏟아져 나온 담배 연기가 바람을 타고 마나베에게까지 날려 왔다. 마나베는 허공에 손을 휘저어 연기를 막았다.

"괜찮을 거야. 그 사람 은근히 맘에 안 들어서 말이지."

기껏 내뱉은 말이 사적인 비난이라니. 하기와라의 표정에 물음표가 떠올랐다. 이내 눈을 게슴츠레 뜨면서 마나베를 쳐다보았다. 마나베는 하기와라의 표정을 보고 살며시 웃으면서 이유를 설명하기 시작했다.

"하야세 씨 말이야, 자신보다 아래에 있는 사람 말은 원래 잘 안 듣거든. 요리카와 씨가 시나리오를 담당하는 것도 맘에 안 들어 했어. 솔직히 말하면 난 하야세 씨의 시나리오로 만든 영화도 좋아해. 아마 직원이 아니었더라면 열렬한 팬이었을 거야. 근데 뭐랄까, 나처럼 가까운 사람의 말은 신경도 안 쓰는 듯한 느낌이야. 대중의 평가에만 집착하는 것 같아. 그래서 나처럼 힘없는 사람은 거들떠보지도 않는 거지."

하기와라는 잠자코 그의 이야기를 들었다. 이따금 장발 머리칼을 귀 뒤로 넘기고, 다시 원상 복구하는 등 의미 없는 행동을 되풀이하면서.

"뭐, 하야세 씨를 혐오하는 정도는 아니야. 그냥 맘에 안 들어. 그뿐이야. 그래서 그 그림이라도 조금 늦게 가져다주고 싶은 기분이 들어."

"애도 아니고 웬 투정이야?"

하기와라는 비웃었다. 마나베 또한 자신의 행동거지와 생각이 조금 어이없다는 생각이 들어서 피식 웃었다.

"그럼, 이제 가 볼게."

마나베는 숨을 크게 한 번 내뱉고 하기와라의 등을 살짝 두드렸다.

"그래, 몸조리 잘하고. 그림 금방 찾으러 오고 말야."

하기와라가 담배를 입에 문 채로 말했다. 마나베는 고개를 끄덕이면서 차에 탑승했다.

잠시 뒤, 하기와라의 시야에서 마나베의 차량이 완전히 사라졌다. 그는 담배 한 개비를 더 꺼내면서 무심결에 원룸 건물을 올려다보았다. 역시나 가장 먼저 보인 건 2층에 자리한 하기와라 본인의 집 창문이었다.

"응?"

자기도 모르게 얼빠진 소리가 새어 나왔다. 창문에 뭔가 이상한 게 보였다. 아니, 계속해서 보이고 있었다. 초록색 커튼이 흔들리고 있다. 분명 창문은 굳게 닫혀 있고, 바람이 들어올 만한 이외의 공간은 없다. 흔들림의 강도로 보건대 바람이 새어 들어와서 그런다기보다는 꼭 누군가가 커튼을 잡고 마구 흔들고 있는 것 같았다.

그는 서둘러 발걸음을 옮겼다. 빠르게 집 안으로 들어와서 커튼에 시선을 던졌다. 커튼 아래엔 괴조도가 놓여 있었다. 갑작스레 온몸의 털이 곤두서는 한기가 엄습했다.

커튼이 천천히 펄럭거리고 있다. 앞으로 걸어가서 커튼을 확 열어젖혔다. 창문이 조금이라도 열려 있는지 확인한 다음, 이곳저곳에 손바닥을 가져다 대어 바람이 새는지 확인했다.

역시 바람이 들어오지 않는다.

이상하네.

그렇게 생각하고 있는데 문득 발목에서 묘한 감각이 일었다. 동시에 하기와라의 몸이 돌처럼 딱딱히 굳어 버렸다.

뭔가가······.

그는 천천히 고개를 숙였다. 고개는 뻑뻑했지만, 굳은 몸처럼 움직임이 불가하진 않았다. 고개를 완전히 꺾은 순간, 마음속에서 심상치 않은 경고음이 광기랄 정도로 요동쳤다.

누군가의 손이 하기와라의 발목을 꽉 붙잡고 있었다. 숯처럼 딱딱해 보이는 팔뚝, 검은 딱지나 벌레에 뒤덮인 것 같은 형태의 두 손이 그의 발목을 붙잡은 채, 양옆으로 안개를 분사하고 있었다. 마치 불타는 도중 꺼낸 장작 같은 모습이었다.

이윽고 팔뚝의 살이 찢어지기 시작했다. 새빨간 근육이 보일 정도로 좌우로 빠르게 갈라졌다가 다시 원래 상태로 결합했다. 안개 같은 것은 살갖이 갈라질 때 뿜어져 나오는 것이었다. 살결이 갈라지는 부위 속에선 불꽃이 흐르듯 빛나고 있었다. 그러다 살결이 갈라지면 연기와 함께 징그러운 모양새로 꿈틀거리는 근육이 보인다. 지진으로 인해 갈라진 대지, 그런 광경이 떠올랐다. 이 그로테스크한 팔과 손은 괴조도에서 튀어나오고 있었다. 하기와라는 그 사실을 깨달은 즉시 몸부림쳤다.

발목을 조여 오는 그것의 악력이 시간이 흐를수록 강해지고 있었다. 더군다나 정신이 혼미해질 정도로 뜨거웠다. 하기와라는 결국 버티지 못하고 비명을 내질렀다.

"으아아!"

시야는 선명했다. 눈앞에 펼쳐진 풍경은 특별하달 것 없는 평소의 집이었다. 하반신은 이불 속에 갇혀 있었다.

꿈, 꿈이었나?

오컬트 물건을 수집하다 보면 빈번히 기괴한 꿈을 꾼다. 물론 그것이 일상을 마비시킬 정도는 아니지만, 잠에서 깨고 나면 찜찜한 느낌이 뇌에 끈적하고도 농밀하게 달라붙어 있다. 방금 꾼 꿈도 그랬다.

고개를 돌렸다. 괴조와 눈이 마주쳤다. 평소 그는 오컬트 물건이나 주물을 진열대에 전시해 둔다. 그리고 천막으로 가려 놓는다. 그런데 문제는 이 괴조도를 둘 마땅한 자리가 없다는 것이었다. 그냥 이렇게 세워 두자니 찜찜한 느낌이 들어서 견딜 수 없었다. 역시 이 물건도 모습을 가려 두는 게 좋겠다는 생각이 들었다.

하기와라는 한숨을 푹 내쉬면서 이불을 들췄다. 바로 다음 순간, 그는 카라카사[4]처럼 혓바닥이 길쭉한 요괴가 마치 등을 쑤욱 핥는 듯한 감각을 맛보았다. 일상적인 공포보다 몇 곱절은 강력한 전율이 전기 불꽃이 파바밧 튀기듯 터져 나왔다.

아닌 게 아니라 피멍이 발목을 둘러싸고 있었다. 그는 곧바로 발목을 꾹꾹 눌러 보았다. 통증이 느껴졌다. 피멍은 정확히 사람의 손 모양으로 나 있었다. 공기 중에 농밀한 기색이 떠다녔다. 알 수 없는 무언가가 자신을 지켜보고 있는 듯한 감각에 휩싸였다.

형언할 수 없는 거북함을 뒤로하고, 곧장 휴대폰을 켜 시간을 확인한다. 오후 2시. 약 한 시간 반 정도 잔 모양이었다. 그렇다

---
[4] 우산의 모습을 한 요괴.

는 건, 하기와라 본인이 잠들어 있을 때 뭔가가 멋대로 집 안에 들어와 그의 발목에 상처를 냈다는 이야기가 되어 버리고 만다.

하기와라는 정신이 혼미했다. 그럼에도 그의 손은 해야 할 일을 알고 있다는 듯 분주하게 움직였다.

"……여보세요? 지금 잠깐 시간 되시나요? 아니……, 그건 아닙니다만, 아무래도 위험한 물건이란 생각이 들어서……. 네, 두 시간 뒤 말씀인 거죠? 네, 간단한 확인이면 됩니다. 아무래도 심상치 않아서 말이죠. 천이요? 있습니다. 네, 매번 하던 대로 말이죠? 네, 금방 출발하겠습니다."

전화를 끊고 나서 하기와라는 천으로 괴조도를 감싸기 시작했다. 처음 가져온 천이 크기에 맞지 않는다. 고민을 거듭하다 하는 수 없이 오컬트 진열대를 가리고 있는 천을 걷어냈다. 그리고 그 천을 이용해 괴조도를 칭칭 감았다. 두 번, 세 번 자신만의 철칙 아래 철저히 매듭을 짓고 나서 겉옷을 입었다.

책상 위에 놓인 거울에 얼굴이 비쳤다. 지저분한 수염이 신경에 거슬렸지만, 여유롭게 면도할 시간 따위는 없다. 씻지도 못했지만, 괜찮다. 탈취제를 옷 구석구석에 뿌리고, 괴조도를 들었다. 그러나 뭔가가 이상한지 고개를 갸웃한다. 어째서인지 천이 따뜻하다. 왜일까.

이대로 방 한가운데에 가만히 서 있으면 기묘한 정적에 사로잡힐 것만 같다. 그래서 생각을 멈추고 서둘러 발을 뗐다. 현관에 서서 잠시 고민했다. 역시 부적을 가져가는 편이 낫겠다. 하기와라는 벽의 코르크 보드에 압정 핀을 이용해 걸어 둔 부적 중 붉은색 부적을 떼어 냈다. 올해 절분회 때 나리타산신쇼지에서 액막이 기도를 받고 구매한 부적이었다. 해당 부적을 주머니에 넣고 밖으로 나갔다.

바깥은 비가 내리고 있었다. 하기와라는 우산을 쓰지도 않고 괴조도를 꼭 끌어안은 채, 차로 달려들었다. 문을 열고 운전석에 탄다. 괴조도를 조수석에 두고, 시동을 걸었다. 차량 뒷좌석에 비닐우산이 있는 것을 제대로 확인한 다음, 심호흡하기 시작했다.

"너무 춥잖아……."

입김이 새어 나온다. 불과 몇 시간 만에 바깥 기온이 상상 이상으로 추워졌다. 두 손을 비볐다. 그리고 키키모라 인형[5]에 숨을 불어넣듯 두 손바닥에 따스한 입김을 불었다.

고개를 돌려 괴조도를 덮고 있는 흰색 천을 바라보았다. 오컬트 광팬임에도 자신에게 일어난 괴현상을 믿고 싶지 않았다. 생명의 위협을 받고 있다는 사실에서 비롯된 두려움이 있었기 때문이었다. 갑작스레 발목 부근이 아려 왔다. 역시 현실이다. 의심할 필요도 없다. 그렇게 생각했기 때문일까. 심장 박동이 한층 격렬해졌다.

와이퍼를 켜고 액셀을 천천히 밟았다. 주택가를 빠져나오자,

---
5) 일본의 애니메이션 괴담 레스토랑에 등장하는 사신.

주변이 번쩍였다. 가까운 곳에서 벼락이 떨어졌는지 1초 만에 천둥소리가 천지를 울렸다. 저 멀리 어스름으로 뒤덮인 구름의 행렬 아래, 쏟아지는 비를 뚫고 새 떼가 활공하는 광경이 펼쳐졌다.

그때였다. 스마트폰의 진동이 하기와라의 허벅지를 간지럽혔다. 그는 갓길에 차를 세우고 전화를 받았다.

[하기와라 씨, 잠깐 통화할 시간 되십니까?]

나카자토 세이료의 음성이 하기와라의 고막을 울렸다.

"네, 듣고 있습니다."

하기와라는 어딘가 불편한 목소리로 말을 던졌다.

[메일로 전문을 담고 싶었지만, 아무래도 직접 말씀드리는 게 나을 것 같다는 생각이 들었습니다. 다름이 아니라 백괴금이란 존재에 관해서 부수적으로 발견한 내용들이 있습니다. 메일에 적어 뒀다시피 타카토리 마을에서는 백괴금을 위한 인신 공양이 이루어졌다고 했습니다. 기억하시죠?]

"네, 기억하고 있습니다."

[『에도묘상(妙相)지리서』라는 서적이 있습니다. 본 서적에 타카토리 마을과 해당 마을에서 모시는 황신인 백괴금에 대해 굉장히 자세히 기술되어 있더군요. 일단 확실히 말할 수 있는 건 말이죠. 그 그림, 괴조도라고 부른다죠? 아무튼 그 그림은…… 백괴금도가 확실합니다.]

그 말을 들은 즉시 하기와라의 심장이 불규칙적으로 뛰기 시작했다.

"그런가요?"

[네. 해당 서적의 글은 마을 주민들에게 백괴금이 얼마나 경외심 깊은 대상이었는지를 잘 나타내고 있습니다. 오히려 서적에 기술되어 있는 설명과 묘사가 소름 끼칠 정도로 무겁고 가히 충격적이라 저 또한 심히 놀랐을 지경입니다.

그럼, 거두절미하고 바로 설명하겠습니다. 불을 다스리는 백괴금이란 존재의 기원은 헤이안 시대로 거슬러 올라갑니다. 자세한 지역은 나와 있지 않으나 서남아시아에서 건너온 악신. 저는 그 지역이 아마도 인도가 아니었을까 예상합니다. 그도 그럴 것이 타카토리 마을에선 백괴금을 '화천(火天)님'이라는 이명으로도 불렀다고 합니다. 짐작이 가십니까?]

하기와라의 눈이 번뜩였다.

"화천이라면 불교의 호법신 아닙니까?"

[맞습니다. 그 화천이라는 존재의 모태는 인도 신화, 힌두교에 등장하는 불의 신 아그니라고 하지요.]

"그렇다면 나카자토 씨가 백괴금의 발원지를 인도로 추측하는 이유가 이해되겠군요. 하지만 화천 혹은 아그니라면 오히려 선한 신적 존재들이 아니던가요?"

[맞습니다. 일본에 팽배한 불교 문화, 특히 밀교의 일종인 진언종이라 함은 인도 힌두교의 신화를 상당 부분 흡수한 종파입

니다. 따라서 이 진언종에선 힌두교의 여러 신들이 불교 버전으로 바뀌어 등장하지요. 이때 불의 신 아그니는 불의 수호신 화천으로 바뀌게 된 것이고요. 타카토리 토착민들 또한 이 진언종을 믿고 있었고, 이는 백괴금이란 존재를 진언종의 화천이라는 존재와 동일시했을 가능성이 높다는 이야기로 바꿔 말할 수 있습니다.

그러니까 제가 하고 싶은 말은 실제로 백괴금이 화천과 조금 상이한 부분, 일테면 화천은 불을 이용해 악을 물리치는 존재지만, 백괴금은 불을 이용해 악행을 저지르는 부분이 있다고 할지라도 토착민들에게 백괴금은 우러러볼 수밖에 없는 신적 존재였으며 당시의 지식으로는 그나마 엇비슷한 존재인 '화천님'이라고 표현할 수밖에 없었던 것입니다. 오히려 저는 백괴금이라는 이름이 훨씬 늦게 붙여졌을 것으로 추측하고 있습니다.]

"그렇군요. 서로 불을 다스린다는 공통적 특성 때문에 벌어진 일……, 오해군요. 그렇다면 시간이 흐르면서 타카토리 주민들은 본인들이 우러러보는 대상이 '화천'이 아님을 깨닫고, '백괴금'이라는 이름을 새로 붙인 걸까요?"

[굉장히 좋은 접근이군요. 저는 그럴 가능성도 있다고 생각합니다. 이 백괴금은 외부로부터 타카토리 마을을 지켜 주기도 했지만, 인신 공양이 이루어지지 않을 경우 마을에 큰 악재가 들이닥치곤 했습니다. 앞서 언급했다시피 이는 황신 신앙과도 관련

이 있는 모양입니다.]

"황신이라면 난폭하기로 유명한 부엌 혹은 불의 신이지요?"

[맞습니다. 자신을 섬기지 않으면 흉사, 흉조를 내리는 황신 또한 불과 연관이 있지요. 『에도묘상지리서』에 몇 가지 관련 기록들이 남아 있습니다. 서적에 따르면 마을 주민들이 제물을 바치지 않은 해에는 반드시 끔찍한 일들이 벌어졌다고 합니다. 일례로 에도 막부 말기의 어느 여름, 타카토리 마을에 알 수 없는 역병이 돌았습니다. 이 당시는 일본 전역이 콜레라로 고통을 받고 있었기 때문에 타카토리 마을에 돌았던 역병 또한 콜레라가 아니었을까 싶었지만, 서적에 기술되어 있는 증상은 어쩐지 콜레라와는 거리가 멀어 보였습니다.

대표적인 증상으로는 몸이 불타는 듯한 작열통에 시달리다가 수일 내에 죽습니다. 이때 사망자의 안구는 새빨개져 있다고 합니다. 아마도 고통을 참느라 혈관 압력이 높아져 미세 혈관들이 다 터져 버렸기 때문이겠지요. 그뿐만이 아닙니다. 마을의 농업은 의문의 새 떼에 의해 망가지게 되고, 이 집 저 집에서 하루가 멀다 하고 불과 관련된 인명 사고가 일어나기 일쑤였습니다.]

"그 기현상을 끊어 내려면……."

[지벌을 끊어 내기 위해서는 번제를 해야만 했습니다.]

"번제요?"

[네, 짐승 혹은 이외의 제물을 불에 태워 바치는 것이지요.]

"그럼, 두 명의 인간을 제물로 바친다는 게……."

[안타깝지만, 예상하시는 바가 맞습니다. 두 명의 인간을 산 채로 불태운 다음, 백괴금에게 바쳤습니다. 이러한 번제를 행하면 이따금 마을 주민들의 염원을 백괴금이 이루어 준다는 이야기도 있었습니다. 번제 의식 중, 백괴금에게 소원을 비는 것이지요. 이러한 번제 의식 또한 힌두교의 아그니 신화에서 영향을 받은 것 같더군요. 물론 아그니가 번제의 신이라고 할지라도 인신공양과는 그다지 연관이 없지만요.]

"그렇군요. 참, 괴조도를 백괴금도라고 확신하는 이유는 무엇입니까?"

[아, 잊고 있었군요. 『에도묘상지리서』에 나와 있는 바에 의하면 이렇습니다. 타카토리 마을의 당주, 그러니까 타카토리 가문에선 백괴금의 큰 깃털을 깎아 붓으로 만들어 존경의 의미를 담아 백괴금을 그렸습니다. 그리고 그 그림 안에 백괴금의 일부가 깃들었다 하여 신체(神體)처럼 정성스레 보관했던 것이지요. 게다가 서적 내의 그림 묘사가 괴조도와 정확히 일치합니다. 이후 메이지 시대, 불교 탄압 정책에 의해 백괴금 신앙과 마을은 무너졌고, 더 이상 그림에 큰 의의를 두지 않게 된 것입니다. 그 한 가닥의 깃털은 어디에 있는지 모르지만, 그 깃털로 그린 그림이 현재 하기와라 씨에게 있는 거죠.]

"그러고 보니 감정가분께서 그림은 에도 초엽 때 제작되었을 것이라고 했습니다. 백괴금이라는 단어가 에도 시대 때부터 사용되기 시작했다면 시기는 얼추 맞겠군요."

[그런 것 같습니다.]

"그렇다면 백괴금은 인도에서 넘어온 존재가 아니라 원래부터 일본 땅에 머무르고 있던 신적 존재라는 건가요?"

[확실하진 않습니다만, 저는 그렇다고 생각합니다. 서적에선 백괴금을 서남아시아에서 건너온 악신이라 설명하고 있지만, 지금의 지식으로 생각해 보면 이 역시 화천과 백괴금을 혼동하고 있는 마을 주민, 백괴금이 화천이라 믿고 있던 마을 주민에 의해 와전된 이야기가 아닐까 싶습니다. 작가는 마을 주민의 이야기를 듣고 글을 썼을 테니까요.]

나카자토와의 통화가 끝난 후에도 하기와라는 한동안 아무것도 할 수 없었다. 상상 이상으로 깊고도 사위스러운 존재가, 인간으로서는 헤아릴 수 없을 정도로 거대한 존재가 조수석의 그림 안에 깃들어 있을지도 모른다고 생각하니 무기력한 기분이 들었기 때문이다. 곧 음침한 기운이 온몸에 끈적하게 달라붙었다.

역시 좋지 않다. 그런 생각이 그의 머리를 한사코 때렸다.

5

2022년 11월 26일(5)

노파의 집 안.

아사히로 일행은 코타츠[6]가 놓인 6조짜리 다다미방 안에서 노파를 기다렸다. 시간이 꽤 흘렀는데도 차를 우리러 간 노파는 돌아오지 않았다.

"이상하네요. 무슨 일 생긴 거 아녜요?"

사토미의 안색이 칠흑으로 물들었다. 사건에 대해 생각하던 아사히로는 그 말을 듣고 자리에서 벌떡 일어났다. 그런데 갑자기 시게루가 그를 제지하면서 "제가 나가 볼게요."라고 말하는 것이 아니겠는가. 예상치 못한 시게루의 행동에 아사히로는 잠시 당황하다가 고개를 끄덕였다.

시게루는 샛장지를 열고 방에서 나온 다음, 부엌으로 향했다. 찻주전자가 끓고 있었다. 서둘러 화력을 제로로 돌려놓는다. 부엌에 노파가 없는 것을 확인하자마자 복도로 나가 목소리를 낸다.

"저기……."

화장실과 욕실 문은 모두 열려 있었다. 불이 꺼져 있었고, 노파는 없었다. 차례로 1층을 둘러본 결과 어느 곳에서도 노파의 기척은 느껴지지 않았다. 하는 수 없이 2층으로 향하는 첫 번째 계단에 발을 올린 순간, 옆에서 기척이 느껴졌다. 뭔가가 스으윽

---

[6] 탁자에 이불을 덮은 난방 기구.

스으윽 하고 다가오는 것 같았다. 시게루는 저도 모르게 고개를 돌렸다.

"1층엔 안 계시네요."

언제 나온 건지, 다행히도 눈앞엔 사토미의 어여쁜 얼굴이 떠올라 있었다. 그녀의 옆에 아사히로도 서 있었다.

"역시 2층에 계시려나……."

사토미는 그렇게 덧붙인다. 짙은 향수 내음이 시게루의 코를 덮쳤다.

그때였다. 2층 안쪽에서 쿵 하고 뭔가가 떨어지는 소리와 함께 집 전체에 진동이 울렸다. 소리와 진동의 크기로 보건대 그것은 마치 사람이 넘어졌을 때 발생하는 것과 비슷했다. 세 사람은 일순 서로를 쳐다보다가 곧장 계단을 올랐다.

2층엔 두 개의 방이 있었다. 계단을 오르자마자 보이는 방은 문이 열려 있어 안을 한 번에 들여다볼 수 있었다. 노파는 그곳에도 없었다. 남은 방은 가장 안쪽에 있는 방이었다. 그 방의 문은 굳게 닫혀 있었다. 일행은 한달음에 달려가서 안쪽 방문을 활짝 열어젖혔다.

"이게…… 도대체……."

기묘한 감각이 순식간에 일행을 덮쳤다. 눈앞에 펼쳐진 광경에 둔기로 머리를 맞은 것 같은 느낌이 들었다. 방 한가운데엔 노파가 쓰러져 있었고, 그 주위를 까마귀 떼가 덮고 있었다. 까마귀들은 몸을 파르르 떨면서 창 바깥으로 도망가기 시작했다. 여기저기 검은 깃털이 흩날렸다.

"할머니! 괜찮으세요?"

재빨리 노파의 상태를 살피러 간 사토미는 불안에 휩싸였다. 어느 부위가 아픈 건지는 모르지만, 노파는 끙끙 앓는 소리를 내며 어떠한 말을 중얼거리고 있었다.

시게루와 아사히로가 까마귀 떼를 내쫓고 사토미와 노파의 곁에 붙었다. 다행히 노파의 숨이 끊어진 것은 아니었지만, 정신을 제대로 차리지 못하고 있었다.

"상태가 많이 안 좋으셔요."

사토미의 말에 아사히로가 서둘러 119에 전화했다. 곧, 노파의 입에서 흘려들을 수 없는 말이 흘러나오기 시작했다.

"잘못……했……어요."

"네?"

황급히 사토미가 되묻는다.

"방금 뭐라 하신 거예요?"

시게루는 눈을 휘둥그레 뜨면서 사토미를 쳐다보았다.

"저도 잘……."

사토미는 천천히 고개를 내저었다. 그녀의 표정이 당혹스러움에 물들어 있었다.

"뜨거워……. 뜨거워……."

그 단어를 들은 즉시, 시게루와 사토미의 눈이 번쩍였다.

"살려 줘……. 잘못했다고……. 미안……. 죄송합니다……."

노파의 눈꺼풀이 부르르 떨렸다. 반달 모양으로 옅게 빛나는 흰자위와 검은 동공이 말도 안 되는 속도로 요동치고 있었다. 노파의 머리를 무릎에 올려 둔 사토미는 두려움에 휩싸였다.

"몸을…… 너무 떠세요……."

사토미가 어찌할 바를 모르는 표정으로 시게루를 바라보았다. 노파는 손발을 이리저리 꺾고, 경기를 일으킨다.

"구급대원분들 곧 오실 겁니다."

아사히로가 다급한 목소리로 말했다. 그제야 아사히로의 시야에 노파가 발작을 일으키는 모습이 들어왔다.

"살려…… 주세요……."

노파의 입에서 흘러나온 말이었다. 다만, 그것은 노파의 목소리가 아니었다. 방금까지 들어 왔던 노파의 갈라지는 목소리가 아닌 의문의 미성이 그녀의 입에서 흘러나왔다.

"살…… 려…… 주세요."

이내 미성 속에서 듣기 거북한 목소리가 피어올랐다. 그 목소리는 인간의 목소리가 아닌 짐승의 비명에 가까웠다.

약 5분 후, 구급대원이 도착했다. 일행은 이 집에서 벌어진 일을 일목요연하게 설명한 뒤 차량으로 돌아왔다.

상황이 일단락된 뒤에도 폭풍은 그들의 머릿속에서 휘몰아치고 있었다. 그러나 아사히로는 개의치 않는 듯한 표정을 띠며 핸들을 돌렸다. 차량의 앞 유리는 막다른 길을 영사하다가 화면을 전환했다. 뻥 뚫린 길이 앞으로 이어지고 있었다. 그제야 사토미와 시게루는 측면에 자리한 창문을 통해 타카초 가를 바라볼 수 있었다. 무슨 이유에서인지 아사히로는 액셀을 밟지 않는다.

하늘은 다시금 악의 기운으로 뒤덮였다. 전혀 화창하다고 할 수 없는 날씨였다. 시게루와 사토미는 여전히 타카초 가를 바라보고 있었다. 안개 속에 갇혀 있을 때보다 훨씬 위태로워 보였다. 만약 처음부터 저런 모습이었다면 들어갈 생각도 하지 않았을 것이다.

위험했구나.

두 사람은 그렇게 생각했다. 타카초 유리에의 기억과 함께 이곳에 묻혀 버렸을 수도 있겠다는 생각 또한 들었다.

차량 내부에 적요가 감돌았다. 그 누구도 말을 꺼내지 않았다. 문득 아사히로는 뒷좌석으로 고개를 돌렸다. 의문의 카세트테이프가 사토미의 옆좌석을 차지하고 있었다.

과연 저 안에 뭐가 들어 있을까. 누가 두고 간 것일까.

"그럼, 출발하겠습니다."

한층 낮게 깔린 아사히로의 목소리가 시게루와 사토미의 귓전을 문질렀다.

제5장 멜트다운 317

차량이 양옆으로 원생림이 즐비한 국도에 들어섰을 무렵, 다시 비가 내리기 시작했다. 원래라면 사건 기록부를 열람한 뒤 연락이 끊겼다던 나라현 경찰을 찾아갈 생각이었다. 그러나 해당 경찰이 멀쩡히 경시청 형사에게 연락을 취해 자신은 괜찮으니, 아사히로 일행과의 대면은 거절하겠다고 말했다고 한다. 따라서 일행은 해당 경찰은 만날 수가 없어졌다.

"역시 저주는 주위 사람들에게도 영향을 끼치는 게 맞나 보네요."

시게루가 나지막이 말했다. 창밖으로 흩날리는 빗방울을 주시하면서. 이형의 존재에 대한 그의 불신이 완벽히 무너졌다는 것을 입증할 만한 순간이었다. 그는 인간이 헤아릴 수 없는 존재의 실존에 대해 인정하고 겸허히 받아들이고 있는 모양이었다.

"그야말로 진퇴양난이네요. 괴조도와 타카초 유리에 대해 알아 나가려고 하면 주변 사람들에게 피해가 가고, 그렇다고 조사를 그만둔다면 얼마나 많은 사람이 죽어 나갈지……."

앞좌석의 아사히로와 시게루는 나름의 추리를 늘어놓고, 앞으로에 대해 이야기해 나갔다. 이에 반해 뒷좌석의 사토미만은 어쩐지 다른 세계에 갇혀 있는 듯한 느낌이었다. 그녀는 빗발치는 빗줄기를 바라보며 상념에 잠겨 있을 뿐이었다.

사토미는 차량이 출발하기 전, 어렴풋이 무언가를 보았다. 타카초 가의 꼭대기, 그곳에…… **누군가**가 우두커니 서 있던 것 같았다.

6

2022년 11월 26일(6)

어느덧 종합 병원의 거대한 풍채가 어둑한 하늘과 건물의 군집 사이에서 어슴푸레 떠올랐다. 움의 바닥 같은 구덩이에 고인 물웅덩이를 힘껏 박찰 때마다 철퍽거리는 소리가 양옆으로 갈라졌다. 미사키는 신발과 양말이 흠뻑 젖어 가는데도 아랑곳하지 않고 달렸다. 잠시 뒤 횡단보도 앞에 멈춘다. 맞은편에 자리한 한 빌딩이 종합 병원을 완전히 가렸다.

세상의 종말이 다가오기라도 한 듯 뇌우가 빗발쳤다. 먹구름 속에선 섬광이 끝없이 뒤틀렸고, 나무뿌리의 모양새를 한 번개가 곳곳에서 빗발치고 있었다. 끝없이 쏟아지는 폭우에 눈이 잘 떠지지 않았다. 칼단발인 머리카락은 이미 헝클어진 지 오래였다. 옅게 칠한 화장도 거의 지워졌다.

카페에서 뿜어져 나오던 연기는 더 이상 보이지 않았다. 어쩌면 이미 마이가 있는 병원 안으로 들어갔을지도 모른다. 붉게 빛나는 보행자 신호 앞에서 미사키는 발만 동동 굴렀다.

그때였다. 하늘이 더 어두워졌다. 눈 깜짝할 새에 어두워졌다고나 할까. 무언가가 하늘을 뒤덮은 것만 같았다. 고개를 들어 올렸다. 빗물이 눈 속으로 스며들었다. 상공에 펼쳐진 풍경에 미사키는 소스라치게 놀랄 수밖에 없었다. 셀 수 없이 많은 흑빛 덩어리가 하늘을 뒤덮고 있었기 때문이었다. 그건 틀림없이 새 떼였다.

그런데…… 네 무리로 나뉜 새 떼들의 방향이 조금 이상했다. 흡사 서로를 들이받기라도 하려는 듯이 가운데 지점을 향해 빠른 속도로 이동하고 있었다. 예상은 빗나가지 않았다. 새 떼는 서로 강하게 부딪쳤다. 그리고 빠른 속도로 지면과 가까워지기 시작했다. 수백 마리나 되는 저 새들이 이 사거리에 떨어진다면 끔찍한 일이 발생하리라. 주위 사람들은 모두 우산을 쓰고 있었지만, 그것으로는 전혀 안전하다고 생각할 수 없었다.

'이 인파와 수십 대의 차량을 저 새 떼가 덮치기라도 한다면…….'

미사키의 머릿속에선 마땅한 해결 방안이 떠오르지 않았다. 그저 멍하니 저 재앙의 부스러기가 떨어지는 걸 지켜보고만 있을 뿐이었다.

신호등이 초록빛으로 빛난다.

차량 여러 대가 일제히 출발한다.

그 순간, 유리 파편이 튀어 오른다.

사방에서 비명이 들려온다.

도로, 인도, 건물 위, 종류 불문 여러 새의 사체가 비와 함께 우후죽순 쏟아져 공백을 메꾸기 시작한다.

아수라장.

아비규환.

새 떼에 놀란 차량 여럿이 액셀과 브레이크를 헷갈리는 바람에 충돌한다. 잔해물이 공중으로 튀어 오른다. 혼잡해진 도로는 추돌 사고가 잇따른다.

천둥소리 사이사이로 차량의 경보음과 비명이 섞여 들어간다.

결국 새 떼는 완전히 추락하고 말았다.

미사키의 호흡이 가빠진다.

주변을 가득 메운 소음들이 옅어져 간다.

어떻게 해야 할까.

감당할 수 없다.

'나로선 감당할 수 없어.'

물속에 들어가 있는 듯 외부의 소리가 흩어진다.

그때 그녀의 발치로 까마귀 한 마리가 툭 떨어졌다. 동시에 앰뷸런스의 사이렌 소리가 공기를 가로지르고 귓전으로 달려들었다. 그제야 정신을 차린 미사키는 앞으로 달려 나갔다. 더 이상 새는 떨어지지 않는다. 여긴 어른들에게 맡기자. 미사키는 생각했다. 이곳에 있어 봤자 도움을 줄 수 없다.

마이라도, 마이라도 구해야 한다.

마이의 병실이 자리한 6층에 도착한 시각은 오후 2시 28분. 물을 최대한 짜내고 들어왔지만, 아직도 옷에서 물이 조금씩 흐르고 있었다. 엘리베이터 문이 천천히 열렸다. 긴 복도가 보였다. 그리고 그 끝에 누군가가 쓰러져 있었다.

직감이 말했다.

저 사람은…… 야시로 마이다.

이 층을 따로 관리하는 사람은 없는 걸까? 병원 관계자는 코빼기도 보이지 않았다. 미사키는 빠른 속도로 마이에게 다가갔다. 마이는 병실 문에 등을 기댄 채로 눈을 감고 있었다.

"마이!"

아무리 흔들어 보아도 일어나지 않는다. 의식이 없는 것 같았다. 맥을 짚었다. 심장은 잘 뛰고 있다. 시선을 아래로 두었다. 마이의 손안에 뭔가가 들어 있다. 미사키가 그걸 조심히 꺼냈다. 마이가 조모에게 받았다던 기묘한 물체였다.

아직 제로가 찾아오지 않은 걸까. 아니면 이미 찾아왔던 걸까? 동물의 손……. 잠깐. 문득 미사키는 어떠한 사실을 깨달았다.

'이거…… 원숭이 손……?'

은근히 사람의 손과 비슷하지만 크기가 현저히 작은 이 물체는 원숭이의 손처럼 보였다. 아닌 게 아니라 언젠가 언니 사토미에게서 '원숭이 손'이라고 불리는 묘한 주술에 대해서 들은 적이 있었다. 물론 미사키는 그런 것에 그리 큰 관심을 두고 있는 사람이 아니었기 때문에 한 귀로 듣고 한 귀로 흘렸었지만.

과연 원숭이 손이란 주술의 내용은 이러하다. 해당 주술이 성행했던 곳은 미야자키현이나 나라현으로 예상되지만, 그 뿌리가 확실하진 않으므로 주술의 방법으로 넘어가고자 한다. 주술을 거는 방법으로는 먼저, 새끼 원숭이를 길들인다. 이후, 원숭이가 사람의 말을 잘 따르게 될 무렵, 집에서 가장 큰 크기의 기둥에 못으로 원숭이의 손을 박아 넣는다. 그렇게 원숭이는 기둥에 매달려 있게 되는데 이때 원숭이에겐 아무런 먹이도 물도 주어서는 안 된다. 그러니 시간이 흐를수록 원숭이는 고통에 갇힌 채, 죽음을 향해 달려가게 된다. 시간이 흘러 원숭이가 죽기 직전 마지막으로 울음소리를 낼 때, 원숭이의 손을 단번에 잘라 버린다. 그렇게 완성된 원숭이의 손을 잘 간직하면 집안에 길조가 가득하게 된다는 이야기다.

이것은 음양도와도 연결 지을 수 있는데, 특히 원숭이는 '떠나다'와 발음[7]이 같으므로 '재앙을 떠나보내는 동물'이라는 인식이 있다. 어느 산지에선 원숭이를 '악령을 쫓아 주는 신비롭고 신성한 존재'로 여긴다고도 한다. 물론 음양도에서 원숭이란 동물 자체가 인간을 수호하는 동물로 여겨지는 것은 아니지만, 길조를 상징하는 동물이기에 때때로 재앙을 몰아내거나 악령을 퇴치하는 데 유용하게 활용될 수 있다고들 한다.

---

7) '원숭이'와 '떠나다'는 일본어로 '사루'라 읽는다.

미사키는 그 이야기를 떠올리면서 원숭이 손을 자세히 바라보았다. 역시 원숭이의 손이 맞으리란 생각이 들었다. 동물의 손 중 인간과 가장 비슷한 손이라 하면 원숭이가 제일일 것이다. 며칠 전, 이 물체로부터 미묘한 힘을 느낀 것도 단순한 우연이 아니라, 이 물체가 주술이 걸려 있는 원숭이의 손, 즉, 주물이었기 때문이리라.

그렇다면 그동안 마이를 지켜 왔던 건, 이 원숭이 손의 효험 가득한 능력일지도 몰랐다. 재앙을 쫓는다……. 그런데 가장 중요한 건, 마이의 조모의 정체였다. 원숭이 손을 어떻게 구한 건지. 이 주술에 대해 어떻게 알고 있는지. 왜 마이에게만 주었는지. 원숭이 손은 왜 야시로 일가 중 마이만 지킨 건지.

수많은 물음이 미사키의 머릿속에서 헤엄쳤다. 만약 이 물건이 원숭이 손이 맞다면 마이의 조모는 주술 분야에 조예가 깊은 사람일 것이다. 그렇게 생각하니 새삼 마이의 집안 내력이 궁금해졌다. 뭐가 어떻게 됐든 일단 원숭이 손을 돌려주기로 했다. 마이는 환자복 차림이었지만, 어깨 위에 카키 점퍼를 걸치고 있었다. 점퍼 주머니에 원숭이 손을 넣었다.

그때 어딘가에서 목소리가 들렸다.

"저기요!"

반대편 복도에서 한 남성이 달려오고 있었다. 의사였다. 당황한 기색이 역력한 표정을 지으며 미사키에게 말했다.

"무슨 일이죠?"

"그게…… 만나러 왔는데 이렇게 쓰러져 있었어요. 기절한 것 같아요. 맥을 짚어 봤는데 심장은 잘 뛰고 있어요."

미사키가 일목요연하게 정보를 전달했다. 의사는 미사키를 의심의 눈초리로 쳐다보았다. 높은 습도에 아직 마르지 않은 옷과 젖은 탓에 엉겨 붙은 머리카락. 그런 미사키의 행색은 의심을 사기에 충분했다. 하지만 지금은 환자의 상태를 보는 게 급하다. 의사는 미사키에게 짧게 감사함을 표하고 마이의 상태를 점검하기 시작했다.

"주사는 환자분이 직접 뽑으신 걸까요?"

의사가 마이의 옷소매를 올려 보고는 놀라며 물었다. 미사키는 마이의 팔을 쳐다보았다. 손바닥까지 뱀처럼 구불구불 흐르다가 굳어 버린 피가 보였다. 이에 미사키는 "그런 것 같아요."라고 말하고 잠시 자리를 비켰다.

화장실에 도착한 그녀는 젖은 머리를 털고 옷매무새를 정돈했다. 수도꼭지를 틀고 세수한다. 화장실은 불이 들어오지 않아 어둑했다. 수도를 잠그고 거울을 바라보았다. 얼굴에서 물이 뚝뚝 떨어지고 있었다. 정신이 멍해졌다. 잠시 뒤, 다리가 후들거리기 시작했다. 꽤 오래 달렸기 때문인지도 모른다. 이윽고 다리에 힘이 풀려서 주저앉고 말았다.

미사키는 이상하다고 생각했다. 분명 제로의 표적은 미사키

본인 혹은 마이처럼 그림을 본 사람이었을 텐데, 왜 일반 시민들까지 새 떼에게 공격받은 걸까. 혹시 그림을 보지 않았더라도 그림을 본 사람의 곁에 있으면 저주의 영향권에 드는 건 아닐까. 그렇게 생각하자 죄책감이 봇물 터지듯 쏟아졌다. 수도에서 물이 뚝뚝 떨어지는 작은 소리가 화장실에서 공명했다.

'한시라도 빨리 괴조도를 찾아야 해.'

그렇게 생각하며 힘겹게 몸을 일으켰다. 그때 화장실 불이 켜졌다. 비접촉 센서 등인 걸까? 아니, 그렇담 왜 지금에서야 켜진 걸까. 주위를 둘러보는데 문득 기묘한 악취가 코 주변으로 올라왔다. 화장실 벽이 조금 전보다 더 더러워져 있었다. 흡사 오래된 폐건물에 놓인 화장실처럼 이끼가 껴 있고, 곳곳에 곰팡이가 피어 있었다.

인파가 몰리는 병원이 이렇게 더러울 리가 있을까? 의문스러웠다. 불이 켜지기 전까지 몰랐다기보다는 불이 켜지기 전과 불이 켜진 후의 공간 자체가 바뀐 것 같은 느낌이었다. 그 순간, 늘 어서 있는 변기 칸 쪽에서 기척이 느껴졌다.

'사람이 있었나?'

가장 안쪽에 있는 칸의 문에서 잠금장치를 해제하는 둔탁한 소리가 울려 퍼졌다. 그녀는 숨죽이고 화장실 끝을 가만히 바라보았다.

끽.

끼익. 끼긱. 끼이이이익.

문이 서서히 열린다.

잠시 뒤, 미사키는 서둘러 화장실을 빠져나갔다. 얼마나 발걸음을 옮겼을까. 복도 중앙에서 발걸음이 멈췄다. 손이 벌벌 떨렸다. 뇌리에선 조금 전 보았던 기괴한 장면이 떠오르고 있었다.

맨 안쪽에 자리한 칸의 문이 열린다.

그리고 그곳에서 뭔가가 쭈욱 튀어나온다.

거멓게 탄화된 열 손가락이.

문틀의 좌우를 살며시 잡는다.

동시에 칸 바닥에서 연기가 나타난다.

꿈틀거리는 연기가 바닥을 지배한다.

다음 순간, 머리가 천천히 나오기 시작한다.

얼굴의 측면을 다 덮을 만한 길이의 머리카락.

그것은 고개를 떨군 채, 얼굴 어딘가에서 연기를 뿜어내고 있다.

분사되는 위치로 보건대 그곳은 입이리라.

서서히 고개가 돌아가기 시작한다. 미사키가 있는 쪽을 바라보기 위해.

으드득. 으득.

굳어 버린 몸. 숯처럼 견고하게 변해 버린 몸을 안간힘 써서 움직이려는 듯 느릿한 움직임. 목을 부수고 갈아 버려서라도 미사키 쪽을 바라보려는 의지와 살의, 헤아릴 수 없는 고통과 지옥 구덩이에서 상승하는 비명이 순식간에 화장실 전체에 퍼져 나갔다.

마주친다.

이대로 가다간 틀림없이 마주친다.

머릿속 영사기는 해당 지점에서 과부하가 걸려 고장 나고 말았다. 그 즉시 미사키는 발걸음을 옮겼다. 화장실 밖으로 나오자, 물속에서 뭍으로 빠져나온 것 같은 감각이 일었다. 조금 전의 사위스러운 분위기는 온데간데없이 사라졌다.

미사키는 금세 마이의 병실 앞에 도착했다. 문은 개방되어 있었고, 침대 위에 마이가 누워 있었다. 의사는 기다렸다는 듯이 미사키에게 다가왔다.

"소개가 늦었군요. 야시로 씨의 담당의 치넨 노부유키입니다."

멀끔한 인상에 동그란 안경을 쓰고 있는 치넨이 말했다. 그제야 미사키의 시야에 왼쪽 가슴팍에 달린 치넨의 명찰이 들어왔다.

"네, 안녕하세요. 전 호시에 미사키라고 합니다. 마이는 좀 어떤가요?"

"특별한 이상은 없어요. 심박수도 안정적이고, 호흡도 규칙적이에요. 아마 30분 내에는 깨어날 것 같습니다."

치넨이 살며시 웃었다. 이에 미사키는 안도하며 고개를 끄덕인다. 치넨은 미사키에게 몇 가지 주의 사항을 알려 준 다음, 한 연락을 받고 급하게 아래로 내려갔다. 이 무렵, 기이하게도 6층은 소란스러워지기 시작했다. 빈 병실은 원래 없던 것처럼 병원 관계자들이 여러 1인 병실을 들락거렸고, 그곳에서 환자들이 나오는 등의 광경이 그녀의 눈앞에 펼쳐졌다.

미사키는 마이의 병실 안에 놓인 의자에 앉았다. 몸을 돌려 창문을 통해 바깥을 바라보았다. 하늘을 뒤덮고 있던 먹빛이 흩어졌다. 태양은 지느러미를 길게 늘어뜨리고 있었다. 맹렬한 볕이 창문을 투과했다.

젖어 있던 머리칼도 옷도 거의 말랐다. 문득 뭔가가 떠올랐다. 미사키는 마이의 곁으로 의자를 옮겼다. 그리고 마이의 팔목을 살며시 잡았다. 미사키의 눈이 여명으로 빛났다.

눈앞이 잠시 일그러졌다. 몇 초 뒤, 시야에 떠오른 풍경 속엔 중년의 남성이 있었다. 아무래도 마이의 아버지 쇼고 씨겠지. 어렴풋이 보이는 배경엔 도코노마와 밤하늘이 절반씩 비쳤다. 쇼고와 마이는 툇마루에 걸터앉아 있었다. 무슨 대화를 하고 있는지는 잘 들리지 않는다. 다만, 두 사람이 행복하게 웃고 있다는 사실만큼은 확실했다.

그 풍경이 흩어지고, 하얀 욕실이 떠오른다.

"뜨거워."

물로 가득한 욕조 안에서 마이는 그렇게 말한다. 마이의 고개가 오른쪽으로 돌아간다. 시선이 닿은 곳은 오른 팔뚝. 그곳에 검붉은 멍 자국이 나 있다.

미사키는 재빨리 손을 떼고, 마이의 소매를 끝까지 걷어 올렸다. 아직 멍이 남아 있었다. 색은 초록색으로 변해 있었다. 미사키의 몸에서 식은땀이 새어 나왔다. 뜨거운 햇볕이 몸을 덮고 있기 때문이 아니었다. 정신이 아득해질 정도의 공포 때문이었다.

도대체 몇 명이 위험에 빠져야 이 저주가 막을 내릴까. 아니, 이 저주를 없앨 수는 있는 걸까?

금방이라도 왈칵 눈물이 쏟아져 나올 것 같은 기분에 사로잡혔으나 가만히 있을 수는 없었다. 그녀는 일단 휴대폰 케이스를 벗겨 탁자 위에 올려 두었다. 분홍색 곰 캐릭터의 얼굴이 그려진 케이스가 햇볕을 반사했다. 마이가 잠에서 깨어나 케이스를 본다면 분명 알아차릴 것이다. 미사키가 곁을 지키고 있었다는 것을.

미사키는 마이의 얼굴을 한번 바라본 뒤 빠르게 병실 밖으로 나왔다. 이내 아예 병원 밖까지 빠져나오면서 그녀는 생각했다.

'아사히로 씨의 추리는 틀렸어. 제로는 설정한 목표만 노리는 것이 아니라 그 목표 주위의 것도 부수는 거야.'

1

2007년 10월 11일

이대로 가다간 정말 끝장이다. 고무라 세이치는 생각했다. 지난 9일 새로 발생한 피해자, 타치바나 히마리 또한 이와사카 고교 2학년 1반 학생이었다. 역시 사건 현장엔 빗창 앵무의 깃털이 있었다. 조금 특이한 점이라면 깃털은 피해자가 입고 있던 속옷 속에 들어 있었다.

사인은 청산가리로 인한 독사였다. 청산가리가 발견된 곳은 타치바나의 방에 있던 감자칩이었다. 감자칩의 표면에 청산가리가 발려 있었다. 감자칩 봉지를 자세히 확인한 결과, 주삿바늘을 꽂은 흔적이 남아 있었다. 그 말인즉, 범인은 청산가리가 용해된 독극물을 감자칩 봉지에 미리 주입해 두었다는 말이었다. 또한 타치바나의 목에서 점상 출혈 흔적과 혈종이 발견되었는데 이는 목 졸림의 흔적이었다.

그리고 이번 사건에선 예상외의 결과가 나온 부분이 있었다. 그건 바로 타치바나의 시신에선 메스암페타민이나 암페타민 성분이 전혀 검출되지 않았다는 것이었다. 혹여 다른 마약을 했을까 여러 시약 검사와 정밀 검사를 실시해 봤지만, 도출되는 특별 성분은 없었다.

아키타, 고시로 사망 사건처럼 깃털이 있었다는 점에 주목해 동일범의 소행으로 보고 있긴 하지만, 범인이 각성제를 복용한 사람만을 노리고 있다는 의견은 타치바나의 시신 부검 결과가 나옴에 따라 사라져 버렸다.

그럼에도 타카초, 아키타, 고시로, 타치바나, 이들을 연결하는 고리는 충분히 있었다. 타카초, 아키타, 고시로를 사슬로 잇는 것은 각성제고, 아키타, 고시로, 타치바나를 잇는 것은 깃털이다. 그렇다면 아직 연결되지 않는 것처럼 보이는 사람은 타카초와 타치바나 두 사람이다. 하지만 고무라가 두 사람이 함께 등장하는 학교 폭력 영상을 회의 때 공개함에 따라 어떻게든 두 사람의 관계를 묶을 수는 있었다.

타치바나 독살 사건의 용의자는 역시 편의점 직원이었다. CCTV 확인 결과, 무라키라는 편의점 직원은 무려 20분 동안 편의점을 비운 것으로 확인되었다.

"말 좀 해 보세요."

고무라가 무라키를 향해 강압적으로 말했다. 시게는 이미 무라키를 범인으로 보고 있는 눈치였다. 앞선 사건들의 범인이 아닐 수는 있어도 타치바나 살해 사건은 모방범인 무라키일 것이라 생각하고 있었다.

무라키는 더러운 아파트에서 살고 있었다. 고무라와 시게가 그를 찾아간 시각은 오후 1시. 무직인 무라키는 매주 수요일을 제외하고 평일에 편의점 아르바이트를 해 연명하고 있었다.

무라키의 집은 그야말로 쓰레기장이 따로 없었다. 탑처럼 쌓인 컵라면 쓰레기와 푹 찌는 여름에 사용해 놓고 빨지 않은 듯 냄새나는 이불, 정리 정돈이 제대로 이루어지지 않은 식료품들과 싱크대의 공간을 잡아먹고 있는 찌꺼기투성이 식기들. 당장 바퀴벌레가 천장에서 우수수 떨어져도 이상하지 않을 정도였다.

"글쎄, 전 정말 아니라니까요."

무라키는 억울함에 호소하듯이 말했다. 시게에게 그런 무라키의 모습은 같잖은 연기로 느껴질 뿐이었다.

"그러니까, CCTV에서 사라진 20분 동안 어디에 있으셨습니까?"

고무라는 한숨을 내쉬었다.

"보니까, 감자칩에 무슨 짓을 한 건 찍히지 않았던데요. 그래도 타치바나가 가게에서 나간 직후 곧바로 따라 나가셨잖아요. 그리고 20분 동안 가게를 비우셨는데 어떻게 된 일인 거죠, 무라키 씨?"

시게가 말했다.

"20분입니다, 20분."

고무라가 거들었다. 무라키는 울상을 지었다. 그러곤 아무 말도 하지 않고 휴대폰을 열었다. 이내 몇 번 빠르게 조작한다. 그때였다. 시게가 갑자기 그의 휴대폰을 뺏어 들었다.

"이리 주십시오!"

무라키가 침을 튀겨 가면서 필사적으로 그에게 달려들었다. 시게는 다가오는 무라키의 손을 피하려다가 휴대폰 자판을 마구 짓누르고 말았다. 무라키가 책상을 밀면서까지 달려들어 시게의 손을 때렸다. 시게의 손에서 휴대폰이 떨어졌다.

고무라와 시게가 분개하는 무라키를 막으면서 떨어진 휴대폰을 보았다. 그 휴대폰을 본 순간, 두 사람의 생각 회로가 굳어 버렸다. 화면에 타치바나의 얼굴이 떠올라 있다.

"선배님, 이거!"

시게가 외쳤다.

"쓰레기 경찰 새끼! 내놔!"

무라키가 포효했다. 고무라는 화면 속에 떠올라 있는 타치바나의 얼굴을 보고 주먹으로 무라키의 볼을 힘껏 가격했다. 무라키는 바닥에 힘없이 쓰러진다. 그 광경에 시계가 화들짝 놀랐다. 이 양반 징계받은 지 얼마나 됐다고 이럴까. 방금은 너무 무모했다.

"하……, 다 말하겠습니다……."

무라키가 힘겹게 일어서며 나지막이 내뱉었다. 시계와 고무라는 사진첩을 계속 확인한다. 타치바나의 사진 말고 이렇다 할 사진은 없었다.

사진 속 타치바나는 눈을 감고 있었다. 뒷배경으로 보건대 실내는 아니었다. 아스팔트 도로가 보였고, 머리 위쪽엔 푸른 잡초와 흩뿌려진 흙 같은 게 어렴풋이 보였다. 과연 여기가 어딜까.

무라키가 마른세수를 하며 입을 연 건, 페트병에 담긴 소량의 물을 전부 마신 뒤였다.

"묘하게 끌렸달까요."

무라키가 미묘하게 웃는다.

"단 한 가지도 빠짐없이 말하는 게 좋을 겁니다."

고무라가 팔짱을 꼈다.

"알았어요. 타치바나 히마리라고 했죠? 그 학생이 마음에 들었습니다. 취향이었달까요. 아무튼 그 학생이 가게에서 나갈 때 머리핀을 떨어뜨렸습니다. 그걸 제가 주웠고요. 출입문 앞에서 몸을 숙이는 장면이 찍히지 않았습니까?"

무라키가 묻자, 고무라가 고개를 끄덕였다. 다시 말을 잇는 무라키.

"전 그 머리핀을 돌려주려 했습니다. 그런데 아무래도 그 학생이 절 이상하게 본 모양인지 가방으로 머리를 때리고는 도망갔습니다."

"그럼에도 계속 쫓아간 이유는?"

시게가 물었다.

"머리핀을 돌려주고 싶었습니다. 다른 의도는 정말 없었습니다."

도대체 그 말을 어떻게 믿을까? 고무라는 한숨을 내쉬었다.

"처음엔 바깥에 서서 고민했습니다. 쫓아가야 할까 말아야 할까. 그러다 한 3분쯤 지나서였나, 빨리 돌려주고 오자는 생각이 들었습니다. 물론 그쯤에는 여학생의 모습이 보이지 않았어요. 아마 자전거를 타고 있었기 때문이겠죠. 일단 전 일직선으로 쭉 달렸습니다. 어느 정도까지 가 보고 못 찾겠다 싶으면 포기하려 했어요. 그런데……."

무라키가 말끝을 흐린다. 두 형사는 동시에 무라키를 노려본다.

"아뇨, 그렇게 쳐다보지 마시고……."

무라키가 당황한 표정으로 손사래를 친다. 무라키의 머릿속은 이미 온갖 걱정과 불안으로 가득 차서 과거의 기억을 끄집어내는 데엔 다소 무리가 있었다. 아니, 기억을 끄집어내는 건 그리 힘들지 않다. 요컨대 되살려 낸 기억을 정리하여 입 밖으로 내뱉는 데에 시간이 걸리는 것이었다.

"쓰타바라시 남쪽에 작은 동산길이 있어요. 편의점으로부터 그리 멀지 않은 거리지요. 그 입구에 타치바나…… 그 학생이 가만히 서 있었습니다. 물론 이때도 자전거를 탄 채 한 발만 땅에 내린 거라 서 있다고 하기 애매한 부분이 있지만……."

시계는 계속 쓸데없는 말을 하는 무라키가 탐탁지 않았다. 반면 고무라는 쓰타바라시에 살고 있었기 때문에 해당 동산길을 알고 있었고, 무라키가 지리적인 부분을 이용해 거짓말을 하고 있지는 않다는 사실을 곧 깨달았다.

"그럼, 왜 그때 빠르게 다가가서 머리핀을 건네주지 않은 거죠?"

시계가 물었다.

"글쎄요……. 왜인지는 모르지만, 제 발도 멈추게 되더라고요."

무라키가 이상한 웃음소리를 내자 시계는 더 이상 참을 수 없을 것만 같았다. 이 남자가 순순히 자백하게 만들고 싶었다. 시계의 마음속이 끓어오르든 말든 무라키는 말을 계속 이어 갔다.

"대략 1분쯤 지나서였을까, 자전거 페달을 밟고 동산 안으로 들어가더군요. 그때가 돼서 전 정신을 차리고 달리기 시작했습니다. 손목시계를 보니 시간이 꽤 흘렀더군요. 서둘러 가게로 돌아가야 했는데 어쩐지 머리핀을 꼭 돌려줘야만 한다는 생각이 들어서 되돌아갈 순 없었습니다. 애초에 그 시간대는 손님이 거의 없습니다. CCTV에도 제가 가게를 비웠을 동안 찾아온 손님이 단 한 명도 없지 않았습니까? 물론…… 함께 일하는 나츠메 씨께 일방적으로 폐를 끼친 건 맞습니다. 점장님께도 무지하게 혼쭐났습니다. 원래라면 해고당해도 할 말이 없을 테죠……. 봐주신 것만으로도 감사할 따름입니다……."

"그래서 동산 안으로 들어갔습니까?"

고무라는 목이 타는지 물을 벌컥 들이켠 다음 물었다.

"네. 그런데요, 한 동산의 중간 지점이었을까요. 거기서 이상한 걸 봤습니다."

무라키는 필사적으로 당시를 떠올리려는 듯 눈알을 굴렸다. 그리고 말문이 막혀서는 허공을 향해 검지를 치켜들고 팔을 흔들었다.

"그……, 그……, 여학생이 쓰러져 있었습니다."

뻔하다. 시게는 뻔한 거짓말이라고 생각했다.

"타치바나 히마리가 동산 중간에 쓰러져 있었단 말입니까?"

고무라가 묻는다.

"네. 근데 말이죠, 거기에 누군가가 있었습니다. 쓰러진 타치바나 앞에요."

"누군가……?"

이상한 기운이 감돌았다. 시게는 무라키가 여전히 거짓을 내뱉는 데 열중하고 있다고 생각했지만, 고무라는 어딘가 이상함을 느꼈다. 이쪽 업계에선 베테랑 형사의 촉이라고들 하지만, 고무라는 그런 걸 믿지 않았다. 그럼에도 무라키의 증언이 어딘가 진실된 증언이란 생각이 들었다.

"네, 남자인지 여자인지는 모릅니다. 그런데 키가 컸던 것과 전체적인 분위기로 미루어 보아 아마 남자였을 겁니다."

"얼굴은 봤나요?"

고무라가 상체를 살짝 내밀었다.

"아뇨, 바람막이 후드 집업을 입고 있었어요. 검은색이었습니다. 게다가 캡 모자에, 옷에 달린 후드 모자까지 쓰고 있어서 얼굴이 잘 보이지 않았습니다. 거리가 꽤 멀기도 했고요."

"그 남성은 무라키 씨를 봤나요?"

"아마 봤을 겁니다. 그 사람은 쓰러져 있는 타치바나를 잠깐 보다가 곧 반대편으로 사라졌어요."

"그럼, 이 사진은 당시 쓰러져 있던 타치바나를 찍은 건가요……?"

시게가 말했다.

"맞습니다. 그때 찍었습니다."

도대체 사진을 왜 찍은 걸까. 시게는 이런 변태와 한자리에 있다는 사실 자체가 불쾌할 따름이었다.

"왜 쓰러져 있던 건지……는 알아냈나요?"

"처음엔 단지 넘어졌을 뿐이라고 생각했죠. 금방 사라진 그 남성도 여학생을 도울 필요가 없어 보여서 그냥 갔다고 생각했습니다. 아니면 그저 엮이고 싶지 않아서 무시했으리라고도 생각했죠. 그런데 가까이 가 보니까 타치바나는 눈을 완전히 감은 상태로 쓰러져 있더군요. 순간, 식겁해서 숨을 쉬는지 확인해 봤습니다. 다행히 숨은 잘 쉬고 있더군요. 하지만 그런 곳에서 잠을 자고 있을 리는 없잖습니까? 저는 어떠한 연유가 있었기 때문에 기절했다고 생각했지요. 일단 전 머리핀을 옆에 두고 그녀를 깨우려고 막 흔들었습니다. 근데도 일어나지 않더군요."

"역시 목 졸림이겠네."

고무라는 그렇게 말하면서 무라키의 휴대폰 속에 떠오른 타치바나의 얼굴을 자세히 들여다보았다. 타치바나의 목 아래 피부가 붉게 부어 있는 것이 보인다.

"그러고 보니 목 부근이 약간 붉게 부풀어 올라 있긴 했습니다. 사진으로도 보일 겁니다."

무라키가 자연스레 휴대폰을 가져가려 하자 고무라가 시게에게 휴대폰을 건넨다.

"근데 왜 그때 신고하지 않은 겁니까? 그냥 사진을 찍었다고 해도 그것이 범죄라는 사실은 알고 계시죠?"

시게는 휴대폰을 한 손으로 감싸 쥐고 눈썹을 찡그렸다.

"죄송합니다. 한 번만 봐주세요."

무게감 있는 단어를 묘하게 장난스러운 어투로 말하는 무라키.

"일단 그다음은 어떻게 된 겁니까?"

고무라가 물었다.

"그게…… 아무리 깨워도 일어나지 않아서 신고하려고는 했습니다. 근데 그때, 학생의 손이 움찔거리더군요. 생각이 많아지더라고요. 학생이 곧 일어날 기색이었습니다. 근데 만약 제가 그곳에 있으면 학생은 틀림없이 절 신고할 것 같다는 생각이 들었습니다. 제가 생각해도 의심스러운 정황이라 잘못하면 끝장이란 생각이 들었습니다. 그래서 전 빠르게 도망쳤습니다. 어차피 학생이 깨어나려고 하는데 제가 거기에 있어 봤자죠……."

"아니, 그럼, 정확히 얼굴 사진은 언제 찍은 거죠?"

"학생이 깨어나려고 하기 직전이었을 겁니다. 도망가려다가 문득 두고두고 보고 싶다는 생각이 드는 바람에 충동적으로 그만……. 다시 돌아와서는 재빨리 찍고 달아났지요. 이렇게 보나 저렇게 보나 이상한 놈이라서 정말 죄송합니다. 죄송합니다."

무라키는 면목이 없다는 표정으로 말했다.

역시 변태다. 시게는 생각했다.

"타치바나 히마리가 죽었다는 사실은 이미 알고 계셨을 텐데 왜 필사적으로 숨긴 겁니까? 출석 요청에도 불응하시고."

"저와는 관련이 없는 일이라 생각했으니까요. 어차피 제가 본 타치바나는 멀쩡히 살아 있었잖아요. 굳이 엮일 필요가 없다고 생각했습니다. 그녀가 동산에서 기절해 있던 것과 죽음 자체는 아예 분리된 일이라 생각했거든요. 휴대폰을 필사적으로 지키려한 건, 제가 범인으로 의심될지도 모른다는 생각이 들어 충동적으로 행동했던 것 같습니다. 아무쪼록 죄송합니다."

무라키가 정중하게 고개를 숙였다. 그러면서도 타치바나 히마리를 몰래 촬영했다는 사실이 들켜 버려 부끄러운지 얼굴이 붉게 달아올랐다.

"그래도 무라키 씨가 봤다던 그 남자에 대한 증거가 나오기 전까진 무라키 씨를 용의선상에서 배제할 수 없습니다."

고무라가 자리에서 일어났다.

"알고 있습니다."

무라키도 따라 일어났다. 그의 표정에 근심이 깃들었다.

"하지만 그날 본 걸 믿고 말해 주셔서 감사합니다. 인근 CCTV를 전부 뒤져 무라키 씨가 말한 남성의 흔적을 찾아보겠습니다. 무라키 씨 덕분에 범인을 찾을 수 있을지도 모릅니다."

고무라는 진중한 표정으로 말했다. 그 말에 무라키는 어쩐지 감동을 받은 듯하다. 반면 시게는 코웃음을 치면서 무라키를 노려보았다.

"이만 가 보도록 하겠습니다. 참, 저희 경찰 측의 출석 요청에 되도록 응해 주시면 감사하겠습니다. 괜히 체포 영장이 발부될 수도 있거든요. 무라키 씨가 정말 떳떳하시다면 범인을 찾는 데 협조 부탁드립니다."

고무라가 현관에 서서 말하자 시게가 자리에서 일어난다. 무라키도 따라 일어서며 고개를 끄덕였다.

차량에 탑승한 시게와 고무라는 어쩐지 정적에 휩싸였다.

"어때요, 무라키 저놈?"

무라키가 바깥까지 나와 두 사람의 차량을 향해 몇 번이고 허리를 접어 인사하고 있었다. 한 네 번쯤이 되어서였을까. 그제야 무라키는 쓰레기장 같은 집 안으로 돌아간다.

"무라키 씨가 범인인지 아닌지는 모르지. 그런데 대충 어떻게 된 건지는 알 것 같은데. 범인은 동산의 중간 지점에서 타치바나의 목을 졸라 기절시키고, 감자칩 봉지 안에 청산가리를 주입했어. 타치바나가 편의점에 들른 시각과 동산에서 나온 뒤 근처에 놓인 각각의 CCTV에서 찍힌 두 시각의 편차가 기묘하게도 너무 길어. 자전거를 타고 있었는데도 말이야. 편차가 대략 40분 정도라는 것을 생각해 보면 동산 중간에 쓰러져 있었다는 말이 얼추 맞는 것 같은데. 중요한 건, 타치바나를 기절시킨 범인이 무라키냐 그 검은 옷의 남자냐인데……."

고무라의 설명에 시게는 액셀을 밟으며 고개를 끄덕였다.

"그럼, 그 검은 옷의 남자에 대한 증거를 우선으로 찾아야겠군요."

시게는 담담한 어조로 말을 흘렸다.

"하지만 검은 옷의 남자를 찾았다고 해도 마냥 안심할 수는 없어. 무라키 씨가 잘 꼬았을 수도 있거든."

"예? 그게 무슨……."

시계는 고개를 휙 돌려 고무라를 쳐다보았다. 다행히 전방의 신호등은 붉게 빛나고 있다.

"내가 말할 가설에선 '검은 옷의 남자는 범인이 아니다'를 전제로 해. 무라키 씨는 사실 타치바나를 놓친 게 아니었어. 동산 중간까지 잘 따라붙었고, 타치바나를 기절시키는 데 성공했지. 그런 다음, 사이코패스처럼 지니고 다니던 청산가리를 감자칩 봉지에 주입했어. 이 모든 게 가능했던 건, 뒤쪽에서 범행을 뒤집어씌울 사람, 즉, 검은 옷의 남자가 해당 시각에 동산을 오른다는 것을 미리 알고 있었기 때문이었지. 편의점 직원이라면 누군가의 루틴을 자연스레 알게 될 수도 있으니까. 몇 번 검은 옷의 남자가 지나가는 장면을 봤을 수도 있지. 해당 시간에 말이야. 무라키 씨가 일하는 편의점에 자주 들렀을 수도 있고.

아무튼 그날 또한 검은 옷의 남자는 그들의 뒤에서 천천히 걸어오고 있었어. 그런데 타치바나는 자전거를 타고 있었고, 무라키 씨 또한 달리거나 빠른 걸음이었지. 그러니 타치바나, 무라키 이 두 사람과 검은 옷의 남자 간의 거리는 점점 벌어질 수밖에 없어. 그렇게 되면 범행 시간을 확보할 수 있지. 이때 무라키 씨는 범행을 저지르고 덤불 속에 숨었어. 자전거와 타치바나도 잘 숨겼고 말이야. 이제 시나리오대로 검은 옷의 남자가 천천히 걸어 올라올 거야. 검은 옷의 남자는 느긋하게 동산을 넘는 거야. 자기가 죄를 뒤집어쓸 운명인 것도 모른 채 말이지.

"자, 동산의 입구 부근, 편의점이 놓인 방향을 입구 부근이라 쳤을 때, 그 방향에 놓인 CCTV는 오로지 편의점 내부의 CCTV 단 한 개뿐이야. 그런데 동산의 출구 방향, 일직선으로 쭉 나아가 도달하는 타치바나의 집이 놓인 방향을 출구 부근이라 쳤을 때, 해당 방향에 놓인 CCTV는 동산 출구에 가까이 있지. 뭔지 모르겠어?"

"혹시 동산의 입구에선 언제 들어갔는지 알 수 없지만, 언제 출구로 나왔는지 알 수 있다?"

"맞아. 출구 부근에 놓인 CCTV 자체도 동산을 정면으로 비추고 있는 것이 아니므로 확실하지는 않지만, 무라키 씨의 경우엔 교묘하게 이용했을 수도 있다고 봐. 만약 무라키 씨가 증언한 대로 출구 부근에 놓인 CCTV에 검은 옷의 남성이 찍혔다면 수사는 다시 원점으로 돌아가는 거야. 도대체 그 동산길 안에서 무슨 일이 일어났던 건지 우리는 전혀 알 수 없는 거지."

"무라키가 범인이라면 역시 충동적으로 범행을 저질렀던 것이겠군요."

핸들을 우측으로 돌리면서 시계가 작게 내뱉었다.

"그렇다고 봐야지. 편의점 CCTV 영상에 무라키 씨가 타치바나에게 고개를 숙이더군. 타치바나는 봉지를 확 뺏듯이 낚아챘고. 분명 둘 사이에서 무슨 일이 있었던 것 같긴 한데. 분노를 주체할 수 없는 성격이라면 충동적으로 범행을 저질렀다고 볼 수 있겠지.

 일단 저지른 다음 생각하는 거야. 설령 설계가 볼품없다고 해도 말이지. 감정에 장악당해 충동적으로 범행을 저질러 버렸으니 맹점 다분한 증언을 이용해 되는 대로 칼날을 방어하고 시치미를 뗀 다음, 마지막에 가선 자신의 운을 시험할 수밖엔 없다고 판단한 거지. 설령 그 증언이 수사에 혼선을 주기라도 한다면 무라키 씨의 입장에선 시간을 벌 수 있는 거니까. 쓰타바라의 출입을 통제하고 있으니, 도주는 힘들 테지만."

 "그런데 왜 바로 죽이지는 않은 걸까요?"

 "조금의 이성이 무라키 씨의 발목을 잡은 게 아닐까? 아무래도 직접적인 살인은 더 많은 증거를 남기기 마련이지. 범행에 시간차를 이용하면 범인을 잡기 힘들다는 사실쯤은 사전에 알고 있던 모양이야."

 "이해할 수 없네요. 범행 동기를 이해하려고 해도 이해할 수 없는 그런 사람들이 있잖아요. 공감……이라고 해야 할까요? 범인의 입장이 되어서 어떤 동기로, 어떤 방법으로 범행을 저질렀을까, 자문을 떠올리며 생각해 봐야 할 때가 많은데, 이런 식의 사이코패스라면 이해 자체를 포기해야 하나 봐요. 하긴…… 그러니까 살인을 저지르는 거겠죠? 참 어렵네요, 경찰."

 시게가 한숨을 내쉰다. 고무라는 그를 쳐다보며 쓴웃음을 지었다.

"작위적인 듯한 증언이 의외로 진실일 때도 있으니 속단하지는 마. 일단 되는 대로 인근 CCTV와 편의점 CCTV를 꼼꼼히 살펴보자고. 여러 증거를 취합해 봐야 해."

고무라가 말했다.

2

2007년 10월 13일

하늘에 구멍이라도 뚫린 것처럼 비가 쏟아지는 오후였다. 히라츠지 카페 레스토랑의 구석 자리에선 비밀스러운 대화가 한창이었다.

"도대체 어떻게 안 거야?"

고무라는 터져 나올 것 같은 의구심을 억지로 억눌렀다.

"몰라요. 놀란 건 저희 쪽도 마찬가지라고요."

하쿠바가 말했다. 역시 어울리지 않는 뿔테 안경을 쓰고 있었다.

고무라는 두 사람이 다음 희생자를 정확히 알아맞힌 것에 대해서 놀라움을 금치 못하고 있었다. 아니, 경악했다고 표현하는 것이 정확하리라. 타치바나 독살 사건 당일, 하쿠바와 사나에는 고무라의 차에 타 있다가 희생자의 정체를 듣자마자 멋대로 집으로 돌아가 버리는 바람에 제대로 물을 수 없었다.

"모르다니? 너희 두 명이 타치바나 히마리가 죽는다는 걸 알아맞혔잖아? 애초에 타치바나 히마리의 사망 추정 시각에 너넨 나와 함께 있었고 말이야."

"범인이 겐모토 다이치가 아닐까, 했거든요."

사나에가 멜론 소다를 휘휘 저으며 나지막이 말했다. 다만, 그녀의 시선은 멜론 소다의 청록빛 풍경에 박혀 있었다.

"그게 누구지?"

"저희 반 남자애요."

사나에가 묘한 눈빛으로 고무라를 쳐다보았다. 고무라는 어쩐지 사나에의 눈을 보고 있으면 으스스해서 못 견딜 것만 같았다. 기상 상황이 나빠서 그런 것이 아니다. 사나에의 모습 자체가 요괴 같은 것도 아니다. 그냥 저 아름다운 눈망울의 이면 속에 고무라 자신으로서는 상상할 수 없을 만큼 소름 돋는 기운이 스며들어 있는 것 같았다.

"너희가 말한 겐모토 다이치란 남학생이 범인이라는 건가?"

"아니에요."

하쿠바가 고개를 내저었다.

"그래서 저희도 모르겠다고 하는 거예요. 겐모토가 범인일 줄 알고 예상한 다음 타깃이 타치바나였거든요. 근데 겐모토한테 상상치도 못한 알리바이가 있더군요."

사나에가 한숨을 내쉰다.

"알리바이……?"

사나에는 휴대폰을 꺼내 들었다. 그런 다음 화면에 한 사진을 띄워 고무라에게 보여 주었다.

"이게 뭐지……?"

"겐모토 다이치예요."

사진 속엔 두 남성이 팔짱을 끼고 화기애애 웃고 있었다. 주변은 어둑하면서도 밝았다. 그게 무슨 말인가 하면 도심의 밤 풍경 같은 느낌이었다. 하늘은 까마득하지만, 이곳저곳에서 형형색색의 불빛이 반짝이고 있었다. 아무래도 두 남성은 번화가의 중심을 걷고 있는 것으로 예상된다. 둘 중에 어느 쪽이 겐모토 다이치일까?

"어느 쪽?"

"왼쪽이요."

고무라가 왼쪽에 있는 겐모토에게 시선을 둔다. 활짝 웃고 있는 겐모토. 장발 머리에 눈이 작았다. 물론 웃고 있기에 그리 보이는 것일 수도 있다.

"그럼, 오른쪽은?"

"몰라요. 소문에 의하면 남자 친구라던데……."

사나에가 피식 웃었다.

"잠깐, 남자 친구……?"

고무라의 두뇌 회전이 잠깐 멈췄다. 그래, 친구라기엔 너무 가까워 보이는 사이긴 하다. 게다가 젠모토의 남자 친구는 학생으로 보이지 않는 용모였다. 하쿠바와 사나에는 고무라의 반응을 기대했다는 듯이 웃었다.

"이 사진은 어떻게 얻은 거야?"

"저희가 사람을 붙여 놨거든요. 하루 종일 미행하게 시켰어요. 타치바나가 죽을 때 젠모토는 시내에 있었어요. 그러니까 범인일 가능성은 거의 제로에 가깝죠."

고무라는 그녀의 말을 듣고 생각에 잠겼다. 사람을 붙였다니. 아무래도 사나에가 돈을 이용해 사람을 고용한 모양이었다. 그렇게까지 돈을 펑펑 써도 막지 않는 부모가 있나? 아니, 세상엔 이해할 수 없는 사람이 차고 넘친다.

"근데 너 돈을 그렇게 막 써도 되는 거야? 부모님이 뭐라 안 하시나?"

고무라가 눈을 게슴츠레 떴다.

"별로요. 저희 부모님 정도면 축복이죠. 유리에의 아버지를 생각하면 뭐……."

사나에는 갑작스레 엉성한 미소를 보였다. 게다가 뭔가가 두려운 건지 목소리를 약간 떨었다.

"타카초 신야 씨?"

고무라의 머릿속에 타카초 신야의 용모가 천천히 떠올랐다.

한쪽으로 쓸어 넘긴 머리카락, 진한 눈썹, 축 처진 눈꼬리, 그 아래로 흩날리는 다크 서클, 옅은 수염 자국, 꽤 깊은 팔자주름, 날렵한 턱선. 인상을 찌푸린다면 무서워 보일 만하지만, 둥그런 뿔테 안경 덕인지 전체적으로 다정한 인상이었다. 체격은 왜소한 편에 속했다.

"아, 그 사람, 이름이 신야였던가요?"

"응. 신야 씨가 왜?"

"유리에 말이죠. ……DV[1]의 피해자였어요."

"DV? 신야 씨가? 딸을?"

고무라가 눈을 휘둥그레 뜨며 묻자, 사나에는 한쪽 입꼬리를 살며시 올리며 고개를 끄덕였다. 그 미소를 본 순간, 고무라의 머릿속 저편에서 기억이 되살아나기 시작했다.

일주일 전, 탐문 조사를 위해 타카초 유리에의 모친 타카토리 하나코의 집에 방문했다. 고무라와 시게의 예상과는 달리 그곳엔 타카초 신야가 있었다. 신야와 하나코는 이혼한 상태로, 딸인 유리에는 신야와 성인인 아들 스바루는 하나코와 살고 있었다.

물론 신야와 유리에가 살던 집이 몽땅 타 버렸다고는 하지만, 호텔 같은 곳에서 살고 있을 줄 알았던 신야가 이혼한 하나코의 집에 얹혀살고 있다는 것이 조금 놀랍게 다가왔다.

고무라와 시게가 본 그 집안의 풍경은 조금 기이했다. 우선 하

---
[1] Domestic violence의 줄임말로 가정 폭력을 의미하는 용어이다.

나코는 신야가 집에 얹혀사는 것에 대해 별로 신경 쓰지 않는 듯한 느낌이었지만, 아들인 스바루의 경우 극도로 아버지를 혐오하고 있었다. 스바루는 아버지가 술을 먹고 하는 폭언을 견딜 수가 없었다. 그 폭언은 스바루가 어렸을 때부터 지속되어 왔고, 어른이 된 이후까지도 멈추지 않았다.

반면, 유리에의 경우 살아생전 아버지를 엄청나게 좋아했다. 신야는 딸아이에게는 단 한 번도 폭언이나 폭력을 일삼은 적이 없었다. 술을 먹고도 말이다. 오히려 유리에를 향한 잔소리는 어머니인 하나코의 입에서만 흘러나왔다. 그래서 신야와 하나코가 이혼할 때, 중학교 3학년이던 유리에는 친권자로 신야를 택했고, 스바루는 하나코와 살기로 했다.

그렇다고 남매인 스바루와 유리에의 사이가 앙숙이었던 것은 아니었다. 스바루는 열두 살이나 어린 여동생을 무척이나 아꼈다. 그저 아버지의 폭언이 싫었을 뿐, 동생 때문에 자기가 미움 받는다거나 하는 삐뚤어진 생각을 가지진 않았다.

고무라가 탐문 조사를 했을 당시, 신야는 딸아이가 반드시 살해당했을 것이라고 말했다. 고무라는 보았다. 신야의 측은한 눈빛과 그의 얼굴에 슬픔이 떠다니는 것을 말이다. 분노는 보이지 않았다. 덤덤하게 딸아이를 죽인 범인을 잡고 싶다는 말만 되풀이할 뿐이었다. 이인감에 둘러싸여 있기 때문이었을 것이라고, 고무라는 생각했다. 사별이나 친족의 급작스러운 죽음 등으로 인해 극심한 충격을 받을 경우 현실에 괴리감을 느낄 확률이 높아진다.

딸아이의 죽음을 받아들이지 못하는 모습을 보여 온 신야가 가정 폭력을? 고무라는 사나에의 말이 의심스러웠다.

"네. 얼마나 못살게 굴었으면 제 앞에서 펑펑 울었겠어요?"

사나에는 기분 나쁜 기억을 떠올리기라도 한 것처럼 인상을 찌푸렸다. 아닌 게 아니라 그녀의 머릿속에선 실제로 어떠한 기억이 떠오르고 있었다.

유리에가 죽기 40일 전, 그녀의 방 안.

"사나에, 이제 그만 돌아가야 해. 금방 아빠 올 시간이란 말이야."

방바닥에 앉아 있는 유리에가 침대 위에 누워 있는 사나에의 팔을 잡고 부드럽게 흔들었다.

"벌써?"

사나에가 휴대폰을 내려놓으며 물었다. 유리에는 고개를 끄덕인다. 사나에는 침대에서 일어나지 않고 자세를 바꿔 엎드린다. 잠시 침묵이 흘렀다.

"있잖아, 유리에의 아버지는 어떤 분이셔?"

사나에가 턱을 괴고 유리에를 바라보았다. 유리에는 잠시 고민하는가 싶더니 입을 굳게 다물었다. 사나에는 눈을 게슴츠레 뜨다가 다시 휴대폰 속으로 시선을 파묻었다. 재미없는 반응이라고 생각했다. 아니, 실제로 그녀는 작게 중얼거렸다. 사나에가 휴대폰 게임에 집중하고 있을 때였다.

"……무서워."

유리에가 나지막이 말했다.

"응?"

사나에가 고개를 돌려 유리에를 쳐다보았다. 유리에는 고개를 푹 숙였다. 사나에는 그런 유리에가 왜인지 귀여워 보였다. 뭐라 말했는지 제대로 알아듣지 못했지만, 또다시 괴롭히고 싶어졌다.

"아냐. 이제……."

유리에가 말하며 고개를 든 순간이었다. 1층 현관에서 소리가 들렸다. 열쇠로 문을 열고 누군가가 들어오는 소리. 유리에의 눈에 당혹감이 물들었다. 그녀는 어쩔 줄 몰라 하며 자리에서 벌떡 일어나 주변을 둘러보았다. 사나에는 그런 유리에의 행동을 이해할 수 없었다.

"아버지야?"

사나에가 조용히 물었다. 유리에는 그 말을 듣지 못한 건지 자리에서 일어나서 필사적으로 주변을 둘러보았다. 사나에에게 그런 유리에의 모습은 주인을 잃어버린 강아지처럼 보일 뿐이었다.

신야가 계단을 오르는 듯한 소리가 났다. 그때 유리에는 뭔가 번뜩이는 아이디어가 떠오른 것처럼 한 곳을 응시했다. 그녀의 시선이 박혀 있는 곳은 장롱이었다.

"여기."

유리에가 장롱문을 활짝 열었다. 옷이 별로 없어서 빈 공간이 많았다. 유리에는 정말 교복이랑 체육복밖에 없는 걸까. 사나에는 그렇게 생각하면서 침대에 걸터앉았다.

"응?"

"빨리 여기 안으로 들어가."

유리에의 목소리에 다급함이 깃들어 있었다.

"부탁이야."

유리에가 울먹인다. 사나에는 하는 수 없이 미소를 지으면서 장롱 안으로 들어갔다.

"이 정도면 돼?"

장롱 안에 쭈그려 앉은 사나에가 유리에를 올려다보았다. 이윽고 사나에는 무릎을 끌어안고서 못마땅한 표정을 지었다. 그때였다.

"유리에!"

바깥에서 고막을 강타하는 큰 목소리가 들렸다. 방 안에 있던 두 사람은 동시에 어깨를 들썩이고 방문으로 눈길을 던졌다. 신야의 목소리였다. 어딘가 화가 난 듯한 목소리다. 유리에는 서둘러 장롱문을 닫았다. 사나에의 시야가 까마득해졌다.

철컥.

철컥.

"문 안 열어?"

"잠시만!"

잠시 후, 방문이 쿵 열리는 소리가 날아들었다. 무거운 발걸음으로 쿵쿵 바닥을 찍으며 신야가 방 안으로 걸어 들어온다.

"네년, 또 남자 데리고 온 거냐?"

맹수의 울음과도 같은 목소리였다. 남자? '또'라니? 사나에는 장롱문을 살짝 열고 밖을 보았다. 유리에가 뒷걸음질 친다. 이윽고 신야가 그녀에게 천천히 다가간다. 신야의 한 손엔 맥주캔이 들려 있었다.

"아니야. 아무도 안 데리고 왔어. 정말이야."

유리에의 목소리가 떨린다. 사나에의 신발이 들켰을 리는 없었다. 항상 그랬듯이 유리에는 사나에의 신발을 침대 밑에 숨겨 두었기 때문이다. 사나에는 그제야 이해할 수 있었다. 유리에가 왜 그렇게까지 필사적으로 신발을 숨기려 했는지 말이다.

"맨날 거짓말이지."

신야가 맥주를 벌컥벌컥 들이켜고는 빈 맥주캔을 찌그러트렸다. 그런 다음 유리에의 명치 쪽에 던졌다. 금방이라도 신야가 유리에를 들이받아 버릴 것 같은 분위기였다. 유리에는 방 한가운데에 가만히 서서 벌벌 떨고 있었다. 눈을 내리깔고 바닥을 응시한다. 신야는 딸에게 더 가까이 다가가서는 머리칼을 한 움큼 쥐어 잡았다.

"아파······."

유리에가 인상을 찡그렸다. 그때 유리에와 사나에의 눈이 마주쳤다. 유리에는 아버지에게 시선이 들킬까, 재빨리 눈을 피했다. 이내 신야가 머리칼을 꽉 잡은 채로 유리에를 끌고 나간다.

"아파. 아빠, 그만해!"

유리에는 필사적으로 신야의 팔뚝을 긁으며 벗어나기 위해 안간힘을 쓰지만, 완력에서 참패하고 말았다. 그렇게 두 사람은 금세 바깥으로 사라졌다. 소리도 멀어져 갔다.

잠시 뒤, 사나에의 머리 뒤에서 진동이 울렸다. 진원지는 옆방이었다. 옆방에서 발생한 진동이 장롱을 타고 사나에에게 전해진 것이었다. 그녀는 서둘러 장롱 밖으로 나와 장애물 없는 맨벽에 귀를 가져다 댔다. 희미하게 목소리가 들렸다.

"아파! 잘못했어. 용서해 줘. 아빠. 부탁이야."

유리에의 울음소리와 비명이 연신 울려 퍼진다. 그 소리 사이사이에 뺨을 얻어맞는 소리와 몸통이 벽에 부딪히는 소리가 몇 번이고 고막을 때렸다.

쿵.

"잘못했어요."

쿵. 쿵.

사나에의 고막이 울렸다. 그녀는 서둘러 타카초 가를 빠져나왔다.

"그런 거였나."

사나에는 집 앞에 서서 묘한 미소를 지었다.

다시 현재로 돌아와서, 고무라는 여전히 신야의 가정 폭력을 믿지 못하는 눈치였다. 애당초 그 사실을 입증할 만한 증거도 없었으니.

"아무튼 알고는 계시라고 하는 말입니다."

사나에는 일부러 몹시 괴로운 표정을 짓고는 고무라를 바라보았다.

"그런데 아직도 경찰 쪽에선 의심하고 있는 사람이 없어요? 유력한 용의자라든가······."

하쿠바는 이해할 수 없다는 표정을 지었다. 실제로 그는 정말 이해할 수 없었다. 범인이 도대체 얼마나 완전무결하게 범죄를 저질렀길래 벌써 네 명을 죽였는데도 유력한 용의자 하나 없을 수가 있단 말인가. 범인이 요괴라도 되는 걸까? 경찰 측을 탓하고 싶은 마음은 없지만, 이대로 가다간 마을 주민이 전부 마을을 떠나 버릴지도 모르겠다는 생각이 들었다.

"그렇지 않아도 말하려고 했어. 우리는 타치바나가 죽기 전에 들른 편의점의 무라키라는 직원을 집중적으로 취조했지. 타치바나가 편의점을 나간 뒤, 무라키 씨는 그녀를 따라 바깥으로 나갔고 무려 20분 동안 자리를 비웠거든. 계산을 담당하던 직원인데도 말이야. 그 시각 편의점에서 상품을 검수, 진열하고 있던 여직원에겐 말도 안 하고 나가 버린 모양이야."

"제조업체나 상품을 배달하는 쪽에서의 범행 가능성도 있지 않나요?"

하쿠바가 물었다.

"충분히 그리 생각할 만해. 하지만 현실적으로 그럴 가능성은 희박해. 일단 제조업체의 경우를 생각해 보자. 감자칩 봉지에 구멍을 뚫는다면 아무리 작은 구멍이라도 안에 들어 있던 질소는 점차 바깥으로 배출될 거야. 그렇다면 봉지 여러 개를 박스 안에 집어넣어 포장한다면 어떻게 되겠어? 압력으로 인해 구멍 뚫린 감자칩 봉지만 홀쭉해져 버리고 말겠지. 그렇게 되면 물류 센터를 통해 박스가 편의점에 도착한 다음, 편의점 직원이 상품을 진열하는 과정에서 불량이라는 것을 금세 알아차릴 테지. 그러니 제조업체에서의 범행은 제외. 이런 추측이 아니더라도 공장의 CCTV엔 그리 의심스러운 정황이 찍히지 않았어.

다음은 물류 센터 직원의 경우. 이쪽도 사실은 거의 불가능에 가까워. 그 사람들은 범행을 저지르려면 박스를 개봉해야 하지. 테이프의 접착력에 따라 다르겠지만, 개봉 흔적은 쉽게 남을 거야. 물론 그런 흔적이 없더라도 물류 센터의 경우 혼자서 일하는 공간이 아니니 단독 범행이 성공했을 거라 보지는 않아. 마찬가지로 물류 센터에서 상품을 소매점으로 배달하는 직원도 범행을 저지르려면 밀봉된 박스를 개봉해야 하니 흔적이 남을 가능성이 높아."

"그렇군요."

"그것보다 지금, 우리는 조금 다른 쪽에 집중하고 있어. 남부에 있는 동산 인근 CCTV에서 또 다른 용의자를 찾아냈거든."

고무라의 말에 하쿠바가 눈을 번뜩였다. 그러고는 흥미진진하다는 눈빛으로 형사를 바라보았다.

"무라키 씨가 목격한 광경을 진술했는데, 검은 옷의 남성이 타치바나가 쓰러져 있는 걸 보고도 지나쳤다고 하더라고. 우린 그게 조금 이상해서 인근을 샅샅이 뒤졌고, CCTV와 주민의 증언을 통해서 편의점 직원 말고도 의심스러운 사람이 정말 있었다는 사실을 알아냈지. 근데 그 사람이 어디로 갔는지, 어디에 살고 있는지는 아직 알아내지 못했어."

고무라와 시게가 CCTV를 샅샅이 뒤진 결과 검은 옷의 남자가 실제로 있었다는 사실을 알아냈다. 검은 옷의 남자는 동산의 출구 부근에 놓인 CCTV에 찍혔다. 무라키의 증언과 일치한 시각이었다. 검은 옷의 남자가 B 편의점에 자주 들르는지 안 들르는지는 알 수 없었다. 착장은 날마다 바뀔 테니 비슷한 체격이라도 찾아보고 싶었지만, 의심스러운 사람이 찍히진 않았다. 바꿔 말하자면 B 편의점은 그 정도로 평소 손님이 적었다는 것이다.

"에이, 그럼, 찾았다고 하기도 애매한 거잖아요."

김이 새어 버린 하쿠바는 고개를 절레절레 내저었다. 잠깐은 괜찮겠지. 하쿠바는 불편한 안경을 잠깐 벗고 눈을 비볐다.

"일단 키는 평균보다 큰 것 같던데. 170cm 후반이 되지 않을까 싶은데. 게다가 은근히 마른 체형이더군. 혹시 너희 반 학생 중에 그런 학생이 있나?"

사나에는 입술에 손을 살며시 가져다 댔다. 그 상태로 가만히 있다가 운을 뗐다.

"170cm 후반에 마른 체형이라면 한 명 있어요. 아니, 어쩌면 180cm가 넘을지도 몰라요."

"누구……?"

"마츠오 유타."

그렇게 말하는 사나에가 무엇을 깨달은 듯 눈을 휘둥그레 떴다. 마츠오 유타. 그는 타카초 유리에를 짝사랑했던 남학생이다. 사나에는 겐모토를 의심하기 전, 그러니까 최초엔 마츠오유타를 의심했다.

언젠가 유리에가 마츠오에 관해 이야기한 적이 있었다. 마츠오가 자길 좋아하는 것 같다고. 그 당시 사나에는 그 이야기를 듣고 그저 웃고 넘길 뿐이었지만, 유리에가 죽고 난 뒤 해당 이야기가 조금 마음에 걸렸다. 아니나 다를까, 유리에가 죽은 지 일주일째 되던 날, 사나에는 유리에의 사물함 앞에서 울고 있는 마츠오를 두 눈으로 똑똑히 보았다.

"그 애, 유리에를 좋아한다는 소문이 있었어요."

사나에가 급하게 덧붙였다. 소문? 소문이 정말 있었는지 없었는지 사나에는 몰랐다. 그저 자연스럽게 나온 거짓말이었다. 그렇지만 마츠오는 틀림없이 유리에를 좋아했을 것이라고 사나에는 생각했다.

"그렇다면 죽은 타카초 유리에를 위해 복수라도 하고 있단 말인가……. 역시 타카초 유리에 분사 사건을 깃털 연쇄 살인 사건과 분리했어야 했나. 현재까지 발생한 피해자 명단을 보았을 때, 마츠오가 노리는 이들은 모두 타카초 유리에를 괴롭혔던 패거리 구성원들이라는 공통점이 있겠군. 그렇다면 타카초 유리에의 죽음에 불량 패거리가 연관되어 있다는 걸까……?"

고무라는 짧게 솟아난 턱수염을 어루만졌다.

"그저 가설일 뿐이지만, 혹여 마츠오가 범인이라면 유리에의 죽음에 대한 진실만큼은 알고 있는 상태로 덤빈 게 아닐까요?"

그렇게 말한 뒤, 사나에는 다시 빨대에 입을 가져다 댔다.

만약 유리에가 사나에 무리 중 누군가에게 죽임을 당했고, 그 뒤에 마츠오 유타가 우연히 그 사실을 알아내어 복수심에 이런 사건을 벌였다면 다음 희생자는 모리구치 준지일 가능성이 높았다.

이번엔…… 반대다. 사나에는 생각했다. 겐모토를 의심했을 때와는 도식이 반대로 작용한다. 처음 사나에는 겐모토가 괴롭힘의 강도가 약한 순서대로 살인을 저질러 나가고 있다고 유추했었다. 그러나 범인이 마츠오라면 타카초 유리에를 집요하게 괴롭혔던 순서대로 죽여 나가고 있는 것이었다. 그렇게 되면 살인범의 표적에서 타카초 유리에의 이름은 지워지고, 다음과 같은 도식이 생성된다.

아키타 카즈미 → 고시로 타키 → 타치바나 히마리

전술했듯이 여기엔 한 가지 전제 조건이 붙는다. 그건 바로 유리에는 마츠오가 아닌 제3자에게 죽임을 당했다는 것. 마츠오가 범인이라면 범행 동기는 타카초의 죽음일 것이다. 그렇다는 건, 타카초를 죽인 범인과 아키타, 고시로, 타치바나를 죽인 범인(마츠오)을 다른 인물로 분리시켜야 한다는 것이었다.

"마츠오 유타."

고무라는 경찰수첩에 히라가나로 이름을 적었다.

"만약 앞선 사건들의 범인이 마츠오 유타라면 타카초를 죽인 건 마츠오가 아닌 다른 사람이겠고……."

고무라는 그렇게 중얼거리면서 수첩에 글씨를 적어 내려갔다.

"타카초 유리에의 죽음이 타살이라면…… 불량 패거리가 타카초 유리에에게 각성제를 억지로 먹인 다음 괴롭힘의 일환으로 둔기로 머리를 가격, 혹은 괴롭힘 속에서 불행히 머리가 어딘가에 부딪혔을 수도 있겠고……. 그런 다음은…… 뻔하게도 기절해 버린 유리에를 죽었다고 착각한 패거리 일원들이 현장을 은폐하기 위해 집 안에 구비되어 있던 등유를 뿌리고, 라이터로 불을 질렀다……인가…….”

고무라의 손은 멈추지 않았다.

"사실 이런 쪽이 더 가능성이 있어 보여. 원한이 서린 복수. 히가시노 게이고의 『방황하는 칼날』이 떠오르는군."

"아, 그거!"

고무라의 말을 듣고 하쿠바가 방긋 웃으며 감탄했다.

"읽어 봤어?"

고무라가 고개를 들고 하쿠바를 응시했다. 하쿠바의 눈은 동태처럼 싸늘했지만, 입은 생기 있게 움직이고 있었다.

"네, 가장 좋아하는 책입니다. 여고생 콘크리트 살인 사건을 모티브로 재창작한 소설이잖아요."

하쿠바는 취미가 독서는 아니었지만, 그래도 가끔 책을 읽고는 했다. 살면서 읽은 소설은 총 열 권도 채 되지 않을 테지만, 그중 가장 감명 깊게 읽은 책을 꼽으라 한다면 언제나 『방황하는 칼날』이었다. 아이러니하게도 피해자의 아버지가 가해 불량 청소년을 직접 처단하는 내용인데도 불량 청소년인 하쿠바는 해당 소설을 좋아했다.

아무래도 하쿠바가 해당 소설을 좋아하는 이유는 소설의 이면을 들여다보아야 알 수 있을 듯한데, 복수극 속에 숨어 있는 어구는 '소년법에 보호받는 불량 청소년', '범죄를 저질러도 내려지는 솜방망이 처벌'이다. 하쿠바는 이미 범죄를 저지른, 저지르고 있는 불량 청소년이었다. 어쩌면 그는 소년법이 건재하게 살아 있다는 내용을 계속해서 읽어 냄으로써 마음 속에 안정감을 피워 냈던 것이 아닐까.

"그렇군……. 그럼, 이시다 양이 알고 있는 패거리 구성원을 전부 말해 봐."

고무라의 물음이 공기 중에 스며들자, 하쿠바는 잠시 화장실로 도피했다. 왜인지 불똥이 튈 것 같다는 생각이 들었기 때문이었다. 하쿠바 자신은 사나에처럼 연기를 잘하지 못하므로 비슷한 질문이 날아온다면 모든 걸 망쳐 버릴지도 몰랐다.

패거리의 리더였던 사나에는 역시 눈 하나 끔뻑하지 않고 입을 열었다. 인격이 여러 개인 것처럼 불량배 이시다 사나에와 조력자 이시다 사나에를 철저히 분리하고 있는 듯한 느낌이었다.

"죽은 사람도요?"

그 말에 고무라는 몹시 당황한다.

"아, 아니, 죽은 사람은 빼고. 어차피 지금 나온 피해자 세 명이 다 같은 무리잖아?"

"네. ……남은 사람은 3반의 모리구치 준지랑…… 두 사람이 더 있는데…… 뭐였더라……."

사나에는 일부러 말끝을 흐렸다. 최대한 접점이 없었다는 사실을 각인시켜야만 했다.

"지금은 성밖에 기억나질 않아요. 소노다랑 이즈미였을 거예요. 소노다는 3반, 이즈미는 4반이었던 것 같은데. 소노다와 이즈미 빼고는 전부 제가 보여 드린 이지메 영상에 등장했을 거예요."

이번에도 사나에는 정답 속에 일부러 오답을 숨겨 놓았다. 실제로 출석을 거부하고 있는 소노다는 3반이 아니라 4반이었다. 물론 지금은 세상에 없는 인물이지만.

고작 반 하나 틀렸다고 해당 증언이 범인을 찾는 데 있어 훼방이 될 수는 없다. 큰 실수라 칭할 만한 훼방을 놓기 위함이 아니라면 간간이 사소한 오답을 숨겨 놓는 게 오히려 자연스럽다. 너무 많은 것을 알고 있는 게 때로는 독으로 작용할 테니.

고무라는 사나에의 목소리 흐름을 따라 세 사람의 성과 이름, 반을 수첩에 휘갈겨 적었다.

"패거리의 우두머리는 누구인지 알아?"

고무라의 물음에 사나에의 눈빛이 잠깐 흔들렸다. 그러나 그것이 허상이었다는 것을 표명하듯 동공의 움직임이 순식간에 사라졌다.

"거기까진 몰라요. 유리에의 이야기를 들었을 때, 우두머리라고 생각되는 사람은 아키타 카즈미나 고시로 타키 쪽이었을 것 같은데······."

"그렇군······. 아무튼 범인은······ 그 패거리 학생들을 노리고 있다……."

고무라가 중얼거렸다. 그의 안색이 점점 어두워졌다.

"범행은 약 일주일 간격으로 발생하고 있어. 약간의 오차는 있지만 말이야. 남은 세 사람을 어떻게든 이쪽에서 보호해야겠지. 혹은 그 반대지."

고무라의 입이 빠르게 움직였다.

"오히려 마츠오의 일거수일투족을 감시하겠다는 건가요?"

사나에의 말끝이 공중에서 산산조각 났을 때 하쿠바가 돌아왔다.

"아니, 전부 다. 이제 수사 인원이 100명 가까이 육박했어. 쓰타바라시 전역에 잠복해 있을 거야. 틀림없이 곧 잡아내겠지. 그래도 가장 좋은 방법은 이전에 벌어진 사건으로 범인을 미리 유추해 내는 건데……."

"잘 보고 있을게요."

갑작스럽게 사나에가 고무라의 음성을 베어 냈다.

"응? 잘 보고 있겠다니? 뭘?"

"경찰이 쓰타바라시를 뒤덮었잖아요. 이젠 전면전일 것이란 생각이 드는데요."

"그 말은…… 범인이 대놓고 범죄를 저지를지도 모른다는 건가?"

"뭐, 범인은 지금껏 대놓고 범죄를 저질렀는지도 모르지만요. 패거리를 전부 죽일 목적이라면, 무슨 일이 있어도 제거해야 한다면…… 이젠 한꺼번에 없애려 할 가능성이 높다는 거예요. 전국적으로 이 사건에 대한 주목도도 하늘을 찌르고 있고, 그만큼 범인도 경찰이 요소요소에 주둔, 잠복하고 있다는 것을 알고 있을 거예요. 그런데도 남은 인물을 시간을 두고 차례로 처치한다는 것엔 위험 부담 요소가 크게 작용하지 않을까요? 꼭 패거리 말살이라는 임무를 완수하고 싶다면 단시간 내에 빠르게 죽여야 할 필요가 있어요. 그리고…… 그 최적의 장소는 역시…….”

"이와사카 고교?"

고무라가 뭔가를 깨달았다는 듯 눈을 휘둥그레 뜨며 말했다.

"네."

사나에가 말을 이었다.

"학교도 안전지대가 아니잖아요. 의심되는 사람이 마츠오 유타까지 좁혀졌다면 말이에요. 편의점 직원도 의심스럽지만. 만약 전술했던 그 누구도 범인에 해당하지 않는다면 범인이 제 발로 학교로 올지도 몰라요. 그러니까 저도 학교에서 마츠오든 의심되는 사람이든 잘 보고 있을게요."

그녀의 말이 끝난 즉시, 주위 좌석에서 터져 나오는 대화 소리가 그들을 둘러쌌다. 사나에와 고무라 앞에 놓인 유리잔, 하쿠바 앞에 놓인 오므라이스 그릇은 한참 전부터 텅텅 비어 있었다.

3

2007년 10월 14일(1)

오늘 새벽, 쓰타바라시의 빈집에서 화재 사건이 발생했다. 반소에서 그쳤기 때문에 주택 내부에 놓인 일부 물품을 확인할 수 있었는데, 발견된 빵 봉지의 경우 소비 기한이 2007년 10월 10일로 표기되어 있었다. 10월 10일은 나흘 전이다. 대개 소비 기한은 식품의 부패 속도가 빠른 것 위주로 표기된다. 더군다나 빵의 경우 소비 기한은 길어 봤자 일주일을 넘기지 못한다. 그 말인즉슨, 최근까지 누군가가 이곳에 살고 있었다는 이야기로 귀결된다. 그 외에 이렇다 할 증거 물품은 없는 것으로 확인되었다.

오후 1시, 쓰타바라 중앙 경찰서 안.

"미시마."

복도에 서 있던 수사과장 카가야마가 지나가는 미시마를 불러 세웠다.

"네! 부르셨습니까?"

미시마가 화들짝 놀라면서 뒤돌았다.

"자네는 어떻게 생각해?"

카가야마가 따가운 눈총을 보냈다.

"음, 내부에서 발견된 생활 흔적은 아무래도 우연히 집을 찾은 노숙자겠죠."

"아닐 수도 있습니다."

갑자기 고무라가 끼어들었다.

"왜지?"

카가야마가 고무라에게 물었다.

"현장에서 발견된 신용 카드요. 높은 온도에 카드가 둥그렇게 휘고 3분의 2가량이 타들어 가서 알아보기 힘들었습니다만, 유효 기간이 적혀 있는 부분은 어렴풋이 보였습니다. 적혀 있는 유효 기간은 2012년 10월까지였습니다. 신용 카드의 유효 기간은 원칙적으로 5년이죠. 물론 회원의 신용도나 각종 상황을 고려하여 기간이 늘어났다 줄었다 하는 경우도 있지만요."

"그게 어쨌다는 거지? 노숙자가 평범하게 삶을 살고 있을 때 쓰던 카드일 수도 있고, 전에 살고 있던 사람이 쓰던 카드일 수도 있다고 생각하는데."

카가야마의 공격적인 어조에 미시마는 소름이 끼쳤다. 반면 고무라는 아무렇지 않은 듯 일목요연하게 설명을 이어 나간다.

"물론 그렇게 생각하실 수도 있습니다. 그런데 어렴풋이 확인할 수 있었던 그 신용 카드의 무늬가 이번 연도 2분기에 두 카드사가 새로 합병되어 생긴 S사의 신용 카드 디자인과 같았습니다."

"그렇다는 건, 이번 달에 카드를 발급받은 거네요. 노숙자 대부분은 거주지가 없기 때문에 금융 생활이 불가하죠? 카드를 만드는 것은 당연히 불가능하고요. 그렇다면 실거주지가 없는 노숙자는 선상에서 제외해야겠네요."

미시마가 옳다구나라고 말하는 듯한 표정을 지었다.

"아니요. 하지만 단순히 노숙자가 카드를 훔친 것일 수도 있죠."

고무라가 말했다.

"네? 그렇다면 정지시켜 버리면 그만이잖아요?"

"정지를 시키든 말든 노숙자가 순순히 카드를 돌려주진 않을 테니까요. 그래도 해당 회사의 카드 분실 신고자 명단을 한번 보는 편이 낫긴 할 겁니다."

미시마는 그제야 이해했다는 듯이 입을 벌렸다.

"그렇다면 고무라 자네의 생각은 어떤가?"

"솔직히 그 카드의 유효 기간 하나로 이렇다 할 결론은 내리지 못하겠습니다. 워낙 가능성이 열려 있어서요. 그런데 조금 전 결론을 내릴 수 있을 만한 좋은 소식이 들려왔습니다."

"좋은 소식?"

미시마가 눈을 끔뻑거렸다. 동시에 얇은 눈썹이 꿈틀거렸다. 카가야마도 고무라에게 날카로운 시선을 보낸다.

"주택 바로 앞에 놓인 잔디에서 명찰이 발견되었습니다. 이와사카 고등학교의 소노다 고토."

"또?"

카가야마가 눈을 번쩍 떴다. 또 이와사카의 고등학생이다. 그리 생각하자마자 저절로 입이 움직였다.

"그럼, 깃털은?"

"깃털은 아직입니다."

고무라의 대답에 카가야마는 힘없이 고개를 끄덕거렸다.

"소노다라는 학생은?"

미시마가 묻자 카가야마의 두뇌가 경직되었다. 그러고 보니 소노다 고토의 생존 여부를 먼저 물었어야 했다. 주민들의 원성 때문일까. 베테랑 지휘관으로서의 자존심 때문일까. 나는 범인을 찾는 것에만 목을 매고 있구나. 그렇게밖에 생각할 수 없었다.

"그 학생, 앞선 피해자들과 마찬가지로 불량 패거리의 일원입니다. 일단 현장에서 시신이 발견되지 않은 걸로 봐선 살아 있거나…… 범인이 시신을 숨겼겠죠. 다른 정보는 알아봐야 할 것 같습니다. 아직 확신할 수는 없으니까요. 우연히 그 명찰이 거기 떨어져 있던 건지, 아니면 정말 소노다 고토가 그곳에 살고 있던 건지. 만약 소노다 고토가 해당 빈집에 살고 있었다면 그동안 가출했던 것일 수도 있겠죠. 일단 소노다 고토의 양친을 조사해 보죠. 혹시 모르지 않습니까, 카드의 주인이 고토라는 학생의 부모님일지도?"

고무라는 그렇게 말하고 양 입꼬리를 살짝 올렸다. 그러곤 다시 진지한 표정을 짓고 자리를 떴다.

점심을 먹기 위해 고무라는 시계를 불러냈다. 두 사람이 도시락 가게에 도착한 시각은 오후 1시 23분이었다.

시게가 도시락을 주문하러 갔을 때 차 안에 남은 고무라는 허리를 쭉 펴고 뒤통수를 받침대에 밀착시켰다. 팔짱을 끼고 눈을 감았다. 공기가 시원해진 만큼 편안한 기분이 들었다. 그러나 그것도 잠시뿐 곧 머릿속은 갖가지 상념에 잠식당했다.

역시 고등학생이 이런 짓을 벌였다고 생각할 순 없다. 마츠오 유타의 집 근처에 미시마와 다수의 형사가 오후 1시부터 잠복을 시작했다고 하지만, 그들이 이렇다 할 광경을 포착할 수 있을 것 같지는 않았다.

처음부터 뭔가가 잘못된 게 아닐까. 뭔가를 잘못 짚고 있는 게 아닐까. 나도 모르게 뭔가를 피하고 있는 게 아닐까. 사건이 여러 차례 일어난다고 범인을 무조건 잡을 수 있는 건 아니다. 일본 전역을 떠들썩하게 만들었던 파라콰트 사건만 보아도 발생 건수는 열 차례를 넘는다. 그런데도 아직 범인을 잡지 못했다. 하지만 그 사건과 이 사건을 동일시할 수는 없는 노릇이다. 피해자들과 범인의 몸싸움이 있었던 만큼 증거가 남을 확률이 높아지니까. 어쩐지 머릿속에 괴조도가 떠올랐다.

'그게…… 타지 않았다고……?'

그 액자와 그림이 타지 않았다는 것은 실로 믿을 수 없는 이야기였다. 간단히 말해 그건 절대 불가능한 일이다. 어떻게 그런 일이 가능할까? 배후에 과학적으로 설명할 수 없는 존재의 힘이 작용했던 걸까. 그렇다면 쓰타바라시를 뒤덮은 살인 사건들도 그런 존재들의 짓일까. 아니, 그렇게 생각하면 끝도 없다. 틀림없이 인간의 짓이리라. 초자연적인 존재가 벌이는 짓이라면 과연 불편하게 흉기와 독극물을 사용할까? 마땅한 능력으로 사건을 일으켰을 테다.

이런 생각을 떠올리는 것 자체가 유치하다. 고무라는 금방이라도 자신이 제어 불능 상태에 빠져 버릴 것만 같은 기분에 사로잡혔다. 이런 식이면 범인을 잡을 수 없다. 무기한으로 시간이 늘어나 버리고 만다. 시간의 흐름에 따라 의욕이 사라지고 말 것이다.

그가 한숨을 깊게 내쉰 순간, 시게가 차량으로 돌아왔다.

"소고기 맞죠?"

시게가 소고기 도시락을 건넸다.

"아, 고마워."

고무라는 도시락의 고무줄을 벗겨 내면서 말했다. 이윽고 두 사람은 허겁지겁 도시락을 먹기 시작했다.

"맛있네."

고무라가 작게 중얼거렸다.

"그렇죠? 선배님, 손을 왜 그렇게 떠세요?"

시게의 놀란 어조가 고무라의 귓속을 파고들었다.

"응? 내가? 뭔 소리야."

모르는 이야기였다. 고무라 자신은 의식하지 못했나 보다. 실제로 그는 젓가락으로 밥을 뜨면서 손을 엄청나게 떨어 댔다. 이내 고무라는 아니라는 사실을 증명하려는 듯이 젓가락으로 소고기를 들어 올렸다.

"어째서······?"

그의 손이 엄청나게 떨렸다. 스트레스 때문일까?

"좀 쉬면서 하세요. 스트레스 때문인가 봐요."

시계는 그렇게 말하고 다시 도시락에 시선을 꽂았다. 의구심이 고무라의 마음을 휘감았다. 극심한 스트레스에 물들 정도로 잠을 줄여 가며 일한 것은 아니었다. 나름 절제했다고 생각했는데 몸은 그게 아니었나 보다.

도시락을 거의 다 비웠을 즈음, 입이 말라져서 생수를 벌컥 들이켰다. 그런데······ 멈출 수 없다. 그는 단숨에 555ml짜리 페트병을 비워 버렸다.

"그렇게나 짰습니까?"

시계가 장난스럽게 비웃으면서 물었다. 실제로는 웃음을 필사적으로 참았기 때문에 비웃는 듯한 표정이 되었을 뿐이었다.

"조금."

고무라는 애써 웃으면서 대답했지만, 왜인지 묘한 기분이 들었다. 돌연히 몽롱한 기분이 몸의 말단까지 퍼져 나갔다. 수면제는 아니겠지. 저도 모르게 시계를 의심했다. 하지만 그럴 수는 없다. 페트병을 처음 연 것은 고무라 자신이었으니까.

도시락을 다시 닫아 놓고, 발치에 놓인 비닐봉지에 담았다. 그리고 상체와 머리를 의자에 딱 붙였다. 어쩐지 수마가 해일처럼 밀려온다. 왜 이리 극심한 피로감이 예고도 없이 찾아오는 걸까.

"피곤하세요? 좀 자셔도 됩니다."

귓가로 시계의 목소리가 날아왔다. 다만, 그 목소리의 형태는 고무라의 고막에 닿기 전 흐물흐물 요동치다가 산산이 분해되고 말았다. 고무라는 고개를 돌렸다. 시계가 고무라를 쳐다보고 있었다. 시계는 살며시 웃는다. 이내 고무라의 시야가 암전됐다.

4

2007년 10월 14일(2)

오전 10시. 잠에서 깬 사나에는 거실로 나왔다. 집 안은 고요한 공기로 가득 차 있었다. 간단히 목을 축이고 외출 준비를 한다.

오늘의 일정 속, 사나에는 혼자다. 하쿠바는 다른 사람들과 함께 폐창고에서 각성제를 제조해야 한다고 일러 두었다. 사나에는 아무렴 상관없었다. 애초에 하쿠바가 그리 쓸모 있는 녀석이라고 생각하지도 않았다.

바깥 날씨는 쾌청했다. 어제 비가 내렸기 때문에 바닥은 젖어 있었지만, 하늘엔 수수한 푸르름이 살고 있었다. 사나에는 얼마 걷지 않아 눈앞에 나타난 전화 부스에 들어갔다. 동전을 넣고 어딘가로 전화를 걸었다.

"아, 긴죠 씨. 나야."

수신음이 뚝 끊기자마자 사나에가 말했다.

[다 했어.]

수화기 너머로 남성의 굵은 목소리가 나타났다. 그는 전화를 건 사람이 사나에라는 것을 이미 알고 있는 듯한 눈치였다.

"경찰은?"

[지금은 없어. 이미 조사를 끝낸 모양인데.]

"들키지 않았지?"

잠시 뒤, 사나에는 수화기를 부술 듯한 기세로 유리창에 던졌다. 화가 치밀어 오른 탓에 호흡이 빨라졌다.

오늘 새벽, 야쿠자들이 패거리의 기지 중 하나이자 가출 청소년 소노다 고토가 살고 있던 빈집을 불태웠다. 이것 또한 사나에의 지시였다. 그런데 집이 전소에 이르지 못한 모양이었다. 남아 있는 소노다의 흔적 자체를 완벽히 없애기 위해 사주했던 것인데 오히려 들켜 버릴 위험에 빠지고 만 것이었다.

그런데 조금 의아한 점이 있었다. 휘발유를 들이부었는데도 그 협소한 주택이 전소에 이르지 못했다는 것은 화재 사실이 핑

장히 빨리 발각되었다는 것일 텐데……. 해당 주택은 주택지로부터 꽤 동떨어져 있었고, 마을의 외곽에 자리해 있었다. 타카초가도 비슷한 특징을 지니고 있지만 크기가 훨씬 컸다. 게다가 연소 물질로는 등유가 사용되었는데도 타카초 가는 전소됐다. 단지 운이 나빴기 때문일까?

사나에는 고민을 거듭하다가 부스에서 빠져나왔다. 그저 운이 좋지 않았던 것이리라. 일단 앞으로를 생각하자.

약 한 시간 뒤, 그녀가 도착한 곳은 타카초 가의 근처였다. 의심스러운 마츠오 유타가 현장을 찾아오지 않을까, 그런 기대가 있었기 때문이었다. 그녀는 대로를 걷다가 오른쪽에 나 있는 어느 골목에 숨어들었다. 이곳이라면 막다른 길에 자리한 타카초 가로 향하는 사람을 엿볼 수 있다. 건물의 돌출 벽이 눈에 들어왔다. 허벅지 중간까지 오는 높이다. 그녀는 그 위에 스쿨 백을 깔고 걸터앉았다. 이 근방은 전부 노인이 살고 있다. 그렇기에 타카초 가에 불이 났다는 사실을 늦게 알아차렸는지도 모른다.

고요함만이 떠다녔다. 평화로웠다. 골목은 응달을 형성했기에 햇살을 얼굴에 끼얹을 수는 없었지만, 골목 바깥의 길바닥은 햇볕의 기운으로 가득했다. 거의 사라졌지만, 아직 빗물이 바닥에 발려 있었다. 그곳이 햇빛을 받아 번들번들 빛나고 있었다. 골목 주위에서 물방울이 떨어지는 소리가 들린다. 한가로운 음색뿐이다. 사나에는 눈앞에 자리한 맨홀의 뚜껑을 바라보았다. 여러 홈에 빗물이 고여 있었다.

'그래도 즐거웠어.'

사나에는 생각했다. 유리에와 놀 때만큼은 즐거웠다고.

유리에를 죽인 범인……. 사나에는 패거리 아이들을 의심하고 있었다. 유리에가 죽은 당일, 패거리는 소노다의 집에 있었다고 했으나 어쩐지 믿을 수가 없었다. 사나에는 평소에도 그들을 신뢰하고 있지 않았다. 하지만 때려도 협박해도 모른다고 하는 것을 보면 역시 패거리 아이들은 범인이 아닌 걸까. 그렇다면 마츠오 유타가 패거리를 말살시키려는 것도 이해되지 않는다.

'마츠오 유타가 잘못 짚고 있는 게 아닐까…….'

어쩌면 마츠오 또한 유리에의 죽음에 대해 알지 못하는 건 아닐까? 그저 의심되는 사람을 죽여 나가는 것이다. 유리에가 죽었다고 하면 그녀를 괴롭혔던 불량 패거리를 의심하는 건 당연하다. 선생들은 모르지만 확실히 학생들은 불량 패거리의 존재를 의식하고 있었다. 개중엔 이지메를 직접 목도한 학생들도 있을 테고, 어떠한 흔적을 통해 이지메의 존재를 알아낸 학생들도 있을 테다. 물론 불량 패거리의 눈에 들면 어떻게 되는지 알고 있기 때문에 필사적으로 모른 척했을 테지만.

사실 교내 선생들도 불량 패거리의 존재를 모른다고 확언할 수 없다. 학생들과 같이 불똥이 튈까 두려워, 골치 아파질까 두려워 모르는 척하고 있을 수도 있으리라. 그렇게 되면 이와사카 고교의 대다수가 결국 방관자이며 불량 패거리를 욕할 처지가 되지 못한다.

결국 마츠오 유타는 의심스러운 사람을 차례차례 살해해 나가고 있는 것이다. 그런 결론에 도달했을 때, 오른편에서 기척이 느껴졌다. 누군가의 발걸음 소리가 가까워지고 있었다. 사나에는 고개를 돌렸다.

온다.

더럭 찾아온 조바심이 그녀를 괴롭힌다.

사나에는 자리에서 일어났다. 누군가의 옆모습이 점점 나타난다. 의문의 남성이 눈앞에 놓인 대로를 걸어 나간다. 그는 사나에의 기척을 느끼지 못한 건지 골목 쪽으로 고개를 돌리지 않았다. 그저 목적지를 향해 앞으로 나아갈 뿐이었다.

사나에의 시야에선 남성이 아주 잠깐 보였다. 남성은 검은 후드를 입고 있었다. 게다가 후드에 달린 모자를 푹 눌러 쓰고 있다. 그녀는 스쿨 백을 메고 재빨리 골목에서 빠져나왔다. 오른쪽으로 몸을 돌리자 터벅터벅 길을 걷고 있는 남성의 뒷모습을 포착할 수 있었다.

키가…… 꽤 커 보인다.

사나에는 생각했다. 저 사람이 고무라가 이야기한 '검은 옷의 남성'일까? 생각을 끝낸 즉시, 그녀는 조심히 남성의 뒤를 쫓았다.

두 사람이 걷고 있는 길은 무척이나 조용했다. 연쇄로 발생한 살인 사건. 그것으로 인해 두려운 그림자가 쓰타바라시 전역을 뒤덮고 있기 때문이었다. 집집마다 미성년자의 외출을 통제하고 있었고, 어른마저 바깥으로 잘 나오지 않았다. 특히 타카초 가가 자리한 마을은 살인의 그림자가 어느 정도 옅어졌음에도 불구하고 기척이 느껴지지 않았다. 아마도 노인의 거주 비율이 높기 때문이겠지만.

마을은 거의 죽어 있는 것 같은 느낌이었다. 다만, 마을을 담고 있는 풍경은 여전히 아름답고 한가로웠다. 하늘도 맑았고, 공기 중엔 여유가 자유로이 떠다녔다. 그러나 전신주를 여러 번 지나치고 있는 사나에 주위의 공기만큼은 긴장감으로 가득했다.

인적이 드물기에 더더욱 조심해야 한다. 발소리가 들리지 않도록. 혹시 모를 위험에 대비해 그녀는 소매 속에 손톱 야스리를 숨겨 두었다. 끝이 뾰족한 쇠붙이기 때문에 무기나 호신용품으로서 손색없다고 생각했다.

고요함 속에 발소리가 스며들었다. 어느덧 눈앞의 남성은 타카초 가에 다다랐다. 그는 가만히 멈춰 선 다음, 타카초 가를 향해 몸을 돌렸다. 다음 순간, 사나에는 자리에 얼어붙고 말았다.

"이시다 맞지……?"

미행인의 정체를 이미 알고 있는 듯한 남성은 타카초 가를 쳐다보면서 말했다. 사나에와 검은 옷을 입은 남자의 거리는 그다지 멀지 않았다. 그랬기에 남성의 목소리는 충분히 사나에의 고막을 때릴 수 있었다. 그리고 그 목소리는 마츠오 유타의 것이었다.

"마츠오 유타?"

사나에가 묻자 마츠오는 고개를 끄덕거렸다.

"왜 여기에……?"

사나에는 그의 목 깊숙한 곳에 야스리를 찔러 넣고 싶은 충동적인 감정을 억누르며 물었다. 아직 범인이 마츠오인지는 확실치 않기 때문이었다. 우선 그녀는 마츠오에게로 천천히 접근했다.

"생각나서. 너도지?"

뜻밖의 대답에 사나에의 가슴이 철렁였다. 그러나 그것도 한순간일 뿐, 그녀는 순식간에 마음을 다잡고 마츠오 바로 옆에 선다. 이윽고 그와 함께 흉물스럽게 변해 버린 타카초 가를 바라보았다. 주위에 비탄이 가라앉아 있었다.

결국 사나에는 마츠오의 질문에 대답하지 않았다. 마츠오는 사나에의 입체적이고 수려한 옆태를 한번 바라보고 나서 다시 타카초 가로 눈길을 던졌다.

"너는…… 역시 알고 있었지……?"

마츠오의 무거운 음색이 공기를 울렸다. 그는 모자를 벗는다. 덥수룩한 머리칼이 그의 눈을 약간 가리고 있었다.

"뭐를?"

의아한 표정으로 묻는 사나에.

"내가 타카초를 좋아하고 있었다는 거."

"아……, 응."

또다시 정적이 흘렀다. 어쩐지 타카초 가 안쪽 깊숙한 곳에서 피아노의 선율이 들리는 것 같았다. 사나에는 알고 있었다. 유리에가 피아노를 좋아한다는 것을. 더 나아가 유리에가 절대음감이란 사실과 연주 재능이 뛰어나다는 것을. 이따금 유리에는 사나에에게 피아노 연주를 해 주었다. 그런데 어쩐지 어느 순간부터 유리에는 피아노를 치고 싶지 않다고 말했다. 그 뒤로 사나에는 유리에의 연주를 들을 수 없었다.

"이제 그만둬."

정적을 깬 것은 사나에였다. 그녀의 미성이 마츠오의 고막을 간지럽혔다.

"그만두라니……? 뭐를?"

마츠오의 표정에 의문 부호가 가득 떠다녔다.

"살인."

사나에는 명료하게 말했다. 그 목소리가 공중에서 흩어진 다음, 그녀는 마츠오를 쳐다보았다. 마츠오는 어쩐지 황당한 표정이었다.

"응? 너, 너, 서, 설마 날 의심하는 거야?"

말을 더듬는 마츠오. 사나에는 그를 의심스러운 눈초리로 대한다.

"완전히 틀렸잖아. 난 그런 끔찍한 짓은 하지 않는다고."

"그렇다면 설명해 봐, 알리바이를. 타치바나 히마리가 죽은 10월 9일 하루 일과를. 너는 귀가부[2]잖아? 그러니 범행을 위한 준비 시간은 충분하다고 생각하는데?"

"아니, 내가 귀가부란 이유만으로 의심하는 거야?"

"그것뿐만이 아니야. 네가 네 입으로 말했잖아, 타카초 유리에를 좋아했다고. 복수하고 싶었던 거 아니야?"

사나에는 얼굴을 들이밀었다. 이에 마츠오는 허겁지겁 뒤로 물러서며 입을 열었다.

"무, 무슨 소리 하는 거야. 아무리 좋아한다고 해도 그런 짓을 할 깜냥은 존재하지도 않아. 잠깐, 네가 그렇게 생각하는 거라면…… 역시 타카초의 죽음에 그 녀석들이 연관되어 있다는 거야? 그 녀석들이 타카초를 죽인 거야?"

"헛소리 말고 빨리 설명해, 10월 9일."

사나에의 눈빛에 마츠오는 의문의 두려움을 느꼈다. 이시다 사나에? 정말 이시다 사나에가 맞나? 학교에서 보았던 이시다 사나에와는 딴판이었다. 꼭 외모만 똑 닮은 이인인 것처럼 느껴졌다.

"아, 알았어. 알았다고."

그는 그렇게 말한 뒤, 약 1분간 고민을 거듭하고는 다시 입을 열었다.

---

[2] 방과 후 시간에 부 활동에 참여하지 않고 하교하는 학생을 일컫는 일본의 은어.

"그날, 평소처럼 3시 40분에 바로 하교했지. 너도 같은 반이니까 알 테고. 그리고 집에 돌아가 옷을 갈아입고 4시 30분에 바깥으로 나왔어. 그런 다음엔······."

마츠오는 말끝을 흐렸다. 이를 놓칠세라 사나에는 재촉하는 눈빛을 보냈다.

"무슨 말인지 이해 못 하겠지만, 형사를 찾아갔어."

"형사?"

사나에가 앵무새처럼 마츠오의 말을 따라 했다.

"응."

"어째서?"

마츠오의 권유에 따라 사나에는 근처 공터의 벤치에 착석했다. 그녀의 오른쪽 손엔 자판기에서 뽑아 온 멜론 소다가 들려 있었다. 햇볕은 조금 더 쨍쨍해졌다. 다만, 시원한 바람이 불고 있고, 벤치는 그늘에 뒤덮여 있어 덥지는 않았다.

"시작해."

마츠오가 목을 축이자마자 사나에는 자비 없이 내뱉었다. 알고 있다는 표정의 마츠오는 생수병 뚜껑을 닫는다. 그런 다음 숨을 크게 한 번 들이마시고 묵혀 두었던 이야기를 풀어 나가기 시작했다.

"네가 알지는 모르겠지만, 타카초는 좋아하는 사람이 있었어."

사나에는 조금 놀란 표정을 지었다. 하지만 마츠오는 아랑곳하지 않고 말을 이었다.

"그래서 나는 타카초를 포기하려 했었지. 물론 타카초가 그 사람을 좋아한다는 게 확실치는 않지만, 적어도 편지를 읽은 내 눈엔 그렇게 보였어."

"편지……?"

"응. 언젠가 교실에서 넘어진 적이 있었어. 뭐에 미끄러졌던 것 같은데…… 아무튼 넘어지기 직전, 필사적으로 버티려고 나도 모르게 타카초의 책상을 잡아 버렸거든. 결국 책상이랑 함께 넘어지고 말았지만……. 그러니 자연스레 책상 서랍 안에 들어 있던 것들이 쏟아져 나왔지. 방과 후 시간이라 교실엔 사람이 없었어. 다행이라고 생각하면서 내용물을 다시 서랍 속에 넣고 있었는데 교과서 안에서 뭐가 툭 떨어져 나온 거야. 확인해 보니 그건, 편지 봉투였어. 안에서 편지를 꺼내 대강 내용을 읽어 보니 평범한 일상을 재밌게 풀어 적어 놓은 것 같더라고. 그러면 안 된다는 거 잘 알지만…… 훔쳐볼 수밖에 없었어. 너무 궁금해서 말이지."

"누구한테 보내는 건지는 안 적혀 있었어?"

"확실히 적혀 있었어. 편지엔 소스케 씨께라고 적혀 있었고, 우편 봉투 겉면에 적힌 수취인은 노이치 소스케 님이라고 적혀 있었지."

"그럼, 형사를 찾아간 이유는 뭔데?"

"그 형사가 노이치 소스케란 사람이거든."

"응?"

"편지 일부에 형사 일을 응원하는 듯한 문구가 적혀 있더라고. 그걸 가지고 대강 유추한 거지."

"주소는 우편 봉투에 적힌 걸로 안 건가?"

"맞아. 그리고 타카초는 내가 편지를 발견한 날에 죽었어. 학교에서 편지를 다 써 놓고 가져가는 걸 까먹었던 모양이야. 그래서……."

그렇게 내뱉는 마츠오의 눈시울이 조금 붉게 달아올라 있었다. 다음 순간, 마츠오는 주머니에서 무언가를 주섬주섬 꺼낸다. 그건 우편 봉투였다.

"타카초가 죽고 나서 나는 노이치라는 사람을 한번 만나 보고 싶었어. 편지를 전해 줄 겸 해서. 네 말대로 이렇게 주소가 적혀 있었으니까."

마츠오가 사나에에게 우편 봉투를 건넸다. 사나에는 우편 봉투를 받고는 뚫어져라 쳐다보았다. 좋지 못한 글씨로 노이치 소스케라는 사람의 주소가 적혀 있었다. 우표는 아직 붙어 있지 않았다.

"불행히도 노이치 씨를 만날 수는 없었어. 집에 누군가가 있는 기척도 느껴지지 않았고 말이야. 생각해 보니 쓰타바라시에서 연쇄 살인이 판치고 있는데 형사가 집에서 편안히 쉬고 있는 건 조금 이상하더라고. 사건 때문에 바빴겠지. 근데 말야…….."

말끝을 흐리는 마츠오를 바라보며 사나에는 묘한 감정의 기복을 느꼈다. 마츠오는 머뭇거리다가 이윽고 입을 열었다.

"이시다, 네가 편지를 대신 전해 주는 게 어때……?"

"나?"

뜻밖의 제안에 사나에는 놀란 기색이 역력한 채, 손가락으로 본인의 코를 가리키며 되물었다.

"응. 역시 타카초에 대해 잘 모르는 나보다는 이시다가 낫지. 둘, 친했잖아."

"그건 그렇지만……, 우편함에 그냥 넣어 두면 되잖아?"

"난 오히려 그 방법이 무책임하다고 생각해. 상황을 설명하고 직접 가져다드리는 편이 낫지 않을까? 노이치 씨로서는 혼란스러울 수도 있으니까. 그리고…… 역시 나보다는 친했던 사람이 가는 게 맞는 것 같아. 그러니 부탁할게. 이시다가 노이치 씨께 그 편지를 전해 줘. 이게 타카초 유리에를 위한 내 최선인 것 같아."

"뭐, 안 될 건 없지만……."

사나에는 생각에 잠겼다. 다만 그 생각은 편지를 전해 줄지 말지에 대한 생각이 아니었다. 애초에 직접 편지를 전하기로 마음을 굳힌 지는 시간이 조금 지났다. 지금, 그녀가 생각하고 있는 것은 바로 범인이었다. 마츠오 유타. 아직 그에게 의심스러운 구석은 조금이나마 남아 있었다.

첫 번째는 편지를 발견한 날짜, 즉, 타카초 유리에가 죽은 날짜에 비해 너무 늦게 노이치 소스케를 만나러 갔다는 것. 두 번째는 경찰 측이 의심하고 있는 검은 옷의 남성과 마츠오의 착장, 신체적 특징이 비슷해도 너무나 비슷하다는 것.

하지만 두 가지 의문에 나름의 반박 아닌 반박을 해 볼 수도 있었다. 첫 번째 의문의 경우, 단지 편지에 관해 늦게 떠올렸거나 고민을 거듭하는 데 오랜 시간이 걸렸을 수도 있다. 두 번째 의문의 경우, 최근에 살인을 저질렀을 때 입었던 옷을 그대로 입고 외출하는 것은 이상하다. 간이 배 밖으로 나온 게 아닌 이상 불시 검문을 당한다는 사실을 틀림없이 알고 있으리라.

종합적으로 고려해 봤을 때 마츠오 유타가 범인이라는 가능성은 현저히 낮아지고 만다. 만약 타치바나 히마리가 독살당한 날, 오후 5시부터 오후 8시까지 노이치 소스케의 집 근처에 있었다는 사실이 입증되기라도 한다면 그를 의심할 필요는 없어지고 만다. 사나에는 한숨을 내쉬면서 고개를 돌렸다.

"어라? 마츠오?"

그새 마츠오 유타가 사라졌다. 주위를 두리번거렸다. 공터는 공허했다. 어쩌면 생각에 너무 깊게 빠져들어 마츠오의 작별 인사를 무시했던 건지도 모르겠다는 생각이 들었다.

현재 시각은 오후 12시 28분이었다. 묘시초에 사는 노이치 소스케를 만나러 갈 시간은 충분하지만, 문제는 상대방의 시간이다. 연쇄 살인이 벌어지고 있는 만큼 주말에도 집에 없을 가능성이 크다.

문득 고무라의 얼굴이 떠올랐다. 그 사람을 통해서라면 노이치를 만날 수 있지 않을까. 사나에는 그렇게 생각하며 휴대폰의 터치 패널을 꾹꾹 눌렀다. 이내 벤치에서 일어난 다음 발걸음을 옮긴다. 규칙적인 단음이 몇 번 울리고 나서 고무라의 목소리가 나타났다.

[지금 조금 바쁜데 말이지.]

"별거 아니긴 하지만, 잠깐이면 돼요."

[알겠어.]

"저기……, 지금 제가 묘시초에 있거든요?"

[묘시초?]

묘한 목소리로 따라 말하는 고무라의 음성이 넘어온다.

"친한 지인분이 일하시는 수제 도시락 가게에서 보육원으로 보낼 도시락 대량 주문이 들어왔어요. 그래서 같이 만들었는데 계산을 잘못해서인지 도시락이 조금 남았거든요. 묘시초에 아는 지인분이 계신다면 공짜로 가져다주는 게 어떠냐고 하시는데……. 역시 도시락이라 빨리 먹는 게 좋거든요."

[오호, 그래? 그거라면…… 역시 노이치가 낫겠네.]

"노이치……?"

[아, 노이치 소스케라고 후배 형사인데 묘시초에 살고 있어. 물론 지금은 휴직 중이지만. 그 사람한테 가져다주는 게 좋을 것 같은데? 요즘 밥을 통 못 먹고 있는 모양이던데…… 수제 도시락이라면 역시 맛있게 먹을지도 모르겠네.]

"좋네요. 주소 좀 알려 주시겠어요?"

휴대폰 너머로 노이치 소스케의 주소가 넘어오고 있다. 사나에는 우편 봉투에 적힌 주소를 눈으로 훑어 가며 주소가 맞는지 확인했다.

전화를 끊고 나서 사나에는 곧장 근처의 역으로 향했다. 묘시초라면 타카초 가가 있는 주택지의 정반대편에 자리하고 있을 정도로 꽤 멀다.

그녀는 자신의 추측이 정확히 들어맞았다는 것에 쾌감을 느꼈다. 그도 그럴 것이 거짓말을 한 것은 노이치가 범인이 아닐까에 대한 의심에서 비롯된 것이었다. 만약 형사인 노이치 소스케가 범인이라면 형사라는 직업은 최악의 걸림돌이 되고 만다. 살인을 저지를수록 경찰서에 갇혀 있어야 하는 시간이 길어지고, 2인 1조로 사건을 수사하러 다니거나 다양한 업무를 처리해야 하니까. 그러니 노이치 소스케가 보다 쉽게 범행을 저지르기 위해서는 역시 형사 일을 잠시 쉬거나 그만두어야 한다.

사나에는 그것을 예상하여 고무라에게 거짓말을 늘어놓은 것이었다. 혹시 고무라가 노이치에 대해 이야기하지 않거나 다른 지인에 대해 말했더라면 단도직입적으로 노이치 소스케에 대해 물어 정보를 캐낼 생각이었다.

  범인은 노이치 소스케다.

  그렇게 생각했을 때, 그녀의 머릿속에서 한 가지 의문이 연쇄적으로 떠올랐다. 타카초 유리에는 정말 살해당한 걸까? 줄곧 그렇게 생각해 왔으나 뭔가가 마음에 걸린다. 패거리의 괴롭힘은 유리에가 죽기 한 달 전부터 멈췄고, 사나에가 사소한 일로 트집을 잡아 패 버렸던 타치바나 히마리가 아니라면 패거리 중 유리에를 죽일 만한 인물은 역시 없다. 사나에에 대한 복수심에 눈이 멀어 그녀가 아끼는 유리에를 죽인 것일까?

  아니, 처음부터 다시 생각하자. 이제는 편협된 사고방식에서 조금 벗어날 필요가 있다. 만약 유리에의 죽음이 자살이었다면, 유리에가 스스로 목숨을 끊을 만한 이유…….

  DV.

  알파벳 두 글자가 번개처럼 빠르게 뇌리를 관통했다.

  그 악마의 존재를 잊고 있었다.

  해당 선상 골절의 흔적은…… 타카초 신야가 만들어 낸 것이다. 고무라의 말대로 신야는 유리에를 죽일 수 없었다. 그렇지만…… 살인이 아니라 폭력이라면, 폭력이라면 그자는 충분히 저질렀으리라.

  즉, 그날 신야는 유리에를 폭행했던 것이다. 그 과정에서 유리에의 머리가 책상에 강하게 부딪혔든 어떠한 둔기에 가격당했든지에 상관없이 해당 폭력은 선상 골절이라는 치명적인 흔적을 남기고 말았다. 이후 신야는 전처 타카토리 하나코의 집으로 향했고, 혼자 남은 유리에는 슬픔을 떨쳐 내지 못하여 내게서 훔친 각성제를 현실 도피용으로 복용한다.

그 후 정신이 나가 버린 유리에는 충동적으로 자살을 결심한다. 이내 신야의 삶을 어지럽히기 위해 사유 재산인 집에 등유를 붓는다. 그것은 그녀가 할 수 있는 마지막 반발과 저항에 해당하리라. 이후, 방으로 돌아온 유리에는 남은 등유를 몸에 끼얹고 성냥에 불을 붙여 스스로 목숨을 끊는다.

그 시나리오를 완성한 즉시, 머릿속에서 여러 장면이 스쳐 지나갔다.

그렇다면…… **타카초 신야 역시 살해당한다.**

그렇게 생각하면서 사나에는 서둘러 발을 굴렸다.

어느덧 사나에는 묘시초에 다다랐다. 그리고 머지않아 노이치가 사는 곳을 찾아냈다. 그곳은 허름하기 짝이 없는 2층짜리 아파트였다. 노이치의 집은 1층에서도 가장 안쪽에 자리해 있었다. 그녀는 편지가 담긴 우편 봉투를 스쿨 백 안에 넣은 다음, 아파트로부터 멀찍이 떨어진 전신주에 기대어 서서 상황을 지켜보았다. 아니, 그녀는 생각을 거듭하고 있었다.

사나에 자신의 복수심-범인을 죽이고 말겠다는-은 유리에의 죽음과 패거리의 해체에서 비롯된 것이었다. 그러나 유리에의 죽음이 자살이었다면 복수의 칼날은 타카초 신야에게로 향한다.

머리가 복잡해졌다. 언제부턴가 사나에는 자신의 의지대로 사건을 풀어 나가는 게 아니라 범인에게 끌려다니고 있다는 생각이 들기 시작했다. 그 묘한 감각은 무관심한 부모 아래에서 누릴 수 있는 자유와는 상반된 것으로 통제와도 비슷한 감각이었다.

하지만 패거리의 해체가 마냥 나쁜 것은 아니었다. 돈만 있다면 장난감이 부서져도 다시 사면 그만이다. 고등학교 생활이 벌써 절반 이상이나 지나갔다. 패거리의 유효 기간은 길어 봤자 3년이다. 물론 패거리 구성원들의 생각은 어떤지 모르겠지만, 리더였던 사나에 자신은 유효 기간을 2년 반 정도로 책정하고 있었다. 3분의 1도 남지 않은 기간을 위해, 어차피 해체되어야 했을 조직을 위해 굳이 위험을 감수해야 할 필요가 있을까? 아니다. 이건 미친 짓이다. 손익이 전혀 맞지 않는다.

범인을 살려 두는 게 오히려 잘된 일이리라. 유리에라는 펫에 대한 복수도 대신 해 줄 테고. 자신의 정체를 알고 있는 이들의 수를 줄여 줄 것이다. 더 가차 없게 말하자면 단지 패거리의 해체가 조금 앞당겨진 것일 뿐, 사나에 자신은 앞으로를 멀쩡히 살아 나가면 되는 것이었다.

사나에의 발걸음이 제멋대로 움직이기 시작했다. 앞서 떠올린 모든 생각이 사라지기 전에 노이치 소스케가 범인이라는 증거를 확실히 잡아내야 한다. 아주 사소한 증거라도……. 단 한 가지만 더 존재한다면 마음이 편해질 것 같았다.

여러 우편함을 지나고, 여러 현관문을 지난 다음, 그녀는 가장자리에 놓인 101호실 문 앞에 가만히 섰다. 초인종을 향해 손을 뻗는데 갑작스럽게 그녀의 움직임이 멈추었다.

'잠깐, 마츠오 유타는 귀가부일 텐데 왜 하교하지 않고 방과 후 시간에 교실에 남아 있었던 거지?'

마츠오는 분명 방과 후 시간에 교실에서 넘어졌다고 했다. 그런데 그는 귀가부라 학교에 남아 있을 이유가 없다. 교칙상 특별한 이유가 없다면 곧바로 하교해야 하거늘 내가 모르는 특별한 이유라도 있는 걸까? 아니면 거짓말이었나? 사나에의 머리가 또다시 혼란스러워졌다. 어째서인지 판단력이 점점 흐려지고 있었다.

나답지 않다. 나답지 않다. 나답지 않다.

띵동.

차임벨 소리가 공기 속을 떠다녔다. 저도 모르게 초인종을 눌러 버린 탓이었다.

[네, 누구시죠?]

노이치의 목소리가 작은 기기에서 흘러나왔다.

생전 처음이었다. 이렇게나 소름 끼치는 두려움이 엄습했던 적은. 누군가가 무서웠기 때문이라기보다는 자신이 무엇도 할 수 없는 상황이 무서웠다. 그것은…… DV의 피해자였던 타카초 유리에가 느꼈던 감정과 비슷했다. 믿고, 사랑해 주어야 할 부모님이 나를 때리고, 겁박하고, 안 좋게 되길 바란다. 아이는 부모의 그물망에 갇혀 세상 바깥으로 나아갈 수 없다. 그 그물을 도려내 세상을 보여 준 사람은 친척도, 담임 선생도 아닌 이시다 사나에였다. 그렇지만 이시다 사나에는 세상을 보여 줄 목적으로 유리에를 구한 것이 아니었기에 절대 선인이라 단정 지을 수 없었다.

"잘못 찾아왔습니다. 죄송합니다."

사나에는 몹시 당황한 표정으로 얼버무렸다.

나답지 않다. 나답지 않다. 나답지 않다.

이인감이 몰려들었다. 땅 밑으로 푹 꺼지는 듯한 감각이 돋아났다. 사나에는 서둘러 아파트를 빠져나가 자갈밭에 발을 올렸다. 울퉁불퉁한 모양이 뻐근한 그녀의 발바닥을 지압한다. 맹렬한 햇볕에 정신이 아득해졌다. 시린 바람이 부는데도 그녀의 몸은 더위를 제외한 모든 감각을 여과해 내고 있었다.

이마에서 땀이 삐질 새어 나왔다. 앞머리 속으로 손을 집어넣어 이마를 만진다. 미끄럽다.

온통 땀이다.

나답지 않다.

곧 아무런 소음도 들리지 않게 되었다.

곳곳은 한가로운 풍경의 연속이었다.

그러나 이시다 사나에만큼은 그 풍경에 무섭도록 어울리지 않았다.

실제로 주위엔 사람이 나타나지 않았다. 이 때문에 아무런 소리가 없었다.

고요 속에서 이시다 사나에의 숨소리가 작게 피어올랐다.

숨소리를 의식하자마자 머릿속에서 경고음이 울려 퍼졌다.

실수를 저지르고 말았다.

끼이익.

저 멀리에서.

아니, 그리 멀지 않다.

뒤에서 문이 열리는 소리가 들린다.

실수를 저지르고 말았다.

자갈밭을 성큼성큼 즈려 밟는 소리가 들린다.

저벅. 저벅.

몸이 꿈쩍하질 않는다.

실수를 저지르고 말았다.

자갈이 내지르는 비명은 등 근처까지 다가왔다.

다른 사람은?

없다. 소리가 들리지 않는다.

등 뒤로 다가오는 자갈의 비명과 내 숨소리만이 세상을 울린다.

실수를 저지르고 말았다.

저벅, 저벅, 저벅, 저벅.

가까워진다.

저벅, 저벅.

발소리가.

저벅.

저벅, 저벅, 저벅.

저벅, 저벅.

저벅.

실수를 저지르고 말았다. 실수를 저지르고 말았다. 실수를 저지르고 말았다. 실수를 저지르고 말았다. 실수를 저지르고 말았다. 실수를 저지르고 말았다. 실수를 저지르고 말았다.

범인은······.

실수를 저지르고 말았다. 실수를 저지르고 말았다. 실수를 저지르고 말았다. 실수를 저지르고 말았다. 실수를 저지르고 말았다. 실수를 저지르고 말았다. 실수를 저지르고 말았다.

노이치 소스케는······.

실수를 저지르고 말았다. 실수를 저지르고 말았다. 실수를 저지르고 말았다. 실수를 저지르고 말았다. 실수를 저지르고 말았다. 실수를 저지르고 말았다. 실수를 저지르고 말았다.

패거리의 우두머리가 나라는 것을 알고 있나?

이윽고 골이 폭파되는 듯한 소리와 함께 사나에의 시야가 암전되었다.

1

2022년 11월 27일(1)

일요일의 오전 9시.

초현사의 회의실 안은 진공 상태처럼 고요했다. 그 정적을 깬 건, 사토미였다. 그녀가 비닐 팩을 가방에서 꺼내 책상 위에 조심히 놓았다. 부스럭거리는 소리가 주변을 채웠다.

"카세트테이프?"

키리야마가 화들짝 놀란다. 천장에 달린 흰 조명 빛이 그녀의 갈색 뿔테 안경테에 스며들었다.

"오랜만이네요."

류자키가 카세트테이프 쪽으로 상체를 들이밀며 반가운 듯 활짝 웃었다.

"열어 봐도 되나요?"

류자키가 덧붙였다. 그때 아사히로가 회의실에 들어왔다. 그의 품속에 휴대용 카세트테이프 플레이어가 들어 있다.

"그럼, 꺼내겠습니다."

그렇게 말하며 류자키는 지퍼 백을 열었다. 아사히로가 책상 가운데에 플레이어를 놓고 사토미 옆에 앉는다. 카세트테이프를 꺼내는데 별안간 이상한 냄새가 났다. 류자키의 코 주변으로 숯불을 피울 때 나는 냇내 같은 것이 피어올랐다. 그는 테이프를 책상에 두고 지퍼 백에 코를 가까이 가져다 댔다.

"무슨 문제라도……."

옆자리에 앉아 있는 키리야마가 물었다. 그녀가 가까이 다가오자 달콤한 라벤더 향기가 들이닥쳤다. 그 때문인지 류자키는 의문의 냇내를 찾아낼 수 없었다. 문득 괴기스러운 장면이 머릿속에서 재생되었다.

테이프를 꺼낼 때 뭔가가.

자세히 하자면, 지퍼 백 안에 들어 있던 저주의 향기가.

그것이 연기로 현현하여 류자키의 몸통을 관통한 것만 같은 그런 괴기스러운 장면. 만약 그것이 아니라면 온몸이 타 버린 타카초 유리에가 바로 옆에서 류자키 자신을 굽어보는 듯한, 그녀의 몸에서 솟아난 연기가 류자키의 몸을 휘감은 것만 같았다.

"아뇨, 아무것도……."

류자키는 지퍼 백을 닫아서 한쪽에 치워 두었다.

아사히로가 테이프를 유심히 살펴보았다. 테이프의 앞면과 뒷면엔 각각 손글씨로 'A. 유리에의 피아노', 'B. 종활(終活)'이라 적혀 있었다. 종활이라면 죽음을 맞이하기 전에 하는 준비 활동, 즉, 종말 활동의 줄임말일 텐데. 그 두 한자의 조합을 보자마자 불길한 기운이 엄습했다.

"그럼, '유리에의 피아노'라 적힌 A면부터 재생하겠습니다."

말이 끝나기 무섭게 아사히로는 테이프를 플레이어 안에 집어넣었다. 그리고 되감기 버튼을 눌렀다. 버튼이 바로 튕겨 나오는 것으로 보아 테이프는 이미 처음으로 되돌아가 있었던 듯하다. 이에 아사히로는 곧바로 재생 버튼을 눌렀다. 덜컥거리는 소리와 함께 플레이어 상측에 붉은 불빛이 들어왔다. 공기 중에 긴장이 감돌았다.

짧은 정적 뒤에 얕은 숨소리가 들린다.

쿵 하고 건반을 내려찍는 듯한 소리를 시작으로 아름다운 선율이 흘러나온다.

"아, 이거……."

키리야마가 미간을 살짝 구기면서 안경을 벗었다. 화려한 눈화장에 안경이라는 장애물이 사라지자 눈이 몇 곱절은 더 커졌다.

"들어 본 적 있어요."

키리야마가 덧붙인다.

선율의 흐름은 멈추지 않고.

더더욱 다양한 음이 공기를 울린다.

"저도…… 들어 본 적은 있는 것 같은데……."

시게루가 고개를 갸웃하다가 키리야마를 거들었다.

"이거, 모차르트의 피아노 협주곡이네요. 23번 2악장일 겁니다."

갑자기 끼어드는 류자키의 목소리. 그의 노란 머리가 흔들렸다.

"클래식 좋아해? 몰랐네."

키리야마가 스마트폰 안에 나타난 검색창을 두드리면서 중얼거렸다.

"예. 뭐, 예전에 피아노를 배운 적도 있고, 피아노 음악을 좋아하기도 해서…… 박학입니다만, 이 노래는 기억이 나네요. 피아노 협주곡 23번이면 꽤 난이도가 있는 편에 속하고……."

"잠시만요."

아사히로가 류자키의 목소리를 베어 냈다. 아닌 게 아니라 테이프의 음색에 묘한 변화가 있었기 때문이었다.

계속해서 이어지는 가락.

그 멜로디 속에서 코를 훌쩍거리는 소리가 피어난다.

가빠 오는 숨소리.

얕게 새어 나오는 흐느낌.

그 울음을 꾹 참기라도 하듯 불규칙한 호흡.

그럼에도…….

그럼에도…… 피아노의 선율은.

멈추지 않는다.

"울고 있어?"

류자키가 작게 내뱉었다. 직원 모두와 하야세 시게루의 머릿속에선 동시다발적으로 붓이 움직이고 있었다. 그 붓이 그려 낸 한 폭의 풍경 속엔 타카초 유리에와 커다란 피아노가 있었다. 타카초 유리에는 울음을 참아 가면서도 피아노 연주를 이어 간다. 결국 투명한 눈물이 유리에의 볼을 적셔 나간다. 그럼에도 그녀는 연주를 멈추지 않는다.

곧 덜컥거리는 소리와 함께 테이프가 멈췄다.

"기묘하네요. 원래 이렇게 으스스하게 들리는 노래가 아닐 텐데……."

소름이 돋는다는 듯 몸을 짧게 떠는 류자키.

"그러게요. 아사히로 씨, B면 빨리 틀어 주세요."

키리야마가 재촉한다. 그렇지 않아도 아사히로의 손은 이미 플레이어 앞까지 다다랐다.

"네, 잠시만요."

이번엔 A면을 틀 때보다도 더 빠르게 손을 움직인다.

아사히로는 침을 꼴깍 삼켰다. '종활'이란 단어가 마음에 걸려서일까, 굉장히 꺼림칙했다.

*

B면. 종활.

(얕은 숨소리가 들린다)
(들숨)

[오늘은 2007년 9월······.]
(여성의 얕은 목소리가 잠시 끊겼다)

[저는 타카초 유리에입니다.]
(지직거리는 잡음이 들린다)

[······오늘. 저는······.]
(지직거리는 잡음이 들린다)

[죽습니다.]
(다시 멈춘 말소리)

[……역시, 견딜 수 없습니다. 제 세상은 한참 전에 끝나 버렸습니다. 아버지의 폭력은 제 삶을 앗아 갔습니다.

두렵습니다. 죽음 뒤에 무엇이 기다리고 있을지……. 그러나 이 세상만큼 두려운 건…… 어디에도 없을 겁니다.]

(지직거리는 잡음이 들린다)

[얼마 전, 사나에가 선물을 줬습니다. 아니, 실은 제가 발견했고 훔친 겁니다. 그건 흰 가루가 담긴 비닐 팩이었습니다. 호기심에 못 이겨 맛을 보고 말았습니다. 아, 이건 변명일까요? 사실 어딘가 좋지 못한 가루란 것을 진작에 알고 있었습니다. 그럼에도 맛을 보았습니다. 그건 틀림없이 각성제였습니다. 아키타와 고시로의 이야기대로였습니다. 소량이었지만, 그것을 복용할 때마다 전 행복을 엿볼 수 있었습니다. 사실 그 가루를 훔친 것도 잠시나마 지옥 같은 현실에서 벗어나고 싶었기 때문이었습니다. 이 또한 변명으로 받아들여진다면 어쩔 수 없겠지만요.

사나에의 정체도 알고 있었습니다. 패거리의 우두머리라는 것을 말이지요. 그럼에도 저는 사나에를 놓을 수 없었습니다. 사나에와 단둘이 있을 때, 은근슬쩍 제게 못되게 군다는 것 또한 눈치채고 있었지만, 내색하지 않았습니다. 어쩌면 제가 미쳐 버렸는지도 모릅니다. 저의 이야기를 들어 주고, 웃음을 만들어 주는

등 결국 제가 기댈 수 있는 사람은 언제나 사나에뿐이었습니다. 패거리의 속사정 따위는 모릅니다. 사나에가 괴롭힘을 지시했을 수도 있다고 생각합니다. 아니, 아마 그랬겠지요. 아, 깊이 생각하려니 더더욱 의문 부호만 가득해져서 싫습니다.

약 한 달 전쯤, 이지메가 사라졌습니다. 정말 기뻤습니다. 사나에도 절 떠나지 않았습니다. 무슨 이유에서 사나에가 괴롭힘을 지시했는지는 알 턱이 없지만, 아무렴 좋았습니다.

저에게 있어 진정한 악은 아버지입니다. 대략 2주 전이었을 겁니다. 술에 취한 아버지에게…… 입에 담기도 싫지만…… 몹쓸 짓을 당했습니다. 그리고 아버지는 후환이 두려워…….]

(유리에가 훌쩍인다)

[복부를 몇 번이고 밟…….]
(유리에의 목소리가 요동친다)

[더는 말하지 못합니다. 어머니와 이혼한 뒤부터였습니다. 아니, 정확히 말하자면 도박에 빠진 뒤부터였을 겁니다. 아버지가 폭군이 된 것은……. 좋아하는 피아노도 치지 못하게 했습니다. 언제쯤이었을까요. 주말의 낮에 피아노를 치고 있었습니다. 아버지는 제 방까지 와서 피아노를 치지 말라 소리쳤습니다. 두려움에 휩싸인 저는 곧장 연주를 멈췄습니다.

문제는 그날 밤이었습니다. 제가 잠들었을 무렵, 묘한 감촉이 느껴졌습니다. 눈을 뜨니 해괴한 광경이 눈앞에 펼쳐졌습니다. 비틀거리는 아버지가 제 손과 팔을 미친 듯이 밟아 대고 있었습니다. 아버지는 피아노를 부수려는 게 아니라 제 손을 부수고 싶었던 것입니다. 그를 제지하니 돌아오는 것은 역시나 폭행이었습니다. 테이프의 A면에 녹음해 둔 연주는 해당 일이 벌어진 다음 날의 연주입니다. 멍투성이로 변해 버린 손으로 연주하는 것은 고역이었지만, 다시 피아노를 칠 수 없겠다는 생각에 아버지가 바깥에 나갔을 때 빠르게 녹음한 것입니다. 지금 녹음하고 있는 종활 또한 제 방, 책상 앞에서 녹음하고 있는 것입니다. 여기까지만 들어도 제가 아버지를 죽이고 싶을 것이란 걸 아시겠지요. 천륜 따위 신경 쓰고 싶지 않······.]

(갑자기 문이 덜컥 열리는 소리가 들린다)

[새장 옮겨 두라 했잖아.]
(남성의 목소리다)

[지금 뭐 하고 있는 거야?]
(남성의 목소리가 굳세게 울려 퍼진다)

[이제 지긋지긋해.]

(유리에의 중얼거림)

[뭐?]
(당황한 듯한 남성의 목소리)

[꺼지라고. 제발 꺼져! 뒈져 버리든가!]
(유리에가 흉포한 목소리로 소리를 질러 댄다)

[이 미친…….]
(남성이 중얼거린다)

(몸싸움하는 듯한 기척)
(물건이 떨어지는 소리)

[놔! 이거 놓으라고!]
(벽면을 긁고, 바닥에 엎어지는 소리)

[안 닥쳐?]
(유리에의 목소리와 남성의 목소리가 뒤섞인다)
(소란)
(극으로 치닫는 소음의 연쇄)

(그때 퍽 하는 소리가 크게 울려 퍼지고, 순식간에 소음이 사라진다)
(옷깃이 스치는 소리, 맹렬한 호흡 소리가 작게 들린다)

[야.]
(헐떡거리는 남성의 굵은 목소리)
(돌아오는 유리에의 목소리는 없다)

[일어나.]
(남성의 목소리에 깃들어 있는 곤혹스러움)

[야, 유리에.]
(몇 초 뒤, 누군가의 둔탁한 발걸음 소리가 무척이나 빠르게 녹음기로부터 멀어진다)
(정적……)
(약 10분간 지속되는 정적…… 그러나 테이프는 멈추지 않는다)
(이윽고 뭔가가 바닥을 쓰는 듯한 소리가 난다)

[아파…….]
(선명한 유리에의 목소리)
(훌쩍이는 소리)

(다시 녹음기 가까이로 다가오는 유리에의 발소리)
(책상 서랍을 뒤지는 소리)
(잠시 뒤, 뭔가를 흡입하는 소리가 들린다)
(약 5분간 이어지는 정적)

[아, 새.]
(갑자기 유리에는 그렇게 내뱉는다)
(멀어지는 발소리)
(몇십 초 뒤, 방으로 돌아오는 발소리)
(녹음기 근처로 둔탁한 물체를 내려놓는 소리)
(귀를 찢는 소리가 들린다)
(새의 지저귐)

[쉿.]
(새의 지저귐이 계속된다)
(이윽고 새장 문을 여는 듯한 소리가 들린다)
(점점 커지는 지저귐)
(멀어지는 지저귐)

[으드득.]
(뼈가 갈리는 듯한 소리)

(사라진 지저귐)

[으득.]
(콜록이는 소리)

[먹어 버렸다.]
(희미한 웃음소리)

[아빠가 나보다 아끼는 새를 먹어 버렸어요.]
(연이어 나타나는 웃음소리)
(웃음소리는 멈추지 않는다)

[우욱.]
(갑자기 멀어지는 발소리)
(몇 분 뒤, 다시 가까워지는 발소리)

[변기이에 토해 버려써. 크크. 역겹습니다아아.]
(유리에의 어눌한 발음)
(잠시 후, 누군가가 바깥으로 성큼성큼 걸어가는 소리)
(또다시 찾아온 정적)
(한참 뒤, 누군가가 방으로 들어오는 소리)

(끙끙 앓는 소리)
(유리에로 추측된다)
(액체가 바닥에 흩뿌려지는 소리)
(철퍽, 철퍽)
(잠시 뒤, 유리에가 다시 멀어진다)
(미세하게 들리는 물이 쏟아지는 듯한 소리)
(다시 가까워지는 발소리)

[이제 끝낼래요오.]
(유리에의 울먹이는 목소리)

[미안해요, 노이…… 씨.]
(테이프의 오류로 끊어진 중간 말소리)
(엄청난 노이즈가 초현사 직원의 고막을 휘갈긴다)

[이렇게 망가져… 버려서……. 울지는 말아아… 주세요. 그동안 고마웠어요……. 복수는 사양하겠습니다. 나 이제 그만할래. 그럼…….]
 [툭.]
(테이프가 멈춤과 동시에 재생 버튼이 올라온다)

테이프가 멈췄는데도 회의실 안은 고요했다. 모두가 멍하니 카세트 플레이어를 바라보고 있을 뿐이었다.

"이게 도대체······."

최초로 입을 연 사람은 호시에 사토미였다. 회의실 안에 음습한 분위기가 감돌고 있다.

"2007년이라······. 15년 전 테이프인데도 꽤 멀쩡하네요. 노이즈는 좀 있지만 그렇게 열화된 것 같지도 않고······."

키리야마가 말했다.

"확실히······ 타카초 유리에는 DV의 피해자였나 보군요. 이지메도······."

류자키가 엉성한 미소를 띠었다.

"각성제······."

아사히로가 작게 내뱉었다.

"끔찍하네요······. 그런데 도대체 누가 이 카세트테이프를 두고 간 걸까요."

사토미가 턱을 괸다.

"역시 경찰이 아닐까, 싶은데요."

아사히로가 답했다.

"경찰?"

시게루가 되물었다.

"경찰이라면 아사히로 씨에게 정보를 넘겨주기로 약속받은 게 아니었던가요?"

시게루가 덧붙였다.

"맞아요. 그러니까 정확히 말하자면, 경찰이었던 사람 말이에요."

아사히로가 기지개를 켜면서 자리에서 일어났다.

"혹시…… 고무라 세이치?"

키리야마가 갑작스레 눈을 휘둥그레 뜬다.

"생각해 보니 저희가 그곳에 방문할 것이란 걸 안 사람은 고무라 씨밖에 없더군요. 계획을 사전에 말씀드렸죠?"

아사히로는 고개를 돌려 시게루를 쳐다보았다. 시게루는 고개를 끄덕였다.

"조금이라도 도움을 주고 싶었던 모양이에요. 일단 저랑 사토미 씨는 타카초 스바루 씨를 만나러 갈 예정입니다. 스바루 씨는 도쿄에 사는 것 같더군요. 키리야마 씨와 류자키 씨는 사나에라는 인물을 조사해 주시겠습니까? 모처럼의 주말인데 대단히 죄송할 따름입니다만."

"맡겨만 주세요."

키리야마는 막대 사탕을 입에 집어넣으면서 능글맞은 목소리로 답했다. 이에 반해 류자키는 심드렁한 표정을 짓고는 체념하듯 조용히 고개를 끄덕인다.

"그럼 하야세 씨는요?"

사토미가 아사히로를 올려다보았다.

"괜찮습니다. 전 아내를 보러 가야 해서요."

갑자기 시게루가 끼어든다. 이에 아사히로는 시게루를 바라보며 고개를 끄덕거렸다.

"몸조리 잘하시고, 특별한 일이 생기면 꼭 연락 부탁드립니다."

정중한 어투로 아사히로가 인사를 건넸다. 시게루가 회의실을 떠난 것을 시작으로 키리야마, 류자키도 카세트 플레이어와 테이프를 들고 사무실로 자리를 옮겼다.

"그럼 출발할까요?"

아사히로는 활기찬 목소리로 말했다. 이에 보답하듯 사토미도 미소를 지어 보였다. 그러나 아사히로는 깨닫지 못했다. 사토미의 아름다운 미소 속에 상상을 초월할 정도의 두려움이 깃들어 있다는 것을.

2

2022년 11월 27일(2)

오전 10시.

하기와라 센조의 차량이 마나베 카이토의 주택 앞에 멈춰 섰다. 하기와라는 허겁지겁 하차한 다음, 현관 가까이 달려가 초인종을 눌렀다. 안쪽에서 아무런 반응이 돌아오지 않자, 이번엔 현관문을 세차게 두드렸다.

"야! 마나베! 빨리 나와 봐!"

크게 말하면서 현관문을 연신 두드렸다. 지면에서 불길한 예감이 스멀스멀 피어올랐다. 더 이상 기다릴 수 없어서 문고리를 힘껏 돌려 본다.

"응?"

이건 예상치 못했다. 현관문이 잠겨 있지 않다. 무척이나 맥없이 열리고 만다. 그는 바닥을 박차고 복도로 뛰어 들어갔다. 온 집 안을 휘저으며 마나베를 찾는다. 집 안 곳곳의 문을 열고 다니던 중 2층에서 열리지 않는 여닫이문이 있는 걸 알아차렸다.

"마나베, 너 안에 있지? 문 좀 열어 봐!"

문고리는 걸리는 것 없이 잘 돌아갔지만, 요컨대 바깥 여닫이문이 안쪽으로 힘껏 밀어도 열리지 않는다는 것이다. 틀림없이 무언가가 안쪽에서 문이 밀리는 것을 막고 있기 때문이리라. 하기와라는 문을 발로 찼다. 그럼에도 꿈쩍하지 않는다. 이어서 그가 뒤로 한참이나 물러나더니 문을 향해 황소처럼 달려들었다. 그의 어깨가 문과 충돌한 다음 순간, 쿵 하는 거대한 굉음이 집 전체를 울렸다. 동시에 문고리 부근이 뒤로 밀려났다.

'열렸다.'

하기와라는 문을 쭉 밀었다. 아직도 뒤에 뭔가가 걸려 있는 듯 좀처럼 문은 쉽게 열리지 않는다. 어느 정도 문을 연 다음, 상체를 집어넣어 내부를 살폈다. 문 뒤에 자신의 키보다 큰 책장이 쓰러져 있었다. 아무래도 이 책장으로 문을 막아 둔 모양이었다. 그뿐만 아니라 사방에 오컬트 주물이 가득 놓여 있었다. 개중 몇은 넘어지는 책장에 깔렸기 때문인지 산산조각 나 있었다. 문제의 마나베 카이토는 방 안쪽에 배치되어 있는 침대 위에서 이불을 머리끝까지 덮은 채 쭈그려 앉아 있었다.

"야."

하기와라가 마나베를 부른다. 이내 문을 힘껏 밀어낸 다음, 방 안으로 간신히 몸을 비집고 들어온다. 반응이 없는 마나베를 확인하고, 하기와라는 침대 위로 펄쩍 뛰어 올라가서는 이불을 확 들췄다. 드러난 마나베의 모습은 조금 이상했다. 안면엔 서슬 퍼런 눈발의 창백함이 드리워 있었고, 표정엔 망망대해의 어둠이 깃들어 있었다. 더군다나 사시나무처럼 벌벌 떨고 있었다.

"정신 차려!"

그런 마나베의 행색에도 아랑곳하지 않고, 하기와라는 마나베의 멱살을 잡고 침대 아래로 끌어 내렸다. 이내 마나베는 바닥에 철퍽 엎어지고 말았다.

"왜 그래?"

마나베의 목소리가 그의 몸처럼 떨렸다. 곧 하기와라는 바지의 밑단을 걷었다. 그러곤 발목을 마나베에게 보여 주었다.

"보여?"

하기와라가 손가락 끝으로 발목을 가리킨다.

"그건…… 멍 자국?"

마나베가 화들짝 놀라며 말을 내뱉었을 때, 공기의 흐름에 묘한 변화가 있었다. 알 수 없는 바람이 그들의 주위를 맴돌고 있었다.

"악몽을 꿨는데…… 괴조도에서 튀어나온 손이 내 발목을 꽉 잡았어. 잠에서 깨니 발목에 자국이 남아 있었고. 아무래도 잠에 든 사이, **뭔가**가 우리 집 안에 들어온 것 같아. 너한테도 뭔가가 보였지?"

기괴스런 기억과 마주한 하기와라의 눈이 공포로 물들어 있었다. 그는 목과 머리를 특히나 떨고 있었다.

"아니……. 나한테는 아무것도……."

마나베는 고개를 내저었다.

"그럼 왜 이불 속에 숨어서 벌벌 떨고 있던 건데?"

"몸이 안 좋아서……."

눈을 마주치지 못하는 마나베.

"거짓말하지 마!"

하기와라가 눈을 크게 뜨며 소리쳤다. 그의 육중한 목소리엔 위압감이 깃들어 있었다. 아버지의 불호령을 연상시키는 목소리의 등장에 마나베는 깜짝 놀라고 말았다.

"저 책장, 네가 세워 둔 거잖아. 말해 봐. 뭐가 두려웠던 건데? 도대체, 도대체 뭘 막으려고 했던……."

그때였다. 하기와라의 음성이 무언가에 무참히 썰리고 말았다.

"방금, 뭔 소리야?"

끽, 끼이익…….

삐걱……, 끽……, 삐거어억…….

1층 복도 바닥이 누군가에게 무참히 짓눌리고 있다. 바닥이 비명을 지른다.

누군가가…… 집 안으로 들어온 것이다.

마나베와 하기와라는 완전히 얼어붙어서 문 쪽을 가만히 응시하고 있을 뿐이었다. 두 사람이 움직임을 멈춘 순간, 주택 내부의 소음은 사라져야 마땅하다. 그러나…….

삐거어어어어억. 끽.

삐걱, 삐걱.

소리가 점점 가까워진다. 마나베는 직감적으로 깨달았다. 방금 들린 소리는 분명히 2층을 오르는 계단 쪽에서 나는 것이다. 그것을 깨달은 즉시, 자리에서 펄쩍 튀어 오르는가 싶더니 필사적으로 방문을 닫았다. 그러곤 뒤로 돌아 등으로 문을 막았다. 그의 발끝이 쓰러진 책장 바닥에 닿았다.

"너…… 호, 혹시, 그 그림…… 가져온 거야?"

마나베의 음성은 여전히 떨리고 있었다. 하기와라는 턱을 떨면서 고개를 끄덕였다. 무음의 대답을 확인한 마나베가 망연자실한 표정을 지었다. 그의 등이 차츰차츰 문에서 미끄러져 내려가더니 이윽고 완전히 바닥에 주저앉고 말았다.

"역시…… 왔어. 죽고 말 거야, ……우리는."

스으윽, 스으윽, 스으윽, 스으윽.

생명력을 잃기 직전이었던 마나베의 목소리는 바깥에서 날아드는 첨예한 소음에 갈기갈기 찢겨 나갔다. 무언가가 2층 복도를 걷고 있다. 어렴풋한 진동이 마나베의 엉덩이와 등을 훑었다. 마나베는 맞은편에 나 있는 창문을 바라보았다. 쾌활한 하늘과 그 하늘을 감싸는 구름이 선명했다.

그것의 소리는 마나베의 등 뒤에서 사라졌다. 문 앞에서 멈춘 것이다. 괴조도에 깃든 존재가 문 뒤에 가만히 서서 방 안쪽의 두 사람을 감지하고 있다. 어울리지 않는다. 눈앞에 저렇게 아름다운 하늘이 자유로이 펼쳐져 있는데 문 뒤엔 죽음을 끌고 다니는 존재가 가만히 서 있다.

하기와라는 방의 구석을 바라보며 넋을 놓고 있었다. 그런 하기와라를 바라보는 마나베의 머릿속에선 엊저녁의 영상이 재생되고 있었다.

작일, 마나베는 요리카와 켄에 관한 뉴스를 탐독하다가 깜빡 잠들고 말았다. 잠에서 깼을 때의 시각은 오후 8시쯤으로 바깥은 이미 암흑의 소용돌이였다. 남동생, 여동생과 같이 사는 집이지만, 두 사람 다 도쿄의 밤을 즐기느라 부재한 상태였다. 아니, 애당초 그들이 집에 있더라도 괴짜 같은 마나베를 상대해 주진 않으리라. 마나베도 그 사실을 잘 알고 있었다. 이 무렵 다시 비가 내리기 시작해서 빗방울이 지붕을 때리는 얕은 소음의 연쇄가 주택을 에워쌌다.

방에서 나온 그는 금세 찾아온 허기를 달래기 위해 집 근처의 '유야'라는 라멘집에 가야겠다고 생각했다. 어렸을 때부터 비가 오면 유독 라멘이 떠올랐다. 그런 특이점의 원인이 무엇인지는 알 수 없었지만, 아직 그 특이점이 자신의 몸에서 지워지지 않았다는 사실만큼은 단박에 알아차릴 수 있었다.

현관에 놓인 비닐우산을 챙겨서 바깥으로 나갔다. 강수량이 상당하구나. 바깥으로 나오자마자 가장 먼저 떠올린 것이었다. 잠시 후, 그는 양옆으로 주택이 늘어선 아스팔트 도로 위를 걸었다. 2층짜리 아파트의 주차장을 지나고 있는데 문득 묘한 기척이 느껴졌다. 누군가가 뒤를 따라오고 있는 것 같다. 그러나 뒤를 돌아보아도 도로 반사경으로 몰래 뒤를 확인해 보아도 미행인은 고사하고 사람조차 보이지 않았다.

나카스기 거리에 들어서고부터는 할인 슈퍼마켓의 인파 덕분에 묘한 기척은 신속히 존재를 지웠다. 그 기척이 다시 존재를 드러냈을 때는 식사를 끝마치고 집으로 돌아갈 무렵이었다.

마나베는 나카스기 거리에서 벗어나 한적한 골목으로 들어섰다. 대략 2분 정도를 걸은 그는 거대한 전신주 옆에 서서 무심코 뒤를 돌아보았다. 시야의 끝에 누군가가 가만히 서 있었다. 원래라면 조금 놀라고 말아 버릴 상황일 테다. 하지만…… 어쩐지 이상하다. 시야 저편에 떠올라 있는 사람은…… 우산도 쓰지 않고 있다. 그래, 미처 우산을 챙기지 못했다고 하자. 그렇다면 저 사람이 가만히 멈춰 서 있는 이유는 뭘까? 그 자문을 떠올린 동시에 마나베의 몸에 나 있는 모든 털이 바짝 곤두섰다.

'내가 멈추니…… 따라 멈춘 걸까……?'

그렇게 생각하는 와중에도 미지의 존재는 움직이지 않았다. 미동조차 없어 표지판을 잘못 보고 있는 건가 하는 의심이 들 정도였다. 그런 의심이 무색하게도 그의 뇌는 금세 시야 끝의 저것이 사람이라 확신하고 말았다.

지금 마나베의 몸은 전신주에 달린 가로등 헤드의 빛으로 둘러싸여 있었다. 비닐우산을 뚫고 들어온 빛이 그의 몸을 비춘다. 만약 저 존재가 계속해서 자신의 행로를 되풀이하고 있는 것이라면 언젠가 이 가로등 헤드 아래까지 다가오리라. 그렇다면 헤드의 빛을 통해 저것의 모습을 확실히 볼 수 있게 되는 것이 아닌가?

더 이상 생각할 것도 없이 마나베는 아무렇지 않은 척하며 다시 뒤로 돌아 앞으로 걸어 나갔다. 기척은 역시 그를 뒤따르고 있었다. 계속해서 뒤돌아보고 싶은 욕망이 치솟았지만, 연달아 고개를 돌렸다간 틀림없이 저것에게 덮쳐지고 말 것이라는 생각이 들었다. 이대로 달릴까? 아니, 확인하자. 도망갈까? 아니, 역시 누군지 확인하는 편이 낫겠어.

생각의 공방이 막을 내렸다. 그는 몸을 돌렸다. 예상보다 조금 늦게 뒤돌았다고 생각했지만, 운이 좋게도 뒤를 따라오던 존재는 정확히 가로등 헤드의 빛 아래에 서 있었다.

그런데…… 어쩐지 알 수 없는 위화감이 빗물의 종횡을 뚫고 날아들었다. 미지의 존재는 분명 빛 아래에 우두커니 서 있는데도 그림자처럼 까마득해 보였다. 그는 위화감을 지우기 위해 천천히 앞으로 걸어 나갔다. 예상과 다르게 **저것**은 도망치지 않는다. 아니, 아예 움직이지 않는다. 멈춰 있다. 마나베가 다가오길 기다리기라도 하는 것처럼.

믿을 수 없었던 만큼 자세히 보고 싶다는 생각이 들었다. 해당 욕망은 그의 발에 날개를 달아 주었다. 얼만큼 걸었을까. 돌연히 탄내 같은 냄새가 코를 찔렀다. 마나베는 자기 옷에서 나는 냄새일까 싶어 소매를 인중에 가져다 대고 킁킁 냄새를 맡았다.

'틀림없이 다른 냄새야.'

탄내는 전신주 옆의 존재와 가까워질수록 농도가 진해졌다.

그의 발걸음은 어느 순간, 멈췄다.

가로등 헤드 빛 아래에 서 있던 존재는 이해할 수 없게도 뒤돌아 있었다. 거기서부터 마나베는 거부할 수 없는 공포를 느꼈다. 오직 뒷모습만 보일 뿐이지만, 단발이나 중단발인 머리카락의 길이와 체형으로 미루어 보아 여성인 것 같았다. 그렇게 생각했을 때, 여성의 목이 천천히 돌아가기 시작했다.

마나베는 드디어 움직임을 포착했다는 기쁨에 잠깐 목소리가 새어 나왔다. 일순 튀어나온 그의 목소리는 여성의 기이한 행동이 진행됨에 따라 다시 몸속 깊은 곳으로 기어들어 가고 말았다.

목의 회전이…… 멈추지 않는다. 틀림없이 몸은 멈춰 있는데. 목은 어느덧 어깨 너머까지 돌아가서 마나베가 어렴풋이나마 여성의 얼굴을 확인할 수 있는 정도까지 이르렀다.

심장이 철렁 내려앉았다. 여성은 기어이 머리를 180도까지 돌리고 말았다. 여성의 얼굴 가죽이 소용돌이치고 있었다. 그것은 마치 안면 가죽 가장자리에 사정없이 맷손을 박아 넣고, 반시계 방향으로 힘껏 돌려 가죽이 찢어지면서 뒤틀려 버린 것 같았다. 더군다나 그 뒤틀린 안면과 몸은 몽땅 탄화되어서 사람 모양의 숯덩어리처럼 보였다. 약간의 흔적만이 남은 검은 의류 뭉치 또한 탄화된 살갗 사이 사이에 눌어붙거나 꽂혀 있었다.

마나베 카이토가 우산을 내동댕이치고 필사적으로 도망간 것은 5초 뒤의 일이었다. 집으로 돌아온 마나베는 화장실로 달려가 변기 물에 라멘 줄기와 각종 야채, 차슈, 계란을 게워 냈다. 속이 진정되자마자 쏜살같이 방에 들어가서는 책장으로 문을 틀어막고 이불을 덮어쓴 뒤, 밤을 지새웠다.

다시 현재.
마나베는 자포자기한 심정으로 멍때렸다. 문에 기댄 등에서 어쩐지 열감이 일었다. 하기와라 역시 지금은 아무런 소리도 내어선 안 된다고 생각했다. 정적은 수 분간 이어졌다.

그런데도 문틈 사이로 넘어오는 살의와 소름 끼칠 정도로 뜨거운 공기는 사라지지 않을 기색이었다. 그러한 감각을 어떻게 느낄 수 있었느냐 하면 그것은 일종의 오컬트 물건이나 주물을 수집하는 마니아들의 발달된 감이었다. 좋지 않은 기운. 그러한 것이 방 안으로 흘러 들어오고 있다. 그때였다.

"마나베!"

그 부름을 들은 즉시 마나베는 어깨를 들썩였다. 둘 중 한 명이라도 목소리를 내 버린다면 괴이에게 죽임을 당하고 말 것이리라. 그렇게 생각하고 있었기 때문에 더 심하게 놀랐는지도 모른다. 하지만 마나베와 하기와라의 죽음을 유예하는 그 목소리는 방 안이 아닌, 1층의 어딘가에서 날아든 것이었다.

"마나베! 앞에 차가 세워져 있던데. 누구 계셔?"

뉴에라 프로덕션의 사장인 하야세 시게루의 쩌렁쩌렁한 목소리였다. 마나베를 부르는 목소리와 발소리는 함께 2층으로 올라왔다.

예상한 것보다 일찍 시게루가 방문을 노크했다. 호러 매체에서 클리셰로 등장하는 괴이의 인간 흉내일까, 고민하던 것도 한순간이었다. 마나베는 허둥지둥 바닥에서 일어나 문을 열었다. 하야세 시게루의 강렬한 인상이 마나베의 시야 한가운데에 스스럼없이 나타났다.

"가, 감독님……."

"방이 왜 이 꼴이야?"

시게루는 마나베의 어깨 너머로 방의 전경을 살폈다. 그리고 그 전경의 가운데에 생면부지의 인물이 있다는 것을 깨닫고, 눈이 휘둥그레졌다.

"하야세 시게루 씨 되시죠? 전 하기와라 센조입니다."

하기와라가 긴 옆머리를 귀 뒤로 넘기면서 시게루에게 가까이 다가갔다.

"네, 안녕하세요. 그나저나 무슨 일 있었나요?"

시게루는 두 사람이 다툰 것은 아닐까, 싶었다. 그렇지 않고서야 그들의 표정이 이리 진지할 수는 없다고 생각했다.

"아뇨, 싸운 건 아니고……."

마나베가 시게루를 복도로 살짝 밀어내면서 말끝을 흐렸다.

"역시 말씀드리자."

제7장 원념

하기와라의 음성이 머리 뒤에서 날려 오자마자 마나베의 움직임이 멈추었다. 그러곤 금세 하기와라에게 다가가서 한껏 표정을 구겼다. 이윽고 입 모양만으로 소리 없이 '안 돼.'를 외친다.

"무엇을…… 말입니까?"

시게루는 궁금했다. 뭣 때문에 마나베가 이리 미심쩍게 행동하는 걸까?

"괴조도 말입니다. 하야세 씨, 역시 알고 계시죠?"

"괴조도? 그걸 어떻게……."

하기와라의 예상대로 시게루의 표정은 당혹감으로 물들었다.

"괴조도를 찾고 계신다고 들었습니다. 실은 그 그림, 제가 가지고 있습니다."

"정말입니까?"

두 사람이 대화하는 사이, 마나베는 침대에 힘없이 걸터앉았다. 정말 괴조도 때문에 그 괴이가 나타난 걸까? 혹시 그 전에 구매하거나 양도받은 저주 물건에 깃든 유령 같은 것이 이제 와서 기승을 부려 대는 건 아닐까? 마나베는 도무지 이해할 수 없었다. 하기와라는 어떻게 확신하고 있는 걸까? 하기와라는 엊저녁 마나베가 겪었던 일을 알지 못하는데도 조금 전의 일이 괴조도 때문이라고 확신하고 있었다. 영능력자가 괴이에 대해 알려 주기라도 한 걸까? 아니, 그럴 리가 없다. 하기와라는 분명히 영능력자에게 그림을 보여 주자마자, 쫓겨났다고 했으니까.

집에서 빠져나온 세 사람은 하기와라의 차량 가까이로 걸어갔다. 하기와라는 조수석 문을 열었다.

"어?"

"왜 그러세요?"

입에 문 담배에 불을 붙이려다 말고 시게루가 물었다.

"사라졌어요."

패색이 짙은 하기와라의 목소리가 시게루의 고막을 때렸다. 이에 시게루가 입술에서 담배를 떼어 내며 묻는다.

"네? 그게 무슨……."

하기와라는 직접 보라는 듯 자리를 비켰고, 시게루와 마나베가 함께 조수석을 들여다보았다.

"분명 조수석에 뒀습니다. 정말입니다. 문을 잠가 뒀어야 했는데."

하기와라는 울분을 토해 냈다.

"모처럼 도움 되는 일을 해낼 수 있을까 했는데 다시 골치 아파졌군요."

낭패의 기운에 잠식당한 시게루의 말소리 속에 한숨이 섞여 들었다.

"도움 되는 일?"

마나베가 차 문을 닫으면서 시게루에게 물었다. 이때 하기와라는 블랙박스를 확인해 보겠다며 두 사람에게서 멀어졌다.

"아."

시게루는 잠시 뜸을 들이다가 담배에 불을 붙였다. 이후 크게 한번 빨아들이고 연기를 내뱉으면서 말을 이었다.

"'초현사'라고, 알아?"

"초현사?"

마나베가 시게루의 말을 따라 하면서 미간을 구겼다.

"초현사라면…… 초자연 현상 출판사인가요? 초자연 탐정 아사히로 고헤이가 있는?"

"응, 알고 있군. 역시 그럴 줄 알았어. 호러 분야에서 유명하다지?"

"그렇죠. 저처럼 괴담, 오컬트에 관심이 있다면 모르기 힘들죠. 그런데 감독님은 어떻게……?"

"원래도 알고 있었어. 호러 소설에 크게 흥미를 두고 있는 건 아니었지만, 문학 애호가인 너처럼 소설도 자주 소비하니까 구매 대행 사이트에서 간간이 보긴 했어. 의도한 건 아니었지만."

"하긴 장르를 불문하고 인기 있는 책은 SNS나 웹페이지 광고를 망라해 여러 사이트에 도배가 되기도 하니 오히려 모르는 게 이상하겠네요."

"그렇지. 그쪽 사람들이랑 함께 요리카와 씨를 찾아다니고 있어."

"설마 의뢰하셨어요?"

마나베는 눈을 번쩍였다.

"응. 너도 알잖아. 요리카와 켄이 아니면 안 돼."

"감독님, 그냥 감독님이 시나리오 쓰시면 안 되는 겁니까?"

"시간이 없어. 그리고 설령 내가 시나리오를 쓴다고 해도 그 영화는 완벽히 망해 버릴 테지."

하야세 시게루, 이 사람에게서 뉴에라 프로덕션을 설립할 적의 자신감은 완전히 사라져 버렸다. 마나베는 시게루의 표정을 보고, 그러한 사실을 깨달았다.

"자신감을 가지세요. 전 감독님의 시나리오가 더 좋습니다. 부끄럽지만, 예전부터 꼭 드리고 싶었던 말입니다."

진심 어린 말에 시게루의 몸은 딱딱히 굳었다. 손에 들고 있는 담배를 다시 입에 가져다 댈 수가 없었다.

"……정 힘드시다면 역시 정식 시나리오 작가를 구할 때가 된 것 같습니다. 다양성 때문에 외부의 시나리오 작가를 이용하는 건, 아무래도 위험 부담이 커요. 정식으로 시나리오 작가를 채용한다면 지금과 같은 상황의 발생을 막을 수도 있겠죠."

마지막 말이 공중으로 사라지자 시게루는 말없이 고개를 끄덕거렸다. 몇 초 뒤, 그는 고심하는가 싶더니 입을 열었다.

"그렇게 말해 줘서 고마워. 진심이야. 잘 생각해 볼게."

시게루는 입꼬리를 가볍게 끌어 올리며 마나베의 어깨를 토닥였다. 그러곤 블랙박스 영상을 확인하고 있는 하기와라의 곁으로 걸어갔다. 반면 마나베는 움직일 수 없었다. 이루 말할 수 없는 감동이 몸을 짓누르고 있었기 때문이었다. 그동안 쌓여 왔던 시계루에 대한 불만이 산산이 분해되는 순간이었다.

3

2022년 11월 27일(3)

 몽환을 머금은 네온사인이 신주쿠에 머문 저녁의 끝을 밝히며 부드럽게 일렁였다. 시린 바람은 지분거렸고, 불야성의 요소요소에서 나타난 인파는 삽시간에 횡단보도 앞으로 몰려들었다. 호시에 미사키는 횡단보도를 천천히 건넜다. 주말이기 때문인지 도로는 순식간에 사람들에게 점거당했다. 정신이 아득해질 정도의 인파였다.
 불과 몇 시간 전, 미사키는 아사히로와 사토미에게 여러 이야기를 전해 들었다. 흉가가 되어 버린 타카초 가에서의 일과 카세트테이프를 비롯해 노파 이야기까지. 미사키 또한 두 사람에게 동급생 야시로 마이, 카페 습격, 사거리 참변에 대해 실제 목격자의 관점으로 좀 더 자세히 이야기했다. 물론 아사히로와 사토미는 여러 사건이 동시다발적으로 발생했던 26일, 미사키가 얌전히 집에서 휴식을 취하고 있던 줄로만 알고 있었다. 이 때문에 사토미가 처음 그 사실을 접했을 땐 기겁하며 미사키에게 불같이 화를 냈었다.

"거의 다 왔어요."

미사키가 스마트폰 너머로 음성을 던졌다.

[좋아.]

날아온 응답은 류자키의 목소리였다. 현재 미사키는 타카초 유리에의 오빠인 타카초 스바루를 만나러 가고 있다. 원래라면 아사히로와 사토미가 향할 예정이었으나 갑작스럽게 경시청 형사들이 초현사로 찾아온 바람에 미사키가 일을 대신 맡게 되었다.

스바루와 만나기로 한 곳은 오쿠보 공원 근처의 카페였다. 미사키는 난파가 득실거리는 가부키초를 뚫고 지나가기가 싫어서 하나조노 신사 쪽으로 한 바퀴 돌아 목적지로 이동했다.

"도착했어요."

미사키는 그렇게 말하고 전화를 끊지 않은 채 휴대폰을 주머니에 넣었다. 점원의 안내에 따라 이동한 곳은 붙박이 의자가 놓인 가장 안쪽 자리였다. 그리고 그곳엔 통통한 체격의 남성이 벽에 기대어 잠들어 있었다.

그녀가 사진을 통해 본 타카초 스바루와는 조금 다르게 생겼지만, 그것이 급격한 체중 증가 탓인 것을 단번에 알아차릴 수 있었다. 미사키는 붙박이 의자 맞은편에 놓인 일반 의자에 앉았다. 그리고 스마트폰을 꺼내 책상 위에 올려 두고 주먹을 쥐어 책상을 똑똑 두드렸다.

"저기, 타카초 스바루 씨?"

미사키의 미성이 고막을 간지럽히자, 스바루는 눈을 번쩍 떴다.

"아. 죄, 죄송합니다. 아사히로 씨 되시나요?"

스바루는 당황해하면서 붉게 충혈된 눈으로 미사키를 바라보았다.

"아뇨, 저는 호시에 미사키라고 합니다. 아사히로 씨가 불가피한 사정이 생기셔서 대신 오게 되었습니다."

미사키가 사무적인 어투로 말했다.

"아, 그렇군요……."

스바루가 둥그런 안경 아래로 눈을 비비면서 고개를 끄덕거렸다.

"피곤하세요?"

미사키가 살며시 웃으면서 물었다.

"아니요. 죄송합니다. 원래 잠이 조금 많아서요. 마실 거라도 시킬까요?"

뭐라도 마셔야만 잠이 깰 것 같다. 스바루는 그리 생각하며 종이 메뉴판을 들여다보았다.

"그래요."

또다시 사무적인 어투로 말하는 미사키.

"……저는 블랙커피로 하겠습니다."

스바루는 메뉴판에서 눈을 떼고 고개를 들었다. 반면 미사키는 아직 메뉴를 고르는 중이었으므로 시선은 아래쪽에 고정되어 있었다. 스바루는 미사키를 바라본 상태로 생각에 잠겼다. 호시에 미사키. 160cm 정도 되어 보이는 키에 청순하고도 이국적인 외모로 아름답고 매력적이지만, 무슨 이유에서인지 어른으로 보이지는 않는다. 유하게 봐도 고등학교 3학년쯤 되리라. 하지만 다짜고짜 나이를 묻는 것은 실례이니 생각을 접어 두자.

"저는 유자차로······."

미사키는 이 상황 자체가 일의 일환이라는 것을 충분히 인지하고 있었지만, 본래 낯가림이 심한지라 자기도 모르게 말끝을 흐리고 말았다. 그런 미사키의 특성을 단번에 파악한 스바루가 메뉴 주문을 도맡아 한 다음 직원이 테이블을 떠나자 두 사람의 대화가 다시 시작되었다.

"그러니까 제 여동생에 관해서 알고 싶으시단 거죠?"

스바루가 조심스럽게 물었다. 미사키는 다행이라고 생각했다. 왜냐하면 스바루가 '여동생'이라고 말할 때 약간 목소리를 떤 것 말고는 그다지 주저하는 기색을 보이지 않았기 때문이었다. 걱정과는 달리 오히려 호의적인 태도다.

"네. 분사 사건, 깃털 연쇄 살인 사건, 이런 것보다 타카초 유리에 씨가 어떤 사람이었는지 알고 싶어요. 그리고······ 타카초 신야 씨에 대해서도."

미사키가 '신야'라고 내뱉자, 스바루의 동공이 흔들렸다. 그러나 이내 마음을 다잡은 듯 그의 입에선 강직한 어조가 흘러나왔다.

"알겠습니다. 제게 자격이 있을지는 모르겠지만요. 원래 누군가에 대해서 함부로 이야기하는 건 좋지 못한 일이잖아요. 설령 대상이 가족이라고 하더라도. 그렇지만 여러 사람을 위해 꼭 필요하다면 마다할 수는 없겠지요. 어디서부터 이야기하면 좋을까요……."

"유리에 씨는 어떤 분이셨나요?"

대화의 기본적인 방향과 틀을 구축한 것은 미사키 쪽이었다.

"복잡해요."

"네?"

미사키가 사슴처럼 큰 눈망울로 스바루를 쳐다보았다.

"제가 오빠라고는 하지만, 이상하게도 그 아이 옆에 있으면 좋지 못하다는 느낌을 많이 받았거든요."

"좋지 못하다……?"

"네. 뭐랄까요, 우울감이라고 해야 할까요. 유리에가 가지고 있는 우울감이 제게도 전염되는 느낌이었거든요. 아무래도 그 우울감은 저희 아버지 때문에 생긴 것이겠죠."

"스바루 씨 역시 알고 계셨던 거군요."

"모를 수가 있나요. 저는 원래 아버지를 별로 좋아하지 않았습니다. 술을 드시면 폭언을 자주 일삼으셨거든요. 분가 전까지 폭언은 멈추지 않았어요. 그래도 다행이었던 건, 물리적인 폭력을 행사하진 않으셨단 거예요.

그런데 정말 이상한 건, 분가 이후부터였지요. 전혀 몰랐습니다. 아버지가 그리 예뻐하던 유리에를 괴롭힌다는 것을요. 당연했어요. 유리에가 그 흔적을 워낙 잘 숨기기도 했고, 아버지에게 재롱을 부리는 모습을 보면 그 누가 감히 예상할 수 있겠어요. 문제는 그게 살기 위한 몸부림이었다는 것을 미리 알아차렸어야 했다는 것이겠지만. 이지메도 있었어요. 아마도 복합적인 요인으로 스스로 목숨을 끊은 것일 겁니다."

스바루의 동공이 공허에 물들었다. 미사키는 말없이 고개를 끄덕였다.

"그래도 유리에만큼 착한 여동생은 또 없을 겁니다. 유리에가 남긴 카세트테이프를 경찰이 찾지 못했더라면…… 아무런 사실도 알지 못했겠죠."

"그렇군요. 그럼, 카세트테이프는 유류품이었을 테니 타카토리 씨나 스바루 씨가 가지고 있었던 건가요?"

"네, 저희 어머니가 가지고 계십니다."

"어머니께서요?"

미사키가 눈을 휘둥그레 뜨면서 되물었다.

"네, 무슨 문제라도……?"

"혹시 어머니는 어디 살고 계신가요?"

미사키의 음성이 다급해졌다. 다만, 그녀는 최대한 평온해 보이는 표정으로 일관했다.

제7장 원념 439

"아직 쓰타바라시에 살고 계십니다."

스바루가 말을 끝내자, 미사키의 머릿속에서 폭풍이 휘몰아쳤다. 그렇다는 건, 아사히로의 차량에 카세트테이프를 둔 사람은 타카토리 하나코란 말인가……?

미사키는 서둘러 스마트폰을 들었다. 다행히 류자키와의 통화는 끊겨 있지 않았다.

"유자차는 어느 쪽에 두면 될까요?"

불현듯 옆에서 여점원의 쾌활한 목소리가 날아들었다. 갑작스럽게 뇌에 과부화가 걸려 버린 미사키는 몹시 당황한 표정을 띠며 아무런 말도 꺼내지 못했다.

"이쪽으로 부탁드립니다. 블랙은 제 쪽으로……."

이번에도 점원에게 말을 던진 쪽은 스바루였다. 점원이 "맛있게 드세요."라고 말하며 눈웃음을 짓고 자리를 떴을 때, 불길함을 감지한 하늘에서 비가 쏟아지기 시작했다.

"비?"

놀라움이 깃든 스바루의 어조에 미사키가 고개를 돌렸다. 바로 옆에 자리한 창문에 빗방울 여럿이 미끄러지고 있었다.

"예보가 없었을 텐데……. 우산 가지고 오셨어요?"

스바루가 걱정스러운 표정으로 물었다. 그 물음에 미사키는 천천히 고개를 가로저었다.

"저…… 그럼, 스바루 씨가 카세트테이프를 마지막으로 본 건 언제였나요?"

"어제 오후 6시쯤이었어요. 그때까지 어머니 집에 있다가 다시 상경했으니까요. 유리에의 목소리를 들을 수 있는 건 그 테이프뿐이라 귀성하면 자주 들었습니다. 귀성은 두 달에 한 번 정도 합니다."

'어제 오후 6시……?'

이상하다. 어딘가 잘못됐다. 미사키는 찻잔을 들었다. 그녀의 손이 떨리는 것을 목격한 스바루가 "왜 그러세요……?"라고 물었지만, 미사키의 정신은 이미 다른 세상에 놓여 있었다. 그래서인지 뜨거운 유자차를 저도 모르게 왕창 입에 머금은 미사키가 인상을 찡그렸다. 재빨리 입에 머금은 유자차를 삼켰다. 입안과 목구멍이 얼얼했다.

"잠시만 전화 좀 하고 와도 괜찮을까요?"

미사키가 입꼬리를 살짝 올리며 물었다.

"물론이죠. 천천히 다녀오세요."

스바루는 작은 눈으로 그녀를 바라보면서 고개를 끄덕였다. 긍정적인 답장을 받아 낸 미사키는 곧장 카페 바깥으로 나와 왼쪽으로 걸었다. 오른쪽으로 가면 카페 안에 앉아 있는 스바루와 창 너머로 눈이 마주칠지도 모르니까. 다행히 머리 위에 천막이 펼쳐져 있었기 때문에 비를 맞지는 않았다. 천막이 끝나기 직전 지점에 서서 미사키는 스마트폰을 귀에 가져다 댔다.

"……들으셨어요?"

[응, 놀랍네.]

대답을 듣자 미사키는 살짝 당황했다. 류자키가 아니라 아사히로의 목소리였기 때문이었다. 아무래도 초현사 직원 전부가 같이 듣고 있었던 모양이다.

"아사히로 씨? 저…… 경시청 형사분들은요?"

[이미 떠났어.]

"그렇군요. 저기, 제 개인적인 견해입니다만…….".

미사키의 마지막 말이 공중에서 분해되기 직전, 거센 바람이 그녀의 전신을 강타했다.

[맞아.]

돌연히 휴대폰 너머로 아사히로의 음성이 넘어왔다.

"네?"

[반문의 여지 없이 스바루 씨는 거짓말을 하고 있어. 미사키도 그렇게 생각하는 거지?]

"……네."

[타카토리 씨의 집에 카세트테이프가 있다는 이야기를 들었을 땐 그리 의심스럽지 않았어. 물론 처음 우리는 카세트테이프를 전달한 사람이 고무라 세이치가 아니었을까 생각했지만, 타카토리 하나코 씨가 쓰타바라시에 사는 거라면 테이프를 전달한 사람이 타카토리 씨일 수도 있으리라 생각했지. 하지만 미사키

도 알다시피 어제 오후 3시가량부터 카세트테이프는 우리한테 있었어. 스바루 씨가 귀성을 했다는 이야기만큼은 사실일지도 모르지만, 그가 오후 6시쯤에 테이프를 사용했다는 말은 거짓이야. 게다가 조금만 생각해 보면 타카토리 씨가 테이프를 차량 위에 둔 것도 이상하지. 그 말은 우리가 쓰타바라시에 올 것이란 걸 알고 있었다는 말로 환언 가능하거든. 그러니 확실한 건, 카세트테이프는 고무라 씨에게 있었다는 거지. 우리가 쓰타바라시에 갈 것이란 사실을 미리 알고 있던 건 쓰타바라시에 사는 타카토리 씨가 아닌 고무라 씨뿐이었으니까.]

아사히로는 확신에 가득 찬 목소리로 말했다.

"그렇군요."

[스바루 씨는 뭔갈 숨기고 있어. 어차피 물어봐도 절대 알려 주지 않을 테니 자연스레 다른 쪽을 공략해 보는 게 좋겠어.]

"다른 쪽……?"

[응. 스바루 씨에게 우리는 단지 깃털 연쇄 살인, 타카초 유리에 분사 사건을 조사하는 사람이라 일러두었으니 괴조도에 대한 이야기를 직접 묻는 것은 좋지 않을 테고…….]

"일반적으론 알아낼 수 없는 이야기니까 그런 거죠?"

[맞아. 괴조도의 경우 경찰 내부와 유리에의 친족들만이 알고 있는 물건일 테고, 언론에 보도된 적이 없었으니까. 어떤 게 좋으려나…….]

제7장 원념 443

그때였다. 돌연히 스마트폰 너머로 소란스러운 소음이 들리기 시작했다. 초현사 출입문 상단에 달린 종소리가 울린 것으로 보아 누군가가 들어온 모양이다.

"여보세요?"

미사키는 반대쪽 귀를 막고 상대방에게 음성을 던졌다. 여러 사람의 목소리가 겹쳐 확실한 응답을 찾을 수 없었다.

"여보세요……."

묵묵부답이었다.

'왜 이렇게 소란스럽지?'

누군가의 울부짖음. 그것을 만류하려는 듯한 여러 사람의 목소리가 연신 울려 퍼졌다. 잠시 뒤, 미사키는 여러 소음 속에서 어울리지 못하고 겉도는 한 가지 음성을 정확히 들을 수 있었다. 그 음성의 주인은 틀림없이 뉴에라 프로덕션의 하야세 시게루였고, 그가 무슨 말을 내뱉었는지 정확히 이해한 순간, 미사키의 몸은 딱딱히 굳고 말았다.

갑작스레 통화가 종료되고 난 뒤에도 미사키의 머릿속에서는 시게루의 음성이 끝없이 메아리치고 있었다.

"직원이 죽었습니다. 마나베가."

"직원이 죽었습니다. 마나베가."

"직원이 죽었습니다. 마나베가."

"직원이 죽었습니다. 마나베가."

"직원이 죽었습니다. 마나베가."

4

2022년 11월 27일(4)

"여기는 2층……. 위는 지붕……."
마나베는 귀를 막고 중얼거렸다.
"여기는 2층……. 위는 지붕……."
그는 멈추지 않고 중얼거렸다.
"여기는 2층……. 위는 지붕……."
하기와라와 시게루는 밤이 되기 전 자택으로 떠났다. 동생들은 일요일인 오늘 역시 집에 들어오기 싫은 모양이다. 마나베는 방 안에 덩그러니 남겨진 채 뭔가를 두려워하고 있었다. 그는 천천히 귀에서 손을 뗐다. 그때였다.
끽. 드르륵.
히익!
괴상한 소리가 전율을 일으켰다. 그는 기겁하며 다시 귀를 막고 중얼거리기 시작했다.
"여기는 2층……. 위는 지붕……."

약 한 시간 전부터 누군가가 지붕을 손톱으로 긁어 대고 있는 듯한 소리가 들리기 시작했다. 그러나 마나베의 방은 2층에 있는 데다가 더 위라 하면 지붕뿐이다. 누군가가 지붕 위에 있나? 그럴 리가 없다. 천장과 지붕 사이의 틈에 쥐라도 들어와 버린 걸까. 뭐가 되었든 살아 있는 무언가가 천장 혹은 지붕을 긁어 대고 있다는 사실만큼은 확실했다.

"여기는 2층……. 위는 지붕……."

그는 다시 중얼거렸다. 작은 동물이라면 충분히 가능하고도 남을 일이다. 하지만 그가 이렇게까지 두려움에 떨며 뭔가에 홀린 것처럼 중얼거리는 이유는 따로 있었다. 그것은 바로 뇌 깊숙한 곳에서 어떠한 소름 끼치는 영상이 제멋대로 재생되고 있었기 때문이었다.

얼마 전 보았던 전신주 아래의 그 존재가 마침내 마나베의 집 위치를 파악하였고 인간이 사용하는 문이 아닌 기상천외한 곳, 일테면 지붕을 통해 마나베를 마주하려고 한다. **그것**은 기다랗고 첨예한 손톱으로 지붕을 긁는다. 계속. 그러다 천장까지 뚫어 버린 **그것**이 마나베의 얼굴을 확인하고는 소름 끼치게 웃는다.

그렇게 생각하고 있는데 돌연히 기척이 사라진 듯한 느낌이 들었다. 아닌 게 아니라 귀에서 손을 떼 봐도 기묘한 소리는 더 이상 들리지 않았다. 비가 오는 것은 아니었다. 예보와 날씨 앱을 몇 번이고 확인했지만, 비가 온다는 소식은 찾을 수 없었다.

물론 직접 두 눈으로 확인해 보는 것이 가장 좋은 방법일 테지만, 마나베는 그럴 수 없었다.

그는 맞은편에 놓인 주물들을 바라보았다. 대부분의 주물에 안 좋은 사연이 깃들어 있다지만, 지독한 기운을 뿜어내 방금까지 자신을 괴롭혀 온 괴이를 쫓아내 주었으면 좋겠다는 생각이 들었다. 마나베는 부디 그 괴이가 눈앞의 여러 주물에 깃들어 있는 존재들의 힘을 아득히 상회하는 존재가 아니기를 빌었다.

그 순간이었다.

툭, 툭.

오른쪽에 놓인 창문에서 파동이 일었다. 그는 고개를 돌렸다. 창문은 암막 커튼에 가려져 있었다.

툭, 툭.

툭, 툭.

무언가가 창문을 두드리는 소리임이 확실했다. 그렇게 판단했을 때, 마나베의 몸은 이미 제멋대로 움직이고 있었다. 어느덧 커튼 앞까지 다다른 그는 "후…… 흡……." 하고 묘한 숨소리를 냈다. 별안간 호흡이 힘들어졌기 때문이었다. 무언가가 가슴팍을 짓누르는 듯 명치 부근에서 불편한 기운이 맴돌고 있었다.

툭, 툭, 툭, 툭, 툭, 툭.

그의 주의를 환기시키려는 듯 또다시 전방에서 파동이 일었다. 전방의 무언가가, 창문 뒤의 무언가가 바라는 대로 마나베는 순식간에 커튼을 걷었다. 창문이 암흑을 영사하고 있자 왜인지 부아가 치밀어 오른 그는 잠금을 풀고, 창문까지도 단숨에 열어젖혔다.

차가운 바람이 안면으로 달려들었다. 창밖으로 고개를 빼꼼 내밀어 아래쪽과 위쪽을 번갈아 확인했다. 확인 결과, 창문을 두드릴 수 있을 만한 물건은 찾을 수 없었다. 여기서 지붕이 보이면 좋으련만, 그것은 불가능하니 그는 곧 마음을 접고 다시 머리를 집어넣었다.

맞은편의 2층 주택은 벌써 취침 시간을 맞이한 건지 불이 전부 꺼져 있었다. 마나베 가와 구조가 비슷한 맞은편 주택의 2층 창문에 마나베의 모습이 비쳤다. 그는 홀린 듯이 거울로 변모한 창문을 통해 자신의 모습을 바라보았다.

문득 그는 코를 훑는 바람 속에서 미상의 탄내를 감지했다. 그 탄내를 인식하자마자 미간을 찌푸렸다. 그러나 탄내가 어디서 날아오는 건지 도무지 위치를 파악할 수 없었다. 그럼에도 근원지를 찾고자 다시 창밖으로 목을 쭉 빼내어 주위를 살폈다.

역시 모르겠다.

주변의 주택에서 이상한 낌새가 느껴지지는 않는다. 그리 생각하자 탄내는 종적을 감추고 말았다. 설령 어느 집에서 불이 났다고 한들 이리 짧은 시간밖에 탄내를 맡지 못했다면 단순한 착각일지도 모른다.

마나베는 맞은편 주택의 창문에 다시 시선을 꽂았다. 그때 온몸의 털이 곤두서는 듯한 감각에 사로잡혔다. 해당 창문은 한참 전부터 거울이 되어 마나베를 흉내 내고 있었다. 마나베 자신도 그 사실을 인지하고 있었으니 그것 때문에 놀란 것은 아니리라. 그가 이토록 오싹한 감정을 느낀 것은 창문이 마나베뿐만 아니라 **또 다른 무언가**도 흉내 내고 있었기 때문이었다.

검은 무언가가 마나베의 바로 뒤에 우두커니 서 있다. 헛것이 아니었다. 맞은편 주택에 사는 사람이 창문에 투과되어 겹쳐 보이는 것도 아니었다. 그는 알 수 있었다. 상상을 초월할 만큼의 살의가 머리 뒤에 서 있는 무언가로부터 흘러나오고 있다는 것을. 뒤에서 기척이 느껴질 때마다 이상한 바람이 등을 훑었다. 그 바람은 뜨거울 정도로 차가웠다.

결국 **그것**이 들어오고 말았다.

도망칠 수 없다.

금방이라도 등 뒤의 존재가 그렇게 속삭일 것만 같았다. 소름 끼치는 기운이 점점 다가올수록 장기가 뒤틀리는 듯한 감각에 사로잡히고 만다. 소장과 대장이 요동친다. 누군가가 있는 힘껏 쥐어짜는 것 같기도 하다. 거의 동시에 위와 간이 타들어 간다.

그것은 괴기스러운 숨소리와 온몸의 뼈가 바스러지는 듯한 소리를 내면서 가까이 다가왔다. 온몸을 휘감는 냉랭한 살의가 피부 속으로 파고들었다.

겁에 질린 마나베의 얼굴이 붉게 달아올랐다. 필사적으로 고통을 참아 보지만, 옅은 신음은 제멋대로 입술 사이로 흘러내렸다.

다음은 말단이다. 손끝과 발끝이 아려 오기 시작한다. 이내 그 감각은 작열감으로 변화하여 전신을 덮쳤다. 견딜 수 없다…….

뇌리에서 또 하나의 목소리가 울렸다. 본능이 울부짖고 있는 것이었다.

어서 뛰어내려라. 창밖으로 도망쳐라.

등 뒤로 다가오는 존재를 피해야만 한다.

그는 창틀에 손을 올리고, 준비 자세를 취했다. 머리를 살짝 내밀어 아래를 보았다. 어둑한 저녁이라 높이가 어느 정도인지 가늠이 되지 않았다. 칠흑에 물든 땅바닥은 요괴가 아귀를 벌리고 있는 것처럼 보였다. 그러나 가부를 판단하고 말 것도 없이 선택지는 뛰어내리는 것뿐이리라.

그것의 숨결이 목덜미를 훑자마자 마나베는 창문을 통해 재빨리 뛰어내렸다. 그러나 불행히도 그의 오른발 앞쪽이 창틀에 걸려 자세가 흐트러지고 말았다.

이대로라면 머리부터 떨어지고 말 것이다.

그리 생각했을 때, 그의 머리는 이미 지면과 맞닿기 직전이었다.

코앞에 순백의 깃털이 흩날렸다. 어디서 나타났는지 알 수 없는 깃털이.

이윽고 목뼈가 으스러지는 소리와 함께 그의 시야에서 세상이 사라졌다.

5

2022년 12월 4일

  12월에 접어들면서 날씨는 오싹할 정도로 추워졌다. 마나베 카이토의 사인은 사고사로 판명이 났고, 장례식은 이미 막을 내린 후였다. 직원을 잃은 하야세 시게루는 완전히 의욕을 잃고 말았다. 퇴원한 아내 나오미의 만류에도 집에서 나오지 않았고, 알코올과 담배로 삶을 망가뜨리는 중이었다. 초현사 사람들은 나오미의 도움으로 다행히 시게루를 만날 수 있었다.
"어서 들어오세요."
  현관문 뒤로 나타난 나오미의 얼굴은 무척이나 수척해져 있었다. 타카초 유리에에게 홀려 크게 다쳤을 때보다도 더욱 아픈 사람처럼 보였다. 탐사팀인 아사히로, 사토미, 미사키는 나오미의 안내에 따라 천천히 집 안으로 들어갔다. 복도 위에 발을 올렸을 때 별안간 아사히로가 입을 열었다.
"죄송합니다만, 바로 시게루 씨를 만나 뵈어도 괜찮겠습니까?"
"네? 아……."

나오미는 말끝을 흐리면서 고개를 끄덕였다.

"2층이죠?"

아사히로는 그렇게 물으면서 이미 2층 계단을 성큼성큼 오르고 있었다.

"네."

힘없이 답하는 나오미. 사토미와 미사키는 그녀를 걱정스럽게 바라보았다. 이윽고 나오미가 두 사람에게도 공손히 손짓했다. 그 의미를 파악한 사토미와 미사키는 아사히로를 따라 2층으로 발걸음을 옮겼다.

아사히로는 시게루의 작업실 문을 두어 번 두드렸다.

"시게루 씨, 아사히로 고헤이입니다만. 들어가도 괜찮습니까?"

고요가 찾아온다. 돌아오는 대답은 없다. 아무렴 상관없다. 아사히로는 어떻게 되었든 마음대로 문을 열 생각이었으니까.

"실례하겠습……."

아사히로의 목소리가 뚝 멈췄다. 사토미가 방의 풍경을 확인하기도 전에 코를 막았다. 퀴퀴하고 지독한 냄새가 살인적인 기세로 달려들었기 때문이었다. 시게루의 방은 너저분했다. 각종 서류며 쓰레기들이 널브러져 있었고, 개중엔 아직 술이 담겨 있는 용기도 나뒹굴고 있었다.

"시게루 씨는요?"

미사키가 마지막으로 방에 들어오며 나지막이 물었다. 아사히로가 방 끝에 놓인 작은 매트리스 위를 덮고 있는 이불을 들쳤다. 세 사람은 동시에 창문을 쳐다보았다. 암막 커튼은 걷혀 있었고, 창문은 활짝 열려 있었다. 심상치 않은 기색을 느낀 미사키는 1층으로 내려가 나오미를 데리고 올라왔다. 네 사람이 함께 집 안을 뒤졌지만 시게루의 흔적조차 발견할 수 없었다.

"2층에서 뛰어내린 걸까요?"

관할 경시청의 출입구를 빠져나오며 사토미가 소름 끼쳐 하는 표정으로 물었다. 마나베 카이토의 죽음이 연상되었기 때문이었다.

"그런 것 같습니다."

아사히로가 답했다. 초현사의 탐사팀은 형사 측에 시게루의 실종 사실을 알린 뒤, 도쿄에서 벌어지는 갖가지 사건에 대한 자료와 정보를 입수했다. 선두로 걷고 있던 아사히로가 갑자기 발걸음을 멈추었다. 누군가가 그의 팔을 잡았기 때문이었다.

"저기, 아사히로 씨."

낯익은 울림에 아사히로는 고개를 돌렸다. 장발 머리를 한 남자는 일전에 아사히로가 마주한 적이 있는 사람이었다.

"하기와라 씨 아니신가요?"

그다지 놀라지 않았지만, 아사히로는 놀라는 표정을 지으며 말했다.

"맞습니다."

아사히로는 하기와라 센조를 마나베의 장례식에서 처음 보았다. 그러나 유족 측에서 조문 시간을 기형적일 정도로 갑작스럽게 줄이는 바람에 고작 인사 한번 나눌 수 있던 게 끝이었다.

"무슨 일이시죠?"

아사히로가 묻는다. 이에 하기와라는 미사키와 사토미의 눈치를 보다가 입을 열었다.

"초현사 분들이 괴조도에 대해서 잘 알고 계신다고 들었습니다. 실례가 아니라면 정보를 조금 얻을 수 있을까요? 이대로 마나베 녀석처럼 죽긴 억울해서요."

하기와라가 쓴웃음을 지었다.

"네, 그러고 보니 하기와라 씨도 괴조도를 직접 보셨다고 들었습니다. 뭐…… 그러니 정보를 알려 드리는 게 마땅하다고 생각합니다만, 저희 위치는 어떻게 아신 거죠? 설마 미행하신 겁니까?"

"미행이라면 미행이겠지만, 제 입장에선 단지 우연에 기인한 것입니다. 하야세 씨를 뵈러 갔는데 우연히 아사히로 씨와 두 분을 보았죠. 그래서 무슨 일이 있겠거니 생각이 들어서 곧장 따라붙었습니다."

"미행이네요."

사토미가 둘의 대화에 끼어들었다.

며칠 전, 초현사 측은 괴조도의 본 명칭이 백괴금도라는 것을 알게 되었다. 처음 그 사실을 알아낸 사람은 호시에 미사키였다. 마나베의 사망 당일, 카페 안, 미사키는 시간이 없다고 판단하여 단도직입적으로 스바루에게 그림에 관해 물었다. 독단적인 판단과 행동이었지만, 스바루는 흔쾌히 그림에 깃든 이야기들을 풀어냈다.

다만, 스바루 역시 의심하지 않은 것은 아니었다. 백괴금도가 백괴금의 깃털과 우키요에[1] 방식을 이용해 그려진 그림이라는 이야기까지 풀어낸 직후, 백괴금도에 대한 정보가 왜 필요하냐고 집요하게 물었지만, 미사키는 그 그림에 깃든 괴이가 사람을 죽여 나가고 있다는 말을 내뱉을 수는 없었다. 게다가 그 살인 괴이가 스바루의 동생인 유리에라는 사실을 들어 버린다면 큰 충격에 빠져 버릴지도 몰랐다.

그러나 이미 스바루는 카세트테이프와 관련해 거짓말을 늘어놓았기 때문에 마냥 모든 것을 신뢰할 수는 없었다. 그리하여 류자키와 키리야마는 어제부터 스바루가 사는 2층짜리 아파트 주차장에 차를 세워 두고 잠복 감시를 이어 나가는 중이었다.

다시 현재. 아사히로, 사토미, 미사키, 하기와라가 초현사에 도착한 시각은 오후 3시가 조금 넘었을 즈음이었다. 회의실 안, 아사히로가 테이블의 끝 상석 근처에 서서 또박또박 말하기 시

---

[1] 에도 시대에 유행한 판화.

작했다.

"상대는 불가사의한 존재입니다. 범인을 이미 알고 있는 저희는 다른 것보다 저주를 끊어 낼 방법을 먼저 생각해야 합니다. 그러기 위해선 유리에를 불러내는 괴조도의 특성에 대해 파악할 필요가 있지요. 물론 제 추측일 뿐이니 맹신할 필요는 없습니다만, 거시적인 흐름을 조망해 이야기해 보겠습니다.

먼저 괴조도는 사람을 홀립니다. 빙의에 가깝죠. 괴조도의 기운에 금세 홀리고 만 빙의자는 괴조도를 훔쳐 자택까지 가져가게 되죠. 그림이 집 안으로 들어온 뒤부터 괴기 현상을 경험하기 시작한 피해자는 결국 그림을 버리고 맙니다. 이후, 그 그림은 또 다른 사람을 홀리게 되고, 저주는 이렇게 퍼져 나가게 되는 것입니다. 하기와라 씨의 차에 놓여 있던 괴조도 또한 같은 방식이 사용되었을 겁니다. 그곳을 지나고 있던 누군가가 괴조도의 기운에 홀리고 말아 훔쳐 버리게 된 것이겠죠. 블랙박스엔 아무것도 찍혀 있지 않았다고 하셨죠?"

아사히로가 하기와라를 쳐다보았다. 하기와라는 기억을 회상하는 듯 눈알을 위로 굴리면서 답했다.

"네……. 주차 모드 동작이 가능한 모델이라 누군가가 문을 열었다면 녹화가 되었을 텐데. 마나베의 집에 도착한 이후부터 블랙박스의 전원 자체가 나가 버렸더군요. 그러니 당연히 녹화도 되지 않았고요."

아사히로가 두 손으로 책상을 짚고는 말을 이었다.

"알겠습니다. 그럼, 이제 이 사진을 이용해 순서 도식을 만들어 볼까요? 괴조도를 목격한 순서대로 만들어 보겠습니다."

말을 마친 그가 피해자들의 사진을 화이트보드에 붙이기 시작했다. 사진을 전부 붙이고 난 뒤에 마커로 화살표를 그려 나간다.

"도식은 이렇습니다."

요리카와 켄(실종) → 와타나베 미노루(사망) → 미노루의 양친(사망) → 야시로 마이의 양친(사망) → 야시로 마이(생존) → 야시로 슈토(사망) → 마나베 카이토(사망) → 하기와라 센조(생존)

"한 분 더 추가해야 합니다."

문득 하기와라가 입을 열었다.

"한 분 더요?"

아사히로가 하기와라를 쳐다보았다.

"마나베의 부탁으로 괴조도를 감정해 주신 분이 계십니다. 오카모토 마나부라는 분이 그림 감정을 맡았었지요."

그렇게 말한 하기와라는 문득 마나베가 떠오른 듯 슬픈 표정이었다.

"그렇군요."

아사히로는 조심히 고개를 끄덕거리고, 화이트보드에 마커로 이름을 표기했다. 사진은 없고, 한자도 알지 못하기에 히라가나로 또박또박 적었다.

요리카와 켄(실종) → 와타나베 미노루(사망) → 미노루의 양친(사망) → 야시로 마이의 양친(사망) → 야시로 마이(생존) → 야시로 슈토(사망) → 마나베 카이토(사망) → 오카모토 마나부(생존) → 하기와라 센조(생존)

"그렇다면 이렇게 되겠군요. 와타나베 미노루가 나라현에서 그림을 훔쳐 왔다는 이야기는 부풀려진 거짓으로 확인되었으니, 순서는 이게 맞을 겁니다. 게다가 요리카와 씨의 톨게이트 통행 기록도 확보가 되었고요. 참, 미노루와 친했던 학생에게 들어 보니 미노루가 오토바이를 이용해 나라현까지 여행한 것은 사실이었으나 실제로 그림을 발견한 곳은 나카노구라더군요."
"나카노구?"
사토미가 화들짝 놀라 되물었다.
"네, 요리카와 씨의 흔적이 발견된 지역이지요. 요리카와 씨의 마지막 흔적은 11월 7일에 머물러 있었습니다. 미노루가 다시 도쿄로 돌아온 날은 11월 7일의 저녁. 요리카와 씨가 실종된 날짜와 정확히 겹치죠. 그러니 저희가 예상해 볼 수 있는 건, 11월 7일 요리카와 씨의 곁을 떠난 괴조도가 당일 저녁 미노루의 손에 들어갔던 겁니다."

"그 흰색 캐리어군요."

별안간 미사키의 음성이 회의실에 퍼져 나갔다. 이에 아사히로는 흡족한 미소를 지으며 고개를 끄덕거렸다.

"맞아. 요리카와 켄 씨의 흰색 캐리어엔 개인 사무실에 둘 각종 전자 기기나 의류, 속옷 등의 생활용품이 아니라 괴조도가 들어 있었던 겁니다. 전술했듯이 괴조도는 사람을 홀리게 만들죠. 고로 요리카와 씨는 자신의 의지와는 전혀 상관없이 저주에 조종당했던 겁니다. 그렇다면 요리카와 씨가 살아 있을 확률은 거의 0에 가깝지요. 아직 시신만이 발견되지 않은 것입니다.

시나리오 작성을 위해 쓰타바라시 연쇄 살인 사건을 조사하던 그는 자연스레 해당 사건과 자주 엮이던 타카초 유리에 분사 사건에 대해 알게 되었고, 그 사건들과 연관이 깊은 형사 고무라 세이치 씨의 전화번호를 알게 됩니다. 그토록 뚝심 있던 고무라 씨를 어떻게 회유했는지 모르겠습니다만, 고무라 씨로부터 사건에 관한 이야기를 듣게 되지요.

그 후, 요리카와 씨는 보다 정확한 조사를 위해 타카초 가로 향합니다. 그리고 타카초 가에 걸려 있는 괴조도를 발견하게 되지요. 아마 이때 찍어 둔 사진이 요리카와 씨의 방에 걸려 있는 사진이 아닐까 싶습니다. 얼마 전까지 타카초 가에 괴조도가 걸려 있었다는 사실을 저희는 직접 두 눈으로 확인했으니까요."

아사히로는 갑자기 말끝을 흐렸다. 회의실 내부에 불현듯 정적이 찾아왔다. 아사히로는 잠시 뭔가를 고민하는가 싶더니 정적을 깨부쉈다.

"조금 다른 이야기입니다만, 지금의 저는 처음 의뢰를 받았을 때와는 사뭇 다른 감정을 느끼고 있습니다. 요리카와 씨를 찾기 위해 조사했던 과거의 사건들이 심상치 않다는 것을 알게 되면서 무책임하게도 저는 의뢰 착수금을 전부 요리카와 켄 씨의 친모인 야스코 씨께 돌려주었습니다."

그렇게 말하는 아사히로의 표정에 어스름이 피어올라 있었다. 호시에 자매는 두 눈을 휘둥그레 떴다. 지금 아사히로가 하고 있는 말은 사건 수사를 포기했다는 것이나 다름없는 이야기였다. 초현사 직원들은 이제껏 그 사실을 전혀 모르고 있었다. 지금까지 아사히로 고헤이가 사건을 중도 포기한 적은 없었기 때문이었다.

"물론 제 추측을 야스코 씨께 말씀드리려 했으나 불행히도 그녀는 혼수상태에 빠지셨습니다. 의뢰 계약을 종료한 뒤, 착수금 환급은 켄 씨의 동생인 호타루 씨를 통해 이루어졌습니다. 그리고 마나베 씨의 장례식이 끝난 날, 저는 개인적으로 시게루 씨를 따로 만나 이야기를 나누었습니다. 요리카와 켄 씨가 사망했을 거란 추측도 이야기했습니다만, 역시 시게루 씨는 믿지 않으려는 눈치더군요. 물론 저도 확신할 수 없었기에 짧게 드린 말씀이긴 했지만 말입니다. 그러니까…… 제가 하려는 말은…….."

사토미는 아사히로가 변죽을 울리고 있다는 느낌을 강하게 받았다. 그런 그녀의 머릿속에서 여러 장면이 스쳐 지나갔다. 그중에서도 강렬하게 떠오른 장면은 마나베의 장례식이 이루어지는 와중에도 활기차게 웃는 시게루의 얼굴이었다. 이내 사토미는 믿을 수 없다는 표정으로 입을 열었다.

"설마…… 시게루 씨가 의욕을 잃고 피폐해진 건…… 마나베 씨의 죽음 때문이 아니라…… 아사히로 씨로부터 요리카와 켄 씨가 죽었다는 추측을 들었기 때문이었나요?"

"아무래도 그런 것 같습니다. 시게루 씨에게 있어 직원의 죽음보다도 중요한 것은 회사의 성공. 그걸 이룩하기 위해선 요리카와 씨가 필요하니 적잖은 충격을 받은 모양입니다."

"그럼 시게루 씨가 사라진 것도……."

"시게루 씨는 겉으로는 아닌 척했지만, 제 말을 꽤 신뢰하고 있던 것 같습니다. 점차 현실을 깨닫게 된 그는 망연자실하여 모두로부터 도망치고 말았어요. 저는 시게루 씨가 괴조도에 의해 사라진 것은 아니라고 생각합니다."

아사히로의 말이 공중에서 뿔뿔이 흩어지고 난 뒤 정적이 찾아왔다. 하기와라는 갑작스레 많은 양의 정보를 받아들이기 힘든지 검지로 관자놀이를 꾹꾹 누른다.

사토미는 생각에 잠겼다. 정말 시게루가 단순히 아사히로의 추측만을 듣고 도망쳤을까? 정말 그에게 있어서는 직원의 죽음보다 회사의 성공이 더 중요했던 걸까?

성공, 성공, 성공, 성공, 성공.

사토미의 머릿속에서 '성공'이란 단어가 휘몰아쳤다. 아니, 어쩌면 시게루는 마나베의 죽음 이후, 요리카와는 이미 사망했으리란 아사히로의 추측을 듣고 더욱 미쳐 버렸는지도 모른다. 그러니까 마나베의 죽음으로 마음속에서 꿈틀거리던 괴로움과 두려움이 아사히로의 추측으로 인해 팽창하여 폭발해 버린 것이다. 즉, 아사히로의 추리가 시게루를 광기로 물들이는 기폭제가 된 게 아닐까.

"느껴져요."

문득 미사키의 목소리가 세 사람의 귓가로 달려들었다.

"응?"

아사히로와 사토미가 거의 동시에 반응했다. 미사키는 화이트보드에 붙어 있는 피해자들의 사진을 뚫어져라 쳐다보고 있었다. 그런 그녀의 시선이 멈춰 있는 곳은 요리카와 켄의 사진이었다.

"미사…… 눈이……."

사토미의 목소리는 당혹감에 물들어 있었다. 그도 그럴 것이 미사키의 동공은 신비로운 빛을 발산하고 있었기 때문이었다. 그 빛깔은 요소요소에서 어스름이 피어오르기 직전, 하늘을 적신 황혼의 주황빛이었다.

"이전엔 이렇지 않았는데……."

미사키는 잠시 고민하는 표정을 짓더니 다시 말을 이었다.

"요리카와 켄 씨의 사진, 저건 **산 사람의 사진이 아니에요.** 느껴져요."

회의실의 분위기는 급속도로 냉각되었다.

6

2022년 12월 5일

요리카와 켄으로 추정되는 사체가 발견된 것은 저녁 7시경의 일이었다. 나카노구의 비어 있는 임대 아파트의 뒤편에서 온몸이 완전히 탄화된 데다 몸의 절반가량 뼈가 드러난 상태로 발견된 사체. 사체 옆엔 시나리오 원고와 노트북이 담긴 서류 가방이 놓여 있었다. 또한 엇비슷한 시각 사체 발견 지점으로부터 500m가량 떨어진 공터에서 26인치짜리 흰색 캐리어가 발견되었다. 다만, 해당 공터는 요리카와의 블레이저가 발견된 공터와는 다른 곳이었다. 캐리어의 내부는 텅 비어 있었다. 사체의 부패 정도가 심한 만큼 신원을 조회하는 데엔 시간이 오래 걸릴 예정이었다. 다만, 유류품 등을 통해 사체는 요리카와 켄일 것이라 추측하는 분위기였다.

사건 현장에 도착한 아사히로는 경찰 측의 허락을 받은 다음, 폴리스 라인을 넘어가 나카노 경찰서의 형사와 이야기를 나누었다. 그를 따라 덧신을 신고 현장에 들어온 사토미는 증거 사진을 촬영했고, 미사키는 사체 근처에 가만히 서 있었다.

"이 정도면 사망 추정일은 실종 신고 접수일쯤이 되지 않을까 싶은데요."

수사1과 소속 경부 기시야마가 혀를 끌끌 차며 말했다.

"그렇다는 건, 이미 3주 전에 사망했다는 거군요."

아사히로가 예상한 대로였다. 잠시 뒤 기시야마는 뭔가 생각났다는 표정으로 운을 뗐다.

"참, 그러고 보니 이번엔 의뢰로 움직이는 게 아니시라던데……?"

"네, 이번 사건은 뽑아내야 할 뿌리가 있다고 느껴서……. 근데 벌써 여기까지 소문이 퍼졌나요?"

"소문은 원래 빠르죠. ……뭐, 저야 초자연 현상을 믿지는 않지만, 마나베 카이토 변사 사건도 그렇고, 저 시신도 그렇고, 근래 일어나는 불가사의한 사건을 보다 보면 왜인지 허무하고 불편한 마음이 돌아나더군요."

쓴웃음을 짓는 기시야마.

"이해합니다. 초자연적인 것들의 존재를 인정하는 순간 삶이 무기력해지는 경우가 더러 있습니다. 다만, 어디까지나 그러한 존재들이 벌이는 짓을 해결하는 건 저희의 몫이고, 나머지 분들은 각자의 자리, 맡은 바에 있어서 소임을 다해 주시면 됩니다. 아무리 미지의 존재가 나타났다고 해도 지구를 주름잡는 악의 축은 오래전부터 인간이었으니까요. 결국 악한 존재도 전부 인간이 만들어 내는 것이지요.

인간의 악행은 끝나지 않습니다. 그리고 그러한 자들을 처단하는 것은 기시야마 씨처럼 훌륭한 경찰분들입니다. 어떻게 보면 저희는 그저 경찰을 돕는 것뿐일 수도 있죠. 양쪽 모두 세상에 필요한 직업이니만큼 각자의 쪽에서 할 수 있는 일을 열심히 해결해 나가다 보면 고리타분하다는 생각은 금세 사라질 겁니다. 그러니 너무 걱정하지 마십시오."

허공을 바라본 채 아사히로는 또박또박 말했다. 기시야마는 그의 달변에 홀린 듯이 고개를 끄덕였다.

"그렇겠네요."

두 사람의 대화가 이후로도 이어지는 사이, 미사키는 사체 옆에 쪼그려 앉아 유심히 사체를 바라보았다.

근래에 들어 영적 감각과 세포에 대한 신체의 수용이 한층 활발해졌다고 느낀 것은 기분 탓이 아니었다. 끔찍한 몸살을 겪었던 11월 26일 이후부터 미사키의 신체는 빠른 속도로 영감에 적응해 나가고 있었다. 시도 때도 없이 안구에 통증이 찾아오지도 않았고, 괴이가 광기랄 정도로 자주 보이지도 않았다. 정확히 말하자면 영적 감각들을 스스로 제어할 수 있게 되었다.

미사키는 마스크를 쓰고 손을 소독한 뒤, 외부로 드러난 사체의 뼈에 검지와 중지 끝을 가져다 댔다. 원래라면 절대 해서는 안 되는 행위였지만, 경찰 측으로부터 허락을 받은 데다가 다수의 형사가 지금 그녀를 지켜보고 있었고, 실시간으로 녹화까지 해 두고 있었기에 범인으로 몰린다는 등의 혐의점에 대해 그다지 걱정할 필요는 없었다. 애당초 미사키 본인도 세균 감염보다 사체의 손상을 걱정하고 있었기에 정말 살며시 손가락 끝을 얹었을 뿐이었다.

처음 느껴 보는 꺼림칙한 감촉에 눈살을 찌푸리는 미사키. 이윽고 그녀의 눈앞에 떠오른 화면이 급속도로 전환되었다. 다음을 잇는 필름은 요리카와 켄의 기억 조각이었다.

요리카와는 거울에 비친 자신을 쳐다보았다. 이윽고 그는 연거푸 세수했다. 전반적인 풍경으로 미루어 보아 이곳은 화장실인 듯하다. 곧이어 요리카와는 입고 있던 블레이저를 벗어 바닥에 내려놓는다. 몸이 꽤 불편한지 두 손으로 세면대를 꽉 잡은 채 숨을 몰아쉰다.

"왜 내가······."

그는 과거를 회상하면서 후회했다. 타카초 가에서 괴조도를 가져온 뒤부터 정신이 온전치 못했다. 머리에 안개가 낀 것 같았고, 몸이 불덩이가 된 듯 뜨거워졌다. 요리카와는 끔찍한 일이 벌어졌던 사고 물건에서 괴조도를 훔쳐 왔기 때문에 그러한 일이 발생하는 것이리라 생각했다. 조사를 목적으로 가져왔지만, 돌이킬 수 없는 선택이었다는 것을 일찌감치 깨달았다.

그러한 생각도 잠시, 그는 영문을 알 수 없었다. 왜 이 공터 화장실에 자신이 있는 건지 도무지 기억할 수 없다. 어디서 났는지도 모를 이 캐리어는 뭘까. 그러고 보니 전철을 탄 순간부터 기억이 없다. 요리카와는 캐리어를 유심히 바라보다가 문득 소름끼치는 감각을 느꼈다. 그는 손을 뻗어 캐리어를 조심히 열었다. 캐리어 안엔 괴조도가 들어 있었다. 괴조도를 캐리어 안에 넣은 기억은 분명 없는데.

혼란스러운 것도 잠시, 요리카와는 캐리어를 끌고 화장실 바깥으로 나갔다. 공터 화장실에 얼마만큼 있었던 걸까. 하늘은 벌써 어스름으로 뒤덮이기 직전이었다. 휴대폰으로 시간을 확인하니 오후 5시 28분이었다. 이해할 수 없다. 믿을 수 없는 현실이 목을 옥죄었다.

캐리어를 숨길 곳을 찾아다니던 중, 또 다른 공터를 발견했다. 해당 공터의 가장자리엔 부실한 산울타리가 세워져 있었다. 요리카와는 재빨리 주변을 둘러본 다음, 산울타리의 수풀 속에 캐리어를 밀어 넣었다. 틀림없이 이건 불길한 물건을 무책임하게 버려두는 행위였지만, 그는 어쩔 수 없다고 생각했다. 이 이상 괴조도를 지니고 있는다면 정말 위험할 것 같다는 생각이 그의 머릿속을 지배하고 있었기 때문이었다. 시각은 오후 6시 11분. 하늘은 완전한 어둠으로 둔갑해 있었다.

몇 번이고 수풀을 확인한 뒤 황급히 자리를 떴다. 양옆으로 주택이 즐비한 도로를 걷는데 맞은편에서 오토바이 한 대가 온다. 운전자는 헬멧도 안 쓰고 있었기 때문에 얼굴을 확인할 수 있었다. 요리카와는 알 수 없었지만, 운전자는 와타나베 미노루였다.

잠시 뒤, 요리카와는 혹시나 하는 마음에 뒤돌아았다. 심장이 쿵 내려앉았다. 오토바이의 전조등이 공터의 산울타리를 비추고 있었기 때문이었다. 전조등 빛이 움직이지 않는 것으로 보아 오토바이는 공터 앞에 멈춰 있는 것이 틀림없었다.

요리카와는 그 사실을 인지하자마자 달렸다. 문득 공터 화장실에 블레이저를 두고 왔다는 것이 떠올랐지만, 되돌아갈 수 없었다. 요리카와 본인의 무책임함이 돌아가는 길을 막고 있었기 때문이었다.

요리카와의 기억을 들여다본 미사키는 무릎을 펴며 일어났다.
"어떻게 된 건가요?"
그녀의 옆에 있던 이름 모를 형사가 물었다. 미사키는 대꾸하지 않았다. 별로 기분이 좋지 않아 어떠한 말도 꺼내기가 싫었다. 그럼에도 수사에 협조해야 하니 아무 말도 하지 않을 순 없었다.

"요리카와 씨의 사체가 맞는 것 같습니다. 제가 알 수 있는 건 여기까지예요."

그녀는 그렇게 말하고 현장을 빠져나왔다. 아사히로의 차량으로 돌아오자마자 마스크와 모자를 벗었다. 그러고는 차창을 통해 다수의 형사, 과학 수사 연구원, 검시관이 분주하게 움직이는 광경을 넋 놓고 바라보았다. 오로지 달빛과 손전등 빛만이 여기저기서 두둥실 떠다니고 있었다.

미사키는 요리카와 켄이 무책임하다고 생각했다. 그러나 한편으론 그를 이해할 수도 있었다. 당시 초자연적 존재에 홀려 정신이 온전치 못했을 수도 있고, 괴이한 일의 연속에 사고 능력과 현실 감각이 마비되었을 수도 있으니 일반 사람의 이해를 도모할 수조차 없는 행위를 저지른 것이 그리 불가사의한 요소로 치부될 것은 아니었다.

그러나 딱 한 가지, 미사키가 요리카와 켄을 용서할 수 없는 딱 한 가지 이유가 존재했다. 그가 멋대로 괴조도를 훔쳐 오지만 않았어도…… 이런 일은 발생하지 않았을지도 모른다.

그때였다. 갑자기 양쪽 앞문이 동시에 열리는 바람에 미사키는 화들짝 놀랐다. 아사히로와 사토미가 허겁지겁 차에 탑승한다.

"벌써 끝났어요?"

당혹감을 감출 수 없었던 미사키가 소심한 목소리로 물었다. 아사히로는 액셀러레이터를 꾹 밟았다. 사토미가 뒷좌석에 앉아 있는 미사키를 쳐다보며 입을 뻐끔거렸다. 이상한 말을 들었다. 어쩐지 미사키는 언니의 목소리가 잘 들리지 않았다. 머리가 어지러웠다. 눈앞이 점점 흐려진다. 차가 터널에 진입하자 괴상한 소음이 여기저기서 울려 퍼지고 메아리친다. 터널을 빠져나온 직후에도 섬망 증세가 계속된다. 세상이 뒤틀리고 있는 것만 같았다.

그러다가 정신을 차렸을 때, 그녀의 눈앞엔 새파랗게 질린 하기와라 센조의 사체가 누워 있었다.

1

2007년 10월 15일(1)

새벽 1시.

술에 진탕 취해 집으로 돌아가던 타카초 신야는 안면에 들이치는 빗방울을 느꼈다. 갑작스런 폭우에 그는 안경을 벗고 소매로 얼굴을 한번 닦았다.

"젠장……."

짧은 교각 중간에 멈춰 서서 캔맥주를 크게 한 번 들이켰다.

난간에 명치를 맞대고 희뿌연 달빛이 녹아든 강줄기를 바라보았다. 팔을 쭈욱 뻗으니, 캔맥주의 입구로 빗물이 세차게 몸을 비집어 넣기 시작했다. 신야는 그 광경을 홀린 듯이 바라보다가 빗물이 섞여 들어간 맥주를 벌컥벌컥 들이마셨다. 완전히 캔이 비었음을 확인한 다음, 힘을 줘 캔을 구겼다. 이윽고 한숨을 내쉬며 강물 속으로 캔을 떨어뜨렸다. 입김이 뜨거웠다. 혈액이 부글부글 끓고 있다.

몰려오는 수마를 밀어내고 다시 걸음을 옮겼다. 빗줄기는 점점 굵어지고 있었다. 얼마 지나지 않아 그는 안경을 벗고 벌레 씹은 표정을 짓더니 소리 내어 울기 시작했다. 선해 보이는 인상은 사라져 버린 지 오래였고, 짐승 같은 표정만이 그의 얼굴에 덩그러니 남아 있었다.

그는 침을 질질 흘리면서 도무지 알아들을 수 없는 말을 토사물처럼 쏟아 내었다. 그의 눈물, 콧물, 침 등 온갖 체액이 빗물과 섞였다. 아무도 없는 거리를 활보하며 오열하는 그의 모습은 글로 담아낼 수 없을 만큼 처참하고 기괴스러웠다. 왜냐하면 그의 얼굴엔 기묘하게도 환희가 깃들어 있었기 때문이었다.

그가 고요로 젖은 터널에 들어가자, 빗소리는 잦아들었다. 더 이상 눈물을 쏟아 내지 않는 그의 표정은 다시 무로 돌아갔다. 비틀거리면서 터널의 중간 지점에 다다랐을 때, 취기가 급속도로 올라왔다. 그는 헛구역질을 몇 번 하더니 위에 들어 있던 모든 것을 터널 벽에 쏟아 냈다. 토사물이 찰팍하고 벽과 바닥에 달라붙는 소리와 신야의 구역질 소리가 메아리쳤다. 머리로 몰린 혈류로 인해 얼굴이 폭발할 것만 같은 감각에 사로잡혔다. 위산 섞인 토사물이 코까지 넘어와 그를 괴롭혔다. 꺼림칙한 냄새 때문에 몇 번이고 더 구역질한 다음에야 그는 정신을 차릴 수 있었다.

신야는 힘겨운 숨소리를 내면서 다시 발걸음을 옮겼다. 중심을 잡지 못하고 차가 지나는 터널 한가운데를 위태롭게 걸으며 콧노래를 흥얼거렸다. 그때 뒤에서 차량이 다가오는 소리가 들렸다. 그는 차를 피하기 위해 보행 전용로로 올라섰다.

그런데 아무리 기다려도 차량은 신야를 앞질러 가지 않았다. 차량의 배기음은 분명히 들린다. 마치 차량이 신야의 보폭에 맞춰 천천히 그의 뒤를 따라가고 있는 듯한 느낌이었다. 게다가 전조등도 켜지 않는다. 이상함을 감지한 그는 고개를 휙 돌렸다.

갑작스레 차량의 헤드라이트에서 쏟아져 나온 빛이 그의 눈을 휘갈겼다. 신야는 본능적으로 눈을 감았지만, 차량은 신야가 있는 쪽으로 방향을 틀고는 그대로 그를 들이박았다. 신야는 외마디 비명조차 내지르지 못한 채 벽에 머리를 부딪혀 정신을 잃었다.

2

2007년 10월 15일(2)

새벽 3시.

이시다 사나에는 눈을 번쩍 떴다. 주변은 망망대해의 어둠으로 가득했다. 입엔 테이프로 추정되는 접착 물질을 도포한 무언가가 붙어 있었고, 양손과 양발 모두 찐득한 테이프에 묶여 있었다.

사나에의 거친 숨소리가 협소한 공간을 울렸다. 그녀는 곧 자신이 상자나 관 같은 직사각형 모양의 공간에 갇혀 있다는 것을 깨달았다. 심장 박동이 광기랄 정도로 쿵쾅댔다. 그러나 여기서 비명을 내질러 봤자 도움 되는 것은 없으리라. 사나에는 천천히 생각해 보기로 했다.

이 정도 크기의 공간이라면 제일 먼저 생각할 수 있는 것은 일반 주택의 붙박이장이었다. 그렇게 생각하던 중, 소매 속에 뭔가가 들어 있는 듯 이물감이 느껴졌다. 그건 사나에 본인이 호신용으로 숨겨 두었던 손톱 야스리였다.

다행이라고 생각했으나 문제가 있었다. 야스리를 꺼낼 수가 없다. 양손은 모두 허리춤에 놓여 있고, 소매와 손목이 테이프에 휘감겨 서로 딱 붙어 있었기 때문에 야스리가 흘러나올 마땅한 공간이 없었던 것이다.

사나에는 야스리가 충분히 흘러나올 만한 빈틈을 만들어 내기 위해 손목을 계속해서 비틀고 좌우로 움직였다. 그때 후두부에서 엄청난 통증이 밀려왔다. 아무래도 둔기에 머리를 가격당했기 때문이겠지. 그녀는 그리 생각했다.

마침내 테이프가 좌우로 약간 늘어나 야스리가 빠져나올 만한 빈틈이 생겼다. 사나에는 팔을 일직선으로 세워 자연스럽게 야스리를 바닥으로 떨어뜨렸다. 이 과정에서 날카로운 소리가 주변을 울렸지만, 그녀는 아랑곳하지 않고 서둘러 손목 부근의 테이프를 잘라 내기 시작했다.

우선 야스리의 첨예한 부분을 곧게 세워 테이프를 뚫어 내 보려고 했지만, 실패하고 말았다. 낭패감을 느끼기도 전에 그녀는 바로 다음으로 넘어갔다. 야스리의 날 부분을 테이프에 비벼 자른다. 시간이 오래 걸리겠지만 어쩔 수 없다. 사나에는 무딘 야스리의 날로 테이프를 자르는 도중 몇 번이고 손가락에 쥐가 났다. 후에는 손가락이 자신의 것이 아닌 듯한 느낌까지 들었고, 엄청난 고통 때문에 눈에 눈물이 그렁그렁 맺히기까지 했다.

대략 15분 정도가 지났을 즈음 손목의 결박을 푸는 데 성공했다. 지금 당장 붙박이장의 문을 열 수도 있었지만, 곧바로 도망쳐야 할 상황에 대비해 그녀는 아직 문을 열지 않고, 발목을 휘감은 테이프부터 잘라 내기로 했다. 테이프를 뜯는 소리는 소름 끼칠 정도로 크기 때문에 힘들게 잘라 낼 수밖에 없다.

모든 결박을 해제한 그녀는 입에 붙은 테이프도 떼어 내고 몸을 반대로 뒤집었다. 만약 범인이 바깥에서 사이코패스처럼 기다리고 있다면 원래 사나에의 머리가 놓여 있던 쪽에서 기다릴 가능성이 높기 때문이었다. 하지만 방향을 바꾸어 머리를 반대쪽에 놓는다면 범인에게 당혹감을 심어 줘 도주할 시간을 조금이나마 벌 수 있다.

그녀는 일단 다리 쪽 문을 천천히 엶과 동시에 머리 쪽 문을 미세하게 열었다. 역시 이곳은 붙박이장이 맞았다. 바깥은 불이 꺼져 있기 때문에 어렴풋이 가구의 형체만 보일 뿐이었다. 다행히 노이치는 이곳에 없는 모양이었다.

사나에는 붙박이장의 문을 완전히 연 다음, 머리 쪽부터 엉금엉금 기어 나왔다. 그러곤 조심히 일어서서 동태를 살피기 위해 귀를 기울였다. 아무런 소리도 들리지 않는다. 그러나 이곳이 너무 어둡기 때문인지 금방이라도 방향 감각을 상실하고 옆으로 고꾸라질 것만 같은 기분이 들었다.

사나에는 다시 몸을 낮춰 발끝과 손의 감각만으로 이곳저곳을 더듬거리며 이동했다. 그녀는 곧 복도로 나오는 데에 성공했다. 차가운 노송 복도의 표면을 만지자, 몸이 부르르 떨렸다. 시원한 복도 덕분에 온몸을 뒤덮은 열감이 한층 진정된다. 복도로 나와서부터는 완전히 일어나 벽을 더듬거리며 앞으로 나아갔다. 휴대폰이라도 있으면 좋겠지만 노이치가 이미 손써 둔 모양이다.

얼만큼 이동했을까, 돌연히 괴상한 소리가 들렸다. 뭔가가 움직이는 소리였다. 사나에는 숨죽여 복도 벽에 등을 맞붙였다. 손으로 입을 틀어막고 귀 기울였다. 그러나 사나에 자신의 심장 박동 소리가 너무 커 청각에 제대로 집중할 수가 없었다.

다행히 소리는 더는 나지 않는 듯했다. 따라서 그녀는 다시 발걸음을 옮겼다. 벽을 더듬으며 가는데 갑작스레 벽이 사라지는 바람에 화들짝 놀랐다. 옆으로 빠지는 길이 있는 모양이다.

사나에는 왼쪽으로 굽어 들어갔다. 얼마 걷지 않아 약한 빛을 마주할 수 있었다. 눈앞의 공간은 욕실인 것 같았다. 그것을 알아차렸을 때, 그녀의 몸은 급속도로 굳고 말았다. 욕실 안에 누군가가 있었기 때문이었다. 불투명한 문 뒤에 누군가가 서 있다.

이윽고 샤워기에서 물줄기가 쏟아져 나오는 소리가 들려오자, 사나에는 곧바로 뒤돌았다. 지금이 아니면 탈출은 불가능하다. 잰걸음으로 다시 왔던 길을 돌아 일자로 된 복도로 향했다. 이번엔 굽어 들어가지 않고 직선으로 쭉 간다.

문득 위화감을 느꼈다. 꺼림칙하게 응어리진 뭔가가 마음속에서 기묘한 형태로 팽창되어 있었다. 그녀는 그것이 무엇인지 곧 깨달았다.

집이 너무 넓다.

분명 노이치의 집은 낡은 아파트였다. 직접 보았던 외관을 떠올렸을 때, 그 아파트에선 절대 이 정도 길이의 복도가 나올 수 없다. 이곳은 아파트라기보단 일본의 평범한 2층짜리 목조 주택

같은 느낌이 있었다. 내가 잘못 본 것일까?

그런 생각에 잠겨 대략 10보 정도를 더 걸은 그녀는 돌연히 큰 소리를 내며 넘어지고 말았다. 갑작스레 발이 아래로 푹 꺼졌기 때문이었다. 고통을 느끼기도 전에 재빨리 귀를 쫑긋 세웠다. 샤워기 소리는 아직 들리고 있었다. 다행이라고 생각하며 천천히 자리에서 일어났다. 그때 옅은 신음이 새어 나왔다. 발목 부근에 뻐근한 통증이 나타났다. 밑으로 푹 꺼질 때 오른쪽 발을 잘못 디디는 바람에 발목을 삔 것이었다. 틀림없이 머리를 더 강하게 부딪혔을 텐데 희한하게도 두부 통증은 없다. 애당초 극도로 흥분한 나머지 어느 부위를 부딪쳤는지도 잘 기억나지 않지만.

이 정도로 발이 꺼지는 곳이라면 아마 현관이리라. 곧바로 왼쪽을 더듬거렸다. 직사각형의 큰 물체가 만져졌다.

신발장인가?

확답을 내리기도 전에 그녀의 손은 전방으로 향했다. 필사적으로 문고리를 찾아내기 위해 어둠을 뒤졌다.

'찾았다!'

기다란 문고리가 그녀의 손아귀에 들어왔다. 문고리를 아래로 내리고 힘껏 현관문을 밀었다. 예상대로 열리지 않았다. 어딘가에 분명히 잠금을 해제할 수 있는 장치가 있을 것이다. 범인이라면 미리 손을 써 두었을 가능성이 다분할 테지만, 일단 해 보는 수밖에 없다. 현관문을 전혀 열 수 없다면 왔던 길로 돌아가 창문을 찾아야 하리라. 물론 그 창문들도 암막 커튼이나 갖가지 물질에 의해 완벽히 가려져 있다면 시간이 더욱 지체되겠지. 이렇게 생각하면 끝도 없다. 사나에는 생각을 잘라 내고, 오로지 손의 감각에만 집중했다.

덜컥.

손에 뭔가가 걸렸다. 문손잡이로부터 약 10cm가량 떨어진 곳에 삼턴 잠금장치가 있었다. 삼턴 잠금장치는 장치 가운데에 부착된 금속 부품, 캠을 세로에서 가로 방향으로 돌리면 잠금이 해제되는 방식이다. 그녀는 조심스럽게 캠을 돌렸다.

툭.

문 내부에서 둔탁한 음색이 울렸다. 그 소리가 들린 즉시 오른손으로 문고리를 돌렸다. 벌어진 문틈으로 희뿌연 달빛이 새어 들어왔다. 그 달빛이 안면으로 들어서기 직전 사나에는 어떠한 사실을 깨달았다.

샤워기 물소리가 사라졌다.

도망쳐야 한다. 비현실적인 감각이 돋아나기 시작했다. 하지만 이건 꿈이 아니다. 희푸른 월광을 받은 사나에의 얼굴이 창백하게 빛났다. 미적 가치를 한껏 함양한 그 얼굴은 사라지지 않을 저주의 빛깔로 가득했다.

검붉은 눈물이 차오르며 안구를 적시기 시작했다. 이윽고 눈물은 빠르게 입꼬리가 있는 곳까지 흘러내렸다. 여기에 그치지 않고, 그녀의 코 깊숙한 곳에서도 핏물이 흘러나와 인중을 물들였다. 그러한 피의 분출은 하얀 얼굴과 대비되어 사나에가 마치 살아 있는 사람이 아닌 듯 오싹한 느낌을 자아내고 있었다.

사나에 자신은 몸 이곳저곳에서 출혈이 발생하고 있다는 사실을 전혀 인지하지 못했으나 몸이 움직일 수 없을 정도로 불편하게 굳어 버렸다는 사실은 곧바로 깨달을 수 있었다.

어딘가 이상하다.

뭔가가 잘못됐다.

현관에서 넘어지며 머리를 부딪혔기 때문일까. 혹은 이외의 중요한 부위를 부딪쳐 몸에 이상이 생겨 버린 걸까.

이대로 달려 나가면 끝인데.

이대로 달려 나가면 살 수 있는데.

도망치고 싶은 마음이 굴뚝 같으나 몸이 말을 듣질 않는다. 금방이라도 쓰러질 것 같다. 구역감과 어지러움이 정신을 마비시킨다. 힘없이 흐르는 피는 사나에의 흰 신발을 적시기 시작했다. 그녀는 공허한 동공으로 전방을 바라보았다. 피눈물과 코피가 광기랄 정도로 세차게 흘러내리는 광경은 마치 도자기처럼 수려하고 깨끗한 얼굴에 서서히 금이 가고 있는 것처럼 보였다.

그때였다. 후방의 누군가가 그녀의 머리칼을 한 움큼 쥐고 확 잡아당겼다. 이시다 사나에는 비명조차 내지르지 못하고 다시 칠흑 속으로 사라졌다.

잠시 뒤, 강한 진동과 함께 현관문이 빠르게 닫혔다.

3

2007년 10월 15일(3)

점심시간이 되자 모리구치 준지는 도시락통을 들고 교내 옥상으로 올라갔다. 옥상 문을 여니 강한 바람이 불었다. 옥상의 풍경은 오늘따라 시끄러웠다. 옥상의 주인으로 군림하고 있던 패거리 일원도 이젠 이즈미 히토시와 모리구치 준지만이 남게 되었으니, 최근엔 평범한 학생들도 옥상에 자주 올라와 점심을 해결하는 모양이었다.

여러 학생을 훑어보았지만, 같이 밥 먹기로 한 이즈미는 보이지 않았다. 모리구치는 추락 방지용 철망 가까이에 다가갔다. 빗물은 다 말랐기 때문에 그는 옥상 바닥에 털썩 앉았다. 혼자 도시락을 먹기 시작하자 다른 학생들의 시선과 비웃음이 느껴졌다. 오늘따라 밥맛이 더 없다. 비웃음거리가 되었기 때문은 아니다.

모리구치는 죽음이 두려웠다. 꿈 같은 현실. 죽음과는 거리가 멀어 보였던 친구들이 하나둘씩 죽어 나갔다. 10대 소년으로서는 헤아릴 수 없는 사건의 연속이었다. 시원한 바람이 불어왔다.

모리구치는 그 바람의 결을 느끼며 귀를 기울였다. 여기저기서 여학생 남학생 할 것 없이 기쁜 웃음과 행복에 둘러싸인 목소리가 연신 메아리쳤다.

이상하다.

쓰타바라시에선 연쇄 살인이 일어나는 중인데 뭐가 그렇게 재밌을까? 그는 생각했다.

어쩌면 이들은 알고 있는지도 모른다. 그래서 걱정할 필요가 없는 것이다. 범인은 패거리 일원만을 노린다는 것을. 그래서 부모의 만류에도 불구하고 정상적으로 등교하는 것이다.

이렇게 시간이 지나면 이들에게 있어 선인은 범인이 되고, 악인은 우리가 되는 것인가?

싫다. 그런 현실은 싫다.

"난 패거리를 떠나고 싶었다고……."

그가 중얼거렸다. 그러자 머릿속은 제멋대로 이상한 영상을 눈앞에 영사했다.

급우의 도시락통을 일부러 엎고도 신나게 웃는 모리구치. 동급생을 변기 칸에 가둬 두고 걸레 빤 물을 들이붓는 모리구치. 동급생의 얼굴과 머리카락에 생크림을 덕지덕지 바른 다음, 함께 사진을 찍으며 장난스럽게 미소 짓는 모리구치. 여학생의 실내화를 창문 바깥으로 던져 버리고 장난이라며 비웃는 모리구치.

……급우의 도시락통을 일부러 엎고도 신나게 웃는 나. 동급

생을 변기 칸에 가둬 두고 걸레 빤 물을 들이붓는 나. 동급생의 얼굴과 머리카락에 생크림을 덕지덕지 바른 다음, 함께 사진을 찍으며 장난스럽게 미소 짓는 나. 여학생의 실내화를 창문 바깥으로 던져 버리고 장난이라며 비웃는 나…….

모리구치는 고개를 숙였다. 치근덕거리는 죄책감의 현현이 그의 시야를 가로막았기 때문이었다. 그럼에도 그는 자신이 패거리의 그 누구보다도 착했다고 자부하며 합리화를 시작했다. 아키타 카즈미, 고시로 타키, 소노다 고토처럼 마약에 손대지도 않았고, 타치바나 히마리처럼 원조 교제로 돈을 벌어들이지도 않았고, 이즈미 히토시처럼 폭주족들과 무면허 드라이브를 즐기지도 않았고, 이시다 사나에처럼 누군가를 조종하지도 않았다.

그러고 보니 오늘, 이시다 사나에를 한 번도 못 본 것 같다. 모리구치는 그렇게 생각하면서 밥을 오물오물 씹어 삼켰다. 이전과는 현격한 차이를 보이는 옥상의 풍경을 바라보고 있으니, 세상에 홀로 남겨진 것만 같은 기분이 들었다.

더 이상 밥알을 목구멍 뒤로 넘길 수가 없었다. 그는 느릿느릿 도시락통을 정리하고 자리에서 일어났다. 그러자 주변에 있는 학생들이 일제히 모리구치를 쳐다보기 시작했다. 이상한 기분이 든 그는 입안에 남아 있는 음식물을 꿀꺽 삼킨 다음, 당혹스러운 표정으로 이곳저곳을 쳐다보았다.

모두가 나를 쳐다보고 있다.

왜?

왜?

정적이 내려앉은 옥상. 학생 한 명 한 명의 얼굴 속에 환희가 깃들어 있었다. 선배, 후배, 동급생, 일면식이 없는 학생들까지 모두가 기묘한 표정을 짓고 있었다. 필사적으로 웃음을 참는 듯한 입꼬리. 그것이 여러 개로 증식하고, 반달처럼 휘어 버린 눈이 아지랑이처럼 피어오른다.

왜?

왜?

"왜?"

머릿속을 울리던 물음이 제멋대로 혀를 타고 입술 사이로 뿜어져 나왔다. 그 물음이 옥상 전역으로 퍼져 나간 즉시, 학생들은 거짓말처럼 고개를 돌리고는 순진무구한 웃음으로 서로를 쳐다보며 이야기꽃을 피우기 시작했다. 실로 기괴한 풍경에 소름이 돋았다. 피곤해서 그런 것일까. 곧이어 음산한 분위기에 잠식당한 그는 그들로부터 도망치듯 옥상을 빠져나갔다.

2학년 3반 교실로 돌아와 가방 속에 도시락통을 던져 넣었다. 그러곤 충동적으로 책상에 엎드려 잠을 청했다. 주변의 소란스러운 소음에도 정신은 서서히 분해되었다.

아아아아아아, 갑자기 모리구치의 입에서 얼빠진 소리가 흘러나온다. 동시에 사방에서 누군가의 비명이 튀어 올랐다. 모리구치는 고개를 들어 올렸다. 조금 전까지만 해도 분명 교실 안에 있었건만 시야는 드높게 펼쳐진 하늘을 포착했다. 하늘은 구름 한 점 없이 푸르렀다.

갑작스레 오싹함을 느끼고, 고개를 내려 정면을 바라보았다. 바로 앞에 생면부지의 남자가 서 있다. 단정한 용모와 번듯한 인상. 이 사람은 누구일까?

"누구……?"

그렇게 물어보는 찰나, 남자 뒤의 풍경이 흐릿하게 보였다.

하늘, 하늘, 하늘.

그 아래로.

여러 학생이 서 있다.

뭐가 그렇게 무서운지 소리를 꽥꽥 내지르는 모습이 꽤 볼 만하다. 학생들은 점차 뒤로 물러나게 되어 추락 방지용 철망에 등을 기대는 지경에 이르렀다. 철망이 있는 것을 보면 내가 있는 곳은 옥상인가? 다 떨어져 버렸으면 좋겠다. 그는 생각했다.

그때였다. 목 부근에서 뜨거운 작열감이 느껴졌다.

다시 초점을 눈앞의 남자에게로 맞추었다.

어라?

남자의 얼굴이 붉게 물들어 있다. 그 광경은 흡사 텐구[1])의 가면을 쓴 것처럼 보인다. 남자는 눈물을 흘린다. 슬픈 것 같기도

---

1) 일본 요괴의 일종으로 높은 코와 붉은 얼굴이 특징이다.

하고, 기쁜 것 같기도 한 복잡미묘한 표정이었다.

　모리구치의 시야가 점차 흐릿해져 갔다. 그의 몸이 오른쪽으로 서서히 넘어가더니 이내 완전히 쓰러지고 말았다. 입에서 뜨거운 혈액이 흘렀다.

　모리구치는 세상을 쳐다보았다.

　돌연히 여러 사람이 옥상에 줄줄이 나타나기 시작했다.

　모리구치의 정신이 혼미해졌다.

　머릿속 필름이 계속해서 열화되고 있었다.

　눈앞의 장면들이 띄엄띄엄 지나갔다.

　경찰 제복을 입은 몇몇 사람이 보였다.

　무슨 일이 있는 걸까?

　그래, 범인. 범인은 잡았나?

　인상이 진한 저 남성, 그도 경찰인가? 아무튼 그가 내 눈앞에 있던 눈물 남자에게 총을 겨눈다.

　저 눈물 남자가 범인인 건가?

　다행이다, 다행이야.

　모리구치는 몸을 돌려 하늘을 올려다보았다. 수수한 하늘 속에서 이름 모를 새 떼가 환희에 젖은 것처럼 날고 있었다.

　다행이다, 다행이야.

　잠시 뒤, 여러 사람이 모리구치의 곁으로 모였다. 그들이 입을 움직이지만, 모리구치는 아무 말도 들을 수 없었다.

다행이다, 다행이야.
모리구치는 그렇게 되뇌었다.
"다행이야……."
쿨럭하며 입에서 피를 분사해 낸 다음, 내뱉은 말이었다.
다시 하늘을 쳐다본다. 하늘은 맑고 높았다. 그 하늘의 가장자리에서부터 밤이 찾아오고 있었다.
모리구치 준지는 천천히 눈을 감았다.

1

2022년 12월 13일(1)

　갖가지 일정이 겹쳐 미뤄진 문화제가 12월 16일 금요일부터 개최된다는 소식을 들었을 때, 야시로 마이가 속한 미술부는 분주해졌다. 이번 문화제는 크리스마스가 메인 테마인 만큼 미술부는 기념 트리를 직접 제작하고, 미술부원들이 1년간 작업한 개인, 합동 작품을 갤러리로 꾸민 미술실에 전시하기로 했다.
　오후 6시 10분. 바깥은 이미 어두컴컴해져 있었다. 그러나 문화제 준비로 인해 많은 학생이 아직도 학교 안에 남아 있었다. 그렇기에 저녁이 내려앉은 교내는 오히려 떠들썩했다.

소란스러운 미술실 안.

"16일?"

호시에 미사키가 마이에게 사과 모형을 건네면서 물었다. 미사키는 자신이 부원으로 있는 검도부가 일찍 끝난 참에 미술실에서 마이의 일을 돕고 있었다. 마이는 사과 모형을 받고 작은 인조 트리의 아래쪽에 매달았다. 미술부가 설치할 트리는 총 세 개로 1층 복도 중간에 설치할 대형 트리를 제외하고 남은 두 개의 트리는 약 80cm밖에 되지 않을 정도의 작은 트리였다. 마이와 미사키가 만들고 있는 트리가 바로 두 개의 작은 트리였다. 대형 트리는 문화제 이틀 전부터 제작에 돌입하기로 계획했다.

"응. 17일은 아무래도 너무 늦다고 생각했나 봐."

"그래도 이렇게 갑자기 바꾸는 게 어딨어."

미사키는 마이의 왼쪽 눈을 쳐다보았다. 오른쪽 눈은 안대에 가려 보이지 않는다.

"그러게 말이야."

마이가 한숨을 내쉬었다. 그러고는 "사탕 지팡이 있어?"라고 물었다. 이에 미사키가 상자 속에 담긴 장식물 꾸러미를 뒤적거렸다.

"찾았다! 여기."

사탕 지팡이를 건네는 미사키. 마이는 나긋한 목소리로 "고마워."라고 말했다.

"마이, 잠깐 화장실 좀 다녀올게요오."

미사키가 존댓말을 섞어 장난스럽게 말하자 마이가 미소 지으며 고개를 끄덕였다. 그러고는 마이 역시 키득거리면서 "천천히 다녀오세요."라고 장난스럽게 덧붙였다.

복도로 나오자마자 으스스한 추위가 미사키를 덮쳤다. 줄지은 복도 창문은 암흑을 비추고 있었다. 반면 교실 안쪽에서 들려오는 웅성거림과 여러 소음은 암흑을 찢는 하나의 광명이 되었고, 온화한 전등 빛은 훌륭할 정도로 소임을 다하고 있었다.

다만, 화장실은 역시 조용한 편이었다. 사람도 없는 데다가 여자 화장실의 센서 전등은 어제부터 고장이 나 버렸는지 켜지지 않았다. 그렇지만 열린 창을 통해 들어오는 달빛 덕분에 아무것도 보이지 않는 것은 아니었다.

볼일을 본 뒤 세면대 앞으로 가 손을 씻었다. 화장실의 흰색 타일이 은은한 달빛을 반사하고 있었고, 이에 따라 거울 속에 비친 미사키의 얼굴이 몽환적으로 빛나고 있었다. 수도꼭지를 잠그자마자 적요가 찾아왔다. 그 적요 속에 가만히 선 그녀는 생각에 잠겼다.

근 며칠간 아무런 일도 일어나지 않았다. 의심스러운 정황 또한 나타나지 않았다. 괴조도는 어디로 간 걸까. 갑작스레 사라져 버린 걸까? 아니, 그것은 아니리라. 아직 도쿄의 곳곳에 유리에의 흔적이 남아 있다. 미사키가 재학 중인 시라카미 고등학교 학생을 비롯해 꽤 많은 사람들이 원인을 알 수 없는 조류 공포에 물들어 있다. 그 공포는 미사키와 마이에게도 발현되었다. 다만, 괴조도의 위치를 알 수 없으니 초현사의 이런저런 회의도 탁상공론으로 끝나는 경우가 대부분이었다.

그러나 잠잠해 보이는 저주는 틀림없이 마이를 찾아올 것이다. 유리에는 기어코 감정사와 하기와라까지 저승으로 데려가 버렸으니까. 그러므로 미사키는 마이에게 지금까지의 이야기를 전부 털어놓고, 요 며칠간 옆에 꼭 붙어 있었다. 마이를 지켜 줄 수 있으리란 확신은 없었지만. 곁에 있어야 마음이 한결 편했다.

미사키는 머리를 정돈했다. 정수리에서부터 길게 뻗은 새치가 희미하게 반짝였다. 그 새치를 뽑아내고 나서야 그녀는 밖으로 나갈 수 있었다. 복도로 나가자 한바탕 시끄러운 분위기는 온데간데없이 사라진 상태였다. 무슨 일이라도 있는 걸까. 얼마 걷지 않아서 학생들이 웅성거리는 소리가 귓전으로 달려들었다.

시야의 끝에 2학년 A반의 학생들과 미술부 학생들이 대거 모여 있는 희한한 광경이 펼쳐져 있었다. 그들에게 가까이 다가갈수록 웅성거리는 소리가 벌레 떼처럼 귓가 근처에서 바글바글 끓었다. 비정상적으로 무수한 구더기 떼가 구덩이 속에서 꿈틀거리며 징그럽게 움직이는 장면을 환시한 미사키의 머리에서 두통이 일었다.

학생들이 모여 있는 곳은 2학년 C반 교실의 앞문 쪽이었다. 미사키는 까치발을 들어 무슨 일이 벌어지고 있는지 살펴보고 싶었지만, 시야는 열댓 명의 학생을 뚫을 수 없었다.

"무슨 일 있어?"

미사키가 동급생들에게 물어도 돌아오는 대답은 없었다. 모두 교실 안을 들여다보기 위해 안간힘을 쓰느라 미사키는 안중에도 없었다. 개중엔 환기창으로 교실을 보기 위해 친구의 어깨를 빌리려는 학생도 있었다.

본래 미사키는 조용하고 낯가림이 심해 친구는 마이뿐이지만, 그 성격을 상쇄시킬 정도의 미소녀 같은 외모 덕에 그녀의 말이라면 별로 친하지 않은 친구라도 주의 깊게 이야기를 들어 주는 편이었다. 미사키는 점점 소란스러워지는 분위기에 못 이겨 잰걸음으로 미술실로 돌아갔다.

"마이, 복도 봤어?"

복도의 끝 쪽에 자리한 미술실은 조용했다.

"마이?"

완성 직전인 트리 앞으로 다가갔다. 그러나 장식물 꾸러미만 바닥에 널브러져 있을 뿐 마이는 그 자리에 없었다. 그때 후방에서 인기척을 느꼈다. 곧바로 고개를 돌린 곳에 서 있던 사람은 3학년의 이세 타케시였다.

"별일이 다 있네."

이세는 어색하게 웃으며 혼잣말을 했다.

"무슨 일이…… 있어요?"

별로 친하지 않은 선배지만 미사키는 조심히 물었다.

"아, 카가와 선생님 알지?"

미사키는 고개를 끄덕였다. 카가와 선생이라면 C반의 담임 선생이다. 이전에 와타나베 가에도 방문했었다.

"그분이 쓰러져 계셔서 말이야."

"네? 그럼, 2학년 C반에 다들 모여 있던 이유가……."

놀란 기색이 역력한 미사키의 표정.

"맞아, 그것 때문이야."

"신고는요?"

"2학년 A반의 학급 위원장이라고 하는 애가 신고하고 있는 모습을 보긴 했어. 카가와 선생님은 의식을 잃고 쓰러지신 모양이야. 정말 다행히도 숨은 잘 쉬고 계신데…… 딱히 내가 할 수 있는 건 없어 보여서 돌아왔지."

"그런가요……."

미사키는 고개를 끄덕거리다가 자리에 앉아 트리를 다시 꾸미기 시작했다. 마이는 어디 간 거지? 그녀가 이세에게 마이의 행방을 물어보려 고개를 돌린 순간이었다.

"근데 말이야, 너 이거 본 적 있어?"

이세가 발언권을 낚아채며 그녀 곁으로 가까이 다가왔다. 이세는 자신의 스마트폰을 건넸다.

"네? 아…… 잠시만요."

미사키는 스마트폰을 조심스럽게 잡고 화면 속을 훑어보았다. 화면에 담겨 있는 것은 사진이었다. 사진 몇 장을 천천히 넘겨 본다. 몇 초 뒤, 그녀는 소스라치게 놀란 목소리로 "어째서……?"라고 중얼거렸다.

"응? 알고 있어?"

미사키는 이세의 물음에 답하지 않았다. 무슨 영문인지 그녀는 스마트폰을 이세에게 돌려주고는 허겁지겁 미술실을 빠져나간다.

"잠깐! 어디 가!"

이세가 외쳤다. 틀림없이 목소리가 닿았을 텐데도 미사키는 돌아오지 않았다. 그는 한숨을 내쉬면서 다시 스마트폰을 쳐다보았다.

"통신이 불량인가."

사진 속에 담겨 있는 것은 쓰러져 있는 카가와 선생의 상반신과 그의 머리맡에 놓인 **괴조도**였다.

복도는 아직도 학생들의 목소리로 뒤덮여 있었다. 미사키는 한달음에 달려가 학생들이 모여 있는 곳을 잽싸게 파고들었다.

그러나 2학년 A반의 학급 위원장인 쿠도 히로토와 미술부의 아라이 아야네가 학생들을 막아 내고 있었다. 미사키라고 예외는 없었다. 굳게 닫힌 문은 열리지 않았다.

"모두 교실로 돌아가세요! 카가와 선생님께서는 괜찮으십니다! 구급대원이 오기로 했으니 길을 미리 열어 주셔야 합니다!"

갑자기 쿠도가 앞문을 열면서 외쳤다. 그의 말을 들은 학생들은 삽시간에 흩어졌다. 그러나 미사키만은 그 자리에 남아 있었다. 소름 끼치는 기운이 느껴졌기 때문이었다.

"호시에?"

쿠도가 의아한 표정으로 말했다.

"카가와 선생님…… 안 괜찮으시지?"

조심스러운 어조로 묻는 미사키.

"너…… 뭔갈 알고 있는 거야?"

그 말을 듣자 오묘한 중압감 같은 것이 미사키의 어깨를 짓눌렀다.

"봐야 알 수 있어."

쿠도는 좌우를 살피다가 미사키를 교실 안으로 들였다. 교실은 어둑했다. 약한 달빛과 스마트폰의 플래시가 교실에 광명을 선사하고 있었다.

"불이 켜지지 않아."

쿠도가 나지막이 말했다.

"신호 아직도 안 잡혀요?"

어디선가 마이의 다급한 목소리가 들려왔다. 교실 한가운데에 카가와 선생이 누워 있었다. 그 옆엔 3학년 아라이와 마이가 앉아 있었다.

"아라이 선배? 마이?"

미사키가 두 사람의 곁으로 걸어갔다.

"미사키……."

마이의 목소리가 요동쳤다.

"저 그림이야."

마이가 교실 구석을 가리켰다. 그곳에 한 액자가 뒤집힌 채 서 있었다. 그러나 어스름에 잠식당한 그림은 어쩐지 세상에 존재하지 않는 것처럼 보였다.

"뒤집어 놓긴 했는데…… 이미…… 너무 많이 봐 버렸어……."

마이가 말했다. 미사키의 머릿속이 혼란스러워졌다.

"무슨 소리야? 알아들을 수 있게 이야기해 줘."

아라이의 진중한 목소리가 교실을 울렸다.

"지금은 설명할 수 없어요."

미사키가 구석을 노려보다가 다시 뒤돌았다.

"그보다 신호가 안 잡힌다니요?"

아사히로와 초현사 직원들에게 한시라도 빨리 연락을 취해야 한다. 그리 생각한 즉시 신호에 대해서 물을 수밖에 없었다. 실제로 미사키의 스마트폰도 완전히 먹통이 되어 있었다.

"어떻게 된 영문인지 우리도 몰라. 일단 모든 학생의 휴대폰이 비슷한 상태야."

쿠도가 스마트폰을 두드리면서 말했다. 그의 머릿속에선 기시 유스케의 소설인 《악의 교전》에 나오는 전파 방해 공작이 떠오르고 있었다.

"카가와 선생님은?"

미사키가 묻자 편안히 누워 있는 카가와 선생의 얼굴에 스마트폰 플래시 빛이 들어섰다.

"카가와 선생님은 조금 전 발작을 일으키시고 다시 안정 상태에 들어가셨어. 쿠도와 마이가 제압했고, 그동안 나는 계속 전화를 걸고 있었어. 다른 선생님들은 전부 퇴근하셨고, 학교에 남아 있는 선생님은 카가와 선생님밖에 없어."

아라이는 갈색 머리를 묶으며 말했다. 미사키는 잠자코 이야기를 듣다가 무언가를 결심한 듯한 표정으로 입을 열었다.

"아라이 선배, 쿠도, 모두를 데리고 학교로부터 최대한 멀리 떨어지세요. 집으로 돌아가도 좋으니 서둘러 학교를 벗어나 주세요."

"아까부터 무슨 이야기를 하는 거야."

쿠도가 안경을 쓰면서 이해할 수 없다는 표정을 지었다.

"모두 잘 생각해 보세요. 신호가 잡히지 않는다면 다 같이 카가와 선생님을 부축해서 바깥으로 나가시면 돼요. 그편이 신호를 잡기도 쉬울 테고, 의식 불명 상태인 카가와 선생님을 한시라도 빨리 병원으로 옮길 수 있을 거예요."

미사키는 올곧은 어조로 또박또박 말했다. 마이는 그런 미사키의 모습에 조금 놀랐다. 본래 낯가림이 심한 그녀가 이 정도로 강직하게 말한 적은 없었으니까. 그 말투는 조금 냉소적으로 느껴지기도 했다.

"호시에의 말이 맞아."

별안간 아라이가 자리에서 일어나며 미사키의 의견에 동조했다. 쿠도는 믿을 수 없는 듯 한숨을 푹 내쉬었다.

"그럼, 호시에와 야시로는?"

쿠도가 자리에서 일어나며 묻는다.

"해야 할 일이 있어."

미사키의 목소리에 영험한 힘이 깃들어 있다. 그것을 일찌감치 깨달은 아라이는 카가와 선생의 상체를 일으키기 시작했다.

"비밀투성이네, 너네 둘. 알았어."

쿠도는 끝내 완고했던 고집을 꺾고 아라이를 돕기 시작했다. 키가 큰 두 사람이 왜소한 카가와 선생을 부축하며 걸어갔다. 쿠도가 교실 문을 활짝 열고 나갔다. 이윽고 복도에 서 있는 누군가를 보더니 크게 외쳤다.

"야! 요타! 아라이 선배 대신 네가 좀 도와줘!"

그 울림이 복도에서 사라지기도 전에 여러 학생이 우르르 몰려와 카가와 선생을 부축하기 시작했다.

아라이는 큰 목소리로 학생들에게 하교할 것을 지시했다. 2학년 A반과 미술실이 자리해 있는 3층을 샅샅이 확인한 다음, 2학년 C반 앞에 멈춰 섰다. 열려 있는 앞문을 통해 교실을 바라보았다. 어둑한 공기 속에 서 있는 미사키와 마이를 향해 복잡미묘한 미소를 지어 보였다. 그녀는 앞문을 조심히 닫고 계단을 내려갔다. 그리고 2층에 다다랐을 때 믿을 수 없는 광경을 보았다. 학생들이 콜록대며 하나둘씩 다시 계단을 올라오고 있었다.

"쿠도!"

마침 쿠도를 목격한 아라이가 그의 팔목을 붙잡았다.

"무슨 일 있어? 왜 다 다시 올라와?"

"이상해요. 불이 난 건지 연기가 자욱해서 아무것도 안 보여요."

"불이 났다고? 하지만 화재경보기는 안 울리잖아?"

"모르겠어요."

"내가 확인해 볼게."

"조심하세요. 저는 학생들 전부 한곳에 모이게 할게요."

아라이는 고개를 끄덕거리고 재빨리 계단을 내려갔다. 1층으로 향하는 계단의 층계참에 서서 아래를 바라보았다. 쿠도의 말대로 1층은 검은 연기에 뒤덮여 있었고, 정말 아무것도 보이지 않았다. 화재가 난 것이 아니라면 발생할 수 없는 연기량이다.

게다가 뭔가가 타는 듯 퀴퀴한 냄새까지 난다.

'이거…… 화재가 아니라고?'

아라이는 의구심을 억누를 수 없었다. 열기가 전혀 느껴지지 않는다. 그녀는 난간을 잡고 천천히 계단을 내려갔다. 숨을 쉴 수 없다는 것을 이미 들었기에 옷소매로 코와 입을 막았다. 연기 속으로 사라진 지 대략 20초쯤이 지나서 그녀는 다시 층계참으로 돌아왔다.

'그을음이 전혀 묻어 있지 않잖아.'

그녀의 생각대로 옷과 피부는 너무나 깨끗했다. 이 정도 양의 화재 연기 속에 들어갔다가 나오면 그을음이 묻어 나오는 것은 당연한 이치일 텐데. 그을음이 거의 묻어 나오지 않는 완전 연소일 리는 없다. 연기의 색이 검은색이니 분명히 불완전 연소가 일어난 것이다. 그렇다면 그을음이 묻어나와야 한다. 상식적으로 불가능한 상황임을 알아차린 아라이의 몸이 뻣뻣이 굳었다.

약 3분이 지났을 즈음, 그녀는 몇 가지 사실을 더 깨달을 수 있었다. 이 연기는 증가하지 않는다. 그리고 이 연기는 화재로 인해 발생한 것이 아니다. 그 사실을 4층까지 올라간 학생들에게 전한 뒤에 쿠도와 함께 1층 층계참으로 돌아왔다.

"옥상은 잠겨 있어?"

"네."

"일단 알았어. 나로선 도무지 이해할 수 없는 상황이지만, 불이 난 게 아니라면…….."

아라이가 말끝을 흐렸다.

"혹시 저 안에 들어가서 문을 찾아 열자는 건가요?"

쿠도의 물음에 아라이는 고개를 끄덕였다.

"그런데 문제는 저 안에선 아무것도 보이지 않고, 숨조차 쉴 수 없다는 거지. 만약 길을 잃기라도 한다면……."

아라이가 고개를 내저으며 넌더리를 냈다.

"긴 로프 있어?"

잠시 생각에 잠겨 있던 아라이가 눈을 번뜩이며 물었다.

"로프…… 아! 저희 반에서 축제 준비용으로 창틀에 걸어 둔 긴 줄이 있긴 합니다만, 그거라도 가져올까요?"

"응, 부탁해."

쿠도가 줄을 챙겨 다시 층계참으로 돌아왔을 때, 아라이는 머릿속으로 지도를 그리고 있었다. 3년 가까이 다녔던 학교인 만큼 1층의 지리를 되살려 내는 데엔 문제가 없었지만, 심히 걱정되는 게 있었다. 문이 잠겨 있다면 어떻게 해야 할까? 아니, 걱정할 필요 없다. 그땐 창문을 찾아 열면 된다. 창문은 안쪽에서만 잠글 수 있으니 잠금을 해제하는 것도 안쪽에서 할 수 있다.

"고마워."

아라이는 허리춤에 밧줄을 묶기 시작했다.

"반대편은 난간에 걸어 줄래?"

"네. 아, 그리고 혹시 몰라서 호루라기도 가져왔어요."

쿠도가 주머니에서 호루라기를 꺼냈다. 혹여 아라이가 줄만으로 되돌아올 수 없다면 호루라기 소리로 계단의 위치를 찾을 수 있으리라.

"똑똑하네. 좋아."

1분 뒤, 아라이는 "됐다."라고 말하면서 난간에 줄을 묶고 있는 쿠도의 뒤통수를 쳐다보았다.

"여기도 됐습니다."

손을 털면서 쿠도가 계단에서 일어났다.

"정말 괜찮으시겠어요?"

쿠도가 걱정스러운 눈빛으로 아라이를 쳐다보았다.

"선배니까 해야지. 걱정 마."

아라이는 사근사근한 미소로 쿠도의 걱정을 달랬다. 이윽고 꿈틀거리는 연기 앞에 서더니 갑작스레 뒤돌았다.

"내가 숨을 참을 수 있는 시간은 단 1분이야. 여러 가지 상황을 고려하면 내가 연기 속으로 들어가서 문이나 창문을 찾는 데 사용할 수 있는 시간은 25초뿐. 잘 계산할 수 있지?"

쿠도는 긴장한 기색이 역력한 표정으로 고개를 끄덕였다. 그러자 아라이는 코와 입을 막고 연기 속으로 뛰어들었다.

그것이 첫 번째 시도였다.

2

2022년 12월 13일(2)

미사키는 괴조도를 뒤집어 놓은 채로 들고 마이와 함께 미술실로 향했다.

"어떻게 할 생각이야?"

미술실에 도착하자마자 마이가 물었다.

"일단 더 이상 보는 사람이 생기지 않도록······."

미사키는 말끝을 흐리면서 책상에 널브러진 천으로 괴조도를 감싸기 시작했다. 그때, 뒤에 서 있던 마이가 갑작스럽게 말을 꺼냈다.

"있잖아."

"응?"

미사키는 괴조도를 둘러싼 천 위에 또다시 테이프를 칭칭 휘감기 시작했다. 그 움직임은 굉장히 분주해 보였지만, 반대로 미사키의 표정 자체는 완전히 굳어 있었다.

"나 말이야, 며칠 전에 집 정리하면서 할머니의 편지를 찾았어······."

마이가 줄리아노 데 미치 석고상을 바라보며 그리 말하는 사이, 미사키는 이로 테이프를 찢어 내고 괴조도를 완전 밀봉하여 책상 위에 조심히 내려놓았다.

"나도 무슨 이야기인지는 잘 모르겠는데, 나한테 무슨 주술을 걸었대."

"응? 주술?"

화들짝 놀란 미사키는 곧바로 뒤돌아 마이를 쳐다보았다.

"응. 어렸을 때 뭔가를 본 기억은 있는데, 자세히는 기억나지 않아. 내가 아는 건, 그때 내 피에 영험한 힘이 깃들었다는 거야. 그 편지에 의하면 우리 가족에게 벌어질 일을 미리 예견하고 있으셨나 봐."

"그렇다면 마이가 유리에로부터 잠시나마 벗어날 수 있던 게, 피 때문이라는 거야?"

"나도 잘 모르겠어. 미사키는 나한테서 뭘 느낀 적 없어? 일테면 영감(靈感) 같은 걸로……."

그 말이 공중에서 사라지기도 전에 미사키는 무언가를 떠올렸다.

"그러고 보니 마이가 처음 유리에를 만났을 때 눈에서 피가 흐르고 있었고, 병원에선 팔 안쪽에서 피가 흐르고 있었잖아? 피가 몸 밖으로 빠져나온 덕분에 유리에가 공격할 수 없었던 건가?"

"맞아. 나도 그리 생각하긴 했지만, 확신할 수가 없어서……. 미사키가 알려 준 원숭이 손이라는 주술도 있으니 말이야."

그때였다. 미술실의 전등 빛이 서서히 생명력을 잃어 가기 시작했다. 이윽고 광명이 사라지자 미사키는 전등 스위치를 몇 번이고 조작해 보았다. 그러나 불빛은 돌아오지 않았다.

"마이, 나가자."

미사키는 마이의 손목을 잡고 미술실 바깥으로 나갔다.

"괴조도는?"

2층 복도에 도착하자마자 걱정스러운 목소리로 묻는 마이.

"일단 저대로 두는 수밖엔 없어. 괴조도는 저주를 퍼뜨리는 매개체일 뿐, 살인귀인 유리에는 그 어느 곳에서든 나타날 수 있어. 그러니까 그림을 보면 유리에가 찾아오는 거지. 만약 모든 학생이 괴조도를 봤다면 이 학교 자체가 유리에의 무대로 변했을 거야. 우리가 할 일은, 괴조도를 다시는 아무도 볼 수 없도록 해 놓는 거야. 다음 타깃을 만들지 못하도록 말이야. 설령 우리가 죽……."

그때 귀를 찢는 호루라기 소리가 두 사람의 고막을 강타했다. 두 사람은 동시에 귀를 막았다. 호루라기 소리가 계속해서 울려 퍼지자, 둘은 소리를 쫓아 중앙 계단을 내려갔다.

"쿠도?"

마이가 말했다. 2층으로 올라가는 계단에 서서 호루라기를 불고 있는 것은 쿠도였다. 쿠도의 앞엔 검은 연기가 생명력을 지닌 것처럼 꿈틀거리고 있었다. 그리고 놀랍게도 그 연기 속에서 아라이가 나타났다.

제9장 핏빛 학교 507

"아라이 선배?"

아라이는 쿠도를 보고 고개를 절레절레 젓더니 난간을 붙잡고 숨을 헐떡거렸다.

잠시 뒤, 미사키와 마이는 두 사람에게 지금까지의 이야기를 들을 수 있었다.

"벌써 세 번째인데 전혀 모르겠어. 내가 알던 시라카미 고교의 1층이 아닌 것 같은 느낌이랄까."

아라이의 얼굴은 패색과 당혹감으로 물들어 있었다.

"그래도 다행입니다. 놀랐어요. 두 번째까지는 잘 찾아오시더니 세 번째부터는 너무 늦어져서 호루라기를 불 수밖에 없었거든요."

쿠도가 말했다.

"호루라기 덕분이야. 정말 길을 잃을 뻔했거든. 그리고 말인데, 저 연기 안에 누가 있는 것 같아."

"누가 있다고요?"

쿠도는 눈을 휘둥그레 뜨고 되묻는다. 마이 또한 놀란 기색이다. 그럼에도 미사키는 냉소한 표정을 유지했다.

"그렇다면 구해야 하는……."

"잠시만 내 말 좀 들어 봐. 그게 말이지…… 도무지 이해할 수가 없어서."

아라이는 쿠도의 말을 끊었다. 그러고는 더 이상 연기 안으로 들어가지 않으려는 듯 허리에 묶은 줄을 풀었다.

"저 안에 들어가자마자 발걸음 소리가 들렸어. 누군가가 있다는 생각이 들어 발걸음 소리를 따라 움직였지. 그런데 기묘하게도 발걸음 소리는 한 곳에 멈춰 있더라고. 이상하지 않아? 발걸음 소리가 한 곳에 멈춰 있다는 건, 제자리에서 발을 구른다는 이야기야. 누군가를 유인하는 것처럼. 어느덧 내가 발걸음 소리의 근원지에 다다랐을 때, 발걸음 소리는 사라졌어. 그런데 이번엔 숨소리가 들렸어."

"숨소리라면 역시 누가 있는 거군요."

이번엔 쿠도가 아라이의 말을 끊어 냈다.

"바보야, 숨소리가 들렸다고. 호흡이 불가능한 연기 속에서."

그제야 온몸에 소름이 돋고 만 쿠도는 고개를 뒤로 빼면서 입을 다물었다.

"내 옆에 있는 게 사람이 아니라는 것을 확신했을 때 나는 서둘러 돌아가야 한다는 것을 깨달았고, 왔던 길을 따라 달렸지. 줄을 잡고 말이야. 근데…… 그 숨소리가 계속해서 머리 뒤에서 울려 퍼졌어. 숨소리가 나를 따라온다는 것을 자각한 순간부터 머리가 새하얘져서 아무 곳으로나 도망쳐야겠다는 생각이 들더라고. 결국 나는 한계에 다다르고 말았지. 정신이 아득해지기 직전, 다행히 쿠도의 호루라기 소리가 들렸어. 필사적으로 소리를 따라 달렸지. 그래서 지금 여기에 있는 거고."

아라이의 말이 끝난 다음, 쿠도는 몹시 견디기 힘들어하는 표정을 지었다. 마이는 연기를 바라보며 멍때리고 있었다.

으득. 으득. 으득.

그때였다. 손톱을 깨무는 듯한 소리가 울려 퍼졌다.

"미사키?"

마이가 미사키를 쳐다보았다. 미사키는 벽을 본 채 손톱을 물어뜯고 있었다. 미사키의 마음속에서 불안감이 피어올랐기 때문이었다.

'어떻게 해야 할까. 어떻게 해야 할까. 어떻게 해야 할까. 어떻게 해야 할까. 어떻게 해야 할까. 어떻게 해야 할까. 어떻게 해야 할까. 어떻게 해야 할까. 어떻게 해야 할까.'

너무나 과분한 일이 자신에게 펼쳐지고 있다는 사실이 받아들여지지 않았다. 믿을 수가 없었다. 20명이나 되는 사람들을 구할 수 없을지도 모른다는 사실이 극도로 두려웠다. 미사키 자신의 죽음보다도 더. 마치 끝 간 데 없는 터널 속에 갇힌 기분이었.

도무지 방법을 모르겠다. 내가 어떻게 해야 할까. 어떻게 하면 이 저주를 끊어 낼 수 있을까.

"괜찮아?"

아라이가 미사키에게 다가갔다. 미사키는 다시 가면을 쓰듯 웃으며 고개를 돌리고는 그녀를 반겼다.

"네."

그러나 아라이는 느낄 수 있었다. 미사키의 웃는 표정 뒤에 상상할 수 없을 만큼 거대한 공포와 두려움이 서로 뒤엉켜 있다는 것을.

그 순간, 층계참의 둥그런 전등이 서서히 암흑으로 변모하기 시작했다. 몇 번씩 깜빡이던 전등 때문에 마이, 아라이, 쿠도는 반사적으로 눈을 감거나 깜빡였다. 정신을 차렸을 때, 네 사람이 서 있던 층계참은 완전히 어두워져 있었다. 미사키는 필사적으로 빛을 쫓아 2층 복도로 향했다. 그녀를 따라 세 사람이 이동했다.

"왜 이리 급해?"

쿠도가 불만스러운 말투로 물었다. 미사키는 대답할 수 없었다. 불이 꺼지기 직전에 보았던 것을 말할 수 없었다. 하지만 미사키의 머릿속에선 몇 번이고 기괴스러운 장면이 반복되고 있었다.

불이 깜빡일 때마다 1층에 있던 검은 연기가 계단을 타고 점점 올라온다. 그리고 그 연기 속에서 탄화된 양팔이 쭈욱 뻗어져 나와 느린 속도로 한 계단씩 짚으며 올라온다. 불이 완전히 꺼지기 직전, 미사키는 보고야 만다. 연기 아래에서 번뜩이는 붉은 눈을.

"연기가 올라오고 있어."

아라이의 목소리 덕에 미사키는 가까스로 회상에서 빠져나올 수 있었다. 아라이는 스마트폰의 플래시로 계단과 층계참을 차례로 비추고 있었다. 연기는 층계참까지 올라와 있었다.

그들에게 틈을 주지 않으려는 듯, 다음 순간 2층 복도의 양 끝 쪽에서부터 전등이 파바밧 하는 소리를 내며 부서지기 시작했다. 전등은 급속도로 파손되었고, 그들이 서 있는 중간 전등까지 맥없이 깨지는 데까지는 불과 30초도 걸리지 않았다.

"연기가 올라올 거야. 빨리 올라가야 해요."

어둠 속에서 마이가 플래시를 켜면서 다급하게 말했다. 아라이와 쿠도는 서둘러 다음 계단에 발을 올렸다.

"미사키?"

마이가 계단 중간에 서서 플래시로 미사키를 비추었다. 미사키는 아직 복도 중간에 가만히 서 있었다. 그녀에게 다음 말을 던지려던 마이는 기묘한 광경을 목격했다. 미사키의 동공이 노을을 담은 주홍색과 울금색으로 빛났다. 그 빛은 사라지지 않았다.

"미사키……? 너 눈이…….."

마이의 음성이 떨렸다.

그때 미사키의 시야에선 뭔가가 보이고 있었다. 저 멀리 복도의 끝, 월광을 받아 은은하게 빛나는 곳에서 그림자가 넘실넘실 움직이고 있었다. 시야 저편, 서쪽 계단에서 뭔가가 올라오고 있다.

번개가 쳤다. 그림자가 더 자세히 보였다.

첨예한 부리, 커다란 몸집, 얇은 다리.

조류의 형상이었다.

그림자의 크기로 미루어 보아 저것은 틀림없이 백괴금이리라.

백괴금이 계단을 오르고 있다.

천둥이 하늘을 울렸다.

이제 곧 백괴금이 모습을 드러낼 것이다. 그것이 서쪽 계단의 층계참에 도착하면 미사키가 서 있는 복도에서 완전한 백괴금의 실체를 볼 수 있게 된다.

다음 순간, 그림자가 사라지고, 백괴금이 모습을 드러냈다.

다시 한번 번개가 쳤다. 미사키의 시야가 환하게 빛났다.

놀랍게도 복도 끝에 우두커니 서 있는 것은······.

타카초 유리에였다.

미사키가 그 사실을 두 눈으로 확인한 순간이었다. 유리에가 올라온 서쪽 계단에서 다량의 연기가 뿜어져 나와 맹렬하게 유리에의 전신을 덮쳤다. 그 검은 연기는 계단을 따라 3층으로 향했다.

가까스로 3층에 도착한 네 사람은 미술실로 향했다. 미술실에 도착하자마자 미사키가 커터 칼을 집어 들고 괴조도에게로 향했다. 이윽고 괴조도를 휘감은 테이프를 사정없이 잘라 낸다.

"미사키, 그거 왜 찢어?"

마이가 묻지만, 미사키는 답하지 않고 천을 뜯어내기 시작했다.

"확실하진 않지만, 유리에는 괴조도를 직접 목격하지 않은 사람은 죽이지 못해. 바꿔 말하면 표적이 아닌 자는 직접 맞설 수도 없다는 거야."

천을 거의 뜯어냈을 즈음, 미사키의 입에서 흘러나온 말이었다.

"뭐? 그 말은……, 너도 괴조도를 보겠다는 거야?"

마이는 그것만은 용납할 수 없다는 듯 미사키의 행동을 제지하기 시작했다.

"그건 절대 안 돼."

마이는 뒤에서 미사키를 끌어안고 뒤로 두 발 물러났다. 미사키는 그런 마이를 서둘러 밀어냈다. 그럴 의도는 아니었지만, 그 과정에서 커터 칼에 마이의 손바닥이 찔리고 말았다.

"앗!"

마이가 바닥에 넘어져 버려 쿠도, 아라이, 미사키는 동시에 화들짝 놀랐다.

"미안해. 괜찮아?"

미사키가 마이에게 다가가 당황한 표정으로 말했다.

"괜찮아. 그치만 괴조도…… 역시 보지 않았으면 좋겠어."

마이는 이 상황에서도 살며시 웃으며 미사키를 올려다보았다. 그러나 미사키는 그녀의 고집에 넘어가 줄 수 없었다.

"마이, 너 피 나잖아."

별안간 쿠도가 마이의 손바닥을 가리켰다. 이에 마이는 괜찮다며 바닥에서 일어나 미술실에 설치되어 있는 수도 시설 가까이로 다가갔다.

그 무렵 미사키의 머릿속에선 한 가지 아이디어가 떠오르고 있었다. 허심탄회하게 말할 수 없었던 미사키는 이때를 틈타 괴조도를 두 눈으로 보았다. 괴조도를 보자마자 그녀의 두 눈이 다시 노을빛으로 발광했다. 액자 틀을 잡고 있는 두 손에서 뜨거운 감각이 일었다. 그녀는 홀린 듯이 몇 초 동안이나 괴조도를 쳐다보았다.

아라이와 쿠도는 역시 이해할 수 없다는 표정으로 서로를 쳐다보았다. 그렇지만 한 가지만큼은 통감할 수 있었다. 지금 미사키는 학생과 선생을 위해 자신의 모든 것을 쏟아붓고 있다. 아닌 게 아니라 아라이는 미사키의 옆 모습을 여과 없이 보고 있었는데 그녀의 볼과 인중에선 땀이 조금씩 흘러내리고 있었고, 숨을 가쁘게 몰아쉬고 있었다. 그렇지만 역시 미사키의 눈이 신비한 빛을 발하고 있는 것은 이해가 불가능한 영역이었다.

그때 미사키가 좋은 생각을 떠올린 듯한 표정으로 아라이를 쳐다보았다.

"아라이 선배, 4층으로 올라가셔서 모든 학생을 한 교실에 모아 두고 절대 빠져나가지 못하게 해 주세요. 되도록 왼쪽 계단이랑 가까운 교실로. 학교 입구에 들어오는 방향을 기준으로 보면 동쪽 계단이에요. 쿠도도 부탁해."

미사키의 이마에서 식은땀이 흘렀다. 그렇지만 앞머리 때문에 아라이의 눈엔 보이지 않았다.

"알았어. 근데…… 너 괜찮은 거 맞지?"

아라이는 걱정스러운 표정으로 미사키를 쳐다보았다. 아라이는 이 상황 자체를 믿을 수 없었으나 미사키의 표정에 반박이 불가할 정도의 진지함이 깃들어 있었기 때문에 아무런 말도 할 수 없었다. 아라이 그녀의 본능 또한 미사키를 신뢰해야 한다고 소리치고 있었다.

"그 그림은 어떻게 할 거야?"

쿠도가 물었다. 이제는 쿠도의 어조에도 진지함이 묻어 나왔다. 괴조도는 본연의 모습으로 천장을 바라보고 있었다. 마이는 수도를 잠그고 손에 묻은 물기를 털었다. 어쩔 수 없다는 것을 깨달은 마이는 생각을 고쳐먹었다. 미사키가 괴조도를 보고 있어도 그저 슬픈 표정을 지을 뿐이었다.

"이건 걱정하지 않아도 돼. 마이, 잠시만 이쪽으로."

미사키가 마이에게 손짓했다. 그러곤 귓속말로 어떠한 말을 전했다.

"가능하겠어?"

미사키가 물었다. 마이는 잠시 고민하는 표정을 짓더니 "그거라면……."이라고 말하면서 고개를 천천히 끄덕였다.

아라이와 쿠도, 마이는 동쪽 계단을 통해 4층으로 올라갔다. 4층은 아직 불빛의 광명으로 가득했다. 그들은 남아 있는 학생들을 3학년 A반 교실 안으로 모았다. 카가와 선생은 아직 의식 불명 상태에 있었지만, 생명에 큰 지장이 있어 보이지는 않았다.

"불이 난 건 아니니 모두 안심하셔도 됩니다."

학생 수를 세다 말고 쿠도가 큰 목소리로 말했다. 그러나 교실의 소란스러움은 사라질 줄 몰랐다. 선배인 아라이의 권한으로 학생들을 조용히 시킨 다음 쿠도, 아라이, 마이는 교실 밖으로 나갔다. 세 사람이 바깥으로 나가자 학생들은 슬금슬금 목소리를 키우기 시작했다.

복도에 선 세 사람은 이 사태에 관해 이야기를 나누었다. 그러다 한 5분이 지났을 무렵, 갑작스레 마이가 주머니에서 커터 칼과 붕대를 꺼냈다.

"이제 두 사람 모두 교실 안으로 들어가 주세요."

엄중한 목소리였다. 그 목소리의 주인은 마이였다.

"응? 뭐 하려고?"

아라이가 물었다.

"제가 해야 할 일이요. 어서요. 서둘러 미사키에게 가야 해요."

마이는 두 사람의 등을 떠밀었다. 두 사람은 못 이기는 척 교실 안으로 들어갔다. 아라이가 들어가자마자 교실 내부의 소란스러운 소음이 잦아들었다. 교실 내부의 소리가 사라진 탓일까. 복도는 소름 끼칠 정도로 고요해졌다. 분명히 비가 내리고 있음에도 학교는 마치 다른 세상에 있는 듯 조용했다.

제9장 핏빛 학교 517

마이는 미술실의 커터 칼과 미사키가 준 붕대를 꽉 쥐었다. 돌연히 금발 머리가 흔들렸다. 어디선가 바람이 불었기 때문이었다. 주변을 두리번거려도 바람이 들어올 만한 공간은 없다는 것을 알아차리자 온몸에 소름이 돋았다.

 그 감각을 느낀 즉시, 마이는 왼손바닥을 폈다. 드르륵거리는 커터 칼 소리가 고막을 흔들었다. 칼끝의 첨예한 부분을 손바닥에 가져다 댔다. 숨을 한번 깊게 들이마시고 짧고 빠르게 바닥을 그었다. "윽!" 하는 옅은 신음이 입술 사이로 새어 나왔다.

 고통에 허우적대기도 전에 마이는 주먹을 꽉 쥐고 경계선을 긋듯 교실의 문 앞과 4층 복도 이곳저곳에 자신의 피를 흩뿌렸다. 얼마 가지 않아 쓰라린 통증이 왼손 전체를 장악했다. 화장실로 이동해 세면대 앞에서 손을 펼쳤다. 손바닥은 피로 물들어 있었다. 그리고 그 가운데가 알파벳 I자처럼 갈라져 있었다. 마이는 흐르는 물에 피를 씻어 내고 정사각형 밴드 두 개를 상처 부위에 붙인 뒤 상처가 더 벌어지거나 피가 흐르지 않도록 손을 붕대로 휘감아 지혈했다.

 다시 복도로 나왔을 때도 학교는 고요의 풍경이었다. 이리 평화로운 공간에 유리에라는 사위스러운 존재가 돌아다니고 있다는 것이 전혀 믿기지 않았다.

3

2022년 12월 13일(3)

마이, 아라이, 쿠도가 4층으로 올라간 직후 미사키는 괴조도를 챙겨 2학년 B반으로 향했다.

'시간이 없어.'

B반에 도착한 그녀는 자신의 스쿨 백을 책상 위에 올려놓고 재빠르게 지퍼를 열었다. 가방 안엔 여러 종류의 부적과 방울이 달린 금줄, 음양 기호와 여우가 그려진 부채가 들어 있었다. 미사키는 앞으로 자신이 하려는 제령(除靈)이 정말 도움이 될 것이라고는 생각하지 않았다. 2주 전부터 신관으로 있는 친척을 통해 배운 음양도의 지식은 아직 고루한 데다가 제대로 해 본 적도 없었으니. 그렇지만 이게 아니면 할 수 있는 것은 아무것도 존재하지 않는다.

결단을 내려야 한다.

미사키는 부채를 입에 문 뒤 스쿨 백을 통째로 들고 복도로 나갔다. 스쿨 백을 B반의 앞문 쪽에 두고 괴조도를 복도의 중간에 두었다.

'침착해.'

그녀의 정신을 무너뜨리려는 듯 천둥이 광기랄 정도로 세상을 울렸다. 빗소리는 잦아들지 않고 점차 강해졌다. 그럴수록 마음속에선 불안의 연기가 피어올랐다.

스쿨 백에서 기다란 금줄과 액체가 담긴 텀블러를 꺼냈다. 미사키는 텀블러를 열고 금줄 묶음에 무채색 액체를 조금씩 부었다. 그러곤 서쪽 계단과 가까운 미술실 옆 복도부터 시작해 2학년 C반의 옆 복도에까지 창문과 각 실(室)의 문을 이용해 총 여섯 개의 금줄을 일정한 간격으로 쳤다.

바로 눈앞에 팽팽히 쳐진 마지막 금줄까지 완전히 축축해진 것을 확인한 뒤에 가방에서 여섯 개의 부적을 꺼냈다. 부적은 각각 현무호(玄武護)부, 빙결호(氷結護)부, 수령(水靈)부, 수룡(水龍)부, 수조(水操)부, 수경(水鏡)부로 2학년 B반의 앞문 근처에 세 개, 뒷문 근처에 세 개를 놓았다. 그러고서 부채를 든 채 복도에 가만히 섰다.

그때였다. 뒤에서 알 수 없는 기척이 느껴졌다. 그녀는 곧바로 뒤를 돌았다.

"안 늦었지?"

다행히도 기척의 주인은 야시로 마이였다. 미사키는 안도의 한숨을 내쉬었다.

"저게 다 뭐야? 금줄?"

"맞아."

미사키는 그리 답하면서 시선을 내렸다. 마이의 왼손에 붕대가 감겨 있었다.

"전부 해 놓고 왔어. 모두 3학년 A반에 있어."

"고마워. 어지럽진 않아?"

"응, 괜찮아."

미사키는 다행이라는 표정으로 고개를 끄덕거리다가 얼굴에서 미소를 지워 냈다. 그 뒤, 이제 때가 됐다는 것을 암시하듯 마이를 B반 안으로 밀어 넣었다.

마이를 이곳으로 부른 이유는 간단했다. 마이가 괴조도의 저주에서 벗어난 게 아니라면 유리에는 4층에 있는 학생들이 아닌 마이에게 먼저 다가올 것이다. 마이가 유리에게 습격당한 것은 총 두 번. 일전에 마나베, 감정사, 하기와라까지 사망하였다는 점을 미루어 보면 정말 마이가 저주에서 벗어났다고 볼 수도 있었다.

간단히 말해 미사키는 저주의 형태를 파악하기 위해 마이를 부른 것이었다. 만약 저주가 괴조도를 목격한 순서대로 작용하는 것이라 쳤을 때, 유리에가 마이를 지나치고 만다면 마이는 저주에서 벗어나는 데 성공했다는 의미로 귀결된다. 그리고 그 말인즉슨, 두 번 이상 유리에를 막아 낸다면 저주는 빗겨 나간다는 것이리라. 하지만 그것이 너무 도박성 짙은 판단이라는 것을 미사키는 잘 알고 있었다. 그래서 더욱 신중한 태도로 나올 수밖에 없었다.

"내가 부르기 전까지 나오지 마."

미사키의 무거운 목소리가 마이의 어깨를 짓눌렀다. 저항할 수 없을 정도로 진지한 목소리에 마이는 고개를 끄덕일 수밖에 없었다. 표정 또한 그간의 미사키가 아닌 것처럼 어색해 보였다. 마이는 원숭이 손을 꽉 쥐었다. 미사키가 뒷문을 닫고 앞문까지 닫자 복도의 전등이 깜빡이기 시작했다. 곧이어 3층의 모든 전등이 요란하게 발광하더니 서쪽 계단 근처의 전등부터 먼 곳까지 차례차례 부서지고 말았다.

미사키는 복도 위에 무릎을 꿇고 앉았다. 그러곤 교복 블레이저를 벗어 옆에 두었다. 칠흑이 미사키의 온몸에 끈적하게 들러붙었다. 겨울임에도 맹렬한 더위가 어딘가에서부터 쏟아져 나오고 있었다. 그 더위는 거부할 수 없는 운명과도 같았다.

염열지옥.

그런 단어가 생각났다.

어두운 복도는 적요의 연속이었다. 다만, 미사키는 그것이 폭풍전야라는 것을 일찌감치 깨닫고 있었다. 빗소리가 잦아들었다. 오롯이 자신의 숨소리만이 머릿속에서 파문을 일으킨다. 그러나 한갓진 분위기는 그리 오래가지 못했다.

으득.

'왔다.'

아스라한 곳에서 묘한 마찰음이 날려 왔다. 뼈가 갈리는 듯한 소리가.

으드득.

적요를 찢어 내고.

뿌득.

으드득.

복도의 끝, 바닥에서 연기가 피어올랐다. 거의 동시에 유리에가 모습을 드러냈다. 시야가 번쩍였다. 조금 전부터 번개가 치고 있지만, 이해할 수 없게도 천둥소리는 조금도 들리지 않는다.

유리에는 미사키를 무시하고 4층의 첫 번째 계단 위에 발을 올렸다. 이로써 미사키는 마이는 저주에서 벗어났다고 생각했다. 그렇게 생각한 즉시, 그녀는 부채를 펼쳐서 무릎 앞 바닥에 놓았다. 부채의 선면 속엔 둥그런 음양 기호와 두 마리의 여우가 그려져 있었다. 두 마리의 여우는 좌우로 나뉘어 음양 기호를 감싸고 있었다.

그런 다음, 높은 음의 휘파람을 길게 불자 또다시 미사키의 동공이 노을로 뒤덮였다. 휘파람 소리는 공기를 타고 날아가 복도 끝의 어둠을 휘감았다. 4층으로 올라가려던 유리에는 휘파람 소리를 인식한 듯 움직이지 않고 가만히 멈춰 섰다.

미사키에게 유리에는 숯으로 변해 버린 몰골 탓에 검은 그림자처럼 형체만 보일 뿐이었다. 그러나 유리에가 어느 곳을 쳐다보고 있는지는 단박에 알아차릴 수 있었다. 검은 그림자 같은 몸에서도 유독 기괴할 정도로 붉게 빛나는 안구는 미사키를 향하고 있었기 때문이리라.

다음 순간, 유리에는 미사키가 있는 쪽으로 몸을 움직이기 시작했다. 미사키는 유리에의 행동을 통해 어떠한 결괏값을 도출해 냈다.

괴조도를 본 순서대로 유리에가 처형을 집행하는 것이 아니라면 방금 유리에는 4층으로 올라갈 것이 아니라 3층 복도에 있는 미사키에게 먼저 달려들었어야 했다. 미사키도 괴조도를 맨눈으로 본 인물 중 하나였으니까. 물론 단순히 유리에가 미사키의 존재를 인지하지 못했던 것일 수도 있다. 그러나 미사키는 유리에가 그리 허술한 괴이라고 생각하지 않았다.

내가 유리에를 자극하지 않았더라면 틀림없이 괴조도를 목격한 순서대로 죽음이 발생했을 것이고, 이는 마이가 저주에서 벗어났다는 깃을 의미하리라. 미사키는 생각했다.

유리에가 한발 한발 내디딜 때마다 3층 복도를 뒤덮은 열기가 점차 강해지고 있었다.

짤랑.

첫 번째 금줄이 찢겨 나가며 방울 소리가 복도를 울렸다. 영험한 데미즈[1]를 흡수한 금줄인데도 이리 쉽게 찢어져 나가다니. 미사키는 전의를 상실할 것만 같았다.

---
[1] 신사 혹은 사원에 있는 깨끗한 물.

짤랑.

두 번째 금줄 또한 맥없이 찢겼다. 저주를 끊어 낼 수 없다면 일단 방어라도 해 시간을 벌어야 한다. 복도가 쉼 없이 번쩍번쩍 빛났다. 번개가 칠 때마다 유리에의 징그러운 모습이 미사키의 노을빛 동공 속으로 날아들었다.

짤랑.

세 번째 금줄이 땅바닥으로 떨어졌다. 그것은 멈추지 않았다.

'전혀 효과가 없는 거야?'

짤랑.

도서실 옆의 네 번째 금줄은 검은색으로 타 버리며 재가 되어 흩날렸다. 방울만이 복도 바닥으로 떨어졌다. 그것이 의미하는 바는 유리에가 이미 복도 중앙까지 다다랐다는 것이었다. 남은 금줄은 두 개뿐.

유리에는 자신의 원념이 깃든 괴조도를 지나쳐 미사키를 향해 움직였다. 그때였다. 돌연 유리에가 움직임을 멈추었다. 드디어 금줄의 힘이 작용한 것인가라고 생각할 때쯤, 미사키의 등줄기에서부터 소름이 퍼져 나갔다. 어렴풋이 어떠한 소리가 들린다.

"어째서······."

미사키의 입속에서 나지막이 튀어나온 말이었다. 그녀의 목소리에 절망감이 묻어 있었다.

높은 음으로 울려 퍼지는 그 소리는 4층에서부터 들려오는 듯했다. 그것은 틀림없이 쿠도의 호루라기 소리였다. 미사키가 그것을 자각하자마자 유리에는 뒤돌았다. 이윽고 벌레처럼 소름 돋는 움직임으로 서쪽 계단을 향해 나아가기 시작했다.

미사키는 다시 유리에를 유인하기 위해 곧바로 부채를 들고 필사적으로 휘파람을 불었다. 그러나 유리에는 쿠도의 호루라기 소리를 따라 검은 연기 속으로 사라지고 말았다.

'큰일이다.'

4층에 아무리 마이의 피가 흩뿌려져 있다고 하지만, 효능을 직접적으로 목도하지 않았기 때문에 진심으로 신뢰할 수는 없는 노릇이었다. 게다가 어째서인지 호루라기 소리는 서쪽, 그러니까 미사키의 반대편에서 울려 퍼지고 있었다.

분명 마이는 3학년 A반에 사람들을 모아 두었다고 했다. 3학년 A반에서 호루라기를 불었다면 그 소음은 서쪽이 아니라 동쪽 계단을 타고 미사키의 고막을 먼저 강타했어야 한다. 그렇다면 쿠도는 어떤 이유에서 A반으로부터 멀리 떨어져 있다는 이야기가 된다.

미사키는 여섯 종류의 부적과 두 개의 금줄을 회수해 스쿨 백에 넣었다. 한 손에 접부채를 꼭 쥐고 복도 중간으로 달려갔다. 미술실과 그 부근의 복도를 장악한 연기는 미사키가 서 있는 동쪽을 향해 꿈틀거리며 다가왔다.

중간에 도착한 다음, 발치에 자리한 괴조도를 바라보았다. 백괴금의 붉은 눈과 미사키의 노을빛 눈이 수평을 이루었다. 그림 속에서 어마어마한 살의가 뿜어져 나오고 있었다. 그녀는 곧바로 텀블러를 열고 안에 담겨 있던 데미즈를 괴조도 위에 부었다.

데미즈가 괴조도를 뒤덮기 시작했다. 보호 필름이 붙어 있지 않았기 때문에 백괴금의 머리를 시작으로 투명한 액체가 점진적으로 퍼져 나가 그림을 적셨다. 그러자 괴조도에서 다량의 연기가 우수수 피어올랐다. 연기는 순식간에 미사키의 안면을 덮쳤다. 그 순간, 그녀의 귓가에서 엄청난 비명과 누군가의 목소리가 동시에 울렸다.

도와줘.

이윽고 액자의 사면으로 검붉은 피가 울컥 쏟아져 나왔다. 핏물만이 쏟아진 것이 아니었다. 이상하게 뒤엉킨 핏줄과 살점들 또한 바닥에 눌어붙어 있었다. 그 모습은 그림 자체가 사람의 일부분을 토해 낸 것처럼 보이는 그로테스크의 풍경이었다. 미사키의 구역감을 자극하려는 듯 형언할 수 없이 역겨운 악취가 코 주변으로 올라왔다.

그러나 미사키는 구역감 따위를 느낄 수 없었다. 뭔가에 홀린 듯이 쭈그려 앉은 뒤, 피범벅인 복도 위에 손바닥을 댔다. 잠시 뒤 또다시 그림과 액자는 피를 토해 냈고, 그 피가 미사키의 오른손을 완전히 뒤덮었다. 그녀의 머릿속에서 셀 수 없을 정도로 많은 물음이 서로를 집어삼키며 팽창했다. 믿을 수 없는 광경을 환시했기 때문이었다.

정신을 차리고 고개를 들어 올렸다. 검은 연기 속에 두 개의 붉은빛이 떠올라 있다. 그것이 돌아온 것이었다. 미사키는 자리에서 일어났다.

"너는…… 어째서…… 이런 짓을 하는 거야……?"

그녀는 이해할 수 없다는 표정으로 검은 연기 속의 두 눈을 향해 말을 던졌다. 반향되는 음성이 없자 미사키는 다시 한번 목소리를 던졌다.

"이제 그만 유리에를 놔줘, 이시다 사나에."

1

2007년 10월 15일(4)

오후 1시.
 타카초 스바루는 귀를 기울였다. 별장 마당에 있는 조립식 창고 속에서 누군가가 흐느끼고 있었다. 이내 고통스러운 듯 연신 기침을 해 대며 창고 문을 쿵쿵 두드렸다. 이에 따라 시끄러운 소리가 산 전역으로 천천히 퍼져 나갔다. 스바루는 그 소리를 가만히 듣고 있을 수가 없어서 별장의 현관 쪽으로 향했다. 잠시 뒤, 스바루는 현관 계단에 걸터앉아 마당과 마당 가장자리에 위치한 창고를 넣 놓고 바라보았다.

운이 좋은 걸까, 좋지 않은 걸까. 고개를 들어 올렸을 때, 상공은 구름 한 점 없이 맑았다. 곧이어 상공은 새 떼로 뒤덮였다. 그들은 여유롭게 하늘 속을 유영했다. 그 여유가 스바루의 가슴속에도 스며들었다.

그는 노이치 소스케라는 남자를 떠올렸다. 꽤 큰 키에 마른 몸, 번듯하게 생긴 청년이었다. 스바루는 어머니인 타카토리 하나코와 함께 살고 있는 집을 노이치에게 빌려줬었다. 하나코와 스바루는 노이치가 행한 모든 범죄를 범죄라고 생각하지 않았다.

이제껏 스바루는 인간이 무엇인지에 대해 제대로 고찰해 본 적이 없었다. 그러나 인간이 어디까지 악해질 수 있는가에 대해서는 진지하게 생각해 본 적이 있었다. 스바루는 생각에 잠겼다.

세상은 폭력으로 가득하다. 내 주변에선 일어나지 않을 것만 같은 일들이 일어나기도 한다. 그러나 폭력은 절대적이고 무한한 게 아니다. 그것은 분명히 제거가 가능한 것이다. 요컨대 피해자들은 대부분 혼자 힘으로 폭력에서 벗어날 수 없다. 특히 가정 폭력 피해자의 경우가 대개 그러하다. 동생인 유리에 또한 그것을 통감했으리라. 그랬기 때문에 최후의 탈출구인 죽음의 문을 열었으리라.

처음, 가정 폭력의 존재에 대해 깨달았을 때, 스바루는 생각했다. 부모라는 이름으로 자녀에게 끝없이 폭력을 행사하는 이들은 부끄러움을 느끼지도 못한단 말인가? 어떻게 자신의 피가 섞인 자녀들을 소유물 취급하며 인형처럼 가지고 놀 수 있는 걸까? 도대체 어떻게 그런 짓을 할 수 있단 말인가?

어렸을 적의 스바루는 아버지 신야의 폭언을 폭력이라고 생각하지 않았다. 아버지가 하늘이었기에 그가 내뱉는 말이 옳은 것이라고 생각할 수밖에 없었다. 하지만 스바루는 어른이 되고 나서야, 자아 정체성을 확립하고 나서야 깨달을 수 있었다. 누군가를 때리는 것만이 폭력의 전부가 아니라는 것을.

가정 폭력을 당하는 어린아이, 소년, 소녀들은 주변인들에게 도움을 청하려고 하지 않는다. 애초에 그것을 생각조차 못 하는 경우가 많다. 오히려 자신이 잘해야 부모님이 미워하지 않는다고 생각하며 속을 앓는다. 즉, 자신의 몸에 박힌 미운털을 스스로 뽑아내야 한다고 생각하는 것이다.

그러나 아이들은 모른다. 작고 여린 손으로 그 털을 무작정 뽑아내는 것이 더 큰 상처를 만들어 낸다는 것을. 언젠가 피투성이가 되어 버린 자신을 마주하고 만다는 것을. 그러니 주변인들은 용기를 가지고 그들을 도와야 한다. 울타리를 열어 주어야 한다. 그들이 평범한 삶을 영위할 수 있게. 실낱같은 관심과 도움이라도 좋으니까.

돌연 스바루는 생각을 멈추고 자리에서 일어났다. 탄내가 콧속으로 흘러들어 왔기 때문이었다. 어쩐지 귀가 잘 들리지 않았다. 수면 아래에 잠긴 것처럼 먹먹했다.

그는 고개를 돌렸다. 흐릿한 시야.

곧 눈은 서서히 초점을 잡아 가고, 시야는 선명해진다. 시선을 던진 곳엔 검은색 조립식 창고가 서 있었다. 그제야 수면 위로 빠져나온 것처럼 귀가 뚫렸다. 청각이 처음으로 포착한 것은 울음소리였다. 울음소리의 진원지는 창고 속이었다. 스바루는 작은 창고를 향해 걸어갔다. 문 앞에 도착해 숨을 크게 한 번 들이마셨다. 이윽고 문을 열자 어두운 창고 안으로 빛이 새어들었다.

그의 시야에 떠올라 있는 것은 이시다 사나에의 공허한 두 눈이었다. 그녀는 원목 등받이 의자에 결박되어 있었다. 두 사람의 숨소리가 멍한 공기를 울렸다. 스바루는 사나에의 입을 막고 있는 박스 테이프를 천천히 뜯었다. 테이프가 축축했다. 사나에의 눈물과 침에 젖은 탓이었다.

사나에는 고개를 숙였다. 산발의 머리카락이 그녀의 얼굴을 가렸다. 스바루는 뜯어낸 테이프를 구겨 바닥에 떨어뜨렸다.

"……용서해 주세요……."

사나에의 떨리는 목소리가 공기를 힘겹게 밀어냈다. 이윽고 눈물을 흘리기 시작했다. 무색의 물방울은 더러운 바닥으로 떨어졌다.

스바루는 고민이 가득해 보이는 표정으로 그녀를 바라보았다. 두려움에 물든 사나에는 몸을 벌벌 떨고 있었다. 그런 사나에의 모습은 극악무도한 이지메 패거리의 리더라 생각할 수 없을 정도로 위축되어 있는 10대 소녀였다. 당연한 말이지만, 스바루가 노이치에게 전해 들었던 이야기 속, 등장하는 이시다 사나에라는 인물은 눈앞의 소녀에겐 그다지 어울리지 않는 배역이었다.

"……이시다 씨는 타카초 유리에가 학대당하고 있단 사실을 알고 있었나요?"

스바루가 몸을 낮췄다. 그러자 사나에의 높은 코와 입술의 윤곽이 어렴풋이 보였다.

"……네."

떨리는 사나에의 목소리.

"그렇군요. 그럼, 유리에가 누구 때문에 죽었는지도 알고 있나요?"

"……네."

"누구 때문인가요?"

그 물음에 사나에는 침묵했다. 그러다 몇십 초 뒤, 천천히 숨을 고르더니 입을 열기 시작한다.

"……저, 그러니까…… 이시다 사나에, 아키타 카즈미, 고시로 타키, 타치바나 히마리, 모리구치 준지, 이즈미 히토시, 타카초 신야……."

사나에의 목소리가 멈추자 스바루는 쓴웃음을 지었다.

"그런 것 같……."

그때였다. 끝난 줄 알았던 사나에의 목소리가 다시 나타나 스바루의 음성을 단칼에 끊어 내고 공기를 울리기 시작했다.

"이와사카 고교의 모두, 타카토리 하나코, 타카초 스바루······ 등 모두의 탓입니다."

"뭐라고?"

스바루는 자리에서 일어났다. 그의 미간이 꿈틀거렸다.

"유리에는 언제나 혼자였습니다. 아무도 유리에에게 관심을 가져 주지 않았어요. 심지어는 같은 피를 지닌 가족도요. 그녀가 죽고 나니 세상은 유리에를 바라보기 시작했습니다. 저는 알고 있었습니다. 유리에가 기댈 수 있는 사람은 노이치 씨와 저뿐이었다는 걸요.

······언제였는지 기억나지 않습니다만, 유리에가 노이치 씨께 전하려던 편지를 읽어 볼 수 있었습니다. 그 편지를 통해 저는 유리에가 노이치 씨를 일방적으로 좋아하고 있다는 것을 바로 알아차렸어요. 그리고 유리에 자신도 그 사랑이 이루어질 수 없다는 것을 알고 있었겠죠. 노이치 씨는 성인이었고, 유리에는 미성년자였으니까요. 나랏밥 먹는 형사 노이치 씨 쪽도 잘 알고 계셨겠죠. 미성년자와의 교제는 사회적으로 비난받아 마땅하다는 것을.

아아, 저는 둘 사이에 무슨 일이 있었기에 둘의 관계가 무슨 관계였길래 노이치 씨가······, 살인범을 잡는 형사였던 노이치 씨가 이토록 많은 살인을 저질렀는지는 모르겠습니다만, 노이치 씨는 그저 부모와도 비슷한 마음으로 유리에를 아꼈던 것이겠지요. 그에 반해 유리에는 원래의 부모로부터 그러한 사랑을 받지 못했으니, 자신을 자식처럼 아껴 준 노이치 씨를 향해 마음이 싹튼 것이 아닐까, 싶습니다. 그것을 삐뚤어진 욕망이라 칭할 수도 있겠죠. 결부된 요소를 필사적으로 채우기 위한 본능. 전 그것을 이해할 수 있습니다.

하지만…… 어째서 제가 이렇게까지 고통받아야 하는지 모르겠습니다. 노이치 씨가 얼마나 자주 그녀 곁에 있었는지는 모릅니다. 다만, 항상 유리에의 곁을 지킨 건, 그 누구도 아니라 접니다. 그렇지 않나요, 노이치 씨?"

사나에가 고개를 들어 올렸다. 아름답고도 공허한 눈이 스바루의 시선을 휘감았다. 스바루는 사나에의 마지막 말이 의문스러웠다.

'나를 노이치 소스케로 알고 있는 건가? 뭐 상관은 없지만.'

실제로 이시다 사나에는 이번이 타카초 스바루를 처음 마주한 것이었다. 사진으로도 본 적이 없었다. 게다가 남매지간인 스바루와 유리에는 그리 닮지 않아서 그가 유리에의 오빠라는 사실을 인지하기는 쉽지 않았다.

물론 스바루 또한 노이치 소스케에게 이시다 사나에가 누구인지에 대해 듣기만 했을 뿐, 실제로 마주하는 것은 오늘이 처음이었다. 다만, 스바루는 그러한 것보다도 사나에의 발언이 심히 거슬렸다. 도대체 왜 내가 동생인 유리에를 죽음으로 몰아넣었던 인물에 해당한단 말인가?

"잘 이해가 되지 않아서 말이지. 타카초 스바루 씨는 왜 포함되어 있는 거지?"

스바루는 좋은 질문을 던졌다고 생각했다. 이 질문이라면 스바루 자신에 대한 사나에의 생각에 대해 엿들을 수도 있고, 정말 그녀가 스바루와 노이치를 혼동하고 있는지 확인할 수도 있기 때문이었다.

"……노이치 씨가 잘 아실지는 모르겠습니다만, 일전에 유리에가 제게 해 준 이야기가 있었습니다. '우리 오빠는 겁쟁이야.'라고."

"겁쟁이?"

스바루가 사나에의 말을 따라 했다. 이에 그녀는 고개를 작게 끄덕이고 말을 이었다.

"스바루 씨는 알고 있으면서도 부정했어요. 유리에의 몸에서 구타 흔적을 발견해 놓고도 모른 척했죠. 아마 그것을 믿고 싶지 않았는지도 몰라요. 혹은 스바루 씨 또한 두려웠는지도 모릅니다. 그 또한 어렸을 때부터 아버지인 신야 씨의 미움을 받아 왔으니까요. 이미 스바루 씨의 마음속에선 신야 씨에 대한 공포가 뿌리를 깊게 내리고 있었어요. 자신도 두려우니 동생을 도울 수 없던 거예요. 그래서 스바루 씨는 유리에에게 일부러 학교 폭력에 관한 이야기만을 꺼냈어요. 저도 모르게 가정 폭력이 아니길 빌고 있었기에 나타난 행동이었지요. 아무리 양친이 이혼해 자주 만날 수 없더라도 스바루 씨는 묵인, 방관하지 않고 유리에를 도왔어야 한다고 생각해요. 만약 유리에가 죽은 지금, 스바루 씨가 가정 폭력 하는 인간을 증오하고 있다면 그는 틀림없이 위선자예요."

'위선자'라는 단어를 듣자마자 스바루의 볼이 부르르 떨렸다. 그런 스바루의 감정 변화를 알아차리지 못한 사나에는 다음 말을 이었다.

"이것 봐요. 전 유리에에게 셀 수 없이 많은 이야기를 들었어요. 전술했던 이야기를 처음 들은 것도 저고요. 허심탄회하게 속사정을 털어놓을 수 있던 사람도 접니다. 오히려 노이치 씨보다 아는 게 많을지도 몰라요. 제 처지를 생각하면 꽤 아이러니하다고 생각합니다만……."

사나에는 다시 땅바닥을 쳐다보았다.

"그런가."

왜인지 벌거벗겨진 듯한 느낌이 들었다. 스바루는 저도 모르게 주먹을 꽉 쥐고 있는 본인의 모습을 알아차렸다. 이래서야 정말 내가 위선자가 되어 버린 기분이다. 그는 그리 생각했다. 그러나 가슴속은 형언할 수 없을 정도로 부풀어 올랐다. 그 감정은 분노와도 가까웠다.

'내가 위선자라고? 이봐, 나는 유리에 때문에 노이치와 손을 잡은 거라고.'

스바루는 그리 생각하며 뒤로 돌았다. 발걸음을 떼려는 순간, 머리 뒤에서 파동이 일었다.

"가지 마요."

사나에의 떨리는 목소리.

"들어 본 적 없어요?"

그녀는 재빨리 다음 말을 던졌다. 그러나 스바루는 답하지 않고, 가만히 서 있을 뿐이었다. 사나에는 서둘러 하고 싶은 말을 전했다.

"'복수는…… 불을 낸 자도 삼켜 버리는 맹렬한 불[1]'이라고."

"……믿지 않아."

스바루의 단호한 어조에 사나에는 절망감을 느꼈다.

"불꽃은 결국 재가 되어 돌아가고 말아요. 그대로 나간다면 정말 노이치 씨를 저주할지도 몰라요. 정말이에요."

붉은 핏발이 가득한 사나에의 눈에서 눈물이 흘러나왔다.

"유리에의 죽음이 내겐 저주야."

스바루가 그 말을 뱉을 때만큼은 어쩐지 노이치에게 몸을 빼앗긴 것만 같았다. 그는 뒤도 돌아보지 않고 바깥으로 나가 생수병을 가지고 창고로 돌아왔다.

---

[1] 맥스 루카도의 명언.

"뭐 하는 거예요?"

사나에의 물음에도 스바루는 입을 열지 않았다. 그는 생수병을 열고 안에 든 액체를 사나에의 정수리에 쏟아부었다. 그러자 사나에는 화들짝 놀라며 몸을 움츠렸다. 톡 쏘는 냄새가 순식간에 사나에의 폐를 장악했다.

"기름?"

사나에는 눈을 뜰 수 없었다. 필사적으로 머리와 몸을 흔들어 묻은 기름을 떨쳐 내 보려 하지만, 소용없다.

"등유야."

마침내 스바루가 입을 열었다.

"이러지 말아요."

눈을 감고 있는 사나에의 호흡이 거칠어졌다. 저항하고 싶지만, 결박되어 있는 손과 발 때문에 아무것도 할 수 없다. 왜인지 아무런 소리가 들리지 않았다. 곧 피부가 가려워지기 시작했다. 아직은 참을 수 있을 정도다.

잠시 뒤, 가려움이 심해졌을 때쯤 간신히 눈을 뜬 그녀가 본 풍경은 절망적이었다.

문 바깥에 서 있는 스바루.

그는 표정 없이 사나에를 바라본다.

사나에는 뭔가가 이상하다는 것을 느낀다.

등줄기에 소름이 돋는다.

이상하다.

스바루가 뭔가를 들고 있다.

그것은 고무라가 말한 **괴조도**였다.

스바루는 괴조도를 창고 안으로 던진다.

액자가 사나에의 발끝에 닿았다. 사나에는 다시 고개를 들었다.

아무것도 보이지 않았다. 온통 어둠이었다. 스바루가 창고의 문을 닫은 것이었다.

곧이어 새빨간 불꽃이 나타나 주변을 환히 밝혔다.

"죽여 버릴 거야!"

사나에는 울부짖기 시작한다. 그녀의 비명과 찢어지는 목소리가 창고를 **윙윙** 울렸다.

불길이 다가온다.

"싫어!"

점점 가까이.

불꽃은 발끝에 닿자마자 어마무시한 속도로 사나에의 다리를 타고 올라간다. 이내 온몸을 장악하고 만 불꽃에 몸은 처절히 타들어 가기 시작한다.

뜨거워.

뜨거워.

잘못했어.

엄마, 아빠.

구해 줘.

뜨거워.

뜨겁단 말이야.

죄송합니다.

뜨거워. 그만해.

싫어.

아파.

아프단 말이야. 제발.

부탁이야.

뜨거워.

살려 줘.

잘못했어요.

살려 주세요.

다 죽여 버릴 거야!

살점이 떨어지고, 서서히 장기가 익어 간다. 신체의 모든 구멍으로부터 체액이 쏟아져 나온다. 시간이 지날수록 괴성에 가까워지는 절규와 비명은 더 이상 인간의 목소리가 아니었다. 사나에는 아무런 말도 할 수 없었고, 살아야 한다는 본능에 따라 그저 괴이한 울음소리를 내질렀다.

그 시각, 바깥의 스바루는 '해가 비칠 때 건초를 만들어라'라는 속담을 되새기며 흔들리지 않는 눈빛으로 굳게 닫힌 문을 바라보았다. 이시다 사나에는 죽어 마땅하다. 패거리를 이용해 유리에를 괴롭히고, 사유로 여긴 것은 사나에도 마찬가지니까. 스바루는 그렇게 생각했다.

다만, 원래 백괴금도는 불길 속으로 던질 생각이 없었다. 그랬던 그가 백괴금도를 사나에와 함께 처분하게 된 계기는 과연 이러했다.

며칠 전부터 타카토리 하나코와 스바루의 집에서 기이한 현상이 일어나기 시작했다. 시각은 항상 비슷하다. 으슥한 새벽이 도래하면.

쿵, 쿵, 쿵, 쿵.

누군가가 노송 복도 위를 뛰어다니는 소리가 들리기 시작한다. 처음 그 소리를 들었을 때, 하나코와 스바루는 누군가가 현관문을 두드린다고 착각했다. 그래서 복도로 나가 보면 소리는 감쪽같이 사라진다.

그 현상이 지속적으로 반복되던 중 바로 그저께, 스바루는 기묘한 광경을 목격했다. 이번에도 복도에서 소리가 울려 그곳으로 가 보니 복도 한가운데에 누군가가 서 있었다.

"엄마?"

스바루의 목소리는 복도의 어둠으로 빨려 들어갔다. 그는 이상한 기운을 느끼면서도 그것을 향해 나아갔다. 얼만큼 걸었을까, 어느덧 복도에 서 있는 사람의 정체를 확인할 수 있을 정도로 가까워졌다. 그 사람은 틀림없이 여동생 유리에였다. 유리에는 벽에 걸린 백괴금도를 멍하니 바라보고 있었다.

"유리에? 정말 유리에야?"

떨리는 목소리가 사방으로 퍼져 나갔다. 유리에는 스바루의 목소리를 의식했는지 힘겹게 고개를 돌리기 시작했다. 이윽고 그녀의 고개가 완전히 스바루를 향해 돌아가자, 스바루는 히익 하며 기겁했다. 심장 박동이 상상 이상으로 빨라졌다는 것을 눈치채기도 전에 스바루는 엉덩방아를 찧으며 넘어졌다. 유리에의 몸 절반이 녹아내리고 있었기 때문이었다. 그녀의 육신은 말랑말랑한 젤리처럼 서서히 바닥으로 미끄러지고 있었다.

그의 심장 박동의 박자와 엇갈리게 온 집 안이 쿵쿵 울렸다. 지진이 일어난 듯 집 전체가 흔들리는 것 같기도 했다. 그 괴이한 현상은 하나코의 등장에 온데간데없이 사라지고 말았다.

스바루의 이야기를 전해 들은 하나코는 그와 의논한 끝에 백괴금도를 처분하는 게 좋겠다고 말했다. 두 사람은 그 그림이 아무리 가문 대대로 내려오는 그림이라지만, 가문 사람의 생사를 위협한다면 처분은 어쩔 수 없는 일이라고 생각했다.

더군다나 애당초 하나코는 그 그림에 큰 의의를 두고 있지 않았다. 아득히 먼 대에서부터 내려오는 그림이라고는 하지만, 그리 크게 와닿지도 않았고, 그녀의 부모조차도 관리가 귀찮아 멀쩡히 살아 있음에도 딸에게 그림을 넘겼던 것이었다. 그런 그림에 대한 무관심은 분가 이후에도 그림이 타카토리의 집이 아닌 타카초 가에 걸려 있었다는 데에서 확인할 수 있는 부분이었다.

다만, 두 사람의 마음에 걸렸던 점은 유리에였다. 혹여 유리에의 영혼이 그림에 깃들어 있는 것이 아니냐는 의심이 있었다. 그러나 두 사람은 유리에가 가족을 괴롭히는 것은 있을 수 없는 일이라 단정 짓고, 한시라도 빨리 처분해야 한다고 급하게 결론을 내렸다. 그리고 처분을 결정한 다음 날인 14일, 하나코가 복도에서 크게 넘어져 응급실에 실려 가고 말았다. 이 또한 두 사람에겐 백괴금도의 불길한 기운 때문에 벌어진 일에 해당했다.

그리고 그날 저녁, 그들은 집을 찾아온 노이치 소스케에게 지금까지의 이야기를 듣고, 집을 빌려주었다. 그리고 그들이 미워하는 타카초 신야의 위치도 알려 주었다. 그때 그림은 스바루 자신의 차 안에 보관하고 있었다.

노이치 소스케는 경찰에 잡히더라도 두 사람에 관한 이야기는 하지 않을 것이라고 단언했다. 처음엔 그 이야기를 절대 믿을 수 없었으나 조금씩 노이치 소스케라는 사람에 대해 이해할 수 있게 되면서 그를 신뢰하게 되었다.

다시 현재, 스바루는 뒤로 물러났다. 더 이상 창고 안에서 기척이 느껴지지 않았다. 타카토리 가의 별장이 위치해 있는 이 산은 후미진 곳에 있어 사람이 찾아올 일이 없다. 그것은 범행이 들킬 확률이 희박하다는 의미기도 했다.

그는 다시 별장의 입구 계단에 걸터앉았다. 혹시 모를 상황을 대비해 입구에 놓여 있던 소화기를 품에 끌어안았다. 창고 속에서 무언가가 지글지글 타오르는 소리와 함께 세상은 자연의 소리로 물들었다. 한숨도 잠을 자지 못했던 탓일까. 수마가 몰려오기 시작했다. 그는 편안히 눈을 감았다.

2

2007년 10월 15일(5)

오후 5시.

제1호 취조실은 정적에 휩싸였다. 나라현 경찰본부의 수사1과장 카가야마 히로시는 책상 맞은편의 상대를 물끄러미 바라보았다. 보조 취조관인 미시마 유지로는 노트북을 켜 둔 채로 도무지 믿을 수 없다는 듯 몇 번이고 마른세수를 해 댔다.

"절차는 저도 압니다. 어서 진행하시죠."

노이치 소스케가 쓴웃음을 지으며 정적을 깼다.

"범인은?"

카가야마의 굵은 목소리가 취조실을 울렸다. 그런데 어쩐지 그는 인자한 표정을 짓고 있었다.

 "모두의 증언을 들으셨겠지요. 변함없습니다."

  노이치는 또박또박 음성을 뱉었다. 말끝이 공중에서 분해되자 카가야마는 고개를 끄덕였다.

 "아키타 카즈미, 고시로 타키, 타치바나 히마리, 타카초 신야, 이즈미 히토시, 모리구치 준지, 전부 제가 살해했습니다."

  이번에도 말을 내뱉은 쪽은 노이치였다. 그는 지금까지의 범행을 하나둘씩 차근차근 설명하기 시작했다.

  약 두 시간이 지난 뒤에야 카가야마, 미시마, 노이치는 취조실 밖으로 나올 수 있었다. 저 멀리 반대편 복도 끝 의자에 고무라가 앉아 있었다. 노이치는 슬픈 얼굴로 고무라를 바라보았다. 잠시 뒤, 미시마는 "가시죠."라고 말하며 노이치를 데리고 사라졌다.

  통로에 남은 카가야마는 천천히 걸어가 고무라의 옆에 착석했다. 고무라의 얼굴엔 표정이 없었다. 그럴 수밖에 없으리라. 최악의 연쇄 살인을 저지른 자가 5년이 넘는 시간 동안 함께 손발을 맞춰 온 후배 형사였으니까. 카가야마도 그 사실을 인지하고 있었는지 평소보다 훨씬 조심스럽게 행동했다. 그럼에도 해야 할 말은 해야 한다고 생각했는지 곧 입을 열었다.

 "노이치 녀석, 모든 일을 순순히 자백했어. 아키타 카즈미, 고시로 타키 사건은 형사라는 직업을 교묘히 이용해 범행을 저질렀더군."

고무라는 카가야마의 말에 반응하지 않았다. 그러나 카가야마는 멈추지 않았다. 멈춰서는 안 됐다.

"아키타에 대한 첫 신고가 접수됐을 때, 가장 먼저 현장에 도착한 사람은 노이치였지. 그런데 실은 그게 아니었어. 그렇게 보였던 것뿐이야. 노이치는 잠겨 있지 않은 집 안에 들어가 범행을 저지른 뒤, 계속 맨션의 맨 상층부 계단의 사각지대에 숨어 있었어. 그리고 경찰들이 맨션에 도착했을 때쯤 아키타 가로 돌아가 그들보다도 조금 더 일찍 도착한 경찰인 척했던 거지. 아마 그때 노이치는 자네에게도 전화를 걸었을 테지. 해당 맨션은 CCTV가 설치되어 있지 않아 노이치의 출입 확인이 불가했고.

고시로 타키의 경우, 노이치는 늦은 밤 집으로 돌아가던 고시로를 붙잡아 세우고 자신을 형사라 소개하며 안심시켰어. 간단한 수사라며 고시로를 공터로 유인한 다음, 범행을 저질렀지. 사체는 다음 날, 발견되어 신고가 접수되었고.

이후 자신이 저지른 범행 때문에 형사 일이 바빠지자, 돈으로 의사를 회유해 거짓 진단서를 받아 냈더군. 그것으로 노이치는 3주 병가 처리라는 금 같은 시간을 얻게 되었던 거지. 범행을 저지르기 위해서 꼭 필요한 시간.

타치바나 히마리의 경우, 믿기지 않던 무라키 씨의 말이 사실이었어. 네가 취조한 그 편의점 직원 말이야. 노이치는 사전에 타치바나의 귀갓길 동선을 파악해 둔 뒤 동산에 숨어 있었지. 이런 게 가능했던 건, 이즈미 히토시라는 학생이 패거리 구성원들의 정보를 노이치에게 넘겼기 때문이었어. 노이치는 이지메 증거 영상으로 그 아이를 협박했던 모양이야. 아무튼 노이치는 동산에 숨어든 다음, 범행을 저질렀어. 시간차로 타치바나를 살해한 것이 유의미한 성과를 거뒀는지는 모르겠네. 난 그저 우리 경찰 쪽이 무능했다고 생각해. 참, 그리고 노이치는 무라키 씨가 자신을 훔쳐봤다는 사실도 모르고 있더군. 다음은 타카초 신야야."

"신야 씨?"

그제야 고무라가 반응했다. 신야가 죽었다고 이야기하려는 걸까? 이렇게 연달아 이야기하는 것이라면 신야 역시 노이치가……. 고무라의 머릿속이 더욱 복잡해졌다.

"응. 취조 때 알게 됐어. 방금 전, 노이치의 증언에 따라 사체를 찾았다는 전화도 받았고. 그런데 신야 씨의 죽음의 경우는 조금 믿기 힘든 부분이 많아. 개인적으로는 노이치가 거짓말을 하고 있는 것 같다고 느껴져. 왜냐하면 노이치는 신야 씨를 우연히 발견해 살해했다고 했거든. 신야 씨는 전처인 하나코 씨의 집에 잠시 얹혀살고 있었지. 그러니 하나코 씨는 신야 씨의 일상을 알 수 있게 되지. 일테면 어디로 외출하는지, 언제 집으로 돌아오는지 등 간단한 동선 같은 경우는 쉽게 파악할 수 있어."

"설마 하나코 씨를 공범으로 의심하고 계신 건가요?"

"맞아. 더 나아가 스바루 씨도 공범이 될 수도 있지. 그런데 증거는 없어. 그리고 공범이 있다고 하더라도 노이치는 끝까지 말하지 않을 테지. 아무래도 혼자 모든 것을 감당하려는 모양이야. ……분사 사건의 피해자인 타카초 유리에와 노이치 소스케 사이에 그런 이야기가 있을 줄 누가 알았겠어."

"……도대체 둘 사이에 무슨 일이 있던 거죠?"

"역시 우러러보는 선배에게도 말하지 않았나 보군. 왜 그리 입이 무거운지. 가끔은 좀 편히 털어놔도 좋을 텐데."

카가야마는 그렇게 첫 운을 떼고, 고무라에게 무언가를 건넸다. 그건 편지지였다.

"노이치가 지니고 있던 편지더군."

카가야마의 말을 듣고, 고무라는 편지지를 펼쳐 보았다. 고무라가 편지를 읽고 있을 때, 카가야마는 본격석으로 유리에와 노이치의 관계에 관해 설명하기 시작했다.

약 30분 뒤, 고무라는 조용한 복도에 홀로 남아 생각에 잠겼다. 이루 말할 수 없는 의문의 감정이 폐부 깊숙한 곳에서 팽창했다. 아끼는 후배 형사를 잃었다는 상실감과는 조금 다른, 정말 알 수 없이 복잡한 감정이 찌뿌둥한 몸을 지배하고 있었다.

원래 노이치를 취조할 형사는 고무라였다. 그러나 고무라가 엄청난 충격을 받았을 것과 객관적인 판단이 불가할 것 같다는 점을 고려해 수사1과장인 카가야마가 대신 노이치를 취조했다. 고무라는 자신이 취조실에 들어가지 못한 것을 후회하지 않았다. 앞으로도 노이치의 얼굴을 다시는 보고 싶지 않았다.

목이 말라져 자리에서 일어나 정수기 앞으로 향했다. 요즘 극심한 피로감과 우울감이 겹친 탓에 사는 게 사는 것 같지 않은 기분이다. 이토록 심한 피로감과 우울감을 느낀 적은 없었다. 삶이 무기력하고 식욕이 증가하여 폭식하는가 하면 뭔가를 갈망하는 듯한 욕구가 폭발한다. 고무라는 그것이 신체가 늙어 감에 따라 자연스레 발하는 현상인 줄 알았다.

"선배님."

별안간 뒤에서 익숙한 목소리가 들렸다. 어쩐지 노이치가 떠오르는 바람에 재빨리 뒤로 돌았다. 눈앞에 서 있는 사람은 쓰타바라 중앙 경찰서의 시게 다이고 경사였다.

"무슨 일이야?"

그렇게 묻자 시게는 고무라에게 무언가를 건넸다. 그건 수제 도시락이었다.

"드세요. 하루 종일 아무것도 못 드셨잖아요."

"아, 그런가? 고마워."

고무라가 도시락을 받아 들자 시게는 살며시 웃었다.

"자네는?"

"전 이미 먹었어요. 그럼."

시게는 따뜻한 어조로 답하고 유유히 사라졌다. 또다시 홀로 남은 고무라는 손에 든 수제 도시락을 쳐다보았다. 그때였다. 고무라는 눈을 휘둥그레 떴다. 누군가가 번뜩 생각났기 때문이었다. 노이치에게 도시락을 준다고 말했던…… 그녀.

'이시다 사나에……. 이시다 사나에는 지금 어디 있지?'

3

2007년 10월 15일(6)

툭, 툭, 툭.

갑작스레 나타난 부산스러운 소음과 불편한 감각에 타카초 스바루는 천천히 눈을 떴다. 아니나 다를까, 투명한 빗방울이 몸을 적셔 나가고 있었다. 이윽고 주변을 둘러싼 비 비린내가 코로 달려들었다.

스바루는 고개를 쳐들었다. 하늘은 검회색의 난층운으로 뒤덮여 있었다. 끈적한 비가 그의 눈 속으로 세차게 달려들었다. 게다가 고도가 높은 곳에 있기 때문인지 이곳저곳에서 맹렬한 추위가 흩날리고 있었다.

손목시계를 보았다. 시각은 오후 5시. 스바루는 그제야 자신이 소화기를 끌어안고 있다는 사실을 자각했다. 그때 그의 머릿속에선 연쇄 반응이 일어났고, 기억의 늪을 유영하던 두 글자가 표면 위로 또렷하게 떠올랐다.

창고.

스바루는 재빨리 고개를 돌렸다. 그런데…… 돌연 알 수 없는 괴리감이 그를 휘감았다. 창고가 보이지 않는다. 감쪽같이 사라진 것처럼.

의아스러운 마음도 잠시, 그는 깨달을 수 있었다. 창고는 사라진 것이 아니었다. 뜨거운 열기에 의해 분해되고 파손되어 창고를 구성하는 요소였던 것들이 지반을 나뒹굴고 있던 것이다.

창고가 서 있던 자리는 잿더미와 창고의 부품, 알 수 없는 물질 등으로 가득했다. 그것이 융기처럼 자그맣게 솟아올라 있었다. 다행히 불씨는 진즉 꺼진 모양이었다. 비가 도움이 됐던 모양인지 그 이외의 이유 때문인지는 알 수 없는 노릇이었지만 말이다. 곧 산 곳곳에서 으스스한 바람이 불어닥치기 시작했다.

스바루는 계단에서 일어났다. 그리고 쓸 만한 우산을 찾기 위해 별장 내부를 돌아다녔다. 스바루의 외가, 그러니까 타카토리 가문의 별장은 유리에가 태어난 이후부턴 그 누구도 사용한 적 없이 그대로 방치됐다. 그도 그럴 것이 별장은 영세한 시골 집락을 건너 인적 드문 산지에 자리 잡고 있으니 오고 가기 불편한 데다 여름엔 벌레가 들끓는다는 최악의 단점도 존재했다. 물론 본래 별장이라 함은 대개 그러한 특성을 가진 것이 당연하지만, 시대의 흐름에 따라 잊혀져 가는 것은 그리 부자연스러운 현상이 아니었다.

 몇 분간의 수색에도 여분의 우산은 찾을 수 없었다. 할 수 없이 스바루는 또다시 비를 맞으며 잿더미 근처로 걸어갔다. 그가 잿더미 앞에 도착했을 때, 구름 속에서 섬광이 뒤틀렸다. 곧 맹렬한 굉음이 머리 위로 쏟아졌다. 어째서일까. 스바루는 가만히 선 채 몇 분 동안 움직이지 않았다. 그저 잿더미를 물끄러미 바라볼 뿐이었다. 믿을 수 없다는 표정을 지으면서 말이다.

 사나에의 사체는 거멓게 탄화되어 있었다. 비가 강하게 내렸기 때문인지 연소는 중간에 멈춘 모양이다. 그래서 연조직이 남아 있는 것일 테다. 엎드려 있는 사체는 백괴금도를 품에 끌어안고 있었다. 그런데…… 백괴금도는 전혀 타지 않았다. 사나에의 몸을 구성하고 있던 끈적한 덩어리들이 녹아내려 그림에 달라붙어 있었다. 그래서 그림이 잘 보이지 않았다.

 고막이 찢겨 나갈 정도로 큰 천둥소리가 세상을 울렸다. 스바루는 펄쩍 뛰어오를 만큼 놀라더니 곧바로 몸을 숙여 기이한 행동을 취했다. 사나에에게서 액자를 빼앗는다. 그러고는 서둘러 차량으로 돌아와 시동을 걸고 산지를 빠져나가기 시작했다. 비는 멈출 기미가 보이지 않았다.

백괴금도는 정말 타지 않는다. 믿을 수 없었지만, 백괴금도를 타카초 가에 되돌려 놓기로 했다. 그것 이상으로 뾰족한 수는 떠오르지 않는다. 스바루는 액자를 원래 자리로 되돌려 놓아야만 묘한 현상으로부터 벗어날 수 있다는 것을 절감했다.

　와이퍼를 켜고 라디오를 틀자, 예상대로 노이치 소스케에 관한 속보가 흘러나왔다. 노이치는 스바루에게 사나에를 불태워 달라고 부탁했다. 노이치 본인이 사나에를 불태우기엔 시간이 부족하다며 말이다. 노이치는 타깃 모두를 살해할 목적이었다. 그리고 타깃 중 신야와 사나에, 그러니까 유리에를 죽음으로 몰아넣은 요주의 두 인물을 가장 고통스러운 방법으로 살해하고 싶어 했다. 그러나 쓰타바라시 전역에 경찰이 깔린 만큼 범행은 순식간에 이루어져야만 했다. 노이치는 스바루에게 계획을 설명했다.

　그가 세운 계획에 따르면 이른 새벽 노이치는 신야를 제거하고, 점심이 되기 직전 이와사카 고교로 향해 이즈미 히토시와 모리구치 준지를 제거한다. 아무리 휴직인 상태라고 한들 노이치가 형사임에는 변함이 없기 때문에 학교를 지키는 경찰들은 그를 의심할 수가 없으리라. 그리고 노이치가 이즈미와 모리구치를 위협하여 긴급상황을 만들어 쓰타바라시 전역의 경찰들을 학교로 유인하고, 경비가 허술해진 틈을 타 스바루는 마을을 빠져나가 별장이 있는 아이치현으로 향한다. 이때, 이시다 사나에는 스바루의 차량 트렁

크 속에 정신을 잃은 상태로 놓여 있다. 이후, 산속 깊은 곳의 별장지에 도착한 스바루는 마당의 창고를 이용해 사나에를 불태운다.

　스바루는 거의 모든 게 계획대로 이루어졌다고 생각했다. 남은 건, 예상외의 복병으로 작용하는 백괴금도다. 타카초 가에 도착한 시각은 오후 8시 31분이었다. 폴리스 라인은 이미 사라진 상태였고, 장대비가 내리기 때문인지 근처의 주민은 코빼기도 보이지 않았다. 스바루는 위태로운 집 안으로 들어가 백괴금도를 층계참 벽에 걸었다. 이후 신속히 집에서 빠져나와 홀로 밤을 보내고 있을 어머니에게 향하기로 했다. 그 무렵 문득 노이치의 마지막 부탁이 떠올랐다. 그런 즉시 목적지를 어느 맨션으로 변경했다.

4

2007년 10월 21일

　고무라 세이치는 터덜터덜 맨션 계단을 올랐다. 녹초가 되어 버린 몸은 보이지 않는 상처로 가득했다. 2주 만에 마주한 집인데도 그리 반갑지 않았다. 저번에 보았을 때보다 어쩐지 더 낡아 보일 뿐이었다.

주머니를 뒤적거리며 열쇠를 찾던 중, 현관문 손잡이에 검은색 비닐봉지가 걸려 있는 것을 알아차렸다. 당연히 고무라 본인이 걸어 둔 것은 아니었다. 그러한 기억도 없었고, 이런 짓을 할 이유도 여유도 없었다. 그는 손잡이에서 비닐봉지를 빼내어 내용물을 확인했다. 봉지 안에 든 물품은 비닐 팩으로 밀봉된 카세트테이프와 분홍 휴대폰이었다. 내용물을 전부 확인한 즉시, 집 안으로 들어갔다.

옷을 갈아입지도 않은 채, 집 안에 썩혀 두고 있던 소형 카세트테이프 플레이어를 찾아 들고 거실로 돌아왔다. 의미심장한 비닐 팩을 열자, 소량의 흙이 흘러나왔다. 고무라는 흙을 털어내고 카세트테이프를 꺼냈다. 테이프의 앞면엔 'A. 유리에의 피아노', 뒷면엔 'B. 종활(終活)'이라 적혀 있었다.

분주한 손놀림으로 테이프를 플레이어 안에 집어넣고 좌식 탁자 위에 놓았다. 앞면부터 재생했다. 잠깐의 정적 뒤에 커다란 울림과 함께 나타난 모차르트의 피아노 협주곡 23번 2악장의 음산한 선율이 거실을 뒤덮었다.

처음 선율이 귓가로 달려들었을 때, 고무라는 해당 연주가 유리에의 연주라는 것을 깨닫지 못했다. 그도 그럴 것이 연주는 실수가 전혀 없었고, 소리의 강약 조절이 완벽에 가까웠기 때문이었다. 피아노 음악에 대해 소양이 있는 고무라가 감탄할 정도로 완벽한 연주였다. 그런 그가 유리에가 직접 피아노를 치고 있다는 사실을 깨달은 건, 갑작스레 등장한 유리에의 울음소리 때문이었다. 이윽고 부아를 담은 듯한 강한 강도의 선율이 거실을 지배했다.

고무라는 곧바로 테이프를 중지시키고, 테이프의 뒷면을 재생했다. 날짜를 알리는 유리에의 목소리. 이후 등장하는 폭탄 같은 발언의 연속은 고무라의 정신을 점차 망가뜨리고 찢어발겨 나갔다.

대략 몇십 분이 지났을까, 철컥하는 소리와 함께 재생 버튼이 올라왔다. 고무라는 녹음본이 끝났다는 사실을 인지하지도 못한 채 멍때렸다. 잠시 후, 머릿속에서 이시다 사나에의 얼굴이 떠올랐다.

지난 15일, 고무라는 이시다 사나에가 사라졌다는 사실을 깨닫고, 실종 신고를 접수했으나 윗선에서 강력한 은폐가 이루어졌다고 했다. 처음 경찰 측은 노이치를 의심했다. 그러나 노이치는 사나에가 자신의 집을 찾아온 적이 없다고 말했다. 하지만 그 말을 믿을 수 없게도 사나에가 묘시초로 향하는 모습이 여러 역 CCTV에 버젓이 찍혔다. 그 증거를 가지고 카가야마와 여러 형사는 노이치를 추궁했지만, 확실한 증거가 없어 혐의점을 입증할 수 없었다. 특히 사나에가 묘시초로 향했다는 증거만 있을 뿐, '노이치의 집'으로 향했다는 확실한 증거가 없다는 것이 큰 걸림돌로 작용했다. 그렇기에 고무라는 하는 수 없이 실종 신고를 접수한 것이었다.

윗선의 강력한 은폐에 의구심을 품은 고무라는 이시다 사나에라는 인물에 관해 본격적으로 조사해 보았다. 그렇게 해서 알아낸 사실 중 하나, 충격적이게도 사나에는 사생아였다. 이시다라는 성씨도 어머니인 이시다 히로코를 따른 것이었다. 2007년을 기준으로 37세인 히로코는 오사카에서 호스티스로 일하고 있으며, 딸인 사나에와 함께 살고 있는 집에 가는 것은 많아야 한 달에 두 번이라고 했다.

더더욱 이상함을 느낀 고무라는 조사를 멈출 수 없었다. 올해 37세라면 히로코가 사나에를 낳은 시점은 적어도 고등학생 때라는 이야기가 된다. 그리고 고무라는 바로 어제, 이시다 히로코를 만나 많은 이야기를 들을 수 있었다.

그녀는 사나에의 아버지를 '도쿄의 어느 부패 경찰'이라고 불렀다. 히로코는 도쿄에 거주할 때 해당 경찰을 만나 아이를 가졌다고 했다. 그 사실 덕에 고무라는 사나에가 표준어를 구사했던 것을 이해할 수 있었다. 함께 표준어를 구사하는 하쿠바 긴조는 중학교 친구라 했으니 두 사람은 중학교 때까지 도쿄에서 살았던 것이리라.

히로코는 켕기는 게 있는지 그 이후로 부패 경찰의 신원을 유추할 수 있을 만한 정보는 말하지 않았다. 다만, 해당 부패 경찰이 높은 직급이라는 것과 막대한 양의 생활비를 입막음용으로 두 모녀에게 지원하고 있었다는 것은 이런저런 대화를 통해 고무라가 자연스레 유추할 수 있었다. 그 유추를 통해 고무라는 그동안 사나에가 쓰고 다녔던 돈의 출처가 해당 부패 경찰이었음을 알게 되었다.

이후에도 히로코와 대화하며 고무라는 조금 기묘한 부분을 발견했는데, 그건 바로 사나에의 실종 소식에도 친모인 히로코는 아무렇지 않아 한다는 것이었다. 오히려 그게 잘된 일이라는 듯 고무라를 향해 활짝 웃으며 담배를 피워 댔다. 본인 말로는 손님을 응대해야 하다 보니 웃는 게 습관이 되어서 그렇다고는 하는데 고무라는 어쩐지 그 말을 믿을 수 없었다.

그런 히로코와의 면담이 있은 직후, 고무라는 사나에에 대해 조사하는 것을 그만두었다. 윗선과 관련된 일이라면 자신이 할 수 있는 일은 아무것도 없다는 것을 깨달았기 때문이었다.

고무라는 지금까지의 정보를 바탕으로 이시다 사나에라는 인간에 대해 정리해 나가기 시작했다. 사나에는 호스티스인 어머니와 단 한 번도 본 적 없는 아버지의 무관심 속에서 자라 왔다. 머릿속에 그렇게 한 줄을 적었을 때, 돌연 어떠한 기억이 고무라의 뇌리를 관통했다.

10월 13일, 히라츠지 카페 레스토랑 안.

"근데 너 돈을 그렇게 막 써도 되는 거야? 부모님이 뭐라 안 하시나?"

고무라가 눈을 게슴츠레 떴다.

"별로요. 저희 부모님 정도면 축복이죠. 유리에의 아버지를 생각하면 뭐……."

사나에는 갑작스레 엉성한 미소를 보였다. 게다가 뭔가가 두려운 건지 목소리를 약간 떨었다.

그때의 사나에가 보인 엉성한 미소와 떨리는 목소리는 분명 '저희 부모님'이란 단어를 이야기할 때 나타났던 현상이었다. 그렇다면 사나에는 유리에의 아버지를 두려워했던 게 아니라…… 사나에 본인의 부모를 두려워했던 건가?

마음 깊숙한 곳에 내재한 무관심에 대한 공포. 그것이 자신을 무너뜨리려 하는 것을 깨닫자마자 사나에는 미소를 띤다. 그러나 사랑의 결핍이 만들어 낸 두려움의 힘은 열여덟 살의 소녀가 감당할 수 없을 정도로 강력했고, 결국 소녀의 미소는 엉망진창이 되어 버린다.

통계적으로 부모의 무관심 혹은 방임은 자녀의 공감 능력 형성에 지대한 영향을 미친다. 이는 반사회적 성격 장애 발생으로도 이어질 수 있다. 반사회적 성격 장애를 일반인에게 친한 용어로 환언하자면 소시오패스 혹은 사회병질자가 있다.

고무라는 사나에가 소시오패스라고 생각해 본 적이 없었다. 그러나 사나에의 유년 시절을 생각해 보면 소시오패스로 거듭났다고 해도 그리 불가해한 이야기는 아니었다. 다만, 고무라는 감각적으로 그녀가 소시오패스와는 거리가 멀다 느꼈다. 지금까지의 악행이 단순한 공감 능력의 부재로 벌어졌으리라고는 생각할 수 없다. 사나에는 자신의 나약한 본모습을 숨기기 위해 두꺼운 가면을 썼던 게 아닐까.

유리에와 사나에, 둘의 가정 환경은 비슷하다고 할 수 없으면서도 비슷하다. 폭력 속에서 자라 온 유리에와 무관심 속에서 자라 온 사나에. 그 둘은 각자의 병적인 결핍으로 인해 이토록 지독하고 끔찍하게 서로 얽혀 버린 것이다.

물론 고무라는 사나에의 악행을 감싸 주려는 것이 아니었다. 그 부분에 있어서는 당연히 벌을 받아야 마땅하리라. 하지만 진정한 문제는 그녀를 악인으로 거듭나게 만든 부모다.

고무라는 잠시 눈을 비볐다. 이제 이 사건은 놓아야 한다. 노이치를 위해서라도. 우리가 할 수 있는 것은 없다. 살인은 어떤 경우에도 정당화될 수 없으니까.

시야에 분홍색 휴대폰이 들어왔다. 7월 말, 고무라의 집 앞에 놓여 있던 휴대폰과 똑같은 모델이었다. 다만, 그 당시와는 달리 앵무 열쇠고리는 걸려 있지 않아 주인이 같은지는 모르겠다. 고무라는 무심코 휴대폰을 열었다. 잠금은 걸려 있지 않았다. 그리고 그 휴대폰의 주인이 타카초 유리에라는 것을 깨닫기까지는 얼마 걸리지 않았다.

마지막 통화 기록은 9월 21일. 그날은 타카초 유리에가 사망한 날이었다. 상단에 노이치의 번호가 적혀 있었고 그 아래엔 이시다 사나에의 번호가 적혀 있었다. 통화 기록에 노이치의 날짜가 박혀 있는 것은 9월 21일이 최초인 것 같았다. 그리고 갤러리 속엔 유리에가 패거리 아이들에게 이지메 당하는 영상 여럿이 뒹굴고 있었고, 메시지 목록은 유리에를 조롱하는 글귀로 가득했다.

왜 영상과 메시지를 삭제하지 않은 걸까. 의문이 들었지만, 곧 해답을 찾아낼 수 있었다. 유리에의 휴대폰은 어쩌면 패거리 아이들이 마음대로 열어 볼 수 있었던 게 아닐까. 이지메 영상을 피해자의 휴대폰으로 촬영한 다음, 지울 수 없도록 갤러리에 들어가면 볼 수밖에 없도록 지속해서 휴대폰을 검사했는지도 모른다. 그러나 카세트테이프를 통해 들었다시피 이지메 영상과 메시지는 유리에가 죽기 한 달 전에 멈춰 있었다. 정말 그 이후로 괴롭힘이 사라졌다는 이야기는 사실인가 보다.

그 순간이었다. 또다시 고무라의 머릿속을 어떠한 기억들이 헤집어 놓기 시작했다. 몇 초 뒤, 그의 두 눈이 번뜩였다.

유리에가 영상을 삭제할 수 없었던 이유는…… 패거리의 지속적인 검사 때문이 아니라…… 나 때문이었나?

이 휴대폰의 주인이 타카초 유리에라면 7월 말 고무라의 집 앞에 휴대폰을 두고 간 사람 역시 타카초 유리에다. 아키타 카즈미의 집에서 발견된 앵무 열쇠고리는…… 유리에의 휴대폰에 달려 있던 것을 빼앗은 게 틀림없다. 명찰이 아키타의 집에 있던 이유도 비슷한 맥락이리라. 명찰이 없으면 선생에게 혼나는 경우도 더러 있으니, 명찰을 빼앗는 것도 참신한 괴롭힘의 일종이 될 수 있다.

유리에가 휴대폰을 집 앞에 두고 간 이유는 바로 내게 도움을 요청하기 위해서였다. 고무라는 그렇게 생각했다. 그는 그 당시 벌어지고 있던 사건에 신경 쓰느라 휴대폰을 열어 보지도 않고 분실 담당 부서로 넘겼다. 분실 담당 부서 또한 휴대폰의 외견을 촬영해 분실물 습득 게시판에 공지했다. 고무라는 얼마 뒤 주인이 나타나 가져갔다는 이야기만 들었을 뿐이었다.

그렇다. 유리에는 형사인 고무라가 휴대폰을 열어 보길 바랐던 것이다. 그리하여 고무라가 휴대폰의 주인이 심각한 이지메에 시달리고 있다는 사실을 깨닫게 되면 해당 사건을 조사하거나 유리에를 도와주게 될 테고, 자연스레 가정 폭력에 대한 사실도 알게 되리라. 유리에는 그걸 노렸던 것이었다. 대개 폭력에 시달리는 피해자는 대면 신고를 어려워한다. 보통은 신고조차 생각하기 힘들다. 아마 유리에 딴에는 엄청난 용기를 낸 것일지도 모른다. 그렇다면 유리에는 일부러 영상을 삭제하지 않고 모아 뒀다는 이야기가 된다.

하지만 왜 그 대상이 나인가? 고무라는 의구심을 품었다. 비닐봉지를 들자, 뜻밖에도 안에 뭔가가 담겨 있는 듯한 감각이 느껴졌다. 카세트테이프와 휴대폰은 모두 책상에 올려져 있다. 아직 내용물이 더 남은 걸까? 그는 곧장 비닐봉지를 열어 내용물을 꺼냈다.

그건 편지였다. 무게가 너무 가벼운 탓에 인지하지 못했던 것이다. 추리를 위한 단서가 하나 더 생겨났다.

고무라는 편지를 천천히 읽고 나서 탄식했다. 죄책감에 휩싸였다. 편지는 예상대로 노이치가 유리에게 보내는 편지였다. 이로써 비닐봉지는 마지막 범행 전, 노이치가 걸어 둔 것이리라 확신했다. 내용은 그다지 특별한 것이 없었다. 노이치 본인의 직장 생활과 요즘 빠진 취미를 이야기하는 등 시답지 않은 이야기가 검은 잉크로 박혀 있었다. 그런 편지의 내용 중 고무라의 가슴을 휘갈긴 것은 편지의 마지막 부분이었다.

혹시라도 힘든 일 있거나 나한테 말하지 못할 일이 있으면 고무라 씨한테 가. 주소랑 전화번호는 자주 알려 줬으니(이래도 되는지는 모르겠지만) 기억하죠? 그 선배라면 틀림없이 모든 문제를 해결해 줄 거야. 뭐 하나 제대로 못하는 나한테도 항상 다정하신 데다 서(署) 내에서 호평 일색이거든. 정말이지 본받고 싶다니까.

그럼 또 연락할게.

고무라는 고개를 숙였다.
'나는 노이치의 기대에 부응하지 못했다. 유리에의 기대에도 부응하지 못했다. 내가 조금이라도 관심을 가졌다면…… 유리에는 여전히 살아 있어 예전처럼 노이치와 웃음을 나누었을지도 모른다. 그리고 나는 절대 대단한 형사가 아니다. 사건 정보를 넘겼고, 도움이 필요한 자에게 관심조차 주지 않았다. 후배를 챙기기보다 승진이 먼저였고, 죽음을 애도하기보단 범인에게 분노하기를 택했다.'
죄책감은 고무라를 좀먹기 시작했다. 급기야 그는 노이치의 연쇄 살인이 자신 때문에 일어났다고 생각하기에 이르렀다.
그렇담 비 오는 날, 유리에가 또다시 고무라의 집에 찾아온 이유는 무엇일까? 고무라는 추측했다. 유리에는 자신의 선택을 후회했던 것이다. 이지메가 담긴 영상을 누군가가 본다는 것이 수치스럽고 부끄러웠으리라. 그럼에도 또다시 그녀가 휴대폰을 받지 않고 도망간 이유, 베란다의 고무라를 보고도 도망친 이유는 한 번 더 마음이 바뀌었기 때문이리라. 거기엔 고무라 형사를 믿어 보자, 그러한 다짐이 있었기 때문이었다. 그러한 과정의 추측을 통해 고무라는 유리에의 심리 상태가 상당히 불안정했다는 것을 파악할 수 있게 되었다.

그것과는 별개로 카세트테이프와 휴대폰은 왜 불타지 않은 걸까. 통화 기록에 따르면 노이치에게로의 발신은 타카초 가에 불이 나기 직전에 이루어졌다. 고무라는 한 가지 가설을 세웠다. 그리고 그 가설이 묘하게도 눈앞에 영사됐다.

유리에는 온 집 안에 등유를 붓고 나서 녹음한 테이프를 비닐 팩 안에 넣고 밀봉한다. 테이프의 뒷면은 분명 노이치에게 전하는 것으로 추측되는 말이 녹음되어 있었으니 틀림없이 불이 닿지 않는 어딘가에 보관했으리라.

그 장소는 어디일까. 궁금증을 참지 못한 고무라는 오후 10시가 넘은 시각에 타카초 가로 향했다. 10월임에도 저기압 때문에 요 며칠 비가 계속 내리고 있었다.

타카초 가 앞에 도착하자마자 시동도 끄지 않고 차에서 내렸다. 우산을 쓰고 재빨리 마당을 살폈다. 집은 전소되었기 때문에 노이치가 카세트테이프를 집 안에서 찾았을 리는 없다. 따라서 고무라는 위험한 집 내부는 굳이 살펴보지 않기로 했다.

그가 빈 차고를 통해 협소한 뒤뜰을 살펴볼 때였다. 문득 이상함을 느꼈다. 평편한 흙바닥의 중간 지점이 움푹 파여 있었다. 뒤뜰에 심겨 있는 관목은 이미 생명을 다한 뒤였다. 관목의 앙상한 가지를 지나쳐 움푹 파인 지점으로 발걸음을 옮겼다.

고무라는 우산을 접어 바닥에 내려놓은 뒤에 장갑을 착용했다. 소형 손전등을 입에 물고 땅을 파내기 시작한다. 그러나 흙바닥이 딱딱히 굳어 있어 잘 파지지 않았다. 분명 비닐 팩 속에 소량의 흙이 들어 있었다. 그 흙과 고무라가 파내고 있는 뒤뜰의 흙이 일치하는지에 대한 여부는 아쉽게도 확인할 수 없지만, 유리에가 비닐 팩을 숨겼을 만한 최적의 장소라면 아마도 이 흙바닥 아래이리라.

곧이어 뭔가를 발견한 고무라의 등줄기에 소름이 돋았다. 흙 속에서 발하는 은은한 빛이 시야를 휘감았다. 빛을 발하는 작은 물체를 들어 손전등 빛으로 비추었다. 그건…… 손전등 빛을 반사하고 있는 손톱이었다. 고무라는 자신의 손끝을 바라보았다. 딱딱한 흙바닥과의 마찰로 인해 장갑 끝부분이 찢어져 있었다.

다만, 해당 손톱은 고무라의 손톱이 아니었다. 틀림없이 유리에의 손톱이다. 고무라의 장갑이 찢어질 정도로 고르지 못한 흙바닥을 허겁지겁 파내느라 손톱이 뽑혀 버린 것이다. 게다가 메스암페타민을 복용한 상태였으니 손톱이 뽑혀 나가건 말건 알아차릴 겨를이 없을 정도로 정신이 온전치 못했을 테니까.

유리에는 맨손으로 흙바닥을 파내어 구덩이를 만들어 낸다. 그 구덩이 안에 카세트테이프가 든 비닐 팩을 집어넣는다. 이후 노이치에게 전화를 건다. 여기서 유리에는 비닐 팩을 숨겨 둔 위치를 노이치가 알아낼 수 있게 의미심장한 말을 남기며 전화를 끊는다.

아마도 그녀는 자신의 휴대폰 또한 비닐 팩에 넣어 밀봉해 뒀으리라. 그렇지 않았다면…… 노이치는 패거리의 구성원을 알지 못했을 것이다. 패거리의 구성원은 모두 휴대폰 속 갤러리에 담겨 있었다. 분명 노이치는 수많은 영상을 통해 이지메의 존재를 알아냈을 테고, 한 명 한 명씩 복수를 해 나갔겠지. 그뿐만이 아니다. 노이치는 유리에의 목소리가 담긴 카세트테이프를 통해 패거리를 조종하는 이시다 사나에를 알게 되었고, 타카초 신야의 가정 폭력을 알게 되었으리라.

차량으로 돌아오자, 두통이 밀려들었다. 고무라는 콘솔박스를 열어 감기약을 꺼냈다. 물도 없이 세 개의 알약을 한 번에 입에 털어 넣고는 헤드레스트에 머리를 기대었다.

찜찜한 기운이 감돌았다.

추적추적 내리는 비 때문일 것이다. 그는 그리 생각했다.

복잡하다. 모든 게 뒤엉켜 버렸다. 어디서부터 잘못된 걸까.

꿈만 같다. 이 모든 게 그저 몽상이었으면 좋겠다.

고무라는 눈을 감았다.

비가 루프를 때려 대는 소음이 아스라한 잔물결로 변하더니 곧 무(無)로 잦아들었다.

세상의 소음이 사라졌다.

쓴맛이 입속을 유영했다. 알약의 표면을 느끼기 위해 혀를 갖다 대자마자 그것들은 일제히 녹아내렸다.

잠시 뒤, 고무라는 눈을 떴다.

눈앞에 평화롭고 따스한 햇볕이 들어섰다. 그 햇볕 아래, 노이치와 유리에가 함께 서 있었다. 두 사람은 이내 서로 마주 보더니 미소 지었다.

그 미소의 흐름을 따라 고무라도 천천히 입가에 미소를 그렸다.

"소조(小鳥)소녀인가……."

입술 사이로 나지막이 흘러나온 말이었다. 고무라는 타카초 유리에에게 소조소녀라는 별명을 붙였다. 그리고 여태껏 벌어졌던 사건들을 통째로 묶어 소조소녀 사건이라 부르기로 했다.

그렇게 다짐한 직후, 고무라의 머릿속에 노이치와 유리에의 과거가 그려지기 시작했다.

그날의 하늘은 맑았기 때문에 저는 죽어야겠다고 생각했습니다. 서글픈 감정의 부유는 병약한 소년의 육신을 집어삼켜 버린 지 오래였고, 부모와의 사별은 나약한 소년의 정신을 무너뜨려 버린 지 오래였습니다.

그날의 하늘은 아름다웠기 때문에 저는 죽어야만 한다고 생각했습니다. 저는 밧줄을 채광창과 장지문 사이의 가로 기둥에 단단히 묶었습니다. 그러고서 올가미에 사용하는 매듭 방식으로 끝부분을 묶었습니다. 이후 등받이 의자를 가져와 묘하게 흔들리는 밧줄 바로 아래에 두었습니다. 의자에 올라간 다음, 허리를 숙여 둥그런 밧줄 고리 안으로 제 머리를 넣었습니다.

마당을 바라보는 상태로 저는 공중에 아슬아슬하게 뜬 채 몇 번이고 허우적댔습니다. 의자는 이미 뒤로 넘어져 있었고, 주위로는 낑낑 앓는 저의 음성만이 울려 퍼질 뿐이었습니다. 맹렬한 햇볕이 마룻바닥에 들어서 있지만, 그 온기는 저의 발끝에도 닿지 못합니다. 으스스한 공기가 등골을 훑었고, 이내 시야는 흐릿해져 갔습니다. 아스라한 곳에서부터 새의 지저귐이 들려옵니다. 숨을 쉴 수 없는데도 어쩐지 편안합니다. 비가시적인 죽음의 문 앞에 선 저는 천천히 눈을 감았습니다.

그리고 정신을 차렸을 때, 저의 안면은 햇볕의 온기로 가득했습니다. 어째서인지 죽지 않았던 것입니다. 당혹스러움에 마룻바닥에서 일어났습니다. 그때 누군가의 목소리가 뒤편에 자리한 다다미방에서 울려 퍼졌습니다.

"바보 아니야?"

화들짝 놀라 뒤를 돌았습니다. 다다미방 안엔 초등학교 3학년쯤으로 보이는 여자아이가 서 있었습니다. 머리 정돈에 그다지 신경을 쓰지 않는 듯 울퉁불퉁하고 길게 뻗은 검은 머리와 하늘색 상의가 돋보였습니다. 책상엔 가위와 밧줄이 놓여 있었습니다. 놀랍게도 그 작은 아이가 저를 살린 것이었습니다.

"누, 누구야?"

그리 묻자, 아이는 제게 가까이 다가왔습니다. 그러고는 심술 가득한 표정을 지었습니다.

"왜 죽으려고 한 거야?"

아이는 물었습니다. 그 물음에 저는 얼버무리다가 문득 뇌리를 휘감으며 떠오른 질문을 입 밖으로 내뱉었습니다.

"아니, 여긴 어떻게 들어온 거야?"

"모코가 멋대로 들어와 버렸어, 이 집에. 그러게, 대문은 왜 안 잠가 놔?"

아이는 저를 나무라는 듯한 어조로 말했습니다.

"'모코'라니……?"

그 말을 꺼내기가 무섭게 마룻바닥에서 진동이 일더니 이내 제 다리에서 묘한 감각이 나타났습니다. 복슬복슬한 뭔가가 다리를 휘감는 듯한 감각이었습니다. 기겁하며 고개를 숙이자, 다리 옆에 아직 성견은 아닌 듯한 골든 리트리버가 서 있는 게 보였습니다. 그 녀석은 아이의 곁으로 성큼성큼 걸어갔습니다.

"그 개 이름이 모코야?"

"응. 나는 타카초 유리에."

유리에는 모코의 볼을 양손 가득 담아 장난스럽게 만지면서 말했습니다.

"신기한 성이네……. 아, 나는……."

"됐어."

유리에는 제 말을 단칼에 끊어 냈습니다. 그리고 이어서 "바보의 이름 따위 별로 알고 싶지 않아."라고 말하며 방에서 빠져나갔습니다. 저는 유리에를 쳐다보았습니다. 애당초 너무 갑작스러운 상황의 연속이라 저는 정신이 없었습니다.

"왜 내가 바본데?"

신발을 신고 마당에 선 유리에를 향해 음성을 던졌습니다. 유리에는 모코의 목줄을 바로잡다가 저를 빤히 쳐다보았습니다.

"할머니가 그랬어, 자살은 나쁜 거라고. 나쁜 짓 하는 사람들은 다 바보잖아."

초등학생 소녀의 입에서 꽤 묵직한 단어가 튀어나오는 바람에 놀라고 말았습니다. 이윽고 유리에는 심각한 표정으로 또박또박 말을 이었습니다.

"힘들면 이야기해, 혼자 괴로워하지 말고. 나한테 이야기해도 좋아. 나, 이야기 듣는 건 잘하니까. 바보라도 도와줄 순 있어."

왜인지 신비스러운 느낌의 타카초 유리에는 그리 말하고는 금세 사라졌습니다. 그리고 잠시 뒤 할아버지가 돌아오셨습니다. 저는 부모님이 돌아가신 이후 이곳 쓰타바라시로 이사해 할아버지와 함께 거주하는 중이었습니다. 그럼에도 부모님의 빈자리는 채워지지 않는다는 사실을 일찌감치 통감하고 있었습니다. 그랬기에 부모님을 따라 세상에서 사라지고 싶었던 것이겠죠.

다음 날, 또다시 타카초 유리에가 찾아왔습니다. 여름 방학 숙제를 도와 달라며. 그다음 날도, 그다음 날도, 그다음 날도. 타카초는 방학이 끝날 때까지 절 찾아왔습니다. 시간이 흐를수록 타카초 유리에라는 아이는 제 일상의 일부가 되었고, 삶의 의지를 다질 수 있는 요인으로 작용했습니다. 부모님의 빈자리가 그 자그마한 아이의 존재만으로도 채워진다는 것이 그저 놀라울 따름이었습니다.

당시, 고등학생이었던 전 유리에의 도움으로 접어 두었던 꿈의 나침반을 손에 올려 둘 수 있게 되었습니다. 나침반이 가리키는 방향을 따라 전 경찰 채용 시험 준비에 매진했습니다. 안타깝게 고등학교를 졸업한 이후 할아버지가 돌아가심에 따라 도쿄로 상경할 수밖에 없었고, 유리에와 전 더 이상 만날 수 없었습니다.

전 그 아이가 마지막으로 준 편지를 부적처럼 간직했습니다. 그리고 스물두 살에 채용 시험에 합격해 순경으로 일할 수 있게 되었습니다. 유리에에겐 제가 어디에 사는지 알리지도 않았고, 편지를 부치는 방법도 모르는 아이였기에 연락은 단 한 번도 주고받을 수 없었습니다. 전 유리에가 저보다 또래 아이들과 잘 놀기를 바랐습니다. 때때로 유리에가 또래 아이들과 잘 어울리지 못한다는 느낌을 강하게 받았거든요.

시간이 흘러 경사로 진급한 저는 뜻밖에도 나라현 경찰서의 형사과로 발령 나게 되었습니다. 그리하여 전 꽤 익숙한 쓰타바라시로 가게 되었지요. 묘시초의 겐시 하이츠라는 2층 아파트의 101호실을 계약했고, 이후부턴 순탄한 삶을 영위하였습니다. 고무라 세이치라는 좋은 선배의 가르침 아래, 전 여러 사건을 해결해 나가며 진정으로 원하던 삶이 무엇인지 깨달을 수 있게 되었습니다. 형사 일은 제 예상보다 훨씬 힘들었지만, 사명감 하나만으로 그 힘듦을 상쇄시킬 수 있었고 이 세상을 살아간다는 것에 담긴 행복을 맛볼 수 있었습니다.

그렇게 형사로서 살아가던 어느 날이었습니다. 그날 저는 전철에서 내린 뒤 겐시 하이츠를 향해 걷고 있었습니다. 노을 하늘 아래, 인도의 반대편에서 두 여고생이 걸어오고 있었습니다. 여고생들이 까르르 웃는 소리가 바람에 얹혀 귓전까지 다가왔습니다. 그 순간, 문득 제 머릿속에선 누군가의 성과 이름이 흐릿하게 떠올랐습니다.

타카초 유리에.

지금쯤 그 아이도 반대편에서 걸어오는 여고생들처럼 고등학교에 입학할 나이가 되지 않았나, 하고 생각했습니다. 저는 그 아이와의 추억을 오랜만에 떠올리며 두 여고생을 지나쳤습니다.

그런 제 발걸음이 돌연 멈춰 버린 것은 의도치 않은 기시감을 느꼈기 때문이었습니다. 곧바로 뒤를 돌자 반대편의 한 여학생도 뒤돌아선 채 절 쳐다보고 있는 것이 아니겠습니까? 그 여학생의 표정엔 당혹감과 무언지 모를 감정 여럿이 섞여 있었습니다.

틀림없이 그 여학생은 타카초 유리에였습니다. 얼굴이 꽤 변했다고 한들 충분히 알아볼 수 있었습니다. 아마도 그러한 감각은 반대편에 서 있는 유리에에게도 똑같이 작용한 모양입니다.

그녀는 함께 있던 친구를 두고 갑자기 달려오더니 저를 와락 끌어안았습니다. 그렇게 저는 우연한 계기로 타카초 유리에와 다시금 인연을 맺을 수 있게 되었습니다.

그날 이후 유리에는 매달 한 통씩 편지를 제 집으로 발송했습니다. 제 일이 워낙 바빠 가끔 밥을 사 준 것 말고는 따로 만난 적이 없었습니다. 유리에의 편지 속에 담긴 이야기들은 꽤 흥미진진했습니다. 친구들과도 잘 노는 것 같았고, 부모님도 좋은 분이신 것 같았습니다. 이후 유리에가 2학년으로 올라가고부터는 편지가 뜸해졌습니다. 밥을 사 줄 수도 없을 정도로 만나기가 힘들기도 했습니다. 그녀는 공부에 집중하느라 시간이 부족하다고 했습니다.

저는 몰랐습니다. 편지에 담긴 이야기의 대부분이 꾸며 낸 이야기라는 것을. 가정 폭력의 피해자임과 동시에 학교 폭력의 피해자라는 것을. 정말 단 하나도 몰랐고, 눈치채지도 못했습니다.

유리에는 스스로 목숨을 끊기 직전, 제게 전화를 걸었습니다. 어눌한 목소리로 뒤뜰의 흙을 파 보라는 의미심장한 말을 늘어놓고 전화를 끊었습니다. 그리고 제가 현장에 도착했을 때는 이미 늦어 버린 후였습니다. 제게 세상을 살아갈 용기를 불어넣어 줬던 그 작은 아이는 끔찍한 몰골로 변해 있었습니다. 처음, 저는 아무것도 할 수 없었습니다. 큰 충격에 유리에가 마지막으로 남긴 '뒤뜰을 살펴보라는 말'도 잊고 말았습니다.

유리에 사후 이틀 뒤, 전 뒤뜰의 흙바닥 속에 감춰져 있던 진실들을 발견할 수 있었습니다. 카세트테이프와 잠겨 있지 않은 유리에의 휴대폰. 모든 사실을 알게 된 저는 해야 하는 일이 무엇인지 곰곰이 생각해 보았습니다. 형사로서의 제가 존재할 수 있었던 이유는 전부 유리에 때문입니다. 그 아이가 절 죽음에서 구해 주지 않았더라면, 그 아이가 제 집을 날마다 찾아오지 않았더라면 전 이미 산 사람이 아니었을 겁니다.

그런 제 마음속에 내재한 분노를 부추긴 것은 단 한 가지의 사실이었습니다. 자살은 나쁜 것, 스스로 목숨을 끊지 말라고 계속해서 이야기했던 그 아이가…… 그랬던 타카초 유리에가 결국 선택한 것이 자살이었습니다. 저는 그 사실을 도무지 믿을 수 없었습니다. 그렇게 명랑했던 아이는 과거의 자신이 했던 말을 잊을 정도로, 굳은 신념과 가치관을 저버릴 정도로 고통스러운 삶을 살고 있었던 것입니다.

사회에 팽배한 억압과 폭력은 제 구원자를 죽음으로 몰아넣었습니다. 도대체 그녀가 무슨 잘못을 했길래, 아니, 애당초 그들은 무슨 권한으로 그녀의 인생을 빼앗은 걸까요? 저는 모든 것을 바로잡아야겠다고 생각했습니다. 제 직업과 미래는 더 이상 제 것이 아니었습니다. 모든 것을 내려놓고 계획을 세웠습니다.

그러던 중 문득 한 기억이 떠올랐습니다. 도쿄로 상경하기 일주일 전쯤이었을 겁니다. 전 유리에와 툇마루에 걸터앉아 시원한 바람을 맞고 있었습니다. 여름의 하늘은 역시 높았고, 비애 따위는 존재하지 않는 듯 주변은 온통 행복으로 가득했습니다.

"그거 알아?"

별안간 유리에가 물었습니다.

"응?"

"빗창 앵무새 말이야."

"빗창 앵무새?"

"응. 우리 외할머니가 해 준 말인데…… 그 앵무새 깃털을 원하는 곳에 두고 보고 싶은 사람을 떠올리면서 기도하면…… 뭐더라?"

유리에는 아이스크림을 한입 베어 물었습니다.

"뭔데?"

전 돋아나는 궁금증에 입을 열었습니다.

"맞아!"

유리에는 드디어 기억해 낸 자신이 대견하다는 표정으로 말을 이었습니다.

"그곳으로 그 사람의 영혼이 찾아온대."

그 아이의 말끝이 공중에서 산산이 흩어진 직후에도 하늘은 역시 맑았습니다.

1

2022년 12월 13일(4)

오후 2시 30분.
"어떻게 일주일째 바깥으로 안 나올 수가 있죠?"
노란 머리 류자키는 어이없다는 표정이었다. 그도 그럴 것이 키리야마와 함께 잠복 수사를 나선 지도 어언 일주일이 넘어가게 생겼는데 그동안 타카초 스바루의 모습은 코빼기도 보이지 않았다. 그렇다고 스바루가 두 사람이 눈치채지 못하게 도주했다고도 생각할 수 없었다. 왜냐하면 밤마다 스바루의 생활 흔적, 일테면 창문 너머로 스바루의 그림자가 보이거나 불빛이 켜지고 꺼지는 등의 현상을 계속해서 포착했기 때문이었다. 게다가 스바루의 왜건 또한 아파트 주차장에 향합 자세로 앉은 고양이처럼 얌전히 주차되어 있었다.

"그러게……."

선글라스를 끼고 있는 키리야마가 의자를 뒤로 젖혔다. 류자키는 웬일로 그녀가 휴대폰을 하지 않고 잠을 청하려는 모습에 조금 놀랐다. 그리 불편한 사이는 아니지만, 틈만 나면 짓궂은 장난을 해 대는 키리야마였기에 류자키는 차라리 자는 편이 다행이라고 생각했다.

"주무시게요?"

"됐으니까, 말 걸지 마."

키리야마는 건성으로 대꾸했다. 잠시 뒤, 류자키는 뻐근한 허리 때문에 자세를 바꾸며 한탄했다.

"근데 수사 방식을 조금 바꿔야 하는 거 아니에요? 슈퍼센토[1]는 이제 그만 가고 싶다고요."

류자키의 한탄이 사라지고 정적이 찾아오자 키리야마는 선글라스를 이마 쪽으로 올리고는 류자키를 째려보았다. 그 맹렬한 눈총을 견딜 수 없었던 류자키는 눈을 게슴츠레 뜨면서 고개를

---

[1] 각종 편의 시설이 있는 일본의 목욕탕.

돌렸다.

"아사히로 씨가 슈퍼센토 비용에 밥값도 대 주고 잠복도 교대로 할 수 있는데 뭐가 문제일까요?"

키리야마가 비꼬는 듯한 어투로 말했다. 이내 다시 선글라스를 쓰고 머리 받침대에 뒤통수를 기댔다.

"그리고 향수 좀 그만 뿌리세요. 아니면 창문을 열게 해 주든가. 라벤더 향에 질식할 것 같다고요."

왠지 무안함을 느낀 류자키는 재빨리 화제를 돌렸다. 그 소심한 발언에 키리야마는 류자키를 골려 먹으려는 듯 가방에서 보라색 향수를 꺼내 보란 듯이 허공에 뿌려 댔다.

"이제 빨리 창문 내리고 소리 질러. 타카초 씨한테 다 들리게. '저희 왔어요. 한 번만 나와 주세요.'라고."

"아, 정말 이러실 거예요?"

류자키는 손을 휘둘러 코로 달려드는 라벤더 향을 필사적으로 막아 낸다. 라벤더 향의 확산을 막기 위해 안간힘을 쓰는 류자키를 바라보며 키리야마는 키득키득 웃었다. 그때였다.

"어라?"

키리야마가 놀란 표정으로 전방을 바라본다. 몇 초 뒤, 숱하게 퍼진 향에 참지 못하고 창문을 내리려는 류자키. 키리야마는 그의 행동에 기겁하며 온몸으로 제지했다.

"왜요? 열라면서요?"

인상을 찡그리는 류자키.

"저기 봐."

키리야마는 본인의 시선이 선글라스에 가려져 보이지 않는다는 것을 깨닫고, 턱으로 전방을 가리켰다. 류자키는 그 가리킴을 따라 고개를 돌렸다.

"스바루 씨?"

류자키의 큰 목소리가 차 내부를 쿵 울렸다. 곧바로 키리야마는 그를 나무라는 듯한 어조로 "조용히 해."라고 말했다.

두 사람은 조용히 전방을 주시했다. 집에서 나온 타카초 스바루가 자신의 왜건에 탑승했다. 그런데 그 행동이 몹시 수상한 게 차량에 탑승하기 전에 주위를 이리저리 둘러보았다. 일찌감치 수상함을 깨달은 키리야마와 류자키는 스바루가 주차장을 빠져나가자마자 조심히 뒤따라 붙었다.

"천천히, 알지?"

"네."

키리야마는 류자키에게 주의를 주었다. 사전에 위치 추적기를 부착해 두긴 했지만, 혹시 모를 상황에 대비해 멀리서라도 스바루의 차량을 따라가야 했다. 약 10분 뒤, 위치 포인터의 점진적인 이동 경로를 유심히 바라보던 키리야마는 불현듯 묘한 감각을 느꼈다.

"뭐야, 이 사람……. 도쿄도를 빠져나가려 하고 있잖아."

"네?"

"귀성은 분명 두 달에 한 번이랬는데……."

잠시 뒤 타카초 스바루가 도쿄도를 빠져나간다는 것을 확인한 즉시, 키리야마가 아사히로의 개인 휴대폰 번호로 전화를 걸었다.

오후 6시.

어느덧 후방에 아사히로, 사토미가 탑승 중인 차량이 바짝 따라붙었다. 갑작스레 비가 추적추적 내리기 시작해 류자키는 와이퍼를 작동했다.

"여기 맞아요?"

의구심이 잔뜩 담긴 류자키의 목소리가 키리야마의 고막에 닿았다.

"응, 1km 남았어."

키리야마는 휴대폰을 보면서 나지막이 답했다. 화면 속에 떠오른 위치 포인터는 얌전히 멈춰 있었다. 두 사람은 어쩐지 납득할 수 없었다. 왜 스바루가 중간에 경로를 이탈하여 뱀처럼 굽이치는 산간 도로로 빠진 걸까. 결과적으로 스바루의 차량은 쓰타바라시와는 현저히 먼 아이치현의 깊은 산골짜기에 멈추고 말았다.

의념에 정신이 장악당하기 전, 네 사람은 스바루의 차량을 마주할 수 있었다. 해당 차량은 그리 높다고 할 수 없는 산 앞의 임도에 홀로 세워져 있었다. 주변은 온통 초목으로 가득했지만, 계절이 계절이다 보니 나무의 군집은 붉은빛과 상록수의 청록빛이 서로 뒤섞여 있었고, 이미 앙상한 뼈대를 드러낸 나무도 다수 존재했다.

이렇듯 산기슭의 임도 양옆으로 즐비한 잡목림과 맹지를 두고 네 사람은 차량에서 내렸다. 다행히도 비는 보슬보슬 힘없이 내리는 수준이었으나 황혼의 빛은 거의 사라져 가 완전한 칠흑으로 뒤덮이기 직전이었다. 가장 먼저 초현사 일행은 손전등을 챙긴 다음, 스바루의 차량 내부를 확인했다.

"없네요."

사토미가 차창 너머로 내부를 들여다보며 말했다. 그때였다.

"발자국이 있네요."

아사히로의 목소리가 남은 세 사람의 고막을 찔렀다. 아사히로는 흙바닥 위에 쭈그려 앉아 바닥을 유심히 바라보고 있었다.

"비가 와서 발자국이 남았어요. 이걸 따라가면 될 것 같은데요?"

일행은 일제히 한 곳을 바라보았다.

그들이 타카토리 가문의 별장을 발견했을 때, 하늘은 이미 벽색으로 둔갑해 있었다. 아사히로와 류자키는 별장 앞에 서 있는 스바루를 발견하고는 곧장 달려들었다. 스바루는 손전등 빛과 날아드는 발소리에 흠칫하고 놀라더니 곧장 별장 안으로 숨어들었다.

"스바루 씨!"

아사히로가 문을 세차게 두드렸다.

"그냥 강제로 들어가죠?"

류자키는 별안간 그렇게 말하더니 별장 문을 발로 차기 시작했다. 몇 번의 발길질 끝에 문은 펑 하고 뭔가가 터지는 듯한 소리를 내며 뒤로 밀려났다. 두 사람은 즉시 안쪽으로 발을 디뎠다. 그사이 키리야마와 사토미는 별장의 마당에서 묘한 것을 발견했다.

"이거……."

긴장한 표정의 사토미는 바닥을 내려다보며 말끝을 흐렸다. 음울한 분위기 속에서 키리야마는 바닥에 쪼그려 앉아 표적을 향해 손전등 빛을 더 가까이 비추었다. 이 무렵부터 비는 다시 세차게 내리기 시작했다.

"탄화골인 것 같은데?"

키리야마의 입에서 나지막이 흘러나온 말이었다. 두 사람이 발견한 것은 알 수 없는 잔해물, 막삽과 지면 위로 드러난 미상의 탄화골 일부였다. 때마침 스바루를 별장 바깥으로 끌고 나오는 아사히로와 류자키. 어째서인지 스바루는 더이상 저항하지 않는다.

"저기…… 여기 뭔가가 있어요!"

키리야마가 그들을 향해 외쳤다. 동시에 그녀의 붉은 앞머리가 바람에 의해 나풀거렸다.

2

2022년 12월 13일(5)

온다.

호시에 미사키는 서서히 뒤로 물러났다. 사나에의 원념이 뭐라 말할 수 없는 기운을 뿜어내며 천천히 다가오고 있었기 때문이었다. 그렇게 뒤로 물러나던 미사키는 조금만 더 가면 마이가 숨어 있는 B반을 지나쳐 버린다는 사실을 깨달았다. 그런즉 그녀는 곧바로 움직임을 멈추었다. 마이를 다시 저주 속에 끌어들일 수는 없다.

"원주고구······."

미사키가 의문의 말소리로 첫 운을 떼자 사나에의 움직임 또한 멈추었다. 미사키의 떨리는 목소리는 희미한 바람을 타고 곧 3층 복도 전역으로 퍼져 나갔다.

"팔우팔기, 오양오신, 양동이충엄신, 악한 기운을 몰아내시고······."

으드득.

일순 사나에가 고개를 기형적으로 비틀었다. 그럼에도 미사키의 음성이 멈추지 않자 사나에가 점점 격하게 반응하기 시작한다.

"사주신을 진호하시고, 오신개구, 악귀를 쫓아, 기동영광사우에 충철하시고……."

미사키가 부채를 들어 본인의 얼굴 절반을 가렸다. 사나에의 몸이 움찔거렸다. 숯 같은 몸속에서 꼭 누군가가 발버둥 치고 있는 것 같았다. 거멓고 딱딱한 살갗은 시도 때도 없이 양옆으로 갈라졌다가 봉합하기를 반복해 꿈틀거리는 광(狂)충을 보는 듯 끔찍했다.

"원주고구……."

그때였다. 검은 연기가 맹렬한 속도로 날려와 미사키 주위를 뒤덮었다. 한순간 연기를 들이마시고 말아 미사키는 곧바로 캑캑거렸다.

숨을 쉴 수 없다.

매운 연기에 눈물이 쏟아져 내렸다.

곧이어 작열감이 몸을 지배하기 시작한다.

눈앞에서.

머리 뒤에서.

좌우에서.

셀 수 없이 많은.

손아귀가 뻗어져 온다.

뜨거워.

뜨거워.

무수한 구더기 떼가 들끓고 있는 광경이 머릿속을 지배한다.

그 구더기 떼는…… 무언가를 갉아 먹는다.

고기?

징그러운 움직임은…….

그 구더기 떼는.

무언가를…….

아아, 그건…….

사체다.

그 구더기 떼는…… **이시다 사나에의 육신**을 갉아 먹는다.

그것을 깨달은 직후, 미사키는 필사적으로 고통을 참으며 숨이 끝나는 데까지 주문을 읊었다.

"안진을 얻으시기를, 삼가 오양영신에게 바라……."

그때였다. 엄청난 굉음과 비명이 고막을 강타했다. 동시에 검은 연기가 사라졌다. 미사키의 시야는 모든 장면을 느리게 포착했다. 사나에의 몸을 이루고 있던 모든 것이 분해되며 공중으로 천천히 튀어 올랐다. 형언할 수 없을 정도로 끔찍한 피비린내가 폐부 깊숙한 곳까지 스며들었다. 아닌 게 아니라 미사키의 교복 셔츠는 이미 피로 물들어 있었다. 이윽고 사나에 조각들이 찰팍, 찰팍 하고 기괴한 소리를 내며 복도, 창문, 천장, 미사키의 옷에 차례차례 달라붙었다.

주위는 쥐 죽은 듯 고요해졌다. 그런 와중에도 괴이를 마주했다는 사실이 현실임을 일깨워 주려는 듯 몸에 달라붙은 거친 살덩어리들이 중력에 의해 아래로 쭈욱 미끄러져 내려갔다. 미사키의 표정엔 믿을 수 없다는 기색이 드러나 있었다. 그것이 사라진 자리, 그러니까 눈앞에 야시로 마이가 서 있었기 때문이었다.

"마이……?"

마이는 몸을 벌벌 떨고 있었다. 그녀 또한 미사키와 마찬가지로 옷이 피로 물들어 있었다. 다만, 한 가지 이상한 점은 마이의 손아귀에서 광기랄 정도로 피가 세차게 흐르고 있다는 것이었다. 미사키가 해당 사실을 눈치채자마자 마이는 눈이 하얗게 뒤집히며 옆으로 쓰러졌다.

"마이!"

서둘러 마이의 의식을 확인하는 미사키. 그러나 아무리 이름을 불러 보아도 마이는 대답하지 않았다. 다행히 심장이 멈춘 것은 아니었다. 미사키는 마이의 오른손을 보았다. 분명 붕대로 감아 두었던 손은 왼손이었을 텐데 오른손에서 출혈이 발생하고 있다. 오른손바닥에 'ㅡ'자 모양으로 깊은 상처가 나 있었다.

'설마…….'

그렇다. 마이는 또다시 상처를 낸 다음, 피를 이용해 사나에를 몰아낸 것이었다. 미사키는 황급히 가방에서 여분의 붕대를 꺼내 지혈을 시작했다. 지혈을 끝낸 직후, 마이의 상반신을 일으켜 세워 벽에 기대게 했다. 그 순간, 심상치 않은 기척이 잔물결 쳤다. 곧바로 고개를 돌려 서쪽 복도 끝을 바라보았다.

번개가 쳤다.

섬광에 의해 학교 내부가 환히 밝아졌다.

일순 미사키가 본 것은 복도 끝에 우두커니 서 있는 **이시다 사나에**였다.

3

2022년 12월 13일(6)

음습한 비가 계속해서 쏟아지는 가운데 열댓 명은 족히 되어 보이는 경찰들이 별장 부지에 들이닥쳤다. 초현사 쪽에서 미리 연락을 취해 놓은 덕이었다. 모든 것을 포기한 듯한 표정의 타카초 스바루는 자신의 범행을 시인했다. 탄화골의 주인이 15년째 실종 상태였던 이시다 사나에라는 것과 범행 수법 등을 내빼는 기색 없이 늘어놓았다.

"더 복잡해졌네요. 이시다 사나에는 또 누구길래……."

사토미는 키리야마를 쳐다보며 한숨을 내쉬었다. 아이치현 관할 경찰 측은 조립식 창고의 잔해물과 땅에 묻힌 탄화골을 꺼내어 흰 천에 모아 두기 시작했다.

"위험한 기색을 느꼈나 본데요."

류자키가 아사히로를 쳐다보며 말했다.

"스바루 씨 말입니까?"

아사히로는 눈썹을 치켜세우며 물었다. 류자키가 고개를 끄덕이자, 아사히로는 기다렸다는 듯 입을 연다.

"뭐 자세한 건 들어 봐야 알겠지만, 경찰 측의 수사와 저희의 수사가 겹치는 지점이 언젠가 이시다 사나에라는 인물이 될 게 뻔하니 미리 손 써 두려 했던 것일 테죠. 삽으로 마당을 파다 만 것만 봐도 이시다 사나에의 유해를 다시 꺼내 다른 장소에 은닉할 속셈이었던 게 뻔하니까요."

"맞습니다."

갑작스레 날아든 의문의 목소리에 일행은 재빨리 고개를 돌렸다. 일행의 시선이 닿은 곳엔 제법 날카롭게 생긴 중년 남성이 서 있었다.

"나라현경 미시마 유지로라고 합니다."

미시마는 그리 자신을 소개한 다음, "아사히로 고헤이 씨 되시죠?"라고 물었다.

"그렇습니다. 나라현경이라면 쓰타바라시 연쇄 살인 사건도 알고 계시겠군요."

아사히로의 추측성 짙은 말에 미시마는 곤혹스러운 표정을 짓다가 "그렇긴 하죠."라고 답했다. 아사히로는 단번에 알아차릴 수 있었다. 미시마가 그 사건을 떠올리고 싶지 않아 한다는 것을.

그럼에도 미시마는 쓰타바라시 연쇄 살인 사건에 관련하여 묻혀 있는 사실들을 일목요연하게 설명하기 시작했다. 그 누구도 설명을 강요하지 않았다. 그저 미시마 본인이 설명의 필요성을 절감했기 때문이었다.

시간이 조금 흘러, 미시마와 초현사 일행은 폴리스 라인 밖에 선 채 별장을 내다보고 있었다. 갑자기 사토미가 경찰 측에서 제공한 일회용 우비를 벗었다. 돌연 비가 뚝 그쳤기 때문이었다. 그녀는 휴대폰을 켜 시간을 확인했다. 오후 7시 32분.
"비가 그쳤네요."
류자키가 우비 모자를 벗으며 말한다. 그의 행동을 따라 키리야마도, 아사히로도, 미시마도 우비를 벗었다.

먹구름 속에 가려져 있던 달이 별장 부지를 비추었다. 어쩐지 말로는 설명할 수 없을 정도로 음울하고 슬픈 분위기다. 경찰들은 아직까지 분주히 움직이고 있었지만, 해당 장소만큼은 시간이 멈춰 있는 듯한 느낌이었다. 분명 사위스러운 분위기가 존재하긴 하지만, 그 공포와는 비견할 수 없을 정도로 커다란 슬픔과 고독이 산속에 잠들어 있었다.

사토미는 잠시 자리를 비켜 구석으로 발걸음을 옮겼다. 꼭 해야 할 일이 있었기 때문이었다. 그녀는 휴대폰 화면을 연신 두드리더니 이내 귀에 가져다 댔다. 그다지 호기롭지 못한 음색의 단음이 규칙적으로 고막을 울렸다. 긴장한 표정의 사토미는 미사키처럼 손톱을 물어뜯었다. 그때였다. 사토미의 눈이 번뜩였다.

"미사! 괜찮은 거지?"

그녀는 휴대폰 너머의 상대방, 미사키에게 음성을 전했다. 그러나 되돌아오는 음성은 없고 오롯이 미사키의 불안정한 숨소리만이 들려온다.

"미사? 집에 있는 거지?"

사토미의 목소리가 떨렸다. 요 며칠간 그녀는 미사키에게 학교가 끝나면 바로 집에 가 있으라고 충분히 일러뒀다. 그러니 집에 있겠지. 미사키로부터 다른 일정에 대해 들은 말이 없으니 분명 집에 있으리라. 그녀는 그리 생각했고, 그러길 바랐다.

[……사라졌어.]

언니의 기대에 부응하듯 미사키는 나름대로 차분한 목소리로 말했다.

"응? 사라졌다니? 뭐가?"

[저주, 유리에와 사나에의.]

사토미는 눈을 휘둥그레 떴다.

'유리에랑…… 사나에라고……?'

그녀는 곧바로 뒤로 돌았다. 저 멀리 흰 천에 올려진 사나에의 뼛조각들을 바라보았다. 섬뜩했다. 저주는 유리에의 것만이 아니었다는 게 정말일까?

"잠깐, 저주가 사라졌다고?"

[응. 전부 끝났어.]

미사키의 어조엔 언니를 걱정시키지 않으려는 듯 애써 웃는 기색이 넘쳐흘렀다. 다만, 사토미는 너무 혼란스러워 그 의도를 알아차리지 못했지만 말이다.

"미사, 지금, 어디야?"

[방금 집에 왔어.]

"어디에 있다가?"

[문화제 준비 때문에 학교에 남아 있었어. 미리 말 못 해서 미안해.]

사토미의 머릿속에 멋쩍게 웃는 미사키의 얼굴이 그려졌다.

"……그랬구나. 참, 사나에라면 실종인 이시다 사나에를 말하는 거지? 안 그래도 방금 우리가 사나에의 유해를 발견했어."

[정말이야?]

미사키의 목소리에 놀란 기색이 잔뜩 담겨 있었다.

"응. 지금은 아이치현에 있어."

[알았어. 조심히 돌아와. 하고 싶은 이야기가 많아.]

"그래, 푹 쉬고 있어."

사토미는 입꼬리를 살며시 올렸다. 전화를 끊고, 아직 대화가 한창인 동료들의 곁으로 돌아갔다. 하늘은 희뿌연 달빛에 의해 이전보다 조금 더 밝아졌다. 초현사 일행을 둘러싸고 있던 위기감이 어쩐지 자취를 감춘 듯했다.

4

2022년 12월 13일(7)

오후 6시 54분.

3층의 어두컴컴한 복도는 또다시 살의로 가득 메워졌다. 미사키는 금방이라도 쓰러질 것처럼 위태로이 비틀거렸다. 복도를 장악한 미상의 열기에 정신이 아득해져 가고 있었다. 몸 이곳저곳에서 땀이 솟구쳐 나오고 호흡이 불규칙적으로 바뀌었다. 더군다나 가슴을 찌르는 격통과 복부를 쥐어짜는 듯한 통증이 심해져서 앞으로 10분 이상은 버틸 수 없을 것 같았다.

한 번만 더…….

딱 한 번만 더 저것을 쫓아내면 된다.

무의식과 의식의 경계에 선 미사키는 가까스로 정신을 부여잡고 자신이 해야 할 일을 떠올렸다. 괴조도가 뿜어낸 피를 만졌을 때, 사나에와 유리에의 마지막 순간을 엿볼 수 있었다.

미사키가 추측한 저주의 형태는 이러했다. 유리에가 깃든 괴조도, 그것을 본 사람은 사나에의 원념에 의해 죽임을 당한다.

그러니 이 저주를 끊어 내기 위해선 유리에가 되었든 사나에가 되었든 어느 한쪽을 사라지게 만들어 공생의 사슬을 끊어 내면 된다.

괴조도에 깃든 유리에를 제거하거나 어디에 있을지 모를 사나에의 사체를 찾아 불제를 해야만 한다. 후자는 불가능하다 파악한 미사키는 즉시 복도 중간으로 달려갔다. 사나에 또한 미사키의 의도를 파악한 듯 기괴한 움직임으로 복도를 달렸다. 사나에의 움직임을 따라 검은 연기가 복도를 덮쳐 온다.

미사키는 재빨리 바닥에 놓인 괴조도에 부적을 붙였다. 괴조도는 이미 피로 물들어 있어 더 이상 그림처럼 보이지 않았다. 마음 같아선 이 괴조도를 찢고, 부숴 버리고 싶었다. 하지만 영혼을 제거하지 않고 사물을 파괴한다면 깃들어 있던 영혼이 분명 다른 대상에게 옮겨붙을 것이다. 그런 식의 연쇄 작용은 생각도 하기 싫었다.

준비해 둔 여섯 개의 부적을 전부 붙인 뒤, 두 개의 금줄로 괴조도를 감았다. 미사키는 유리에의 혼 자체를 없앨 생각이었다. 서둘러 무릎을 꿇고 앉아 부채를 들었다. 숯검정이 드리운 연기는 이제 곧 미사키의 전신을 덮칠 것만 같다.

"온아로리캬소와카, 북현무축귀, 온노리카소와카, 백녹신축귀, 온바로다야소와카, 급급여율령."

미사키는 자그마한 목소리로 진언을 읊은 뒤 곧바로 눈을 감았다.

빗소리가 점차 잦아든다.

미사키 자신의 가쁜 호흡도 서서히 안정을 되찾아 간다.

그리고 천천히…….

천천히 세상은 고요에 물든다.

아무것도 보이지 않고, 아무 소리도 들리지 않는다.

죽음을 느껴 본 적은 없으나 분명 죽음은 이러한 느낌일 테다.

돌연히 시원한 바람이 머리칼을 흔든다.

온몸을 뒤덮고 있는 농밀한 더위가 사라져 간다.

가슴을 메운 격통도, 복부를 쥐어짜는 통증도…….

어디선가 불어오는 바람이, 훔쳐 간다.

사라진다.

모든 게 사라져 간다.

격통이 지나간 자리에 뭐라 형언할 수 없는 저림이 활짝 피어오른다.

가슴이 아려 온다.

왜일까.

도대체 뭐가 사라져 가며 이토록 슬픈 감정을 흩뿌려 대는 걸까.

사라진다.

사라져 간다.

오래된 무언가가 불꽃에 타들어 가며 바스러져 간다.

인간의 오감으로는 느낄 수 없는 그 미지의 감각은 점차 현실이 되어 간다.

이윽고 실제로 뭔가가 지글지글 타들어 가는 소리가 나타나 미사키의 고막을 간지럽혔다. 미사키는 천천히 눈을 떴다. 검은 연기는 바로 앞에 멈춰 있었다. 미사키는 그 속에 떠오른 괴기스러운 두 개의 눈알을 바라보았다. 소름 끼치도록 붉은 두 눈동자에 불꽃이 얼비쳤다.

미상의 불꽃은 바닥에 놓인 괴조도에서 발하고 있는 것이었다. 가장자리부터 서서히 불타고 있다. 이내 고막을 찢을 정도로 큰 비명이 복도를 울렸다.

검은 연기는 더 이상 미사키를 붙잡을 수 없었다. 연기 속에 떠다니고 있는 두 눈도 괴조도를 건널 수 없었다.

괴조도를 가운데에 두고 양쪽에 미사키와 사나에가 있었다.

이윽고 검은 연기 속에서 점화가 시작되었다. 놀랍게도 사나에의 몸이 불타고 있는 것이었다.

왜 괴조도와 사나에가 불에 타는 걸까. 미사키는 모순적인 상황에 머리가 멍했다. 그때 불현듯 어떠한 말이 떠올랐다.

복수는…… 불을 낸 자도 삼켜 버리는 맹렬한 불.

불꽃은 결국 재가 되어 돌아가고 만다…….

두 어구는 모두 이시다 사나에가 죽기 직전에 내뱉었던 말이었다.

그렇다. 결국 두 영혼은 자신들이 피워 낸 불에 집어삼켜지고 있는 것이었다.

어쩌면 두 영혼의 균열은 이미 시작되고 있었는지도 모른다. 미사키의 노력이 영혼의 분열을 촉진시켰던 것임은 틀림없는 사실이었지만, 그런 노력이 없었어도 복수의 화마는 언젠가 두 영혼을 집어삼켰으리라.

미사키는 자리에서 일어나 천천히 뒤로 물러났다. 조금 뒤로 물러나자, 뒤꿈치에 마이의 다리가 닿았다. 마이는 여전히 벽에 등을 기댄 채 눈 감고 있었다.

어두운 복도에서 맹렬히 타오르는 두 불꽃은 어쩐지 아름다운 풍경이었다. 사나에의 육신이 바스러져 흩날린다. 연기 바깥으로 쭈욱 빠져나온 사나에의 얼굴, 금방이라도 튀어나올 것 같은 핏발 선 안구와 기묘한 표정은 토가 쏠릴 정도로 징그러웠지만 어째서인지 미사키는 눈물을 흘렸다.

이윽고 벽색 풍경을 여는 두 불꽃은 서로 맞닿아 더 큰 불꽃으로 거듭났다. 이내 사나에는 완전히 앞으로 쓰러졌다. 미사키는 그 모습을 바라보며 형언할 수 없는 슬픔을 느꼈다. 그럼에도 저들이 사람의 목숨을 앗아 갔다는 것은 변함없는 사실이다. 미사키 또한 그러한 사실을 통감하고 있었고, 충분히 인지하고 있었기에 필사적으로 눈물을 참아 보려 애썼다.

그러나 또다시 눈물이 왈칵 쏟아져 버렸다. 눈앞에 그려진 풍경이 어떠한 기억을 연상시켰기 때문이었다. 괴조도 위에 쓰러져 있는 사나에. 그것은 마치 사나에가 괴조도를 끌어안고 있는 것처럼 보였다. 이는 사나에가 죽기 직전까지 괴조도를 끌어안고 있었던 2007년의 그날과 너무나 비슷한 장면이었다.

유리에는 사라져 가며 슬픈 감정을 흩뿌려 댔다.

오래된 기억과 추억이 불꽃에 타들어 가며 바스러진다.

사라져 간다.

불꽃이 완전히 사라지고, 그 자리에 남은 것은 아무것도 없었다. 복도는 다시금 어둑한 벽색으로 뒤덮였고, 침묵으로 가라앉았다.

그때였다.

"미사키……?"

잠시 멍쩌 있던 미사키는 뒤에서 들려오는 마이의 목소리에 정신이 번쩍 들었다.

"일어났구나. 다행이야."

미사키는 안도의 한숨을 내쉬었다. 이후, 부채와 텀블러를 가방에 넣고 마이와 함께 4층으로 올라갔다. 4층의 복도 또한 어두컴컴했는데 이는 1, 2, 3층과는 별개로 불을 일부러 꺼 두었기 때문이었다. 다행히 모든 학생과 카가와 선생은 교실 안에서 얌전히 기다리는 중이었다. 교내를 뒤덮고 있던 연기는 사라졌기에 미사키는 아라이의 입을 빌려 서둘러 하교를 부탁했다.

대부분의 학생이 쏜살같이 학교를 빠져나간 뒤 4층을 정리하고 마지막에 학교를 빠져나온 사람은 미사키, 마이, 쿠도, 아라이 네 사람이었다. 아마도 자녀가 문화제 준비 때문에 늦어진다는 것을 미리 알고 있었기에 실종 신고는 없는 모양이었다. 바깥 역시 고요했다. 겨울의 시린 바람이 코끝을 날카롭게 휘감았다.

"무슨 일인지는 모르겠지만, 수고했어."

아라이가 진지한 표정을 지었다. 이에 미사키는 천천히 고개를 끄덕거렸다.

"다음에 알려 줘. 그럼."

쿠도는 그렇게 말한 뒤 아라이와 함께 발걸음을 옮겼다.

"손은 괜찮아?"

미사키가 마이를 쳐다본다. 마이는 별거 아니라는 듯 웃으면서 "응, 괜찮아."라고 답했다. 곧이어 불편한 안대를 만지작거린다. 잠시 뒤, 두 사람은 함께 길을 걸었다. 저녁의 공기는 맑았다. 연기처럼 퀴퀴하지도 않았고, 숨쉬기 힘들지도 않았다.

미사키가 집에 도착한 시각은 오후 7시 30분이었다. 옷을 갈아입지도 않고 허겁지겁 냉수를 들이켰다. 물을 너무 급하게 마신 탓인지 호흡이 가빠졌다. 숨을 고르기도 전에 휴대폰 진동이 울렸다. 언니 사토미로부터 전화가 걸려 온 것이었다.

2022년 12월 25일

호시에 미사키

  사라진다고 해도 사라지지 않을 기억들은 어느 순간, 파란이 되어 돌아온다. 이후, 그 파란은 서서히 퍼져 나가 자신이 가진 색으로 주위를 물들이고 만다. 그리하여 최후에 남는 것은 결국 파란, 자기 자신뿐이다.
  크리스마스의 밤은 생각보다 아름답고 길었다. 도쿄도의 어느 곳을 가든 밤을 향해 줄기를 뻗어 낸 불빛들로 가득했다. 그 불빛의 잔상을 따라, 나는 거리를 걸었다.

나라고 모든 것을 아는 것도 아니고, 매번 속속들이 정보를 읽어 낼 수 있는 것도 아니지만, 이번 사건에 대해서는 대강 파악할 수 있게 되었다. 물론 이 또한 거시적인 시간의 흐름에 따라 자연스레 퍼즐이 맞춰져 간 것임으로 온전히 내 능력만으로 빈틈을 메웠다고 생각할 수는 없다.

머릿속에 떠다니던 의문 여럿은 악취를 뿜어냈지만, 시간이 지남에 따라 여러 사람의 추리와 이미 밝혀진 사실들이 서로 얽혀 만들어진 향기로 인해 은은하게 자취를 감추게 되었다.

괴조도가 세상에서 사라진 뒤, 약 2주일 만에 꽤 많은 일이 벌어졌다. 결국 위태로이 서 있던 타카초 가는 무너졌고, 하야세 시계루는 살아 돌아왔다. 타카초 스바루는 살인죄로 기소될 예정이었으며, 아사히로 씨와 연줄이 맞닿아 있는 기도사가 사나에의 유해에 묻은 부정을 제거하는 의식을 치렀다. 또 일전에 벌어진 도쿄의 모든 변사 사건들은 단순 내사 종결로 은폐되었다.

갑작스레 작은 설탕 같은 것들이 스마트폰 화면에 달라붙기 시작했다.

그건 눈(雪)이었다.

내리는 눈을 손바닥에 얹었다. 크리스마스에 눈이라니, 어쩐지 기분이 좋아졌다. 살금살금 내려오는 눈을 구경하며 걸었다. 도로는 차량의 전조등 빛으로 뒤덮여 있었고, 그 빛 속에서 하강하는 흰 눈이 반짝였다. 인도 위는 크리스마스와 연말 분위기를 즐기려는 사람들로 가득했다. 데이트를 즐기고 있는 커플, 다 함께 외식하러 나온 가족, 놀러 나온 학생 무리 등 밤하늘 아래 팽배한 환희가 이곳저곳에 깃들어 있었다.

천천히 비경을 감상하다 보니 어느덧 목적지인 D 레스토랑의 입구에 다다랐다. 심호흡을 크게 한 번 하고 안으로 들어갔다. 문을 열자마자 달려드는 온기와 갖가지 소음이 순식간에 몸을 휘감았다. 레스토랑 안은 사람들로 북적였다. 잠시 뒤 점원의 안내에 따라 나는 예약석으로 향했다. 그리고 내 예상대로 그들은 이미 자리에 앉아 있었다.

"미사키! 잘 지냈니?"

키리야마 씨가 나를 보자마자 반가운 듯 활짝 웃으며 말했다. 옆에 앉아 있던 아사히로 씨 또한 친절한 미소로 나를 반겼다.

"안녕하세요. 여기가 류자키 씨의……?"

들은 바에 의하면 이 레스토랑은 류자키 씨의 양친이 운영하는 곳이다. 내 물음에 답하기라도 하듯 흰색 복장을 갖춰 입은 류자키 씨가 옆으로 다가왔다.

"미사키?"

류자키 씨는 화들짝 놀란 표정으로 나를 바라보았다. 나는 금세 알아차릴 수 있었다. 내 머리칼의 변화 때문이리라.

열흘 전 새벽, 잠에서 깬 뒤 화장실 거울을 보았을 때 내 단발

머리는 전부 새하얗게 질려 있었다. 놀랄 틈도 없이 코에서 피가 흘러나와 지혈하기에 바빴다. 병원을 방문해도 역시 갑작스러운 백발화의 원인은 알 수 없었다. 검게 염색해도 잠에서 깨고 나면 머리카락은 다시 백발로 변해 있다. 염색약의 검은 가루들이 베개와 바닥에 흩날려 있는 것은 덤이고. 현재 내 머리칼은 희뿌연 달빛과도 비슷한 색으로 보일 테다. 그래서 류자키 씨가 놀란 것이다.

"기분 전환 좀 할 겸……."

얼토당토않은 변명을 했다. 지금 설명하기엔 상황이 편치 않았으니까. 류자키 씨는 이해했다는 표정으로 고개를 끄덕이고, 어서 앉으라는 듯 나를 안쪽으로 밀어 넣었다. 그러고는 "오늘은 나한테 맡겨. 다 공짜니까."라고 장난스러운 어투로 말했다. 이에 키리야마 씨와 아사히로 씨는 미덥지 않다는 표정으로 류자키 씨를 바라보았다. 곧이어 류자키 씨는 왜 그렇게 쳐다보냐는 표정을 짓다가 다른 테이블의 손님들을 응대하러 이동했다. 앞자리의 두 사람은 그런 류자키 씨가 웃긴지 소리 내어 웃는다.

"저기, 언니는……?"

내 물음에 아사히로 씨가 물을 마시다 말고 곧바로 화장실을 가리켰다. 나는 고개를 끄덕였다. 어색한 분위기가 맴돌아 스마트폰을 켜고 기사를 읽었다. 오늘 아침, 신원 미상의 유해가 나라현의 아스카강에서 발견되었다는 기사가 눈에 들어왔다. 두개

골에 커다란 구멍이 뚫려 있었다고 한다.

"머리 색 진짜 잘 어울린다."

문득 키리야마 씨가 말했다. 나는 스마트폰을 끄고 주머니에 넣었다.

"안색이 조금 창백해 보이긴 하지만, 냉미녀 같아."

아사히로 씨가 거들었다. 나는 미소를 띠고는 금세 부끄러워져서 입술을 꽉 깨물고 고개를 숙였다.

시끌벅적한 주변 테이블의 소음은 오늘따라 그리 신경에 거슬리지 않는다. 한 달이 넘는 시간 동안 많은 일이 있었지만, 어른인 키리야마 씨와 아사히로 씨는 아무렇지 않은 듯 서로 농담을 주고받았다. 이곳저곳의 테이블을 오가며 주문과 요청 사항을 받는 류자키 씨도 지난 일은 모두 잊은 듯 환하게 웃고 있었다. 곧이어 언니가 바로 옆자리로 돌아왔고, 우리는 음식을 주문했다.

온화한 불빛 아래에 있지만, 나는 아직도 마음 한편에 응어리진 슬픔을 떨쳐 내지 못하고 있었다. 그리하여 나도 모르는 사이 생각에 잠기고 말았다.

얼마 전, 하기와라 씨가 남겨 둔 통화 녹음 기록을 경찰 측의 도움으로 청취할 수 있었다. 나카자토 세이료라는 오컬트 마니아와의 통화 기록이었는데, 스바루 씨에게도 들을 수 없던 자세한 이야기가 담겨 있었다. 백괴금이라는 존재의 기원과 진언종에 관한 이야기 등 마냥 웃고 넘길 수 없는 진지한 이야기가 둘 사이에서 오간 모양이었다. 나는 그 녹음본을 듣고, 지금까지 벌어졌던 일이 단지 두 사람의 원념에 의해 벌어졌다는 추리를 완전히 뒤엎었다.

타카토리 마을의 전설과 유리에, 사나에. 어쩐지 비슷한 부분이, 엮을 수 있는 부분이 있지 않은가? 전설에 의하면 백괴금은 번제를 통해 마을을 수호하고, 주민들의 염원을 이루어 주는 신적 존재이다.

번제……. 제물을 불에 태워 바치는 것.

유리에와 사나에는 모두 불에 타 죽었다.

타카토리 마을의 번제 의식엔 **두 개의 제물**을 사용한다.

두 개의 제물…….

유리에와 사나에.

번제 의식을 통해 원하는 바가 이루어진다.

유리에의 죽음은 첫 번째 제물로, 사나에의 죽음은 두 번째 제물로.

사나에는 불에 타 죽어 간다. 자신이 직접 마지막 제물이 되는 셈이다.

번제 의식 중, 비는 소원.

사나에가 불타 죽어 가며 빈 소원.

다 죽여 버릴 거야!

갑작스럽게 사나에의 커다란 목소리가 나타나 고막을 뒤흔들었다. 세상을 향한 저주가 담긴 말이 살인적인 기세로 어디선가 날아들었다. 그것은 그녀의 염원이었다.

백괴금의 깃털로 그려 내 백괴금의 일부라고도 여겼던 백괴금도. 그 그림의 영험한 힘이 사나에의 소원을 이루어 준다. 그 소원의 대가는 두 개의 번제물. 유리에와 사나에는 본인들도 모르게 백괴금의 제물이 된 것이다.

사나에가 마지막으로 남긴 저주의 소원이 그림에 서렸고, 그림을 본 사람은 반드시 죽고 만다.

그것이……, 원초적인 저주의 형태가 아니었을까.

뒤엉켜 버린 타카초 유리에와 이시다 사나에.

불우한 가정 속에서 자란 두 사람. 그간의 이야기들이 심히 끔찍한 탓에 그들이 실제로 존재했던 인물인지에 대해서도 의구심이 든다. 그만큼 믿을 수 없기 때문이리라.

어쩌면 백괴금도에 깃든 유리에의 슬픔이 인간을 유혹한 게 아닐까? 그냥 두고 지나칠 수 없을 만큼 거대한 슬픔이 공감을 불러일으킨 것이다. 생전 유리에가 원했던…… 것은 자그마한 관심. 누군가의 관심이 고팠던 만큼 사후, 백괴금도에 해당 감정이 깊게 서렸다. 설령 유리에가 원하지 않았더라도 그 한이 너무나 큰 나머지 저도 모르게 사람을 홀리게 된 것이리라.

이시다 사나에. 그녀는 유리에를 가장 의지하고 있었을지도 모른다. 정체도 모르는 아버지와 무관심한 어머니 아래에서 자란 그녀는 정서적인 부분에 있어 결함이 생겼고, 친구를 사귀는 게 힘들었을 테다. 그나마 있는 친구라고는 하쿠바 긴조. 하지만 사나에는 마음을 나누기 조금 더 편한 여학생과 친구가 되고 싶었다. 그리하여 찾아낸 사람이 타카초 유리에. 사랑을 주지 않는 부모의 아래에서 자랐으니, 사나에는 당연히 사랑을 주는 법을 몰랐을 것이다. 그러니 뒤틀린 방식으로 유리에의 관심을 끌었다.

비정상적인 가정 환경에서 자란 두 사람은 뒤틀린 욕망과 애착에 의해 기묘한 형태로 서로에게 의지하게 되었고, 그 사슬은 두 사람이 세상을 떠난 뒤에도 백괴금이란 존재의 권능에 의해 끊기지 않았다.

잠깐 다른 이야기지만, 타카토리 가문에 대해 의심스러운 점도 있다. '타카토리(高鳥)'라는 성씨는 음독을 활용할 경우 '타카초'로도 읽을 수 있다. 신야의 성씨인 '타카초(高蝶)'와 서로 한 자는 다르지만, 만약 타카토리를 타카초로 읽는다면 두 성씨의 발음은 완전히 동일해진다. 이는 타카토리 가문의 마지막 핏줄인 하나코가 타카초 신야를 남편으로 맞이한 배경에 단순한 사랑 이상의 의미, 즉, 타카토리 신앙, 백괴금 신앙의 명맥을 어떻게든 이어 가려는 가문의 의지가 담겨 있었던 것일지도 모른다. 어쩌면 두 사람은 서로 맞지 않는다는 걸 알면서도, 그런 가문의 바람과 책임감 때문에 어쩔 수 없이 결혼을 선택한 것은 아니었을까.

물론 전술했던 이야기들이 정답이라고 확신할 수는 없다. 아직 해답을 맘 편히 늘어놓을 수 없는 문제도 많다. 하기와라 센조 씨의 차량에 있던 백괴금도가 왜 사라졌고, 누가 가져갔는지, 시게루 씨가 받은 소포 속 정체 모를 머리카락의 주인은 누구인지, 또 그 소포를 보낸 사람은 누구인지, 학교의 4층에서 호루라기를 분 사람은 누구인지 등에 대해 아직 알아내지 못한 것처럼 말이다.

비과학적인 사실로 세상을 물들이고 싶지는 않지만, 인간으로서는 이해할 수 없는, 헤아릴 수 없는 현상은 분명 존재한다. 그것을 믿고 말고는 여러분의 몫이지만.

나는 여러 자문을 떠올리고 답하는 과정에서도 마음에 열불이 났다. 도대체 어떻게 그럴 수 있단 말인가. 부모 된 도리로서 자식을 아끼고 사랑하는 것은 당연한 이치가 아니던가? 이 모든 사건의 시작은 단 하나, DV였다. 유리에와 사나에가 행복한 가정 안에서 자랐다면 이리 많은 사람이 죽는 일은 발생하지 않았을지도 모른다.

"오래 기다리셨습니다."

별안간 류자키 씨가 가까이 다가오더니 음식을 테이블에 내려놓는다. 아사히로 씨, 키리야마 씨, 언니는 먹음직스러워 보이는 음식들의 등장에 소리 내어 감탄했다.

"이거 제가 만든 거예요."

류자키 씨가 키리야마 씨에게 스테이크가 올려진 철판 플레이트를 건네며 말했다.

"이걸 네가 만들었다고?"

키리야마 씨는 제법이라는 표정을 지었다. 다만, 역시 믿을 수 없다는 표정도 일부 섞여 있는 것 같았다.

"역시 못 믿으시는 거죠?"

류자키 씨는 콧잔등을 찡그렸다. 이에 키리야마 씨는 "아냐, 믿어. 제법인걸?"이라며 놀리는 어투로 말했다. 아사히로 씨와 언니는 쿡쿡 웃으면서 서로를 쳐다보았다.

"미사키 것도 내가 만들었어. 먹어 봐."

갑작스럽게 내 이름이 등장하자 화들짝 놀랐다. 류자키 씨는 노란 머리를 매만지면서 기대가 가득 담긴 표정으로 나를 바라보았다.

고개를 끄덕이고, 젓가락으로 오코노미야키의 끝부분을 살짝 가른 다음, 작은 조각을 입에 집어넣었다. 짭짤하고 달짝지근한 맛이 혀를 감쌌다. 생각 외로 풍미가 엄청났다. 그렇게 맛을 천천히 음미하고 있는데 주변이 살짝 조용해진 것 같다는 느낌을 받았다.

아닌 게 아니라 초현사의 모두가 나를 조용히 응시하고 있었다. 다들 내 맛 평가를 기대하고 있는 모양이다. 얼굴이 화끈거렸다. 갑자기 음식을 넘기기가 힘들어졌다.
"맛있어요."
나는 나지막이 말했다. 모두가 나를 쳐다보고 있다는 사실이 부끄러워 음식을 목구멍 뒤로 넘기기 힘들었을 뿐, 실제로 맛은 정말 굉장했다. 내 음성이 사라지자마자 굳어 있던 류자키 씨의 표정이 한껏 부드러워졌다. 이내 그는 "다행이다."라고 말하며 숨을 크게 내쉬었다. 키리야마 씨는 의외라는 표정을 지었고, 아사히로 씨와 언니는 류자키 씨를 향해 엄지를 치켜세웠다.
정말 좋은 사람들이다. 그런 생각이 들었다. 이런 인복을 기대해 온 것은 아니었지만, 이토록 좋은 사람들이 곁에 있다는 것은 확실한 행운이자 축복이었다.
이들만큼은 사라지지 않았으면 좋겠다.
떠나지 않았으면…… 좋겠다.
그렇게 생각하고 있는데 갑자기 테이블 한가운데로 뭔가가 나풀나풀 떨어졌다. 아사히로 씨가 잠깐 가방을 들며 그 속에서 뭔가가 빠져나온 듯하다.
테이블 한가운데에 착지한 것은 인화된 사진 같았다. 처음에 나는 그 사진이 요리카와 씨 혹은 시게루 씨가 찍어 둔 괴조도 사진인 줄 알았다. 그러나 내 예상은 완전히 빗나갔다. 나도 모르게 사진을 멋대로 집어 들었다. 나의 돌발 행동에 아사히로 씨는 당황한 기색이 역력한 표정을 지었다.

사진에서 묘한 온기가 느껴졌다. 아니, 조금 뜨거웠다.

나는 사진의 끝부분을 검지와 엄지로 잡고, 하염없이 바라보았다. 사진 속엔 한 남성과 여자아이가 가운데에 있는 개를 끌어안은 채 활짝 웃고 있었다. 곧이어 익숙한 피아노 선율, 아마도 모차르트 협주곡 23번 2악장일 선율이 레스토랑 안을 가득 채우기 시작했다.

나는 재빨리 사진을 뒤집었다. 흰 바탕의 뒷면에 글자가 적혀 있었다. 나도 모르는 사이, 따뜻한 눈물이 뺨을 타고 흘러내렸다.

소스케, 모코, 유리에
영원히 함께

괴조도

초판 1쇄 인쇄 2025년 7월 9일
초판 1쇄 발행 2025년 7월 9일

지은이 이다모
편집 주자덕
발행인 주자덕
인쇄 미래피엔피
펴낸 곳 아프로스미디어
출판등록 제 2016-000073호
주소 서울특별시 성동구 금호로 173, 101동 904호
전화 02-6352-5133
팩스 02-6455-5891
홈페이지 www.aphrosmedia.com
전자우편 spitz70@aphrosmedia.com
ISBN 979-11-89770-64-8 (03810)

§ 저작권법에 의해 보호를 받는 저작물이므로 무단전재와 무단복제를 금합니다.
§ 잘못 만들어진 책은 구입하신 곳에서 바꾸어 드립니다.
§ 책값은 뒤표지에 있습니다.